그리스인
조르바

알렉시스 조르바의
삶과 행적

그리스인 조르바
알렉시스 조르바의 삶과 행적

제1판 1쇄 2018년 5월 25일
제1판 16쇄 2025년 8월 29일

지은이 니코스 카잔자키스
옮긴이 유재원
펴낸이 이광호
주 간 이근혜
편 집 김은주
펴낸곳 ㈜문학과지성사
등록번호 제1993-000098호
주 소 04034 서울 마포구 잔다리로7길 18(서교동 377-20)
전 화 02)338-7224
팩 스 02)323-4180(편집) 02)338-7221(영업)
전자우편 moonji@moonji.com
홈페이지 www.moonji.com

ⓒ유재원, 2018. Printed in Seoul, Korea.
ISBN 978-89-320-3098-2 03890

이 책의 판권은 옮긴이와 ㈜문학과지성사에 있습니다.
양측의 서면 동의 없는 무단 전재 및 복제를 금합니다.

이 도서의 국립중앙도서관 출판예정도서목록(CIP)은 서지정보유통지원시스템 홈페이지
(http://seoji.nl.go.kr)와 국가자료공동목록시스템(http://www.nl.go.kr/kolisnet)에서
이용하실 수 있습니다. (CIP제어번호: CIP2018014188)

그리스인 조르바

알렉시스 조르바의
삶과 행적

니코스 카잔자키스 장편소설

유재원 옮김

문학과지성사

차례

프롤로그 7
그리스인 조르바 17

작가 소개 540
작품의 배경 554
조르바와 카잔자키스, 니체 569
옮긴이 후기 576

일러두기

1. 이 책은 Níκος Καζαντζάκης의 *Βίος και Πολιτεία του Αλέξη Ζορμπά*(Athens: ΕΚΔΟΣΕΙΣ ΚΑΖΑΝΤΖΑΚΗ, 2010)를 우리말로 옮긴 것이다.
2. 본문의 주는 옮긴이의 것이다.

프롤로그

　나는 여러 차례 풍운아 알렉시스 조르바의 삶과 행적에 대해 쓰고 싶었다. 내가 아주 많이 사랑했던 부지런한 노인에 대해서 말이다.
　내 인생에 가장 큰 은혜를 베푼 것은 여행과 꿈들이었다. 산 사람이든 죽은 사람이든, 내 삶의 투쟁 과정에서 도움을 준 사람은 몇 명 되지 않는다. 굳이 내 영혼 깊숙이 흔적을 남긴 사람들을 밝히자면 호메로스, 베르그송, 니체, 그리고 조르바다.
　호메로스는 내게는 아주 밝게 빛나는 평화로운 눈동자였다. 그는 마치 태양처럼 모든 것을 구원의 빛으로 비춰주었다. 베르그송은 젊은 시절 괴롭고 어려웠던 철학적 문제들에서부터 나를 구원해준 사람이다. 니체는 나를 새로운 고뇌로 풍요롭게 해주었고 내 불행과 아픔과 불확실성을 자부심으로 바꾸는 방법을 가르쳐주었다. 조르바는 내게 삶을 사랑하는 법과 죽음을 두려워하지 않는 방법을 가르쳐주었다.

만일 내게 인도인들이 "구루"라고 하고, 성산聖山 아기온오로스*의 수도사들이 "예론다스"**라고 부르는 영적靈的 스승을 이 세상에서 꼭 한 사람 고르라고 한다면 나는 조르바를 선택할 것이다.

조르바는 먹물들을 구원하는 데 필요한 모든 것을 가지고 있었기 때문이다. 그는 높은 데서 먹잇감을 발견하여 낚아채는 원시인의 시력과, 매일 새벽마다 새로이 떠오르는 창조성, 그리고 매 순간 끊임없이 바람, 바다, 불꽃, 여자, 빵과 같은 지극히 일상적인 것들을 새로운 눈으로 바라보고 영원한 처녀성을 부여하는 순진무구함을 가지고 있었다. 그에게는 확신에 찬 손과, 신선함으로 가득한 마음, 마치 내면에 자신의 영혼보다 더 높은 힘을 가지고 있는 듯, 자신의 영혼을 놀려대는 사나이다운 멋이 있었다. 그리고 마지막으로 인간의 창자보다 더 깊은 내면에서 터져 나오는, 아니 조르바의 나이 먹은 가슴에서 결정적인 순간에 터져 나오는, 구원인 듯한, 거칠고 호쾌하게 껄껄대는 웃음을 가지고 있었다. 그는 겁에 질린 불쌍한 인간들이 마음 놓고 편하게 살기 위해 주변에 세워놓은 윤리, 종교, 조국과 같은 모든 장애물을 한꺼번에 깨뜨려서 단번에 무너뜨릴 수 있는, 그리고 실제로 무너뜨리는 웃음을 가지고 있었다.

---

* Agion oros(Άγιον Όρος): 그리스 북부 할키디키 지방에 있는 반도로, 수도승들이 자치권을 행사하는 곳이어서 여자나 동물 암컷이 이곳에 들어오는 것은 엄격히 금지되어 있다.
** '영감님'이라는 뜻.

그 많은 세월 동안 수많은 책들과 선생들이 굶주린 내 영혼을 먹여 살리기 위해 애쓴 데 반해 조르바는 불과 몇 달 사이에 사자 같은 정신으로 나를 먹이고 키운 걸 생각하면 화가 나고 견디기 힘들 정도로 슬퍼진다. 내 인생은 우연 때문에 실패했다. 나는 너무 늦게 이 '예론다스'를 만났다. 당시에 내가 아직도 구원받을 수 있었다는 것은 별 의미가 없다. 엄청난 전기, 상황의 완전한 변화, '불붙이기'와 '새로이 하기'는 이루어지지 않았다. 이미 너무 늦었었다. 그래서 조르바는 안타깝게도 내 안에서 승화되는 대신, 내 현실적 삶의 원형이 되는 대신, 풀칠로 붙어버린 종이 뭉치를 얼룩지게 하는 문학적 주제로 추락하고 말았다.

인생을 예술로 만든다는 이 슬픈 특권은 수많은 육식동물들을 파멸시킨다. 왜냐하면 예술을 함으로써 누를 수 없는 욕망에서 빠져나갈 탈출구를 찾아내고, 뜨거운 가슴을 버리고 영혼을 가볍게 만들고, 더 이상 고뇌하지 않고, 몸싸움을 피하고, 삶과 행동에서 한발 떨어져 욕망의 격정을 잘 길들여 끝내는 없앴다고 자랑하는 걸 즐기게 되기 때문이다.

심지어 단순히 기뻐하는 데 그치지 않고 잘난 척까지 한다. 대체할 수 없는 덧없는 순간을 끝없는 영겁의 시간 속에서 살과 피를 가진 유일한 순간으로 영원하게 만듦으로써 자신이 아주 위대한 작품을 만들어냈다는 확신을 가지게 된다. 바로 이런 식으로 살과 뼈로 가득 차 생기가 넘치던 조르바가 내 손에서 잉크와 종이로 변했다. 나는 바라지 않았지만, 아니 오히려 그 반대를 바랐지만, 오래전부터 내 안에서 조르바 이야기는 분명해지고 있었다. 나의 내면에서 나만의 비밀들이 작품이 되기 시작했다. 처음에는 마치 내 몸에 다른 사람의 피가 들어온 듯, 내 몸의 기관들이 그 피를 길들이고, 동화시키고, 끝내 없애기 위해 싸우는 듯한, 들뜬 쾌락과 불쾌함이 뒤섞인, 음악적 동요였다. 그리고 그 축을 중심으로 낱말들이 모여들더니 마치 태아에 영양분을 공급하듯 그 축을 둘러싸기 시작했다. 희미한 기억들을 구체적으로 만들고, 저 밑에 가라앉아 있던 기쁨과 아픔들을 건져 올리고, 삶을 가벼운 공기로 띄워 올리면서 조르바는 조금씩 전설이 되어갔다.

나는 조르바의 전설에 어떤 형태를 주어야 할지 아직 알지 못했다.『아라비안나이트』와 같은 로맨스와 노래와 환상으로 가득한 이야기로 써야 할지, 아니면 우리가 갈탄광을 찾는 척하면서 땅을 파며 지냈던 크레타 섬의 바닷가에서 조르바가 내게 했던 대화들을 끄집어내어 무미건조하게 이야기해야 할지 알지 못했다. 갈탄광을 찾는다는 실용적인 목표는 단지 세상 사람들의 눈을 속이기 위한 것임을 우리 둘 모두 잘 알고 있었다. 우리는 어서 해가 저물어 광부들이 집으로 돌아간 뒤에 우리끼리 모래사장에 식탁을 차려놓고는 시골풍의 맛있는 음식을 먹고 크레타의 시큼하고 떨떠름한 포도주를 마시며 대화를 나누기만을 기다렸었다.

대부분의 경우 나는 잠자코 있었다. '지성인'이 야수에게 무슨 말을 하겠는가? 나는 그가 올림포스산에 있는 그의 마을에 대해서, 눈에 대해서, 늑대들에 대해서, 불가리아 반군에 대해서, 아야 소피아 성당에 대해서, 갈탄에 대해서, 마그네슘 광에 대해서, 여자들에 대해서, 하느님에 대해서, 조국과 죽음에 대해서 이야기하는 것을 들었다. 그리고 갑자기 격정에 사로잡혀 더 이상 말만으로는 성이 차지 않으면 그는 벌떡 일어나 바닷가의 굵은 자갈밭 위로 뛰어 올라 춤을 추곤 했다.

깡마른 몸으로 고개를 약간 뒤로 젖힌 채 강인하고 꼿꼿한 자세를 취하면서, 새처럼 조그맣고 둥근 눈매를 하고, 춤을 추다가 슬픈 소리를 내면서 두툼한 발바닥을 모랫바닥에 쿵쿵 구르고 바닷물을 얼굴에 뿌렸다.

내가 그의 목소리를, 아니 절규와 같은 외침을 들었더라면, 내 삶은 의미를 얻었을지도 모른다. 그리고 지금, 대마를 피운 사람처럼 빠져들어 종이와 잉크로 쓰고 있는 바로 그것들을 나의 삶으로, 피와 살과 뼈로 살았을 것이다.

나는 감히 용기를 내지 못했다. 나는 한밤중에 욕정의 으르렁 소리를 내며 춤을 추면서, 나에게 도덕과 관습이라는 탈을 벗어던지고 먼 여행을 함께하자고 울부짖는 조르바를 바라보았다. 하지만 나는 벌벌 떨면서 움쩍달싹도 하지 못했다.

나는 살아오면서 삶의 본질인 최고의 광기가 내게 하라고 소리치는 일을 감히 하려 드는 내 영혼을 꼭 붙들어 맨 것에 대해 여러 번 부끄러움을 느꼈지만 조르바 앞에서만큼 내 영혼에 대해 부끄러워했던 적은 없었다.

어느 날 새벽에 우리는 헤어졌다. 나는 배움에 대한 파우스트적 불치의 병을 고치지 못해 다시 외국으로 떠났고, 조르바는 북쪽으로 가서 세르비아의 스코페*에 자리 잡았다. 그의 말에 따르면 근처 산에서 마그네사이트 노다지 광맥을 발견해서, 몇몇 부자들을 구슬려서 연장을 사고 광부들을 고용해 다시 땅 밑으로 갱도를 파기 시작했다. 바위를 폭파하고 길을 열고 물을 끌어오고 집을 짓고, 노익장을 과시하며, 인생을 즐길 줄 아는 아름다운 과부 리우바와 결혼해 그녀와 함께 아이 하나를 만들었다.

어느 날 나는 베를린에서 조르바가 보낸 전보를 받았다. **"무지 무지 아름다운 초록빛 돌을 발견했음. 빨리 올 것. 조르바."**

당시 독일은 굶주림에 시달리고 있었다. 하찮은 물건을 사기 위해서 몇 백만 마르크화를 자루로 짊어지고 가야 할 정도로 화폐가 평가절하됐다. 식당에 가서 식사를 하고 나면 큼직한 돈 보따리를 식탁 위에 올려놓고 계산해야 했다. 그리고 급기야는 우표 한 장을 사기 위해 십억 단위의 돈을 치러야 했다.

굶주림, 추위, 기울 대로 기운 옷, 구멍 뚫린 구두, 독일인들의 붉은 얼굴이 노래졌다. 눈보라가 치고 사람들이 낙엽처럼 길거리에서 쓰러졌다. 젖먹이 아이들에게 속임수로 고무 조각을 씹게 하여 울지 않게 했다. 이 고통에서 벗어나려고 아기 엄마들이 아기와 함께 강으로 뛰어드는 것을 막기 위해 경찰들이 강의 다리 위를 순찰했다.

겨울이었고, 눈이 왔다. 내 옆방의 독일인 중국학 교수는 몸

---

* Skopje: 현재 북마케도니아 공화국의 수도.

을 덥히기 위해 극동 사람들이 취하는 편치 않은 자세로 붓을 잡고 고대 중국 노래나 공자 말씀을 베끼곤 했다. 붓 끝과 공중을 향한 팔꿈치와 심장이 삼각형을 이루어야만 했다.

"조금만 지나면 내 겨드랑이에서 땀이 나고 몸이 따듯해지지요." 그는 즐거운 표정으로 내게 말하곤 했다.

혹독하게 추운 날들을 보내던 중에 조르바의 전보를 받았다. 처음에는 화가 났다. 수백만 명의 사람들이 영혼과 몸을 떠받칠 빵 한 조각이 없어 굴욕을 당하고 무릎을 꿇는 상황에 아름다운 초록빛 돌 하나를 보기 위해 수천 킬로미터를 달려오라고 전보를 치다니…… 남들의 고통에 전혀 개의치 않는, 동정심도 없는 빌어먹을 아름다움이여, 저주나 받아라! 나는 속으로 외쳤다.

하지만 갑자기 몸이 떨려왔다. 화는 이내 가라앉고 나의 내면에서 조르바의 저 비인간적인 외침에 대답하는 또 다른 비인간적인 외침을 들으면서 몸서리쳤다. 나의 내면에서 한 마리 매가 날아오르기 위해 날개를 펼쳤다.

그러나 나는 떠나지 않았다. 이번에도 역시 용기를 내지 못했다. 기차에 오르지도 않았고, 나의 내면에 도사린 야수의 신성한 외침을 따르지 않았으며, 대담한 미친 짓도 하지 않았다. 지극히 계산적이고 냉정하고 논리적인 인간의 소리를 따랐다. 그리고 펜을 들어 조르바에게 변명을 늘어놓았다.

그가 답장을 보내왔다.

"대장, 참 불쌍한 사람이군요. 당신은 먹물이에요. 가련한 양반, 당신은 생애에 단 한 번뿐인 아름다운 초록빛 돌을 볼 기회를 차버렸어요. 하느님 맙소사, 언젠가 한번, 할 일이 없을 때 내 영혼에게 물었죠. '지옥이 있는 걸까, 없는 걸까?' 그런데 어제 당신 편지를 받고 '적어도 몇몇 먹물들에게는 분명히 지옥은 있는 거야'라고 내게 말했죠."

추억들이 떠오르고 하나의 기억이 다른 기억을 밀어내면서 조바심을 냈다. 정리를 해야 할 때였다. 조르바의 삶과 행적을 처음부터 정리할 때가 되었다. 하찮은 일들도 그와 관련된 것들은 지금 이 순간 투명한 여름 바다 속에서 찬란한 빛깔을 내는 물고기처럼 내 머릿속에서 분명하게, 그리고 요동치듯 빛나고 있었다. 조르바가 손댄 것들은 불멸의 존재가 된 듯, 그와 관련된 것들은 그 어느 것도 내 안에서 죽지 않았다. 한데 바로 그즈음부터 갑작스러운 불안이 나를 감쌌다. 그의 편지를 받은 지 벌써 2년이 되었고, 그도 이제는 일흔 살이 넘었을 테고, 건강에 문제가 있을지도 모른다. 분명히 건강이 좋지 않은 거야. 그렇지 않다면 내가 갑자기 그에 관한 모든 것을 재구성하고, 그가 한 모든 말과 행동을 기억해내어, 그것들이 도망가지 못하게 종이 위에 잡아놓아야 한다는 생각에 사로잡히는 까닭을 설명할 수 없다. 마치 내가 죽음을, 그의 죽음을 쫓아내기를 바라는 듯하다. 지금 내가 쓰는 것이 책이 아니라 '추도사'가 아닐까 두렵다.

이제 와서 보니 이 글에는 추도의 모든 요소들이 들어 있다. 이 글은 마치 계핏가루와 아몬드로 그의 이름 '알렉시스 조르바'를 멋들어지게 장식한, 다디단 설탕가루로 만든 콜리바*가 놓인 쟁반 같다. 그의 이름을 보는 순간 내 머릿속에서는 쪽빛 크레타 바다가 갑자기 폭발하며, 말들이, 웃음이, 춤들이, 취기와 시름이, 저녁녘의 조용한 대화가, 그리고 마치 매 순간 나를 반기는 듯한, 매 순간 영원히 내게 작별을 고하는 듯한, 다정하면서도 경멸하는 듯 나를 바라보는 그의 둥근 눈동자가 어른거린다.

그리고 박쥐처럼 줄에 매달려 있는 망자를 위한 장식 접시를 볼 때처럼, 또 우리들 마음속 동굴에 있는 기억들을 바라볼 때처럼, 꼭 그렇게, 내 의지와는 상관없이, 조르바의 그림자 뒤로 전혀 예기치 않은 또 다른 그림자가, 조르바와 함께 리비아 바다와 면한 크레타의 바닷가 모래사장에서 만났던, 분을 덕지덕지 바르고 수없는 남자와 입맞춤을 한, 타락한 여인의 아주 사랑스러운 또 다른 그림자가 첫 순간부터 얽힌다.

틀림없이 인간의 심장은 피로 가득 찬 굳게 닫힌 무덤이다. 이것이 한 번 열리면, 위안받지 못하는 모든 목마른 그림자들이 우리들 심장의 피를 마시고 다시 생명을 얻기 위해 주변 대기가 어둡게 될 정도로 까맣게 몰려든다. 왜냐하면 이들은 이것 이외에 다른 부활은 없다는 것을 알고 있기 때문이다.

그들 중 맨 앞에 조르바가 큰 걸음걸이로 다른 그림자들을 밀쳐내면서 달려온다. 왜냐하면 오늘이 그의 추도식 날임을 알기 때문이다.

* 축제나 장례식 때 쓰는 케이크.

그가 되살아나도록 우리 피를 줍시다. 내 생애에서 만난 가장
자유로운 외침이자 가장 열린 영혼과 튼튼한 육체를 지닌,
대식가이자 술고래이고 일벌레이며, 바람둥이 방랑자인
이 비범한 사람이 잠깐 동안 다시 살아나도록
우리가 할 수 있는 모든 일을 합시다.

# 1

내가 그를 처음 만난 건 피레우스*에서였다. 나는 크레타로 가는 배를 타기 위해 항구로 갔다. 날이 밝아오고 있었다. 비가 내렸다. 동남쪽에서부터 아주 강한 바람이 불었고, 바다의 물보라가 조그만 카페까지 날아왔다. 가게 유리문들은 닫혀 있었고, 실내 공기에서는 땀 냄새와 세이지** 향이 풍겼다. 밖은 추웠고 창문들에는 사람들의 입김이 서려 있었다. 커피색 산양 가죽 속셔츠를 입은 대여섯 명의 일꾼들이 밤새 일을 끝낸 뒤 커피와 세이지 차를 마시면서 뿌연 유리창을 통해 바다를 바라보고 있었다.

폭풍우의 거친 파도에 거의 정신을 잃은 물고기들은 물속으로 피난해 바다 위 세상이 잠잠해지길 기다리고 있었다. 어부들도 카페에 모여 신들이 보내는 폭풍우가 가라앉아 물고기들이 겁이

---

* 그리스 아테네의 외항.
** 꿀풀과의 여러해살이풀로 서양 요리에 향료로 쓰거나 차로 마신다.

없어지고 다시 수면으로 올라와 얼굴을 내밀어 미끼를 물기를 기다렸다. 넙치와 농어와 가오리가 밤 산책을 마치고 잠자리로 돌아오고 있었다. 날이 밝아오고 있었다.

유리문이 열렸다. 가죽 같은 얼굴을 한 키 작은 부두 노동자가 들어왔다. 모자도 안 쓰고 맨발에 진흙투성이였다.

"어이, 콘스탄디스, 어떻게 지내나?"

하늘빛 짧은 상의를 입은 고참 선원이 소리쳤다.

콘스탄디스가 화가 나서 침을 뱉으며 대답했다.

"어떠냐고? 아침이면 카페 가서 '안녕' 하고, 저녁에는 집에 가서 '안녕' 하지. 아침에는 카페에서 '안녕', 저녁에는 집에서 '안녕', 이게 내 일과야. 일이지, 에이!"

몇 사람은 웃고, 다른 이들은 머리를 끄떡이며 욕을 내뱉었다.

"인생이란 무기징역이지. 빌어먹을 무기징역!" 카라기오지스*로부터 철학을 배운 짙은 콧수염의 사나이가 말했다.

파르스름한 빛이 지저분한 창문을 부드럽게 비추더니 카페 안으로 스며들어서는 사람들의 손과 코끝과 이마를 비춘 뒤 벽난로로 뛰어들었고, 술병들에는 불이 붙었다. 전깃불은 힘을 잃었고, 선잠에서 깬 비몽사몽인 카페 주인은 손을 뻗어 전등들을 껐다.

잠시 고요가 흘렀다. 모두 눈을 들어 진창이 된 바깥 풍경을

---

* Karaghiozis: 대머리에 꼽추인 주인공을 중심으로 한 그리스, 터키 지역 그림자극의 제목이자 주인공 이름. 힘없고 가난한 서민의 애환을 해학적으로 풀어낸 작품으로, 주인공 카라기오지스는 학자는 아니나 현명한 자로 등장한다.

바라보았다. 부서지는 파도의 으르렁거리는 소리가 들렸고, 카페 안의 물담배 통 몇 개에서도 가르르거리는 소리가 났다.

나이 든 뱃사람이 한숨을 내쉬며 소리 질렀다.

"아, 레모니스 선장은 어찌 된 거야? 하느님께서 구해주시길!"

그러고는 거친 눈매로 바다 저편을 바라봤다.

"부부를 갈라놓는 자여, 저주 받아라!"

그는 푸념을 늘어놓으면서 잿빛 콧수염을 깨물었다.

나는 구석에 앉아 있었다. 추웠다. 세이지 차를 한 잔 더 주문했다. 졸렸다. 나는 잠과 피로와 새벽녘의 우울증과 싸우고 있었다. 나는 뿌연 창문을 통해 뱃고동 소리와 우마차와 선장들의 시끌벅적한 소리에 잠에서 깨어나고 있는 항구를 하염없이 바라보았다. 바다가, 비가, 아주 무거운 이별이 낚싯줄처럼 내 가슴을 휘감았다.

나는 갑판 아래쪽은 아직도 깊은 밤에 잠겨 있는 큰 배의 검은 뱃머리를 응시했다. 비가 내렸고, 나는 하늘과 바닥의 진창을 하나로 이어주는 비를 보고 있었다.

내가 검은 배와 돛과 비를 보고 있는 동안, 나의 아픔은 천천히 형체를 취하더니 추억들이 떠올라 공중에 이랑을 만들고, 비와 열망은 사랑하는 친구의 모습으로 변했다. 언제였던가? 작년에? 전생에? 어제? 언젠가 나는 그에게 작별을 고하기 위해 이 항구로 왔었다. 비와 추위와 새벽을 기억한다. 그리고 내 가슴은 또다시 저항으로 부풀어 올랐다.

사랑하는 사람과 시간을 끌며 헤어지는 것은 독약이다. 단칼에 자르고 인간 본연의 상태대로 외로움 속에 홀로 남는 것이 차라리 낫다. 하지만 그날 새벽 빗속에서 나는 친구를 떠나보낼 수 없었다. (나중에서야, 불행히도 아주 늦게야, 그 까닭을 깨달았다.) 나는 그와 함께 배에 올라 그의 선실로 가서 여기저기 흩어져 있는 가방들 사이에 앉았다. 나는 그가 딴 곳을 보는 동안 마치 그의 특징을 하나하나 모두 확인하려는 듯이, 푸르스름하게 빛나는 그의 눈동자와, 둥글고 젊은 그의 얼굴과, 자신감에 넘치는 고매한 표정과, 그리고 무엇보다도 귀족적인 길고 가느다란 손가락들을 고집스럽게 찬찬히 뜯어보았다.

한순간 친구는 자신을 빨아들이듯 훑어보는 내 눈길을 의식했다. 그러고는 자신의 감정을 감출 때 흔히 하듯 장난기 어린 표정으로 내게 몸을 돌렸다. 나를 찬찬히 바라보고 나서 친구는 금방 눈치를 채고는 이별의 슬픔을 떨쳐내기 위해 비아냥거리는 미소를 지으며 물었다.

"언제까지 그럴 거야?"

"언제까지라니?"

"언제까지 종이에 파묻혀 잉크를 뒤집어쓰고 지낼 참이냐고? 나와 함께 떠나자. 캅카스*에는 수많은 우리 동포가 위험에 처해 있어. 같이 가서 그들을 구하자."

그는 자신의 드높은 이상을 비웃으려는 듯이 웃으며 덧붙였다.

* 흑해와 카스피 해 사이에 있는 산맥.

"물론 우리가 그들을 구할 수 없을는지도 모르지. 하지만 그들을 구하려고 애쓰는 동안 우리가 구원받을지도 모르잖아. 그렇지 않나? 나의 선생이시여, 그건 선생의 주장 아니었던가요? '구원받을 수 있는 길은 오직 다른 이들을 구하기 위해 투쟁하는 거'라고…… 자, 그런 걸 가르치셨으니, 선생, 같이 갑시다."

나는 대답하지 않았다. 성스러운 곳, 신을 낳은 동쪽의 높은 산들, 바위에 못 박힌 프로메테우스의 외침…… 그 시절 몇 년 동안이나 같은 바위에 못 박힌 동포들이 소리치고 있었다. 그들은 위험에 처해 있었다. 그 민족이 자신들을 구해달라고 자신의 아들 한 명을 부르고 있었다. 그러나 나는 그런 고통이 꿈이라는 듯이, 그리고 삶이란 현존하는 비극이라는 듯이, 그리고 망루에서 뛰어내려 무대 위로 오르는 것이, 행동으로 옮기는 것이 지극히 촌스럽고 순진한 짓이라는 듯이 꼼짝도 않고 듣기만 했다.

친구는 대답을 기다리지도 않고 일어섰다. 배는 벌써 세번째 고동을 울리고 있었다. 그가 손을 내밀었다.

"잘 있어, 이 책벌레*야."

그가 감정을 숨기기 위해 빈정거리며 말했다.

그는 자신의 감정을 다스리지 못하는 것은 수치라는 걸 잘 알고 있었다. 눈물과 부드러운 속삭임, 불안한 몸짓들, 소시민적 친근함은 그에게 인간의 흉한 싸구려 감정을 떠올리게 했다. 우리는 서로를 그토록 좋아했건만 단 한 번도 부드러운 말을 주고받은 적

---

* 그리스어로는 '종이 파먹는 쥐새끼'를 말한다.

이 없었다. 우리는 야수들처럼 서로를 할퀴며 놀았다. 그는 세련되고 냉소적이며 교양이 있었고, 나는 야만인이었다. 그는 자신의 영혼이 드러내는 모든 것을 미소로 다 소모시킬 줄 아는 절제된 인간이었고, 나는 어울리지 않는 야만스러운 웃음을 갑자기 터뜨리는 즉흥적인 인간이었다.

나 역시 거친 말로 흔들리는 감정을 감추려고 애썼다. 하지만 부끄러웠다. 아니 부끄러워한 게 아니었다. 그럴 수가 없었던 것이다. 나는 그의 손을 꽉 잡았다. 꼭 붙잡고는 놓아주지 않았다. 그가 이상하다는 듯이 나를 바라보았다.

"울컥하냐?" 그가 미소를 지으려고 애쓰면서 물었다.

"그래." 내가 조용히 대답했다.

"왜? 우린 벌써 오래전에 네가 좋아하는 일본인들이 말하는 '부동심不動心' '감정도 없는 상태ἀπάθεια, 동요도 없는 상태ἀταραξία' '미소 짓는 무표정한 가면'에 대해 합의를 보지 않았었나? 그 가면 뒤의 일은 각자의 몫이지."

"그래." 다시 긴 이야기에 빠져들지 않으려고 노력하면서 내가 대답했다. 나는 목소리가 떨리지 않도록 자제할 수 있을지 자신이 없었다.

선실에서 환송하는 사람들의 퇴선을 재촉하는 소리가 들렸다. 조용히 비가 내리고 있었다. 감상적인 이별의 말들과 맹세들, 헤어짐의 긴 입맞춤, 숨가쁘게 서둘러 내뱉는 부탁의 말들이 허공을 떠돌았다. 어머니가 아들에게, 아내가 남편에게, 친구가 친구에게 안겼다. 마치 영원히 헤어지는 것처럼…… 마치 이 짧은 이별이 긴 이별을 상기시키는 것처럼…… 그리고 부드럽기 그지없이 '공' 하고 울리는 소리가 이물과 고물에서부터 축축한 공중으로 조종처럼 울려 퍼졌다.

친구가 내게로 몸을 숙였다.

"이봐, 불길한 예감이라도 드는 거야?" 그가 조용히 말했다.

"그래." 내가 다시 대답했다.

"그런 엉터리 같은 이야기를 믿는 건 아니겠지?"

"그럼." 내가 확신을 가지고 대답했다.

"그래, 그런데?"

'그런데' 따위는 없었다. 그런 건 믿지 않았다. 다만 두려웠을 뿐이다.

친구는 자신의 왼손을 가볍게 내 무릎 위에 올려놓았다. 토론 끝에 내가 결정을 내리라고 재촉할 때면 그가 공연히 맞서다가 마침내 받아들이고, 마치 "네가 바라는 대로 할게, 널 사랑하니까……"라고 말하는 듯 내 무릎을 만지곤 했던 것이다. 가장 진심 어린 순간에 그가 버릇처럼 하는 행동이었다.

그가 눈을 두세 번 깜빡거렸다. 그리고 다시 나를 보았다. 그는 내가 매우 슬퍼하고 있음을 눈치챘기에 우리들이 즐겨 사용하는 무기인 웃음과 비웃음을 사용하기를 주저하고 있었다.

그가 말했다. "좋아. 손을 줘봐. 우리 둘 중에 한 명이 죽을 위험에 빠지면……"

그는 창피한 듯 말을 멈췄다. 그토록 오랫동안 영혼을 넘어서는 비상을, 그리고 채식주의자들과 심령술사들과 신적 지혜를 가졌다는 자들을, 영매들을 마음껏 조롱했던 우리들인데……

"그래서?" 나는 그의 마음을 헤아려보기 위해 물었다.

"말하자면 말이지, 장난삼아서…… 우리 둘 가운데 한 명이 죽을 위험에 처하면, 상대방이 어디에 있든 그걸 눈치챌 수 있도록 격렬하게 상대방을 생각하자고…… 알았지?" 그가 자신이 내뱉은 위험한 말에서 벗어나려고 서둘러 말했다.

그는 웃으려 했지만 그의 입술은 굳어버린 듯 움직이지 않았다.

"알았어." 내가 말했다.

친구는 자신의 조바심이 너무 드러나지 않았을까 두려워하며 내게 급히 말했다.

"물론 나는 영혼 사이의 그런 초자연적인 소통을 믿지 않지만……"

"상관없어. 그러지 뭐." 내가 웅얼거렸다.

"좋아, 그럼. 그러자고. 장난삼아 해보자고, 알았지?"

"알았어." 내가 다시 대답했다.

이것이 우리가 나눈 마지막 대화였다. 우리는 말없이 굳은 악수를 나누었고 손가락들은 서로를 애타게 그리워하듯 하나가 됐다가 갑작스럽게 떨어졌다. 그리고 나는 마치 누가 나를 쫓는 것처럼 뒤도 안 돌아보고 재빨리 빠져나왔다. 마지막으로 한 번 더 친구를 보기 위해 고개를 돌리고 싶었지만 꾹 참았다. 나는 속으로 혼잣말을 했다. "돌아보지 마! 이 정도면 됐어!"

인간의 영혼은 진흙덩어리다. 모호하고 촌스러운 욕망들로 가득하고, 길들여지지도, 다듬어지지도 않고, 아무것도 분명하지도 확실하지도 않으며, 전혀 예측할 수 없다. 만약 예측할 수 있었더라면 우리들의 이 헤어짐도 전혀 다른 모습이었을 것이다.

날은 점점 밝아왔고, 두 아침은 하나가 되면서 나는 항구의 대기 속에 젖어 있는 단호하고도 슬픈 표정의 친구 얼굴을 좀더 분명하게 떠올릴 수 있었다. 카페의 유리문이 열리면서 콧수염을 기른 뱃사람이 짧은 다리를 한껏 벌리며 들어왔다. 기쁨의 환호성이 터져 나왔다.

"어서 오세요, 레모니스 선장."

나는 구석으로 몸을 사리면서 정신을 집중하려고 노력했다. 하지만 친구의 얼굴은 벌써 비에 녹아내려 사라졌다.

레모니스 선장은 콤볼로이*를 꺼내서는 조용히 만지작거리기 시작했다. 그는 근엄하고 말수가 적었다. 나는 꺼져가는 기억들을 잡아보려고 보지도 않고 듣지도 않으려고 애썼다. 그리고 그 옛날 친구가 쉰 목소리로 나를 "책벌레"라고 불렀을 때 느꼈던 분노를, 아니 부끄러움을, 다시 느껴보려고 했다. 그가 옳았다. 인생을 그토록 사랑하는 내가 어떻게 몇 년 동안이나 종이와 잉크에만 빠지게 된 걸까! 헤어지던 그날 내 친구는 내가 분명히 깨닫게 나를 도와주었다. 나는 기뻤다. 이제 내 불행의 이름을 알게 되었으니 나는 훨씬 더 쉽게 그것을 극복할 수 있을 것이다. 불행은 더 이상

---

* 그리스정교의 남자들이 사용하는 묵주.

흩어져 있지도 않고 형체가 없지도 않아 잡을 수 있을 것 같았다. 마치 불행에도 형체가 생겨서 내가 그것과 싸우기가 수월해진 것 같았다.

내 친구의 그 잔인한 말은 나의 내면에서 은밀히 공격을 시작했고, 그때부터 나는 종이를 던져버리고 행동으로 뛰어들 기회만 찾았다. 나는 이 형편없는 저돌적인 짐승을 나의 정신적 징표로 지니고 있는 것이 지겹고도 창피했다. 그리고 한 달 전에야 기회를 잡았다. 나는 지금 리비아를 바라보는 크레타 바닷가의 갈탄 폐광을 임대해서, 나와 같은 부류의 책벌레들로부터 멀리 떨어져 노동자들과 시골 사람들 같은 평범한 사람들과 함께 살기 위해 크레타로 가는 중이다.

나는 떠날 준비를 했고 마치 이번 여행에 깊이 감춰진 의미가 있는 것처럼 매우 감동했다. 나는 속으로 내 삶의 행로를 바꾸기로 결심했다. 나는 "나의 영혼아, 너는 지금까지는 그림자를 보고 만족했지만, 이제 나는 살아 있는 육신을 찾아 나설 거야"라고 속삭였다.

나는 준비가 되어 있었다. 떠나기 전날 서류들을 정리하다가 반쯤 끝낸 원고를 발견했다. 나는 그것을 들고는 주저하면서 원고지를 넘겼다. 2년 동안 나의 내면 깊숙이에 갈등이, 커다란 욕망이, 씨앗 하나가 자리 잡고 있었다. 바로 부처였다. 나는 나를 괴롭히고, 나를 동화시키고 속박하려는 부처가 느껴졌다. 그는 점점 더 커지더니 벗어나려고 안달하면서 내 가슴을 차기 시작했다. 그렇지만 지금 나는 그를 떨쳐버릴 생각이 없다. 그럴 수 없었다. 정신적으로 그를 내쫓기에 나는 너무 늦은 나이였다.

잠깐 동안, 결정을 내리지 못하고 그렇게 원고를 붙잡고 있는 동안에 내 친구의 미소가 공중에서 온갖 비웃음과 다정함을 담은 채 고개를 저었다. "가져갈 거야! 겁날 거 없어. 난 이걸 가져갈 거야. 빈정대지 마!" 나는 고집을 피웠다. 그리고 포대기에 갓난아이를 싸듯 그 원고를 정성 들여 쌌다. 그리고 함께 가지고 왔다.

레모니스 선장의 나지막한 쉰 목소리가 들려왔다. 나는 귀를 쫑긋 세웠다. 그는 폭풍우 속에서 자신의 배의 돛을 붙잡고 핥아대던 끔찍한 괴물에 대해 이야기하고 있었다.

"그놈은 부드럽고 미끈미끈했지만 그걸 잡으면 손에 불이 붙었어. 나는 얼른 내 콧수염을 쓰다듬었지. 그런데 내가 밤새 악마처럼 번쩍거리는 거야. 배 안은 마치 바다가 들어온 것 같았어. 화물로 실었던 석탄이 물에 젖어 무거워지면서 배가 무릎을 꿇듯 가라앉기 시작했지. 하지만 그때 하느님께서 손을 쓰셔서 벼락으로 화물칸 문짝을 부쉈고, 바다는 온통 쏟아진 석탄으로 가득 찼지. 배가 가벼워져 다시 떠오르면서 난 목숨을 건졌고. 그렇게 된 거야."

나는 주머니에서 문고판 단테의 『신곡』을 꺼냈다. 파이프에 불을 붙이고 벽에 기댔다. 편했다. 내 욕망은 잠시 어딜 읽어야 하지? 하고 망설였다. 이 불멸의 명작을 어디서부터 시작할까? 「지옥」의 들끓는 용암에서부터? 아니면 서늘한 「연옥」의 불길에서부터? 그도 아니면 곧바로 인간 희망의 가장 높은 층으로 직행할까? 내가 하고픈 대로 선택하기만 하면 된다. 나는 조그만 『신곡』

을 손에 쥐고 나의 자유를 만끽하고 있었다. 이 이른 아침에 선택한 시구가 오늘 하루를 결정할 것이다.

나는 결정하기 위해 몸을 굽혀 온 신경을 집중하려 했지만 그럴 수가 없었다. 갑자기 불안을 느끼며 고개를 들었다. 왜 그런지 모르겠지만 내 정수리에 두 개의 구멍이 뚫린 것만 같았다. 나는 재빨리 머리를 돌려 뒤쪽 유리문을 보았다. 내 머릿속으로 희망이 번개처럼 스쳐갔다. '내 친구를 다시 보게 되는 거다.' 나는 기적을 받아들일 준비가 되어 있었다. 하지만 착각이었다. 큰 키에 깡마른 예순다섯쯤 된 웬 노인이 겨드랑이에 납작한 작은 꾸러미를 낀 채 눈을 크게 뜨고 유리창에 얼굴을 바짝 대고 있었다.

무엇보다도 인상적인 것은 비웃는 듯한, 슬프고 불안하면서도 불타는 듯한 그의 눈초리였다. 적어도 내게는 그렇게 보였다.

나와 눈이 마주치자 그는 마치 내가 자신이 찾던 사람이 틀림없다는 듯 확신에 차서 손을 뻗어 문을 열었다. 그는 빠르고 가벼운 발걸음으로 탁자들을 지나 내 앞으로 왔다.

"여행 가쇼? 어디로 가쇼?" 그가 내게 물었다.

"크레타로 갑니다. 그런데 그건 왜 물으시죠?"

"날 데려가시겠소?"

나는 그를 찬찬히 바라보았다. 그는 움푹한 뺨과 튼튼한 치열, 툭 튀어나온 광대뼈, 회색빛 곱슬머리, 빛나는 눈동자를 갖고 있었다.

"왜요? 당신하고 뭘 같이 할 수 있는데요?"

그는 어깨를 으쓱했다.

"왜, 왜? 사람들은 도대체 이유가 없으면 아무것도 못 하는 거요? 그냥 기분 따라 하면 안 되나요? 예를 들어, 음, 나를 요리사로 데려가쇼. 내가 수프는 좀 끓일 줄 아니까……"

나는 웃었다. 나는 도끼질하듯 맺고 끊는 게 확실한 그의 태도와 말들이 마음에 들었다. 그리고 나는 수프도 좋아했다. 멀고도 구석진 바닷가로 이 어수룩한 키다리 노인네와 함께 가는 것도 괜찮을 것 같다는 생각이 들었다. 수프와 웃음, 대화…… 그는 파란만장한 삶을 산 뱃사람 신드바드처럼 여행을 많이 한 듯했다. 마음에 들었다.

"무슨 생각을 하고 있소? 저울질하고 있소? 한 푼 한 푼 계산하고 있는 거요? 여보쇼, 결정을 하쇼. 계산 따위는 집어치우고!"
그가 큰 머리를 도리질하며 말했다.

나는 내 앞에 서 있는 바짝 마른 키다리에게 번번이 고개를 들어 말하기가 귀찮아졌다. 나는 단테의 『신곡』을 덮었다.

"좀 앉으시죠. 세이지 차 한 잔 하시겠어요?" 내가 물었다.

그가 앉았다. 그리고 꾸러미를 조심스레 옆 의자에 내려놓았다.

"세이지 차요? 여보쇼, 주인장, 여기 럼주 한 잔 주쇼."

그는 럼주를 한 모금씩 한 모금씩 마셨다. 그는 럼주를 음미하기 위해 입안에 오랫동안 머금었다가 속이 뜨듯해지도록 천천히 넘겼다. '애주가로군, 술꾼이야.' 나는 속으로 생각했다.

"무슨 일을 하시죠?" 내가 물었다.

"어떤 일이든 하죠. 발로 뛰는 일, 손으로 하는 일, 머리 쓰는 일, 모두 다 하죠. 지금 우리에게 필요한 건 선택하는 것뿐이죠."

"최근에는 무슨 일을 했나요?"

"광산에서 일했죠. 아쇼? 나는 유능한 광부요. 그걸 아셔야 해요. 나는 광산 일을 잘 알아서 광맥을 찾고, 갱도를 파고, 갱도 끝까지 내려가고…… 나는 두려워하지 않아요. 나는 십장으로 일도 잘했고 불평도 없었죠. 하지만 악마가 꼬리를 들이밀었죠. 지난 토요일 저녁 기분이 좋아서 여기저기를 재빠르게 쏘다니다가 그날 우리를 감시하러 온 광산 주인을 만났죠. 그래서 그놈을 흠씬 두들겨 패줬죠."

"왜요? 그가 당신한테 무슨 짓을 했는데요?"

"나한테요? 아무 짓도 안 했죠. 정말 아무 짓도 안 했어요. 그날 처음으로 그놈을 본 거예요. 그 가엾은 작자는 우리들에게 담배도 나눠주고 그랬죠."

"그런데 왜 그랬어요?"

"아이구, 계속 앉아서 묻기만 하는군요. 그냥 그러고 싶었을 뿐이에요. 됐어요? 방앗간 마누라 엉덩이에서 철자법을 찾는군요.* 방앗간 마누라의 엉덩이는 인간의 정신이에요." 나는 인간 정신에 대한 수많은 정의를 읽었지만 이 정의가 가장 놀라웠다. 마음에 들었다. 나는 나의 새로운 동반자를 바라봤다. 그의 얼굴은 메마르고 차가운 북동풍과 비에 시달려 긁히고 벌레가 먹은 것처럼 얽은 데다, 주름투성이였다. 몇 년 후에 파나이트 이스트

---

* 엉뚱한 곳에서 엉뚱한 것을 찾는다는 뜻.

라티*의 얼굴에서 이와 똑같은, 닳고 닳은 불쌍한 나무판자 같은 인상을 받았다.

"그런데 그 꾸러미 안에는 뭐가 있는 거요? 음식? 옷? 연장들?"

내 동반자는 어깨를 으쓱하면서 웃음을 터뜨렸다.

"참견을 많이 하시는구려, 날 좀 내버려두쇼." 그는 이렇게 말하며 길고도 억센 손가락으로 꾸러미를 쓰다듬었다.

"아뇨, 이건 산투리**예요." 그는 한숨을 쉬었다.

"산투리요? 산투리를 치세요?"

"가난이 나를 짓누를 때면 카페를 돌아다니며 산투리를 연주하죠. 때로는 전통 클레프테스***풍의 마케도니아 민요를 노래하기도 하죠. 그리고 여기 이 모자를 접시 대신 꺼내 푼돈을 모으죠."

"이름이 뭐죠?"

"알렉시스 조르바예요. 때로는 내가 꺽다리 수도사 같은 데다 머리가 납작하다고 '전봇대'라고 놀리기도 하죠. 하지만 그렇게 부르는 건 웃기는 거예요. 내가 왕년에 숯불에 볶은 호박씨를 팔았을 때는 나를 '차카추카스'****라고도 불렀고요. 또 내가 가는 곳마다 초를 치고 초토화한다고 해서 '흰곰팡이'라고도 불렀죠. 다

---

* Panaït Istrati(1884~1935): 루마니아의 작가로 프랑스어와 루마니아어로 작품을 썼다. 발칸의 막심 고리키로 불린다.
** 그리스에서부터 이란까지의 넓은 지역에서 연주하는 타현악기로, 각기 다른 24개 음을 내는 72개의 줄이 달려 있다.
*** 클레프테스는 원래 '도둑, 산적'이란 뜻의 낱말이지만 오스만튀르크 지배 때 산속에서 살면서 무장을 하고 터키인들과 싸운 사람들을 가리키기도 한다.
**** '즉흥적으로 즉석에서 일을 착착 해치우는 자'라는 뜻.

른 별명도 많지만 그건 다음에 이야기하기로 합시다."

"그런데 어떻게 산투리를 배우게 됐죠?"

"내가 스무 살 때였어요. 올림포스산 아래의 어떤 마을 축제에 갔다가 생전 처음으로 산투리 소리를 듣게 됐지요. 숨이 멎는 듯했어요. 나는 사흘 동안 아무것도 삼킬 수가 없었죠. '왜 그러는 거냐?' 아버지께서 — 하느님께서 그의 영혼을 용서해주시길! — 내게 물었죠. '저는 산투리가 배우고 싶어요.' '뭐라고? 부끄럽지도 않으냐? 네가 집시냐? 악기를 연주하게?' '저는 산투리를 배우고 싶어요……' 그때 내겐 기회가 되면 결혼하려고 모아둔 비자금이 있었어요. 유치하고 미친 짓이었죠. 혈기 왕성했던 나는 엉큼하게도 결혼을 하려고 했지요. 내가 가지고 있는 것을 몽땅 다 주고 산투리 하나를 샀지요. 그게 바로 이거예요. 나는 이걸 가지고 테살로니키로 가서 '레쳅-에펜디'라는 터키인인 산투리 명인을 만났죠. 나는 그의 발아래 엎드렸죠. '뭘 원하는 거냐? 그리스 놈아.' 그가 물었죠. '저는 산투리를 배우고 싶습니다.' '음, 그런데 왜 내 발 앞에 엎드린 거냐?' '저는 수업료를 낼 돈이 없습니다.' '너는 산투리에 대한 열정이 있느냐?' '네, 있습니다.' '그래? 그러면 나도 수업료 따위는 받지 않겠다.' 나는 일 년 동안 그의 곁에서 산투리를 배웠죠. 하느님께서 그에게 명복을 베푸시기를, 아마 지금쯤은 돌아가셨을 거예요. 하느님께서 천국에 개를 받아주신다면 '레쳅-에펜디'도 받아주시기를 빕니다. 산투리를 배운 뒤로 나는 다른 사람이 됐죠. 걱정이 있거나 가난이 나를 조여오면 나는 산투리를 치고 기운을 얻죠. 내가 산투리를 칠 때면 내게 말을 걸어도 듣지 못해요. 듣는다고 해도 대답할 수 없어요. 아무리 대답하고 싶어도 할 수가 없어요."

"왜요, 조르바?"

"애욕 때문이죠."

문이 열렸다. 바다의 윙윙대는 소리가 다시 카페 안으로 들어왔고, 손과 발이 부들부들 떨렸다. 나는 더 구석으로 몸을 움츠리고 외투로 몸을 감쌌다. 예기치 않았던 행복감이 나를 감쌌다. 나는 생각했다. '어디로 간단 말인가? 여기가 좋은데. 이 순간이 오래 계속되었으면······'

나는 내 앞에 있는 낯선 사람을 보았다. 그의 작고, 둥글고, 새까만 눈동자가 나를 뚫어지게 보고 있었다. 흰자위에는 붉은 핏줄이 보였다. 나는 그가 구멍이라도 낼 것처럼, 굶주린 듯, 구석구석 나를 탐색하고 있음을 느꼈다.

"그래서요? 그다음에는요?" 내가 물었다.

조르바가 다시 삐쩍 마른 어깨를 으쓱했다.

"참 집요하시군. 담배나 한 대 주쇼." 그가 말했다.

나는 담배를 건넸다. 그가 조끼에서 부싯돌과 심지를 꺼내 불을 붙였다. 그의 눈동자들은 만족감에 반쯤 감겨 있었다.

"결혼했어요?"

"나도 사람이오. 인간이란 눈먼 장님이에요. 나 역시 내 앞에 간 사람들처럼 똑같은 구멍에 머리를 처박았죠. 결혼했었죠. 악수를 둔 거죠. 가장이 되고 가정을 꾸렸죠. 애도 낳고요. 고문이었죠. 하지만 산투리가 있으면 됐죠, 뭐."

"고통을 잊으려고 집에서 산투리를 쳤나요?"

"참, 이 양반, 음악이라곤 전혀 모르는 것 같군. 무슨 헛소리를 하는 거요? 가정이라는 건 골칫덩어리죠. 마누라, 자식새끼들, 뭘 먹어야 할지, 뭘 입어야 할지, 뭐가 되겠소? 지옥이지. 산투리는 깨끗한 마음이 필요해요. 만일 마누라가 내게 잔소리를 지껄이면 어떻게 내가 산투리를 칠 기분이 나겠소? 아이들이 배고파 찡얼거리면 산투리를 칠 수 있겠소? 산투리는 산투리만 생각해야 칠 수 있단 말이오. 알아듣겠소?"

나는 조르바야말로 내가 그토록 오랫동안 찾았지만 만나지 못했던 사람임을 깨달았다. 생동감이 넘치는 마음과 뜨거운 목구멍을 가진, 대지의 어머니 가이아에게서 미처 탯줄을 자르지 못한, 길들여지지 않은 위대한 영혼을 가진 사람!

이 부지런한 사람이 나에게 가장 단순한 말로, 예술과 아름다움에 대한 사랑, 순수함, 그리고 열정이 무언지 분명하게 알려주었다.

나는 산투리와 곡괭이를 다루는, 못이 박히고 흠집으로 가득하고, 뒤틀리고 신경질적인 그의 손을 바라보았다. 그는 조심스럽게 정성을 다하여, 마치 여인의 옷을 벗기듯 보따리를 풀어, 줄이 많고 구리와 상아 장식이 있으며 끝에 빨간 비단이 달린, 매끈거리는 오래된 산투리를 꺼냈다. 굵은 손가락이 천천히, 열정적으로 여인을 만지듯, 그것을 쓰다듬었다. 그리고 마치 사랑하는 사람이 추위를 탈까 봐 감싸주듯이 다시 쌌다.

"바로 이거죠." 그는 중얼거리면서 다시 의자 위에 그것을 내려놓았다.

뱃사람들은 이제 잔을 맞부딪치면서 웃음바다를 이루고 있었다. 한 사람이 레모니스 선장의 등을 부드럽게 쳤다.

"어이, 다섯 잔 하고 한 잔 더 마셔, 그리고 고백해. 네가 성 니콜라오스*에게 어떤 촛불을 켜겠다고 맹세했는지 하느님은 알고 계셔."

선장은 가시덤불 같은 눈썹을 찡그렸다.

"바보 같은 놈, 내가 바다에 두고 맹세하건대, 죽음과 대면했을 때 성모 마리아도, 성 니콜라오스도 떠오르지 않았어. 쿨루리를 향해 돌아오는 중이었는데 갑자기 마누라 생각이 나서 소리쳤지. '어이, 카테리나, 이 바보 년아, 난 지금 너하고 침대에서 뒹굴고 싶어.'"

뱃사람들은 또다시 배꼽을 쥐고 굴렀다. 그러자 레모니스 선장이 "이봐, 인간이란 짐승이야. 천사장이 칼을 들고 바로 자기 위에 서 있어도 마음은 '거기'에 가 있지. 바로 맞혔지? 부끄러운 줄도 모르는 인간들, 어디 가겠어!"

그러고는 손뼉을 쳤다.

"주인장, 이 작자들에게 한 잔씩 돌려!" 그가 소리쳤다.

조르바는 둥근 귀를 쫑긋 세우고 듣다가 뱃사람들 쪽으로 몸을 돌려 그들을 바라보더니 다시 나를 향했다.

"'거기'가 어디요? 저 작자가 무슨 말을 하는 거요?" 그가 물

---

* St. Nikolaos(270~343): 터키 소아시아 미라 지역의 대주교였으며, 뱃사람들의 수호성인이다.

었다.

그러더니 그는 갑자기 깨닫고는 펄쩍 뛰었다.

"이런, 브라보! 저 뱃놈들이 밤낮으로 죽음과 싸우니까 저런 비밀을 아는군." 그가 감탄하며 말했다.

그는 공중에 큰 손을 휘저었다.

"그건 그렇고, 저 사람들이 무슨 말을 하든, 자 우리 이야기를 계속합시다. 있을까요, 떠날까요? 결정을 내리쇼." 그가 말했다.

"조르바, 좋아요." 나는 그의 손을 잡지 않으려고 억지로 참았다. "조르바, 같이 갑시다. 크레타에 갈탄광 하나를 가지고 있는데 거기 가서 광부들을 관리해주세요. 저녁이면 우리 둘이 모래사장에 함께 누웁시다. 나는 아내도, 아이도, 강아지도 없어요. 함께 먹고 마시고 합시다. 그러고 나서 산투리도 치고……"

"기분이 내키면 치죠, 알아듣겠소? 난 당신이 바라는 대로 당신을 위해 열심히 일하겠소. 노예처럼요. 하지만 산투리는 전혀 별개요. 이놈은 야수요. 자유가 필요해요. 내가 기분이 내키면 칠 거요. 노래까지도 할 거요. 또 제임베키코,* 하사피코,** 펜토잘리*** 같은 춤도 출 거요. 하지만 이건 꼭 분명히 해둡시다. 내가 기분 날 때만이오. 계산을 분명히 합시다. 만약 내게 강요하면, 난 떠납니다. 이건 분명히 아쇼. 내가 인간이라는 걸."

"인간이라고요? 그게 무슨 뜻이오?"

---

* 이슬람으로 개종한 소아시아 지역 그리스인들의 전통적인 춤.
** 마케도니아와 콘스탄티노폴리스 백정들의 전투 행위를 흉내 내어 만든 춤.
*** 크레타와 에게 해 섬의 전통 민속춤.

"보쇼, 자유인이란 거요."

"주인장, 여기 럼주 한 잔 더요." 내가 소리쳤다.

"럼주 두 잔이오." 조르바가 재빨리 끼어들었다. "여보쇼, 당신도 럼주를 마셔야 건배를 하죠. 세이지 차와 럼주는 사돈을 안 맺어요. 당신도 럼주를 마셔야 해요. 그래야 사돈을 맺죠."

우리는 잔을 마주쳤다. 이제 날은 완전히 밝았다. 증기선이 기적을 울렸다. 내 가방들을 여객선까지 실어다줄 배의 뱃사공이 와서 고갯짓을 했다. 나는 일어나서 조르바의 어깨에 손을 얹었다.

"갑시다, 하느님의 가호가 있기를."

"또 악마의 것도." 조르바가 조용히 덧붙였다.

그는 몸을 굽혀 산투리를 들어 겨드랑이에 끼고는 문을 열고 앞장서 나갔다.

2

 바다, 가을의 달콤함, 빛으로 먹을 감은 섬들, 그리스의 영원히 벗은 몸에 옷을 입히는 투명한 이슬비. 죽기 전에 에게 해를 항해하는 영광을 누리는 사람들은 행복하다.
 이 세상에는 여자, 과일, 생각 들과 같은 즐거움들이 많이 있지만, 가을의 부드러움과 각 섬 이름을 하나하나 중얼거리면서 이 바다를 항해하는 것보다 더 우리 마음을 천국으로 깊숙이 잠기게 하는 기쁨은 없다. 세상 다른 어느 곳에서도 이렇게 평화롭게 그리고 쉽게 현실의 세계에서 꿈의 세계로 옮겨갈 수 없을 것이다. 경계선들이 희미해지고 낡을 대로 낡은 배들의 돛대에서 새싹과 포도 덩굴이 돋아난다. 진실로 이곳 그리스에서는 부족함이 기적을 만들었다.
 점심때쯤 비가 그쳤다. 시원하게 목욕을 마친 부드러운 태양이 구름을 헤집고 사랑하는 바다와 대지를 어루만지고 있었다.
 나는 뱃머리에 서서 바다와 하늘이 만나는 기적을 마음껏 즐겼다. 배 안은 영악한 그리스인들과 탐욕스러운 눈들, 장삿속으로 가득 찬 머리들, 별로 중요하지 않은 정치 논쟁들, 줄이 늘어진 피아노 한 대, 약이 올라 독해진 정숙한 조강지처들, 심술궂고 단조로운 시골의 궁핍함으로 가득했다. 배 양끝을 잡고 들어 올려 바다에 푹 담갔다가 모질게 흔들어서, 배를 오염시키는 사람과 쥐새끼, 벌레 들 같은 모든 생명체를 다 털어낸 다음, 텅 비고 깨끗하게 청소된 배를 파도 위에 다시 올려놓고픈 생각이 들었다.

그러다가 연민이, 복잡하고 형이상학적인 사고의 결과인 듯한 냉정한 부처의 연민이 다시 나를 감쌌다. 인간들만을 위한 연민이 아니라 투쟁하고, 절규하고, 울고, 욕심내고, 그리고 모든 것이 '공空'의 미망임을 보지 못하는, 세상 모든 것들에 대한 연민이었다. 그리스인들과 배, 바다, 나 자신, 갈탄 사업, '부처' 책의 원고, 언젠가는 한순간 엉망이 되어 대기를 오염시킬 빛과 그림자로 이루어진, 이 모든 헛된 것들에 대한 연민이었다.

나는 멀미로 창백해져 뱃머리 쪽 밧줄 위에 앉아 있는 조르바를 발견했다. 레몬 냄새를 맡으면서 귀를 쫑긋 세우고 각각 그리스 왕과 베니젤로스*를 편드는 승객들의 이야기를 듣고 있었다.

그는 고개를 저으며 침을 뱉었다.

"빌어먹을 정치! 도무지 부끄러운 줄 모르는군." 그가 경멸조로 중얼거렸다.

"조르바, 빌어먹을 정치라니 무슨 뜻이오?"

---

* Ελευθέριος Κυριάκου Βενιζέλος(1864~1936): 1910년부터 1933년까지 여러 번에 걸쳐 그리스 수상을 지낸 정치가.

"보쇼, 왕이니 민주주의니, 국회의원이니, 이 모든 얄팍한 속임수들을!"

조르바의 머릿속에서는 이 시대의 모든 것이 이미 낡고 철 지난 고물들이었다. 그에게는 전보나 증기선과 철도, 도덕과 조국, 종교가 모두 때 지난 고루한 체제였다. 그의 영혼은 이 시대보다 훨씬 빨리 앞질러 가고 있었다.

돛대의 밧줄들이 삐걱거리고 해안선들은 춤을 추었다. 여자들은 금화처럼 샛노래져 화장이며 머리핀이며 빗질이며, 자신들의 모든 무기를 내려놓은 채, 입술은 새하얗게 질리고 손톱은 시퍼렇게 변했다. 깃털 빠진 수다쟁이 참새들은 리본, 가짜 속눈썹, 가짜 매력 점, 브래지어 같은 몸에 어울리지 않는 모든 날개를 다 잃었다. 누구든 여자들이 배 난간에서 뱃멀미를 하는 것을 본다면 역겨우면서도 몹시 불쌍한 마음이 들 것이다.

조르바도 얼굴이 노랗게 되었다가 다시 새파랗게 변했고, 눈동자는 빛을 잃고 멍해졌다. 저녁녘에야 겨우 그의 눈에 생기가 돌아왔다. 그가 손을 들어 배를 따라오며 뛰어오르는 두 마리의 큰 돌고래를 가리켰다.

"돌고래예요." 그가 기뻐서 소리쳤다.

그때 나는 처음으로 그의 오른손 집게손가락이 거의 절반까지 잘려 있는 것을 보았다.

"조르바, 당신 손가락이 어떻게 된 거요?" 내가 물었다.

"별거 아뇨." 그가 대답했다. 그는 내가 돌고래를 보면 당연히 느낄 거라고 생각한 기쁨을 보이지 않아 기분이 상한 듯했다.

"기계에 잘렸나요?" 내가 고집스럽게 물었다.

"무슨 기계 따위 얘길 하쇼? 내가 스스로 자른 거요!"

"스스로라뇨? 왜요?"

"대장, 당신이 그걸 어떻게 알겠소?" 그가 어깨를 으쓱하며 말했다. "내가 모든 일을 해봤다고 이야기했죠? 한번은 도자기 빚는 일을 했죠. 그 일을 정말 미친 듯이 좋아했죠. 진흙 한 덩어리를 집어서 바라는 걸 만드는 게 어떤 건지 아쇼? 물레 위에서 진흙덩이가 신나게 돌기 시작하면 생각을 하죠. 그릇을, 항아리를 만들자, 접시를 만들자, 등잔을 만들자, 악마 새끼를 만들자! 그럼 그게 만들어져요! 보쇼, 이게 바로 인간이라는 거요. 자유란 말이오!"

그는 벌써 바다를 잊었고, 더 이상 레몬도 씹지 않았다. 그의 눈은 맑아져 있었다.

"그래서요? 손가락은요?" 내가 물었다.

"자, 보쇼. 이게 내 물레질을 방해했단 말이오. 중간에 끼어들어 내 계획을 망쳤어요. 그래서 어느 날 도끼를 집어 들어······"

"안 아팠어요?"

"어떻게 안 아파요? 내가 목석이오? 나도 사람이오. 아팠죠. 하지만 내 일을 자꾸 방해하니까······ 잘라버렸죠."

해가 졌다. 바다는 조금 잠잠해졌고 구름은 걷혔다. 금성이 하늘에서 종소리를 냈다. 나는 바다와 하늘을 보며 생각에 잠겼다. 무릇 사랑이란 이렇게 해야지. 도끼를 집어 들고, 아프지만 방해가 되는 건 잘라버려야지. 하지만 나는 내 감정을 드러내지는 않았다.

"그건 좀 심하네요, 조르바." 내가 웃으며 말했다. "꼭 어떤 성자전에 나오는 금욕 수도자 이야기 같네요. 어떤 여인 때문에 좋지 않은 소문이 나자, 도끼를 들어……"

"저런 바보 같은 놈!" 조르바가 내가 무슨 말을 하려는지 눈치채고 말을 끊었다. "그걸 잘랐다고? 나가 뒈지라지! 그 축복받은 물건은 절대로 방해가 되지 않아요……"

"무슨 말이오? 방해가 되죠, 그것도 아주 많이 되죠." 내가 지지 않고 말했다.

"뭘 방해한단 말이오?"

"천국에 들어가는 걸요."

조르바는 비웃는 듯 나를 삐딱하게 바라보며 말했다.

"하지만 이 바보 같은 양반아, 그게 바로 천국으로 들어가는 열쇠요!"

그는 머리를 똑바로 치켜들고, 내가 다음 생애와 하늘의 천국과 여자와 성직자들에 대해 어떤 생각을 가지고 있는지 알아내려는 듯 나를 찬찬히 살펴봤다. 하지만 그리 많은 것을 알아내지는 못한 듯 여기저기 듬성듬성한 회색빛 머리를 내저었다.

"거세된 놈들은 천국에 못 들어가요!" 그는 이렇게 말하고는 입을 닫았다.

나는 선실에 누워 최근 몇 년 동안 내 마음을 평화와 안식으로 채워주던 『부처님과 목동의 대화』라는 책을 꺼내 읽었다. 아직도 부처가 내 온 관심을 지배하고 있었다.

> 목동 음식은 준비됐고, 양의 젖도 짰습니다. 내 오막살이는 안에서 잘 잠갔고, 불도 지펴놓았습니다. 하늘이시여, 마음껏 비를 뿌리소서!
>
> 부처 나는 음식도 우유도 필요 없습니다. 바람이 내 집이요, 내 불은 꺼졌습니다. 하늘이시여, 마음껏 비를 뿌리소서!
>
> 목동 내게는 황소도 있고 암소도 있고, 유산으로 받은 밭도 있고, 암소들을 올라타는 종우도 있습니다. 하늘이시여, 마음껏 비를 뿌리소서!
>
> 부처 내게는 황소도 암소도 밭도 없습니다. 내게는 아무것도 없습니다. 난 아무것도 두렵지 않습니다. 하늘이시여, 마음껏 비를 뿌리소서!
>
> 목동 내게는 내게 복종하고 정숙한 여자 한 명이 있습니다. 그녀는 벌써 몇 년째 내 아내이고, 밤이면 그녀와 함께 즐겁게 장난질 치면서 행복하게 지내고 있습니다. 하늘이시여, 마음껏 비를 뿌리소서!
>
> 부처 내게는 내게 복종하는 자유로운 영혼이 있습니다. 나는 벌써 몇 년 동안 이 영혼에게 나와 놀도록 길들이고 가르치고 있습니다. 하늘이시여, 마음껏 비를 뿌리소서!

두 목소리가 대화를 계속하는 동안 나는 잠이 들었다. 바람은 다시 사나워져서 선창 유리를 거세게 때렸다. 나는 비몽사몽간에, 때로는 멈췄다가 가벼운 연기처럼 흔들거리며 졸았다. 파도는 강한 폭풍우로 변해 밭들이 물에 잠겼고, 황소와 암소, 양 들은 물에 빠져 죽었다. 바람에 오두막 지붕이 날아갔고, 불은 꺼졌고, 여자는 비명을 지르다가 죽은 채 진흙 속에서 발견됐다. 목동은 슬픔에 빠져 소리쳤지만, 나는 그가 무슨 말을 하는지 들을 수 없었다. 나는 바닷속의 물고기처럼, 흐르듯, 점점 더 깊이 잠에 빠져들었다.

내가 새벽녘에 잠에서 깨어났을 때, 크고 의젓해 보이는 섬이 우리들 오른쪽으로 자갈 많은 해변을 뽐내고, 산들은 아침 해를 비웃듯이 미소를 짓고 있었다. 우리 주변에서는 쪽빛 바다가 조용히 속삭이고 있었다.

조르바는 커피색 담요로 몸을 감싼 채 크레타를 탐욕스럽게 바라보았다. 그의 눈은 산에서 들판으로 날아가다가 해안 구석구석을 탐색하듯이 훑어보았다. 이 모든 땅 구석구석을 알고 있다는 듯, 그래서 지금 다시 그 땅을 밟게 된 것을 마음속으로 기뻐하는 듯했다.

나는 그에게 다가가서 어깨를 만졌다.

"조르바, 틀림없이 크레타 섬에 처음 오는 게 아니군요. 크레타를 마치 애인 보듯 하는구려." 내가 말했다.

조르바는 지루한 듯 하품을 했다. 도무지 이야기할 기분이 아닌 듯했다.

나는 웃음이 나왔다.

"말하기 싫어요?"

"대장, 말하기 싫은 게 아녜요. 다만 힘들어요."

"힘들다고요?"

그는 곧바로 대답하지 않았다. 그의 눈이 다시 해안가를 훑었다. 그는 갑판에서 잤다. 그의 회색빛 곱슬머리에서 이슬방울이 떨어졌다. 그의 뺨과 턱과 목의 깊게 파인 주름들이 이슬에 젖어 떨어지는 햇빛에 구석구석까지 빛났다.

드디어 염소를 연상케 하는 그의 두꺼운 입술이 움직였다.

"힘들어요. 아침에 입을 여는 건." 그가 말했다. "힘들다고요, 그러니 이해해주쇼."

그는 입을 다물고 둥근 눈으로 크레타를 뚫어지게 바라봤다.

아침 카페가 문을 열었다는 종소리가 들렸다. 각 선실에서 창백하고 파리한 얼굴들이 기어 나오기 시작했다. 곧 풀어져 떨어질 듯 겨우 매달려 있는 쪽머리를 한 여자들이 탁자와 탁자 사이를 비틀거리며 겨우겨우 발걸음을 옮겼다. 그들에게서는 토사물 냄새와 향수 냄새가 섞여 났고, 눈동자는 겁에 질린 채 멍청해져 있었다.

조르바는 내 맞은편에 앉아 커피를 삶의 즐거움인 양 마시며 빵에 버터와 꿀을 발라 먹었다. 얼굴이 환해지고 순해지면서 입이 부드러워졌다. 나는 졸음과 침묵에서 조금씩 빠져나와 눈이 반짝거리며 살아나는 그가 내심 자랑스러웠다.

그는 담배 한 대에 불을 붙여 굶주린 듯 한 모금 빨더니 털이 숭숭 난 콧구멍으로 푸른 연기를 내뿜었다. 그러고는 오른 다리를 접어 그 위에 앉아 동방 이교도 모양으로 편한 자세를 취했다. 그리고 드디어 말문이 터진 듯 말을 하기 시작했다.

"크레타가 처음이냐고요?" 그가 반쯤 뜬 눈으로 창문 밖에서 붉게 빛나는 이다산*을 재빨리 훑어보면서 이야기를 시작했다. "아뇨, 처음이 아닙니다. 1896년에 저는 이미 다 자란 청년이었습니다. 내 수염과 머리는 제 빛깔을 지니고 있어서 새까맸지요. 서른두 개 이빨이 온전히 다 있었고, 술에 취하면 안주는 물론이고 나중에는 안주 접시까지 먹어치우던 때였죠. 그런데 그 시절, 악마 녀석이 끼어들어서 크레타에서 다시 혁명이 터졌죠.

나는 그때 행상을 하고 다녔어요. 마케도니아의 이 마을 저 마을로 돌아다니며 잡동사니를 팔고 돈 대신 치즈, 양털, 버터, 토끼, 옥수수 따위를 받아서는, 다시 그것을 팔아 이윤을 두 배로 남겼죠. 밤이 되면 어느 마을에서건 어느 집에 가서 머물지를 잘 알고 있었어요. 어느 마을이나 항상 가엾은 과부 한 명쯤 있게 마련이니까요. 그 과부들에게 축복이 있기를! 그녀들에게 실타래나 머리빗, 아니면 과부들에게 어울리는 검은색 머릿수건을 주고는 함께 잤죠. 싸게 먹혔어요.

싸게 먹혔다고요, 대장! 축복 받은 삶이었죠. 하지만 그놈의 악마 녀석 때문에 크레타가 다시 총을 들고 일어났죠. '빌어먹을, 내 운명!' 나는 이렇게 중얼거렸어요. 행상을 때려치우고, 과부들도 내버려두고, 나도 총 한 자루를 집어 들고서는 다른 게릴라 반

---

* 해발 2,456미터로 크레타에서 가장 높은 산. 제우스의 탄생지로 알려져 있다.

군들과 함께 크레타로 달려갔죠."

조르바가 이야기를 멈췄다. 우리는 모래사장이 펼쳐진 고요한 해안을 지나고 있었다. 파도가 해안 깊숙이 들어와 부서지지 않은 가슴을 펼치면서 모래 위에 약간의 물거품만 남겼다. 구름은 흩어졌고 크레타는 빛나는 태양 아래 평화롭게 웃고 있었다.

조르바가 몸을 돌려서 나를 찬찬히 바라보았다.

"대장, 아마 당신은 지금 여기 앉아서 내가 얼마나 많은 터키 놈들의 머리를 베었고, 크레타 전통에 따라 얼마나 많은 터키 놈들의 귀를 알코올에 담갔는지 나열할 거라 생각하겠죠…… 그런 생각일랑 집어치우쇼. 지겹고 창피하니까…… 내게 아무 짓도 안 한 사람에게 덤벼들어 물어뜯고, 코를 자르고, 귀를 베어내고, 배를 가르고, 마치 하느님께서도 코와 귀를 자르고 배를 가른다고 믿는 듯, '하느님, 이리 내려오셔서 우리를 보살피소서' 하고 빌게 만드는 그 분노가 어떤 건지, 철이 든 지금 다시 생각해보죠. 하지만 그때는 내 피가 끓어올랐고, 뼈에서 살코기를 발라내는 것만 생각했죠. 늙어서 이빨이 다 빠진 뒤에나 찾아오는 평정심을 갖게 된 다음에야 올바르고 온전한 생각들을 하게 마련이죠. 이빨이 다 빠지고 난 다음에 '얘들아, 남을 물어뜯지 마라!'라고 말하는 건 쉽죠. 하지만 이빨 서른두 개가 다 있을 땐, 젊을 때의 인간은 길들여지지 않은 야수예요. 그래서 인간을 잡아먹죠."

그는 고개를 저었다.

"양도 먹고, 닭도 먹고, 돼지도 먹지만 사람을 잡아먹지 않고는 절대로 성에 차지 않죠." 그가 이렇게 덧붙이면서 담배를 비벼

끄고는 커피 안으로 던졌다. "절대로 만족하지 않죠. 현명하기 그지없는 분이시여, 어떻게 생각하쇼?"

그는 대답을 기다리지 않고 계속 말했다.

"무슨 말을 할 수 있겠소?" 그가 눈으로 나를 저울질하면서 말했다. "여보쇼, 내가 보기에 당신은 배를 주린 적도 없고, 누굴 죽여본 적도 없고, 훔쳐본 적도, 간통해본 적도 없는 거 같소. 그러니 세상에 대해 뭘 알겠소? 영글지 않은 머리로, 순진한 주제에……" 그가 드러내놓고 경멸조로 중얼거렸다.

나는 거친 일을 해보지 않은 내 손과 창백한 얼굴과 순진하기 그지없는 내 삶에 대해 부끄러움을 느꼈다.

"관두쇼." 그가 행주질하듯이 큰 손바닥으로 탁자 위를 쓸면서 됐다는 듯이 말했다. "관둡시다. 다만 한 가지만 물읍시다. 수많은 책을 읽었을 테니 아마도 알지 않겠소?"

"뭘요? 말해봐요, 조르바."

"대장, 기적이 하나 일어났죠. 정말 이상한 기적이 일어나서 나는 아직도 혼란스러워요. 우리 남자들이 도둑질, 살인 등 온갖 못된 죄를 다 저질렀는데, 그 결과로 예오르기오스 왕자*가 크레타 섬에 오게 된 거죠. 자유가 말이오!" 조르바가 이상하다는 듯이 눈을 동그랗게 뜨고 나를 바라보았다.

"알 수 없는 일이죠." 그가 중얼거렸다. "정말 알 수 없는 일이죠. 이 세상에 자유가 오기 위해 그렇게 많은 살인과 그런 끔찍

---

* 그리스 국왕 예오르기오스 1세의 차남. 1898년 크레타 자치국의 최고 행정관에 임명됨에 따라 그해 12월 13일 크레타 하니아에 도착해 유례없는 환영을 받았다.

한 짓거리가 필요하다니 말이오. 내가 저지른 못된 짓거리와 수많은 살인을 이야기하면 소름이 끼칠 거요. 그런데 그 결과가 뭔지 아쇼? 자유였단 말이오. 하느님이 벼락을 쳐 죽이기는커녕 우리에게 자유를 줬단 말이오. 난 도무지 아무것도 이해가 안 돼요."

그는 도움을 바라는 듯 나를 바라보았다. 마치 이 풀 수 없는 수수께끼가 그를 고문하는 듯했다.

"아시겠소, 대장?" 그가 고통스럽게 물었다.

내가 그걸 어떻게 알 수 있겠는가? 나라고 무슨 말을 할 수 있겠는가? 우리가 하느님이라고 부르는 존재가 아예 없거나, 하느님이 살인과 못된 짓거리를 좋아하거나, 아니면 살인과 못된 짓거리가 투쟁과 인간의 걱정거리에는 필수적이라고 해야 하거나……

하지만 나는 조르바에게 다른 대답을 해보려고 애썼다.

"어떻게 똥과 더러운 것들로부터 한 송이 꽃이 싹이 나고 자라나죠? 조르바, 인간이 똥이고 자유가 꽃이라고 생각해봐요."

"하지만 씨앗은요?" 조르바가 주먹으로 탁자를 치며 이렇게 되물었다. "꽃 한 송이를 피우기 위해서는 씨앗이 필요하죠. 누가 그런 씨앗을 우리들의 더러운 창자 속에 집어넣은 거죠? 그리고 왜 이 씨앗이 남에 대한 배려와 정직으로는 꽃피우지 못하고 피와 더러운 것들을 필요로 하는 거죠?"

그는 고개를 저었다.

"잘 모르겠어요." 내가 말했다.

"그럼 누가 알죠?"

"아무도 모르죠."

"참, 그렇다면 나보고 증기선과 기계와 빳빳한 옷깃을 가지고 뭘 하라는 거요?" 그가 절망한 듯 사나운 눈초리로 주변을 둘러보며 소리쳤다.

우리들 옆자리에 앉아 멀미에 곤죽이 된 채 커피를 마시고 있던 두세 명의 사람들이 말싸움이 벌어진 것을 눈치채고 호기심에 생기를 되찾아 귀를 쫑긋 세웠다.

그들이 엿듣는 게 역겨운 듯 조르바는 목소리를 낮췄다.

"그런 건 악마 녀석이 가져가라고 내버려둡시다." 그가 말했다. "그런 걸 생각하면 내 앞에 있는 건, 그게 의자든 전등이든, 몽땅 다 부숴버리든가, 아니면 내 머리를 벽에 박고 싶어지죠. 그런다고 내가 뭘 깨닫겠소? 나만 불쌍할 뿐이죠. 부서진 물건들 값을 치르거나 약국으로 가서 붕대로 내 머리를 감아대겠죠. 하느님이 존재한다면, 뭐, 그렇다면 빌어먹을, 하느님이 나를 하늘에서 끌어내고 웃어젖히겠죠."

그가 성가시게 구는 파리를 쫓으려는 듯 갑자기 손바닥을 휘저었다.

"하여간에 말이오, 내가 하고 싶은 말은 이거요." 그가 지겨운 듯 말했다. "깃발을 수없이 단 왕실 배가 도착하자 축포가 터지고, 예오르기오스 왕자가 크레타에 발을 내딛는 순간…… 자유를 얻게 된 민중이 모두 함께 미쳐 날뛰는 걸 본 적 있수? 못 봤다고요? 아이고, 그럼, 불쌍한 대장, 당신은 푼수로 태어나서 푼수로 죽을 팔자요. 나는 말이죠, 천 년을 살더라도 그날 내가 본 걸 절대 잊지 못할 거요. 그리고 각자가 자기 기분 내키는 대로 하늘나라에 자신이 바라는 천당을 고를 수 있다면, 그래야 천당이 아니겠소? 나는 하느님께 이렇게 말할 거요. '하느님, 내 천당은 도금양桃金孃과 깃발로 가득한 크레타로 해주세요. 그리고 예오르기오스 왕자가 크레타에 발을 내딛던 순간이 영원히 지속되게 해주세요. 다른 건 하나도 필요 없어요.'"

조르바가 다시 말을 끊고는 콧수염을 만지작거리다가 차가운 물을 한숨에 다 마셨다.

"그래서 크레타에 무슨 일이 벌어졌어요? 말해봐요, 조르바."

"그 얘기를 하자고요?" 조르바가 다시 흥분해서 말했다. "여보쇼, 이 세상은 알 수 없는 수수께끼고 인간이란 대단한 짐승이오. 대단한 짐승이자 위대한 신이지요. 우리 무리 가운데 마케도니아에서 나하고 함께 내려온 요르가로스란 악당 놈이 있었는데, 온갖 나쁜 짓은 다 하는 더러운 돼지 새끼였죠. 이놈이 우는 거예요. '요르가로스, 왜 우냐?' 그놈에게 물었죠. 내 눈에서도 수도꼭지가 열린 듯 눈물이 쏟아지고 있었고요. '이 돼지 새끼야, 왜 울어?' 그런데 이놈이 나를 포옹하더니 입맞춤을 하면서 계속 어린애처럼 우는 거예요. 그러고는 좀 진정되는 듯하더니, 그 구두쇠 놈이 허리춤에 차고 있던 돈주머니를 꺼내서는, 터키 놈들을 죽이거나 그놈들 집에 들어가서 강탈한 금화들을 자기 발밑에 쏟더라고요. 그러더니 금화들을 한 움큼씩 집어서는 공중에 뿌리기 시작했죠. 알겠소, 대장? 이게 자유라는 거요."

나는 일어섰다. 그리고 신선한 공기를 쐬러 선교로 올라갔다.

그게 자유라는 거로군. 나는 생각에 잠겼다. 금화를 탐내는 탐욕과 갑자기 그 탐욕을 버리고 자기가 가지고 있던 모든 걸 공중에 뿌리는 게 자유로군!

자신의 욕망에서 자유로워져서, 더 높은 욕망에 따르는 것…… 하지만 하나의 이상을 위해, 민족을 위해, 하느님을 위해 자신을 희생하는 것, 이것 역시 노예근성이 아닐까? 아니면 혹시 주인이 높은 곳에 있을수록 우리 노예들의 사슬은 길어지고, 그러면 우리는 더 높이 뛰어야 하고, 훨씬 더 넓은 마당을 뛰어다니다가 끝내 아무것도 알아내지 못한 채 죽어갈 텐데, 이런 걸 자유라고 하나?

오후에 우리는 목적지인 모래사장이 펼쳐진 해안에 도착했다. 부드럽고 새하얀 모래들, 아직도 피어 있는 유도화와 무화과 꽃, 캐럽나무 꽃들, 그리고 조금 멀리 오른쪽으로 잠깐 휴식을 취하고 있는 여인의 얼굴을 닮은 헐벗은 회색빛 낮은 산이 보였다. 그리고 그녀의 뺨 아래 목 쪽에 새까만 갈탄 광맥이 뻗어 있었다.

비 온 뒤에 부는 축축하고 찬 바람이 불어왔고, 깃털구름이 서둘러 흘러가며 그늘을 만들어 대지를 부드럽게 해주고 있었다. 또 다른 뭉게구름은 미친 듯 빠른 속도로 하늘로 치솟아 올랐다. 태양이 가려졌다 드러났다 할 때마다 대지는 빛났다가 어두워졌다 하며 산 얼굴과 죽은 얼굴을 번갈아 드러냈다.

나는 잠깐 모래사장 위에 서서 주변을 살펴보았다. 마치 사막에서처럼 성스러운 외로움이 치명적인 매력을 내뿜으며 내 앞에 펼쳐졌다. 세이렌의 유혹 같은 부처의 노래가 땅에서 솟아 나와 나의 내면 깊숙이 파고들었다. '도대체 나는 언제쯤 곁에 아무도 없이 혼자가 되어, 모든 것은 꿈이라는 성스러운 확신만 가지고 황무지로 물러나게 될까? 나는 언제쯤 아무것도 바라지 않고 누더기만 걸친 채 기쁜 마음으로 산속으로 물러나게 될까? 나는 언제쯤 내 몸뚱어리는 병이요, 살의요, 늙음이요, 죽음이라는 것을 깨닫고 자유의 몸이 되어 기쁜 마음으로 숲속으로 물러나게 될까? 언제, 언제, 언제쯤?'

조르바가 겨드랑이에 산투리를 낀 채 다가왔다.

"저기 갈탄광이 있어요." 내가 흥분을 감추기 위해 잠깐 휴식을 취하고 있는 여자의 얼굴 모습을 한 낮은 산을 손으로 가리키며 말했다.

하지만 조르바는 눈썹을 찌푸리며 돌아보지도 않았다.

"조금 있다가요, 대장. 우선 땅이 멈춰야죠. 빌어먹을, 아직도 땅이 갑판에 서 있는 것처럼 치사하게 흔들거려요. 빨리 마을로 갑시다." 조르바가 이렇게 말하며 그의 긴 다리를 움직였다.

농부처럼 까맣게 탄 시골 아이 두 명이 맨발로 달려와서 우리의 가방을 들었다. 푸른 눈의 뚱뚱한 세관 직원이 세관 건물인 듯한 오두막에서 물담배를 피우고 있었다. 그는 우리를 삐딱하게 보면서 우리 가방을 찬찬히 훑어보더니 의자에서 일어나려는 듯 몸을 움직이다가 이내 포기했다. 그러고는 담뱃대를 천천히 들어 올렸다.

"어서 옵쇼!" 그가 내키지 않는 어조로 말했다.

시골 아이 한 명이 내게 다가와서는 올리브 알처럼 까만 눈동자를 깜빡이며 말했다.

"뭍사람이에요. 모든 걸 귀찮아해요." 아이가 냉소적인 어조로 말했다.

"크레타 사람들은 전혀 귀찮아하지 않냐?"

"귀찮아하죠, 귀찮아해요, 하지만 달라요." 크레타 꼬마가 대답했다.

"마을이 머니?"

"아뇨, 총 쏘면 닿을 거리예요. 저기 과수원 뒤쪽에 물 마른 도랑 건너예요. 훌륭한 마을이에요, 나리. 하느님의 은총을 듬뿍 받아서 캐럽나무며, 겨자며, 올리브기름이며, 포도주며 다 있어요. 저기 모래사장 건너는 크레타 섬에서 오이가 제일 먼저 나오는 밭이에요. 아랍 쪽에서 바람이 불어 그것들을 익게 하죠. 밤에 밭에서 자면 '크르르 크르르' 하며 오이들이 자라는 소리가 들려요."

조르바는 앞서 걸으면서 아직도 어지러운지 비틀거렸다.

"조르바, 거의 다 왔으니 힘내요. 이제 안심해도 돼요." 내가 그에게 소리쳤다.

우리는 모래와 조개껍질이 뒤섞여 있는 모래사장을 빨리 걸었다. 군데군데 위성류渭城柳*와 애기부들,** 덤불 숲, 약초인 현삼玄蔘***이 자라고 있었다. 무더웠다. 구름은 계속 낮게 내려왔고, 바람은 무거워졌다.

---

* 바닷가에 자라는 건조하고 뾰족한 잎을 가진 나무.
** 물가에 자라는 여러해살이풀로 꽃이 원통형이어서 꽃 장식에 많이 쓰인다.
*** 뿌리가 해열제로 쓰이는 풀.

우리는 커다란 무화과나무 옆을 지나갔다. 미끈한 무화과나무의 몸통은 쌍둥이처럼 둘로 갈라져 있었고, 나이를 너무 먹어 가운데가 점점 비어가고 있었다. 가방을 든 아이가 멈춰 서서 뺨을 잔뜩 부풀리면서 그 늙은 나무를 가리켰다.

"이 무화과나무를 '아가씨 무화과나무'라고 불러요." 아이가 말했다.

나도 걸음을 멈췄다. 이 크레타 땅에서는 모든 돌이, 모든 나무가 비극적인 이야기를 갖고 있구나.

"왜 '아가씨 나무'라고 하지?" 내가 물었다.

"우리 할아버지 땐데 한 부잣집 아가씨가 어떤 볼품없는 목동을 사랑했대요. 하지만 그녀 아버지는 그걸 반대했고요. 아가씨가 울고불고, 소리 지르고, 죽겠다고 떼를 썼지만, 늙은 아버지는 황소고집이었죠. 어느 날 저녁 사랑에 빠진 두 연인이 사라졌대요. 마을 사람들이 그들을 찾아 나섰지만, 하루, 이틀, 사흘, 일주일이 지나도 그들은 어디에도 보이지 않았대요. 못 찾았지요. 여름철이었는데 어디선가 악취가 나기 시작했대요. 악취를 따라갔다가 이 무화과나무 아래에 꼭 껴안고 죽어서 썩어가는 그들을 발견했대요. 아시겠어요? 사람들이 악취 때문에 그들을 찾았다고요. 퉤, 퉤!" 아이가 침을 뱉고는 웃음을 터뜨렸다.

멀리서 마을의 소음이 들려왔다. 개들이 짖기 시작했고, 여자들은 소리를 질러댔으며, 닭들은 꼬꼬댁거리며 날씨가 바뀐다고 알려주었다. 대기에서는 증류통에서 풍기는 치프로* 냄새가 났다.

"자, 마을에 도착했어요." 두 아이가 소리 지르며 앞서 뛰어갔다.

모래 언덕의 모퉁이를 돌자 비탈진 도랑을 따라 집들이 늘어선 작은 마을이 하나 보였다. 석회를 칠한 납작한 지붕의 낮은 집들이 서로 달라붙어 있어 열린 창문들이 더 시커멓게 보였다. 집들은 마치 바위에 매달린 새하얀 해골들 같았다.

"조르바, 조심합시다." 내가 조용히 그에게 부탁했다. "이제 마을로 들어가니까 점잖게 행동해야 해요. 우리에 대해 눈치채지 못하게요, 조르바. 우리는 진지한 사업을 하는 사람들이고, 음, 나는 사장이고 당신은 광부들 감독관이에요. 잘 기억해두세요. 크레타 사람들은 농담을 좋아하지 않아요. 그들은 당신을 살펴보다가 약점을 잡으면 별명 하나를 붙여요. 그러면 그때부터는 그 별명에서 벗어날 길이 없어요. 꼬리에 양철 깡통을 매단 강아지 새끼처럼 계속 달려야 할 거예요."

조르바는 콧수염을 쓰다듬으며 생각에 잠겼다. 조금 있다가 그가 말했다.

"들어보쇼, 대장. 여기에도 과부 한 명만 있다면 걱정할 거 없수다. 하지만 없다면……"

바로 그 순간에 마을 쪽에서 누더기를 걸치고 햇빛에 새까맣게 탄 데다 여기저기 얼룩이 있고, 까맣고 짙은 콧수염까지 난 여자 거지가 손을 내민 채 달려왔다.

"여봐요, 신사 양반!" 여자 거지가 조르바를 불렀다. "당신에

---

* 그리스의 독한 증류주.

게는 영혼이 있소?"

조르바가 멈춰 섰다.

"있지." 조르바가 진지하게 대답했다.

"그럼 5드라크마*만 주슈."

조르바가 가슴에서 다 해진 가죽 지갑을 꺼냈다.

"여기 있소!" 조르바가 아직도 냄새 나는 입술에 웃음을 머금고 대꾸했다. 그러고는 내게 돌아서며 말했다.

"내가 보기에 여기는 모든 게 엄청 싸네요. 영혼이 5드라크마밖에 안 해요."

마을의 개들이 우리에게 달려왔고, 마을 아낙네들은 2층 방에서 창문에 매달리다시피 한 채로 우리를 내다봤다. 마을 꼬마들은 어떤 놈은 개 짖는 소리를 내고, 어떤 놈은 자동차 경적음을 내면서 우리를 쫓아왔고, 또 다른 놈들은 앞질러 가면서 신난다는 눈초리로 우리를 바라보았다.

우리는 마을 광장에 도착했다. 키 큰 포플러나무 두 그루와 거칠게 베어진 나뭇등걸들, 그리고 그 주변에 놓인 벤치들과 함께 광장 건너편에 커다란 글씨로 '카페 겸 정육점 애도스'**라고 쓴 빛바랜 간판이 걸린 카페가 보였다.

"왜 웃으슈, 대장?" 조르바가 물었다.

하지만 내가 미처 대답하기도 전에 카페 겸 정육점의 문이 열

---

* 그리스의 옛 화폐 단위.
** 그리스 신화에서 부끄러움과 공손함을 의인화한 여신 이름. 고대 발음은 '아이도스'.

리면서 짙은 남색 반바지에 빨간 허리띠를 한 대여섯 명의 사내들이 튀어나왔다.

"어서 오세요, 신사분들." 그들이 소리쳤다. "어서 와서 방금 내려 아직도 따끈따끈한 라키* 한 잔 드시죠."

"어때요, 대장?" 조르바가 혀를 쩝쩝하더니 내게 돌아서서는 눈을 반짝거렸다. "한 잔만 할까요?"

라키를 한 잔 마시자 가슴까지 뜨듯해졌다. 생기발랄하고 몸이 재빠른 카페 겸 정육점 주인이 우리에게 의자를 내놓았다.

나는 어디 머물 만한 곳이 있느냐고 물었다.

"마담 오르탕스 집으로 가쇼." 한 사람이 소리쳤다.

"프랑스 여자요?" 내가 놀라 물었다.

"악마나 알겠지 누가 알겠소? 파란만장하게 살아온 정체불명의 여자죠. 여기저기에 수없이 말뚝을 박고 그 위를 뛰어다니다가 이제는 늙어서 이곳에 마지막으로 말뚝을 박고 여관을 열었죠."

"캐러멜도 팔아요." 한 아이가 끼어들었다.

"분칠을 덕지덕지 하고 화장을 진하게 하지!" 또 다른 사람이 소리쳤다. "목에다가 스카프도 두르고…… 앵무새도 한 마리 기르지."

"과부라고요? 과부?" 조르바가 물었다.

하지만 아무도 대답하지 않았다.

"과부요, 아니요?" 조르바가 조바심을 내며 다시 물었다.

---

* 크레타의 독한 증류주.

카페 주인이 숱이 많은 회색빛 콧수염을 문질렀다.

"여보쇼, 내 수염의 털이 모두 몇 개일 것 같소? 맞혀보쇼. 그 과부는 그 정도의 남자와 뒹굴었을 거요. 알아듣겠소?"

"알아들었소." 조르바가 입술을 핥으며 대답했다.

"그 과부가 당신을 홀아비로 만들지도 모르니 조심하쇼, 신사 양반!" 한 노인네가 재미있는 듯 소리치자 온 카페가 웃음바다가 되었다.

카페 주인이 보리로 만든 쿨루라*와 거품 치즈와 배가 담긴 접시를 들고 다시 나타났다.

"이봐들, 신사분들을 좀 내버려들 두게. 마담은 무슨 얼어죽을 마담 집이야? 이분들은 우리 집에서 모실 거야."

"어이, 콘도마놀리오스, 내가 그분들을 모실 거야. 나는 애들도 없는 데다 집이 크니까 방이 많아." 노인이 말했다.

"안됐지만 말입니다, 아나그노스티스 아저씨, 내가 먼저 말했거든요!" 카페 주인이 그 노인의 귀에다 대고 말했다.

"그럼 네가 한 분 모시고, 나는 저 노인네를 모시지." 아나그노스티스 아저씨가 말했다.

"노인네라니 누가 노인이라는 거요?" 조르바가 화가 나 눈초리가 샐쭉해지며 말했다.

"우리는 따로 머물지 않을 겁니다." 내가 조르바에게 흥분하지 말라는 눈짓을 하며 말했다. "우리는 함께 머물 거요. 자, 조르

---

* 가운데가 뚫린 동그란 빵.

바, 마담 오르탕스 집으로 갑시다."

"어서 오세요, 어서들!"

포플러나무 아래에서 목에 빨간 비로드 천을 두른 키 작고 뚱뚱한 안짱다리 여인이 팔을 활짝 벌리고 뒤뚱거리며 뛰어나왔다. 색 바랜 아마 줄기 같은 머리카락에, 턱에는 굵은 털이 난 점이 있었고, 탄력을 잃은 뺨에는 엷은 자줏빛 분을 덕지덕지 발랐다. 이마로는 앞 머리카락이 장난기 어리게 흘러내려 마치 로스탕*의 연극 「레글롱」**에서 노부인 역을 맡았던 사라 베르나르***처럼 보였다.

"마담 오르탕스, 뵙게 돼서 영광입니다." 내가 갑작스럽게 장난기가 돌아 그녀의 손에 입맞춤을 할 자세를 취하며 이렇게 맞장구쳤다.

갑자기 동화 속으로 들어온 듯, 삶이 셰익스피어의 연극 「템페스트」같이 펼쳐졌다. 우리 둘은 상상의 폭풍우를 만나 물에 빠진 생쥐 꼴로 해안에 도착해서 기적 같은 바닷가를 탐험하다가 그곳의 살아 있는 생명체들과 예의를 갖춰 정식으로 인사를 나눈다. 내 상상 속에서 마담 오르탕스는 이 섬의 왕비로, 수천 년 전에 이 모래사장에 던져진, 반쯤 맛이 가고, 향수를 뿌린 데다 유쾌하기 그지없으며, 긴 수염이 났을 뿐만 아니라 번들번들 빛나는 바다표

---

* Edmond Eugène Alexis Rostand(1868~1918): 프랑스의 시인이자 극작가.
** 나폴레옹의 아들인 나폴레옹 2세를 주제로 한 연극. 1900년 작품.
*** Sarah Bernhardt(1844~1923): 1870년대 프랑스의 최고 인기 배우.

범의 한 종이었다. 그녀 뒤로는 그녀를 자랑과 경멸의 눈초리로 바라보는 이 섬의 주민 칼리반* 무리의 수많은 머리들이 보였다. 기름기 흐르는 털북숭이인 그들은 즐거워하고 있었다.

그리고 정체를 숨긴 왕자 역의 조르바는, 눈을 동그랗게 뜨고, 먼바다 어디에선가 전투를 벌여 이기기도 하고 지기도 하고 부상도 당하고, 갑판 문이 부서지고 돛대가 부러지고 돛이 찢기고 하다가, 이제는 이곳에서 곳곳에 난 구멍들을 분으로 메우고, 조용한 바닷가로 물러나 그를 기다리는, 낡은 범선인 그녀를 오래된 동반자인 양 자랑스러워하고 있었다. 그녀는 틀림없이 상처투성이의 조르바를 기다리고 있었다. 나는 이렇게 단순하게 연출되고, 거친 붓칠을 한 크레타의 풍경 속에서 이 두 연극배우가 드디어 다정스럽게 만나게 된 것이 기뻤다.

"침대 두 개요. 마담 오르탕스, 빈대 없는 침대 두 개요." 내가 늙은 러브신 전문 배우에게 정중하게 몸을 숙이면서 말했다.

"뻔때, 뻔때는 업세용, 업숑." 퇴물 여가수가 도전적으로 눈을 흘기며 대답했다.

"있세용, 있숑!" 칼리반의 수많은 입들이 껄껄대면서 소리쳤다.

"업세용, 업숑." 여주인공이 두꺼운 파란색 양말을 신은 통통한 발로 돌을 차며 고집스럽게 소리쳤다.

그녀는 화려한 비단 매듭이 달린, 오래돼 다 해진 끈 없는 샌

---

* 셰익스피어의 연극 「템페스트」에 등장하는 괴물.

들을 신고 있었다.

"프리마돈나시여, 됐습니다, 됐어요. 진정하세요!" 칼리반이 다시 껄껄 웃으면서 소리쳤다.

하지만 마담 오르탕스는 이미 당당하게 문을 열고 앞장서서 우리를 안내했다. 분 냄새와 싸구려 비누 냄새가 진동했다.

조르바는 그녀 뒤를 쫓아가며 눈으로 잡아먹을 듯이 그녀의 몸을 살살이 훑었다.

"이봐요, 저 여자 좀 보쇼." 그가 내게 눈을 깜빡이며 말했다. "꼭 오리 새끼가 걷는 것처럼 걷지 않소? 통통한 엉덩이를 암양같이 이리저리 흔드네!"

하늘이 어두워지면서 굵은 빗방울이 두세 방울 떨어졌다. 푸른 번갯불이 산을 난도질했다. 하얀 양치기용 조끼를 입은 어린 계집애들이 목초지에서 서둘러 산양과 양 떼를 집으로 몰고 가고 있었다. 마을 아낙네들은 벽난로 앞에 옹기종기 모여 앉아 저녁을 지을 불을 지폈다.

조르바는 신경질적으로 콧수염을 깨물며 계속 흔들거리는 마담의 엉덩이를 탐욕스럽게 바라보고 있었다.

"빌어먹을 인생이여, 이 부끄러운 일이 끝나지를 않네!"

3

 마담 오르탕스의 조그만 여관은 방들이 서로 바짝 붙어 있는 아주 오래된 목욕탕 몇 채를 개조한 것이었다. 첫번째 방은 캐러멜, 담배, 아랍산 피스타치오, 등잔 심지, 알파벳 교본, 유향 등을 파는 가게였다. 그 뒤의 네 개의 방은 객실이었고, 안마당 건너에는 부엌과 세탁실, 닭장과 토끼 우리가 있었다. 그 주변의 가는 모래로 된 땅에는 갈대와 선인장이 자라고 있었다. 여관 주변에서는 바다 냄새와 새똥 냄새와 심한 지린내가 났다. 다만 때로 마담 오르탕스가 지나가면 대기의 냄새가 바뀌어 이발소 세면대에서 나는 냄새가 진동했다.

 침대 준비가 끝나자 우리는 단숨에 잠에 빠져들었다. 무슨 꿈을 꾸었는지는 기억나지 않지만 아침에 눈을 떴을 때 날아갈 듯이 몸이 가벼웠고, 수영을 끝내고 바다에서 막 나온 것처럼 기분이 상쾌했다.

 그날은 일요일이었다. 갈탄광에서 일할 가까운 마을에 사는 일꾼들은 그다음 날에나 올 예정이었다. 내 운명이 나를 어떤 해변에 던져놓았는지 살피러 주변을 산책할 시간이 하루 동안 충분했다. 동도 트기 전에 나는 밖으로 나가 정원을 지나 바닷가를 어슬렁댔다. 주변의 물과 땅과 사귀고 공기를 맛보며 후각으로 야생 풀들을 채집하는 동안, 내 손바닥에는 백리향과 세비아 풀과 박하 냄새가 배었다.

나는 언덕 위로 올라가 사방을 살펴보았다. 철광석과 검은 숲과 하얀 석회석으로 이루어진 엄격하고 진지하기까지 한 풍광은 곡괭이로도 흠집조차 낼 수 없을 것같이 보였다. 하지만 우아한 자태의 노란 나리꽃이 번개를 맞아 갈라진 듯한 이 황량한 장소로 파고 들어와, 햇빛을 받아 갑작스럽게 느껴질 정도로 눈부시게 피어 있었다. 남쪽 저 멀리에 나지막한 모래섬 하나가, 첫 햇살에 장밋빛으로 빛나다가 처녀처럼 순수한 붉은빛으로 변해갔다.

그 안쪽으로 조금 들어간 해안에는 올리브나무와 캐럽나무, 무화과나무와 함께 조그만 포도밭이 보였고, 웅덩이같이 움푹 파여 바람도 못 미치는 두 산 사이의 계곡에는 오렌지나무와 비파나무가, 그리고 그보다 더 가까운 곳에는 멜론 밭이 보였다.

나는 언덕에 서서 땅의 단순한 물결들을 오랫동안 즐겼다. 철광석 층과 검푸른 캐럽나무 층, 은빛 잎의 올리브나무 층이 마치 얼룩진 호랑이의 가죽을 펼쳐놓은 듯 켜켜이 쌓여 있었다. 그 너머 남쪽으로는 바르바리아 섬까지 펼쳐진 드넓고 황량한 바다가 아직도 성이 덜 풀린 듯 번쩍거리면서 요란한 소리를 내뱉으며 마치 잡아먹을 듯 크레타를 향해 덤벼들고 있었다.

내가 보기에 크레타의 자연은 군더더기가 없고 간결하며, 잘 다듬은 강렬하고도 절제된 훌륭한 산문이다. 크레타는 아주 단순한 방법으로 본질을 드러낸다. 어떤 장난도 치지 않고, 어떤 속임수도 쓰기를 거부하며, 장광설도 늘어놓지 않고, 남성다운 엄격함을 가지고 말하고 싶어 한다. 그리고 크레타의 준엄한 선들 사이에서 예기치 못한 섬세한 감수성과 아늑함이 모습을 드러낸다. 움푹 파여 바람도 못 미치는 계곡에서는 레몬과 오렌지 향이 퍼지고, 그 너머로 드넓은 바다에서는 끊임없는 시가 흘러나온다.

"크레타, 아, 크레타여……" 나는 중얼거렸다. 심장이 두근거렸다.

나는 언덕에서 내려와 바닷가를 계속 걸었다. 마을 쪽에서부터 눈처럼 하얀 머릿수건을 하고 노란 부츠를 신은 소녀들이 수다를 떨며 바닷가에 있는 수도원에 예배를 보러 가고 있었다.

나는 멈춰 섰다. 나를 본 소녀들은 웃음을 거두었다. 낯선 남자를 본 그들의 얼굴은 겁에 질려 굳어졌고, 그들의 육체는 머리끝에서부터 방어 자세를 취했다. 그들의 손가락은 긴장하여 단추를 꼭꼭 채운 짧은 상의의 가슴 부분을 움켜쥐고 있었다.

그들의 내면에서 아주 오래된 피가 공포를 기억해내고는 두려움에 사로잡혔다. 베르베르족이 사는 아프리카 북부 연안이 보이는 크레타의 이 바닷가에서는 수백 년 동안 해적들이 양 떼와 여자들과 아이들을 붙잡아 빨간 밧줄로 묶어 화물칸에 던져 넣고, 닻을 들어 올려 알제리, 알렉산드리아, 베이루트로 가서 팔았다. 몇 세기 동안 이 해안에는 여인들의 땋은 머리가 흩어져 있었고,

그들의 울음소리가 울려 퍼졌었다. 나는 마치 아무도 뚫을 수 없는 밀집 대형을 이루듯 서로 꽉 붙어, 절망적인 방어를 하려고 애쓰는 겁에 질린 소녀들을 바라보았다. 과거의 쓰라린 경험에 근거하여 몇 세기 전에는 반드시 필요했었던, 그러나 지금은 더 이상 불필요한 단호한 몸짓들이었다.

나는 소녀들이 지나갈 동안 한쪽 구석으로 조용히 비켜서서 미소를 지었다. 그러자 소녀들은 갑자기 몇 세기 전의 위험이 사라진 듯, 그리고 잠에서 급작스레 깨어나 오늘날의 안전한 시대로 돌아온 듯, 얼굴이 환해지면서 꽉 조였던 밀집 대형을 느슨하게 풀고는 일제히 굴러가는 듯한 목소리로 "안녕하세요?" 하고 인사했다. 그러는 그들의 목은 밝게 빛났다. 바로 그 순간에 멀리 수도원에서 울리는 즐겁고 장난기 어린 종소리가 행복한 대기를 가득 채웠다.

해는 높이 떴고, 하늘은 맑디맑았다. 나는 바위 위로 올라가 한 마리 갈매기처럼 구멍 하나를 찾아 몸을 감추고는 행복감에 젖어 바다를 바라보았다. 나는 기운이 넘쳤고, 상쾌했고, 내 몸은 내 마음을 잘 따르고 있었다. 파도를 좇던 내 정신은 파도가 되어 바다에 저항하지 않고 그 리듬에 맞춰 춤을 추었다.

하지만 내 가슴은 조금씩 사나워지기 시작하더니 내면 깊은 곳에서부터 어두운 목소리들이 들려왔다. 나는 그 소리가 누구의 것인지 알고 있었다. 내가 혼자가 되는 순간, 입에 담을 수 없는 욕망에 시달리며, 균형을 잃은 격정적 희망에 괴로워하는 이 목소리는 웅얼대면서 내게 구원을 기대하고는 했다.

그 소리를 듣지 않으려고, 그 무시무시하고 슬프고도 강력한 내면의 악마를 내쫓으려고, 나는 재빨리 길동무인 단테의 『신곡』을 펼쳤다. 책장을 넘기며 여기에서 한 구절, 저기에서 세 구절 읽고, 때로는 시 한 편 전체를 암송하기도 했다. 한쪽에서는 지옥에 갇힌 자들이 불붙은 페이지에서부터 울부짖으며 올라오고, 좀 떨어진 곳에서는 상처 입은 위대한 영혼들이 엄청나게 높은 산을 오르기 위해 투쟁하고, 그 위 천국에서는 축복 받은 영혼들이 밝게 빛나는 반딧불이들처럼 에메랄드 빛 평원을 거닐었다. 나는 3층으로 이루어진 이 끔찍한 운명의 집을 오르내리며, 지옥과 연옥, 천국을 내 집처럼 편하게 돌아다녔다. 나는 이 빼어난 시구들을 항해하면서 괴로워하고, 희망에 빠지며 즐거워했다.

나는 『신곡』을 덮고 바다 먼 곳을 바라봤다. 갈매기 한 마리가 파도에 배를 깔고 시원한 바다가 주는 쾌감에 몸을 맡기고 있었다. 햇볕에 새까맣게 탄 소년 하나가 맨발로 바닷가를 거닐면서 사랑의 연가를 불렀다. 목소리가 변성을 시작한 걸로 보아 소년은 아마도 그 연가의 아픔을 알고 있을 것이다.

단테의 시구들도 그의 나라에서는 아주 오래전부터 불렸다. 그러나 사랑의 노래가 소년들에게 사랑을 가르치듯이 이 불타오르는 듯한 피렌체의 시구들은 이탈리아 청소년들에게 민족적 투쟁과 구원을 준비시켰다. 그리고 천천히 모든 사람이 성체성혈을 모시듯 이 시인의 영혼을 받아먹고는 노예 상태에서 벗어나 자유를 누리게 됐다.

내 뒤에서 웃음소리가 들렸다. 나는 순식간에 『신곡』의 정상에서부터 미끄러져 떨어졌다. 나는 몸을 돌려 내 뒤에 서 있는 조르바를 보았다. 그의 얼굴에는 웃음이 가득했다.

"아니 대장, 뭐하는 거요?" 그가 소리쳤다. "얼마나 오랫동안 찾았다고요. 그런데 여기 있을 줄이야."

그러고는 움직이지도 않고 말없이 나를 바라보았다.

"점심때가 지났어요. 가엾은 닭이 끓다 못해 곤죽이 되겠소. 아시겠소?"

"알았어요. 하지만 나는 배가 안 고파요."

"배가 안 고프다고요?" 조르바가 자기 넓적다리를 치면서 소리쳤다. "하지만 대장, 아침부터 아무것도 안 먹었잖소? 몸뚱어리한테도 영혼이 있소. 그놈도 불쌍히 여겨야죠. 그러니 몸뚱어리도 좀 먹이쇼, 대장, 좀 먹이란 말이오. 우리에게 몸뚱어리는 당나귀란 말이오. 그놈을 안 먹이면 당신을 길 한가운데에서 내동댕이칠 거요."

나는 벌써 오래전부터 육체의 쾌락을 경멸해왔다. 그래서 먹게 되더라도 마치 부끄러운 짓이라도 하는 듯이 몰래 조금만 먹었다. 하지만 지금은 조르바가 잔소리를 하지 않도록 하기 위해 대답했다.

"좋아요. 갑시다."

우리는 마을 길로 내려갔다. 바위들 틈에서 보낸 시간은 사랑 행위의 절정처럼 한순간이었다. 나는 아직도 내 몸 위에 남아 있는 피렌체의 불타는 듯한 숨결이 느껴졌다.

"갈탄 생각을 하고 있었소?" 조르바가 망설이듯 물었다.

"그럼요, 다른 게 뭐가 있겠어요?" 내가 웃으며 대답했다. "내일부터 일을 시작할 거니까 계산을 좀 해봐야 했거든요."

조르바가 곁눈으로 나를 흘겨보면서 아무 말도 하지 않았다. 나는 또다시 조르바가 나를 믿어야 할지 말아야 할지 망설이며 가늠해보고 있다는 걸 눈치챘다.

"그래서 결론은 뭡니까?" 조르바가 앞서가며 신중하게 다시 물었다.

"수지타산을 맞추려면 3개월 뒤에는 하루에 갈탄 10톤을 캐내야 해요."

이번에는 조르바가 불안한 눈빛으로 나를 보았다. 그리고 조금 있다가 다시 물었다.

"바다엔 왜 갔었소? 계산하려요? 이렇게 묻는 날 용서하쇼. 하지만 이해가 안 돼요. 나는 숫자를 생각해야 할 때면 아무것도 보지 않고 웅크릴 수 있도록 땅속 구멍으로 들어가고 싶어지죠. 내가 눈을 들어 바다나 나무, 또는 여자를 보면, 그래, 그 여자가 할망구라도 빌어먹을 계산 따위는 모조리 날아가버려요. 그 저주받을 숫자들이 날개가 돋아나서 다 날아가버린다고요."

"왜 그렇죠, 조르바?" 내가 조르바를 놀리려고 말했다. "하지만 그건 당신 잘못이죠. 생각을 집중할 능력이 없어서 그런 거니까요."

"대장, 내가 그걸 어떻게 알겠소? 마음대로 생각하쇼. 현명한 솔로몬 왕도 세상의 어떤 일들은…… 보쇼, 하루는 내가 어느 조그만 마을을 지나고 있었는데 아흔 살은 먹은 할아버지가 아몬드 나무를 심고 있더라고요. '할아버지, 아몬드나무를 심고 계세요?' 내가 물었죠. 그러자 그 허리가 꼬부라진 할아버지가 나를 보면서 말했죠. '얘야, 나는 내가 죽지 않을 것처럼 행동한단다.' 그래서 내가 대답했죠. '저는요, 매 순간 죽음을 생각하면서 행동하죠.' 우리 둘 가운데 누가 맞는 거 같소, 대장?"

그가 승리감에 취해 나를 바라보며 말했다.

"대답 못하겠소?"

나는 아무 말도 하지 않았다. 두 길 모두 오르막길이고 고난의 길로서 정상에 이를 수 있다. 죽음이 없다는 듯이 행동하는 것과 매 순간 죽음을 생각하면서 행동하는 것은 어쩌면 같은 것일지도 모른다. 하지만 조르바가 물었을 때 나는 그것을 미처 몰랐다.

"대장, 그러니까 어느 게 맞죠?" 그가 장난스럽게 물었다.

"그건 절대 알 수 없을 거요. 그렇다고 너무 가슴 아파하지 마쇼. 자, 화제를 바꿉시다. 나는 지금 이 순간 닭고기와 계피 뿌린 밥 같은 음식 생각을 하고 있어요. 그리고 내 머릿속에서는 온통 밥이 끓는 것같이 느껴져요. 우선 배 좀 채우고 봅시다. 다른 건 그 다음에 생각합시다. 한 번에 한 가지씩만 생각하자고요. 밥이 앞에 있으면 밥에 정신을 쏟고, 내일 우리 앞에 우리들의 갈탄이 있을 땐 갈탄에 정신을 쏟읍시다. 일을 어정쩡하게 하지 맙시다. 알겠죠?"

우리는 마을에 이르렀다. 여자들은 문지방에 앉아 사소한 일상들을 이야기하고 있었고, 노인들은 지팡이에 몸을 의지한 채 아무 말도 하지 않고 있었다. 열매가 잔뜩 매달린 석류나무 아래에서는 주름투성이의 할머니가 손자의 이를 잡아주고 있었다.

카페 밖에는 눈꼬리는 처졌지만 근엄하고 위엄 있는 귀족 같은 풍채의 마을 원로 한 명이 곧은 자세로 서 있었다. 우리에게 갈탄광을 임대해준 마을 촌장 마브란도니스 영감이었다. 그는 어제 우리를 자기 집에 모셔가기 위해 마담 오르탕스의 집에 들렀었다.

"마치 이 동네에 제대로 된 사람이 없는 것처럼 이런 누추한 여인숙에 머무르시게 했다니 참으로 부끄럽군요." 그가 말했다.

그는 점잖고 허튼소리를 하지 않는 진정한 시골 신사였다. 우리가 그의 호의를 받아들이지 않자 자존심이 조금 상했지만 고집을 피우지는 않았다.

"저는 제 의무를 다했습니다." 그는 이렇게 말하고는 떠나갔다.

그리고 조금 뒤에 둥근 치즈 두 덩이와 석류 한 광주리, 건포도 한 단지, 말린 무화과, 그리고 큰 병에 든 라키 술을 보내왔다.

"마브란도니스 선장님이 보내는 인삽니다." 하인이 당나귀에서 물건을 내려놓으면서 말했다. "별거 아닙니다만 마음이 담긴 겁니다."

우리는 정성을 다하여 촌장 마브란도니스에게 지나칠 정도의 인사말을 건넸다.

"건강하게 오래오래 사십시오." 그가 손을 가슴에 얹으면서 답례했다.

그리고 다른 말은 하지 않았다.

"말을 많이 하기를 꺼리네요. 좀 어두운 사람이군요." 조르바가 중얼거렸다.

"자존심이 세죠. 맘에 들어요." 내가 대꾸했다.

우리는 드디어 집에 도착했다. 조르바의 콧구멍이 기쁨에 벌름거렸다.

마담 오르탕스가 문가에서 우리에게 손짓을 하며 기쁜 탄성을 내지르더니 안으로 사라졌다.

조르바는 정원의 잎이 다 떨어진 포도나무 아래 식탁을 차렸다. 빵을 큼지막하게 잘라놓고, 포도주를 가져오고, 접시와 숟가락과 포크를 갖다놓았다. 내게 몸을 돌려 영악한 눈초리로 식탁을 가리켰다. 거기에는 세 사람의 자리가 마련돼 있었다.

"알겠어요, 대장?" 그가 내게 귓속말을 했다.

"알아차렸어요." 내가 대답했다. "이 능청스러운 노인네 같으니!"

"늙은 닭은 국물이 좋아요." 그가 입술을 핥으며 말했다. "내가 뭘 좀 알죠."

조르바는 재빠르게 왔다 갔다 하면서 이글거리는 눈으로 옛날 사랑의 민요를 흥얼거렸다.

"닭고기가 있는 삶, 이런 게 산다는 거죠. 대장." 그가 말했다. "자, 나는 지금 바로 이 순간 죽어가는 사람처럼 행동하고 있죠. 나는 뒈지기 전에 닭을 먹으려고 서두르고 있어요."

"어서들 식탁에 앉으세요." 마담 오르탕스가 말했다.

그녀는 우리 앞에 갖다 놓을 항아리를 들고 있었다. 하지만 입을 다물지 못하고 그 자리에 서 있었다. 그녀의 눈은 세 사람 자리가 마련된 것을 보고 있었다. 기쁨으로 말미암아 그녀의 얼굴이 새빨개졌다. 그러더니 조르바를 바라보면서 자신의 열정적인 파란 눈을 깜빡거렸다.

"저 여자 사타구니에 기별이 갔어요." 조르바가 내게 조용히 속삭였다.

그러고는 온갖 예의를 다 갖추어 마담 오르탕스에게 돌아서서 정중하게 말했다.

"눈부시게 아름다운 바다 요정이여, 우리는 바다가 당신의 왕국에 던져버린 난파당한 선원들입니다. 우리에게 함께 식사하는 영광을 허락해주십시오, 나의 요정이시여!"

늙은 술집 여가수는 마치 우리 둘 모두를 자신의 품에 안으려는 것처럼 팔을 넓게 벌렸다 오므렸다 하며, 엉덩이를 흔들면서 처음에는 조르바를, 다음엔 나를 열정적으로 건드리고는 달콤한 목소리를 내면서 자기 방으로 달려갔다. 그녀는 조금 후에 몸을 심하게 흔들면서 자기가 가지고 있는 최고의 의상을 차려입고 나타났다. 거의 다 닳아빠진 노란색 레이스가 달린, 낡아 해질 것 같은 초록색 비로드 드레스를 차려입고, 사교계의 예의에 따라 훤히 드러난 젖가슴 사이에는 천으로 만든 장미 하나를 꽂았다. 그리고 함께 들고 온 앵무새 초롱을 건너편 포도나무 가지에 걸었다.

우리는 그녀를 우리 둘 사이에 모셨다. 조르바는 그녀의 오른쪽에 나는 왼쪽에 앉았다.

우리 셋은 정신없이 먹어댔다. 우리는 한동안 한마디도 하지 않았다. 우리는 서둘러 우리의 당나귀에게 포도주를 주고 사료를 먹였다. 음식은 빠른 속도로 피로 바뀌었고, 우리의 오장육부는 힘이 넘쳐났으며, 세상은 아름다워지고, 우리 옆에 있는 여인은 점점 더 젊어지면서 주름살들이 사라졌다. 그리고 우리 건너편 나무에서 몸을 숙여 우리를 바라보는 노란 가슴의 초록색 앵무새는 어떤 때는 마술에 걸려 작아진 사람처럼, 또 어떤 때는 똑같이 노란 가슴에 푸른 드레스 차림을 한 늙은 여가수의 영혼처럼 보였다. 갑자기 우리 머리 위의 잎이 다 진 포도 덩굴에서 검은 포도알들이 후드득 떨어졌다.

조르바는 온 세상을 다 껴안은 듯 두 손을 마주 잡았다.

"아니, 대장, 이게 뭐요?" 그가 당황한 듯 소리쳤다. "이제까지 겨우 이 조그만 잔의 포도주만 마시고 세상이 사라진 듯 굴었단 말이오? 여보쇼, 대장, 인생이란 게 뭐요? 하느님께 맹세코 우리 위에 달려 있는 포도알들은 천사들이란 말이오. 내게 그 둘은 마찬가지란 말이오. 그 포도알들이 아무것도 아니라면 이 세상에는 닭이고 물의 요정이고 크레타고 아무것도 없는 거요. 대장, 뭐라고 말 좀 하쇼. 내가 미치겠소."

조르바는 취해 기분이 고조됐다. 벌써 닭고기를 다 먹어치우고 이제는 마담 오르탕스를 탐욕스럽게 바라보았다. 그의 눈은 그녀를 위아래로 샅샅이 훑어보다가 젖가슴에 꽂히더니 마치 손으로 쓰다듬는 것처럼 탐색했다. 우리 여주인공의 눈초리도 빛났다. 그녀 역시 포도주를 사랑해서 어느 정도 취해 있었다. 그리고 소문대로 포도주라는 악마가 그녀를 예전으로 데려다놓아 그녀는 다시 상냥하고 가슴이 열린 유쾌한 여인이 되어 있었다. 그녀는 일어나 자신이 '교양 없는 놈들'이라고 부르는 촌사람들이 안을 보지 못하도록 포도밭 문을 닫았다. 그녀는 담배 한 개비를 피워 물고는 프랑스인의 곧게 선 조그만 코에서 동그란 연기를 내뿜었다.

그런 순간에는 여자들의 모든 문이 열리게 마련이다. 경비병들은 잠이 들고 멋있는 말 한마디가 황금이나 에로스 신처럼 절대적 힘을 발휘한다.

나도 파이프에 불을 붙이고는 멋있는 말 한마디를 했다.

"마담 오르탕스님, 당신은 내게 젊은 시절의 사라 베르나르를 생각나게 해요. 그렇게 우아하고, 유쾌하고, 귀티 나는 아름다운 여인을 이 황량한 곳에서 만나게 될 줄은 상상도 못 했어요. 어느 셰익스피어가 당신을 이 식인종이 사는 땅에 데려다놓은 거죠?"

"셰익스피어, 어떤 셰익스피어요?" 그녀가 마스카라가 지워진 눈을 치켜뜨면서 물었다. 그녀의 마음은 자신이 예전에 봤던 연극들을 샅샅이 뒤지다가, 파리에서부터 베이루트까지, 그리고 그곳에서 바닷가를 따라 아나톨리아 반도로, 카페 '샹탕'을 찾아다녔다. 그러다가 갑자기 알렉산드리아를 기억해냈다. 관용이 넘치고 비로드 천의 의자들, 수많은 남자들과 등이 깊게 파인 옷을 입은 향수 뿌린 여인들, 꽃들, 그리고 갑자기 막이 열리면서 나타난 멋있는 검은 피부의 귀족······

"어떤 셰익스피어요?" 그녀가 드디어 기억해낸 것이 자못 기뻐 소리쳤다. "그 '오셀로'라고도 하는 사람요?"

"네, 맞아요, 그 사람. 부인, 어느 셰익스피어가 당신을 이 황량한 해변에 데려다놓은 거죠?"

그녀는 주위를 둘러보았다. 문은 굳게 잠겨 있었고 앵무새는 잠들었으며 토끼들은 짝짓기를 하고 있었다. 우리뿐이었다. 그녀는 마치 양념과 누렇게 바랜 연애편지들과 오래된 옷들로 가득 찬 낡은 궤짝이 열리듯 우리에게 마음을 열었다.

그녀는 신통치 않은 그리스어를 구사했다. 때로는 음절이 얽혀 '나바르호스'*를 '나브라코스'라고 하고, '에파나스타시'**를 '아나스타시'***라고 말했다. 하지만 우리는 포도주 덕분에 그녀가 하는 말을 완벽하게 알아들었다. 때로는 누르기 어려운 웃음을 억지로 참았고, 때로는 우리가 이미 많이 취했기 때문에 울음까지 나왔다.

"자, 들어들 보세용. (그날 나이 든 세이렌은 향기가 가득한 그녀의 정원에서 대강 이런 이야기를 늘어놓았다.) 지금 당신들이 보고 있는 나로 말할 것 같으면, 아, 나는 대단하고도 선망을 받는 여자였죠. 나는 술집 여자가 아니었어요, 천만에요! 나는 유명한 '아르띠스뜨(아티스트)'였고 진짜 레이스가 달린 비단 속옷을 입었었죠. 하지만 사랑이······"

그녀는 깊은 한숨을 쉬었다. 그리고 담배를 새로 꺼내더니 조

---

* 제독.
** 혁명.
*** 부활.

르바의 담배를 빌려 불을 붙였다.

"저는 '쩨독' 한 사람을 사랑했어요. 크레타는 다시 '핵명'을 일으켰고 함대들이 수다만*에 모여들었죠. 며칠 뒤에 나도 도착했죠. 대단했죠. 당신들도 영국, 프랑스, 이탈리아, 러시아에서 온 네 명의 '쩨독'들을 봤어야 하는데…… 온통 황금으로 장식하고 에나멜 구두에 모자에는 깃털을 단 그 모습들을 봤어야 하는데…… 수탉들 같았죠. 70에서 90킬로그램이나 나가는 거구의 수탉들이었죠. 그들이 나를 망쳐놓았어요. 아, 그 콧수염들이란! 곱슬곱슬하고 비단결처럼 정말 부드러웠죠. 검은 수염, 금발 수염, 회색 수염, 밤색 수염…… 그리고 아주 좋은 향수 냄새가 났죠. 각기 다른 향수를 써서 한밤중에도 냄새로 구분할 수 있었어요. 영국 사람은 오드콜로뉴 냄새가, 프랑스 사람은 제비꽃 향수 냄새가, 러시아 사람은 사향 냄새가 났고, 그리고 이탈리아 사람은, 이탈리아 사람은, 아! 이탈리아 전체가 패출리 향수에 미치죠. 굉장한 콧수염들이었죠, 하느님 맙소사! 기막힌 콧수염들이었어요.

우리는 자주 다섯이 함께 데콜테**를 입고 '끼함旗艦'에 모여 앉아 '핵명'에 대해 이야기했죠. 나는 몸에 착 들러붙은 실크 블라우스를 입고 있었죠. 왜냐하면 그들이 내게 샴페인을 들이부었거든요. 그땐 여름이었다고요, 아시겠어요. 하여간 우리들은 '핵명'에 대해 진지한 토론을 했죠. 나는 그들의 수염을 쓰다듬으며 불

---

* 크레타 북서쪽 끝에 위치한 만. 크레타에서 가장 큰 만이다.
** 어깨와 목이 많이 드러난 파티용 옷.

쌍한 크레타의 불쌍한 사람들을 폭격하지 말아달라고 애원했죠. 우리는 쌍안경으로 하니아*에 가까운 바위 위에 있는 사람들을 봤죠. 노란 부츠와 파란 바지를 입은 개미들처럼 조그맣게 조그맣게 보였어요. 그들은 '만세! 만세!' 하고 소리쳤어요. 그리고 그들은 깃발도 가지고 있었어요……"

정원의 울타리 역할을 하는 갈대가 흔들렸다. 제독들과 싸웠던 여인이 놀라서 말을 멈췄다. 갈대 사이로 영악해 보이는 조그만 눈동자들이 반짝거렸다. 마을 아이들이 우리들의 잔치를 눈치채고 잠복해 들어온 것이다.

여가수는 일어나려고 했지만 그러지 못했다. 그녀는 이미 상당히 많이 마셔서 그냥 앉아서 땀만 흘렸다. 조르바가 땅에서 돌을 하나 집어 들었다. 아이들이 놀리면서 도망갔다.

"계속하시죠, 나의 요정이시여, 계속하세요. 내 사랑이여!" 조르바가 의자를 끌어 가까이 다가오면서 말했다.

"내가 이탈리아 사람에게 말했어요. 그가 제일 용기가 있었거든요. 그의 수염을 만지면서 말했죠. '카나바로, 그게 그의 이름이었죠, 나의 사랑하는 카나바로, 쾅! 쾅! 하지 말아요. 제발 쾅쾅! 하지 마세요.'

내가 몇 번이나 크레타 사람들을 죽음으로부터 구해줬는지 아세요? 얼마나 많은 대포들이 준비되었고, 그때마다 내가 '쩨독' 수염을 붙잡고 쾅쾅 하지 못하게 한 줄이나 아세요? 하지만 누가

---

* 크레타 서쪽의 도시로 이라클리온 다음으로 크다.

내게 고마워나 하나요? 당신들은 훈장을 본 적이 있겠지만, 나는 본 적도……"

마담 오르탕스는 사람들의 배은망덕에 화가 나서 부드럽고 주름이 많은 조그만 주먹으로 식탁을 때렸다. 그리고 조르바는 손을 내밀어 마치 감동한 듯, 그녀의 벌어진, 고생 많이 한 무릎을 감싸 안으며 외쳤다.

"나의 부불리나*여! 당신이 자랑스럽소. 하지만 쾅! 쾅! 하지는 말아요."

"그 말라비틀어진 손을 치워요. 이 사람이 나를 어떻게 보고 이래요!" 그녀가 히히 웃으며 소리쳤다.

그러면서 조르바에게 그윽한 눈초리를 던졌다.

"하느님이 계십니다." 약삭빠른 늙은 능구렁이가 말했다. "걱정할 거 없어요. 나의 부불리나여, 하느님이 계십니다. 그리고 여기에 우리가 있잖아요? 한숨짓지 마세요."

나이 든 프랑스 여자가 짙푸른색의 지친 눈을 들어 하늘을 올려다보았다. 초롱에 잠들어 있는 짙은 초록색 앵무새가 그녀의 눈에 들어왔다.

"카나바로여, 나의 카나바로여!" 그녀가 에로틱하게 중얼거렸다.

앵무새가 목소리를 알아듣고 눈을 뜨더니 초롱의 쇠창살을 붙잡고 숨넘어가는 사람의 쉰 목소리로 말하기 시작했다.

---

* 그리스 독립 전쟁(1821~28) 때의 여걸 영웅.

"카나바로! 카나바로!"

"저 여기 있습니다." 조르바가 다시 손을 뻗어 마치 점령하려는 듯 고생 많이 한 무릎을 감싸 안으며 소리쳤다.

늙은 여가수는 의자에 몸을 비비면서 다시 주름진 입을 열었다.

"나도 가슴과 가슴을 맞대고 용감하게 싸웠다고요. 하지만 결국 올 것이 왔죠. 크레타가 자유를 되찾자 함대들은 물러나라는 명령을 받았죠. '나는 어떻게 되는 거예요?' 나는 네 명의 콧수염을 잡고 소리쳤어요. '나를 여기에 놔둘 거예요? 호화스러움과 샴페인과 닭고기에 길들여진 나를, 수병들에게 경례를 받고, 나를 바라보는 대포들을 이렇게 남자처럼 거만하게 비스듬히 서서 즐기던 나를 버리고 갈 거냐고요? 한꺼번에 네 명의 '쩨독'을 잃은 과부가 되라는 거예요?'

그들은 웃기만 했어요. 참, 남자들이란! 나를 영국의 파운드화와 이탈리아 리라, 러시아 루블, 그리고 프랑스 프랑화로 채웠어요. 나는 그 돈들을 양말과 가슴과 구두에 쑤셔 넣었죠. 그리고 마지막 날 밤에 울면서 소리 질러댔죠. 그러자 '쩨독'들이 내가 안됐는지 내 욕조를 샴페인으로 가득 채우고는 나보고 거기에 들어가서 그들 앞에서 목욕을 하라는 거예요. 그때 우리는 기가 셌다고요, 아시겠어요? 그러고는 자기들 잔으로 욕조에서 샴페인을 퍼서 다 마셔버렸어요. 참 좋았더랬어요. 그리고 취하더니 불을 껐어요.

아침에 나한테서는 아래에서부터 위까지 층층이 제비꽃 향수 냄새, 오드콜로뉴 냄새, 사향 냄새, 패출리 향수 냄새가 진동했어요. 영국, 러시아, 프랑스, 이탈리아, 네 강대국을 내 이 가슴에 품고 놀았던 거죠. 그럼요, 그렇게 놀았고말고요."

그러더니 마담 오르탕스는 일어서서는 짧고 통통한 팔을 벌려 마치 아기를 들었다 놨다 하듯이 위아래로 움직였다.

"아, 그럼요, 그랬죠. 날이 밝았을 때, 내게 경의를 표하기 위해 대포들이 발포되기 시작했어요. 내 명예를 걸고 맹세컨대 정말 나를 위한 축포였다고요. 그러고는 나를 노가 열두 개나 있는 하얀 보트에 태워 하니아에 내려놓았어요……"

그녀는 손수건을 꺼내서는 위로할 수 없는 슬픔에 빠져 울기 시작했다.

"오, 나의 부불리나여!" 조르바가 완전히 감동에 빠져서 소리쳤다. "눈을 감으세요, 눈을 감아요, 내 사랑. 내가 바로 카나바로예요!"

"그 말라비틀어진 손을 치워요. 치우라고 얘기했어요!" 우리의 숙녀가 목쉰 소리로 아양을 섞어 말했다. "뻔뻔스럽기들도 하지! 황금 견장과 삼각모자와 향수 냄새 나는 콧수염들은 지금 어디로 갔단 말인가? 아! 아!"

그녀는 조르바의 손을 다정하게 붙잡고 다시 울기 시작했다.

날이 선선해졌다. 우리는 침묵했다. 갈대 너머 바다는 이제 조용히, 그리고 부드럽게 한숨짓고 있었다. 바람은 잦아들었고 해는 졌다. 머리 위로 잘 먹어 살이 실하게 오른 까마귀 두 마리가 비단 천을 찢는, 말하자면 어떤 여가수의 실크 블라우스를 찢는 날갯짓 소리를 내며 날아갔다.

석양이 황금 가루를 떨어뜨려 정원에 뿌렸다. 마담 오르탕스의 앞 머리카락도 저녁놀의 빛을 받아 빨갛게 타올랐다. 저녁 바람이 빨리 떠나고 싶다는 듯, 석양의 불꽃을 반대편 머리에 옮겨 놓으려는 듯, 서두르며 스쳐 지나갔다. 마담 오르탕스의 반쯤 열린 젖가슴과 반쯤 벌어져 있는 피부가 늘어진 무릎과 목의 주름과 그녀의 끈 없는 구두도 황금빛으로 물들었다.

우리의 늙은 세이렌이 몸을 떨었다. 눈물로 빨갛게 된 눈을 반쯤 감고 포도주빛 눈으로 한 번은 나를, 한 번은 염소 같은 입술을 그녀의 앙가슴에 매달아놓은 듯한 조르바를 바라봤다. 날은 이미 완전히 어두워졌고, 그녀는 우리 둘을 에로틱한 눈초리로 보며 우리 둘 가운데 누가 카나바로인지를 알아내기 위해 애쓰고 있었다.

"나의 부불리나여!" 이제는 자기 무릎을 그녀 무릎 위에 올려놓은 조르바가 열정을 가지고 달콤하게 속삭였다. "하느님은 없어요, 악마도 없고요. 걱정할 거 없어요. 머리를 들어요. 그리고 죽음을 쫓아내게 손으로 턱을 받치고 사랑 노래 하나를 불러주세요."

조르바는 후끈 달아올라 있었다. 오른손으로 콧수염을 만지작거리며 왼손으로는 취한 여가수를 껴안고 있었다. 그는 숨가쁘게 말했으며, 눈은 게슴츠레 졸린 기색이 역력했다. 틀림없이 지금 조르바에게는 우리 눈앞에 있는 이 여자가 화장을 덕지덕지 하고 향유를 바른 할머니로 보이지 않고 그가 평소에 입버릇처럼 말하는 '암컷'으로 보일 것이다. 이제 그녀에게서는 개성도 사라지고, 얼굴도 지워지고, 젊었건 폐차 상태로 늙었건, 예쁘든 추하든, 모든 것들이 의미가 없다. 모든 여자의 뒤편에는 엄하고, 성스럽고, 신비로 가득 찬 아프로디테의 얼굴이 숨어 있다.

조르바가 본 것은 바로 그 얼굴이었다. 조르바는 그 얼굴을 향해 이야기하고, 그 얼굴을 열망했던 것이다. 마담 오르탕스는 덧없는 하루살이의 투명한 가면일 뿐이었다. 조르바는 이 투명한 가면을 영원한 입술로 키스하기 위해 찢고 있었다.

"나의 사랑이여, 당신의 눈처럼 하얀 목을 드세요." 조르바가 다시 애원하듯이 숨가쁜 소리로 말했다. "눈처럼 흰 목을 들고 사랑의 노래 하나를 불러주세요."

그러자 늙은 여가수가 산전수전 다 겪은, 그리고 이제는 빨래하느라 터진 손에 두 뺨을 괴었다. 그녀의 눈은 이미 게슴츠레해져 있었다. 그녀는 그 눈초리로 조르바를 보며 — 이제 그녀는 선택을 끝냈다 — 슬프고도 거친 목소리로 천 번도 더 불렀을 자신의 애창곡을 부르기 시작했다.

　　내 인생의 길목에서
　　나는 왜 너를 만나야 했을까……

조르바는 튀어 오르듯 일어나서는 방 안에서 산투리를 가지고 나와 책상다리를 하고 앉더니, 조심스레 산투리를 벗겨내고는 무릎 위에 올려놓고 손을 펼쳐 치기 시작했다.

"오흐, 오흐! 차라리 칼로 나를 찔러라, 나의 부불리나여!" 그가 울부짖었다.

밤이 이슥해지고 금성이 하늘을 가로지를 때쯤, 조르바의 공범인 산투리의 마법 같은 소리만이 들려왔다. 닭고기와 밥, 석탄 불에 볶은 아몬드와 포도주로 포만감을 만끽한 마담 오르탕스는 조르바의 목에 몸을 찰싹 기댄 채 한숨을 내쉬었다. 그리고 조르바의 등을 가볍게 쓰다듬다가 하품을 하고는 다시 한숨을 내쉬었다.

조르바가 내게 눈짓을 하더니 목소리를 낮춰 말했다.

"대장, 이 여자 사타구니에 불이 붙었어요. 이제 빨리 떠나슈!"

4

 하느님이 또 다른 날을 밝혀주었다. 눈을 뜨니 맞은편 자기 침대 끝에 책상다리를 하고 앉아서 담배를 피우며 깊은 생각에 잠겨 있는 조르바가 보였다. 그의 작고 동그란 눈은 이제 막 여명을 받아 푸르스름해진 바로 앞의 들창을 응시하고 있었다. 그의 눈은 부어 있었고, 훤히 드러나 있는 뼈만 남은 목을 닭처럼 비정상적으로 길게 뽑고 있었다.

 엊저녁 나는 그를 늙은 요정과 단둘이 남겨두고 일찍이 축제에서 빠져나왔다.

 "난 갑니다. 재미 많이 보고 기운도 차리세요, 조르바." 내가 말했다.

 "잘 가슈, 대장. 우리 둘이 광란의 밤을 보내도록 내버려두시고……" 조르바가 대답했다.

 둘은 광란의 밤을 보낸 것 같았다. 잠결에 속삭이는 소리를 들었는데, 잠시 후 옆방이 지진이 난 듯 흔들리는 것을 느꼈기 때문이다. 그리고 나는 다시 잠이 들었다. 한밤중이 지났을 때쯤인가 조르바가 맨발로 방에 들어와 내가 깨지 않도록 조심조심 자기 침대에 눕는 것을 느꼈다.

그리고 지금 이 새벽녘에 난 먼 곳의 빛을 바라보는 그를 보고 있다. 그의 눈은 미처 깨어나지 못했다. 그는 아마 아직도 진한 즐거움에 깊이 빠져 있어 자신의 관자놀이에서 잠의 깃털을 모두 뽑아내지 못한 것 같았다. 그는 조용히 무언가에 이끌리듯이 천천히 흘러내리는 반투명의 꿀의 강에 몸을 맡기고 있었다. 온 세상이, 땅이, 물이, 생각들이, 사람들이 먼 바다를 향해 흘러가고 있었고, 조르바도 반항도 하지 않고, 묻지도 않고, 행복에 빠져 그 강과 함께 흘러가고 있었다.

마을은 닭들의 울음소리와 돼지의 꿀꿀거리는 소리, 당나귀 울음소리, 사람들의 소리가 뒤섞인 소음으로 깨어나고 있었다. 나는 침대에서 뛰어 일어나 "자, 조르바, 오늘은 일하는 날이에요" 하고 소리치려 했다. 하지만 나 역시 아무런 말 없이 손가락 하나 까딱하지 않고 새벽의 불확실한 장밋빛 암시에 몸을 맡기는 행복감에 젖어 있었다. 이런 마법적인 순간에 모든 생명은 솜털처럼 가볍게 느껴지고, 대지는 아직 응고되지 않아 바람에 따라 새로이 태어나면서 모습을 바꾸는 구름처럼 보풀보풀했다.

조르바가 담배 피우는 모습을 보고 있자니 나도 한 대 피우고 싶어졌다. 손을 뻗어 내 파이프를 꺼냈다. 파이프를 보자 감동이 몰려왔다. 회색이 도는 푸른 눈동자의 친구가 귀족적으로 길고 가느다란 손가락으로 건네준 선물이었다. 몇 해 전 어느 날 오후에 외국에서였다. 공부를 끝낸 그는 그날 저녁 그리스로 돌아갈 예정이었다.

"이제 담배는 집어치워. 마치 길거리 여자 대하듯 반쯤 피우다가 던져버리잖아. 이 파이프랑 결혼해라. 이 파이프는 정숙하고 믿을 만한 정실부인이니까. 네가 집에 돌아오면 이 파이프가 꼼짝 않고 기다리고 있을 거야. 그리고 파이프에서 나오는 동그란 연기를 보면서 나를 기억하란 말이야."

그날 오후, 우리는 그가 사랑하는 렘브란트*의 「황금 투구를 쓴 전사」라는 작품에 작별 인사를 하기 위해 베를린의 박물관으로 갔다. 높은 청동 투구에 창백하고 홀쭉한 뺨, 결의에 찼지만 슬픈 눈매를 한 전사의 초상화였다. 절망적인 상황에서도 굽힐 줄 모르는 전사를 보며 그가 중얼거렸다. "내가 언젠가 용감한 행동을 한다면 바로 이 사람에게 신세를 진 거야."

우리는 박물관에서 나와 박물관 정원 기둥에 기댔다. 건너편에 자신감 넘치는 표정으로 안장 없는 늠름한 말 위에 앉아 있는, 벌거벗은 아마존 여인의 검게 변한 청동 조각상이 있었다. 이름 모를 노랑할미새 한 마리가 아마존 여인의 머리에 잠깐 앉아 재빠르게 꼬리를 흔들다가 두세 번 비웃듯이 울더니 날아갔다.

나는 소름이 돋아 몸서리치며 친구에게 물었다. "저 새소리 들었어? 우리에게 무언가 말하고 떠난 거 같아."

"새니까 노래하게 둬! 새니까 지저귀게 놔둬!" 친구가 그렇

---

* Harmensz van Rijn Rembrandt(1606~1669): 네덜란드의 화가.

게 민요의 한 구절을 되뇌며 미소를 지었다.

어째서 오늘 이 이른 새벽에 이곳 크레타 해변에서 그때의 짧은 순간이 떠올라 내 가슴에 아픔이 넘치게 하는가?

파이프에 담배를 가득 채우고 불을 붙였다.

세상의 모든 것에는 숨겨진 의미가 있다는 생각이 들었다. 사람, 짐승, 나무, 별, 모든 것이 상형문자다. 그것을 읽어내고 무슨 말을 하는지 알아내기 시작한 사람에게 그것들은 기쁨일 것이다. 하지만 그것들을 보는 순간에도 우리는 그 의미를 이해하지 못한다. 너는 그것들이 사람이고, 짐승이고, 나무고, 별이라고 생각한다. 그리고 세월이 많이 지난 뒤에야 너무 늦게 그것들의 의미를 깨닫는다.

"「황금 투구를 쓴 전사」, 흐릿했던 그날 오후에 기둥에 기대 있던 친구, 우리에게 무언가를 말하려고 지저귀던 노랑할미새, 그리고 민요 「아레테의 죽은 형제들을 위한 영가」에서 친구가 인용한 시 구절, 지금 생각하니 이 모든 것들에 숨겨진 의미가 있을지도 모른다. 과연 무슨 뜻일까?"

나는 어두컴컴한 공중에서 담배 연기가 감겼다 풀렸다 하며, 순간적으로 푸르게 변했다가 장난치듯 복잡한 형태로 흩어져 천천히 주변 공기에 흡수되어 사라지는 모습을 바라보았다. 내 영혼 역시 연기와 함께 장난치듯, 복잡하게 흩어지다가 즐거워하며 새로이 생겨나는 연기의 소용돌이를 따라 올라가서 사라졌다. 꽤 오랫동안 나는 이성의 방해를 받지 않고, 말로는 표현할 수 없는 확신을 가지고, 세상의 시작과 절정, 그리고 끝을 피부로 맛보았다. 그러고는 다시 헛소리나 부끄러운 줄 모르고 줄타기를 하는 정신의 장난질도 없이 부처의 세계로 가라앉았다. 담배 연기야말로 부처의 가르침의 정수다. 덧없이 변화무쌍한 형태들이 바로 평온하고 소리도 없는, 행복한 푸른 열반에 이르는 삶이다. 나는 아무 생각도 하지 않았고, 무언가를 깨닫기 위해 싸우지도 않았고, 아무런 의심도 하지 않았다. 그 순간 나는 확신의 세계를 살고 있었다.

나는 가만히 한숨을 내쉬었다. 이 한숨이 나를 현실의 순간으로 다시 갖다놓았다. 내 주변으로 초라한 판잣집 방과 벽에 걸린 조그만 거울이 첫 햇살을 받아 사방으로 빛을 반사하는 것이 눈에 들어왔다. 맞은편에서는 조르바가 침대에서 일어나 앉아 내게 등을 돌리고 담배를 피우고 있었다.

갑자기 나의 내면에서 비극적이면서도 희극적이었던 어제의 모든 모험들이 떠올랐다. 희미해진 제비꽃 향수 냄새 — 제비꽃 향수 냄새, 오드콜로뉴 냄새, 사향 냄새, 패출리 향수 냄새 —, 그리고 앵무새 한 마리, 초롱의 쇠창살에서 날갯짓을 하며 울부짖는 앵무새로 변한 인간의 영혼, 끝으로 모든 함대가 떠나고 난 뒤에 홀로 남아 옛날의 해전 이야기를 하는 늙은 바지선 한 척······

조르바가 내 한숨 소리를 듣고 고개를 쳐들어 나를 돌아보았다.

"대장, 어제 우리가 못된 짓을 저질렀어요. 못된 짓을 했다고요! 대장도 웃고 나도 웃고, 그리고 그 불쌍한 여자는 우리를 바라봤죠! 또 대장이 그렇게 그 여자를 천 살 먹은 호호할멈 대하듯 눈길도 안 주고 떠난 건 창피한 일이에요. 그건 예의가 아니죠, 대장, 인간은 그런 식으로 행동하면 안 되죠. 이런 말 하는 걸 이해해주쇼. 그녀도 약해빠진, 불평꾼 여자란 말이오. 나라도 남아 그녀를 위로했기에 망정이죠."

"조르바, 그게 무슨 말이오?" 내가 웃으며 물었다. "정말 모든 여자의 머릿속에 다른 생각은 없다고 믿는 거요?"

"대장, 다른 생각은 절대 없죠! 본 것도 많고 겪은 일도 많고 해본 것도 많고, 그래서 말하자면 배운 것도 많은 이 사람 말 좀 들어보슈. 여자들의 머릿속에 다른 생각이란 없다고요. 분명히 말씀드리죠. 여자들은 병약한 존재고 불평꾼이란 말이오. 만일 사랑한다고, 원한다고 말하지 않으면 당장 울음보를 터뜨려요. 전혀 원하지 않거나 심지어 질색인 남자라도 말이오. 여자가 '싫어요'라고 말할지도 모르죠. 하지만 그건 전혀 별개의 문제예요. 그럴 수 있어요. 하지만 여자들이란 항상 자기를 봐주고 탐내는 남자를 바란단 말이오. 그 불쌍한 것들은 그걸 원해요. 그러니 그것들에게 자비를 베푸쇼!

내게 한 여든 살쯤 되는 할머니 한 분이 있었죠. 할머니 이야기는 진짜 동화 같았어요. 그때가 그러니까 할머니가 여든 살쯤 되었을 땐데, 우리 집 건너편에 차가운 샘물처럼 깔끔하고 무지 예쁜 계집이 하나 살았었죠. 이름도 '크리스탈로'였어요. 주말이 되어 동네 풋내기들하고 한잔 마시고 얼큰해지면 나는 사촌 놈 하나하고 함께 피리를 움켜쥐고 그녀한테 가서 세레나데를 불렀죠. 열정과 이루어질 수 없는 사랑에 취해 우리는 황소 같은 소리로 흥얼댔어요. 우리 모두가 그녀를 짝사랑했기에 주말이면 떼로 몰려가 그녀가 선택해주길 기다렸죠.

그런데 대장, 이걸 믿을 수 있겠소? 여자들이란 알 수 없는 끔찍한 존재죠. 절대로 아물지 않는 홈 같은 흉터 하나를 숨기고 있어요. 다른 흉터들은 다 아물지만 그 흉터는 절대 안 없어지죠. 항상 벌어져 있는 상처 말이에요.

글쎄, 매주 주말 우리 할머니가 긴 의자를 창가에 끌어다놓고, 거기 앉아서 몰래 숨겨놓은 거울을 들여다보면서 몇 올 안 남은 머리카락을 빗질하고 가르마를 타면서 누군가 자기를 보지 않나 주변을 살살 훔쳐보는 거예요. 그러다가 우리들 가운데 한 놈이 지나가면 성모 마리아처럼 얌전하게 앉아서 자는 척 내숭을 떠는 거예요. 자긴 뭘 자요! 누군가 자기에게 세레나데를 불러주길 기다리는 거죠. 나이가 여든이었다고요! 대장, 여자란 얼마나 요물인지 아시겠소? 난 지금 울 것 같아요. 하지만 그땐 내가 아직 얼간이 바보여서 아무것도 모르고 그걸 비웃었죠. 그런데 하루는 할머니가 나를 계집들 뒤만 쫓아다니는 놈이라고 야단치지 않겠어요? 그래서 대판 싸웠죠. 제대로 할머니를 쏘아붙였어요. 한방 먹이는 기분이었죠. '할머니는 왜 주말마다 호두나무 잎으로 입술을 문지르고 빗질을 곱게 하는 거유? 혹시 누군가 할머니한테 세레나데라도 불러주길 기다리는 거유? 웃기지 마요, 우리는 '크리스탈로'한테만 관심이 있어요. 할머니한테서는 분향 냄새가 난단 말예요!'

대장, 이걸 믿을 수 있겠소? 난 그때 처음으로 여자가 뭔지 알

왔단 말이오. 할머니 눈에서 두 줄기 피눈물이 흘러내렸죠. 아래턱을 부들부들 떨면서 개처럼 몸부림쳤어요. 나도 지지 않고 더 잘 들리도록 할머니에게 바짝 다가가 소리쳤죠. '크리스탈로 때문이라고요, 크리스탈로!' 젊음은 잔인하고 비인간적인 거예요. 왜냐하면 뭘 모르니까요. 할머니는 바짝 마른 손을 들어 하늘을 향해 휘저으며 소리쳤어요. '내 심장 깊은 곳에서부터 나오는 저주를 받아라, 이놈아!' 그리고 불쌍한 할머니는 바로 그날부터 급격히 노쇠해지기 시작했죠. 바짝 마르기 시작하더니 두 달 뒤에 돌아가시고 말았어요. 돌아가시기 직전에 나를 보시더니 마치 거북이 새끼처럼 가쁜 숨을 내쉬면서 마른 손을 내밀어 나를 붙잡으셨죠. '네가 나를 잡아먹었구나, 저주 받을 놈아! 알렉시스, 내 저주를 받아라! 그리고 내가 당한 걸 너도 당해라!'"

조르바가 웃었다.

"할머니의 저주가 내렸죠. 할머니가 나를 잡아먹은 거죠." 그가 콧수염을 만지며 말했다. "내 생각에 나도 이젠 예순다섯이 된 것 같은데, 백 살이 된다 한들 정신 차릴 것 같지 않네요. 나는 지금도 조그만 거울 조각 하나를 주머니에 넣고 다니면서 계집들 뒤꽁무니를 쫓아다니고 있어요."

그가 다시 웃었다. 담배꽁초를 들창문 밖으로 집어던지고는 손발을 쭉 폈다.

"내가 잘못한 게 많죠. 하지만 이 못된 짓 하나만으로도 나는 벌을 받을 거예요!"

조르바가 침대에서 일어났다.

"자, 그런 건 다 관둡시다. 많은 이야길 했군요. 오늘은 일을 합시다."

그는 옷을 주섬주섬 주워 입고, 두터운 장화를 신고는 마당으로 나갔다.

나는 머리를 가슴에 묻고 조르바가 한 말을 생각해봤다. 그러자 먼 곳에서부터 하얗게 눈 덮인 도시가 떠올랐다. 나는 로댕의 전시회에서 「하느님의 손」이라는 제목의 엄청나게 큰 청동 손을 보며 서 있었다. 반쯤 쥔 그 청동 손 안에는 황홀경에 빠진 남자와 여자가 씨름을 하듯 서로 뒤엉켜 있었다.

한 젊은 여인이 다가와 내 옆에 섰다. 그녀는 이 불편한 불멸의 명작을 보며 당황스러워하고 있었다. 날씬한 몸매에 튼튼한 턱과 강단 있는 입술, 숱이 많은 금발의 여인이었다. 뭔가 단호하고 남자 같은 분위기를 풍겼다. 남들에게 쉽게 말을 걸지 못하는 내가 나도 모르게 무언가에 떠밀리듯 그녀에게 돌아서서 말을 걸었다.

"무슨 생각을 하세요?"

"어느 누가 벗어날 수가 있을까요?" 그녀가 고집스럽게 중얼거리듯 대답했다.

"어디로 벗어나겠어요? 하느님의 손은 어디에나 있으니까요. 구원이란 없죠. 그래서 섭섭하신가요?"

"아뇨, 사랑이 지상에서 가장 강렬한 기쁨이 아닐까요? 그럴지도 몰라요. 하지만 지금 이 청동 손을 보는 순간 나는 그것에서 벗어나고 싶을 뿐이에요."

"자유가 더 좋다는 말씀인가요?"

"네."

"그럼 이 청동 손에 복종할 때, 그때만 우리가 자유롭다면요? 만약 '하느님'이란 낱말이 민중들이 생각하는 피상적 의미를 가지고 있지 않다면요?"

그녀가 나를 불안한 눈초리로 바라보았다. 그녀의 회색 눈동자는 금속처럼 차가웠고, 그녀의 입술은 바짝 마른 채 고통에 차 있었다.

"무슨 말인지 모르겠어요." 그녀는 이렇게 대답하고 당황해하며 멀어져갔다.

그렇게 그녀는 사라졌다. 그때 이후 다시는 그녀가 내 마음속에 떠오른 적이 없었다. 하지만 그녀는 계속 내 안에 머물면서 내 마음 밑바닥 저 지옥의 문 아래에서 자양분을 빨아들이며 살고 있었던 모양이다. 그리고 바로 이 순간 크레타의 황량한 해안에 있는 나의 내면 깊숙한 곳에서부터 햇빛을 보지 못한 창백한 모습으로 불만에 가득 싸여 떠오른 것이다.

나는 무례하게 굴었다. 조르바가 맞았다. 청동 손은 좋은 구실이었다. 첫 만남을 편한 대화로 시작했더라면 천천히 서로가 경계심 없이 가까워지고, 그러면 서로 부끄러움 없이 포옹하고 하느님 품 안에서 거리낌 없이 뒹굴 수도 있었을 텐데…… 하지만 내가 너무 갑작스럽게 땅에서 하늘로 튀어 오르는 바람에 여인은 놀라서 도망쳤다.

마담 오르탕스의 마당에서 늙은 수탉이 울었다. 새하얀 하루가 창문을 통해 방 안으로 스며들어왔다. 나는 솟구치듯 일어났다.

일꾼들이 하나둘 도착했다. 쇠지레와 곡괭이들이 그들의 부대자루 안에서 천둥소리를 냈다. 조르바가 일꾼들에게 지시하는 소리가 들렸다. 그는 이미 일에 열중하고 있었다. 조르바는 인부들을 다룰 줄 알고 책임지는 것을 좋아하는 사람이었다.

나는 들창으로 머리를 내밀었다. 펑퍼짐한 크레타 전통 바지를 입어 배처럼 보이는 30여 개의 검은 궁둥이 사이로 덩치 큰 키다리 조르바가 서 있는 게 보였다. 그의 팔은 무언가를 지시하는 듯 벌려 있었고, 그의 말은 짧지만 분명했다. 그가 갑자기 가까이에서 무언가 중얼거리며 망설이는 젊은이의 목덜미를 움켜쥐고는 소리쳤다.

"뭔가 할 말이 있나? 크게 말해! 나는 중얼거리는 거 싫어해. 일을 하려면 의욕이 있어야 해. 일할 의욕이 없으면 카페로 꺼져 버려!"

그 순간 마담 오르탕스가 나타났다. 헝클어진 머리에 뺨은 부어 있었고, 화장기 하나 없이 꾀죄죄하고 헐렁한 블라우스 차림에 다 해진 굽 낮고 긴 신발을 찍찍 끌며 다가왔다. 늙은 여가수가 당나귀 울음소리 같은 마른기침을 했다. 그리고 잠깐 멈춰 서서 조르바를 자랑스럽게 바라봤다. 그녀의 눈은 흐려졌다. 조르바에게 들으라는 듯 다시 한 번 기침을 한 다음 노랑할미새 같은 소리를 내면서 흔들흔들 조르바 옆을 지나갔다. 터럭 한 올만큼의 간격으로 가까이 지나갔기에 그녀의 블라우스 소매가 조르바를 스쳤다.

하지만 조르바는 그녀를 거들떠보지도 않았다. 한 일꾼에게서 보리빵 한 덩이와 한 줌의 올리브를 빼앗고는 소리쳤다.

"자, 앞으로! 성호를 긋게들! 하느님의 은총이 있기를!"

그러고는 무리를 이끌고 큰 걸음으로 산을 향했다.

나는 여기에 갈탄광 이야기는 쓰지 않을 작정이다. 그 이야기를 쓰려면 참을성이 필요한데 내겐 그런 참을성이 없다. 우리는 바닷가에 갈대와 버드나무 가지와 함석 등으로 조그만 오두막집을 지었다. 조르바는 새벽이면 일어나서 곡괭이를 집어 들고는 일꾼들을 이끌고 가서 갱도를 팠다가 그 갱도를 버리고 다른 갱도를 판 끝에, 무연탄처럼 까맣게 빛나는 갈탄 광맥을 발견하고는 기뻐서 춤을 추었다. 하지만 며칠 뒤 광맥이 사라지자 조르바는 벌렁 누워 하늘을 향해 주먹질을 해댔다.

조르바는 일에 푹 빠져들었다. 더 이상 내게 묻지도 않았다. 처음 며칠 사이에 모든 관심과 책임이 내 손에서 조르바의 손으로 넘어갔다. 그가 모든 걸 결정하고 실행에 옮겼다. 나는 큰 신경을 쓰지 않고 오직 이것저것 잡다한 지출을 담당하면서 그리 큰 걱정은 하지 않았다. 왜냐하면 앞으로 몇 달 동안은 내 생애에서 가장 행복한 시기가 될 것 같은 예감이 들었기 때문이다. 그래서 회계를 맞추면서 무지하게 싸게 먹히는 행복을 만끽했다.

내 외할아버지는 크레타 시골에 살았는데 매일 저녁이면 등잔불을 들고 마을을 돌며 혹시 낯선 외지인이 있나 살폈다. 그런 사람을 찾으면 집으로 데려와서 신나게 먹고 마시게 대접하고는,

길고 납작한 의자에 앉아 긴 곰방대를 피워 물었다. 그러고는 손님에게 "자, 이제는 밥값을 치를 때가 됐소" 하고 말하고는 명령조로 덧붙였다. "뭐든 말해봐요!" "무스토요르기스 할아버지, 대체 무슨 말을 하라는 말씀입니까?" "당신이 누구고, 어디서 왔고, 어떤 나라를 돌아다니며 당신 눈으로 어떤 것들을 봤는지 모두 다 얘기하슈. 자, 말해보슈."

그러면 손님은 사실과 꾸며낸 이야기를 뒤섞어서 이야기를 시작했고 외할아버지는 그 이야기를 들으면서 긴 의자에 편안하게 앉은 채로 곰방대를 빨며 그 손님과 함께 여행을 했다. 그리고 그 손님의 이야기가 재미있으면 이렇게 이야기했다. "아직도 할 이야기가 많은 것 같으니 가지 마시고, 내일 하루 더 머무슈!"

외할아버지는 한 번도 고향 마을을 떠나본 적이 없다. 이라클리온*에도 레팀노**에도 가본 적이 없다. 그러고는 항상 이렇게 말했다. "내가 왜 그런 곳엘 가야 해? 레팀노 사람이나 이라클리온 사람이 이곳을 지나가다가 우리 집에 와서 머물면 됐지. 내가 외지로 나갈 필요가 어딨어?"

그런데 지금 내가 이곳 크레타의 황량한 해변에서 외할아버지가 즐겨 하던 일을 계속하고 있다. 외할아버지가 등잔불을 밝히고 지나가는 객을 찾아 모셨듯이 나 역시 한 손님을 모셔 떠나가지 못하게 붙잡고 있다. 한 끼의 식사 값보다는 훨씬 비싸게 들기

---

* 크레타의 주도.
** 크레타에서 세번째로 큰 도시.

는 하지만 그럴 만한 가치가 있다. 매일 저녁 나는 조르바가 일을 끝내고 돌아오기를 기다렸다가, 그가 오면 내 맞은편에 앉혀놓고 함께 식사를 하고는 돈을 치를 시간이 되면 그에게 말한다. "말해 봐요!" 그러고는 파이프를 피워 물고 이야기를 듣는다. 이 손님은 지구 곳곳을 돌아다녔고 많은 사람들의 영혼을 탐구했기에 나는 조금도 지루한 줄 모르고 계속 그의 이야기를 들었다. "조르바, 계속하세요, 계속 얘기해요!"

그러면 마케도니아 전체가 내 앞에서 열리면서 조르바와 나 사이의 좁은 공간에 산과 숲과 강 들, 게릴라들과 부지런한 남성 같은 여장부들과 강인하고도 무뚝뚝한 남자들을, 또 때로는 성산 아기온오로스의 스물한 개의 수도원과 조선소들과 튼실한 엉덩이를 가진 게으름뱅이 수도사들을 펼쳐놓았다. 성산 아기온오로스의 수도사 이야기를 끝낼 때면 조르바는 옷깃을 세워 몸을 세차게 흔들고 큰 웃음을 터뜨리면서 이렇게 말했다. "하느님께서 대장을 당나귀 엉덩이와 수도사의 앞에 달린 물건으로부터 보살펴주시기를······"

매일 밤 조르바가 나를 그리스로, 불가리아로, 콘스탄티노폴리스*로 데리고 가면, 나는 그 장소들을 눈을 감은 채 보았다. 그는 수많은 수난을 겪은 혼란스러운 발칸 반도 지역을 돌아다녔고, 그의 조그만 눈은 마치 매처럼 재빠르게 모든 것을 이 잡듯 다 보았다. 그는 자주 눈을 동그랗게 떴는데, 그러면 우리가 습관적으

* 이스탄불의 그리스 이름.

로 주의하지 않고 보아 넘기는 것들이 그의 앞에서 엄청난 수수께끼로 되살아났다. 가령 그는 지나치는 여자를 보고 몸서리를 치며 멈춰 서서는 물었다. "이건 무슨 조화죠? 여자란 무얼까요? 어떻게 내 머리 꼭지를 돌게 만드는 거죠? 이건 또 뭡니까? 말 좀 해봐요." 그는 어떤 때는 사람을, 어떤 때는 꽃이 핀 나무를, 또 어떤 때는 시원한 물이 담긴 컵을 보고 눈을 동그랗게 떴다. 조르바는 매일같이 모든 것을 처음 보는 듯 봤다.

한번은 그가 오두막집 밖에 앉아 포도주를 마시다가 몸을 돌려 놀란 듯이 나를 바라보았다.

"대장, 이 붉은 액체는 또 뭡니까? 말해봐요. 늙은 포도나무 줄기에서 새싹이 나면 시고 시시껄렁한 것들이 주렁주렁 매달리고, 시간이 지나면서 태양이 이것들을 익히면 꿀처럼 달게 되고, 그러면 우리는 그걸 포도라고 부르죠. 그걸 밟고 즙을 짜서 통에다 부으면 저 혼자 부글부글 끓어요. 10월이 되어 술 취한 성자 요르고스* 축일에 통을 열면 포도주가 나오죠! 이건 또 무슨 기적입니까? 그걸 마시면, 그 붉은 액체를 마시면 영혼이 대범해져서 천박한 것들이 더 이상 그 영혼을 감당하지 못하게 되고, 그러면 하느님한테 도전장을 내죠. 대장, 이게 뭡니까? 대답해봐요."

나는 대답하지 않았다. 조르바의 말을 들으면 온 세상이 처녀성을 회복한다. 모든 일상의 것들, 빛바랬던 것들이 하느님의 손을 처음으로 벗어나던 때처럼 다시 빛나기 시작했다. 강과 바다

---

* 11월 2일이 축일인 크레타의 성인. 다음 날인 11월 3일에는 새 포도주 통을 열어 모두에게 맛보게 한다. 그러나 원서에 10월로 적혀 있어 그대로 옮겼다.

도, 여자도, 별도, 빵도, 모두 태초의 신비스러운 근원으로 되돌아가고, 하늘에서는 하느님의 수레바퀴가 원초적 힘을 되찾곤 했다.

이런 이유로 나는 매일 저녁 바닷가 자갈밭에 누워서 조르바를 애타게 기다렸다. 나는 조르바가 태엽이 풀리는 듯 활달한 걸음걸이로, 진흙투성이에 석탄 가루를 뒤집어쓰고 마치 커다란 쥐새끼처럼 땅속 깊은 곳에서부터 기어 나오는 걸 보곤 했다. 나는 멀리서부터 그의 몸짓, 즉 고개를 숙이는지 꼿꼿이 세우는지, 또는 손을 어떻게 흔들어대는지를 보고 그날 일이 어땠는지 알 수 있었다.

처음에는 나 역시 그를 따라가서 일꾼들을 감시했다. 나는 새로운 갱도를 여는 것과 같은 실질적인 일에 관심을 가지면서, 내 손아귀에 들어온 인간 삶에 관련된 일을 배우고 사랑하려고 노력했으며, 낱말이 아니라 살아 있는 사람들과 부딪혀보겠다는 내 오랜 바람을 이뤄보려고 애썼다. 그리고 갈탄광이 잘되면 모두가 형제처럼 함께 일하고 모든 것을 나누며, 함께 똑같은 음식을 먹고 같은 옷을 입는 공동체를 조직해보겠다는 낭만적인 꿈도 꿨다. 나는 마음속으로 모든 사람들이 함께 살아가는 사회의 효소가 될 새로운 공동체를 만들 계획을 하고 있었다.

하지만 아직 조르바에게 내 계획을 밝혀야 할지는 결정하지 못하고 있었다. 그렇게 일꾼들 사이를 돌아다니며 신상에 대해 묻고, 일마다 참견하면서 항상 그들 편을 드는 나를 조르바가 의심스러운 눈초리로 바라보는 걸 나는 알고 있었다. 조르바가 입술을 오므리며 말했다.

"대장, 밖으로 나가 바람이나 쐬쇼. 하느님이 내리는 기쁨인 태양을 즐기시라고요. 좀 빠져 있어요."

하지만 초창기에 나는 고집을 피우며 물러서지 않았다. 일꾼들에게 일일이 묻고 이야기를 나누며 벌어 먹여야 할 아이들이며 결혼시켜야 하는 형제자매들, 불구가 된 연로한 부모님 문제까지 그들의 걱정에 대해 빠짐없이 알아냈다.

"대장, 제발 일꾼들의 신상 좀 캐지 마쇼." 조르바가 실쭉한 표정으로 말했다. "결국 안됐다는 마음이 들어 일을 위해 지켜야 할 선을 넘어서까지 그들을 동정하게 될 거요. 아마 그들이 무슨 짓을 하건 용서하게 될 거요. 그러면, 하느님 맙소사, 우리 사업은 망하게 될 거고요. 일꾼들은 엄한 사장을 두려워하고 그래야 일을 열심히 하는 거요. 나긋나긋한 사장은 올라타고 게으름을 피우고 말이오. 알아듣겠소?"

어느 날 저녁엔가는 일을 끝내고 온 조르바가 화를 내며 곡괭이를 집 밖으로 집어던졌다.

"여보쇼, 대장. 제발 부탁이니 일에 끼어들지 좀 마쇼. 내가 뭘 해놓으면 당신이 다 망쳐놓잖소! 오늘 그놈들한테 무슨 말을 늘어놓은 거요? 사회주의! 말도 안 되는 헛소리죠. 대장, 선동가가 될 거요, 아니면 사업가가 될 거요? 선택을 하쇼."

나에게 선택을 하라니! 서로 죽일 듯이 대립하는 저 둘을 형제처럼 사랑하게 만드는 조화를 찾아 이 지상의 삶과 저 하늘의 왕국을 동시에 얻겠다는 순진한 욕망이 아주 어릴 때부터 오랫동안 나를 괴롭혀왔다. 학교에 다닐 때 나는 가까운 친구들과 함께 그리스 비밀 결사 조직의 이름을 따서 '필리키 에테리아'*라는 조직을 만들었다. 내 방에 모인 우리 조직원들은 세상의 불의와 싸우는 데 목숨을 바치기로 맹세했다. 가슴에 손을 대고 맹세하는 순간 우리들 눈에서는 감동의 굵은 눈물이 폭포수처럼 흘러내렸다.

세상 사람들이 들으면 웃음을 터뜨릴 치기 어린 순진한 이상들이었다. 오늘날 소시민적 의사, 변호사, 기업인, 정치가, 언론인이 된 '필리키 에테리아' 단원들을 볼 때면 내 가슴은 찢어지는 듯 아프다. 이 땅의 기후는 거칠고 혹독해서 가장 귀중한 씨앗들이 싹을 틔우지 못하거나 세이지와 쐐기풀 때문에 질식하거나 하는 것 같다. 하지만 내가 보기에 나는 아직도 현실을 깨닫지 못하고 여전히 돈키호테적 모험에 나설 꿈을 꾸고 있다. 하느님께 영광 있으라!

우리 둘은 일요일이면 새신랑이 된 듯 면도를 하고 새하얀 셔츠를 꺼내 입고는 마담 오르탕스의 집으로 가서 저녁 만찬을 먹었다. 마담 오르탕스는 일요일마다 닭 한 마리를 잡았다. 우리는 셋이 다정하게 앉아 먹고 마셨다. 조르바는 큰 손으로 이미 항구에 안전하게 닻을 내린 귀부인의 몸을 더듬고 그녀를 점령했다. 밤이 되면 우리는 바닷가 우리 숙소로 돌아왔다. 인생은 친절하기 그지없고, 마담 오르탕스처럼 매력적이고 친절하고 풍채 좋은 할머니 같이 느껴졌다.

---

* 오스만튀르크로부터 그리스를 독립시키기 위해 1814년 오데사에서 그리스인들이 모여 결성한 그리스인들의 비밀 결사 조직.

어느 일요일, 풍성한 식탁에서 마음껏 먹고 마시고 돌아오던 길에 나는 조르바를 믿고 나의 비밀 계획을 털어놓기로 마음먹었다. 조르바는 내 이야기에 놀라 입을 다물지 못했다. 그리고 가끔 화가 나서 머리를 거세게 흔들기는 했지만 내 말을 참을성 있게 끝까지 들어주었다. 그는 내 말 첫마디에 술이 확 깨고 정신이 번쩍 든 것 같았다. 내가 말을 끝내자 그가 신경질적으로 콧수염 두 가닥을 뽑아 던지며 말했다.

"날 이해하쇼, 대장. 내가 보기에 대장 머리는 밀반죽인 듯해요. 나이가 몇이오?"

"서른다섯이요."

"아, 그럼 영글긴 영 그른 것 같네요." 이렇게 말하고 그는 웃음을 터뜨렸다.

내가 화가 나서 고집스럽게 말했다.

"당신은 인간을 믿지 않나요?"

"대장, 화내지 마쇼. 나는 아무것도 안 믿어요. 내가 인간을 믿는다면 하느님도 믿고, 악마도 믿을 거요. 그러면 아주 귀찮아지죠. 세상이 엉망이 되고 나는 궂은일에 휘말려들 거예요, 대장."

그러고는 입을 다물더니 모자를 벗고 머리를 미친 듯이 긁고는, 콧수염을 뽑아버릴 듯 세차게 잡아당겼다. 무언가 말을 하고 싶지만 참고 있는 듯했다. 곁눈질로 나를 몇 번 보던 조르바가 마침내 결심을 한 듯 입을 열었다.

"인간이란 짐승이에요!" 이렇게 소리치면서 화를 내며 지팡이로 돌을 내려쳤다. "사나운 짐승이죠! 당신은 귀하게 자라서 그걸 몰라요. 하지만 내게 묻는다면 대답하죠. 짐승이에요! 인간들을 혹독하게 다루면 그들은 당신을 존경하고 두려워하지만, 친절하게 대하면 당신의 눈알을 빼 가죠.

거리를 두셔야 해요, 대장! 사람들 기를 살려주지 마세요. 그들한테 우리는 모두 하나고 동등한 권리를 가지고 있다고 말하지 마세요. 그러면 그들은 당장 대장의 권리를 짓밟고, 밥그릇을 빼앗고, 대장이 굶어 죽도록 만든단 말예요. 거리를 두시라고요, 대장! 난 대장이 잘되기만 바랄 뿐이에요."

"그러면 당신은 아무것도 안 믿는단 말이오?" 내가 화가 나서 항의했다.

"네, 저는 아무것도 믿지 않아요. 몇 번이나 말해줘야 해요? 나는 아무것도, 아무도 안 믿어요. 오직 조르바만 믿어요. 조르바가 다른 사람들보다 나은 사람이라서가 아니에요. 절대로, 정말 절대로 더 낫지 않죠! 그놈도 짐승이에요. 하지만 내가 조르바를 믿는 까닭은 내가 조정할 수 있는 유일한 놈이기 때문이죠. 나는 오직 그놈만을 잘 알 뿐, 다른 것들은 모두 헛것들이에요. 조르바의 눈으로 세상을 보고, 조르바의 귀로 듣고, 조르바의 위장으로 소화하죠. 다른 모든 것은 다시 강조하지만 헛것이에요. 내가 죽는 순간 모든 것들도 죽죠. 조르바의 세계 전체가 바닥으로 사라지죠!"

"참으로 이기적이네요!" 내가 냉소적으로 비꼬았다.

"그럼 어떡합니까, 대장? 세상이 그런데요. 먹은 대로 싸는 거죠. 나는 조르바고, 조르바답게 말할 뿐입니다."

나는 아무 말도 하지 않았다. 조르바의 말들이 채찍처럼 내 몸을 때렸다. 나는 이토록 강인하고 사람들을 그렇게 지겨워하면서도 그들과 함께 싸우고 인생을 살아갈 기분을 계속 잃지 않는 그가 자랑스럽다. 나는 금욕의 수도사가 되거나, 아니면 사람들을 견뎌내기 위해서 가짜 날개로 사람들을 멋지게 장식했을 것이다.

조르바가 몸을 돌려 나를 바라보았다. 별빛 속에서 조르바의 입술이 커다란 미소를 짓는 게 보였다. 미소는 드디어 그의 귀까지 퍼졌다.

"내가 대장을 좀 괴롭혔죠?" 그가 망설이며 물었다.

우리는 어느새 집에 도착해 있었다.

나는 대답하지 않았다. 내 이성은 조르바의 의견에 동조하고 있었지만 가슴은 아직도 반항하고 있었다. 가슴은 짐승으로부터 벗어나 길을 열고 원기를 되찾고 싶어 했다.

"조르바, 오늘 밤은 졸리지 않네요. 먼저 들어가 자요."

별들은 떨고 있었고 바다는 조용히 한숨을 내쉬며 자갈을 핥고 있었다. 배에서 반딧불이 한 마리가 선정적인 푸르스름한 황금빛을 내뿜었다. 밤의 머리카락은 물방울로 젖어 있었다.

나는 바닷가에 누워 아무 생각 없이 침묵 속으로 깊이 가라앉았다. 나는 밤과, 바다와 하나가 되었고 선정적인 불을 밝힌 반딧불이는 축축하고 검은 대지에 앉아 기다리는 나의 영혼이 되었다.

별들은 자리를 옮겼고 시간은 흘러갔다. 영문을 알 수 없었지만 내가 일어났을 때, 나의 내면에는 이 바닷가에서 내가 끝내야 하는 두 가지 의무가 새겨져 있었다.

부처에게서 벗어나 모든 형이상학적인 낱말들을 내려놓고 자유로워지기.

지금 이 순간부터 맑은 정신으로 돌아와 사람들과 진정으로 사귀기.

아마도 나는 아직 시간이 남았을 거라고 속삭인 것 같다.

5

"불편하시지 않다면 아나그노스티스 영감님 댁으로 왕림해 주셔서 함께 약주라도 드시길 바랍니다. 오늘 거세꾼이 이 마을에 와서 돼지들을 거세할 예정입니다. 아나그노스티스의 부인께서 '말씀드리기 곤란한 그것'을 요리해 대접할 것입니다. 부디 오셔서 오늘 명명 축일*을 맞은 그 어르신들의 손자 미나스에게 축하도 보내주시기 바랍니다."

크레타의 전통 가옥을 방문하는 것은 즐거운 일이다. 구석구석에 대대손손의 전통이 배어 있다. 벽난로와 그 옆에 매달린 기름등잔, 기름이나 곡식이 담긴 큰 항아리들, 그리고 입구 왼쪽에 항아리들을 놓아두기 위해 만든 푹 파인 공간에는 시원한 마실 물이 담긴 코르크 마개로 막은 작은 항아리들이 있고, 대들보에는 무화과와 말린 복숭아 다발과 세이지, 서양박하, 로즈마리, 세이

---

* 그리스에서는 생일보다는 자기와 이름이 같은 성인의 축일을 더 중요하게 여겨 그날 잔치를 벌인다. 가톨릭에서는 '영명 축일'이라고 한다.

버리 같은 향신료나 차로 쓰이는 향초 두름이 매달려 있다. 한쪽 구석에 있는 층계를 서너 계단 올라가면 소파와 세 발짜리 침대가 놓여 있고, 그 위 벽에는 성화와 기름등잔이 켜져 있는 성화대가 있다. 집 안이 텅 빈 듯 느껴지지만 모든 것이 다 갖춰져 있다. 진정한 인간은 이처럼 몇 가지 안 되는 물건만으로도 충분히 살 수 있다.

달콤하고 부드러운 가을 햇살이 비치는 그날은 하느님의 기쁨으로 충만한 날이었다. 우리는 집 바깥 텃밭 가장자리에 있는 열매가 가득 달린 올리브나무 아래에 자리를 잡았다. 은빛 올리브 나뭇잎 사이로 얼어붙은 듯 고요하고 짙은 바다가 멀리 빛나고 있었다. 머리 위로 엷은 구름이 마치 세상이 기쁜 숨과 슬픈 숨을 번갈아 내쉬듯 해를 가렸다 드러냈다 하며 흘러가고 있었다.

마당 저쪽 끝에 있는 우리 안에서는 거세당한 돼지가 귀가 멀 만큼 큰 소리로 꽥꽥댔다. 고통의 비명 소리였다. 벽난로 안의 뭉근한 재 위에서 굽는, '말씀드리기 힘든 그것'들로부터 풍겨오는 냄새가 우리가 있는 곳까지 흘러왔다.

우리는 씨 뿌리기, 포도밭, 비와 같은 오랜 주제들에 대해 이야기를 나눴다. 영감이 잘 듣지 못했기 때문에 우리는 소리를 질러대야 했다. 그 영감은 자기 귀에 대해 자부심을 가지고 있다고 말했다. 바람도 못 미치는 계곡에서 자란 나무처럼 조용한 삶을 살아온 아나그노스티스 영감의 이야기는 달콤했다. 태어나고 자라서 결혼하고, 아이들을 낳고 손주까지 얻었다. 그들 가운데 상당수가 죽었지만 나머지 아이들은 살아남아 한 가문을 이뤘다.

아나그노스티스 영감은 오스만튀르크가 지배하던 시대에 겪은 옛일들과 자신의 아버지가 들려준 이야기 그리고 당시 사람들이 하느님을 두려워했었기에 일어났던 기적들을 기억하고 있었다.

"자, 지금 당신들이 보고 있는 나, 아나그노스티스라는 인간은 기적적으로 태어났죠. 맞아요, 기적이 날 낳았어요. 내가 그 이야기를 들려주면 여러분들은 놀라서 '주여, 우리를 기억해주소서!' 하고 외치며 수도원으로 곧장 가서는 성모 마리아께 촛불 하나를 켜게 될 거요."

그러고는 성호를 긋고 달콤한 목소리로 조용조용 이야기를 시작했다.

"그 시절 우리 마을에, 음, 아주 부자인 터키 여자 하나가 살고 있었어요—그 여자 뼈다귀에 역청을 뿌릴진저!*—그 저주받은 년이 아기를 배서 몸을 풀 때가 다가왔죠. 출산을 위한 의자에 데려다놓았는데 사흘 밤낮을 암송아지처럼 끙끙대기만 할 뿐 애가 안 나오는 거예요! 그 여자의 친구 한 명이—그 여자 뼈다귀에도 역청을 뿌릴진저!—그 여자에게 말했죠. '자페르 하눔,** ′메이레-마나'라고 불러보지 않을래?' 터키 놈들은 성모 마리아를 '메이레-마나'라고 부르죠. 그분의 은총은 위대하죠! '그녀를 부르라고? 차라리 내가 죽고 말지!' 그 암캐 자페르라는 년이 으

---

* 죽은 자의 뼈를 파내어 모욕하는 풍습에서 나온 저주의 말. 뼈에 역청을 뿌리면 최후의 심판의 날 부활을 하지 못한다는 믿음이 있다.
** 여자를 높여 부르는 터키 말.

르렁거렸죠. 하지만 고통은 점점 더 심해져 갔죠. 다시 하루 밤낮 동안을 더 신음을 내며 끙끙거렸지만 아이는 나오려 하지 않았죠. 그러니 어떡하겠어요? 더 이상 고통을 이기지 못하고 '메이레-마나! 메이레-마나!' 하고 소리를 질렀어요. 불러대고 불러댔지만 고통은 조금도 물러나지 않고 아이도 나오지 않았죠. 그러자 그 여자의 친구가 '그분이 터키 말을 몰라서 네 말을 못 알아듣나 봐. 그리스 말로 그녀 이름을 불러봐' 하고 말했죠. '그리스인들의 성모 마리아님, 그리스인들의 성모 마리아님!' 하고 그 암캐가 소리질렀죠. 하지만 소용없었어요. 고통은 점점 심해져만 갔죠. '자페르 하눔, 그녀 이름을 제대로 부르지 않은 모양이야. 제대로 부르지 않아서 오지 않는 거야.' 그녀의 친구가 말했죠. 그때 그리스도교의 박해자인 그 암캐가 위험을 깨닫고는 소리쳤어요. '오, 나의 성모 마리아님이시여!' 그러자마자 아기가 뱀장어처럼 배 안에서 쑥 미끄러져 나왔죠.

그게 어느 일요일이었어요. 그리고 참 희한한 우연의 일치를 보세요. 그다음 주일날 우리 어머니가 배가 아프기 시작한 거예요. 불쌍한 어머니가 배가 몹시 아파서 신음 소리를 내며 울었죠. '나의 성모 마리아님이시여! 나의 성모 마리아님이시여!' 하고 계속 불렀지만 고통은 조금도 줄어들지 않았어요. 우리 아버지는 마당 한가운데에서 걱정 때문에 먹지도 마시지도 못하고 꼼짝 못 하고 있었죠. 아버지는 성모 마리아를 굳건히 믿었어요. 암캐 자페르 년이 부르자 넘어질 듯 달려가서는 그녀를 구원해주었으니까요. 그런데 지금은…… 나흘째 되던 날 아버지는 더 이상 참을 수가 없게 됐죠. 위가 둘로 갈라진 지팡이를 들고는 한 걸음 한 걸음 뚜벅뚜벅 스파메니에 있는 성모 마리아 수도원으로 갔죠. 우리를 구하소서! 가서는 성호도 긋지 않고 성당 안으로 들어가서는 ─ 그만큼 화가 나 있었죠 ─ 문을 닫아걸고 성모 마리아의 성화 앞에 서서는 그녀를 향해 소리쳤죠. '여보쇼, 성모 마리아님, 내 마누라 마룰리아가 토요일마다 올리브기름을 가져와서는 기름등잔에 불을 밝힌 걸 알고 계시죠? 내 마누라 마룰리아가 사흘 밤낮을 고통에 시달리면서 당신 이름을 부르는데 그녀 소리가 안 들려요? 아마 귀가 먹은 모양이군요. 그러니까 못 듣는 거겠죠. 더럽고 헤픈 터키 계집 암캐 자페르 년이 부를 땐 그년의 고통을 없애려고 넘어질 듯 달려가더니, 정교회 교인인 내 마누라 마룰리아의 소리는 외면하고 들어주지 않는구려! 여보쇼, 당신이 성모 마리아가 아니었다면 이 지팡이로 한 대 내리쳤을 거요!'

이렇게 말하고는 경배도 드리지 않고 등을 돌려 가려 했죠. 하지만 하느님 아버지, 당신은 위대하십니다! 바로 그 순간에 성화를 올려놓은 선반이 깨질 듯이 쩍 하고 큰 소리를 냈죠. 기적이 일어날 때 성화대는 그런 소리를 내곤 하죠. 그 소리를 들어보지 못했으면 그런 줄 아시구려. 그때 아버지는 아차 싶어서 재빨리 돌아서서 참회하고 성호를 그었지요. '제가 죄인입니다. 성모 마리아님, 제가 한 말은 못 들은 걸로 해주세요!'

아버지는 마을에 도착하자마자 좋은 소식을 듣게 됐죠. '콘스탄디스 씨, 축하드려요. 부인께서 아들을 낳았어요.' 지금 보고 계시는 바로 이 사람, 저 아나그노스티스 영감을 낳은 거죠. 하지만 저는 조금 유명한 귀를 갖고 태어났죠. 아버지가 성모 마리아께 귀머거리라고 신성 모독을 한 죄죠. 성모 마리아께서 이렇게 말씀하신 거 같아요. '내가 귀머거리라고? 그럼 네 자식을 귀머거리로 만들어주지. 그래야 네가 신성모독을 한 줄 깨달을 테니까!'"

아나그노스티스 영감이 성호를 그었다.

"그래도 다행이죠. 하느님께 영광을! 왜냐하면 나를 장님이나 동성애자, 또는 꼽추로, 아니면 — 하느님 아버지, 저를 용서하소서! — 아예 여자로 만들 수도 있었으니까요. 천만다행이죠. 성모 마리아님의 은총에 감사드려요." 그러고는 잔을 가득 채웠다.

"그녀의 은총은 우리에게는 큰 힘이 되죠!" 이렇게 말하며 가득 찬 잔을 들어 올렸다.

"아나그노스티스 영감님, 만수무강하세요. 그리고 백 세까지 사시어 증손자를 보시기를 빕니다."

아나그노스티스 영감은 단숨에 술잔을 비우고는 콧수염을 쓰다듬었다.

"아뇨, 이 정도면 됐어요. 손자들도 봤으니 충분해요. 우리가 세상 모두를 독차지하려 하면 안 되죠. 이제 갈 때가 왔어요. 나는 늙었고, 이제 기력이 없어서 젊은 첩을 거느린다 해도 씨를 뿌릴 수 없어요. 이제 무슨 재미로 살겠소?"

그는 잔을 다시 채우고는 허리춤에서 호두와 마른 월계수 잎으로 싼 무화과 열매를 꺼내 우리에게 주었다.

"나는 자식들에게 가진 것, 안 가진 것 모두를 다 노나줬소. 가난해졌죠. 가난이 짓눌러요. 하지만 상관없어요. 하느님이 가지고 계시니까요."

"하느님이 가지고 계시죠, 아나그노스티스 영감님, 암, 하느님이 가지고 계시고말고요. 하지만 하느님만 가지고 계시지 우리에게는 아무것도 없어요. 그리고 그 구두쇠가 우리에게 아무것도 주지 않죠." 조르바가 영감의 귀에다 대고 소리쳤다.

그러자 늙은 영감이 눈썹을 찡그렸다.

"여봐요, 하느님을 책망하지 마세요." 영감이 엄한 어조로 말했다. "하느님을 탓하지도 말고. 하느님은 불쌍하시게도 우리들에게 기대를 하신단 말예요."

그때 조용하게 순종적인 자세로 아나그노스티스의 부인이 돼지의 '말씀드리기 힘든 그것'을 담은 납작한 접시와 포도주 항아리를 들고 들어와 식탁 위에 내려놓고는 가만히 서서 눈을 내리깔고 성호를 그었다.

나는 그 안주가 역겨웠지만 싫다고 말하기는 부끄러웠다. 조르바가 곁눈질로 나를 보면서 미소를 지었다.

"대장, 이게 세상에서 제일 맛있는 고기라우. 내가 보장하죠. 역겨워하지 말아요."

아나그노스티스 영감이 크게 미소를 지었다.

"그 말이 맞아요. 정말이니까 한번 맛을 보세요. 기막힌 맛이죠! 예오르기오스 왕자가 — 그에게 축복이 있기를! — 이곳 수도원에 들렀을 때 수도사들이 궁중용 식탁을 차리고는 모든 이들에게 고기를 대접했죠. 그런데 왕자의 식탁에는 깊은 접시에 수프를 내놓은 거예요. 왕자가 숟가락을 집어 들고는 휘저으며 이상하다는 듯 물었죠. '콩 수프인가요?' '잡수세요, 왕자님.' 나이 든 수도원장이 권했어요. '잡수시고 난 뒤에 말씀드리겠습니다.'

왕자가 한 술, 두 술, 세 술을 뜨더니 결국 접시를 다 비우고는 입술을 핥았죠. '이 놀라운 음식이 무언가요? 정말 맛있는 콩이네요. 기막힌 맛이에요!' '왕자님, 콩이 아닙니다.' 나이 든 수도원장이 웃으며 말했죠. '콩이 아닙니다. 오늘 이 지방의 모든 수탉을 거세했답니다.'"

영감이 웃으며 포크로 돼지의 '말씀드리기 힘든 그것' 한 점을 찔렀다.

"왕자의 안줍니다! 입을 벌리세요."

내가 입을 벌리자 영감이 그것을 입안에 집어넣었다. 그리고 다시 잔을 채웠다. 우리는 그의 손자의 행복을 위해 건배했다. 할아버지의 눈이 빛났다.

"아나그노스티스 영감님, 손자가 어떤 사람이 되기를 바라세요?" 내가 물었다. "말해보세요. 우리가 축복을 기원할게요."

"내가 뭘 바라느냐고요? 제발 옳은 길을 갔으면 좋겠어요. 좋은 사람으로 자라 결혼해서 훌륭한 가장이 되어 나를 닮은 아이들과 손자를 낳았으면 좋겠어요. 사람들이 그 어린 것을 보고 '이봐, 어쩌면 저렇게 할아버지 아나그노스티스 영감을 빼닮았지? 하느님께서 그의 영혼에 명복을 내려주시기를! 그 할아버지는 참 좋은 사람이었지'라고 말했으면 좋겠어요."

"아네지오노!" 영감이 고개도 돌리지 않고 자기 처를 불렀다. "아네지오노, 포도주 항아리 하나 더 가져와!"

그 순간에 조그만 돼지우리의 구멍이 열리면서 거세의 고통을 이기지 못한 돼지가 꿀꿀대며 텃밭을 향해 돌진해 와서는, 자신의 '그것'을 먹으면서 점잖게 이야기를 나누고 있는 세 사람 앞을 이리저리 마구 휘저으며 뛰어다녔다.

"몹시 아픈 모양이네, 불쌍한 것 같으니라고……" 조르바가 동정 어린 투로 말했다.

"그럼요, 아프겠죠." 아나그노스티스 영감이 웃으며 맞장구를 쳤다. "당신에게도 똑같은 짓을 하면 아프지 않겠소?"

조르바가 기분이 언짢아서 고개를 돌리며 중얼거렸다.

"혀를 잘라버릴까 보다. 망할 귀머거리 영감!"

마구 휘젓고 다니던 돼지가 잔뜩 성이 나서는 우리 쪽을 바라보았다.

"녀석이 우리가 뭘 먹는지 눈치챈 것 같소." 취기가 약간 올라 기분이 좋아진 아나그노스티스 영감이 말했다.

하지만 우리 둘은 식인종처럼 그 맛있는 안주와 검은색 포도주를 기쁜 마음으로 조용히 음미하면서, 은빛 올리브 나뭇잎들 사이로 석양빛을 받아 장밋빛으로 물든 바다를 바라보았다.

해가 져서 밤이 되자 우리는 영감의 집을 나왔다. 조르바 역시 술기운에 기분이 좋아져 말이 많아졌다. 그가 먼저 말을 시작했다.

"엊그제 우리가 한 말을 기억하쇼? 민중을 계몽해서 눈뜨게 한다고요? 자, 어디 한번 아나그노스티스 영감의 눈을 뜨게 해보쇼. 그 집 마누라가 복종하는 자세로 서서 명령을 기다리는 꼴을 보셨죠? 가서 그 마누라에게 여자들도 남자들과 동등한 권리를 가졌고 돼지가 당신 앞에서 산 채로 고통에 못 이겨 신음 소리를 내는데 돼지의 그것을 먹는 건 매우 잔인한 짓이라고, 그리고 인간들이 하느님께서는 모든 것을 가지고 있다고 감사 기도를 드리면서 자신은 굶어 죽는 건 웃기는 일이라고 가르쳐보시죠. 대장이 계몽한다는 그 모든 허튼소리에서 아나그노스티스 영감이 얻을 게 뭐요? 오로지 그 영감을 불행의 구렁텅이로 밀어 넣을 뿐이죠. 그러면 그 마누라는 뭘 얻게 될 것 같소? 언쟁이 벌어지고 암탉이 수탉이 되려 하고, 부부들도 매일 누가 수탉 노릇을 할 건가를 놓고 주도권 싸움을 하면서 으르렁댈 거고…… 대장, 사람들을 좀 조용히 내버려두쇼. 그들이 그런 일에 눈뜨게 하지 말아요. 그들이 눈을 뜨면 보게 될 게 뭐겠어요? 자신들의 불행과 처참함뿐이죠! 사람들이 눈이 먼 채 꿈을 꾸도록 내버려둬요!"

그가 잠깐 말을 멈추고는 생각에 잠겨 머리를 긁다가 말을 이었다.

"만약에…… 만약에 말이에요……"

"뭐예요? 한번 들어봅시다."

"만약에 그들이 눈을 떴을 때 대장이 보다 더 좋은 세상을 보여줄 수 있다면 말입니다…… 그럴 자신이 있나요?"

나로서는 알 길이 없었다. 나는 어떤 것들이 무너져 내리리라는 것은 잘 알고 있었지만 그 폐허 위에 어떤 것이 세워질지는 알지 못했다. 어느 누구도 그것을 확실하게 알 수는 없을 거라고 생각했다. 지난 일들은 손에 잡힐 듯 분명하고 구체적이다. 그리고 지금 우리는 바로 그런 세상을 살며 매 순간 투쟁하면서 존재한다. 미래는 아직 오지 않은 것이기에 손에 잡히지 않는 매우 유동적인 것이며, 꿈이 만들어내는 것이고, 사랑, 상상, 행운, 하느님 같은 세찬 바람에 휩쓸려 흩어졌다 뭉쳤다 하며 끊임없이 모습을 바꾸는 구름이다. 오직 위대한 선지자만이 인간들에게 계시를 줄 수 있을 뿐이다. 미래가 불확실할수록 더 위대한 선지자가 필요하다.

조르바는 나를 보며 짓궂은 미소를 지었다. 나는 은근히 화가 났다.

"물론, 보여줄 수 있죠." 내가 고집을 피우며 대답했다.

"보여줄 수 있다고요? 그럼 한번 말해보슈."

"당신한테는 얘기할 수 없어요. 아마 이해하지 못할 거예요."

"참, 그렇다면 보여줄 수 없는 거예요!" 조르바가 머리를 저으며 대꾸했다. "대장, 내가 뭘 잘못 먹어 바보가 된 줄 아쇼? 대장은 속은 거예요. 나 역시 아나그노스티스 영감과 마찬가지로 배운 게 없는 무식쟁이지만 난 결코 그 정도로 바보는 아녜요. 내가 이해하지 못하는 걸 그 순진한 인간과 그의 평생 반려자인 순한 마누라가 이해하겠소? 이 세상의 모든 아나그노스티스 영감들과 그 마누라들이 어떻게 그걸 이해한단 말이오? 그네들이 새로운 세상을 볼 것 같소? 그냥 그들에게 이미 익숙하고 길들여진 세상을 그대로 놔두슈. 보다시피 지금까지 잘들 살아왔지 않소. 그냥 살 뿐 아니라 아주 잘살고 있고 자식에 손자들까지 잘 낳고 살아들 가지 않소. 하느님이 그들의 눈과 귀를 멀게 해도, 그들은 '하느님께 영광이 있을진저!' 하며 아우성을 쳐대죠. 이 가엾은 자들은 거기에 만족해 안주하는 거예요. 그들을 내버려두고 입을 다무세요."

나는 침묵했다. 우리는 과부의 마당 앞을 지나갔다. 조르바는 망설이면서 한숨을 내쉬었다. 하지만 아무 말도 하지 않았다. 어디엔가 비가 내렸는지 공기가 상쾌했고 흙냄새가 시원한 바람을 타고 묻어왔다. 첫 별들이 모습을 드러냈다. 갓 떠오른 초승달이 푸르스름한 빛을 뿜으며 부드럽게 빛났고 하늘은 감미로웠다.

'이 사람은 학교에 다닌 적이 없어서 머리가 타락하지 않았구나.' 나는 속으로 생각했다. '이 사람은 많은 것을 보고 행하고 겪으면서 정신은 열리고, 마음은 넓어지고, 태초의 호기를 잃지 않았구나. 이 사람은 그의 고향 선배인 알렉산드로스 대왕처럼 우리가 풀지 못하는 모든 복잡다단한 문제들을 한칼에 풀어버리는구나. 이 사람은 발끝부터 머리끝까지 땅에 뿌리박고 있으니 절대로 쓰러지거나 넘어지지 않을 것이다. 아프리카의 원시 부족들은 뱀을 숭배한다. 왜냐하면 뱀은 온몸을 땅에 붙이고 기어 다니기에 대지의 비밀을 다 알고 있다고 믿기 때문이다. 뱀은 배로, 꼬리로, 남근으로, 머리로 그 비밀들을 캐낸다. 조르바도 그렇다. 우리 지식인들은 공중에 떠 있는 바보 같은 새들일 뿐이다.'

별들이 더 총총해졌다. 별들은 거칠고, 무관심하고, 잔혹하고, 무자비하다.

우리는 더 이상 말이 없었다. 우리 둘은 하늘을 보며 두려움에 사로잡혔다. 더 많은 별들이 나타나 마치 하늘에 불이 붙을 것처럼 느껴졌기 때문이다.

우리는 집에 도착했다. 나는 식욕이 없었기에 바닷가 바위 위에 앉았다. 조르바는 불을 피워 음식을 해먹고는 나를 찾으러 나오려다가 마음을 고쳐먹고 침대로 가서 눕더니 이내 잠이 들었다.

바다는 얼어붙어 미동도 하지 않았다. 그리고 성난 별빛 아래 움츠러든 대지 역시 조용했다. 개 한 마리 짖지 않았고, 밤새 한 마리 울지 않았다. 깊은 침묵이 흘렀다. 먼 곳에서 들려오는 수천 개의 비명 소리에서부터 오는, 아니면 우리 내면 깊숙한 곳에서부터 솟아 나오는, 하지만 들리지는 않는 음험하고도 위험한 침묵이었다. 오직 관자놀이와 목의 대동맥을 두드리는 맥박 소리만 들렸다.

'호랑이의 노래다!' 나는 소스라치게 놀라며 생각했다.

인도에서는 밤이 펼쳐지는 시각이면 아주 단조롭고 느린 슬픈 가락의 찬가를, 먼 곳에서 들려오는 야수의 하품 소리와도 같은 조용하고 야성적인 노래를, 그러니까 호랑이의 노래를 부른다. 그러면 인간의 가슴은 형언할 수 없는 두려움에 휩싸인다.

이 끔찍한 노래가 떠오르자 내 가슴은 조금씩 벅차오르기 시작했다. 귀가 열리면서 침묵은 비명으로 바뀌었고, 똑같은 호랑이의 노래로 만들어진 내 영혼은 바짝 긴장하고 불안해하며 그 비명 소리를 듣기 위해 몸 밖으로 뛰쳐나갔다.

나는 몸을 굽혀 바닷물을 한 움큼 떠서 내 이마와 관자놀이에 뿌렸다. 시원해졌다. 나의 내면에서 겁에 짓눌려 참지 못하고 울부짖는 소리가 들려왔다. 내 안에 도사린 호랑이 한 마리가 울부짖고 있었다. 그러더니 갑자기 "아, 부처님! 아, 부처님!" 하는 목소리가 또렷하게 들려왔다. 나는 벌떡 일어났다.

나는 도망치듯 재빠른 걸음으로 바닷가를 걸었다. 이미 꽤 오래전부터 내가 혼자 있는 밤이면, 특히 깊은 고요에 빠진 밤이면, 목소리가 들리곤 했다. 그 목소리는 처음에는 곡소리처럼 슬픔에 빠진 애원의 소리였다가 조금씩 거칠어져서는 호통 치는 명령조가 된다. 그러면 내 가슴은 마치 세상으로 나갈 때가 된 태아처럼 겁에 질린다.

아마도 자정쯤 되었으리라. 검은 구름들이 몰려오더니 굵은 빗방울이 내 손 위로 떨어졌다. 하지만 내 정신은 딴 곳에 가 있었다. 내 주변의 대기는 뻘겋게 달아올랐고, 내 양쪽 관자놀이는 두 개의 불기둥 같았다.

"때가 온 거야." 나는 전율하며 깨달았다. "부처의 윤회의 바퀴에 휩쓸린 거다. 이제 내면의 신성한 짐을 내려놓을 때가 온 거야."

나는 서둘러 집으로 돌아와 등잔불을 켰다. 조르바가 불붙이는 소리에 눈꺼풀을 떨다가 눈을 뜨고는 종이 위에 엎드려 글을 쓰는 나를 보았다. 그가 뭐라고 중얼거렸지만 나는 듣지 못했다. 그러자 그는 몸을 벽 쪽으로 휙 돌리더니 다시 잠에 빠져들었다.

나는 마음이 조급해져 휴식도 취하지 않고 재빠르게 써 내려갔다. 나의 내면에는 '부처' 전체가 완전히 준비된 채로 서 있었다. 나는 마치 글자로 가득 찬 푸른 리본이 풀리는 듯 제 모습을 드러내는 부처를 나의 내면에서 보고 있었다. 벗어던지는 속도가 아주 빨라 내 손은 그 속도를 따라잡으려 쉴 새 없이 움직였다. 쓰고 또 썼다. 모든 것이 쉽고도 단순했다. 쓰는 게 아니라 베끼는 것이었다. 연민과 포기와 바람으로 만들어진 모든 것들이 내 앞에서 손짓했다. 부처의 궁전과 궁녀들, 황금 마차, 노쇠와 병마, 죽음과의 세 번에 걸친 끔찍한 만남, 출가와 고행, 해탈과 구원에 대한 설법, 땅 위에 피어난 노란 꽃들과 노란 옷을 걸친 거지들, 노란 승복을 입은 왕들, 가벼워진 돌과 목재, 그리고 육신들…… 영혼은 바람이 되고 바람은 숨결이 되고, 숨결은 사라진다. 손가락이 아파왔지만 나는 그만두고 싶지도 않았고 그만둘 수도 없었다. 환상들이 빠르게 지나치다 사라졌고, 나는 그것을 따라잡아야 했다.

아침에 조르바는 원고 위에 머리를 파묻고 쓰러져 잠들어 있는 나를 발견했다.

6

 눈을 떴을 때 해는 이미 중천에 떠 있었다. 내 오른손은 글을 쓰느라 부어올라 손가락을 오므려 주먹을 쥘 수조차 없었다. 부처의 폭풍우가 휩쓸고 지나가면서 나를 완전히 기진맥진하게 만들었고 내 속은 텅 빈 것 같았다.

 나는 몸을 숙여 바닥에 흩어져 있는 원고들을 주워 모았다. 식욕도 없었고, 원고를 다시 볼 기력도 없었다. 모든 것이 영감에 사로잡힌 격렬한 꿈인 듯했다. 나는 그 영감이 문자의 감옥에 갇혀 수모를 당하는 것을 보고 싶지 않았다.

 밖에는 조용히 비가 오고 있었다. 조르바는 일하러 나가기 전에 놋화로에 불을 지펴놓았다. 나는 온종일 책상다리를 하고 앉아 화롯불에 손을 쬐어가면서 먹지도 않고 움직이지도 않고 첫 비의 조용한 소리를 들으면서 하루를 보냈다.

 더 이상 아무것도 생각하지 않았다. 나의 뇌는 진흙탕에 빠진 눈먼 쥐새끼처럼 쉬고 있었다. 땅이 흔들거렸고 나는 무언가가 그걸 갉아먹으면서 내는 들릴 듯 말 듯한 가냘픈 소리와 비 떨어지는 소리, 그리고 싹이 트는 소리를 듣고 있었다. 태초에 남녀가 몸을 섞어 아이를 낳았듯이 하늘과 대지가 서로 몸을 섞는 것이 느껴졌다. 나는 야수 같은 소리를 내며 혀로 핥아 갈증을 해소하는 바다의 소리를 엿들었다.

나는 행복했고 또 그것을 알고 있었다. 우리는 정작 행복한 순간에는 그게 행복이라는 것을 잘 느끼지 못한다. 오직 그 행복이 끝나 먼 과거로 흘러간 다음에야 비로소 갑작스럽게, 그리고 때로는 소스라치게 놀라면서 순간 우리가 얼마나 행복했던가를 새삼 깨닫는다. 하지만 지금 이 크레타의 황량한 바닷가에서 나는 내가 누리는 행복을 분명히 깨닫고 있었다.

저 멀리 아프리카 해안까지 펼쳐진 광활한 바다, 가끔씩 불어오는 저 먼 곳의 지글거리는 모래에 달궈진 아주 뜨거운 남풍 리바스.* 바다는 아침이면 수박 냄새를 뿜어내고 한낮에는 수증기가 피어올라 작고 작은 설익은 젖가슴들을 공중으로 들어 올리다가, 저녁이면 장밋빛으로, 포도줏빛으로, 자줏빛으로, 짙은 남색으로 변하면서 한숨을 쉰다.

나는 황금빛 가는 모래를 한 줌 움켜쥐었다가 따뜻하고 부드러운 모래알들이 손가락 사이로 흘러내리도록 하는 장난을 치면서 늦은 오후를 보냈다. 내 손은 모래시계였고, 인생은 그 사이를 흘러내려 사라졌다. 인생이 이렇게 흘러내릴 때 나는 바다를 보고

---

* 여름에 리비아 사막에서 그리스로 불어오는 열풍.

조르바 이야기를 들었다. 그리고 그 행복에 내 관자놀이는 떨렸다.

섣달그믐 저녁에 네 살배기 어린 조카딸 알카와 장난감 가게 쇼윈도 앞에서 한가로이 시간을 보낸 일이 생각난다. 어린 조카 알카가 돌아서더니 내게 말했다. "용 아저씨(알카는 나를 그렇게 불렀다), 나는 너무 기뻐서 뿔이 돋아났어요!" 나는 깜짝 놀랐다. 인생이란 얼마나 놀라운 것인가? 모든 영혼들은 저 깊은 심연에 도착하면 서로 만나 하나가 된다. 이런 기억이 떠오른 까닭은 아주 먼 나라 박물관에서 봤던, 빛나는 흑단에 새겨진 부처의 얼굴 때문이다. 부처는 7년 동안의 고행 끝에 깨달음을 얻고 지고의 행복감에 빠져 있었다. 기쁨으로 잔뜩 부풀어 오른 그의 이마 양옆의 대동맥이 피부 밖으로 뚫고 나와 강철로 된 용수철처럼 휘감긴 두 개의 힘찬 뿔로 변해 있었다.

해질 무렵이 되자 이슬비는 그치고 하늘은 맑게 개었다. 배가 고팠다. 배고픈 게 반가웠다. 왜냐하면 이제 곧 조르바가 돌아와 불을 지피고 매일 벌이는 축제인 요리와 대화의 향연을 시작할 것이기 때문이었다.

"이거야말로 또 하나의 끝나지 않는 이야기죠!" 조르바는 요리용 냄비를 불 위에 올려놓으면서 내게 종종 말했다. "여자만이 — 그 여자들에게 축복이 있기를! — 아니라, 먹거리 역시 끝나지 않는 이야기예요."

나는 바로 이 바닷가에서 처음으로 음식의 달콤한 맛을 알게 됐다. 저녁에 조르바가 두 개의 내화벽돌 사이에 불을 지펴 요리를 하면, 우리 둘은 반주를 곁들여 식사를 하고 대화의 꽃을 피웠다. 그때 나는 음식 역시 영혼과 동일한 기능을 하고, 고기와 빵과 포도주야말로 정신을 만들어내는 원초적 원료라는 것을 깨닫곤 했다.

저녁이면 조르바는 하루의 노동에 지쳐 뭔가 먹고 마시기 전에는 말할 기분이 아니었다. 그럴 때 그와의 대화는 권태에 빠져 있는 듯했고, 그의 말 속에서는 갈고리 같은 것이 느껴졌다. 손짓 몸짓도 지쳐 있었고 퉁명스러웠다. 하지만 그가 말하곤 했듯이 기계에 석탄을 부어 넣으면 태엽이 풀리고 마비됐던 조르바 몸의 공장이 다시 살아나서 기운을 되찾고 작동하기 시작했다. 그러면 그의 눈은 다시 생기를 되찾았고, 추억들은 넘쳐흘렀으며, 그의 발은 날개를 단 듯 춤을 추었다.

"대장이 먹은 게 무언지 말해보슈." 한번은 조르바가 이렇게 말했다. "그러면 대장이 어떤 사람인지 얘기해주리다. 어떤 작자들은 먹고 똥과 잡동사니만 만들고, 다른 작자들은 일과 의욕을 만들고, 또 다른 사람들은, 내가 듣기로는, 하느님을 만든답디다. 인간이란 이 세 부류 가운데 하나죠. 나는 말이오, 대장, 최악도 아니고 최고도 아니에요. 나는 중간 부류에 속하거든요. 내가 먹는 음식은 일과 의욕으로 바뀌어요. 그나마 다행이죠!"

이렇게 말하고는 묘한 표정으로 나를 보며 웃음을 터뜨렸다.

"대장, 당신은 말이오, 아마도 먹은 음식으로 하느님을 만들려고 애쓰는데, 그게 맘대로 되지 않아 보깨고 있는 거 같소. 대장은 수탉이 당했던 일을 당하고 있는 거요."

"수탉이 무슨 일을 당했는데요, 조르바?"

"수탉이 말요, 처음에는 수탉처럼 제대로 의젓하게 걸었죠. 하지만 어느 날 하루, 겉멋이 잔뜩 들어서는 두루미처럼 위풍당당하게 걷겠다고 선언했죠. 그때부터 이 불쌍한 수탉은 자기 고유의 걸음걸이를 잃고는 균형 감각이 엉망이 돼서 깡충깡충 두 발로 뛰게 됐죠."

나는 고개를 들었다. 조르바가 갈탄광에서부터 내려오는 발걸음 소리가 들렸다. 조금 있다가 조율 안 된 종을 치듯 팔을 휘두르며 돌아오는 조르바의 지치고 무뚝뚝한 얼굴이 다가오는 게 보였다.

"별일 없었수, 대장?" 조르바가 겨우 입을 열어 인사했다.

"어서 오세요. 오늘 일은 어땠나요, 조르바?"

그는 일에 대해 아무 대답도 하지 않았다.

"우선 불 좀 지피고요, 그리고 요리를 해야죠." 그가 말했다.

그는 한쪽 구석에서 장작을 한아름 가지고 밖으로 나가서는 벽돌 사이에 새가 둥지를 짓듯 솜씨 좋게 잘 쌓고는 불을 지폈다. 그 위에 질그릇 냄비를 올려놓고 그 안에 물을 붓고 양파와 토마토, 쌀을 넣고는 요리를 시작했다. 나는 그가 그러는 동안 둥글고 납작한 식탁 위에 냅킨 한 장을 깔고 튼실한 빵을 잘라놓고, 우리가 막 크레타에 왔을 때 아나그노스티스 영감이 선물한 목이 긴 호리병에 포도주를 채워놓았다.

조르바는 냄비 앞에 쪼그리고 앉아 아무 말도 없이 꼼짝도 하지 않고 불을 뚫어지게 바라보았다.

"조르바, 자식이 있어요?" 내가 갑자기 물었다.

조르바가 몸을 돌렸다.

"그건 왜 물으슈? 딸이 하나 있죠."

"결혼은 했고요?"

조르바가 웃음을 터뜨렸다.

"왜 웃어요, 조르바?"

"대장, 그런 질문은 왜 하는 거죠? 결혼을 안 할 만큼 덜떨어졌을까 봐요? 한번은 내가 할키디키* 프라비타 지방의 구리광에서 일을 했지요. 하루는 형 야니스에게서 편지가 왔어요. 정말, 내게 형이 한 명 있었다는 걸 미처 말하지 않았네요. 아주 가정적이고, 신중하고, 종교적이고, 이재에 밝아 약삭빠르고, 위선적이고, 점잔 빼는 사교적인 인물이죠. 테살로니키에서 채소 가게를 하고 있죠. 편지에는 '아우 알렉시스야, 네 딸 프로소가 잘못된 길로 들어서서 우리 가문의 이름을 더럽혔구나. 남자가 생겼는데 벌써 아이까지 가졌더구나. 우리들 얼굴에 먹칠을 한 거지! 내가 시골로 찾아가서 그애 멱을 딸 거다'라고 쓰여 있었죠."

"그래서 어떻게 했어요, 조르바?"

조르바는 어깨를 으쓱했다.

"'쳇, 여자들이란!' 이렇게 말하고는 편지를 찢어버렸죠."

조르바는 요리하던 음식을 뒤섞어 소금을 뿌리면서 웃음을 터뜨렸다.

"그리고 말이죠, 더 웃기는 이야기를 들어보세요. 한 달 뒤에

---

* 그리스 마케도니아 서쪽 끝에 있는 반도.

그 바보 형의 두번째 편지를 받았죠. '사랑하는 동생 알렉시스야, 그동안 잘 있었냐?' 그 얼간이 형이 이렇게 썼어요. '우리들 명예가 다시 회복되었단다. 이제는 네 머리를 꼿꼿하게 세우고 다녀도 될 것 같다. 내가 언급했던 놈이 프로소와 결혼을 했단다!'"

조르바는 몸을 돌려 나를 보았다. 그의 눈동자가 담뱃불에 비쳐 반짝였다. 그는 다시 어깨를 으쓱했다.

"쳇, 남자들이란!" 그는 형언할 수 없는 경멸감을 드러내며 중얼거렸다.

그리고 조금 있다가 말했다.

"대장, 당신은 여자들한테서 뭘 기대하슈? 여자들은 어떤 놈이든 만나는 놈의 아이를 낳아주죠. 그리고 남자들에게선 뭘 기대하슈? 남자들은 쥐덫에 걸려들죠. 모든 게 다 부질없는 일이에요, 대장!"

조르바가 냄비를 내려놓자 우리는 책상다리를 하고 앉아서 먹기 시작했다.

조르바는 깊은 생각에 잠겼다. 어떤 걱정이 그를 파먹고 있었다. 그는 나를 보고 입을 열 듯하다가 다시 다물었다. 등잔 불빛 아래에서도 그의 눈동자들이 불안과 걱정에 잠겨 있는 것이 분명하게 드러났다.

나는 주저하지 않고 물었다.

"조르바, 뭔가 내게 할 말이 있죠? 말해봐요! 산고의 고통은 애를 낳으면 사라지니까요." 그러나 조르바는 아무 말도 없이 바닥에서 돌멩이 한 개를 집어 들어 열린 문 밖으로 힘차게 던졌다.

"애꿎은 돌멩이들은 가만 놔두고 말해봐요!"

조르바는 주름 많은 목을 쭉 폈다.

"대장, 나를 믿을 수 있겠소?" 그는 나를 똑바로 쳐다보며 불안스러운 표정으로 내게 물었다.

"조르바, 난 당신을 믿어요." 내가 대답했다. "당신이 무엇을 하든 절대로 잘못될 리가 없어요. 당신이 그렇게 하려고 해도 그렇게 되진 않아요. 당신은, 음, 예를 들자면 사자나 늑대 같은 존재예요. 그런 야수들은 양이나 당나귀같이 굴지 않아요. 절대로 자신의 본성에서 벗어나서 헤매지 않아요. 당신은 머리 꼭대기부터 발톱 끝까지 그런 야수예요, 조르바!"

조르바가 머리를 흔들었다.

"하지만 난 지금 내가 어떤 악마한테 홀렸는지 모르겠어요!"

"내가 알아요, 그러니 걱정 말아요. 자 밀어붙여봐요!"

"방금 한 그 말, 다시 한 번 해줘요, 대장. 내게 용기를 주니까요." 조르바가 소리쳤다.

"밀어붙여요, 조르바!"

조르바의 눈동자가 반짝였다.

"이제는 대장한테 말할 수 있겠네요. 나는 벌써 며칠째 커다란 계획을 세우고 있어요. 하지만 그게 워낙 미친 짓 같아서…… 그걸 정말 실행에 옮겨도 될까요?"

"무슨 바보 같은 질문이에요. 우린 바로 그걸 하려고 이곳에 온 거예요. 그 생각을 실행에 옮깁시다."

조르바가 목을 쭉 뽑고는 기쁨에 몸을 떨며 나를 바라봤다.

"정말 듣고 싶었던 말이에요, 대장!" 그가 소리쳤다. "그런데 우리는 이곳에 석탄 때문에 온 게 아닌가요?"

"석탄은 핑계일 뿐이에요. 그렇게 말해야 우리가 진지한 사업가로 행세할 수 있고 공연한 구설에 오르지도 않을 거고요. 알겠어요, 조르바?"

조르바는 입을 반쯤 벌린 채 가만히 서 있었다. 너무나 큰 행복이 찾아온 걸 믿기 어려워 상황을 제대로 이해하려고 애쓰고 있었다. 그러고는 마침내 모든 걸 이해하자 그는 갑자기 내게 달려들어 내 어깨를 꽉 쥐고는 열정적으로 물었다.

"대장, 춤출 줄 아쇼?"

"아뇨."

"춤출 줄 모른다고요?!"

조르바가 놀라서 손을 높게 쳐들었다.

"좋아요." 조르바가 잠시 가만있다가 말문을 열었다. "대장, 그렇다면 내가 춤을 추죠. 당신은 다칠지도 모르니 저만큼 비켜서 있으쇼. 하이! 하이!"

조르바가 펄쩍 뛰어오르더니 집밖으로 뛰쳐나가서는 구두와 윗도리와 조끼를 벗어던지고 바짓가랑이를 무릎까지 걷어 올린 다음 춤을 추기 시작했다. 그의 얼굴은 갈탄 가루를 뒤집어써서 여전히 새까맸고 눈은 새하얗게 빛나고 있었다.

그는 바로 춤에 빠져들었다. 손바닥을 마주쳐 박수를 치는가 하면 펄쩍 뛰었다가 공중제비를 돌고, 다시 땅에 내려앉아서는 무릎을 굽힌 채로 마치 고무공처럼 다시 공중으로 펄쩍펄쩍 뛰어올랐다. 그러더니 갑자기 거스를 수 없는 중력의 법칙을 무시하고 날개를 달고 하늘로 날아가겠다고 고집을 부리듯 공중으로 높게 솟구쳐 올랐다. 만약 당신이 그의 춤을 보았다면 좀이 파먹은 듯 말라비틀어진 육체 안의 영혼이 살을 끄집어내어 자신과 함께 어둠 속에서 혜성처럼 산화하려는 듯이 보였을 것이다. 영혼은 몸뚱어리를 공중으로 쏘아 올리지만 육체는 오래 견디지 못하고 다시 떨어진다. 그러면 영혼은 다시 인정사정 보지 않고 냉혹하게 이번에는 더 높이 몸뚱어리를 쏘아 올린다. 하지만 외톨이 육체는 숨차 하면서 또다시 떨어진다.

조르바는 미간을 찌푸리고, 뭔가에 쫓기는 듯 심각한 표정을 지었다. 그는 더 이상 소리를 지르지도 않고, 입을 꽉 다문 채 불가능에 도전하고 있었다.

"조르바, 조르바, 이제 충분하니까 그만해요!" 내가 계속 소리쳤다.

나는 그렇게 뛰어오르다가 조르바의 늙은 육체가 견디지 못하고 공중에서 산산조각 날까 두려웠다.

나는 소리쳤지만 조르바가 어찌 땅의 목소리를 듣겠는가? 그의 내면은 온통 새가 되어 있었다. 나는 가벼운 불안을 느끼며 그 사납고 절망적인 춤을 지켜보았다. 어렸을 때 나는 고삐 풀린 상상력을 발휘해 친구들에게 황당무계한 이야기를 들려주곤 했다. 그리고 나 스스로 그 이야기들을 믿었다.

"너희 할아버지는 어떻게 돌아가셨니?" 초등학교 1학년 때, 하루는 동급생들이 내게 이렇게 물었다. 나는 그 순간 거짓 이야기를 꾸며대기 시작했다. 그리고 이야기를 만들면서 나는 그 이야기를 그대로 믿기 시작했다.

"우리 할아버지는 고무 신발을 신고 계셨어. 하얀 수염이 돋아나온 날, 할아버지는 지붕에서 뛰어내렸지. 그런데 땅에 닿자마자 고무공처럼 튀어서 집보다 더 높이 올라갔어. 그리고 떨어질 때마다 점점 더 높이 튕겨 올라서 끝내는 구름 사이로 사라져버렸지. 우리 할아버지는 그렇게 돌아가셨어."

이 거짓 이야기를 만들어낸 다음부터 나는 아기오스 미나스 대성당 안의 작은 성당에 갈 때마다 성화대 아래쪽에 있는 예수 그리스도의 승천 성화를 가리키면서 내 친구들에게 말했다.

"봐, 이게 고무 신발을 신은 우리 할아버지야!"

그리고 수십 년이 지난 오늘 저녁, 조르바가 공중으로 뛰어오르는 것을 보며, 나는 조르바가 혹시 구름 속으로 사라지지 않을까 마음 졸이며 어릴 때의 그 상상 속 이야기를 다시 떠올렸다.

"조르바, 조르바, 이제 충분하니까 그만해요!" 내가 계속 소리쳤다.

조르바가 숨이 차서 땅에 웅크리고 앉았다. 그의 얼굴은 행복으로 빛났고, 회색 머리카락은 이마에 달라붙어 있었으며, 땀방울이 석탄 가루와 범벅이 된 채 뺨과 턱을 타고 흘러내렸다.

나는 걱정이 돼서 몸을 숙여 그를 살펴보았다.

"속이 후련하네요." 그가 잠시 있다가 말했다. "마치 피를 뽑은 것 같아요. 이제는 말할 수 있어요."

그가 다시 집으로 들어가 놋화로 앞에 몸을 곧추세우고 앉았다. 그의 얼굴은 환히 빛났다.

"무슨 바람에 춤을 추기 시작한 거요?"

"대장, 내가 뭘 하길 바랐소? 내가 엄청 기분이 좋아서 주체를 못 한 거요. 무엇이든 했어야만 했단 말이오. 그럴 때 사람은 뭘 해야 하는 거요? 말로 해보라고요? 풋, 웃기지 마쇼!"

"뭐가 그리 기분이 좋았소?"

조르바가 불안한 듯 나를 바라보았다. 그의 입술이 떨렸다.

"뭐가 기분이 좋았냐고요? 아니 지금 뜬금없는 소리를 한 게 누구요? 대장이 말해놓고도 정작 대장 자신은 모른단 말이오? 우린 석탄 때문에 여기 온 게 아니라고 말했잖소. 그 말에 나는 부담을 덜었단 말이오! 우린 여기에 놀러 온 거고, 석탄은 세상 사람들 눈에 재를 뿌려 우리를 바보 취급 못 하게 하고, 잡스러운 헛소리를 못하게 하기 위한 거라고 말했잖소. 그리고 우리끼리만 남아 남들이 우리를 보지 않을 때는 신나게 웃자고 했잖아요. 대장, 나도 바로 그걸 원했던 건데, 처음엔 눈치를 채지 못했단 말이오. 갈탄 생각도 해야 하고, 부불리나 여사도 신경 써야 하고, 대장도 신경 써야 하고…… 영 개판이었죠. 갱도 하나를 열면 나는 속으로 빌었죠. '갈탄 나와라! 갈탄 나와라! 갈탄 나와라!' 그러고는 나는 발뒤꿈치부터 머리끝까지 갈탄으로 변했죠. 그리고 일을 마치고 그 망할 통통한 물개와 수작할 때면 — 그녀에게 행운이 있기를! — 갈탄과 대장에 관한 일 모두를 그녀의 목에 두른 리본에 매달아놓았죠. 나 자신도 그 리본에 매달아버리고 모든 걸 잊죠. 그리고 아무 일도 안 하면서 나 혼자 남게 되면, 그제야 대장 생각을 좀 하죠. 그럴 때면 내 가슴이 찢어질 듯하고, 이런 생각이 내 영혼을 짓눌러요. '조르바, 이 나쁜 놈아, 부끄러운 줄 알아라! 저렇게 착한 사람한테 사기 쳐서 돈을 먹는 게 좋으냐? 조르바, 나쁜 놈, 언제까지 그런 악당으로 살 거냐? 이제 그만 좀 해라!'

대장, 난 정말 어쩔 줄 몰라 낭패스러웠다고요. 나를 가운데에 놓고 한쪽 끝에서는 악마가, 다른 쪽 끝에서는 하느님이 잡아당겨 나는 찢어지는 것 같았어요. 그런데 지금 대장이 엄청난 발언을 해서 내 모든 고민을 단번에 해결해줬죠. 대장, 축복 받을 거요. 그때 나는 이해했죠. 깨달았다고요! 우리 둘이 의기투합하고 있다는 걸 알게 된 거죠. 이제 우리 둘이서 폭탄에 불을 붙입시다. 돈이 얼마나 남았어요? 다 써버립시다. 기둥을 뽑아 먹은들 무슨 대숩니까?"

조르바가 손으로 이마의 땀을 훔쳐내며 주위를 둘러보았다. 식탁 주변에는 남은 음식들이 흩어져 있었다. 조르바가 손을 뻗으며 말했다.

"대장이 양해해준다면 좀 먹어야겠소. 또 배가 고프군요."

그러고는 빵 한 조각과 양파 한 개, 올리브 열매 한 움큼을 걸신들린 듯 먹어치우더니, 고개를 젖히고 술병을 입술에 대지도 않은 채 포도주를 입안으로 부어 넣고는 후르르 소리를 내며 삼켰다. 조르바는 행복에 겨운 듯 입맛을 다셨다.

"이제 내 마음이 제자리를 찾았네요." 그가 말했다.

그리고 나를 보더니 눈을 지그시 감았다.

"왜 웃지 않죠?" 그가 물었다. "나를 왜 그런 눈으로 보쇼? 나는 이런 놈이란 말입니다. 내 안에는 악마 한 마리가 살고 있어서 계속 소리를 치죠. 나는 그놈이 하라는 대로 하고요. 내가 고민에 빠지면, 그때마다 그놈이 소리치죠. '춤춰!' 그러면 나는 춤을 추죠. 그럼 걱정이 사라져요. 할키디키에서 내 아들 디미트라키스가 죽었을 때, 그때도 일어나서 춤을 췄죠. 친척들과 친구들이 내가 시신 앞에서 춤추는 걸 보고는 말리려고 달려들었죠. '조르바가 미쳤구나, 미쳤어!' 그들은 이렇게 소리쳐댔죠. 하지만 그 순간에 만약 춤을 추지 않았더라면 나는 아마 고통을 못 이겨 미쳐버렸을 거예요. 그 녀석은 내 첫아들이고 고작 세 살밖에 안 됐었거든요. 나는 견딜 수가 없었어요. 무슨 말인지 알겠어요, 대장? 내가 지금 벽에다 얘기하는 거요?"

"잘 알죠, 조르바, 알고말고요. 벽에다 얘기하고 있는 게 아니에요."

"또 한번은 내가 러시아에 갔을 때예요. 거기도 광산 일 때문에 간 거죠. 노보로시스크* 근처의 구리광이오.

나는 거기서 일하는 데 필요한 러시아 말 대여섯 마디를 배웠죠. '아뇨, 네, 빵, 물, 사랑해, 이리 와, 얼마예요' 같은 말이오. 그러다가 뼛속까지 볼셰비키 공산당원인 한 러시아인과 친구가 됐죠. 매일 저녁 항구의 선술집에 자리를 잡고 보드카 몇 병을 비우고는 거나하게 취하곤 했어요. 그리고 기분이 좋아지면 서로 흉금을 터놓았죠. 그 친구는 지도와 펜대를 가지고 러시아 혁명 때 보

---

* 흑해에서 가장 큰 러시아의 항구 도시.

고 들은 이야기를 내게 해주려고 했고, 나는 파란만장한 내 삶과 행적의 비밀을 들려줬죠. 둘 다 엄청 취해서 말이에요. 그렇게 우리는 형제처럼 지냈어요. 알겠어요?

손짓 몸짓을 총동원해서 그럭저럭 소통을 했죠. 그 친구가 먼저 말하곤 했어요. 그러다가 못 알아듣겠으면 내가 소리쳤죠. '스톱!' 그러면 그 친구가 일어나서 춤을 추기 시작했어요. 춤으로 자기가 하고 싶은 말을 했죠. 나도 그렇게 했고요. 입으로 할 수 없는 의사소통을 손과 발, 배때기와 '하이하이! 호플라! 비라!'와 같은 괴성으로 대신했죠.

이를테면 이런 식이에요. 러시아 친구가 먼저 시작합니다. 어떻게 총을 잡았는지, 어떻게 전쟁이 시작됐는지, 어떻게 노보로시스크에 오게 됐는지…… 그러다 내가 그 친구의 말을 못 알아들으면 손을 들고 '스톱!' 하고 소리쳐요. 그러면 러시아 친구는 즉각 일어나서 춤을 추기 시작하죠. 미친 듯이 춤을 춰요. 나는 그의 손과 발, 가슴팍과 눈을 보면서 모든 걸 다 알게 되죠. 어떻게 노보로시스크에 오게 됐는지, 어떻게 높은 놈들을 죽였는지, 어떻게 상점들을 약탈했는지, 어떻게 가정집으로 들어가 여자들을 겁탈했는지 모두 다요. 그 천박한 여자들이 처음에는 할퀴고 물어뜯고 하다가, 조금씩 조금씩 길들여지면서 눈을 지그시 감고 즐거움에 겨워 신음 소리를 내기 시작했다는 거예요. 여자들이란! 아시겠어요?

그러고 나면 내 차례죠. 러시아 농부 놈은 머리가 전혀 안 돌아가는 놈이라 첫마디부터 '스톱!' 하고 소리치죠. 그러며 나는 두

말없이 일어나서 책상과 걸상들을 옆으로 밀어놓고 춤을 추기 시작하죠. 여보쇼, 대장, 인간이 어디까지 타락했는지 보세요. 빌어먹을, 다 뒈져버리라지! 다들 몸뚱어리를 한구석에 처박아버리고는 주둥아리로만 말들을 하죠. 하지만 주둥아리가 무슨 말을 할 수 있겠어요? 주둥아리로만 무슨 말을 할 수 있겠냐고요? 그 러시아 놈이 머리 꼭대기부터 발끝까지 나를 잡아먹을 듯이 샅샅이 훑어보면서 모든 걸 다 알아듣는 꼴을 대장이 봤더라면 좋았을 텐데…… 나는 내 희로애락을 춤으로 보여주면서 그놈에게 내가 어느 곳을 여행했으며, 몇 번 결혼했고, 어떤 일을 했는지, 그러니까 채석장 인부에서 광산의 폭파 기술자, 행상, 옹기장이, 게릴라, 산투리 연주자, 볶은 콩 장수, 대장장이, 밀수꾼 등을 어떻게 거쳐왔는지, 또 어떻게 감옥에 갔는지, 어떻게 탈출했는지, 그러다 어떻게 러시아까지 오게 됐는지 등을 모두 얘기해줬죠.

그놈은 비록 바보 같은 러시아 농부 녀석이었지만 모두 다 알아들었죠. 내 손과 발이, 그리고 내 머리카락이, 옷이 다 말을 했죠. 그리고 내 허리춤에 접이식 주머니칼이 하나 매달려 있었는데 그놈도 말을 했고요…… 내가 춤을 멈추면 그 미련한 러시아 농부 놈은 나를 껴안고는 입맞춤을 해댔죠. 우린 다시 잔에 보드카를 채우고는 서로가 서로에게 안긴 채로 함께 웃고 함께 울었어요. 새벽녘이 돼서 헤어질 때가 되면 둘은 비틀거리며 자러 갔다가 저녁이 되면 다시 만났죠.

대장, 웃고 있는 거요? 내 얘길 믿지 않는 거죠? 속으로 '저 뱃놈 신드바드가 지껄여대는 저 잡소리는 다 뭐야? 뭐 춤으로 대화한다고?' 하고 생각하는 거죠? 하지만 나는 하느님과 악마들이 이런 방법으로 대화한다는 데 내 목숨을 걸겠소.

보아하니 졸리신 모양이군요. 참 예민하시군. 견디질 못하니…… 음, 어서 가서 자슈. 그리고 내일 다시 얘기합시다. 내게 좋은 계획이, 아주 중요한 계획이 하나 있지만 내일 얘기합시다. 난 담배 한 대 더 피울 거요. 아마 머리를 바다에 처박기 위해 수영을 할지도 몰라요. 지금 온몸이 흥분돼서 좀 식혀야 해요. 안녕히 주무시구려."

나는 늦게까지 잠을 잘 수 없었다. 내 삶은 실패였다는 생각이 들었다. 스펀지 하나를 들고서 그동안 읽은 모든 것을, 보고 들은 모든 것을 지워버리고 조르바의 학교에 다시 들어가 위대하고 진정한 알파벳을 배울 수만 있다면! 그렇다면 나는 전혀 다른 길을 갔을 것이다! 내 오관과 피부 전체를 완벽하게 갈고닦아 즐기고 이해할 수 있게 만들었을 것이다. 뛰기, 싸움, 헤엄, 승마, 노 젓기, 자동차 운전, 사격을 배웠을 것이다. 내 영혼을 살로 채우고, 살을 영혼으로 채워, 드디어 나의 내면의 영원한 숙적인 이 둘을 하나로 화해시켰을 것이다.

나는 침대에 앉아서 잃어버린 내 삶을 기억해냈다. 열린 문 사이로 희미한 별빛 아래서 바위 위에 쪼그리고 앉아 마치 한 마리 밤새처럼 바다를 응시하는 조르바가 보였다. 나는 그가 부러웠다. 나는 생각했다. '저 사람은 진리를 발견했다. 저 사람이 바로 길이다!'

먼 옛날 창세기 시절 조르바는 앞장서서 도끼로 길을 열던 부족장이었을 것이다. 아니면 영주들의 성을 돌아다니며 영주와 하인, 귀부인 들까지 모두 자신의 두꺼운 입술에 목매게 하는 유명한 음유시인이었을지도 모른다. 배은망덕한 이 시대에 조르바는 굶주린 늑대처럼 우리 주위를 배회하거나 삼류작가로 전락하여 광대 노릇을 한다.

조르바가 갑자기 일어나서 옷을 벗어 파도 거품 위에 던지고는 바다로 뛰어드는 것이 보였다. 희미한 달빛 아래 가끔씩 물 밖으로 드러났다가 다시 물속으로 사라지는 조르바의 머리가 보였다. 그는 때때로 소리를 지르다가, 개처럼 짖다가, 말처럼 힝힝거리다가, 닭처럼 울었다. 이렇게 고요한 한밤중에 바다에서 외로이 헤엄을 치면서 그의 영혼은 다시 짐승들에게로 되돌아간 것이다.

나도 모르는 새에 나는 천천히 잠에 빠져들었다. 그리고 새벽녘이 되었을 때, 완전히 원기를 회복한 조르바가 웃으며 다가오는 게 보였다. 조르바가 내 발을 잡아당겼다.

"대장, 일어나요. 이제 내 계획을 말해주리다. 듣고 있나요?"
조르바가 말했다.

"듣고 있어요."

그가 바닥에 무릎을 꿇고 앉아 내게 어떻게 산꼭대기에서 바닷가까지 공중에 케이블을 설치해서 갱도를 만드는 데 필요한 나무들을 실어 나르고, 남는 나무는 건축 목재로 팔 것인지에 대해 명료하게 설명했다. 우리는 수도원 소유의 소나무 숲을 임대하기로 결정했다. 하지만 당나귀로 나무를 운반하는 것은 비용이 너무 많이 들어 감당할 수 없을 것이라는 데에도 의견 일치를 보았다. 그래서 조르바의 생각은 기둥을 세우고 매우 굵은 철선과 도르래를 이용해서 공중에 케이블을 만든 뒤, 산 정상에서 나무 기둥들을 케이블 위로 미끄러뜨려 눈 깜짝할 사이에 해안까지 옮긴다는 것이었다.

"찬성하시는 거요? 서명하시겠소?" 그가 말을 끝내며 내게 물었다.

"서명하리다, 조르바. 추진하세요."

조르바는 놋화로에 불을 지피고는 브리키*에 커피를 준비했다. 그러고는 춥지 않도록 내 무릎에 담요 한 장을 덮어주고는 행복한 표정으로 나가며 말했다.

"오늘 새로운 갱도를 열 거예요. 내가 광맥을 하나 발견했거든요, 검은 다이아몬드죠."

나는 부처에 대한 원고를 펼치고는 나 자신의 광맥으로 빠져들었다. 온종일 작업을 했다. 작업을 계속할수록 몸과 마음이 가벼워지고 구원 받는 듯한 기분을 느꼈다. 마음속 깊은 곳에서부터 안도감과 자랑스러움, 그리고 혐오감이 뒤섞인 복잡한 감동이 느껴졌다. 나는 이 원고를 탈고해 묶은 다음 봉하면 자유로워질 것을 알고 있었기에 마치 신들린 사람처럼 작업을 계속했다.

배가 고팠다. 건포도 몇 개와 아몬드와 빵 한 조각을 먹었다.

---

* 그리스 커피를 끓일 때 쓰는 바닥이 납작하고 목이 긴 작은 냄비.

그리고 조르바가 껄껄대는 웃음소리와 즐거운 대화, 맛있는 음식 등, 인간이 가지고 있는 모든 덕목과 함께 돌아오기를 기다렸다.

저녁이 되어 조르바가 돌아와서 요리하고 함께 식사를 했지만 그의 생각은 딴 곳에 가 있었다. 무릎을 꿇고 땅바닥에 나무 작대기들을 박아놓고 그 사이에 끈을 매어 잡아당긴 다음 그 끈에 조그만 갈고리에 꿴 성냥개비를 매달고는, 모든 게 산산조각 나지 않도록 케이블의 알맞은 경사도를 찾아내려 애쓰고 있었다.

"만약에 경사가 너무 가파르면 악마가 우리를 잡아먹을 거요." 그가 내게 설명했다. "그리고 만약 너무 완만하면, 그때도 역시 악마가 우릴 먹어버릴 거고요. 한 치의 오차도 없는 경사도를 찾아내야만 해요. 대장, 이런 일엔 정신력과 포도주가 필요하단 말이오."

"포도주는 얼마든지 있지만 정신력이라고요?" 내가 웃으며 대꾸했다.

조르바가 웃음을 터뜨렸다.

"이제 대장도 뭔가를 좀 아는군요." 조르바가 이렇게 말하면서 그윽한 눈초리로 나를 바라보았다.

그가 좀 쉬려고 앉아서는 담배 한 대를 피워 물었다. 그는 다시 기분이 좋아졌는지 혀가 술술 풀렸다.

"만약 케이블 공사가 성공하게 되면," 그가 말했다. "온 숲을 다 베어내서는 공장을 차려 나무 널빤지와 나무 기둥, 대들보 같은 걸 만들어 부수입으로 돈을 많이 벌고, 그것으로 돛이 세 개 달린 배를 만들어서 주변을 한번 휘 둘러보고는, 등 뒤로 돌을 던지고 온 세상을 구경하러 떠납시다!"

조르바의 눈동자가 반짝거렸다. 먼 이국의 여자들과 거리의 조명, 거대한 건물들, 기계들, 큰 배들이 그의 눈앞에 선했다!

"대장, 나는 벌써 흰머리가 났어요. 이빨은 흔들리기 시작했고요. 이제 난 허비할 시간이 없어요. 대장은 아직 젊으니 좀 기다릴 수도 있겠지만, 난 아뇨. 맙소사, 늙어갈수록 난 더 거칠어진다고요! 어떤 작자들이 주저앉아서 나이가 들면 철이 든다고 지껄여대고 있는 거요? 사람들은 나이가 들면 불같은 성질이 죽고 저승사자를 만나도 목을 길게 쭉 뻗고 '자, 이제 목을 치쇼! 내가 성인이 되리라!' 하고 말하게 된다고 지껄이죠. 하지만 나 이 조르바는 나이를 먹을수록 더 사나워지고 있어요. 나는 절대 포기 안 해요. 이 세상을 모두 먹어치우고 싶어요."

조르바는 일어나 벽으로 가서 걸려 있던 산투리를 내렸다.

"이 악마 녀석아, 이리 와라. 그 벽에서 입을 다물고 뭘 하고 있냐? 소리 좀 내보자!"

조르바가 산투리를 감싸고 있는 보자기를 마치 무화과 껍질을 벗겨내듯, 여인의 옷을 벗기듯, 조심조심 다정하게 푸는 모습은 아무리 봐도 질리지 않았다.

조르바는 산투리를 무릎에 올려놓고 몸을 숙여 가볍게 줄들을 애무했다. 마치 어떤 음률로 노래할 것인지 묻는 듯, 이제는 깨어나라고 간곡히 부탁하는 듯, 아니면 너무 스트레스를 받아 더 이상 외로움을 견딜 수 없게 된 그에게 다가와 영혼의 동반자가 되라고 부추기는 듯했다. 조르바가 노래 한 곡을 부르기 시작하다가 잘 부를 수 없는지 중단하고 다른 노래를 시작했다. 산투리의 현들은 고통스러운 듯, 하고 싶지 않은 듯 우는 소리를 냈다. 조르바는 벽에 기대 갑자기 이마에서 흘러내리는 땀을 훔쳤다.

"하고 싶지 않대요. 하기 싫대요." 조르바가 겁먹은 표정으로 산투리를 보며 중얼거렸다.

조르바는 마치 사나운 야수가 자신을 물지 않을까 두려워하는 듯 산투리를 다시 조심스럽게 보자기로 싸서는 천천히 일어나 벽에 걸었다.

"하기 싫대요, 안 하겠대요." 그가 다시 중얼거렸다. "강요할 수는 없어요."

조르바는 다시 바닥에 주저앉아서는 밤을 화로의 재 속에 묻었다. 그러고는 잔에 포도주를 따랐다. 한 잔을 마시고 또 채워 또 한 잔을 마시고는 밤을 까서 내게 건네며 물었다.

"대장, 아시겠소? 나는 뭐가 뭔지 모르겠어요. 모든 것에는 영혼이 있어요. 목재에도, 돌들에게도, 그리고 우리가 지금 마시는 포도주에도, 우리가 딛고 있는 땅에도 다 영혼이 있어요. 모든 것에 영혼이 있다고요, 대장."

그가 잔을 높이 들었다.

"건배!"

잔을 비우고는 다시 채웠다.

"빌어먹을 인생!" 그가 중얼거렸다. "빌어먹을! 인생이란 것도 그놈의 부불리나 여사랑 똑같아요."

나는 웃음이 나왔다.

"대장, 좀 들어보슈, 비웃지 말고요. 인생은 부불리나 여사 같다고요. 비록 할망구지만 바람둥이 연인처럼 재주가 있단 말이오. 정신을 쏙 빼놓는 기술이 있단 말이에요. 눈을 감고 있으면 마치 스무 살짜리 계집을 껴안고 있는 듯한 기분이 들게 만들어요. 정말 몸이 달아올라 불을 끄면 그녀는 정말 스무 살짜리 처녀가 된다니까요!

아마도 그녀가 이미 반송장이 다 됐고, 일생 동안 온갖 잡질을 다 하고 산 데다, 제독, 뱃놈, 군인, 시골 촌뜨기, 행상인, 신부, 어부, 경찰 놈, 선생 놈, 선교사, 치안판사 놈들하고 뒹굴었다고 트집 잡고 싶으시겠죠. 하지만 그게 무슨 상관이냐고요? 그 헤픈 것은 그런 걸 모두 빨리 잊어먹어요. 그런 놈들 중에 아무도 기억하지 못하고 순진무구한 비둘기가 되어 숫처녀처럼 얼굴이 빨개져요. 그럼요, 내가 단언하건대 얼굴이 빨개지고 마치 첫 경험인 양 몸을 바들바들 떨어요. 대장, 여자란 요물이에요. 남자들이랑 천 번을 뒹굴어도 천 번 다시 처녀가 되죠. 왜냐고요? 대장이 한번 맞혀보슈. 나는 왠지 기억나지 않아요."

"하지만 앵무새는 다 기억하고 있지요, 조르바." 내가 그를 자극해보려고 한마디 했다. "항상 당신 아닌 다른 사람 이름을 부르죠. 그게 화나지 않나요? 당신이 그녀와 일곱번째 천국에서 즐기는데 앵무새는 '카나바로! 카나바로!'라고 소리치는 걸 들으면 당장 그놈의 목을 비틀어버리고 싶지 않나요? 그리고 이제는 그 앵무새가 '조르바, 조르바!' 하고 소리치도록 가르칠 때가 되지 않았나요?"

"어이구, 어느 시절 사람이오? 정말 구닥다리시네!" 조르바가 큰 손으로 귀를 막으며 소리쳤다. "나보고 앵무새 목을 조르라고요? 그렇게 말씀하셨나요? 하지만 나는 앵무새가 조금 전에 언급하신 그놈의 이름을 부르는 소리를 들으면 흥분된단 말이오. 하느님 맙소사. 그 여자는 밤이 되면 그 앵무새를 침대 위에 매달아놓죠. 앵무새 녀석은 어둠 속에 구멍을 내는 눈동자 하나를 가지고 있는데 우리 둘이 기분을 낼라치면 '카나바로! 카나바로!' 하고 소리치기 시작하죠.

그러면 맹세컨대 나는 그 즉시, 대장, 그 빌어먹을 책들이 당신을 잡아먹었으니 그런 걸 어떻게 이해하겠소만, 나는 맹세컨대, 내 발에는 에나멜 구두를 신은 듯하고, 머리에는 깃털 달린 모자를 쓴 듯하고, 수염은 향기 나는 기름을 바른 듯 비단같이 느껴진단 말이오. '본 조르노, 보나 세라, 만자테 마카로니?'* 나는 정말로 카나바로가 돼서 천 개의 구멍이 난 기함에 올라가 기관실 보일러에 불을 붙이죠. 그러고는 대포를 쏴대기 시작하죠!"

조르바가 웃음을 터뜨렸다. 그리고 왼쪽 눈을 감고 나를 바라보았다.

"대장, 이해해주쇼." 그가 말했다. "그런데 나는 내 할아버지 알렉시스 대장을 닮았나봐요. 하느님께서 그분 뼈들에 은총을 내리시기를! 할아버지는 백 살이 됐을 때 샘에 물 길러 가는 처녀들을 보기 위해 저녁이면 문밖에 나가 앉아 있곤 했죠. 할아버지

---

* 이탈리아어로 각각 '안녕하세요?(낮 인사/밤 인사) 마카로니를 잡수시겠습니까?'를 뜻한다.

는 눈이 흐려져서 소녀들의 얼굴을 잘 구분할 수 없었어요. 그래서 소녀들에게 소리쳤죠. '애야, 넌 누구냐?' '마스트란도니스의 딸 레니오예요.' '그렇구나. 이리로 좀 와봐라. 얼굴 좀 만져보자꾸나.' 그러면 그 소녀가 숨이 막힐 듯 웃음을 터뜨리며 다가왔어요. 그러면 내 할아버지는 손바닥으로 소녀의 얼굴을 굶주린 듯, 천천히 부드럽게 쓰다듬었죠. 그러고는 울음을 터뜨렸어요. '왜 울어요, 할아버지?' 하루는 내가 물었죠. '응, 애야! 이렇게 예쁜 소녀들을 놓고 죽어야 하니 어떻게 울지 않을 수 있겠니?'"

조르바가 긴 한숨을 내쉬며 말했다.

"불쌍한 할아버지! 이제 할아버지가 이해가 돼요. 나도 가끔 홀로 앉아 혼잣말을 하죠. '아! 아! 이 예쁜 계집들이 모두 나와 함께 죽었으면 좋겠다!' 하지만 저 잡것들은 계속 살겠죠. 아주 잘 살겠죠. 조르바는 죽어 흙이 되는데 이것들은 내 무덤을 밟으면서 서로 껴안고 입맞춤하면서 잘살겠죠."

조르바는 화로의 잿더미 속에서 밤 몇 알을 끄집어내서는 껍질을 깠다. 우리는 잔을 세차게 부딪쳤다. 우리는 밤늦도록 술을 마시며, 두 마리 커다란 토끼들처럼 조용조용히 우물우물 밤을 씹어댔다. 밖에서는 바다가 웅얼거리는 소리가 들려왔다.

7

우리는 꽤 오랜 시간 동안 아무 말 없이 화롯가에 앉아 있었다. 나는 소박하고 절제된 것들이 얼마나 큰 행복감을 가져다주는지 다시 한 번 느꼈다. 포도주 한 잔, 밤 한 톨, 초라한 오두막집, 바닷소리, 이것들이면 됐다. 그 밖에는 아무것도 필요 없다. 이 모든 것이 바로 행복이라는 것을 느끼기 위해서는 가난한 마음과 절제만이 필요할 뿐이다.

"조르바, 몇 번이나 결혼했소?" 잠시 후에 내가 조르바에게 물었다.

우리는 다시 기분이 좋아졌다. 포도주를 많이 마셨기 때문이 아니라 내면에서부터 느끼는 형언할 수 없는 커다란 행복 때문이었다. 우리는 비록 하루살이에 불과한 존재지만, 각자 나름대로 지구 위에서 올바른 철학을 찾았고, 호젓한 바닷가에 갈대와 판자, 그리고 함석판으로 된 아늑한 공간을 찾았으며, 서로에게 밀착해서 친근감을 느끼고 있는 데다 우리 앞에 행복을 느끼게 하는 것들이 가득하고, 먹을 게 있으며, 마음속에는 평화와 사랑과 안정감이 가득하다는 걸 내면 깊숙한 곳에서부터 잘 알고 있었다.

조르바는 내 말을 듣지 않았다. 그의 정신은 오직 신만이 알 수 있는 바다 위를 항해하고 있었는데, 내 목소리는 그곳에 다다르지 못했다. 나는 손을 뻗어 그를 건드렸다.

"몇 번 결혼했어요, 조르바?" 나는 다시 물었다.

그가 소스라치게 놀랐다. 그제야 그는 내 목소리를 듣고 큰 손을 휘저었다.

"어이구, 지금 거기 앉아서 뭘 들쑤셔대는 거요?" 그가 대답했다. "난 사람이 아니오? 나도 그 엄청난 바보짓을 했수다. 모든 기혼 남자들이 내가 결혼에 대해 이렇게 말하는 것에 동의할 거요. 그렇죠, 나도 그 엄청난 바보짓을 저질렀단 말이오. 결혼했었죠."

"좋아요, 한데 몇 번이나 했소?"

조르바가 신경질적으로 목을 긁었다. 그가 잠깐 생각을 하더니 마침내 입을 열었다.

"몇 번 했냐고요? 합법적으로 한 번, 그런 건 한 번으로 족하죠. 그리고 두 번은 반쯤 합법적으로 결혼했었죠. 간음으로 말하자면, 천 번, 2천 번, 3천 번, 그걸 어찌 다 기억하겠소?"

"말해봐요, 조르바! 내일은 일요일이니 면도도 하고, 잘 차려입고 부불리나 여사에게 가서 인생과 닭고기를 즐깁시다! 내일은 일을 안 하잖소? 노는 날 저녁엔 외출합시다. 말해봐요!"

"도대체 무슨 얘길 하란 말이오? 대장, 이런 말이 있소. 정식 결혼은 알맹이가 없다! 양념 없는 음식이죠. 무슨 말을 하오리까? 당신을 귀여워하는 성인의 축복을 바라고 성화대 위에 놓인 성인 성화에 입맞춤하는 것도 키스입니까? 우리 고향 마을에는 이런 말도 있습니다. '훔친 고기만이 맛있다.' 마누라는 훔친 고기가 아니란 말씀입니다.

간음한 횟수를 어찌 다 기억하겠습니까? 수탉이 그런 장부를 가지고 있습디까? 상관없지 않습니까? 왜 그런 장부를 남기겠습니까? 나도 젊었을 때는 묘한 버릇이 있었죠. 같이 동침하는 여자들마다 치모에서 털 한 올을 잘라 모았었죠. 그 시절에는 항상 주머니에 가위 한 개를 가지고 다녔죠. 심지어 성당에도 가위를 지니고 갔어요. 사람 일이란 알 수가 없는 거니까요.

하여간 나는 털들을 모았죠. 검은 털, 노란 털, 밤색 털, 심지어 하얀 털까지 모았죠. 모으고, 모으고, 베개 하나를 만들 정도까지 모았죠. 그 털들로 베개 하나를 만들어서 베고 잤죠. 그렇지만 겨울에만 베고 잤어요. 여름에는 그게 날 흥분시켰거든요. 하지만 얼마 안 있다가 싫증이 나고, 그리고, 음, 베개가 거메지기 시작해서 불에 태워버렸죠."

조르바가 웃으며 말했다.

"이게 내 장부요, 대장! 태워버렸죠. 지겨워졌거든요. 처음에는 몇 명 안 될 줄 알았는데 막상 시작해보니 끝이 안 보이더라고요. 그래서 가위도 던져버렸죠."

"그럼 반쯤 합법적인 결혼은요, 조르바?"

"음, 그건 또 다른 재미가 있죠." 조르바가 히히 웃으며 대답

그리스인 조르바 **149**

했다. "보쇼! 슬라브 여자였는데, 그 여자가 천 년 동안 행복하게 살기를! 자유, 그 자체였죠! 어딨었어? 왜 늦었어? 어디서 잔 거야? 이런 걸 전혀 묻지 않는 여자였죠. 그녀도 내게 묻지 않았고, 나도 묻지 않았죠. 자유였다고요!"

그는 손을 뻗어 잔을 들어 쭉 비우고는 밤 한 알을 까서 우적우적 씹으면서 말했다.

"소핀카라는 여자였죠. 또 한 명은 누사라고 했고요. 소핀카는 노보로시스크 근처의 어떤 큰 마을에서 알게 됐죠. 겨울이었는데 눈길을 걸어 광산으로 가는 길이었어요. 배가 고파서 마을로 들어갔죠. 그날 마침 그곳에는 장이 서서 근처 마을에서 남자고 여자고 모두 장을 보려고 몰려왔죠. 엄청 큰 시장이 섰는데 정말 추웠어요. 사람들은 가진 것, 안 가진 것 닥치는 대로 팔았죠. 심지어 빵을 사기 위해 성화까지 팔았다니까요.

나는 그 시장 바닥을 어슬렁어슬렁 돌아다녔죠. 그러다가 한 시골 처녀가 마차에서 뛰어내리는 걸 본 거예요. 바다처럼 새파란 눈에 키가 2미터쯤이나 되는 덩치 큰 여자였죠. 그리고 그 엉덩이는, 휴! 꼭 암말 같았어요. 나는 정신까지 혼미해졌어요. '아이고, 가엾은 조르바야! 넌 이제 돼졌다!' 이렇게 속으로 중얼거렸죠.

나는 그녀 뒤를 쫓아가기 시작했어요. 그리고 눈으로 그녀의 몸 구석구석을 훑어봤죠. 그녀의 궁둥이가 부활절에 울리는 종처럼 흔들흔들할 때마다 나는 숨이 멎을 것 같았죠. '이 바보 같은 놈아! 광맥에서 뭘 얻겠다는 거냐? 바람에 흔들거리는 바람개비 같은 놈아! 여기 진짜 광맥이 있는데 어딜 가서 뭘 얻겠다는 거냐? 여기에다 모든 걸 집중해서 광맥을 캐라!' 나는 이렇게 속으로 중얼거렸죠.

그 처녀가 걸음을 멈추더니 흥정 끝에 장작을 사는 거예요. 어휴! 그녀의 팔은 또 얼마나 길던지, 하느님 맙소사! 그녀가 장작을 마차에 싣더군요. 그러고는 빵을 조금 사고, 훈제 생선 대여섯 마리를 사더라고요. '얼마예요?' 그녀가 물었죠. 장사꾼이 얼마라고 대꾸하자 그녀가 값을 치르려고 귀에서 금귀고리를 빼려는 게 아니겠어요? 돈이 없었던 거죠. 그래서 금귀고리를 대신 주려고 말이죠. 그걸 보고 놀라 자빠질 뻔했답니다. 한 여자가 귀고리를, 장신구를, 향수 비누를, 라벤다 향수를 물건 값을 치르기 위해 포기해야 하다니…… 그렇게 되면 세상은 망한 거죠. 그건 공작의 털을 뽑는 짓거리니까요! 당신은 공작이 털을 뽑히는 걸 견뎌낼 수 있겠어요? 절대로 못 견디죠! '안 돼! 안 돼!! 조르바가 살아 있는 한 절대로 그런 일은 있을 수 없어!' 나는 이렇게 중얼거렸죠. 그러고는 얼른 보따리를 풀고 값을 치렀죠. 당시 루블화는 종잇조각에 불과했어요. 그래도 그리스 돈은 백 드라크마면 당나귀 한 마리를, 10드라크마면 여자 한 명을 살 수 있었죠.

그래요, 내가 돈을 냈죠. 그 거구의 처녀는 돌아서서 나를 보았죠. 그러고는 내 손에 입을 맞추려고 했어요. 하지만 나는 손을 뒤로 뺐죠. 이건 뭐야? 나를 노인네로 봤나? '스파시바! 스파시바!' 그녀가 이렇게 말하더군요. '고맙습니다! 고맙습니다!'라는 뜻이에요. 그러고는 훌쩍 뛰어 마차에 타더니 고삐를 잡고는 채찍을 드는 거예요. 그때 나는 속으로 생각했죠. '이봐, 조르바! 그녀가 네게서 떠나가려 하잖아!' 나도 마차로 훌쩍 뛰어올라 그녀 옆에 앉았죠. 그녀는 아무 말도 하지 않았어요. 고개를 돌려 나를 보지도 않았죠. 말한테 채찍질 한 번 하고는 우리는 출발했죠.

가는 동안 그녀는 내가 여자를 바란다는 걸 눈치챘어요. 나는 러시아어를 조금밖에 알지 못했지만 그런 일에는 말이 많이 필요하지 않죠. 우리는 눈으로, 손으로, 무릎으로 말했어요. 긴말하지 않을게요. 하여간 우리는 그녀가 사는 마을까지 달려서는 어느 러시아 목조 집 앞에 도착해 마차에서 내렸죠. 그녀가 가볍게 문을 밀어 열었어요. 장작을 마당에 내려놓고 생선과 빵을 가지고 방으로 들어갔죠. 한 노파가 오들오들 떨면서 불 꺼진 벽난로 옆에 앉아 있었어요. 부대자루를 후드처럼 뒤집어쓰고 넝마와 양가죽을 두르고 있으면서도 심하게 떨고 있더군요. 아까도 말했지만 추위가 살을 에는 듯했으니까요. 나는 벽난로에 장작을 충분히 쌓고 불을 지폈죠. 그 노파는 나를 보고 미소를 지었어요. 그녀의 딸이 그녀에게 뭐라고 말했는데 나는 알아들을 수 없었죠. 하여간 나는 불을 지폈고, 노파는 몸이 따스해지자 생기를 되찾았어요.

그러는 동안 그 처녀는 식탁을 차렸죠. 보드카도 조금 가져와서 마셨고요. 찻주전자에 차를 끓여서 함께 마시고 노파에게도 주었죠. 식사 후에 그녀는 침대를 손봤어요. 깨끗한 시트를 갈고 성모 마리아 성화 앞에 촛불을 켠 다음 성호를 그었어요. 그러고는 내게 오라는 손짓을 해서 우리는 노파 앞에 함께 무릎을 꿇고 그녀의 손에 입맞춤을 했죠. 그러자 노파는 뼈만 남은 앙상한 손을 우리 머리 위에 얹고 무언가 중얼거렸죠. 아마도 우리에게 축복을 내리는 것 같았어요. '스파시바! 스파시바!' 내가 소리쳤죠. 그러고는 침대로 훌쩍 뛰어올라가 그 처녀와 함께 누웠죠."

조르바는 말을 멈추고 머리를 들어 멀리 바다를 바라보았다.

"그녀의 이름은 소핀카였어요." 조금 있다가 그는 이렇게 말하고 다시 입을 다물었다.

"그래서요?" 내가 궁금증을 참지 못하고 물었다. "그래서 어떻게 됐어요?"

"그래서라뇨? 대장, 뭐가 그리 궁금한 거요? 그래서? 왜? 당신 하느님께도 이렇게 물으슈? 여자는 시원한 샘이에요. 몸을 굽히고 거기에 비친 당신 얼굴을 보고, 물을 마시는 거예요. 물을 마시면 당신의 뼈가 부르르 떨 정도로 뼛속까지 시원해지죠. 그리고 그다음에 다른 목마른 놈이 오면 그놈 역시 몸을 굽혀 자기 얼굴을 보고 샘물을 마시죠. 그다음에는 또 다른 놈이 오고…… 이런 게 샘이에요. 여자란 바로 이런 거라고요."

"그래서 그다음에 헤어졌나요?"

"내가 뭘 했길 바라쇼? 그녀는 샘이고 나는 지나는 나그네예요. 나는 다시 길을 떠났죠. 그녀와 석 달을 보냈어요. 하느님께서 그녀를 보살피시기를…… 불만이 있었던 건 아녜요. 하지만 석 달이 지난 뒤에 내가 광맥을 찾으러 왔다는 걸 다시 기억해냈죠. '소핀카, 나는 떠나야 해, 해야 할 일이 있어.' 어느 날 내가 이렇게 말했죠. '그래요. 떠나세요.' 소핀카가 말했어요. '나는 한 달 동안 당신을 기다릴 거예요. 한 달이 지나도 당신이 돌아오지 않으면 나는 자유예요. 그리고 당신도 자유고요. 하느님의 축복이 있기를 빌어요.' 나는 떠났죠."

"그래서 한 달 뒤에 돌아갔나요?"

"대장, 당신은 좀 모자라는군요. 날 좀 내버려두쇼." 조르바가 소리쳤다. "어떻게 돌아갑니까? 파문당한 계집들이 나를 가만 놔두겠습니까? 한 달 뒤에 쿠반*에서 누사를 만났죠."

"그 얘기도 해봐요! 어서요!"

"다음에 합시다, 대장. 그 가엾은 계집들을 뒤섞지 맙시다. 소핀카가 건강하기를!"

조르바는 단숨에 포도주를 들이켜고는 벽에 기댔다.

"좋아요. 누사에 대해서도 얘기하죠." 조르바가 말을 시작했다. "오늘 밤 내 머리는 러시아로 가득 찼군요. '마이나!'** 짐을 내려놓죠, 뭐!"

그는 수염을 쓰다듬고 숯을 한 번 들쑤셨다.

"누사를 만난 건 쿠반의 한 마을에서였죠. 여름이었어요. 수박과 멜론이 산더미처럼 쌓여 있었죠. 내가 몸을 숙여 하나쯤 가져가도 아무도 '여보쇼! 뭐 하는 짓이요?' 하고 시비를 걸지 않았어요. 하나를 골라서 반쪽을 내서는 얼굴을 파묻고 먹어치웠죠.

그때 그곳 캅카스 지방은 모든 게 풍요로웠어요. 모든 게 방치되어 있었죠. 기분 내키는 대로 골라잡아 가져가면 됐죠. 수박

---

* 러시아의 크리미아 반도 서쪽에 있는 흑해와 코카서스 사이의 지역.
** 그리스 뱃사람들이 배에서 쓰는 명령어로 '내려라! 멈춰라!'는 뜻.

과 멜론뿐 아니라 생선이고 버터, 그리고 여자들까지 자유롭게 널브러져 있었다고요. 지나다가 수박을 보면 그냥 쪼개 먹으면 되고, 여자를 보면 같이 자면 됐죠. 프로코스테나*의 나라인 이곳과는 전혀 다르죠. 이곳에선 수박 덩굴 잎 하나만 따도 법정에 서게 되고 여자 한 번만 만져도 그녀의 오빠들이 칼부림을 하잖아요. 천박하고 인색하고, 네 것 내 것 따지기만 하고…… 다 뒈져버릴 재수에 옴 붙은 놈들로 득시글거리죠. 러시아에 가서 통 크게 선심을 쓰는 사람들을 좀 보슈!

하여간 내가 쿠반을 지나는데 멜론 밭에서 일하는 여자 한 명이 내 눈에 들어왔죠. 맘에 꼭 들었어요. 대장, 슬라브 여자들은 사랑을 그램 단위로 팔면서도 기회만 있으면 저울을 속이려 드는 영악한 이곳 그리스 여자들과는 다르다는 걸 아셔야 해요. 슬라브 여자들은요, 대장, 아주 손이 커서 덤을 듬뿍듬뿍 주죠. 잠자리에서나 사랑에서나 음식에서도 그 여자들은 동물이나 대지의 친척이에요. 구멍가게 여주인 같은 이곳 좀스러운 그리스 여자들과는 달리, 전혀 인색하지 않고 아주 인심이 후하다고요! '이름이 뭐요?' 내가 물었죠. 보세요, 그곳에서 여자들과 살면서 러시아 말을 제법 배웠다고요. '누사, 당신은요?' '알렉시스요. 누사, 난 당신이 아주 마음에 들어요.' 그녀는 말을 살 때처럼 나를 자세히 살펴보더라고요. '당신도 그리 비리비리해 보이지는 않는군요. 당신

---

* 그리스 독립 전쟁 당시에 그리스의 임시 수도였던 나프플리오에 살았던 아주 가난한 여자 파노레이 하지코스타의 별명으로 흔히 가난한 나라나 정부를 가리킬 때 쓰는 표현이다.

도 이빨도 튼튼하고, 콧수염도 무성하고, 등짝도 넓고, 팔도 굵고, 괜찮네요.' '나도 당신이 마음에 들어요.' 다른 이야기는 거의 하지 않았어요. 그럴 필요도 없었죠. 우리는 거의 즉석에서 합의를 보았죠. 바로 그날 저녁 제일 좋은 옷을 차려입고 그녀의 집으로 가기로 했어요. '털옷 외투 있어요?' 누사가 내게 묻더군요. '있죠. 하지만 이 더위에……' '상관없어요. 멋있게 보이게 그걸 입고 오세요.'

저녁이 되자 나는 신랑처럼 차려입고, 팔에 털옷 외투를 걸치고는 은으로 된 손잡이가 있는 지팡이를 꺼내 들고, 그녀의 집으로 갔죠. 그 시골집은 굉장히 컸어요. 안마당도 여러 개 있고, 소들도 많고, 포도 압착기도 많았죠. 마당 가운데에는 모닥불이 타고 있었는데 그 위에 솥이 걸려 있었고요. '여기서 뭘 끓이고 있나요?' 내가 물었죠. '수박 즙이오.' '여기는요?' '멜론 즙이오.' '이건 뭐지?' 나는 속으로 중얼거렸죠. 수박과 멜론을 끓인다고? 약속의 땅이로구나! 가난과 궁핍은 저리 물렀거라! 조르바, 내 축복을 받아라! 난 치즈가 가득한 자루로 떨어진 쥐새끼처럼 재수 좋게 이곳으로 왔구나!

나는 계단으로 올라갔죠. 삐걱거리는 무척 큰 나무 계단이었어요. 계단 위에는 누사의 아버지와 어머니가 승마용 초록빛 반바지에 굵은 술이 달린 붉은 허리띠 차림으로 서 있었죠. 귀족의 풍모가 느껴졌어요. 그들이 팔을 활짝 벌려 나를 껴안고는 양쪽 뺨에 쪽쪽 소리를 내며 입을 맞추는 바람에 나는 침 범벅이 되고 말았죠. 그들은 뭐라고 엄청 빠르게 말을 했는데 난 한마디도 알아듣지 못했죠. 하지만 무슨 상관이겠어요? 그들의 표정을 보고 그들이 내게 나쁜 감정을 갖고 있지 않다는 걸 알 수 있었거든요.

그러고는 안으로 들어갔는데 내가 뭘 본 줄 아시겠소? 마치 돛이 세 개 달린 범선처럼 음식을 겹겹이 쌓아놓은 식탁들이 보였죠. 그리고 남자와 여자들, 모든 친척들이 서 있었고, 그 맨 앞에 마치 뱃머리를 장식하고 있는 인어*처럼 짙게 화장을 하고 잘 차려입은 누사가 가슴을 훤히 드러낸 채 서 있었어요. 그녀는 젊음과 아름다움으로 번개처럼 빛나고 있었어요. 목에는 빨간 스카프를 매고 왼쪽 젖가슴 위에 망치와 낫을 수놓은 옷을 입고 있었고요. 순간 저는 속으로 이렇게 중얼거렸죠. '야, 이 몹쓸 놈의 조르바야! 이 육체파가 네 것이란 말이냐? 오늘 밤에 저 몸뚱어리를 품을 거란 말이지? 하느님, 날 낳은 부모님을 축복하소서!'

우리는 모두 정신없이 먹고 마셨죠. 마치 돼지들처럼 먹고 황소처럼 마셔댔어요. '그런데 신부님은요?' 내가 내 옆에 있는 누사 아버지에게 물었죠. 그는 너무 많이 먹고 마셔 몸에서 김이 무럭무럭 나고 있었어요. '우리들을 축복해주실 신부님은 어디 계시죠?' '신부는 없네.' 누사의 아버지가 내게 침을 튀기며 대답했어요. '신부는 없어! 종교는 인민의 아편이야!'

이렇게 말하고 나서 그는 붉은 허리띠를 느슨하게 풀더니 으스대며 일어서서 손을 들어 모두 조용히 하라는 신호를 보냈죠. 그리고 포도주가 넘칠 듯한 잔을 들고 나를 똑바로 바라보며 연설

---

* 그리스에서는 흔히 젖가슴을 드러낸 인어상으로 뱃머리를 장식한다.

을 시작했어요. 끊임없이 이어지는 그의 말은 연설이라기보다는 차라리 장광설이었어요. 무슨 말을 했냐고요? 하느님이나 그의 영혼만이 알겠죠. 나는 서 있기가 지겨웠고 조금씩 취기가 올라왔어요. 그래서 다시 앉았죠. 앉아서는 내 무릎을 오른쪽에 앉아 있는 누사의 무릎에 맞댔죠.

노인은 땀을 뻘뻘 흘리며 계속 말하고, 또 뭐라고 말하고⋯⋯ 지겨워진 우리는 그가 더 이상 말을 못 하도록 한꺼번에 일어나 그에게 달려들었죠. 그제야 그는 말을 멈추더군요. 누사가 내게 눈짓으로 신호를 보냈어요. '당신도 뭐라고 한마디 하세요.'

그래서 나는 일어나서 반은 러시아 말로, 반은 그리스 말로 연설을 시작했죠. 뭐라고 했냐고요? 나도 그걸 좀 알았으면 해요. 내가 기억하는 건 오직 끝에 가서 클레프테스 민요*를 불렀다는 것뿐이에요. 나는 뜬금없이 목청을 뽑으며 노래를 시작했죠.

> 산적들이 산에서 내려갔다네
> 말을 훔치기 위해!
> 말을 찾지 못하자
> 대신 누사를 훔쳤다네!

대장, 아시겠소? 내가 상황에 맞춰 가사를 조금 바꿨죠.

---

* 오스만튀르크 시절 그리스 산 속에서 독립적으로 살던 산적들이 부르던 그리스 민요.

그리고 도망쳤네, 도망쳤네, 도망쳤어
(이봐, 내 사랑, 도망치자!)
아, 내 사랑 누사여,
아, 내 사랑 누사여
얼씨구 좋다!

이렇게 '얼씨구 좋다!'를 외치고는 누사에게 덤벼들어 입을 맞췄죠. 바로 이거였죠. 마치 내가 그들이 기다리던 신호를 준 것처럼 붉은 수염을 가진 덩치 큰 키다리 몇 놈이 불을 꺼버렸죠. 그들은 다른 건 아무것도 바라는 게 없었던 거예요.

영악하기 이를 데 없는 여자들이 마치 놀란 것처럼 비명을 질러댔죠. 하지만 곧바로 어둠 속에서 히히대면서 서로 간지럼을 태우며 깔깔거리기 시작했어요.

대장, 그렇게 된 거예요. 하느님만이 그때 거기서 일어난 일을 알 수 있겠죠. 하지만 내가 보기에는 하느님도 몰랐던 것 같아요. 왜냐하면 만약 알았다면 천둥 번개를 쳐서 우리 모두를 태워버렸을 테니까요. 남자와 여자들이 뒤죽박죽이 되어 바닥에서 함께 뒹굴었죠. 나는 누사가 어디 있나 찾으려 했지만 그 난장판에 어떻게 찾겠어요? 그냥 손에 걸리는 여자 하나와 뒹굴었죠.

새벽녘이 되어 나는 마누라를 찾아 떠나려고 몸을 일으켰죠. 여전히 어두워서 잘 안 보였어요. 다리 하나를 잡고 끌어내서는 들춰 봤지만 다른 여자였어요. 또 다른 다리를 뒤졌지만 그 여자 역시 아니었어요. 계속 한 명 한 명씩 찾아봤지만 쉽지 않더라고요. 그러다가 마침내 누사를 찾았는데 충격이었죠. 누사는 두서너 명의 덩치 큰 놈들 밑에 피타 빵처럼 납작하게 깔려 있었죠. 다리를 겨우 잡아당겨 그녀를 깨웠어요. '누사, 갑시다!' '털외투를 잊지 마세요!' 그녀가 이렇게 대꾸하며 '갑시다' 하더라고요. 그래서 우리는 떠났죠."

"그래서요, 조르바?" 조르바가 잠잠해지는 것을 보고 내가 다시 물었다.

"뭘 또 '그래서요?' 하고 묻는 거요?" 조르바가 짜증을 내며 말했다. 그러고는 한숨을 푹 내쉬었다.

"여섯 달 동안 그녀와 살았죠. 그 이후로 나는 두려움이 없어졌어요. 하느님께 맹세코 이제는 아무것도 두렵지 않아요! 아무것도 무섭지 않다니까요! 다만 한 가지, 악마나 하느님이 그 여섯 달 동안의 추억을 지워버리는 것만 두렵지요. 아시겠어요? 알겠다고 대답하슈."

조르바가 눈을 감았다. 감정이 몹시 북받쳐 오르는 것 같았다. 그가 지난날의 추억에 그렇게 감상적으로 빠져드는 걸 본 건 그때가 처음이었다.

"그녀를 그렇게 깊이 사랑했었나요?" 내가 조금 시간이 지난 뒤 물었다.

조르바가 눈을 떴다.

"대장, 당신은 아직 젊어요. 젊으니 뭘 알겠수? 대장도 흰머리가 희끗희끗 날 때쯤 이 영원히 끝나지 않는 주제에 대해 다시 이야기합시다……"

"뭐가 끝나지 않는 주제죠?"

"여자 말이오. 내가 몇 번이나 말해야 알아듣겠소? 여자란 절대로 끝나지 않을 주제란 말이오. 지금 대장 당신은 암탉들 위에 번개처럼 올랐다가 내려와서 목을 부풀리고 똥 더미 위에 올라가서 꼬끼오 울며 폼을 잡는 수탉 같아요. 수탉은 암탉들을 보지도 않고, 암탉들의 볏만 보죠. 그런 수탉이 사랑에 대해 뭘 알겠소? 차라리 나가 돼지라지!"

조르바는 경멸하듯 땅바닥에 침을 탁 뱉었다. 그러고는 내가 보기 싫다는 듯이 몸을 돌렸다.

"그래서요, 조르바, 누사는 어떻게 됐어요?" 내가 다시 물었다.

조르바는 멀리 바다를 바라보면서 말했다.

"어느 날 저녁 집에 돌아왔더니 그녀가 없는 거예요. 떠난 거죠. 며칠 전에 잘생긴 젊은 군인 녀석 하나가 그 마을에 왔는데 그놈이랑 떠난 거예요. 도망친 거죠! 가슴이 둘로 쪼개진 것처럼 아팠어요. 그렇지만 난 바로 그 바람난 년을 잊었어요. 대장, 당신은 백 번 천 번 누더기처럼 기운 돛을 봤죠? 빨강, 노랑, 검정 누더기 조각들을 굵은 노끈으로 꿰매서 더 이상 어떤 거친 폭풍우에도 찢어지지 않는 돛 말이오. 그게 바로 내 가슴이라고요. 천 번 구멍이 나고, 천 번 기운, 절대로 패배하지 않는 게 내 심장이라고요."

"그런데 조르바, 누사에게 화나지 않았나요?"

"왜 화를 낸다는 거요? 말하고 싶은 대로 말하슈! 대장, 여자란 요물이에요. 인간이 아니라 요물이라고요. 왜 내가 화를 내겠어요? 여자란 절대 이해할 수 없는 존재예요. 모든 나라와 종교의 법이 잘못된 거라고요. 여자를 그렇게 다뤄서는 안 되죠. 절대 안 되죠! 대장, 그 법들은 여자들을 아주 혹독하게 다룬다고요. 그건 부당한 일이에요. 내가 내 손으로 법을 만든다면, 대장, 남자들 법과 여자들 법을 전혀 다르게 만들 거예요. 남자들에게는 백 개, 천 개의 법을 만들 거예요. 남자들이니까 다 지킬 수 있을 거예요. 하지만 여자들에게는 아무런 법도 안 만들 거예요. 왜냐고요? 대장, 몇 번이나 말해야 되겠소? 여자는 약해빠진 동물이란 말예요. 대장, 누사를 위해 건배합시다. 그리고 여자들을 위해서도 건배합시다. 그리고 하느님께서 우리 남자들이 철들게 해주길 빕시다!"

조르바는 잔을 비우고 손을 높이 들었다가 도끼질하듯 바닥을 향해 갑작스럽게 내리쳤다.

"우리들이 철들게 하든지, 아니면 우리를 수술해버리든지. 그러지 않으면, 대장, 내가 장담하건대 우리는 망할 겁니다!"

8

 소리 없이, 부드럽게 비가 내린다. 빗속에서 하늘과 땅이 한없이 다정하게 만난다. 짙은 회색빛 돌로 만든 인도의 부조 조각상이 생각난다. 남자가 팔을 벌려 여자를 껴안고 더할 나위 없이 아주 부드럽게 애무하면서 참을성 있게 사랑을 나누고 있다. 세월이 두 몸뚱이를 거의 다 핥아먹어 조각상을 사랑을 나누는 두 마리 곤충처럼 보이게 만들었고, 가는 비가 그 곤충들의 날개를 적시고, 대지는 꼭 껴안고 있는 두 곤충의 몸을 아주 조용히, 탐욕스럽게 집어삼키는 것만 같다.
 나는 오두막에 앉아 뿌옇게 밝아오는 세상과 푸른빛 감도는 잿빛 바다를 본다. 바다 이쪽 끝에서 저쪽 끝까지 사람도, 배도, 새 한 마리조차 없다. 단지 창문을 통해 흙냄새가 방 안으로 스며들 뿐이다.
 나는 일어나서 거지가 구걸하듯 손을 뻗어 비를 맞았다. 그러자 갑자기 울음이 터져 나올 것 같았다. 나를 위한 슬픔이 아니라 젖은 대지로부터 내 가슴으로 치솟아 오르는 더 깊고 어두운 슬픔이었다. 공포! 아무런 걱정 없이 안심하고 풀을 뜯다가, 갑자기 자신이 보이지도 않는 적에게 포위되어 빠져나갈 수 없는 위험에 빠진 것을 눈치챈 짐승이 느끼는 공포였다.

나는 소리치고 싶었다. 그렇게 하면 마음이 가벼워질 것을 알았지만 나는 부끄러웠다.

하늘은 계속 낮아졌다. 나는 창문을 통해 그 하늘을 바라보았다.

구름이 갈탄광을 온통 뒤덮었고 여자의 얼굴을 한 비스듬한 산등성은 안개 속에 잠겼다.

이슬비가 내리는 이 슬픈 시간은 마치 나비 같은 우리의 영혼이 비에 젖고, 끝내 흙에 파묻히고 마는 비장한 관능적 쾌감을 주는 시간이다. 이럴 때면 마음속 깊숙이에 쌓여 있던, 친구와의 이별, 잊힌 여인의 미소 같은 온갖 가슴 아픈 추억들과, 날개를 잃고 다시 애벌레가 되어 우리의 심장을 기어다니며 심장의 이파리들을 먹어치우는 나비를 닮은 희망들이 떠오른다.

그리고 비와 비에 젖은 대지에서부터 캅카스의 저 먼 이국땅에 머물고 있는 친구 생각이 떠올랐다. 나는 이 비의 그물을 찢고 벗어나기 위해, 그리고 슬픔을 쫓아내기 위해 펜을 들고 종이 위에 몸을 굽혀 그 친구와 대화를 시작했다.

사랑하는 친구여,
지금 나는 나의 운명과 의기투합해 몇 달 잘 놀아보자고 온 크레타의 황량한 바닷가에서 이 편지를 쓰고 있어. 나는 이곳에서 갈탄광을 소유하고 있는 자본가 행세를 하고 있지. 이 장난이 성공하면 나는 장난을 친 게 아니라 큰 결심 끝에 인생을 바꿨다고 할 참이야.

네가 떠나면서 나를 책벌레라고 놀린 거 기억나니? 나는 오기로 잠시 동안 — 아니면 영원히? — 책을 던져버리고 행동하기로 했어. 나는 갈탄광이 있는 산 하나를 임대해서 광부들을 고용하고, 곡괭이와 삽, 아세틸렌 램프와 소쿠리, 수레 등을 사서 갱도를 열고 그 안으로 기어들어 가고 있어. 너의 놀림에 반항하는 셈이랄까. 이렇게 땅을 파고 도랑을 만들면서 나는 종이를 파먹는 책벌레에서 땅을 파는 두더쥐로 바뀌었어.

네가 나의 변화를 인정해주기를 바라. 너는 종종 네가 나의 제자라면서 나를 놀렸지. 실제로 선생의 진정한 의무와 이점이 무엇인지 정확하게 깨달으면서 나 또한 크게 배우고 있어. 선생들은 자신의 제자들로부터 배울 점을 최대한 이끌어내도록 노력해야 하지. 젊음이 어디를 향해 나아가는지 알아내고, 그들의 영혼 역시 그 방향으로 향하도록 인도해야 하지. 그렇게 제자의 가르침을 따라 나는 이곳 크레타에 도착했어.

이곳에서 내가 느끼는 기쁨은 아주 커. 왜냐하면 이곳의 일이라는 게 신선한 대기와 바다, 밀로 만든 거친 빵, 한 명의 놀라운 뱃사람 신드바드와 보내는 저녁 시간 등 영원하면서도 단순한 요소들로 이루어진 것들이기 때문이야. 그리고 그 신드바드는 저녁이면 내 앞에 책상다리를 하고 앉아 입을 열어 이야기를 시작하지. 그러면 새로운 세계가 열려. 때로 말로 다 표현할 수 없으면 그는 일어나서 춤을 추고, 춤으로도 표현할 수 없으면 산투리를 꺼내 무릎에 놓고 치기 시작하지.

산투리가 아주 거친 음조를 띨 때면 갑자기 인생이 아무런 의미도 없고 저주받은 데다 나 자신 또한 가치 없는 존재라고 느껴져 숨이 막히고, 애조 띤 음조일 때면 우리의 삶이 마치 손가락 사이로 흘러내리는 모래알들처럼 덧없고 구원 받지 못할 거라고 느껴지지.

내 영혼은 베틀의 북처럼 마음속의 양극단을 왔다 갔다 하며 천을 짠다네. 크레타에서 지낸 몇 달 안 되는 시간 동안 나는 이렇게 계속 천을 짰어. 그리고 나는, 하느님께서 용서하시기를! 매우 행복하다고 자신해.

공자는 "많은 사람들이 자기보다 더 크거나 작은 행복을 바란다. 하지만 행복은 그 사람의 몸 크기만 하다"라고 말했지. 맞는 말이야. 모든 사람에게는 자기 크기만 한 행복이 존재하는 거지. 사랑하는 나의 제자이자 선생이여, 이게 바로 나의 행복이야. 나는 지금 내 몸의 크기가 어느 정도인지 알아내기 위해 조바심하며 그 행복을 재보고 또다시 재보고 하지. 왜냐하면 사람의 크기는 항상 똑같은 게 아니라 계속 변하니까.

기후에 따라, 침묵에 따라, 고독에 따라, 함께 있는 친구에 따라 사람의 영혼이 얼마나 많이 변하는지! 이곳의 황량함 속에서 인간은 네가 생각하는 것과는 달리 개미 같다기보다, 그 반대로, 짙은 탄산가스로 가득한 창세기의 유독한 대기 속에 살았던 괴물 같은 공룡이나 날카로운 발톱이 나고 날개가 달린 익룡처럼 보여. 이해할 수도 없고 의미도 없는 슬픈 정글 같은 존재들이 바로 인간이지. 네가 애지중지하는 '조국'과 '민족'이라는 개념들, 나를 열광케 했던 '초국가'와 '인류'라는 개념들은 모두 이 파멸의 치명적 대기 속에서는 동일한 의미를 갖게 되지. 우리는 몇 마디 말을 하기 위해 태엽 감긴 존재들, 아니 때로는 한 음절도 제대로 내지 못하고 '아' 또는 '우' 하는 분절되지 않은 불분명한 소리를 내다가 끝내는 파멸하고 마는 존재들이라고 느끼게 돼. 그리고 아무리 위대한 사상들이라 해도 그 속을 갈라 보면 역시 겨로 가득 채우고 교묘하게 양철 용수철을 박아놓은 인형들에 불과하다는 것을 발견하게 될 거야.

이런 과격하고 극단적인 생각들은 내 안의 불꽃을 피우기 위한 불쏘시개일 뿐, 나를 두려움에 빠뜨리지는 않아. 왜냐하면 나의 스승인 부처가 말한 것처럼 나는 '보았기' 때문이지. 그뿐 아니라, 넘치는 의욕과 상상력으로 무장한 보이지 않는 '연출가'와 무조건 합의를 보았기에, 나는 지금 아무런 지장도 받지 않고 일관성 있게 이 땅에서 내가 맡은 역을 완벽하게 연기할 수 있어. 왜냐하면 이 역은 나의 태엽을 감아 나를 조정하는 '그분'이 일방적으로 정해준 것일 뿐만 아니라, 나 스스로 선택해서, 내 자유의지로 내 안의 태엽을 감아 맡은 역이기 때문이지. 왜냐고? 그건 내가 '보았기' 때문이고, 나 스스로 하느님의 그림자극인 그 작품을 함께 만들었기 때문이지.

이렇게 내 눈으로 직접 전 세계의 무대를 살살이 훑어보면,

네가 저 멀리 캅카스의 전설적인 은신처에서 위험에 처한 우리 민족 수천 명의 영혼을 구하기 위해 투쟁하는 역을 연기하고 있는 게 보여. 새로운 프로메테우스인 너는 적대적인 어두운 세력이 내린 굶주림과 추위, 질병과 죽음이라는 끔찍한 시련들을 견뎌내고 있지. 내 생각에 너는 스스로를 대견해하면서 어둠의 힘이 그렇게 크고 강하다는 것을 오히려 즐길 것 같아. 왜냐하면 그럼으로써 네 의지는 더욱 영웅적인 것이 되고, 상황이 거의 절망적이기에 네 영혼의 투쟁은 비극적 위대함을 얻을 테니까 말이야.

너는 틀림없이 그런 삶을 행복하다고 생각하겠지. 그리고 네가 그렇게 생각한다면, 그게 맞겠지. 너도 네 몸의 크기에 맞는 행복을 만들어냈어. 그리고 네 크기는—하느님께 영광이 있으리!—내 몸의 크기보다 커. 훌륭한 선생은 이보다 더 큰 보람을 바라지 않지. 제자가 자기 자신보다 더 훌륭하게 되는 것을 바랄 뿐이지.

나는 요즘 자주 잊어먹고, 세상을 늘 비웃는 데다, 헤매기 일쑤고, 나의 믿음이라는 게 불신의 조각들로 만들어진 모자이크일 뿐이라는 생각에 빠질 뿐만 아니라, 때로는 한순간을 얻기 위해서 내 삶 전부를 바치고 싶은 충동을 느끼기도 해. 하지만 너는 죽음의 달콤한 순간까지도 네가 목적지로 삼은 곳을 향해 키를 굳건히 잡고 있겠지.

혹시 우리 둘이 함께 이탈리아에서 그리스로 돌아오던 여행길을 기억해? 그때 우리는 위험에 처한 폰토스*에 대해 중대한 결심을 하고, 그 결심을 실행에 옮기기 위해 가는 중이었지. 우리는 조급한 마음으로 한 조그만 마을의 역에 내렸어. 왜냐하면 한 시간 뒤에 우리가 탈 기차가 도착할 예정이어서 시간이 많지 않았으니까. 우리는 역 근처에 숲이 무성한 공원으로 갔지. 활엽수와 바나나나무, 누런 금속 색깔을 띠고 있는 갈대들이 무성했고 벌들은 꽃이 만발한 가지에 포로가 되어 잡혀 있었으며 그 가지는 벌들에게 젖을 먹이는 기쁨으로 떨고 있었지.

우리는 마치 꿈속인 듯 황홀감에 빠져 아무 말도 없이 걸었어. 그러던 어느 순간, 꽃이 만발한 길모퉁이에서 소녀 두 명이 걸으며 무슨 책인가를 읽고 있었지. 그 소녀들이 예뻤는지 못생겼는지는 잘 기억나지 않아. 다만 한 소녀는 금발이었고, 또 다른 소녀는 검은머리였으며, 둘 다 봄철 블라우스를 입고 있었던 것만 기억나.

그때 우리는 꿈속에서나 가능할 만한 용기를 내어 대담하게 그녀들에게 다가갔고, 너는 웃으며 그녀들에게 말을 걸었지. "무슨 책을 읽는지 모르지만 그 책에 대해 함께 토론한다면 즐거울 거예요."

그녀들이 읽고 있던 책은 막심 고리키의 작품이었지. 우리는 아주 빠른 속도로 말을 주고받았어. 왜냐하면 시간이 없었으니까. 인생에 대해서, 빈곤에 대해서, 영혼의 혁명에 대해서, 사랑에 대해서……

---

* 지금의 터키 동북부 흑해 연안 지역으로, 오스만튀르크 영토 안에서 그리스인들의 주거지가 가장 늦게까지 유지된 곳들 가운데 하나다.

그때의 기쁨과 아픔을 절대로 잊지 못할 거야. 우리는 마치 오랜 친구들처럼, 알지도 못하는 그 두 소녀의 오래된 연인들처럼, 그녀들의 영혼과 육체에 대해 책임이 있는 듯이 이야기를 주고받았지. 하지만 몇 분 뒤면 우리는 영원히 이별해야 했기에 우리의 마음은 조급했었지. 대기는 사랑과 죽음의 폭풍으로 가득했었고……

기차가 도착해서 기적을 울렸지. 우리는 마치 잠에서 깨어난 듯 소스라치게 놀라 손을 내밀었지. 헤어지고 싶지 않은 우리의 불쌍한 열 손가락이 서로 마주 잡으며 나눴던, 그 절망적인 악수를 내 어찌 잊을 수 있겠어? 한 소녀는 아예 창백해졌고, 다른 소녀는 입으로는 웃고 있었지만 몸은 떨고 있었지.

나는 기억하고 있어. 그때 내가 너에게 "그리스와 의무라는 게 무슨 의미가 있는 거지?"라고 물었지. 그때 너는 이렇게 답했지. "그리스와 의무란 아무 의미가 없지. 하지만 아무것도 아닌 그것들을 위해 우리는 기꺼이 목숨을 바칠 거야!"

왜 내가 이런 이야기를 네게 쓰고 있는 걸까? 너와 함께 지낸 세월에 대해 나는 그 어떤 것도 잊지 않았음을 알려주기 위해서야. 그리고 이 편지를 통해, 좋은 건지 나쁜 건지 모르겠지만, 좀처럼 감정을 드러내지 않는 우리의 습성 때문에 함께 있을 때는 표현하기 힘들었던 마음을 네게 드러낼 기회를 얻기 위해서지.

지금 네가 내 앞에 없으니 네가 내 얼굴 표정을 보지 못할 테고 따라서 내 표정이 다정한지 우스꽝스러운지 들킬 염려가 없잖아. 그래서 너에게 내가 많이 사랑한다고 말하고 싶어.

나는 편지 쓰기를 끝냈다. 친구와 대화를 나눈 덕분에 마음이 가벼워졌다. 나는 조르바를 불렀다. 그는 비를 피해 큰 바위 아래 쪼그리고 앉아 공중 케이블의 각도를 시험하고 있었다.

"조르바, 일어나세요. 마을로 산책하러 갑시다." 내가 소리쳤다.

"대장, 기분이 좋으시군요. 하지만 비가 와요. 혼자 가면 안 되겠소?"

"기분 좋죠. 그리고 이 좋은 기분을 망치고 싶지 않아요. 둘이 함께 가면 아무 걱정 없잖아요? 갑시다."

조르바가 웃음을 터뜨렸다.

"대장이 나를 필요로 하다니 기쁘군요. 갑시다!"

그는 내가 선물한 뾰족한 모자가 달린 크레타 양치기용 외투를 걸쳤다. 우리는 질척거리는 진흙길을 철벅철벅 걸었다.

비는 계속 내렸다. 산봉우리들은 빗줄기에 가려 보이지 않았고, 바람 한 점 없었으며, 돌들은 반짝거렸다. 갈탄광이 있는 언덕은 뿌연 빗속에 누워 있었다. 여자의 얼굴을 닮은 그 언덕은 슬픔을 가누지 못해 쓰러진 채로 비를 맞고 있는 여인처럼 보였다.

"비가 오면 마음이 우울해지죠." 조르바가 말했다. "그러니 비에 신경 쓰지 말아야 해요."

그는 담장 아래쪽으로 몸을 굽혀 갓 피어난 야생 수선화를 꺾어서는 마치 수선화를 처음 보는 것처럼 한참 동안이나 탐욕스럽게 살펴봤다. 그러고는 눈을 지그시 감고 냄새를 맡다가 한숨을 쉬더니, 내게 그 수선화를 건넸다.

"대장, 우리가 돌과 꽃, 그리고 비가 뭐라 말하는지 알아들을 수 있다면 얼마나 좋겠소? 아마도 우리에게 소리를 치는데 우리는 알아듣지 못하는 게 아닐까요? 그리고 우리가 무슨 말을 해도 이것들이 못 알아듣고요. 대장, 언제나 이 세상의 귀들이 뚫릴까요? 언제나 우리들 눈이 열려 사물들을 보게 될까요? 언제 우리가 팔을 벌려 돌과 꽃과 사람이 서로 껴안게 될까요? 대장, 책에는 뭐라고 쓰여 있소?"

"빌어먹을!" 나는 사랑하는 조르바가 잘 쓰는 말을 골라 대답했다. "빌어먹을! 이렇게 쓰여 있죠. 다른 말은 없고요."

조르바가 내 팔을 잡았다.

"대장, 좋은 생각이 났어요. 듣고 화내면 안 돼요. 대장이 가지고 있는 모든 책을 한곳에 쌓아놓고 불을 질러버립시다. 그러면, 혹시 알아요? 대장은 바보가 아니고, 또 좋은 사람이니까…… 그러면 대장도 뭔가를 좀 알게 되지 않을까요?"

'맞아! 바로 그거야!' 나는 속으로 소리쳤다. '하지만 난 그럴 수 없어!'

조르바가 망설이며 생각에 잠기더니 잠시 후에 다시 입을 열었다.

"나는 말이죠, 뭔가를 좀 알 것 같아요."

"그게 뭔데요? 말해봐요, 조르바."

"난들 알겠어요? 그냥 그렇게 생각될 뿐이죠. 뭔가 알 것 같아요…… 내가 그걸 이야기하려 들면, 엉망이 될 거예요. 언젠가 기분이 내키면 대장한테 춤을 춰서 보여줄게요."

비가 더 세차게 내렸다. 우리는 마을로 들어서고 있었다. 소녀들이 들판에서 양 떼를 몰고 돌아오고 있었다. 농부들은 밭을 반쯤 갈다 말고 소의 멍에를 풀어놓았고, 아낙네들은 골목에서 아이들을 불러 모았다. 예기치 않은 큰비에 마을 전체가 즐거운 비명을 질렀다. 여자들은 소리를 질러댔지만 그들의 눈은 웃고 있었고, 남정네들의 삼각 턱수염과 축 늘어진 콧수염에는 굵은 빗방울들이 맺혀 있었다. 흙과 돌과 풀 들은 제각기 자신의 냄새를 뿜어댔다.

우리는 물에 빠진 생쥐처럼 속옷까지 젖은 채 카페 겸 정육점인 '애도스' 안으로 들어갔다. 카페 안은 사람들로 가득했다. 몇몇은 프레파 카드 게임*을 하고 있었고, 또 몇몇은 상대가 건너편 산에 있는 것처럼 목청을 있는 대로 높여 토론을 하고 있었다. 판자로 높여놓은 한쪽 구석의 위층에는 소매가 넓은 셔츠를 입은 아나그노스티스 영감과 엄한 표정으로 아래쪽을 뚫어질 듯 응시하며 말없이 물담배를 피우고 있는 마브란도니스 씨, 그리고 방금 카스트로**에서 돌아와 대도시의 신기한 것들에 대해 떠들고 있는 덩치 큰 사내와 타협조의 미소를 머금고 그의 말을 듣고 있는 중년의 호리호리한 학교 선생을 비롯한 마을 유지들이 앉아 있었다. 그리고 카페 주인은 안쪽 화덕이 있는 곳에 쭈그리고 앉아 불에 달궈

---

* 그리스와 이슬람 국가, 러시아 등에서 하는 카드놀이.
** '성'이란 뜻으로 크레타의 수도이자 제일 큰 도시인 이라클리온을 가리킨다. 이 도시는 베네치아 사람들이 쌓은 성벽으로 둘러싸여 있어 이런 이름이 붙었다.

진 재 위에 일렬로 늘어놓은 브리키를 주시하고 있었다. 아나그노스티스 영감이 들어오는 우리를 보자마자 자리에서 일어나 우리를 환영했다.

"동향 친구분들, 이리 오시지요." 그가 말했다. "스파키아노니콜리스 씨가 우리에게 카스트로에서 보고 느낀 이야기를 해주고 있어요. 제법 재미있으니 이리 오셔서 들어보세요."

그러고는 카페 주인을 돌아보며 말했다.

"마놀라카스, 여기 라키 두 잔!"

우리는 자리를 잡고 앉았다. 거친 양치기가 낯선 사람을 보고 움츠러들어 말을 멈췄다.

"니콜리스 대장, 그래서 정말 극장에도 갔었나?" 학교 선생이 말을 계속하게 하려고 그에게 물었다. "그래, 어땠나?"

스파키아노니콜리스가 큼직한 손을 뻗어 포도주 잔을 움켜쥐고는 단숨에 들이켠 뒤 용기를 되찾고 말했다.

"그럼 갔었죠." 그가 소리쳤다. "가고말고요! 저도 사람들이 '코토폴리, 코토폴리'* 하고 말하는 걸 들었죠. 그래서 어느 날 저녁 성호를 긋고 속으로 말했죠. 나도 가보고 싶다. 맹세코 나도 가서 그 '코토폴리'를 보고 싶다! 도대체 사람들이 '코토폴리'라고 부르는 게 어떤 악마인지 봐야겠다."

"이봐 니콜리스, 그래서 뭘 본 거야?" 아나그노스티스 영감

---

* 20세기 초반에 활동한 그리스의 유명 여배우 '마리카 코토폴리'. 일반 명사 코토폴리는 암평아리를 뜻한다. 여기서 이야기를 하는 양치기는 '코토폴리'를 '암평아리'라는 뜻으로 생각하고 있다.

이 물었다. "도대체 뭘 봤냐고?"

"별거 아닙니다. 내 신앙심에 걸고 말씀드리지만 별거 아니더라고요! 극장에 가서 재밌는 연극을 보고 듣고 할 거라고 생각들 하지만, 난 그 많은 돈을 쓴 게 후회되더라고요. 극장이라는 게 의자와 촛대, 그리고 사람으로 가득한 큰 타작마당처럼 둥근 카페더라고요. 어두워서 아무것도 안 보여 처음에는 깜짝 놀랐었죠. '이런 빌어먹을! 악마나 있을 곳이군! 여기 있는 이놈들이 내게 마법을 걸려 하고 있군. 여기서 나가야겠어.' 나는 속으로 이렇게 말했죠. 그런데 한 말괄량이 계집 하나가 나를 잡아채더라고요. '이봐, 나를 어디로 데려가는 거요?' 그녀에게 물어봤죠. 하지만 그녀는 대답 없이 나를 계속 끌고 가다가 뒤를 돌아보며 '앉아요!' 그러더라고요. 그래서 앉았죠. 내 앞과 뒤, 왼쪽, 오른쪽에 모두 사람으로 꽉 차 있었어요. '아이구, 이러다가 숨이 막혀 죽을 것 같구나. 공기가 모자라 숨이 막힐 것 같아!' 나는 이렇게 속으로 생각했죠. 그러다가 옆에 있는 사람에게 물어봤어요. '여보쇼, 어디서 페르마돈나*들이 나옵니까?' '저기, 안쪽에서요.' 그 사람이 이렇게 대답하면서 커튼 쪽을 가리키더라고요. 그러고 보니 모두들 그곳을 바라보고 있더라고요. 그래서 나도 내 두 눈으로 그 커튼을 뚫어져라 바라봤어요.

종이 울리자 커튼이 열리면서 사람들이 '코토풀리'라고 부르는 게 정말로 나타났어요. 내 모든 신앙심을 두고 맹세하지만, 그

---

* 프리마돈나를 잘못 알아들어 생긴 크레타 방언.

'코토풀리'는 암평아리가 아니라 여자였어요. 있을 건 다 있는 진짜 여자였다고요. 그 계집은 노랑할미새처럼 위아래로 흔들어대고, 또 아래위로 흔들어대고, 그러기를 계속했죠. 그러다가 사람들이 지루해서 신물이 날 때쯤 되자 캐스터네츠를 치다가 안으로 사라졌어요."

시골 사람들이 모두 하하 하며 웃어댔다. 스파키아노니콜리스는 화를 내는 동시에 민망해했다. 그가 문 쪽을 바라봤다.

"비가 오네요!" 그가 화제를 바꾸기 위해 소리쳤다.

모두들 문 쪽으로 시선을 돌렸다. 악마의 장난인지 마침 그 순간에 한 여인이 젖은 머리카락을 어깨까지 내려뜨리고, 까만 치마가 바람에 날려 무릎까지 훤히 드러난 상태로 카페 앞을 정신없이 뛰어 지나갔다. 그 여자는 옷이 착 들러붙어 펄떡거리는 물고기처럼 뇌쇄적인 싱싱한 몸매를 드러낸 채 도발적으로 몸을 흔들며 지나갔다.

나는 깜짝 놀랐다. 저 사나운 야수는 도대체 무언가? 그녀는 마치 사람을 잡아먹는 암컷 호랑이 같았다.

그 여인이 잠시 카페 안으로 번뜩이는 눈초리를 던졌다. 그녀의 얼굴은 발그스레하게 상기되어 빛났고, 눈은 번뜩였다.

"하느님 맙소사!" 창가에 앉아 있던 뺨이 통통한 시골 총각이 중얼거렸다.

"저주받을 발정 난 년!" 시골 경찰인 마놀라카스가 으르렁거리듯 중얼거렸다. "우리들 사타구니에 불을 지르는구나. 그 불은 한번 타오르면 끌 수가 없지."

창가에 가까이 앉아 있던 젊은이가 노래를 부르기 시작했다. 처음에는 주저하는 듯 조용하게 불렀다. 그러나 조금 지나자 그의 목소리는 점점 더 거칠어졌다.

과부의 베개는 모과 향기가 난다네.
나도 그 냄새를 맡아봤다네. 그 뒤로 내 마음도 내 말을 안 듣는다네!

"닥쳐!" 마브란도니스가 물담배 파이프를 들어 올리며 소리쳤다.

젊은이가 움츠러들며 노래를 멈췄다.

숱이 무성한 머리카락을 길게 기른 노인이 시골 경찰 마놀라카스에게 몸을 숙이고는 작은 소리로 속삭였다.

"자네 삼촌이 다시 뿔이 났구먼. 저 사람 손에 걸렸으니 불쌍한 저 계집을 조각조각 낼 거야. 하느님께서 저 계집의 명을 길게 해주시길!"

"이봐요, 안드룰리오스 영감, 이제 성당에서 촛불을 살피는 일이나 할 수 있는 나이가 된 영감도 저 과부의 치맛자락 꽁무니를 졸졸 쫓아다닌 걸로 아는데, 창피하지도 않소?" 마놀라카스가 맞받아쳤다.

"내가 조금 전에 자네에게 한 말은, 하느님께서 저 여자를 보호해달라는 거였네. 요즘 들어 우리 마을에서 태어나는 아이들을 봤지? 걔들은 그냥 갓난아기들이 아니라 천사들이야. 왠지 아나?

과부에게 축복이 있기를! 우리 마을 전체가 저 과부에게 반했기 때문이지. 밤에 불을 끄고 나면 모두들 자기 마누라가 아니라 저 과부를 안는 상상들을 하거든. 그렇게 해서 우리 마을에 예쁜 아기들이 태어나는 거라고!"

안드룰리오스 영감이 말을 멈췄다가 잠시 후 다시 중얼거렸다.

"저 계집을 안은 작자들에게 기쁨이 있을지어다! 여보게, 내가 마브란도니스의 아들 파블리스처럼 스무 살이었더라면 얼마나 좋겠나!"

"조만간에 파블리스란 놈이 나타날 걸세." 누군가가 이렇게 말하며 껄껄 웃었다.

모두들 문 쪽을 바라봤다. 비가 억수같이 내리고 있었다. 굵은 빗방울들이 돌 위로 튕기며 요란한 소리를 냈다. 가끔 번갯불이 공중에 날카로운 칼자국을 냈다. 과부가 지나갈 때부터 평정심을 잃은 조르바가 내게 신호를 보냈다.

"대장, 비가 그쳤어요, 갑시다!" 그가 말했다.

그때 문으로 맨발에 헝클어진 머리를 하고 눈은 풀린 젊은이 한 명이 들어왔다. 성화 작가들이 그린, 굶주림과 기도로 퀭한 눈을 하고 있는 세례 요한을 꼭 빼닮은 모습이었다.

"미미토스, 어서 오게!" 몇몇 사람이 웃으면서 그를 환영했다.

어느 마을에나 바보 한 명은 있게 마련이다. 없으면 놀려먹으면서 시간을 보내기 위해 누군가 한 명을 바보로 만든다. 미미토스는 바로 이 마을의 푼수였다.

"여러분!?" 미미토스가 말을 더듬으면서 계집애 같은 목소리로 소리쳤다. "여러분, 과부 수르멜리나께서 암양 한 마리를 잃어버리셨대요. 누구든 그 양을 찾아주는 사람에게 보상으로 5오카*의 포도주를 드린대요!"

"이 계집애 같은 놈아, 꺼져버려!" 다시 마브란도니스의 목소리가 들려왔다. "꺼지라고!"

미미토스는 겁을 먹고 문 옆 한쪽 구석으로 움츠러들었다.

"미미토스야, 이리 와서 라키 한잔 마시고 몸을 좀 녹여라!" 미미토스를 불쌍하게 여긴 아나그노스티스 영감이 말했다. "푼수가 한 명도 없다면 우리 마을이 어떻게 되겠누?"

그때 솜털 난 창백한 뺨에 색 바랜 초록빛 눈동자를 가진 젊은이가 문을 열고 들어왔다. 그는 가쁜 숨을 내쉬고 있었고, 이마에 착 달라붙은 머리칼에서는 빗방울이 뚝뚝 떨어졌다.

"파블리스, 어서 오게!" 마놀라카스가 소리쳤다. "사촌 아우, 이리 와서 함께 어울리자고!"

마브란도니스가 몸을 돌려 아들을 바라보면서 미간을 찌푸렸다. '저런 놈이 내 자식이란 말인가?' 그는 속으로 생각했다. '저 반송장 같은 놈이? 저놈은 도대체 누굴 닮아 저런 걸까? 저놈의 목덜미를 잡아 들어 올려 문어를 패대기치듯 땅에다 힘껏 집어던지고 싶구나!'**

조르바는 숯불 옆에 앉아 있었다. 과부가 그의 마음을 흔들어

---

* 1오카는 1.28리터.
** 그리스에서는 문어를 잡으면 고기가 부드러워지라고 땅바닥에 여러 번 힘껏 패대기를 친다.

놓아 더 이상 사방의 벽이 그를 담아둘 수 없었다.

"대장, 갑시다. 나가자고요…… 이 안은 답답해서 숨이 막혀요." 그는 여러 번 내게 나가자고 보챘다.

그의 눈에는 이미 구름이 걷히고 해가 나온 것 같았던 모양이다.

조르바가 카페 주인에게 몸을 돌리고는 큰 관심은 없다는 듯이 물었다.

"그 과부는 대체 어떤 여자요?"

"한 마리 암말이죠." 콘도마놀리오스가 대답했다.

그러고는 손가락을 입술에 대고 눈짓으로 마브란도니스를 가리켰다. 마브란도니스는 다시 바닥을 보고 있었다.

"한 마리 암말이라고요." 그가 다시 중얼거렸다. "그 여자에 대해서는 더 이상 말을 하지 맙시다. 죄가 될 테니까 말이오."

마브란도니스는 일어나서 물담배의 파이프 줄을 빼서 목에 감았다.

"실례하겠소." 그가 말했다. "나는 이제 그만 집으로 가겠소. 파블리스, 이리 와라. 집으로 가자!"

그는 아들을 데리고 앞장서서 걸었다. 이윽고 두 사람이 시야에서 사라졌다. 마놀라카스도 일어나서 그들 뒤를 따라갔다.

콘도마놀리오스가 곧바로 일어나 마브란도니스가 앉았던 의자를 차지했다.

"마브란도니스는 망했어. 아마 이 불행 때문에 낭패를 볼 거야." 그는 옆 테이블 사람들이 못 듣도록 낮은 목소리로 말했다.

"그의 집에 엄청난 화가 찾아온 거지. 어저께 내가 이 두 귀로 파블리스가 제 애비에게 하는 말을 똑똑히 들었어. '만약에 저 여자랑 결혼할 수 없다면 나는 자살할 거예요!' 하지만 저 염치없는 년은 파블리스는 안중에도 없지. '코딱지 같은 놈이!'라며 무시한다니까!"

"대장, 갑시다." 조르바가 다시 졸랐다. 그는 과부 이야기만 들으면 달아올랐다.

수탉들이 울어댔다. 비가 조금 약해졌다.

"갑시다." 내가 이렇게 대답하고는 일어섰다.

구석에 앉아 있던 미미토스가 펄쩍 뛰어 일어나 우리 뒤에 바짝 따라붙었다.

돌들은 빗물에 반짝였고 집의 문들은 흠뻑 젖어 새까만 색으로 변했다. 노파들은 바구니를 들고 달팽이를 잡으러 나왔다.

미미코스가 내게 가까이 와서 내 팔을 붙잡으며 말했다.

"나리, 담배 한 개비 주실래요? 그러면 어딜 가시든 사랑받으실 거예요."

내가 담배를 주자 그는 햇빛에 그을린 가냘픈 손을 내밀었다.

"불도 주세요!"

불을 건네자 그는 담배에 불을 붙이고 창자 속까지 깊숙이 빨아들이더니 코로 연기를 내뿜으며 눈을 반쯤 감았다.

"끝내준다!" 그가 행복감에 젖어 감탄사를 내뱉었다.

"어디 가는 거냐?"

"과부네 집 정원으로요. 그녀가 암양을 잃어버린 걸 소문내면 먹을 걸 준다고 했거든요."

미미토스는 빠른 걸음으로 걸었다. 구름이 조금 걷히면서 해가 모습을 드러냈다. 비에 목욕을 한 마을 전체가 미소를 지었다.

"미미토스, 넌 과부가 좋으냐?" 조르바가 아래턱을 벌린 채 물었다.

미미토스가 히히대고 웃었다.

"아저씨, 왜 저라고 좋아하지 않겠어요? 나라고 하수도 구멍에서 나오지 않았나요?"

"하수도 구멍이라고 했냐?" 내가 의아해서 물었다. "하수도 구멍이라니, 그게 무슨 뜻이냐?"

"아, 그건 엄마 배 속이라는 뜻이죠."

나는 깜짝 놀랐다. 오직 셰익스피어나, 그것도 절정의 창의성이 번뜩이는 시기에나 탄생의 어둡고 더러운 비밀을 저토록 단번에 드러내는, 지극히 사실주의적이고 노골적인 표현을 생각해낼 수 있으리라는 생각이 들었다.

나는 미미토스를 바라보았다. 약간 사팔뜨기인 그의 눈은 컸고 부어올라 있었다.

"미미토스, 넌 하루를 어떻게 지내니?"

"어떻게 지내느냐고요? 어이구! 아침에 일어나 빵 한 조각 먹죠. 그리고 나서는 짐꾼 일을 하죠. 일이 있다면 어디든 가서 일해요. 시키든 대로 다요. 똥을 퍼서 갖다 버린다든가, 짐승 똥을 모아 온다든가…… 그리고 또 통발로 고기도 잡고요. 나는 곡哭을 전문으로 하는 레니오 아줌마 집에 살아요. 그녀를 아실 거예요. 모든 사람들이 다 그녀를 알죠. 사진도 찍어 간 걸요. 저녁이 되면 집으로 가서 한 접시 정도의 음식을 먹고, 포도주가 있으면 마시죠. 포도주가 없으면 하느님이 주신 물을 잔뜩 마셔요. 그러면 내 배가 북처럼 둥그레지죠. 그러고는 '잘 자라!'죠."

"미미토스, 결혼은 안 할 거냐?"

"결혼요? 내가 미쳤나요? 무슨 말씀을 그렇게 하세요? 내 머릿속에 온갖 걱정거리를 처넣으라고요? 마누라는 구두를 사달라고 할 거예요. 어디서 그걸 구합니까? 보세요, 난 이렇게 맨발로 다니잖아요."

"넌 장화가 있잖아?"

"네, 있죠. 작년에 누군가가 죽었을 때 우리 레니오 아줌마가 그 시체 발에서 벗겨온 게 한 켤레 있죠. 난 그걸 신부님들을 기쁘게 해드리기 위해 일요일에만 신고 다니죠. 성당에서 나온 뒤에는 얼른 벗어서 목에 걸고 집으로 돌아와요."

"미미토스, 네가 세상에서 제일 좋아하는 게 뭐지?"

"빵이죠. 빵이 정말 좋아요! 따끈따끈하면 더 이상 바랄 게 없고요, 밀로 만든 빵이면 더 좋고요, 까짓 것 괜찮죠! 그다음에는 포도주요. 세번째는 잠자는 거고요."

"여자는?"

"우! 먹고, 마시고, 그리고 잠자는 거예요. 그 밖의 나머지 것들은 걱정거리일 뿐이에요!"

"그럼 과부는?"

"그 여자는 악마가 데려가게 내버려두세요. 나리를 위해서

하는 말이에요."

미미토스는 이렇게 말하고 침을 세 번 뱉고는 성호를 그었다.

"글은 읽을 줄 아니?"

"어이구, 하느님 맙소사! 어렸을 때 사람들이 나를 억지로 학교에 끌고 갔죠. 하지만 얼마 지나지 않아 장티푸스에 걸려서 난 바보가 됐어요. 그렇게 난 구원을 받은 거죠."

조르바에게는 우리 대화가 조금도 재미가 없었다. 그의 머리는 온통 과부 생각으로 가득했다.

"대장!" 그가 나를 부르며 팔을 잡았다. 그러고는 미미토스에게 명령했다.

"야, 우리끼리 할 말이 있으니 너는 앞장서 가라!"

조르바는 소리를 낮췄다. 그는 무엇엔가 감동을 받은 것 같았다.

"대장, 이쯤에서 대장에게 남자 망신시키지 말라고 말하고 싶네요. 신과 같은 악마가 이 맛있는 간식을 보낸 거예요. 이빨도 튼튼하니 그걸 그냥 내버려두지 마세요. 손을 뻗어 가지라고요! 창조주가 왜 우리 손을 만들었겠어요? 잡으라고 만든 거예요. 잡아채세요! 나는 인생을 살아오면서 수많은 여자들을 봤어요. 하지만 이 과부는 성이라도 무너뜨릴 거예요. 그 계집에게 저주가 내릴진저!"

"나는 문제를 일으키고 싶지 않아요." 내가 화를 내며 대꾸했다.

나는 화가 났다. 나 역시 마음속 깊은 곳에서는 사향 향기 물씬 풍기며 내 눈앞을 지나간, 발정 난 암컷같이 곧 폭발할 듯한 그 몸뚱어리를 갈망하고 있었기 때문이다.

"문제를 일으키고 싶지 않다고요?" 조르바가 놀란 듯 소리쳤다. "대장, 그렇다면 대체 뭘 원하쇼?"

나는 대답하지 않았다.

"산다는 게 원래 문제투성인 거요." 조르바가 계속 말을 이었다. "죽음은 문제가 전혀 아니고요. 사람이 산다는 게 뭘 뜻하는지 아세요? 허리띠는 느슨하게 풀고, 남들하고 옳다 그르다 시비하는 거예요."

나는 아무 말도 하지 않았다. 나는 조르바가 옳다는 걸 알고 있었다. 하지만 감히 그렇게 할 수 없었다. 내 인생은 잘못된 길로 들어서서 다른 사람들과의 접촉은 나만의 혼잣말이 되고 말았다. 나는 그렇게 길에서 벗어나 있었다. 만약 한 여자와 사랑을 나누는 것과 좋은 책 한 권을 읽는 것 중 하나를 선택해야 한다면, 나는 책 읽기를 선택할 것이다.

"너무 계산에 매달리지 마쇼, 대장!" 조르바가 집요하게 추궁했다. "숫자에서 좀 벗어나고, 그 빌어먹을 저울을 던져버리쇼. 구멍가게를 때려치우란 말요. 지금이야말로 대장의 영혼을 구할 것인지 아니면 파괴할 건지를 결정할 때요. 대장, 들어봐요. 손수건 한 장에다가 지폐가 아니라 눈이 부시게 만드는 금화 2, 3리라를 넣고, 매듭을 묶어서 미미토스 편으로 과부에게 보내쇼. 그리고 미미토스 놈에게 이렇게 말하라고 일러주쇼. '갈탄광 사장님이 보내서 왔습니다요. 이건 그분이 보내는 손수건이에요. 별것 아니지만 마음을 담아서 보내는 거래요. 그리고 없어진 암양에 대해서는 걱정하지 말래요. 그 양이 없어지더라도 신경 쓸 거 없대요. 자기가 지켜줄 거래요. 그러니 두려워할 게 없대요. 카페 앞을 지나가는 당신을 보고 마음의 평화를 잃었대요.'

아시겠어요! 그렇게 하고는 바로 그다음 날 저녁에 그녀의 집으로 가서 문을 두드리는 겁니다. 빠를수록 좋다는 말이 있잖아요. 쇠뿔도 단 김에 빼야죠. 그리고 이렇게 얘기하는 거죠. 길을 잃었는데 어두워졌으니 등잔불 하나만 빌려달라고요. 음, 아니면 갑자기 어지러워서 그런데 물 한 잔만 얻어먹을 수 없느냐고 하든지요. 더 좋은 건 다른 암양 한 마리를 사서 찾아가는 거죠. 그리고 이렇게 말하세요. '부인, 여기 부인께서 잃어버린 암양이 있어요. 제가 찾아냈죠!' 대장, 들어봐요. 그러면 과부가 보상을 해주기 위해 대장을 집 안으로 들일 거예요. ─아휴, 나도 당신 탄 말에 같이 탔으면 얼마나 좋겠소?─ 장담하건대, 대장은 말을 탄 채 천국에 들어갈 겁니다. 다른 천국이란 존재하지 않아요. 신부들을 믿지 마세요. 다른 천국은 없으니까요!"

우리는 과부 집 마당 가까이까지 다가갔다. 그러자 미미토스가 한숨을 쉬며 계집애 같은 목소리로 그의 아픔을 노래하기 시작했다.

> 밤송이는 포도주를 원하고, 호두는 꿀을,
> 사내아이는 계집아이를, 계집아이는 사내아이를……

조르바는 걸음걸이를 크게 했다. 그의 콧구멍이 벌렁거렸다. 그러고는 멈춰 서서는 깊은 숨을 들이켜고 나를 바라봤다.

"자, 어쩌시겠소?" 이렇게 말하고는 못 참겠다는 듯 내 반응을 기다렸다.

"그냥 갑시다!" 내가 퉁명스럽게 대답하고는 발걸음을 재촉했다.

조르바가 머리를 절레절레 흔들면서 목쉰 소리로 무언가 중얼거렸다. 하지만 나는 못 들은 척했다.

오두막에 도착하자 조르바는 책상다리를 하고 앉아서 무릎에 산투리를 올려놓고는 머리를 꼿꼿이 세운 채 어떤 곡을 연주할까 고르는 듯 깊은 생각에 빠져 있더니, 이윽고 아주 고통스럽고 불만에 가득 찬 음조의 노래 한 곡을 치기 시작했다.

연주하면서 그는 가끔씩 내 쪽을 흘금흘금 쳐다봤다. 차마 말로 할 수 없는 이야기를 산투리를 통해 하고 있는 것 같았다. 내 인생은 실패고, 과부와 나는 두 마리 벌레에 지나지 않아 태양 아래에서 찰나밖에 살지 못하고 영겁의 세월을 죽어지낸다고 이야기해주는 것 같았다. 더 이상의 기회는 없다! 기회는 다시 오지 않는다!

조르바가 갑자기 일어났다. 자신의 노력이 모두 헛되다는 걸 문득 깨달은 모양이었다. 그는 벽에 기대앉아 담배에 불을 붙였다. 그리고 잠시 뒤에 이렇게 말했다.

"대장, 예전에 테살로니키의 호자* 한 명이 내게 해줬던 이야기를 들려드리리다. 대장에게 이야기하고 잊어버리려고요.

나는 그때 테살로니키에서 행상을 하고 있었죠. 이 동네 저 동네를 다니면서 실패며 바늘, 성자들 이야기책, 유향, 후추 등을 팔고 다녔어요. 그때 내 목소리는 꾀꼬리같이 맑았죠. 그리고 대장이 알아둘 게 있는데 여자들은 목소리에 반한답니다. 안 반하는 년들은 잡년들이죠. 그 계집들 오장육부에서 어떤 일이 벌어지는지는 악마나 알 수 있죠! 추남이든, 푼수든, 꼽추든 목소리가 좋고 노래만 잘하면 여자들은 홀딱 빠지죠.

그래요, 내가 그렇게 행상을 하면서 한번은 터키인들 거주 지역을 지나게 됐죠. 그런데 한 부자 터키 여자가 내 목소리를 듣고 넋을 잃은 모양이에요. 그래서 나이 많은 호자를 불러 금화 한 움큼을 쥐여주며 말했죠. '아이고! 더 이상 참지 못하겠으니 그 알라를 믿지 않는 행상꾼을 불러 내게 데려오세요. 제발요!'

호자가 내게 와서 말했어요. '이봐, 그리스 놈아, 나를 따라와라!' '저는 안 갑니다. 저를 어디로 데려가시려고요?' '이 바보 같은 그리스 놈아, 차가운 샘물 같은 귀부인한테 데려가려고 그런다. 그녀가 방에서 기다리니 어서 가자!' 하지만 나는 그때 터키인들 거주 지역에서 밤에 그리스도교인들을 죽인다는 걸 알고 있었죠. 그래서 '싫어요, 저는 안 가요!' 하고 대답했죠. '알라를 믿지 않는 이교도 놈아, 신이 두렵지 않으냐?' '제가 왜 신을 두려워해야 하죠?' '이런 바보 같은 놈, 어떤 놈이든 여자와 사랑을 나눌 수 있었는데도 사랑을 나누지 않으면, 그건 큰 죄를 짓는 거니까.

* 이슬람의 성직자.

여자가 침대에서 너를 부르는데 안 가면, 넌 영혼을 잃게 되는 거야! 그 여자가 하느님의 최후의 심판 날에 한숨을 쉬면, 네가 누구든, 아무리 좋은 일을 많이 했어도, 그 한숨 소리가 너를 지옥에 빠뜨릴 테니까!'"

조르바가 한숨을 쉬었다.

"지옥이 있다면, 난 지옥으로 떨어질 거예요. 그리고 이게 바로 원인이죠. 내가 훔쳤거나, 살인을 했거나, 간통을 해서가 아니죠. 아뇨, 절대로 그것 때문이 아니에요. 그런 건 아무것도 아녜요. 하느님은 그런 건 다 용서해줘요. 하지만 그날 밤에 여자가 침대에서 나를 기다렸는데도 가지 않았으니 지옥에 갈 거예요."

조르바는 일어나서 불을 지피고 음식을 할 준비를 했다. 그리고 곁눈질로 나를 보면서 비웃는 듯 미소를 지었다.

"에구, 귀머거리 집 문을 두들겨봤자지!" 그는 이렇게 중얼거리고는 몸을 숙여 화가 난 듯 젖은 장작을 불어대기 시작했다.

9

해는 날로 짧아지고 빛은 일찍 사라져서 오후가 되면 사람들의 마음은 우울해졌다. 겨울이면 날로 짧아지면서 일찍 지는 해를 바라보던 원시인들의 공포가 다시 찾아왔다. "내일은 해가 완전히 꺼질 거야." 원시인들은 이렇게 생각하면서 절망에 빠져 산꼭대기에 올라 불안한 밤을 지새웠다. 해가 다시 떠오르지 않을지 모른다는 두려움에 몸을 떨었다.

조르바는 이런 불안을 나보다 훨씬 더 심하게, 훨씬 더 원시적으로 겪었다. 그리고 그 불안에서 벗어나기 위해 밤하늘에 별이 총총히 빛날 때까지 지하 갱도에서 나오지 않았다.

조르바는 아주 질 좋은 광맥 하나를 발견했다. 석회분도 많지 않고 습기도 적은, 열량이 풍부한 갈탄 광맥이었다. 조르바는 매우 기뻐했다. 왜냐하면 그의 머릿속에서는 번개 같은 속도로, 앞으로 벌어들일 수입으로 여행하고 여자들과 지내며 새로운 모험을 벌일 상상이 펼쳐졌기 때문이다. 그는 늘 언젠가 돈을 많이 벌어, 그의 표현에 따르면 많은 날개를 얻어 — 그는 돈이 날개라고 했다 — 날아갈 꿈을 꾸었다. 그래서 밤새도록 잠도 안 자고 케이블 모형을 만들어 실험을 계속했다. 적당한 기울기를 찾아 목재들이 조르바의 말대로 천사들이 옮기는 것처럼 천천히, 부드럽게 미끄러져 내려오도록 해야 했다.

어느 날 조르바는 큰 종이 한 장을 가져와 색연필로 산과 숲, 케이블, 줄에 매달려 내려가는 목재를 그렸다. 각각의 목재에는 왼쪽 오른쪽에 하나씩 파란 날개가 달려 있었다. 그리고 둥근 해안을 가진 항구에는 앵무새처럼 초록빛 제복을 입은 선원들이 타고 있는 검은 배와 누렇고 둥근 목재들을 싣고 가는 바지선이 그려져 있었다. 그림의 네 귀퉁이에는 수도사들이 그려져 있었는데, 그들은 입에서 대문자로 "하느님, 당신은 위대하시고, 하시는 모든 일 역시 위대합니다!"라고 쓴 장밋빛 리본을 뿜어내고 있었다.

최근 며칠 동안 조르바는 불을 후딱 피워 요리하고 식사를 한 뒤 마을로 사라졌다가 한참 지난 뒤에 시무룩한 표정으로 돌아오곤 했다.

"또 어딜 다녀오는 거예요, 조르바?" 내가 물었다.

"대장, 그런 일엔 신경 끄슈!" 조르바는 이렇게 말하고는 대화 주제를 바꿨다.

그리고 어느 날 저녁 마을에서 돌아온 그는 안절부절못하며 내게 물었다.

"하느님이 존재합니까, 아니면 존재하지 않습니까? 대장은 어떻게 생각하슈? 그리고 만약 존재한다면 — 모든 게 다 가능하니까 — 어떤 존재라고 생각하슈?"

나는 어깨를 들썩였을 뿐 아무런 대답도 하지 않았다.

"대장, 웃지 마슈. 내 생각에는 말요, 하느님은 나하고 똑같은 거 같아요. 단지 나보다 더 키가 크고, 더 강하고, 더 엉뚱할 뿐이죠. 부드러운 양털 가죽 위에 게으름 피우며 앉아 있고요. 그의 오두막집은 하늘이죠. 함석 조각으로 된 우리 오두막과 달리 구름으로 만들어져 있고요. 하느님은 오른손에 칼이나 저울을 들고 있지 않아요. 그런 건 살인자나 식품점 주인의 도구니까요. 하느님은 오른손에 비를 머금은 구름처럼 물을 잔뜩 먹은 스펀지를 가지고 있죠. 하느님 오른편에는 천당이, 왼편에는 지옥이 있죠. 육신을 잃어 벌거벗은 채 추위에 벌벌 떠는 불쌍한 망령이 올라오면 하느님은 그 영혼을 보면서 콧수염 밑으로 미소를 지어요. 그러고는 악귀 행세를 하면서 목소리를 낮게 깔고 이렇게 말하죠. '이 저주 받을 놈아, 이리 오너라!' 그리고 죄를 하나하나 들춰내죠. 망령은 하느님 발아래 엎드려 소리치죠. '아이고, 저는 죄인입니다!' 그러고는 자신이 지은 죄를 끊임없이 고백해요. 얘기를 하고 또 해도 끝이 없죠. 그러면 하느님이 지겨워져서 하품을 하면서 이렇게 소리치죠. '그만 닥쳐라! 귀가 다 멍멍하구나.' 그리고 풋! 하면서 스펀지로 그 망령의 죄를 모두 한 번에 지워버리고는 이렇게 말하죠. '이제 천당으로 가거라! 베드로, 이 불쌍한 망령을 천당으로 넣어줘라!'

이걸 아셔야 해요, 대장, 왜냐하면 하느님은 관대한 지배자시거든요. 용서하는 거, 이게 바로 지배자의 관용이라는 겁니다."

그날 저녁 조르바가 이런 이야기를 늘어놓았을 때 나는 웃었던 것으로 기억한다. 하지만 그날 이후 부드럽고 너그러우며 전지전능한 하느님의 이 같은 '지배자의 관용'에 살이 붙기 시작하더니 나의 내면에 확고하게 자리 잡고 말았다.

비가 오던 또 다른 날 저녁 우리는 오두막에 처박혀서 또다시 화로에 밤을 구워 먹고 있었다. 그때 조르바가 몸을 돌려 어떤 큰 비밀을 파헤치려는 듯 한동안 나를 빤히 쳐다보았다. 그러다가 드디어 참지 못하고 말문을 열었다.

"대장, 대장은 나한테서 어떤 악마 녀석을 봤기에 내 귀를 잡아 집 밖으로 집어 던지지 않는지 알고 싶소. 내가 예전에 내 별명 가운데 하나가 '흰곰팡이'였다고 말한 적 있죠? 왜냐하면 내가 어딜 가든 일을 엉망진창을 만들어버리곤 했기 때문이죠. 그러니 대장 사업도 망할 거예요. 그러니 내가 다시 말하지만 나를 당장 자르란 말예요!"

"하지만 나는 당신이 좋아요, 조르바. 그러니 더 이상 그 이야기는 하지 말아요." 내가 대답했다.

"하지만 대장, 나는 머리가 제대로 돌아가지 않아요. 넘칠 때도 있고, 모자랄 때도 있죠. 언제 그럴지 정확히 알면 얼마나 좋겠소? 어쨌든 제대로 돌아가지 않는 건 분명해요. 자, 대장이 이해하기 쉽게 예를 하나 들지요. 요즘 며칠 동안 밤이나 낮이나 그 과부 때문에 마음이 편할 새가 없어요. 하늘에 맹세코 나 때문은 절대 아니고요. 그 과부와 어울릴 생각은 추호도 없어요! 난 내가 그녀를 만질 일이 절대 없을 거라는 걸 확실히 알아요. 그 과부는 나하고 맞질 않으니까요. 하지만 그렇다고 그녀가 그냥 버려지는 것도 바라지 않아요. 그녀가 독수공방하는 걸 참을 수 없다고요. 대장, 그건 올바른 일이 아니에요. 내 가슴이 저려온다니까요. 그래서 밤마다 그녀의 집 주위를 서성거렸죠. 그 때문에 내가 밤마다 사라졌던 거고, 대장은 어딜 갔었느냐고 내게 묻는 거고요. 이제 알겠어요? 난 밤이면 그녀가 어디를 다녀오는지, 어떤 놈이 그녀와 함께 뒹구는지 살펴보러 갔었던 거예요. 그리고 나야 편하게 잘 수 있었으니까요."

나는 웃었다.

"대장, 웃지 마슈! 한 여자가 혼자 잔다면, 그건 우리 남자 모두의 책임이에요. 우리들은 모두 언젠가 하느님의 심판장에서 다 털어놓아야 해요. 내가 이미 말했듯이 하느님은 스펀지로 인간의 모든 죄는 용서하지만 그 죄만은 절대로 용서하지 않아요. 대장, 한 여자랑 잘 수 있었는데 그렇게 하지 않은 놈은 저주를 받아요. 그리고 한 남자랑 잘 수 있었는데도 자지 않은 년도 마찬가지고요. 터키인 호자가 내게 한 말을 기억하시라고요."

그렇게 말하고 조르바는 입을 다물었다. 그리고 조금 있다가 갑자기 물었다.

"사람이 죽으면 다시 태어날 수 있을까요?"

"난 환생을 믿지 않아요, 조르바."

"나도 안 믿어요. 하지만 지금 우리가 이야기하고 있는 사람들이, 그러니까 자신이 봉사해야 할 일을 거절한 사람들이,―그냥 도망자들이라고 합시다—그들이 다시 이 땅에 태어난다면 무엇으로 태어나는지 아슈? 노새요, 노새!"*

그렇게 말하고 조르바는 입을 다물더니 생각에 잠겼다. 그러다가 갑자기 눈을 반짝이고는 즐거워하며 말했다.

"오늘날 우리가 이 세상에서 보는 모든 노새들이 그런 얼간이들일 수 있겠네요. 평생 남자로 살면서도 남자 구실 못 했고, 여자로 살면서도 여자 구실 못 한 인간들 말예요. 그래서 노새가 된 거고요. 노새들은 그래서 고집이 세고 밤낮으로 발길질해대는 거고요. 대장, 어떻게 생각하슈?"

"조르바, 오늘은 머리가 좀 덜 돌아가는군요." 내가 웃으며 대답했다. "그러지 말고 산투리나 쳐봐요."

"대장, 오늘 저녁엔 산투리가 없어요. 섭섭하게 생각하지 마세요. 오늘 나는 쓸데없는 말만 계속 지껄여대고 있어요. 왠지 알아요? 내가 지금 걱정이 많아서 그래요. 엄청 큰 근심거리가 있다고요. 새로 뚫은 그 빌어먹을 광맥이 계속 많은 일을 만들어내고 있어요. 그런데 대장은 나보고 산투리를 치라는 거요?"

이렇게 이야기하고 조르바는 재에서 밤을 한 줌 꺼내 내게 주고는 잔에 라키를 채웠다.

"하느님께서 우리를 오른쪽에 앉히시기를!" 내가 잔을 부딪치며 말했다.

"하느님께서 우리를 왼쪽에 앉히시기를!" 조르바가 정정했

---

* 노새는 새끼를 낳지 못한다.

다. "지금까지 오른쪽에서 좋은 일이 생긴 적이 없어요."

그는 불이 붙을 듯 독한 술을 단숨에 넘기고는 침대에 누워서 말했다.

"내일은 힘을 많이 써야 해요. 수많은 악마 놈들하고 싸워야 한단 말요. 안녕히 주무슈."

다음 날 아침 일찍 조르바는 갈탄광으로 들어갔다. 조르바와 광부들은 아주 좋은 광맥에 갱도 하나를 뚫었다. 그런데 갱도 천장에서 물이 새어 나와 광부들은 진흙탕에서 절벅거려야 했다.

조르바는 며칠 전부터 갱도를 안정시키기 위해 갱목을 짊어져 날랐다. 그러면서도 항상 불안해했다. 갱목이 충분할 정도로 굵지 못했고, 또 그가 마치 자신의 몸과 같은 지하 갱도의 미로에서 직접 몸으로 겪으며 얻은 결코 틀리지 않는 직감으로, 남들은 듣지 못하는, 마치 천장의 버팀목이 무게에 짓눌려 내는 한숨 소리와 같은 어디엔가 균열이 가는 희미한 소리를 들었기에, 그는 갱목의 얼개가 안전하지 못하다고 느꼈다.

그날은 또 다른 징조가 조르바를 더욱 불안하게 만들었다. 그가 갱도로 내려가려는 순간, 죽어가는 한 수녀에게 마지막 종부성사를 베풀어주기 위해 이웃에 있는 수녀원으로 가던 마을 사제 스테파노스 신부가 노새를 타고 지나갔다. 조르바는 다행히도 신부가 말을 걸어오기 전에 얼른 자기 가슴팍에 침을 세 번 뱉을 수 있었다.

"안녕하세요, 신부님?" 조르바가 입을 반쯤 열고 신부의 인사에 대꾸했다.

그리고 조금 있다가 조그만 목소리로 말했다.

"이 악마 녀석아, 내 꽁무니 뒤쪽으로 물러나 있거라!"

그러고 나서도 조르바는 이 정도의 주문으로는 불행을 막기 어렵다고 느꼈는지 걱정이 태산 같은 표정으로 새로운 갱도에 파묻혔다.

갱도에서는 갈탄과 아세틸렌 가스 냄새가 심하게 났다. 광부들은 며칠 전부터 버팀목을 세워 갱도를 안정시키고 있었다.

조르바는 시무룩한 표정으로 떨떠름하게 인사를 한 다음 소매를 걷어붙이고 일을 시작했다.

여남은 명의 광부들이 곡괭이로 광맥을 파서 갈탄을 자신들의 발아래로 모으고 있었고, 다른 일꾼들은 그 갈탄을 삽으로 조그만 손수레에 퍼 올려 밖으로 날랐다.

한순간 조르바가 갑자기 일을 멈추고 광부들에게 눈짓을 하더니 귀를 쫑긋 세웠다. 마치 기수가 말과 한몸이 되고 선장이 배와 한몸이 되듯이, 조르바는 탄광과 하나가 되어 그의 몸 깊숙이 자리한 정맥의 핏줄들이 갈라지듯 탄광이 갈라지기 시작한 것을 직감했다. 조르바는 인간만의 명철함으로 덩치 큰 어두운 산들이 이 상황을 예측하는 데 능장을 부리고 있다는 낌새를 누구보다도 먼저 재빨리 눈치챘다.

그는 큰 귀를 쫑긋하면서 산의 소리를 엿들었다. 바로 그 순간에 나도 그곳에 막 도착했다. 나 또한 무언가 나쁜 낌새를 알아차렸는데, 어떤 미지의 힘이 나를 그곳으로 가도록 떠밀었다. 나는 급히 잠자리에서 일어나 옷을 주워 입고 밖으로 뛰어나왔다. 내 몸은 알 수 없는 힘에 이끌려 어디로 가는지도, 또 왜 그러는지도 생각하지 않고 탄광으로 달려갔다. 그리고 조르바가 귀를 쫑긋 세우고 불안한 눈초리로 산의 소리를 엿듣는 바로 그 순간에 그곳에 도착했다.

조금 있다가 그가 말했다. "아무것도 아니에요. 그저 낌새였을 뿐이에요. 자, 계속 일들 하세요."

그는 돌아서서 나를 바라보며 입술을 꾹 다물었다.

"대장, 이 이른 아침에 이곳엔 무슨 일로 왔소?"

그리고 내게 다가와서는 조용히 속삭였다.

"대장, 밖에 나가 신선한 바람을 좀 쐬지 그래요? 다른 때에는 산책하러 오곤 했잖아요."

"조르바, 무슨 일이에요?"

"아무 일도 아니에요. 내가 좀 예민했던 거죠. 새벽녘에 신부 한 명을 만났어요. 제기랄!"

"위험하다고 내가 여기서 나가면 비겁하지 않겠어요?"

"그렇겠죠." 조르바가 대꾸했다.

"당신도 함께 나갈 거요?"

"아뇨!"

"그렇다면 난?"

"난 말이오, 조르바를 위한 기준이 따로 있고, 다른 사람들을 위한 기준이 따로 있어요. 나가는 게 비겁하다고 생각하시니 그냥 여기 계슈. 딴 데 가지 말고 그냥 있으슈."

그는 망치를 집어 들고 발끝을 세우고는 천장을 받치고 있는 갱목을 큰 못으로 박아대기 시작했다. 나는 기둥에 매달려 있던 아세틸렌 램프를 하나 내려서는 진흙으로 질퍽한 탄광 안 이곳저곳을 오르내리며 광맥을 살펴보았다. 짙은 갈색이 번뜩거렸다. 끝을 알 수 없는 엄청난 숲 전체가 땅 밑으로 가라앉은 뒤 수백 년이 흘렀다. 대지는 자기 자식들을 되새김질해 씹고, 소화하고, 끝내는 본질 자체를 바꿔버렸다. 그렇게 나무는 석탄 덩어리로 변했고, 조르바는 그걸 찾아냈다.

나는 램프를 다시 제자리에 걸어놓고는 조르바가 일하는 것을 지켜보았다. 그는 일에 온통 집중해 머릿속에 아무런 다른 생각 없이 대지와 곡괭이와 석탄과 하나가 되어 있었다. 망치와 못들이 그의 몸의 일부가 되어 갱목들과 투쟁을 벌이고 있었다. 그는 점점 약해지는 갱도의 천장과 싸우고 있었다. 그리고 석탄을 캐내어 떠나고 싶은 욕망으로 산 전체와 싸우고 있었다. 조르바는 확신을 가지고 물질을 파악한 뒤 가장 약한 곳을 실수 없이 파고들었다. 나는 석탄 가루를 온통 시커멓게 뒤집어서써 오직 두 눈동자만 번쩍번쩍 빛나는 그를 바라보면서, 그가 적군의 눈을 속이고 몰래 상대방 성으로 잠입해서 아주 쉽게 점령해버리기 위해 이렇게 석탄으로 위장한 것이라는 생각이 들었다.

"이봐요, 조르바!" 나도 모르게 그를 불렀다.

하지만 그는 돌아보지도 않았다. 지금 이 순간에 그가 곡괭이 대신에 연필자루를 쥐고 있는 덜 익은 고깃덩어리와 시시덕거리기 위해 일을 멈출 리가 만무했다. 그는 이야기할 겨를이 없었다.

"내가 일할 때에는 언제 빵 터질지 모르니 말을 걸지 마슈!" 어느 날 저녁 그는 이렇게 말한 적이 있다.

"빵 터진다고요? 조르바, 왜요?"

"또 왜냐고 따지슈? 꼭 어린애 같구려. 어떻게 그걸 설명할 수 있겠소? 나는 일을 할 때 내 전부를 쏟아요. 그러면 나는 바위 위나 지금 내가 투쟁을 벌이고 있는 석탄에 나 있는 금이나 산투리의 줄들처럼 손톱 끝에서부터 머리끝까지 팽팽하게 바짝 긴장해요. 그때 누가 나를 살짝 건들거나 말을 걸어 돌아보게 하면 빵 하고 터질 수가 있단 말이오. 알아듣겠소?"

나는 시계를 들여다봤다. 10시가 다 되어가고 있었다.

"자, 여러분, 간식 시간이에요. 시간이 다 됐어요." 내가 말했다.

광부들은 기쁜 마음으로 연장들을 구석에 처박고는 땀을 닦으며 갱도에서 나갈 준비를 했다. 하지만 조르바는 일에 열중해서 내 말을 못 들었다. 하긴 내 말을 들었더라도 일을 멈추지 않았을 것이다.

"여러분, 잠깐들 쉬세요. 제가 담배 한 개비씩 드릴게요." 나는 이렇게 말하면서 담뱃갑을 찾기 위해 주머니를 더듬었다. 광부들은 내 주위를 둘러싸고 기다리고 있었다.

갑자기 조르바가 소스라치게 놀라며 귀를 갱도 벽에 바짝 붙였다. 나는 아세틸렌 램프 빛 아래 경련을 일으키고 있는 그의 벌어진 입을 볼 수 있었다.

"무슨 일이에요, 조르바?" 내가 소리쳤다.

바로 그 순간에 우리들 머리 위에서 갱도의 천장이 삐걱거리는 소리를 냈다.

"피하세요, 피해요!" 조르바가 쉰 목소리로 소리쳤다.

우리는 모두 출구를 향해 달려갔다. 하지만 우리가 입구 쪽 첫번째 갱목 근처에 도착하기도 전에 머리 위에서 두번째로 삐걱거리는 소리가 훨씬 크게 들려왔다. 조르바는 그 순간 굵은 갱목 하나를 들어 올려서는 느슨해진 갱목 골조에 버팀목으로 박아 넣으려 하고 있었다. 그렇게만 된다면 몇 초 동안만이라도 천장을 지탱해주어 우리는 무사히 빠져나올 수 있을 것 같았다.

"어서 나가세요!" 조르바의 목소리는 땅속 깊숙한 곳에서 나오는 듯, 너무 약해서 거의 들리지 않았다.

절체절명의 위기 순간에 흔히 비겁함에 사로잡히듯 우리는 모두 조르바는 신경도 안 쓰고 밖으로 도망쳐 나왔다.

몇 초 후, 나는 겨우 정신을 차리고 갱도 안쪽으로 다시 들어갔다.

"조르바! 조르바!" 나는 소리쳤다.

내 깐에는 소리를 친다고 생각했지만 실제로는 목소리가 목구멍에서 빠져나오지 못하고 있음을 나는 곧 깨달았다. 공포에 숨이 막혀 목소리가 나오지 않았던 것이다.

나는 내 소심함이 창피했다. 나는 손을 앞으로 쭉 뻗은 채 크게 한 걸음을 내디뎌 나온 길을 되돌아 들어갔다. 그 순간에 조르바는 두터운 버팀목을 쑤셔 박고는 그곳에서 빠져나오기 위해 결사적으로 안간힘을 쓰고 있었다. 컴컴한 곳에서부터 조르바가 펄쩍 뛰어나오면서 내 몸 위로 떨어지는 바람에 우리는 의지와 상관 없이 서로를 껴안는 꼴이 되었다.

"도망칩시다. 튀자고요." 조르바가 숨 막혀 넘어가는 목소리로 웅얼거렸다.

우리는 뛰어나와 빛이 있는 환한 곳에 이르렀다. 새파랗게 질린 광부들이 탄광 입구 쪽에 모여 찍소리도 못 내고 귀를 기울이고 있었다.

갱도가 무너지는 세번째 소리가 들려왔다. 마치 거대한 나무가 쩍 갈라지는 듯한 엄청나게 큰 소리였다. 그러고는 갑자기 뭔가가 굴러 떨어지는 듯한 소리가 나더니 산 전체가 흔들리면서 갱도가 무너졌다.

"주여, 저희를 기억해주시옵소서!" 광부들이 성호를 그으며 중얼거렸다.

"너희들 곡괭이를 안에 놓고 나왔냐?" 조르바가 화를 내며 소리 질렀다.

광부들은 찍소리도 못 하고 조용히 있었다.

"왜들 안 가지고 나왔지? 오줌들을 쌌구먼, 한심한 놈들 같으니! 곡괭이가 아깝다, 이놈들아!" 조르바가 화가 다시 치솟는 듯 소리 질렀다.

"조르바, 지금 이 상황에 곡괭이가 중요해요? 아무도 다치지 않은 걸 다행으로 여겨야죠. 그러니 됐어요. 우리 모두가 조르바 당신에게 목숨을 빚진 거예요." 내가 끼어들며 말했다.

"어이 배고파! 뭐든 먹어야겠어." 조르바가 내뱉듯 말했다.

그는 바위 위에 올려놓았던 간식 보따리를 풀어서 빵과 올리브 열매, 양파, 찐 감자, 그리고 포도주 병을 꺼냈다.

"자, 먹읍시다." 그가 음식을 입에 가득 넣은 채 말했다.

그는 온몸에서 갑자기 모든 힘이 빠져나가 다시 피와 살을 채워 넣어야 한다는 듯이 게걸스럽게 간식을 먹어치웠다.

그는 몸을 숙인 채로 아무 말도 하지 않고 음식을 먹었다. 그러고는 고개를 뒤로 젖히고는 건조해진 목구멍에 포도주를 병째 들이부었다. 목구멍에서는 꼬르륵 술 넘어가는 소리가 났다.

그러자 광부들도 기운을 되찾아, 주름 장식이 있는 부대자루에서 간식을 꺼내 먹기 시작했다. 그들은 모두 조르바 주위에 책상다리를 하고 앉아서 간식을 먹으면서 조르바를 보고 있었다. 그들은 조르바의 발아래 엎드려 그의 손에 입맞춤을 하고 싶은 심정이었다. 그러나 조르바가 괴팍스러운 것을 잘 아는지라 아무도 감히 선뜻 나서지 못했다.

드디어 회색 수염이 무성한 가장 연장자 미헬리스가 결심을 한 듯 입을 열었다.

"조르바 씨, 당신이 오늘 여기에 안 계셨더라면 우리 아이들은 고아가 될 뻔했수다."

"닥쳐요!" 조르바가 입에 음식을 가득 넣은 채 말했다. 그러자 아무도 다시 말할 엄두를 내지 못했다.

10

"누가 이 예측할 수 없는 책략가인 다이달로스*를, 오만의 신전을, 원죄로 가득한 항아리를, 추문을 키우는 씨앗으로 가득한 밭을, 지옥의 입구를, 교활함으로 넘치는 광주리를, 꿀처럼 달콤한 독약을, 죽어야 할 사슬을 ─ 여자를 만들었나?"

나는 화로 옆 바닥에 앉아 부처의 이 노래를 쓰고 또 썼다. 나는 머릿속에서 떠나지 않는 몸뚱어리를, 비에 흠뻑 젖은 궁둥이를 흔들어대며 그 긴 겨울밤에 밤마다 허공에 떠오르는 그 몸뚱어리를 쫓아내기 위해 온갖 주문을 끊임없이 읊고 또 읊으며 맹렬하게 싸웠다.

내 목숨이 갑작스레 끊어졌을지도 모르는 갱도 붕괴 사건 직후부터, 과부가 내 핏줄 속에서 갑자기 튀어나와 발정 난 암컷처럼 명령조로, 그리고 불만에 가득한 목소리로 나를 불러댔다.

---

* 그리스 신화에 나오는 명장名匠으로 미로를 만든 것으로 유명하다.

"이리 오세요, 이리 와요! 인생은 덧없으니 늦기 전에 어서 내게로 오세요, 빨리요!"

나는 그것이 궁둥이가 탄탄한 요염한 여인의 모습을 하고 나타난 온갖 죄악의 정령 마라^{摩羅}*임을 알고 있었다. 나는 원시인들이 자신들을 잡아먹으려고 주변을 서성거리는 맹수들의 모습을 동굴 암벽에 뾰족한 돌로 새기거나 물감으로 그린 것처럼, 열심히 부처에 대해 글을 썼다. 원시인들 역시 바위에 맹수들을 그려 가둠으로써 자신들을 잡아먹지 못하게 하려고 투쟁한 것이다.

죽음의 고비를 넘긴 그날부터 과부는 나의 은신처 주변 대기 속에 맴돌면서 허리를 부드럽게 흔들며 추파를 던졌다. 낮 동안에는 힘이 넘치고 정신이 말짱해서 그녀를 멀리 쫓아낼 수 있었다. 나는 유혹이 부처에게 어떤 모습을 하고 나타났는지, 어떤 옷을 입은 여인으로 다가왔는지, 또 어떻게 부처의 허리에 딱딱하게 솟아오른 젖가슴을 밀착시켰는지 자세하게 썼다. 부처는 위험을 알아차리고 내면의 모든 기운을 다 모아 유혹을 물리쳤다. 그리고 나 역시 부처와 함께 유혹을 이겨냈다.

나는 계속 썼다. 어떤 문장은 가볍게, 어떤 문장은 무겁게 쓰면서 나는 강력한 주문인 낱말에 의해 유혹이 멀리 떠나가는 것을 느꼈다. 낮 동안에 나는 용감하게 최선을 다해서 싸웠다. 하지만 밤이 되면 내 정신은 무장해제가 된 듯 내 내면의 문들이 힘없이 열리고 과부가 드나들었다.

* 인도 불교 신화에 나오는 악마로, 부처가 보리수나무 아래에서 정각하려는 순간에 벌거벗은 미인들을 보내 유혹했다고 전해진다.

아침이면 나는 완전히 소진된 패배자가 되어 일어났다. 그러면 다시 전투가 시작되었다. 그러다가 고개를 들면 어느덧 오후가 깊어 빛이 쫓기듯 물러가고, 어둠이 빠른 속도로 나래를 펼치곤 했다. 날은 갈수록 짧아져 어느새 크리스마스가 다가오고 있었다. 나는 대기 중에서 벌어지는 이 투쟁을 예의 주시하며 "나는 혼자가 아니다. 막강한 힘인 빛도 때로는 이기고 때로는 지지만, 결코 실망하지 않고 계속 투쟁하고 있다. 나 역시 이 빛과 함께 싸워 이길 것이다"라고 말하곤 했다.

나는 우주적인 거대한 리듬에 맞춰 과부와 싸우고 있는 것 같았다. 이런 생각은 내게 커다란 용기를 가져다주었다. 그 몸뚱어리는 내 내면의 자유 의지의 불꽃을 굴복시키고, 끝내는 꺼뜨리기 위해 아주 사악한 물질이 둔갑한 것이라는 생각이 들곤 했다. 그럴 때면 나는 이렇게 중얼거렸다. "하느님은 물질을 정신으로 변화시키는 불멸의 힘이시다. 사람은 누구나 내면에 한 조각 신성한 소용돌이를 가지고 있어, 빵과 물과 살코기를 생각과 행동으로 변형시킨다. '당신이 어떤 음식을 먹는지 말해주면 당신이 어떤 사람인지 말해주리다'라고 말한 조르바가 옳다." 나 역시 내 육체가 애타게 바라는 욕정을 '부처'로 변신시키기 위해 투쟁했다.

"대장, 무슨 생각을 하고 있는 거요? 뭔가 걱정이 있는 것 같구려." 크리스마스 전야에 조르바가 내게 물었다. 그는 내가 어떤 악마와 싸우고 있는지 눈치채고 있었다.

나는 못 들은 척했다. 하지만 조르바는 그리 녹록한 상대가 아니었다.

"대장은 젊어요." 그가 갑자기 분노와 고통에 찬 목소리로 말했다. "대장은 젊고 튼튼하고, 잘 먹고 마시고, 신선한 공기를 숨쉬면서, 계속 정력을 쌓기만 하고 있잖소. 그 정력으로 뭘 하겠다는 거요? 그냥 독수공방이나 하고 있으니 그 정력이 아깝소! 자, 일어나세요. 당장 오늘 밤에 해치우슈! 세상은 단순한 거요. 대장, 그러니 시간을 낭비하지 마슈. 내가 몇 번이나 말해야겠소? 일을 복잡하게 만들지 말란 말이오!"

나는 '부처' 원고를 펼쳐놓고 한 장 한 장 넘기면서 조르바의 말을 듣고 있었다. 나는 그의 말들이 확실하고도 탁 터진 길을 열어준다는 것을 알고 있었다. 그리고 그 말들 속에는 교활한 뚜쟁이인 마라의 사악함에서 나오는 목소리들이 가득 들어 있었다.

나는 그 유혹에 넘어가지 않겠다고 굳게 마음을 먹고 원고를 천천히 넘기면서 묵묵히 그의 말을 들었다. 그리고 내가 흔들리고 있다는 것을 감추기 위해 휘파람을 불었다. 하지만 조르바는 내가 잠자코 있는 것을 보고는 더 안절부절못했다.

"오늘이 크리스마스 전야요. 그녀가 성당으로 가기 전에 어서 그녀를 찾아가슈. 대장, 오늘 그리스도께서 태어납니다. 대장도 기적을 좀 만드슈!"

나는 짜증을 내며 일어섰다.

"그만해요, 조르바, 나무처럼 사람들에게도 각자의 길이 있는 거예요. 무화과나무한테 체리 열매를 맺지 않는다고 시비 걸지는 않잖소! 그러니 그만해요. 자정이 가까우니 우리도 예수님의 탄생을 보기 위해 성당으로 갑시다."

조르바가 겨울용 모자를 깊게 눌러 썼다.

"좋아요. 갑시다." 그가 시큰둥하게 말했다. "하지만 내가 확신하건대 하느님께서는 대장이 오늘 밤 가브리엘 천사장처럼 과부한테 가는 걸 훨씬 더 어여쁘게 생각하실 거요. 하느님이 대장처럼 행동했더라면 마리아한테 가지도 않았을 거고, 그리스도가 태어나지도 않았을 거요. 과부가 바로 마리아란 말이오."

그는 입을 다물고 대답을 기다렸지만, 소용 없는 일이었다. 그러자 그는 문을 세차게 열어젖히고 밖으로 나가서는 지팡이로 자갈들을 내리쳤다.

"그럼, 그렇고말고요, 과부가 바로 마리아란 말입니다." 그가 고집스럽게 또 한 번 내뱉었다.

"소리치지 마세요. 그냥 갑시다." 내가 말했다.

우리는 겨울밤의 어둠 속을 빠르게 걸어갔다. 하늘은 더없이 맑았고 별들은 나지막한 하늘에 걸려 있는 불빛 꽃다발처럼 밝게 빛났다. 해변을 가로질러 가는 동안 밤은 수평선 저 멀리에 쓰러져 있는 죽은 맹수처럼 느껴졌다.

나는 생각했다. '오늘 밤 성스러운 아기가 태어나는 것과 함께 겨울이 억지로 구겨 넣었던 빛이 다시 태어나듯 기력을 되찾기 시작한다.'

모든 마을 사람들이 따듯하고 밀랍 냄새로 가득한 성당 안에 가득 모여 있었다. 앞쪽에는 남자들이, 뒤쪽에는 가슴 위에 양팔을 십자가 모양으로 포갠 여자들이 서 있었다. 황금빛 집전용 예복을 입은 큰 키에 깡마른 스테파노스 신부는 40일 동안의 금식에 신경이 날카로워져서 큰 걸음으로 이곳저곳을 활보하며 향로를 흔들면서 소리를 질러댔다. 어서 예수 그리스도의 탄생을 맞이하고 집으로 달려가서 기름진 고깃국과 소시지와 훈제 돼지고기를 향해 돌진하고 싶어 마음이 조급했다.

성서에서 그냥 "오늘 빛이 태어났다"라고 말했다면, 사람들의 마음은 무언가를 목마르게 바라지 않았을 것이고, 그리스도교 사상도 전설이 되지 못해 세상을 정복하지 못하고, 그냥 자연스러운 현상으로 남아 우리의 상상력을, 즉 우리 영혼을 깨우지도 못했을 것이다. 하지만 겨울의 한가운데에서 태어난 빛은 신성한 아기 하느님이 되었고, 그럼으로써 인간의 영혼은 지금까지 20세기 동안 그 아기를 자기 품에 껴안고 젖을 먹이고 있다……

자정이 조금 넘어 성스러운 예배 의식이 끝났다. 그리스도께서 태어나셨다. 그러자 허기진 시골 사람들은 먹고 마시면서 육식의 신비스러운 기적을 배 속 깊숙이까지 맛보기 위해 기쁜 마음으로 집으로 달려갔다. 배는 튼튼한 주춧돌이다. 빵과 포도주와 고기가 우선이다. 이런 것들 없이는 하느님도 없다.

큰 별들이 천사들처럼 빛났고 하늘의 요단강은 하늘 한쪽 끝에서부터 다른 쪽 끝까지 흐르고 있었다. 에메랄드 같은 푸른 별 하나가 우리 머리 위에서 종을 울리고 있었다. 나는 한숨을 내쉬었다.

조르바가 돌아봤다.

"대장, 하느님이 사람이 되어 외양간에서 태어났다는 걸 믿으슈? 믿는 거요 아니면 세상 사람들한테 사기 치는 거요?"

"조르바, 그건 쉽게 대답할 수 있는 문제가 아니에요. 나는 믿지도 않고 안 믿지도 않아요. 조르바, 당신은 믿어요?"

"나도 도대체 뭘 믿는지 모르겠어요. 뭐라 말할까요? 어렸을 때 할머니가 옛날이야기를 들려주면 난 하나도 믿지 않았어요. 하지만 깊은 감동을 느껴 마치 그 이야기들을 믿는 것처럼 울고 웃고 했죠. 수염이 나기 시작하면서, 옛날이야기들을 전혀 믿지 않게 됐고 오히려 비웃었죠. 하지만 나이가 지긋하게 든 지금 나는 노망이 들어서 그 이야기들을 다시 믿기 시작해요…… 사람이란 알 수 없는 존재라니까요."

우리는 마담 오르탕스의 집 쪽으로 향했다. 우리는 굶주린 망아지 새끼처럼 뛰어갔다.

"초기 그리스도교의 교부들은 정말 영리했어요!" 조르바가 말했다. "뱃가죽을 공략하는데 이길 수가 있겠어요? 40일 동안 고기를 먹지 말라는 금식을 강요하죠. 왜냐고요? 고기를 간절하게 바라도록 만들자는 수작이죠. 하여간 황소같이 덩치 크고 뚱뚱한 신부 놈들, 온갖 속임수는 다 안다니까!"

이렇게 내뱉고 그는 발걸음을 재촉했다.

"대장, 서두르세요! 칠면조가 아주 잘 익었을 거요."

우리가 더블 침대가 있는 우리의 숙녀 방에 들어섰을 때, 하얀 식탁보가 깔린 식탁 위에는 벌써 김이 모락모락 나는 칠면조 고기가 다리를 쫙 벌린 채 거꾸로 누워 있었고, 불을 지펴놓은 난로는 아늑한 온기를 내뿜고 있었다.

마담 오르탕스는 고수머리를 하고, 너덜너덜 풀린 레이스가 달리고 소매가 넓은 장미 무늬의 빛바랜 긴 가운을 걸치고, 손가락 두 개쯤 되는 너비의 밝은 노란색 천 띠를 주름투성이 목에 꼭 끼게 두르고 있었다. 그리고 겨드랑이에는 흠씬 향수를 뿌렸다.

나는 속으로 생각했다. '땅 위의 모든 것이 얼마나 완벽한 조화를 이루고 있는가! 그리고 땅과 인간의 심장은 정말 얼마나 잘 어울리는가! 수많은 난관을 헤쳐 나온 늙은 퇴물 여가수가 여기 황량한 바닷가에 버림받고 남겨져, 온갖 정성을 다해 그녀의 초라한 방에 성스러운 마음과 온기와 가정주부의 알뜰한 살림을 한데 모아놓았다.'

정성이 가득한 풍성한 음식, 불타고 있는 화로, 화려하게 꾸미고 여러 나라 깃발을 꽂은 몸뚱어리, 짙은 향수 내음, 소소하면서도 너무나도 인간적이며 육체적인 이 모든 쾌락들이 아주 단순하게, 그리고 아주 재빠르게 영혼의 지고한 즐거움으로 변하고 있었다.

잠시 동안 눈시울이 뜨거워졌다. 여기 바닷가 한구석에서 이 위대한 날 저녁만큼은, 나는 조금도 버림받은 존재가 아니었다. 어떤 여성적인 존재 하나가 서둘러 달려와서는, 마치 어머니처럼, 누나처럼, 평생의 반려자처럼, 인내와 다정함으로 나의 모든 것을 헌신적으로 보살펴주고 있었다. 그때까지 나는 아무런 도움도 필요하지 않다고 믿었는데, 그 순간 갑자기 실은 모든 점에서 도움이 필요한 존재였음을 깨달았다.

조르바 역시 나와 똑같은 달콤한 혼란을 느꼈음이 틀림없다.

왜냐하면 방으로 들어서자마자 그는 셀 수 없이 수많은 남자를 겪어 이미 여러 나라의 깃발이 꽂혀 있는 여인에게 달려가 가슴 깊숙이까지 묻히도록 강렬하게 껴안았기 때문이다.

"예수께서 태어나셨습니다. 여인들이여, 기뻐하시오!" 조르바가 소리쳤다.

그리고 웃음을 지으면서 나를 돌아보았다.

"대장, 여자들이란 얼마나 알 수 없는 요물인지 보셨죠? 하느님도 꼼짝 못 하게 만들 정도죠!"

우리들은 식탁 주위에 둘러앉아서 게걸스럽게 음식과 포도주를 먹고 마시기 시작했다. 배가 즐거움에 겨워 어쩔 줄 몰라 했으며 심장이 뛰었다. 조르바가 다시 달아올랐다.

"많이 잡수시고 맘껏 마시세요." 중간중간 조르바가 나를 향해 소리쳤다. "대장, 먹고 마시고 기분 좀 내시고, 어린아이처럼, 목동 소년처럼 노래도 부르고요. '높은 곳에는 영광…… 예수께서 태어나셨습니다.' 이건 장난이 아녜요. 하느님이 듣고 그 불쌍한 분도 즐기실 수 있도록 노래를 부르세요. 우리가 그동안 계속 괴롭히지 않았습니까."

조르바는 기분이 무척 좋아져서 신바람이 났다.

"예수께서 태어나셨습니다, 현명한 솔로몬인 나의 삼류작가시여! 공연히 까다롭게 굴지 마세요. 태어나셨나, 안 태어나셨나? 태어나셨죠! 바보같이 굴지 마세요. 언젠가 어떤 과학도가 내게 말해줬는데, 우리가 마시는 물을 현미경으로 들여다보면 우리 눈에는 보이지도 않는 아주 조그만 벌레들이 우글거리고 있는 걸 볼 거래요. 그 벌레들을 직접 눈으로 보고 나면 물을 마시지 못하게 되고, 물을 못 마시면 목이 말라 갈증으로 죽어갈 거래요. 대장, 현미경을 깨버리세요. 그 괴물 같은 물건을 던져버리라고요. 그러면 벌레들이 당장 사라져서 시원하게 물을 마시고 갈증에서 벗어날 수 있게 돼요."

그렇게 말하고 조르바는 알록달록하게 차려입은 자신의 짝쪽을 돌아보면서 가득 채운 잔을 높게 치켜들었다.

"저는 말입니다, 저의 동지이신 성 처녀시여, 이 잔을 당신의 건강을 위해 마시려 합니다. 나는 평생 살아오면서 뱃머리의 수많은 인어 조각들을 보았습니다. 빨갛게 칠한 뺨과 입술을 가진 그녀들은 뱃머리에 매달려 가슴을 부여잡고 있었죠. 그녀들은 세계의 모든 바다를 항해했고, 세상의 모든 항구에 닻을 내렸으며, 배가 결국 삭아서 부서지면 다시 육지에 내려져서 죽는 마지막 순간까지 선장들이 와서 술을 마시는 어촌 카페 벽에 장식으로 달려 있게 되죠.

나의 여선장님이시여, 잘 먹고 마신 이 밤에 이 바닷가에서 제가 당신을 바라보니, 내 눈이 트여서 당신은 커다란 배의 인어이신 듯하군요. 그리고 나의 부불리나여, 나는 당신의 마지막 항구요, 선장들이 와서 술을 마시는 카페입니다. 오, 사랑하는 나의 요정이시여, 나는 이제 당신의 건강을 빌면서 이 가득 찬 술잔을 비우렵니다!"

마담 오르탕스는 뼛속까지 감동하여 눈물을 펑펑 흘리며 조르바의 어깨에 몸을 기댔다.

조르바는 내 귀에 나지막이 속삭였다. "이 멋진 연설 덕에 나는 헤어 나오지 못할 난관에 빠질 거예요. 부끄러움을 모르는 이 여자가 오늘 밤 나를 놓아주지 않을 거라고요. 하지만 어쩝니까? 나는 모든 불쌍한 계집들에게 연민의 정을 느낀답니다."

"예수께서 태어나셨습니다. 우리의 건강을 위해 건배!" 그가 자신의 언어를 향해 큰 소리로 외쳤다.

그의 팔이 마담의 팔 아래로 파고 들어갔다. 그리고 둘이 팔과 팔이 서로 엇갈린 자세로 단숨에 술잔을 비우고는 마법에 걸린 듯한 눈매로 서로를 바라보았다.

내가 집으로 돌아가려고 그 따뜻한 방에서 혼자 나온 건 거의 새벽녘이 다 되어서였다. 배불리 먹고 마음껏 마신 마을은 창문을 굳게 닫아걸고는 촘촘한 별빛 아래 잠들어 있었다.

날이 몹시 추웠다. 바다는 으르렁거렸고, 사랑받고 싶어 하는 샛별은 계속 춤추고 장난치면서 동녘에 걸려 있었다. 나는 파도와 노닐면서 바닷가를 따라 걸었다. 파도가 나를 잡으려고 달려들면 나는 도망쳤다. 나는 행복했다. 그리고 속으로 생각했다.

'아무런 야심도 없으면서 마치 모든 야망을 다 가진 듯이 노예처럼 열심히 일하는 것, 사람들과 멀리 떨어져 살지만 그들을 사랑하면서도 그들에게서 아무것도 바라지 않는 것, 크리스마스를 핑계 삼아 실컷 먹고 마음껏 마시고 나서는 홀로 모든 유혹을 물리치는 것, 머리 위에는 별이 빛나고, 왼쪽으로는 땅, 오른쪽으로는 바다가 있는 것, 그리고 마음속 깊숙이에서 인생은 끝났고, 삶의 마지막 성공은 전설이 되는 것임을 갑자기 깨닫는 것, 이런

것이야말로 진정한 행복이다.'

여러 날들이 들고 나고 하면서 흘러갔고, 나는 용기를 얻기 위해 소리치고 스스로를 어르면서 투쟁했다. 하지만 가슴 깊숙한 어두운 곳에는 슬픔이 자리 잡고 있었다. 이 축제 주일 동안 내내 추억들이 떠오르면서 나의 내면을 음악과 사랑하는 사람들로 채웠다. 인간의 심장이라는 것은 피를 담고 있는 주머니에 지나지 않고, 주검이 되어 쓰러진 사랑했던 사람들이 다시 살아나기 위해 우리들 피를 마신다는, 그리고 우리가 더 사랑한 사람일수록 우리들의 피를 더 많이 마신다는 태곳적 이야기들이 얼마나 옳은 말인지 나는 다시 느꼈다.

섣달그믐이 되었다. 한 무리의 시골 아이들이 커다란 종이배를 들고 소란스럽게 우리 오두막까지 찾아와서는 가느다랗고 기쁨에 넘친 목소리로 새해 맞이 노래를 불렀다. 그 역시 종이와 잉크에 빠진 지식인이었던 바실리오스 대성인께서 케사리아*를 출발해 조르바와 나, 그리고 존재하지도 않는 '숙녀 귀부인'의 업적을 칭찬해주기 위해 쪽빛 바다 크레타의 이 외진 곳까지 찾아오셨다.

나는 계속 듣기만 하고 입은 열지도 않았다. 나는 나뭇잎 한

---

* 현재 터키의 카파도키아 지방의 중심 도시로서 바실리오스 대성인이 최초로 주교가 된 곳이다. 그리스에서는 새해 첫날 이 성인을 기념한다. 새해 첫날 아이들이 집집마다 방문하여 이 성인을 기리는 찬가를 부르면 과자나 돈을 주는 것이 그리스 풍습이다. 그리고 그리스에서는 크리스마스가 아니라 새해 첫날 선물을 주고받는다.

잎이 다시 떨어지는 것을, 한 해가 흘러갔음을 마음속 깊이 느꼈다. 나는 시커먼 구덩이를 향해 또 한 걸음을 내디딘 것이다.

"대장, 무슨 일이오?" 손으로는 작은 북을 두드리며 아이들 노래를 따라 부르던 조르바가 내게 물었다. "여보쇼 대장, 도대체 무슨 일이오? 창백해 보이고 더 늙은 것같이 보여요. 나는 말이오, 오늘 저녁 다시 아이로 돌아간 듯한 기분이고, 예수님처럼 다시 태어난 기분이란 말이오. 예수님은 어떻게 매해 다시 태어나는 걸까요? 나 역시 다시 태어난 것 같고요."

나는 침대에 누워 눈을 감았다. 오늘 밤 내 가슴은 분노에 휩싸여 아무하고도 말하고 싶지 않았다.

잠이 오지 않았다. 오늘 밤이야말로 내 행동에 대해 설명해야 할 것 같았다. 저 아래에서부터 나의 전 생애가 꿈처럼 두서도 없이 불확실한 모습으로 재빨리 떠올랐다. 나는 절망적으로 그런 내 삶을 바라보고 있었다.

높은 대기 위에서 바람에 시달리는 뭉게구름처럼 내 삶은 한데 모이고 흩어지고, 다시 한데 모이고 하면서, 끊임없이 모습을 바꾸었다. 백조가 됐다가 개가 되고, 악마의 모습을 띠다가 전갈로, 황금빛 공작으로, 원숭이로 변했다. 구름은 점점 약해지면서 흩어졌다. 하늘에는 무지개와 바람만이 가득했다.

내가 내 인생에 대해 던졌던 모든 의문들은 대답을 얻기는커녕 오히려 점점 더 복잡하게 얽히고 걷잡을 수 없는 것이 되었다. 그리고 나의 가장 절실한 희망들마저 제정신을 차리면서 초라하게 변해갔다.

날이 밝았다. 하지만 나는 눈을 감은 채 내가 간절히 바라는 것에 집중하고, 내 뇌 겉표면을 뚫고 들어가 인간의 모든 핏방울들을 거대한 바다에 흘러들게 하는 어두운 도랑에 도달하려고 애썼다. 나는 장막을 찢고 이 새해가 내게 무엇을 가져다줄 것인지 알아보고 싶어 조바심을 쳤다.

"대장, 안녕하슈? 새해 복 많이 받으시기를!" 조르바의 목소리가 나를 지상으로 되던져놓았다. 나는 눈을 떴다. 조르바가 커다란 석류를 문지방에 집어던지는 것이 보였다. 차가운 루비 알들이 내 침대에까지 튀었다. 나는 몇 알을 주워 먹었다. 목이 시원해졌다.

"대장, 복 많이 받으슈! 건강하시고, 예쁜 계집들이 우리를 유혹해 사로잡기를……!" 조르바가 기분이 좋아서 소리쳤다.

그는 이미 세수도 하고, 면도도 깔끔히 한 뒤 정장을 차려입고 있었다. 초록 모직 바지에 회색 양털 가죽 상의, 산양털로 만든 반코트 차림이었다. 게다가 러시아에서 가져온 모자까지 쓰고는 콧수염을 문지르고 있었다.

"대장, 나는 회사 대표로 예배를 드리러 성당으로 갈 거요. 남들이 우리를 이상한 사람들로 봐서 좋을 게 없으니까요. 손해 볼 거 없잖소? 그러면서 또 시간도 좀 죽여보죠."

그는 고개를 갸우뚱 기울이며 내게 윙크를 했다. 그리고 중얼거렸다.

"혹시 과부도 보게 될지 누가 알아요?"

하느님 맙소사! 회사의 이익과 과부가 조르바의 머릿속에서 뜬금없이 하나가 되다니! 멀어져 가는 그의 가벼운 발걸음 소리가 들렸다. 나는 재빨리 일어났다. 마법은 끝나고 내 영혼은 또다시 육체의 감옥에 갇혔다.

나는 옷을 입고 바닷가를 따라 잰걸음으로 걸었다. 나는 어떤 위험이나 죄악에서 벗어난 것 같은 기쁨을 느꼈다. 갑자기 아직 생겨나지도 않은 미래의 일을 훔쳐보고픈 나의 이 새벽녘 절실한 욕망이 성스러운 것을 훔치려는 행위같이 느껴졌다.

어느 날 아침, 한 소나무에서 지금 막 안쪽의 영혼이 벽을 뚫고 밖으로 나올 준비를 끝낸 나비의 고치를 발견한 적이 있다. 나는 참을성 있게 기다리고 또 기다렸다. 하지만 시간만 흘러갔다. 나는 조급해졌다. 그래서 몸을 굽혀 고치 속의 나비를 향해 따듯한 입김을 불어 넣기 시작했다. 초조하게 계속 입김을 불어 나비를 따듯하게 해주었다. 그러자 기적이 일어났다. 내 눈앞에서 자연이 정한 속도보다 더 빠른 속도로 나비가 고치를 찢고 나오기 시작했다. 껍질이 계속 조금씩 열리더니 나비가 모습을 드러냈다. 하지만 바로 그 순간 내가 느꼈던 공포를 절대 잊을 수 없다. 오그라든 나비의 날개가 펴지지 않았다. 나비는 안간힘을 다해 그 작은 몸을 뒤틀고 떨면서 날개를 펴려고 몸부림쳤다. 나도 나비를 도우려고 숨을 불어주며 온갖 노력을 다했다. 하지만 부질없었다. 제대로 성숙하기 위해서는 시간이 걸리더라도 참을성 있게 햇빛 아래에서 날개가 펴지기를 기다려야만 했다. 하지만 이미 늦었다. 내가 불어 넣은 숨이 나비로 하여금 정해진 시간보다 일찍, 쪼그라진 채 미숙아로 나오도록 강요한 것이다. 그 나비는 때가 차기 전에 나와서는 절망적으로 몸부림치다, 얼마 견디지 못하고 내 손 안에서 죽어갔다.

나는 그 솜털 가득한 나비의 조그만 몸뚱어리가 내 양심 안에서 가장 무거운 존재라고 생각한다. 나는 오늘 그것을 깊이 깨달았다. 영원한 법칙을 깨고 서두르는 것은 죽어 마땅한 큰 죄악이다. 우리는 믿음을 갖고 불멸의 리듬을 따라야만 한다.

나는 이 새해 첫날의 생각을 조용히 음미하기 위해 가까이 있는 바위에 웅크리고 앉았다. 아! 새해에는 신경질적인 조급함 없이 내 삶을 조율할 수 있다면! 내가 조급하게 나오게 하려다 죽인 그 조그만 몸뚱어리의 나비가 항상 앞에서 날면서 내게 길을 보여줄 수 있다면! 때 이르게 죽은 나비 한 마리가 다른 자매인 한 사람의 영혼*으로 하여금 서둘러 날개를 펴지 않고 느긋한 리듬으로 천천히 날개를 펴게 도와준다면 얼마나 좋을까!

---

* 영혼을 뜻하는 그리스 낱말 ψυχή는 원래 나비를 가리키는 낱말이었다.

11

 나는 기쁜 마음으로 설날 선물을 움켜쥔 채 뛰쳐 일어났다. 바람은 차가웠고 하늘은 맑았다. 바다가 빛나고 있었다.

 나는 마을로 가는 길로 접어들었다. 지금쯤은 예배가 끝났으리라. 나는 계속 앞을 향해 나아가면서 전혀 이성적이지 않게 두근거리는 마음으로 새해 처음으로 마주치게 될 사람이 누구일까 하는 기대에 차 있었다. 누가 내게 어떤 운수를 가져올까? 손에 설날 선물을 쥐고 있는 어린아이일까? 아니면 지상의 임무를 허물없이 다 마친, 넓은 소매가 달린 셔츠를 입은 강단 있는 노인일까? 걸어가면서 마을이 가까워질수록 기대감은 커져만 갔다.

 그러다가 갑자기 나는 다리의 맥이 풀리면서 휘청거렸다. 마을에서 나오는 길 한쪽의 올리브나무 아래에서 검은 머리 스카프를 한 과부가 몸을 똑바로 세운 채 자극적으로 몸을 흔들면서 나타난 것이다.

 그녀는 검은 표범처럼 몸을 물결치듯 흔들면서 걸어왔다. 자극적인 향기가 그녀의 몸에서 공중으로 뿜어져 나오는 듯했다. 나는 생각했다. 내가 여기에서 벗어날 수 있을까? 나는 저 성난 맹수가 무자비하다는 것을 잘 알고 있었다. 그리고 내가 이기려면 도망치는 수밖에 없었다. 하지만 어떻게 도망친단 말인가? 과부가 다가오고 있었다. 길바닥 자갈들이 마치 대규모 군대가 지나가는 듯한 소리를 냈다. 그녀는 머리를 곧추세우고 스카프를 미끄러뜨리듯 풀어 헤쳤다. 그녀의 칠흑같이 새까만 머리가 빛났다. 그녀는 나를 힐끗 쳐다보며 미소를 지었다. 그녀의 눈매는 잔혹할 정도로 부드러웠다. 그러고는 마치 여자의 가장 깊숙한 곳의 신비스러운 치부를 드러낸 것이 부끄럽다는 듯 재빠른 동작으로 다시 자신의 머리카락을 스카프로 감쌌다.

나는 그녀에게 "새해 복 많이 받으세요!"라고 인사하려 했다. 하지만 탄광이 무너져 내 목숨이 위태로웠던 날처럼 내 목은 꽉 잠겨 아무 소리도 나오지 않았다. 그녀의 집 마당을 담장처럼 둘러싼 갈대들이 바람에 흔들렸고, 겨울 해는 검푸른 잎이 무성한 레몬나무와 오렌지나무의 황금빛 열매 위로 떨어지고 있었다. 모든 것이 마치 천국인 양 밝게 빛났다.

과부는 멈춰 서더니 손을 뻗어 문을 힘껏 밀어 열었다. 바로 그 순간에 나는 그녀 앞을 지나치고 있었다. 그녀는 몸을 돌려 다시 나를 보았다. 그녀의 눈썹이 파르르 떨렸다.

그녀는 문을 열어둔 채로 안으로 들어갔다. 나는 궁둥이를 흔들며 오렌지나무 뒤쪽으로 사라지는 그녀를 멍하니 바라보았다.

그냥 문지방을 훌쩍 넘어 그녀를 쫓아 들어가서는 빗장을 걸어 잠그고, 아무 말도 없이 그녀의 허리를 껴안고는 잘 정돈된 침대 위로 눕힐까? 그런 게 바로 남자다! 내 할아버지라면 그렇게 했을 것이다. 그리고 내 손자 놈도 그러기를 바란다. 반면 나는 어정쩡하게 멍하니 서서 생각만 하고 있다······

나는 혼잣말을 했다. "다음 생애에는 좀더 잘 해낼 수 있을 거야. 지금은 그냥 가자!"

푸르른 계곡으로 들어섰을 때, 나는 마치 죽어 마땅한 잘못을 저지른 듯한 무거운 죄책감을 느꼈다. 나는 계속 정처 없이 걸었다. 날씨가 추웠다. 몸이 덜덜 떨렸다. 나는 계속 눈앞에서 아른거리는 과부의 흔들거리는 엉덩이와 미소, 눈매, 그리고 풍만한 젖가슴을 좇고 있었다. 그리고 그것들이 나를 추격하는 듯 나는 계속 뛰었다.

나무들은 아직 잎을 내지 않았다. 하지만 나무순들은 벌써 팽팽하게 부풀어 올라 있었다. 모든 나무순들은 당장이라도 싹을 내고 꽃을 피우고 달콤한 열매를 맺으려는 듯 터질 듯한 생명력을 빛을 향해 내뿜고 있었다. 겨울은 딱딱한 껍질 뒤로 소리도 없이, 몰래, 밤낮으로, 봄의 위대한 기적의 천을 짜고 있었다.

나는 나도 모르게 갑작스레 기쁨에 넘쳐 소리를 질렀다. 내 눈앞의 움푹 파인 곳에 서 있는 아몬드나무가 용감한 개척자인 꽃을 피우고 있었다. 그 나무는 다른 모든 나무들보다 앞서나가면서 봄을 알리고 있었다.

나는 마음이 가벼워졌다. 이게 바로 내가 원한 것이었다. 나는 은은하게 자극하는 꽃향기를 깊이 들이마시고는 길을 조금 벗어나 꽃을 피운 나뭇가지 아래에 책상다리를 하고 앉았다.

아무 생각도 않고, 아무런 걱정도 없이 행복한 기분으로 오랜 시간 앉아 있었다. 마치 영원토록 천국의 나무 아래에 앉아 있는 것 같았다.

그때 갑자기 화난 목소리 하나가 나를 천국에서 끄집어내어 지상으로 던졌다.

"대장, 어찌 이렇게 구멍 속에 꼭꼭 숨어 있는 거요? 대장을 찾으려고 온 세상을 다 뒤졌다고요. 벌써 정오가 다 되었어요. 갑시다!"

"어딜요?"

"어디라뇨? 그걸 말이라고 하슈? 그 숙녀의 새끼 돼지한테 가야죠. 배도 안 고프쇼? 지금쯤 새끼 돼지가 오븐에서 나와서 군침 도는 냄새를 진동하고 있을 거요. 그러니, 자, 이제 갑시다!"

나는 일어났다. 나는 기적처럼 꽃을 피우는 수수께끼 같은 아몬드나무의 거친 밑동을 쓰다듬었다. 조르바는 한창 기분이 고조된 데다 배고픔까지 겹쳐 빠른 걸음으로 앞서갔다. 음식과 술, 여자, 춤, 이 네 가지는 인간에게 가장 기본적인 필수 요소인데, 조르바는 강단 있는 그 몸뚱어리에 이 모두를 조금도 손상시키지 않은 채 지니고 있었다. 그는 손에 황금빛 끈으로 묶은 분홍빛 꾸러미 하나를 들고 있었다.

"새해 선물이오?" 내가 물었다.

조르바는 감정을 드러내지 않으려고 노력하면서 웃음을 지었다.

"그냥, 숙녀분께서 불평하지 않게 해주려고요." 그가 돌아보지도 않고 말했다. "그리고 영광스러운 지난날들의 기억을 되살리라고요…… 여자 아닙니까? 아시잖아요, 여자들은 불평꾼들이라니까요."

"사진이에요? 당신 사진? 천하의 장난꾸러기 같으니라고……"

"곧 알게 될 거예요, 알게 될 거라고요. 급할 거 없잖아요. 내가 직접 만든 거요. 빨리 갑시다!"

한낮의 햇빛은 인간의 뼈마디마저 즐겁게 만들어주었다. 바다 역시 행복해하며 일광욕을 즐기고 있었다. 멀리 옅은 안개로 둘러싸인 조그만 바위섬 하나가 바다 위로 떠올라 항해하고 있었다.

우리는 마을에 도착했다. 조르바가 가까이 다가와서 목소리를 낮추며 말했다.

"대장, 그거 아슈? 그 입에 오르내리는 문제의 여인이 성당에 왔습디다. 한 성가대원 옆에, 바로 내 앞에 서 있었죠. 글쎄, 내가 벽의 성화를 볼 때마다 성화들이 밝게 빛나는 거예요. 예수 그리스도가 빛이 나고, 성모 마리아와 열두 사도도 빛납디다. '이게 도대체 뭐지?' 나는 성호를 그으면서 속으로 말했죠, '햇빛이 비추는 건가?' 그런데 그게 바로 과부였습디다."

"조르바, 그만 됐으니 그런 이야기는 집어치워요." 나는 그렇게 대꾸하고 걸음걸이를 빨리 했다.

하지만 조르바가 바짝 내 뒤로 쫓아왔다.

"대장, 그녀를 가까이서 봤어요. 뺨에 점 하나가 있는데, 그

점이 혼을 쏙 빼놓더라고요. 여자들 뺨에 있는 점은 얼마나 신비스러운지!"

그는 다시 감탄하며 눈망울을 굴렸다.

"대장, 알겠소? 피부가 매끄럽게 흘러가다가 갑자기 까만 점 하나가 등장하죠. 그러면 그게 우리 정신을 쏙 빼가요. 대장, 뭘 좀 알겠수? 대장 책에는 뭐라고 써 있수?"

"나가 돼지라고 써 있어요."

조르바가 기분 좋은 듯 웃으면서 대꾸했다.

"그렇죠, 바로 그거예요. 이제 좀 알아듣는구려!"

우리는 멈추지 않고 카페 앞을 서둘러 지나쳤다.

우리의 숙녀 귀부인은 오븐에 새끼 돼지 한 마리를 준비해놓고 문지방에 똑바로 서서 우리를 기다리고 있었다.

그녀는 오늘도 밝은 노란색 천 띠를 목에 두르고, 얼굴엔 분을 덕지덕지 바르고, 입술에는 짙은 체리색 립스틱을 발랐는데, 그 모습은 끔찍했다. 그녀는 우리를 보자마자 온몸을 흔들면서 반가워하며, 영악하지만 빛바랜 눈을 반짝이면서 꼿꼿하게 세운 조르바의 콧수염을 뚫어지게 바라보았다. 그러자 조르바도 바깥문을 닫자마자 곧바로 그녀의 허리를 감았다.

"나의 사랑스러운 부불리나여, 새해 복 많이 받으세요!" 그녀에게 이렇게 말하며 소리쳤다. "내가 뭘 가져왔게요?"

그러면서 그는 그녀의 주름 많은 뒷덜미에 입맞춤을 했다.

늙은 세이렌은 조르바의 아부에 기분이 좋아졌지만 냉정을 잃지는 않았다. 그녀는 새우 같은 눈을 하고 선물을 응시하더니 빼앗듯 채서는 황금빛 끈을 풀고 안을 들여다봤다. 그리고 함성을 질렀다.

나 역시 몸을 굽혀 조르바가 가져온 게 뭔지 보았다. 천하의 장난꾸러기 조르바는 두터운 마분지에 각기 다른 네 가지 색 — 금색, 밤색, 회색, 검은색 — 의 깃발이 나부끼는 네 척의 커다란 전함을 그려놓았다. 바다는 장밋빛이었고, 전함 앞에는 밝은 노란색 천 띠를 목에 두른 새하얀 피부의 인어가, 완전 벌거숭이로, 머리를 풀어 헤치고 꼿꼿이 솟은 젖가슴을 드러낸 채, 구불구불 휘감기는 물고기 꼬리로 헤엄치면서 파도에 몸을 맡기고 누워 있었다. 마담 오르탕스였다. 그녀는 네 개의 밧줄로 영국 국기, 러시아 국기, 프랑스 국기, 이탈리아 국기를 단 전함들을 붙잡고 있었다. 그리고 그림의 네 귀퉁이에는 금색과 밤색, 회색, 그리고 검은색의 긴 수염이 매달려 있었다.

늙은 세이렌은 즉시 그림의 의미를 알아차렸다.

"나넹!" 그녀가 인어를 가리키며 자랑스럽게 소리쳤다.

그러고는 한숨을 쉬었다.

"아, 아! 나도 한때는 강대국이었는데……"

그녀는 침대 위 앵무새 조롱 옆에 걸린 조그만 거울을 떼어내고는 그 자리에 조르바의 작품을 걸었다. 짙은 붉은색 화장 아래 그녀의 얼굴은 아마도 새하얘져 있었을 것이다.

하지만 조르바는 부엌으로 침투해 들어갔다. 그는 배가 고팠다. 새끼돼지구이와 빵을 가져오고, 자기 앞에 포도주 한 병을 꺼내놓더니 세 개의 잔에 따랐다.

그는 손뼉을 치면서 "어서들 잡수세요!" 하고 소리쳤다. "자, 우선 기초인 배부터 든든히 합시다. 그리고, 오, 나의 부불리나여, 다음 차례로 넘어갑시다!"

그러나 우리의 늙은 인어 요정의 한숨이 공기를 탁하게 흐려 놓았다. 그녀 역시 매해 첫날, 작은 예수 재림일을 맞이하여 자신의 인생을 되돌아보고는 자신의 인생이 실패했음을 느끼곤 했다. 공식적인 기념일이면 이 덜떨어진 여인의 기억 한가운데에서 여러 화려한 도시들과 남자들, 비단 드레스, 샴페인, 향수 뿌린 수염들이 튀어나와 아우성치는 듯했다.

"임마시 업쎄여." 그녀가 자신을 달래는 어투로 중얼거렸다. "업쎄여…… 업따고요."

그녀는 화로 앞에 무릎을 꿇고 앉아 시뻘겋게 달아오른 숯덩이들을 들쑤셔댔다. 크림을 잔뜩 바른 그녀의 뺨이 번들거렸다. 그녀의 이마에 매달려 있던 머리카락 하나가 불에 닿았다. 방 안에 머리털이 타는 역한 냄새가 진동했다.

"안 머글 꺼야…… 안 머거……" 우리가 그녀에게 신경을 쓰지 않는 것을 보자 그녀가 다시 중얼거렸다.

조르바가 화가 난 듯 주먹을 불끈 쥐었다. 하지만 그는 잠시 결정을 내리지 못하고 망설였다. 그녀가 얼마든지 중얼거리게 내버려둔 채 우리끼리 신나게 음식을 먹을 수도 있었다. 아니면 그녀 앞에 무릎을 꿇고 앉아 그녀를 가슴에 안고서는 달콤한 말로 잘 구슬릴 수도 있었다. 나는 꺼칠꺼칠한 그의 얼굴에 드러난 흔들리는 표정에서 그의 마음속에 갈등이 물결치고 있음을 눈치챘다.

그러다가 어느 순간 조르바의 얼굴이 평온해졌다. 그가 결정을 한 것이다. 그는 무릎을 꿇고 앉아 세이렌의 무릎을 움켜쥐더니 애절한 목소리로 말했다.

"오, 나의 부불리나여, 만약 당신이 아무것도 안 먹으면 세상이 끝나버립니다. 나의 여주인이시여, 세상을 불쌍히 여겨주세요! 그리고 이 새끼 돼지 다리 하나를 드세요."

그러더니 버터를 듬뿍 바른 쫀득쫀득한 새끼 돼지 다리 하나를 그녀의 입에 들이댔다.

그는 그녀를 품에 안아 일으켜 세워서 우리 둘 사이에 있는 의자에 여왕 모시듯 앉혔다.

"먹어요. 그래야 우리 마을에 바실리오스 대성인이 오시지, 그러지 않으면 안 오세요. 그걸 아셔야 해요. 그냥 되돌아서서 서류와 잉크, 바실로피타 케이크, 새해 선물, 아이들의 장난감, 그리고 이 새끼돼지구이까지 다 챙겨 가지고 대성인의 고향인 케사리아로 돌아갈 거예요. 떠날 거라고요. 그러니 사랑하는 나의 부불리나여, 당신의 조그만 입을 열어 어서 드세요!"

그러고는 손가락 두 개를 펴서는 그녀의 겨드랑이를 간질였다. 그러자 늙은 세이렌은 히히거리며 붉어진 눈을 닦고는 바삭바삭 잘 구워진 새끼 돼지 다리를 맛있게 씹기 시작했다.

바로 그 순간에 발정 난 고양이 두 마리가 바로 우리 머리 위 지붕에서 야옹거리기 시작했다. 고양이들은 증오와 분노에 차서 소리를 높였다가 낮췄다가 하며 무시무시하게 으르렁거렸다. 그러다가 갑자기 천장 위에서 서로 할퀴면서 몸을 구르는 소리가 들렸다.

"야옹, 야옹." 조르바가 고양이 울음소리를 내면서 세이렌에게 눈을 찡긋했다.

그러자 그녀는 미소를 지으며 식탁 아래에서 몰래 그의 손을 꽉 잡았다. 그녀 목의 둑이 무너지고 그녀는 이제 왕성한 식욕으로 먹기 시작했다.

해가 저물면서 작은 창문을 통해 햇빛이 들어와서는 부불리나의 발 위에 앉았다. 포도주 병이 비었다. 조르바는 도둑고양이의 빳빳한 수염을 바짝 세우고 '암컷'에게 다가갔다. 그러자 마담 오르탕스는 꾸르륵꾸르륵 소리를 내며 조르바의 어깨에 머리를 파묻고, 소름이 돋은 채 술 취한 조르바의 뜨거운 입김을 쐬고 있었다.

"대장, 이건 또 무슨 조환가요?" 조르바가 몸을 돌리며 내게 말했다. "내가 하는 일은 온통 뒤죽박죽이에요. 내가 어렸을 때 사람들은 나를 보고 늙은이 같다고 했어요. 그때 나는 신중하고, 말수도 적고, 나이 들어 보이는 굵은 목소리로 말했거든요. 내가 할아버지를 닮았다고들 했죠. 그런데 나이를 먹어가면서 점점 더 가벼워졌어요. 스무 살이 되자 나는 철없는 짓거리들을 시작했지만 그렇게 심하지는 않았어요. 보통 정도의 미친 짓거리 정도였죠. 마흔이 되자 나는 젊음이 넘치는 걸 느끼면서 진짜 미친 짓을 많이 했죠. 그리고 지금 육십 줄에 들어서자,—대장, 이건 비밀인데 내 나이가 지금 예순다섯이오,—하여간 육십이 되자, 정말 날 믿으슈, 대장, 이걸 도무지 어떻게 설명해야 할지, 이 세계가 좁아서 나를 받아들이질 못한다우."

그는 잔을 높게 들더니 자신의 숙녀를 향해 돌아서서는 모든 존경을 다 표하며 정중한 말투로 소리쳤다.

"나의 숙녀시여, 이 잔을 당신의 건강을 위해 바칩니다. 하느님께서 새해에는 다시 이가 돋아나게 하시고, 칼처럼 날카로운 눈썹이 다시 생기고, 피부가 다시 대리석처럼 매끄럽게 되게 하시며 당신 목을 감은 이 안 어울리는 띠를 던져버리게 하시기를 기원합니다. 그리고 다시 크레타에 혁명이 일어나서, 오 나의 부불리나여, 각기 다른 향수를 뿌린 곱슬곱슬한 수염이 난 '쩨독'*들이 지휘하는 세계 4대 강대국의 함대가 다시 오기를, 그러면 나의 요정이시여, 당신은 다시 파도 위를 날아다니며 노래를 부르겠죠— 아, 끝내주네!—그러면 모든 함대가 이 무시무시한 둥근 바위 사이에서 난파할 거요."

조르바는 이렇게 말하면서 자신의 큰 손을 내밀어 마담의 축 처지고 말라비틀어진 젖가슴을 움켜쥐었다.

조르바는 다시 흥분되어, 욕망 때문에 목소리마저 쉬었다. 나는 어떤 영화에서 터키의 파샤**가 파리의 한 카바레에서 금발 여종업원을 무릎에 앉히고 희롱하다가 점점 흥분되고 달아올라 페즈 모자***에 달린 술이 슬금슬금 발기되어, 처음에는 수평으로 가

---

* 마담 오르탕스의 그리스어 발음이 틀린 것을 나타내기 위해 작가는 일부러 곳곳에 틀린 철자를 사용한다.
** 예전 터키에서 장군이나 총독, 사령관 등 신분이 높은 사람에게 부여하던 칭호.
*** 술이 달린 터키인들의 붉은색 원통형 모자.

만히 서 있더니 나중에는 힘이 뻗쳐 수직으로 꼿꼿이 서는 장면을 본 적이 있다.

"대장, 뭐 때문에 웃는 거요?" 조르바가 물었다.

하지만 마담의 머릿속은 온통 조르바의 말에 잔뜩 취해 있었다.

"아, 나의 조르바여, 그런 일이 일어났으면……" 그녀가 말했다. "하지만 청춘은 다 지나갔어요."

조르바가 의자를 더 바싹 끌어당겼다. 이제 두 의자는 붙어버렸다.

"잘 들어요, 나의 부불리나여!" 조르바가 가장 결정적인 위치에 있는 세번째 상의 단추를 풀려고 애쓰면서 말했다. "내가 당신한테 좋은 선물이 될 이야기를 하나 해줄게요. 기적을 행하는 의사 한 명이 나타났어요. 그 의사가 당신한테 물약이든 가루약이든 약을 주면 당신은 다시 스무 살, 아무리 못 해도 스물다섯 살처럼 될 거요. 정말이에요. 그러니 잠자코 있어요. 내가 유럽에 당신을 위해 약을 주문할 거니까……"

늙은 세이렌은 감동했다. 그녀의 성긴 머리카락 사이로 반짝거리는 붉은빛 피부가 빛을 발했다.

"정말이에요? 정말이냐고요?" 그녀가 소리를 질렀다.

그녀가 축 늘어지고 살이 찐 팔로 조르바의 몸을 감쌌다.

"오, 나의 조르바여!" 그녀가 그에게 몸을 비비면서 웅얼거렸다. "물약이면 큰 병으로 하나를 주문하고, 그리고 만약 가루약이면……"

"한 자루지!" 조르바가 이렇게 말하면서 세번째 단추를 풀어 젖혔다.

한동안 잠잠하던 고양이들이 다시 야옹거리기 시작했다. 한 놈은 구슬프게 애원조로 울었고, 다른 놈은 거부하면서 겁을 주었다.

우리의 숙녀분이 하품을 했다. 그녀의 눈에는 졸음이 가득했다.

"고양이 소리 좀 들어봐요. 저놈들은 창피해하지도 않아요……" 그녀는 이렇게 중얼거리며 조르바의 무릎에 앉았다.

조르바는 목을 숙이며 한숨을 내쉬었다. 술을 많이 마셔서 그의 눈은 충혈되어 있었다.

"나의 부불리나여, 무슨 생각을 하고 있소? 눈이 충혈됐구려." 조르바가 이렇게 말하면서 그녀의 젖가슴으로 손바닥을 꽉 채웠다.

"알렉산드리아……" 많은 여행을 한 인어가 훌쩍거리면서 중얼거렸다. "알렉산드리아, 베이루트, 콘스탄티노폴리스, 터키 여자들, 아랍 여자들, 세르베티,* 파수마키,** 페즈 모자……"

그녀가 다시 한숨을 쉬었다.

"알리 베이***가 나하고 밤을 보낼 때, 콧수염과 눈썹이 얼마나 멋졌는지, 또 팔뚝은…… 돈을 많이 주었죠. 나는 우리 집 안뜰에

* 아주 단 터키의 음료.
** 굽이 달린 여자용 슬리퍼.
*** 터키 고위 공직자의 직함. 파샤보다는 한 등급 아래의 공직자.

서 새벽녘까지 북과 피리를 연주했었죠. 그러자 이웃 여자들이 약이 올라서는 이렇게 말들 했죠. '오늘도 알리 베이가 마담하고 어울렸군······.'

그리고 내가 콘스탄티노폴리스에 갔을 때 술레이만 파샤*는 혹시라도 술탄이 모스크에 가다가 나를 보게 되면 나의 아름다움에 반해 술탄의 하렘으로 끌고 갈까 봐 금요일에는 산책을 못 하게 했죠. 그리고 아침에 우리 집에서 떠나갈 때면, 내가 다른 남자를 만나지 못하게 호위병 세 명을 시켜 집을 지키게 했어요······ 아, 나의 술레이만이여."

그녀는 손수건을 꺼내더니 입에 넣고 씹으면서, 거북이처럼 쉭쉭 하는 소리를 냈다.

조르바가 그녀를 옆에 있는 의자에 내려놓고는 화를 내며 일어섰다. 그러고는 방 안을 두세 번 왔다 갔다 하다가 긴 한숨을 내쉬었다. 방이 갑자기 좁아진 듯했다. 그러더니 이번엔 지팡이를 움켜쥐고 마당으로 나가서는 벽에 걸려 있는 줄사다리를 붙잡더니 두세 계단을 올라갔다.

"조르바, 누굴 혼내주려고 하는 거요?" 내가 소리쳐 물었다. "술레이만 파샤요?"

"빌어먹을 고양이들 같으니라고! 나를 가만히 내버려두질 않는군!"

그러고는 껑충 뛰어 한 번에 지붕 위로 올라갔다.

---

* 오스만튀르크의 최고위직 명칭.

마담 오르탕스는 취해서 헝클어진 머리를 하고 수많은 입맞춤을 받았던 눈을 감고 있었다. 잠이 그녀를 일으켜 세워 동방의 대도시로, 비밀 정원으로, 어두운 하렘으로, 사랑에 빠져 고통스러워하는 파샤들에게 데려갔다. 그러고는 그녀를 바다 건너로 데려가서 낚시하는 꿈을 꾸게 했다. 꿈속에서 그녀는 낚싯줄 네 개를 던져 네 척의 전함을 낚았단다……

늙은 세이렌은 바다가 보낸 이슬에 젖은 채 꿈속에서 조용히 미소 짓고 있었다.

조르바가 지팡이를 흔들면서 방으로 들어왔다.

"잠들었나?" 그가 마담을 보며 물었다. "암퇘지가 잠이 들었나?"

"네, 잠들었어요, 조르바 파샤." 내가 대답했다. "나이 든 사람을 다시 젊게 만드는 '잠'이라는 보로노프 박사*가 그녀를 데려갔어요. 지금 그녀는 알렉산드리아를, 그리고 베이루트를 활보하고 있죠……"

"에이, 더러운 계집, 꺼져버려라!" 조르바가 웅얼거리며 바닥에 침을 탁 뱉었다. "저 여자가 어떤 미소를 짓고 있는지 좀 보슈! 대장, 갑시다."

그는 모자를 쓰더니 문을 열어젖혔다.

"그녀를 혼자 내버려두고 이렇게 그냥 떠나다니 부끄럽지도 않아요?" 내가 말했다.

---

* Serge Abrahamovitch Voronoff(1866~1951): 동물의 장기를 인간에게 이식하는 실험으로 유명해진 러시아 출신의 프랑스 의사.

"저 여자는 지금 결코 혼자가 아녜요. 술레이만 파샤하고 함께 있어요. 저 여자를 좀 보슈. 지금 일곱번째 천국에 올라가 있단 말요. 더러운 잡년! 갑시다!"

우리는 차가운 공기가 있는 밖으로 나왔다. 달은 지극한 행복에 젖어 있는 하늘을 조용히 항해하고 있었다.

"여자들이란!" 조르바가 역겹다는 듯 침을 탁 뱉으며 말했다. "하긴 여자들 잘못이 아니고 우리들 잘못이죠. 멍텅구리들, 머리 나쁜 바보들, 술레이만 놈들, 조르바 놈들 잘못이죠!"

그리고 조금 있다가 다시 입을 열었다.

"우리들 잘못도 아니죠. 오직 한 놈, 단 한 놈의 잘못이죠. 멍청한 터키 놈과 새머리, 위대한 술레이만과 조르바…… 누군지 아시겠죠?"

"그런 존재가 있다면 그렇겠지만, 만약 없다면요?" 내가 물었다.

"그렇다면요, 이거나 먹으라죠!" 조르바가 공중을 향해 손바닥을 펼치며 말했다.*

우리는 꽤 오랫동안 말도 하지 않고 빠르게 걸었다. 조르바는 뭔가 심각한 생각에 잠겨 있었다. 그는 가끔씩 지팡이로 돌을 치면서 침을 뱉었다. 그러다 갑자기 돌아서더니 말했다.

"하느님께서 우리 할아버지 뼈에 축복을 내리시기를! 우리

---

* 그리스에서 손바닥을 펴서 보여주는 것은 상대방을 모욕하는 것이다.

할아버지도 여자들에 대해 뭘 좀 아셨죠. 왜냐하면 돌아가신 그분도 여자들을 되게 좋아하셨거든요. 여자들 때문에 문제가 많으셨죠. 내게 이런 말씀을 하시곤 했어요. '애야, 알렉시스, 여자들을 조심해라! 하느님께서 여자를 만드시려고 아담의 갈비뼈 하나를 뽑았을 때, —그 순간에 저주가 있을진저! —악마 녀석이 뱀으로 변신해 그 갈비뼈를 채서 도망쳤지…… 하느님이 당황해서 그놈을 쫓아가 잡았는데, 어이구, 그놈 몸은 쏙 빠져나가고 손에 뿔만 남았더란다. 하느님께서 말씀하시길 '솜씨 좋은 주부는 숟가락으로도 실을 뽑는다. 나도 이 악마의 뿔로 여자를 만들지 뭐!' 그렇게 만든 여자를 악마가 우리한테 가져다준 거란다. 애야, 알렉시스, 그렇게 된 거란다. 여자 몸 어디를 만져도 그건 악마의 뿔이란다. 여자들을 조심해라! 에덴 동산의 사과를 훔쳐서 자기들 젖가슴에 숨긴 게 여자들이다. 그러면서도 지금 잘난 체하면서 이리저리 돌아다닌단다. 저주 받을 것들 같으니라고! 그 사과를 먹으면 쫄딱 망하지. 안 먹어도 마찬가지로 망한다. 이놈아, 내가 네게 무슨 충고를 할 수 있겠니? 하고 싶은 대로 마음대로 하려무나!' 하늘에 올라가서 용서받으신 할아버지는 이렇게 말씀해주셨죠. 하지만 나는 정신을 차리지 못하고 할아버지가 간 길을 따라 악마한테 갔죠."

우리는 빠른 속도로 마을을 지나갔다. 마치 술에 취해 산책하러 밖으로 나온 듯한 달이 조바심 내며 불안하게 비추고 있었다. 세상은 다른 모습으로 바뀌어 있었다. 길바닥은 우유의 강으로 변했고, 곳곳의 웅덩이들은 하얀 석회를 토해냈다. 산들도 눈이 덮인 듯 하얗게 빛나고 있었다. 내 손도, 얼굴도, 목도, 마치 반딧불이의 꼬리처럼 빛을 뿜어내고 있었고, 달은 이국적인 동그란 부적처럼 내 가슴에 매달려 있었다……

우리는 달리는 말처럼 빨리 걸었다. 취기 때문인지 몸이 한없이 가벼워져 마치 나는 것 같았다. 우리들 뒤로 멀어져 가는 잠든 마을에서는 개들이 지붕에 올라가서 달을 올려다보며 슬프게 짖어댔다. 그러자 나도 아무런 이유 없이 고개를 젖혀 애도를 표해야 할 것 같은 기분이 들었다.

우리는 어느덧 과부의 집 앞을 지나가고 있었다. 조르바가 멈춰 섰다. 포도주와 음식과 달에 취한 조르바는 또다시 달아올라서 고개를 쭉 뽑고는 당나귀 울음 같은 목소리로 그의 머리가 이 순간에 가장 적당하다고 생각한 아주 노골적인 가사의 사랑 노래를 뽑기 시작했다.

> 나는 너의 허리 아랫부분을 좋아한다네,
> 뱀장어가 살아 들어가서는 이내 죽어버리네!

"저 여자 역시 악마의 뿔이에요. 대장, 갑시다!" 그가 소리쳤다.

우리가 오두막에 도착했을 때에는 새벽이 다가오고 있었다. 나는 완전히 녹초가 되어 침대에 쓰러졌다. 조르바는 씻고 화로에 불을 붙이고는 커피를 끓였다. 그러고 나서 문 앞 바닥에 책상다리로 주저앉아 담배 한 개비를 피워 물더니, 몸을 똑바로 세우고 요동도 없이 조용히 바다를 바라보았다. 그는 심각한 표정으로 무언가에 집중하고 있었다. 그 모습은 내가 좋아하는 일본 그림 같았다. 그 그림 속에서는 한 수도승이 오렌지색 장삼을 걸친 채 책상다리를 하고 앉아, 비를 머금어 검게 빛나는 세밀하게 조각된 나뭇조각 같은 엄숙한 표정으로 목을 꼿꼿이 세우고, 아무런 두려움 없이 미소를 지으며, 새까만 밤을 응시하고 있었다……

나는 달빛 아래 앉아 있는 조르바를 보면서 그가 자랑스러웠다. 이 사람은 사나이다움과 단순함으로 세상과 조화를 이루었고, 육체와 영혼을 하나로 만들었다. 그리고 여자와 빵, 정신, 잠, 이 모든 것이 기꺼이 살이 되어 조르바가 되었다. 나는 여태껏 인간과 우주가 이렇게 다정하게 대응하는 것을 본 적이 없었다.

창백한 푸른색을 띤 둥근 달이 서쪽으로 기울었다. 말로 다 표현할 수 없는 부드러움이 바다 위로 쏟아지고 있었다.

조르바는 벌떡 일어나더니 손을 뻗어 바구니를 뒤져 스펀지와 노끈, 실패, 작은 나뭇조각들을 끄집어냈다. 그러고는 등잔불을 밝히고 케이블을 시험하기 시작했다. 그는 몸을 굽혀 조잡한 자신의 장난감을 응시했다. 가끔씩 미친 듯이 머리를 쥐어뜯고 상소리를 내뱉는 것으로 보아 그는 틀림없이 어려운 수학 문제를 풀기 위해 투쟁하고 있음이 분명했다.

갑자기 조르바가 지겹다는 듯 케이블 모형에 발길질을 했다. 케이블은 그대로 무너져 내렸다.

12

 잠이 들었다. 다시 깨어났을 때 조르바는 이미 없었다. 날씨는 추웠고 나는 별로 일어나고 싶지 않았다. 내 머리 위에 있는 조그만 선반으로 손을 뻗어 내가 좋아해서 항상 가지고 다니는 말라르메의 시집을 꺼냈다. 여기저기를 건너뛰며 천천히 시를 읽었다. 시집을 덮었다. 그리고 다시 열었다. 하지만 이내 멀리 집어던졌다. 오늘 처음으로 이 모든 시들이 핏기도, 향기도, 인간의 본질도 없는, 색 바랜 하늘빛을 띤 허공처럼 텅 빈 낱말들로 느껴졌다. 그 시들은 미생물 한 마리도 없고, 영양분도 없고, 생명이 결여된 순수한 증류수 같았다.
 종교가 힘을 잃으면 그 종교의 신들이 시의 모티프가 되듯이, 아니면 인간의 고독이나 담벽의 장식이 되듯, 이 시들도 그랬다. 흙더미와 씨앗의 범벅이 되어버린 마음속 막연한 욕망은 진부한 지적 장난으로, 공중누각으로 변하고 말았다.
 나는 다시 시집을 펼쳐 한 번 더 읽어보았다. 어떻게 이 노래들이 그토록 오랫동안 나를 사로잡았던 것일까? 이 노래들은 너무도 순수했다. 이 노래들 속에서 인생은 피 한 방울조차 지탱하지 못하는 투명하고도 가볍기 이를 데 없는 장난으로 변했고, 성적 사랑과 육체의 살, 외침과 같은 인간적인 것들은 야비하고 마무리되지 못한 오염된 존재로서, 정신이라는 용광로 안에서 비물질화되어 흩어지고, 연금술에 연금술을 거듭하여 지극히 비현실적인 추상적 개념들로 바뀌었다.

어째서 이 아침에 한때 나를 유혹하고 타락시켰던 이 시들이 모두 하나같이 사기꾼의 현란한 줄타기 속임수처럼 보이는 걸까? 문명의 종말은 한결같이 엇비슷하다. 그때가 되면 인간의 고뇌가 — 순수 시나 순수 음악, 순수 지각 등이 — 모두 대마법사의 능수능란한 속임수로 끝난다. 모든 믿음과 망상에서 자유로워진, 그래서 더 이상 아무것도 바라지 않고, 그 무엇도 두려워하지 않게 된 마지막 인간, 그가 속한 모든 땅은 숨결이 되고, 그 숨결은 더 이상 뿌리를 내려 영양분을 줄 수도, 취할 수도 없게 된 마지막 인간, 그 인간은 씨앗도, 똥도, 피도 다 비워버렸다. 그리고 모든 것은 낱말로, 장난기 어린 율동의 낱말들로 변했다. 그리고 그 마지막 인간은 황무지의 끝자락에 앉아 음악을 침묵의 수학적 비율로 해체하고 있다.

나는 뛰어 일어나 소리쳤다. 부처야말로 마지막 인간이다! 이것이 그의 엄청난 의미였다. 부처는 모든 것을 비워 그 안에 아무것도 남아 있지 않은 '순수' 영혼이다. 부처는 '아무것'도 아니다. "네 내면을 비워라, 네 정신을 비워라, 네 마음을 비워라!" 그는 그렇게 소리친다. 그의 발이 어디를 밟든 그곳에서는 더 이상 물이 솟지 않으며 풀도 돋아나지 않고, 아이가 태어나지 않는다. 나는 비유와 마술적인 주문으로 그를 포위하고는 구슬려서 나의 내면에서부터 떨어져 나오게 한 다음, 낱말의 그물을 던져 그를 낚아서는 스스로를 구원해야만 한다고 생각했다.

부처에 대해 쓴다는 것은 더 이상 문학적 게임이 아니었다. 그것은 나의 내면에 존재하는 강력한 추진력과의 싸움이었다. 내 마음을 좀먹는 위대한 '아니요'와의 투쟁이었다. 아니, 내 목숨이 달려 있는 투쟁이었다.

나는 기쁜 마음으로 원고를 움켜쥐었다. 나는 마침내 핵심을 알아냈다. 어디를 공격해야 할지 알게 되었다. 부처는 마지막 인간이었고, 우리는 아직 시작도 하지 않았다. 우리는 아직 충분히 먹지도, 마시지도, 입맞춤하지도 않았고, 제대로 살아보지 못했다. 이 맥 빠진 예민한 늙은이는 너무 일찍 왔다. 이제는 떠나가게 놓아주자!

나는 속으로 이렇게 외치고는 쓰기 시작했다. 그것은 이제 더 이상 글쓰기가 아니었다. 그것은 전쟁이자 무자비한 사냥이었으며, 포위 공격이었고, 야수를 보금자리 밖으로 나오게 하는 주문이었다. 예술은 진실로 마술적 주술 행위다. 우리들 가슴속에는 죽이고, 망가뜨리고, 증오하고, 모욕하고 싶은 어둡고 끔찍한 살인 충동이 도사리고 있다. 예술은 달콤한 피리 소리와 함께 바로 그 충동에서 우리를 풀어주려고 다가온다.

나는 썼다. 하루 온종일 투쟁했다. 저녁이 되었을 때 나는 완전히 지쳤지만 자신감에 차 있었다. 하루 종일 전진하고 또 전진해서 몇 개의 고지를 점령했기 때문이다. 나는 조르바가 돌아오기를 애타게 기다렸다. 먹고, 자고, 새로운 힘을 되찾아 아침이 되면 새로운 전투를 벌일 것이다.

조르바는 등불을 밝힐 무렵쯤 돌아왔다. 그의 얼굴이 환했다. '결국 그가 찾아냈구나, 찾아냈어!' 나는 이렇게 생각하며 기다렸다.

며칠 전에 나는 기분이 처져서 그에게 화를 냈었다. "조르바, 자금이 떨어져가요. 무엇이든 빨리 어떻게 해보세요! 케이블을 설치합시다. 석탄 채굴이 실패하면 목재 사업을 합시다. 그러지 않으면 우리는 망해요."

조르바는 머리를 긁적거렸다.

"대장, 돈이 떨어진다고요? 안 좋은 소식이군요."

"거의 다 떨어져가요, 조르바. 우리가 다 먹어치웠어요. 계산 좀 해봐요. 케이블 설치 시도는 어떻게 돼가요? 아직 멀었나요?"

조르바는 머리를 떨구고 대답하지 않았다. 창피한 모양이었다. 그때 아마 속으로 어떻게든 해내겠다는 다짐을 한 듯했다. 그리고 오늘 저녁, 그는 환한 얼굴을 하고 있었다.

"대장, 찾아냈어요." 그가 멀리서부터 소리쳤다. "최적의 기울기를 찾아냈다고요. 요리 미끄러지고, 조리 빠져나가고 했지만 결국 내가 찾아냈다고요."

"그러면 빨리 밀어붙입시다! 불붙게 하자고요, 조르바! 더 필요한 게 있나요?"

"내일 아침 일찍 굵은 철사 케이블, 도르래, 볼 베어링, 못, 갈고리 등 필요한 자재들을 사러 카스트로로 가야 해요. 새처럼 날아갔다가 재빨리 돌아올 거요."

그는 능숙한 솜씨로 불을 지피고 요리를 했다. 우리는 왕성한 식욕으로 먹고 마셨다. 오늘 우리는 둘 다 열심히 일했다.

다음 날 아침 나는 마을 입구까지 조르바를 배웅했다. 가는 도중에 우리는 갈탄광 사업에 대해 실무적인 대화를 신중하게 나누었다. 긴 내리막길에서 조르바가 돌에 걸려 발을 헛디뎠다. 그러자 그 돌이 아래로 굴러 내려가기 시작했다. 조르바는 그렇게 놀라운 일은 처음이라는 듯 그 자리에 서서 굴러가는 돌을 바라보았다. 그리고 나를 돌아보았다. 나는 그의 눈에 가벼운 공포가 스쳐가는 것을 보았다.

"대장, 봤어요? 돌들은 내리막길에서 다시 생명을 얻어 살아납니다!"

나는 아무 말도 하지 않았지만 커다란 기쁨을 느꼈다. 위대한 예언자들이나 시인들은 이와 비슷하게 모든 것을 처음인 듯 보고 느낀다. 매일 아침 자신들 앞에 새로운 세상이 시작되는 것을 본다. 새로운 세상이 안 보이면 스스로 새로운 세상을 창조한다.

세상은 태초의 인간을 위해 존재했듯이 조르바를 위해 존재했다. 별들이 그를 어루만지고, 바다가 그의 관자놀이에서 부서졌다. 그는 모든 것을 왜곡하는 논리의 방해 없이 확고한 시선을 가지고 땅과 물과 짐승들과, 그리고 하느님과 직접 소통하며 살아왔다.

마담 오르탕스도 소식을 듣고 분을 덕지덕지 바른 채 그녀의 집 문지방에 서서 안절부절못하며 우리를 기다리고 있었다. 그녀는 토요일 저녁의 카페처럼 요란하게 치장하고 있었다. 문 앞에는 노새 한 마리가 준비되어 있었다. 조르바는 노새 등에 훌쩍 뛰어올라서는 고삐를 움켜쥐었다. 우리의 늙은 세이렌은 조심스레 다가가서는 노새의 가슴팍에 통통한 손을 얹어놓았다. 마치 그녀를 위해 노새가 떠나지 않기를 바라는 것 같았다.

"조르바……" 그녀는 이렇게 웅얼거리면서 손톱 끄트머리를 살짝 세웠다. "조르바……"

조르바는 먼 곳을 바라보며 딴청을 부렸다. 그는 길거리에서 이렇게 신파조로 쥐어짜는 장면을 연출하는 게 마음에 안 들었다. 가엾은 마담은 조르바의 눈빛을 보고 겁에 질렸지만 그래도 손은 여전히 애원조로 노새의 가슴팍에 대고 있었다.

"왜?" 조르바가 짜증을 내며 말했다.

"조르바, 조심하세요……" 그녀가 웅얼거렸다. "나를 잊지 마시고요. 조르바 조심하세요……"

조르바가 아무런 대답도 없이 고삐를 당겼다. 노새가 움직이기 시작했다.

"잘 다녀오세요!" 내가 소리쳤다. "사흘요, 사흘! 듣고 있어요? 더 이상은 안 돼요."

그가 뒤돌아보며 손을 흔들었다. 늙은 세이렌이 울기 시작했다. 눈물은 그녀의 짙은 분 더미에 도랑을 만들며 흘러내렸다.

"대장, 걱정 마슈! 곧 다시 봅시다!"

조르바가 그렇게 소리치고는 올리브 숲 사이로 사라졌다. 마담 오르탕스는 계속 울었다. 울면서 가끔씩 자신의 사랑이 편하게 앉아 가라고 노새 위에 깔아준 빨간 담요가 은빛 올리브 나뭇잎 사이에서 반짝반짝 빛나는 것을 기쁜 마음으로 훔쳐보았다. 잠시 후에는 그것마저도 보이지 않게 되었다. 마담 오르탕스는 주변을 둘러보았다. 세상이 텅 비어 있었다.

나는 오두막으로 돌아가지 않고 산을 오르기 시작했다. 미처 오르막길에 도착하기 전에 트럼펫 소리가 들렸다. 시골 우편배달부가 마을로 오고 있음을 알리는 신호였다.

"사장님!" 배달부가 손을 흔들며 나를 불렀다.

그는 다가와서 신문과 잡지 한 꾸러미와 두 통의 편지를 건네주었다. 편지 한 통은 하루가 끝나고 내 영혼이 부드러워지는 저녁에 읽으려고 즉시 주머니에 숨겼다. 나는 누가 보낸 편지인지 알고 있었기에 기쁨을 더 크게 만들고자 읽기를 뒤로 미루었다.

다른 편지 역시 신경질적으로 또박또박 날카로운 필체로 쓴 글씨와 이국적인 우표 때문에 누가 쓴 것인지 곧바로 알아보았다. 예전에 학교를 같이 다닌 친구, 카라야니스가 아프리카 탕가니카의 산간마을에서 보내온 것이었다.

괴팍하고, 엉뚱하고, 가무잡잡한 피부에 새하얀 이를 가진 친구였다. 멧돼지처럼 송곳니 하나가 불쑥 튀어나와 있는 그는 한 번도 조용히 말한 적이 없었다. 항상 소리쳐댔다. 토론하는 적이 없고 늘 말싸움을 했다. 그는 새파랗게 젊어서 수도사가 되어 종교 과목을 가르치다가 어느 날 고향 크레타를 훌쩍 떠났다. 어느 날 여학생 한 명과 밭에서 입맞춤을 하다가 들키는 바람에 놀림감이 되었던 것이다. 그 친구는 바로 그날로 수도사 법복과 선생 자리를 던져버리고 배를 탔다. 그리고 친척이 있는 아프리카로 가서 사업에 뛰어들어 밧줄을 만드는 공장을 차렸다. 이 사업으로 그는 돈을 많이 벌었다. 그는 가끔 내게 편지를 보내 한 6개월쯤 지내러 오라고 초청하곤 했다. 나는 그의 편지를 열 때마다, 미처 읽기도 전에 노끈으로 묶은 두툼한 편지에서 충동적 바람이 뿜어져 나와 내 머리카락을 쭈뼛쭈뼛 서게 만드는 것을 느끼곤 했다. 그리고 그럴 때마다 그 친구를 보러 아프리카로 가겠다고 결심했지만 한 번도 간 적은 없었다.

나는 오솔길을 버리고 근처 바위에 앉아서 편지를 읽기 시작했다.

"그리스 거머리여,

언제나 이리 오기로 결심할 셈이냐? 내 생각에 너는 틀림없이 진정한 그리스인이 되어 카페들을 어슬렁거리며 돌아다니고 있을 거야. 하지만 카페만이 카페라고 생각하지 마. 책도, 네 습관도, 그 유명한 이데올로기들도 카페야. 이곳은 지금 일요일이야. 그래서 오늘은 일을 안 하지. 난 지금 내 소유의 집에 앉아서 너를 생각하고 있어. 태양이 용광로처럼 지글거려. 비는 한 방울도 안 내리고. 그러다 4월, 5월, 6월에 비가 왔다 하면 홍수가 나지……

나는 완전 외톨이야. 그리고 난 이게 좋아. 이곳에도 그리스인들이 꽤 있는데 난 그들을 만나고 싶지 않아. 그들을 정말 싫어하지. 그리스인들은 여기까지, 어이구, 하느님 맙소사! 문둥병을 퍼뜨리고 있지. 그놈의 빌어먹을 정당들 말야! 정파 싸움이 그리스인들을 잡아먹고 있어. 거기에 카드놀이와 무지, 그리고 살을 탐하는 욕정이 그들을 망치고……

나는 유럽인들이 싫어. 그래서 와삼바* 산기슭을 어슬렁거리지. 난 그들이 밉다고. 그 가운데서도 특히 그리스인들과 그들의 그리스 기질이 싫어. 나는 다시는 그리스 땅을 밟지 않을 거야. 이곳에 뼈를 묻을 생각이야. 벌써 집 바로 앞 황량한 산기슭에 내 무덤을 만들어놨지. 비석도 만들어 세워놨어. 나 혼자 그 비석에 대문자로 묘비명도 새겨놨고.

이곳에 그리스인들을 싫어했던 그리스인이 잠들어 있다.

그러고는 호탕하게 웃어젖히고 침을 뱉으면서 상소리를 해댔지. 하지만 그리스를 생각하면 나는 눈물이 나. 나는 그리스 사람들과 그리스 기질을 피하기 위해 조국을 영원히 등지고 이곳으로 온 거야. 이곳으로 내 운명을 옮겨 온 거지 — 운명이 나를 이리 데려온 게 아니라고. 인간은 뭐든 자기가 하고 싶은 걸 하지! — 내가 내 운명을 이곳까지 이끌고 와서는 당나귀처럼

---

* 아프리카 동부 탄자니아의 북동쪽에 있는 산맥. 길이 90킬로미터에 너비는 45킬로미터 정도다. 영어로는 우삼바라Usambara라고 한다. 원래 명칭은 와삼바아 Wasambaa였다.

열심히 일했고, 여전히 열심히 일하고 있지. 땀을 비 오듯 흘렸고, 여전히 흘리고 있어. 땅과 싸우고, 바람과 싸우고, 비와 싸우고, 검둥이와 붉은 피부의 인부들이랑 싸우지.

하나도 재미가 없어. 딱 하나 있다면 일하는 것뿐이지. 육체적으로든 정신적으로든 말야. 하지만 육체적인 노동이 더 좋아. 나는 땀 흘리고, 지치고, 내 뼈마디들이 삐걱거리는 소리를 듣는 게 좋아. 난 돈을 증오해. 돈을 흩뿌리고 기분 내키는 대로 마구 쓰지. 나는 돈의 노예가 아니거든. 돈이 내 노예지. 내 명예를 걸고 말하건대 나는 일의 노예야. 나무를 벌목하고 영국 놈들과 계약해서 밧줄을 만들고 지금은 목화도 심는다네. 검둥이, 붉은 피부 인종, 검둥이와 붉은 피부의 혼혈아 등 수많은 인부들을 부리고 있지. 똥개 같은 놈들이라네. 숙명론자들이지. 더럽고, 거짓말쟁이고, 창녀들이야. 어제는 한 헤픈 창녀 계집을 두고 내 검둥이 인부들 중 와기아 족과 왕고니 족 사이에 한판 싸움이 벌어졌지. 자존심들은 있어가지고, 알겠나? 당신네들, 그리스인들과 똑같지! 욕지거리를 해대고 몽둥이질을 하고, 머리통이 터졌어. 계집들이 한밤중에 내게 쫓아와서 나를 깨우고는 비명을 질러대면서 그들을 심판해달라고 야단들이었지. 나는 화가 나서 상대도 않고 영국 경찰한테나 가라고 소리치며 쫓아버렸지. 하지만 이것들은 밤새 내 집 문 앞에서 떠나지 않고 아우성을 쳤어. 나는 새벽녘이 되어서야 아래로 내려가서 심판을 해줬지.

내일 월요일에 아침 일찍 울창한 정글과 시원한 물이 있는, 영원히 푸르른 와삼바 산을 오를 거네. 참, 그리스인이여, 너는 언제쯤이나 '창녀들과 지상의 모든 구역질나는 것들의 어머니'인 유럽이라는 바빌론에서 벗어날 셈이냐? 언제 이리로 와서 이 오염되지 않은 산을 함께 올라갈 생각인가 말이야.

내게는 검둥이 애 하나가 있어. 여자아이지. 어미는 내쫓아버렸어. 벌건 대낮에 푸르른 나무 아래면 어디서든 드러내놓고 서방질을 해댔거든. 참다못해 내쫓아버렸지. 하지만 아이는 내가 거두었어. 이제 겨우 두 살이야. 아장아장 걸으면서 말하기 시작했지. 내가 그리스 말을 가르쳤거든. 제일 먼저 가르친 말이 '그리스 놈들, 엿 먹어라! 엿 먹어!'였어.

이 잡것이 나를 닮았지 뭐야. 단지 코가 약간 널찍하게 벌어져 있을 뿐. 그건 엄마를 닮은 거지. 그녀를 예뻐하지만, 그냥 고양이나 강아지를 귀여워하듯 하는 거야. 애완동물처럼 말이야. 너도 이곳으로 와서 와삼바 부족 계집한테서 아들 하나를 낳아 내 딸과 결혼시키는 게 어떻겠어?"

나는 무릎 위에 편지를 펼친 채 내려놓았다. 마음속으로 떠나고 싶은 욕망이 번개처럼 스쳐 지나갔다. 떠나야 할 이유가 있는 것은 아니었다. 나는 이곳 해변가에서 잘 지내고 있다. 이곳은 나를 잘 품어주어 아무것도 부족한 것이 없었다. 하지만 어떤 욕망이 내 마음을 갉아먹고 있었다. 죽기 전에 더 많은 땅과 바다를 보고 만지고픈 욕망이 나를 편하게 내버려두지 않았다.

나는 일어섰다. 그리고 마음을 바꿔 산으로 올라가는 대신 해변으로 가는 내리막길로 내려갔다. 나는 웃옷 주머니 안에 느껴지는 또 다른 편지를 읽고 싶어 참을 수 없었다. 나는 속으로 즐거움에 대한 고통스러운 기대감을 충분히 뜸들이며 견뎌냈다고 생각했다.

오두막에 도착하자마자 나는 불을 피우고 차를 끓여 빵과 버터와 꿀과 오렌지를 먹었다. 옷을 벗고 침대에 누운 다음 편지를 뜯었다.

"나의 선생이시자 설된 제자에게,

여기 일은 많고도 어려워. '하느님'께 영광이 있으시기를! 네가 편지를 뜯자마자 화를 내지 않도록 (창살 우리에 맹수를 몰아넣듯) 이 위험한 낱말을 인용부호 사이에 몰아넣었지. 여기 일은 매우 힘들어. '하느님'께 영광이 있으시기를! 남부 러시아와 안티캅카스* 지역의 50만 그리스인들이 위험에 처해 있어. 이들 중 많은 사람들이 터키어나 러시아어밖에 못 해. 하지만 그들의 가슴은 그리스적 상상력으로 말하지. 우리 동포들이거든. 네가 와서 보기만 하면 당장 이해할 거야. 기회를 노리는 반짝이는 눈초리와 영악하고도 관능적인 미소를 머금은 입술, 그리고 이들이 어떻게 회사 사장이 되었고 러시아 농촌의 무지크**로 잘 적응했는지 직접 와서 본다면 이들이 우리가 친애하는 오디세우스의 진정한 후예들임을 금방 깨달을 거야. 그러면 이들을 좋아하게

---

* 캅카스 산맥 남서쪽에 있는 흑해 근방 지역으로 지금은 터키 땅이다.
** muzhik: 제정 러시아 시대의 러시아 농부를 가리키는 말.

될 거고, 절대로 이들이 파멸하도록 내버려두지 않을 거야. 지금 이들은 파멸 직전이지. 가진 것을 모두 잃었고, 굶주리고 있어. 한편에서는 볼셰비키가 쫓고 있고, 다른 한편에서는 쿠르드 족에게 쫓기고 있어. 각처에서 쫓겨온 이들은 조지아*나 아르메니아의 조그만 소도시로 피란 와서 먹을 것도, 입을 것도, 약도 없이 항구에 모여 복작대면서, 그리스에서 배가 와서 자신들의 모국인 그리스로 데려가주기를 수평선을 바라보며 애타게 기다리고 있지. 나의 선생이여, 우리 민족의 한 무리가, 다시 말해 우리 영혼의 한 조각이 지금 잔뜩 겁에 질려 있어.

우리가 이들을 운명에 맡겨두면 다 파멸할 거야. 이들을 구해서 우리들의 자유로운 땅이자 동시에 우리 민족의 대부분의 이익이 걸린 땅인 트라키아 지방 건너편의 마케도니아 국경 지역에 성공적으로 이주시키려면 많은 배려와 치밀한 작전, 열정과 조직화가 필요해. 열정과 조직화, 두 미덕이 함께할 때를 너는 진정 좋아하지 않았던가? 그럴 필요가 있지. 이렇게 해야만 수십만의 그리스인들을 살릴 수 있고, 또 우리 자신도 그들과 함께 구원될 거야. 왜냐하면 내가 이곳에 도착하자마자 나의 선생이신 너의 가르침을 좇아 동그라미 하나를 그리고는 '나의 의무'라고 이름 지었거든. 그리고 내가 만약 이 동그라미 전체를 구한다면 나 역시 구원받을 거고, 실패한다면 나 역시 파멸이라고 스스로에게 다짐했지. 이 동그라미 안에 이곳의 그리스인 50만 명

---

* 그루지야공화국의 새로운 이름으로, 1991년 소비에트 연방이 해체되면서 독립한 공화국이다.

이 있어.

나는 이 나라 저 나라, 이 마을 저 마을로 뛰어다니면서, 그리스인들을 모으고, 공문서를 작성하고, 전보를 치고, 이곳에 배와 식량, 의복, 약품을 보내달라고, 그리고 이곳에 있는 그리스인 모두를 그리스로 이주시켜달라고 공무원들을 설득하고 있지. 이렇게 고집스럽게 매달리는 일이 성공한다면 나는 행복할 거야. 네가 지적하듯 내가 내 성공의 크기를 내 덩치에 맞췄는지는 잘 모르겠어. 그랬길 바라지. 왜냐하면 그 경우 내 덩치는 큰 게 분명하니까. 하지만 나는 내 몸을 내가 성공이라고 생각하는 크기에 맞추는 걸 더 선호해. 다시 말해 그리스 국경 맨 끝에 맞추기를 바라. 그러나 이론은 그만 세울 거야. 너는 크레타의 바닷가에 누워서 바닷소리와 산투리 소리를 듣고 있겠지. 네게는 시간이 있지만 내겐 그럴 시간이 없어. 활동하기에 바빠. 그리고 나는 그게 기뻐. 행동, 행동, 다른 구원은 없어. 태초에 행동이 있었지. 그리고 행동은 종말에도 있을 거야.

지금 내 생각은 아주 단순해. 단세포적이지. 폰토스 사람과 캅카스 사람, 카르스*의 농부들과 트빌리시와 바투미, 노보로시스크, 로스토프, 오데사, 크리미아**의 부유한 상인들, 이 모든 사

---

* Kars: 폰토스의 중심지로 그리스인들이 많이 살던 곳이다.
** Tbilisi: 조지아공화국의 수도.
  Batumi: 흑해에 있는 조지아공화국의 항구.
  Novorossiysk: 러시아 흑해 연안의 항구.
  Rostov: 모스크바 동북쪽 202킬로미터 지점에 있는 러시아의 호반 도시.
  Odesa: 우크라이나 흑해 연안의 항구.
  Crimea: 우크라이나의 흑해 연안의 반도.

람이 우리 동포고, 우리 핏줄이고, 그리고 이들 역시 우리와 마찬가지로 마음속으로는 콘스탄티노폴리스를 수도로 생각해. 우리 모두는 같은 지도자를 가지고 있지. 너는 그 지도자를 오디세우스라고 부르지만, 다른 사람들은 콘스탄티누스 팔라이올로고스* 황제 — 전사한 황제 말고, 전설이 되어 대리석 상으로 남은 황제 — 라고 부르지. 나는 네가 허락한다면 우리 민족의 지도자는 아크리타스**라고 하고 싶어. 나는 이 낱말을 매우 좋아한다네. 왜냐하면 이 낱말을 들을 때마다 나의 내면에서부터 최전선에서 쉬지 않고 싸우는 태곳적 그리스인이 곧바로 튀어나오기 때문이지. 이들은 국경에서뿐만 아니라, 정신적인 전투에서도, 영적인 전투에서도 치열하게 싸우지. 그런 까닭에 이 낱말은 내게 가장 엄격하고 호전적인 낱말이야. 그리고 디게네스***에 대해 이야기한다면, 우리는 동방과 서방의 최상의 조화라는, 우리 민족의 훨씬 더 깊은 곳에 대해 이야기하게 되지.

지금 나는 카르스에 있어. 이곳 주변 시골 마을에서 모든 그리스인들을 모아들이려고 온 거야. 내가 도착한 바로 그날, 카

---

* Constantinos XI Dragases Palaiologos(Κωνσταντίνος ΙΑ´ Δραγάσης Παλαιολόγος, 1405~1453): 비잔티움 제국 최후의 황제로 오스만튀르크와의 마지막 전투에서 전사했다. 그리스 곳곳에는 이 황제의 동상이 세워져 있다.
** Akritas(Ακρίτας): '벼랑 끝에 서 있는 사람'이라는 뜻으로 비잔티움 제국 시절 최전방의 기지를 가리키는 말이기도 하다. 11세기부터 12세기 사이에 비잔티움 제국에서는 이들 최전방의 전사들에 대한 전설적인 이야기들을 노래하는 서사시가 유행했다.
*** Digenes Akritas(Διγενής Ακρίτας): 아크리타스들에 대한 서사시 주인공 가운데 가장 유명한 영웅으로 그리스인 어머니와 시리아 이슬람 장군 사이에서 태어났다고 한다.

르스 교외에서 쿠르드 족이 신부 한 분과 선생 한 명을 붙잡아서는 노새에게 하듯 발에 편자를 박았지. 모두 겁에 질려 내가 은신처로 쓰는 집으로 몰려왔어. 지금도 계속 가까워지고 있는 쿠르드 족의 대포 소리가 들려. 내게 무슨 힘이 있다고, 모두들 자신들을 구원할 수 있는 건 나뿐이라는 듯이 나만 쳐다보는 가운데 말야.

원래 내 일정은 내일 트빌리시로 떠나는 거였어. 그렇지만 지금 이 위험 앞에서 떠난다는 게 부끄러워. 두렵지 않다고 하지는 않겠어. 두렵지. 하지만 또 부끄럽기도 해. 렘브란트의 「황금 투구를 쓴 전사」도 똑같이 행동하지 않았을까? 그도 남았을 거야. 나도 남을 거고…… 쿠르드 족이 쳐들어오면 나부터 잡아서 발에 편자를 박겠지. 그들 입장에서는 당연하고도 옳은 결정이지. 나의 선생이여, 네 제자가 그렇게 노새처럼 최후를 맞게 되리라고 상상한 적은 전혀 없겠지?

우리들은 그리스인 특유의 말 많은 토론을 거쳐 결정했지. 오늘 밤에 모든 그리스인들이 노새와 말, 소와 양 떼, 마누라와 아이들을 데려와 새벽녘에 북쪽을 향해서 함께 떠나기로 했어. 내가 양 떼의 숫양 대장처럼 앞장설 거야.

전설적인 이름을 가진 산악 지방과 평원 지방에서 동포들을 이주시키는 목자의 행위. 나는 그리스라는 약속된 땅으로 선택된 민족을 인도하는 모세야. 사이비 모세지! 물론 나의 임무를 부끄럽지 않을 정도로 모세의 수준까지 끌어올리려면 네가 그토록 비웃었던 나의 우아한 각반을 벗어던지고 가죽으로 만든 보호대로 정강이를 감싸야겠지. 그리고 개기름으로 범벅이 된 꼴사나운 긴 수염을 기르고, 두 개의 뿔이 나 있어야겠지. 하지만 불행히도 너의 이런 희망 사항을 만족시켜주지 않을 거야. 아마도 내 영혼을 바꿔놓는 게 옷차림을 바꾸는 것보다 더 쉬울걸. 나는 각반을 차고 있고, 자갈 표면처럼 매끈하게 면도를 하고 있어. 게다가 아직 미혼이지.

사랑하는 선생이여, 나는 네가 혹시 마지막이 될지도 모르는 이 편지를 받을 수 있기를 바라. 마지막인지 아닌지 그걸 누가 알겠어? 나는 사람들을 구조한다고 큰소리치는 비밀 첩보원들을 믿지 않아. 외려 아무런 악의도 목적도 없이 이리저리 마구 휘둘러대며 만나는 사람들을 닥치는 대로 죽이는 정신 나간 폭력을 믿지. 내가 이 지구를 떠난다면(나는 우리를 공포에 빠뜨리는 사실 그대로를 드러내는 낱말을 피하기 위해 '떠나다'라고 쓰네. 나 역시 그 낱말이 두려워), 내가 이 세상을 떠난다면, 친애하는 스승이여, 잘 있게나. 이런 말 하기 쑥스럽지만 해야겠네. 이해해주게. 나는 너를 정말 많이 사랑했어."

그리고 편지 맨 아래에 연필로 급하게 휘갈겨 쓴 추신이 있었다.

"추신: 우리가 배에서 헤어질 때 했던, 내가 '떠나게' 되면 네가 어디에 있든 놀라지 않게 미리 알려주겠다고 합의한 것을 잊지 않고 있어."

13

 사흘이 지났다. 나흘이 지나고, 닷새가 지났지만 조르바는 돌아오지 않았다.

 엿새가 지나서야 나는 카스트로에서 온 두툼한 편지, 유쾌하지 않은 문제로 가득한 청구서나 다름없는 편지를 받았다. 향내 나는 장밋빛 종이에 쓴 편지였는데 한구석에 화살 맞은 하트가 그려져 있었다.

 나는 그 편지를 조심스럽게 보관하고 있다. 나는 고대 그리스어풍의 어려운 문자를 여기저기에 섞어 넣은 그 편지를 그대로 옮겨본다. 나는 단지 그의 매력적인 맞춤법 오류를 조금 바로잡았을 뿐이다. 조르바는 펜대를 손도끼 자루를 쥐듯 꼭 잡고 힘을 들여 꾹꾹 눌러 썼기 때문에 종이 곳곳이 찢어지고 잉크가 옆으로 튀었다.

 "자본가이신 사랑하는 대장님!

우선 대장의 건강 상태가 좋으신가를 물으며 글을 시작하려 합니다. 그리고 우리들도 건강하게 지내고 있음을 알려드립니다. 하느님께 영광이 있으시기를!

나는 이미 오래전부터 내가 이 세상에 말이나 소로 태어나지 않았음을 잘 인지하고 있었습니다. 짐승들만이 먹기 위해 살지요. 나는 방금 상기한 비난을 회피하기 위해 매일같이 밤낮으로 일을 창출해내고, 나의 이상을 위해 내 생업을 위험에 빠뜨리기도 하고, 속담들을 뒤집어 말하기도 합니다. 손에 있는 새 다섯 마리보다 숲속의 새 열 마리가 더 낫다.

애국한다는 작자들이 보수 없이는 꼼짝을 안 합니다. 나는 애국자도 아니고요, 못 벌어도 그만입니다. 많은 사람들이 천국을 믿고 당나귀를 거기에 매어놓습니다. 나는 당나귀를 가지고 있지 않은 자유인이어서 내 당나귀가 뒈질 곳인 지옥도 두려워하지 않습니다. 당나귀가 토끼풀을 뜯는 천국도 바라지 않고요. 나는 무식쟁이라서 무슨 말을 할지 잘 모르지만, 대장, 당신은 나를 이해하실 겁니다.

많은 사람들이 허무를 두려워합니다. 나는 그것을 극복했습니다. 많은 사람들이 생각을 합니다. 나는 생각할 필요가 없습니다. 좋은 일이 있다고 기뻐하지도, 나쁜 일이 있다고 섭섭해하지도 않습니다. 그리스인들이 콘스탄티노폴리스를 탈환했다는 소식을 들어도 내게는 터키인들이 아테네를 점령했다는 것과 똑같습니다.

지금 이렇게 쓴다고 해서 내가 늙었다고 여겨진다면, 내게 답장을 주십시오. 나는 우리의 케이블에 쓸 강철 케이블 줄을 사러 카스트로의 가게들을 돌아다니다 보면 웃음이 나옵니다. '왜 웃는 거요?'라고 사람들은 묻습니다. 그러나 내가 무슨 대답을 해줄 수 있겠습니까? 나는 강철 케이블 줄이 쓸 만한지 손을 뻗는 순간에 인간은 어떤 존재고 어떤 쓸모가 있기에 이 세상에 왔는가, 하는 생각이 들어 갑자기 웃음이 나옵니다. 내 생각에는 인간은 아무짝에도 쓸모가 없습니다. 모든 것이 다 똑같습니다. 마누라가 있건 없건, 정직하건 아니건, 높은 사람이건 천박한 놈이건 간에 다 마찬가지입니다. 오직 살아 있느냐 죽었느냐만이 차이가 있을 뿐입니다. 하느님이나 악마 녀석이(대장, 무어라 말해야 할까요? 내게는 둘 다 똑같아요) 나를 데려가면, 나는 숨이 넘어가서 냄새 나는 송장이 되겠죠. 그러면 세상은 냄새를 피하기 위해 나를 멀리 갖다 버리겠죠.

자, 이제 이야기가 여기까지 왔으니 내가 대장께 묻겠습니다. 내가 두려운 것은 딱 하나인데, 다른 것은 두렵지 않습니다만, 그게 밤낮으로 나를 가만히 내버려두지 않습니다. 대장, 나를 겁먹게 만드는 것은 늙는 겁니다. 맹서하건대 바로 그겁니다. 죽음은 아무것도 아닙니다. 훅! 하고 꺼지는 촛불일 따름이죠. 그러나 늙는다는 것은 치욕입니다.

내가 늙었다는 사실을 고백하는 것이 진정으로 치욕스럽습니다. 그리고 나는 남들이 내가 늙었다는 것을 눈치채지 못하게 하기 위해 할 수 있는 것은 다 합니다. 뛰고 춤춥니다. 몸이 아파도 나는 춤을 춥니다. 술 마시고, 취기가 오르고 세상이 빙빙 돌지만, 나는 술에 취하지 않은 것처럼 자세를 꼿꼿하게 하고 버티죠. 땀 흘리고, 바다로 뛰어들고, 감기에 걸려 기침이 나려 할 때, 콜록콜록! 해버리면 시원하겠지만, 창피해서 기침을 억지로 참습니다. 그런 까닭에 내 기침 소리를 못 들으신 겁니다. 한 번도 못 들으셨죠? 절대로 남들이 앞에 있을 때만 그런다고 말하지 마십시오. 나 혼자 있을 때도 그런답니다. 대장, 나는 조르바가 창피합니다. 뭐라고 말씀드려야 할까요? 나는 그놈이 부끄럽습니다!

내가 아기온오로스에 있을 때 — 나는 그곳에도 갔었죠, 그때 다리가 부러졌어야 했는데! — 키오스 섬 출신인 라브렌티오스라고 하는 수도승을 알게 되었죠. 이 형편없는 작자는 자기 안에 악마가 살고 있다고 확신하고 있었어요. 그리고 그 악마 놈에게 '호자'*라는 이름까지 지어주었습니다. '호자는 성 금요일**에 고기가 먹고 싶다', 불쌍한 라브렌티오스가 이렇게 중얼거리며 성당 문지방에 머리를 박아댔죠. '호자가 여자랑 자고 싶어 한다. 호자가 수도원장을 죽이고 싶어 한다. 호자, 내가 아니고 호자가 말이다.' 그러고는 이마빡을 바위에 박아댑니다.

대장, 나도 마찬가지로 내 안에 조르바라는 악마 한 놈이 살고 있습니다. 안에 있는 조르바는 늙기를 거부합니다. 네, 절대

---

* 나스레딘 호자Nasreddin Hodja: 13세기 셀주크 제국에 살았다는 이슬람의 현자로, 그를 중심으로 한 민담이 유명하다.
** 성금요일은 사순절 마지막 주인 대수난주의 금요일로 예수 그리스도의 장례를 치르는 날이기에 절대 금식을 해야 하는 날이다.

거부하죠. 그놈은 늙지도 않았고, 괴물입니다. 까마귀같이 까만 머리카락에 서른두(숫자로 32요) 개의 이를 가지고 있고 귀에는 카네이션을 꽂고 다니죠. 하지만 밖의 조르바는 가엾게도 망가졌어요. 흰머리가 나고 주름투성이에 찌그러지고 이빨도 빠졌죠. 게다가 귓구멍에는 늙은 당나귀처럼 흰털이 났죠.

대장, 이를 어쩝니까? 언제까지 이 두 조르바가 싸울까요? 마지막에는 누가 이길까요? 내가 빨리 뒈진다면 그건 좋아요, 저를 믿으세요. 하지만 앞으로도 오래오래 더 살게 되면 난 망하는 거죠. 대장, 언젠가는 내가 치욕을 당하는 날이 올 거예요. 내가 자유를 잃고 며느리와 딸이 저희들의 괴물 같은 어린 것을 봐달라고 하면 울지 말라고 달래야지, 넘어질까 쫓아다녀야지, 더러운 것에 닿지 않게 해야지, 난 망하는 거죠. 그리고 그놈이 더러워진 걸 보면 내가 주저앉아서 그놈을 씻겨야 할 겁니다. 에이, 제기랄!

대장, 대장도 똑같이 당할 겁니다. 아직 젊다고는 하지만 조심해야 할 거요. 그러니 잘 들으세요. 내가 갔던 길을 따라가세요. 다른 수는 없어요. 산으로 돌아가서 석탄과 구리, 철광석, 마그네슘을 캐서 돈을 많이 벌자고요. 그래서 일가친척들이 우리를 무서워하고, 친구들이 비위를 맞추고, 가장들이 모자를 벗게 만들자고요. 대장, 만약 우리가 실패하게 되면 늑대나 곰한테 잡아먹히는 게 차라리 낫죠. 우리 앞에 그 맹수들이 나타나면 그것도 좋죠. 그래서 하느님께서 세상에 야수들을 보내신 겁니다. 우리 같은 놈들이 굴욕당하기 전에 몇 명 잡아먹으라고요."

이 대목에서 조르바는 색연필로 푸른 나무 아래로 키가 크고 깡마른 사내가 도망치고, 일곱 마리의 빨간 늑대들이 그를 쫓는 그림을 그려놓고는 굵은 글씨로 "조르바와 일곱 죄악"*이라고 써놓았다. 그리고 계속 써 내려갔다.

"이 편지를 보고 내가 얼마나 불행한 사람인지 이해하셨을 거요. 나는 오직 대장에게만 조그만 희망을 가지고 있다오. 대장하고 이야기하면 내 우울증이 조금 가벼워집니다. 왜냐하면 대장 당신은 나와 동류이기 때문이죠. 대장은 그걸 잘 모르지만요. 대장의 내면에도 악마 한 놈이 살고 있죠. 하지만 그놈 이름은 아직 모르죠. 그리고 그 이름을 모르기 때문에 방황하고 있는 겁니다. 그놈에게 세례를 베풀어 이름을 지어주면 좀 가벼워질 거요.

내가 불행한 놈이라고 말했죠? 내가 짜내는 모든 잔꾀는 웃기는 어리석은 짓거리에 지나지 않는다는 걸 잘 알아요. 하지만 어떤 날에는 나도 위대한 위인들처럼 행동하는 순간들도 있다고요. 만일 내 안의 조르바가 시키는 일을 할 수 있다면, 이 세상 사람들은 이게 뭐지 하고 놀랄 거예요.

나는 내 인생하고 맺은 계약 기간이 없기 때문에 가장 위험

---

* 가톨릭교회에서는 '교만, 인색, 질투, 분노, 음욕, 탐욕, 나태'를 인간의 모든 죄악의 근원으로 보고 이를 칠종죄七宗罪라 부른다. 그리고 『구약성서』 「잠언」(6장 16~19절)에는 '거만한 눈, 거짓말하는 혀, 무고한 피를 흘리는 손, 간악한 계획을 꾸미는 마음, 악한 일을 하려고 서둘러 달려가는 두 발, 거짓말을 퍼뜨리는 거짓 증인, 형제들 사이에 싸움을 일으키는 자'를 일곱 가지 큰 죄악으로 보고 있다.

한 순간에 브레이크에서 발을 뗍니다. 모든 사람의 삶은 오르막길과 내리막길이 번갈아 나타나는 외길이죠. 분별력 있는 사람들은 브레이크를 사용하죠. 하지만 나는, 대장, 바로 이 점에서 내 고유한 가치가 빛나는데요, 이미 브레이크를 던져버렸죠. 왜냐하면 나는 대형 사고를 두려워하지 않거든요. 우리 막노동꾼들은 기차가 탈선하는 걸 대형 사고라고 하죠. 만약 내가 대형 사고에 신경을 썼더라면 저주받았을 겁니다. 나는 밤이고 낮이고 기분 내키는 대로 빨리 달립니다. 그러다 부딪혀 납작 찌그러져도 상관없어요. 뭐 더 잃을 게 있나요? 아무것도 없죠. 내가 신중하게 천천히 간다고 충돌하지 않나요? 그래도 충돌해요. 할 수 있을 때 확 저질러야죠.

대장, 지금 나를 비웃고 있겠지만 나는 지금 이 허튼소리, 음, 그게 아니면 나의 생각과 약점들—하긴 하느님께 맹세코 이 세 가지가 뭐가 다른지 모르겠습니다마는—이것들에 대해 쓰고 있어요. 비웃어요. 나는 상관없어요. 나도 비웃는 대장을 비웃으니까요. 이런 식으로 이 세상에서 비웃음은 끝이 없답니다. 누구나 다 미친 구석이 있죠. 내 생각에 조금도 미치지 않은 것이 제일 미친 겁니다.

나는 지금 이곳 카스트로에서 내 미친 짓에 대해 공부하고 있습니다. 그리고 온갖 자질구레한 것까지 다 쓰고 있어요. 왜냐하면 대장의 충고를 듣고 싶어섭니다. 대장은 아직 젊어요. 그것은 사실이죠. 그렇지만 대장은 노인들의 지혜를 많이 읽고 또 조금은, 죄송합니다만, 노인처럼 되기도 했죠. 그래서 대장의 충고를 구합니다.

　나는 인간은 자기만의 고유한 냄새를 가지고 있다고 생각합니다. 그 냄새들이 서로 섞이는 바람에 어느 냄새가 내 것이고, 또 어느 냄새가 네 것인지 알지 못할 뿐이죠. 공중에 떠도는 악취를 보고 몸 냄새라고 할 뿐이죠. 어떤 사람들은 이 냄새를 라벤더 향처럼 들이쉬지만 나는 구토가 나와요. 전혀 상관없는 이야기이니 이만 관둡시다.

　하마터면 또 한 번 내 브레이크가 안 들을 뻔했군. 내가 하고 싶은 말은 여자라는 뻔뻔한 것들은 강아지처럼 촉촉한 코를 가지고 있어 누가 자기들을 애타게 원하고 누가 싫어하는지 냄새로 곧바로 잡아낸다는 거예요. 그래서 지금까지도 어느 도시를 가든, 내가 늙은이에다가 못생기고 옷을 초라하게 입고 있어도 계집 두세 명이 내 뒤를 졸졸 쫓아오죠. 아시겠어요? 냄새를 잘 맡는 암캐들이 ― 하느님께서 그 계집들을 보살펴주시기를! ― 내 뒤를 따라오는 거죠.

　내가 무사히 카스트로에 도착한 첫날 어둠이 깔리기 시작하던 저녁이었죠. 나는 재빨리 가게들로 가보았지만 벌써 문을 닫았더라고요. 그래서 여관 하나를 잡고 노새한테 여물을 먹였죠. 나도 저녁을 먹고요. 그리고 씻고 나서 담배 한 대를 피운 다음 산책하러 밖으로 나왔죠. 이 도시에는 아는 사람이 하나도 없었죠. 아무도 날 알아보는 사람이 없어 완전 자유로웠죠. 길거리에서 휘파람을 불든, 웃든, 혼잣말을 하든 자유더라고요. 호박씨를 사서 먹고 뱉고 하면서 어슬렁어슬렁 다녔죠. 가로등이 켜지

그리스인 조르바 263

고 남자들이 우조*를 마시고, 숙녀들은 집을 향해 가고, 분 냄새와 향수 비누 냄새, 꼬치구이 냄새, 음식 냄새가 났죠. 저는 속으로 생각했죠. '이봐, 조르바, 언제까지 살겠다고 이렇게 코만 벌름거리고 있냐? 이 불쌍한 놈아, 아직 시간이 좀 남았을 때 바람에 떠도는 냄새를 깊이 들이마셔보라고!'

나는 숨을 크게 들이쉬었죠. 그리고 대장도 잘 아는 광장 여기저기를 오르락내리락했어요. 그런데 갑자기 노랫소리와 춤추는 소리, 탬버린 소리, 민요 가락 소리가 들려오는 거예요. 나는 귀를 쫑긋 세우고 소리가 들리는 쪽으로 달려갔죠. 어이구! 어느 카페에서 나오는 소리였죠. 다른 곳으로 갈 생각이 안 들더라고요. 그래서 들어갔죠. 맨 앞으로 가서 탁자에 편하게 자리 잡았죠. 창피할 게 하나도 없었어요. 이미 얘기했듯이 나를 알아보는 사람이 없어 완전 자유였으니까요.

드럼통 같은 여자가 무대에서 치마를 걷어 올렸다 내렸다 하며 춤을 추고 있었는데 나는 눈길도 주지 않았죠. 맥주 한 병을 시켰는데, 꽃삽에 담길 정도의 분을 덕지덕지 바른 매력적이고 까무잡잡한 조그만 계집 하나가 다가오더니 스스로 왕좌에 오르듯 내 옆에 앉더라고요.

'앉아도 되나요, 할아버지?' 고것이 웃으면서 묻더군요.

화가 치밀어서 그 괭이 새끼 같은 계집의 목젖을 움켜쥐고 싶었지만 암컷이란 종이 불쌍해서 참았죠. 그리고 웨이터를 불

---

* 그리스에서 널리 마시는 독한 술.

러 주문했죠.

'샴페인 두 잔 가져와!'

(대장, 나를 용서하세요, 당신 돈을 좀 썼수다. 하지만 아주 심하게 무시당했기 때문에 나나 대장의 위신을 지키기 위해서 이 어린것이 우리 앞에 무릎 꿇고 빌게 만들어야 했거든요. 그럼요, 당연히 그렇게 만들어야죠. 이런 위기의 순간에 내가 아무런 방어도 하지 않으면 대장이 절대 나를 용서하지 않으리란 걸 내가 잘 알죠. 그래서 '이봐, 웨이터, 샴페인 두 병!' 하고 시켰죠.)

샴페인이 왔고, 나는 안주도 시키고, 샴페인도 더 시켰죠. 재스민 꽃 장수가 지나가길래 아예 한 바구니를 다 사서 그 계집 발 앞에 쏟아부었죠.

마시고, 또 마시고, 많이 마셨어요. 하지만 대장께 맹세코 그녀 몸엔 손도 안 댔죠. 내가 여자 다루는 법을 좀 알죠. 젊었을 땐 제일 먼저 한 짓이 더듬는 거였지만, 나이를 지긋하게 먹은 지금 내가 먼저 벌이는 짓거리는 돈을 펑펑 쓰는 거죠. 호기 있게 돈을 뿌리는 겁니다. 그런 객기를 보면 여자들은 환장하죠. 헤픈 계집들은 그러면 미치죠. 꼽추든, 늙은이든, 폐기 처분 직전의 몰골이든, 시골 영감쟁이든 상관하지 않아요. 이 잡년들 눈엔 아무것도 안 보인다니까요. 오직 돈을 뿌리는 손만 보이는 거죠.

그래서 돈 좀 뿌렸죠. 하느님께서 대장에게 그 돈의 몇 배를 벌게 해주시기를...... 대장, 그렇게 돈을 펑펑 썼수다. 그러자 이 계집이 내 옆에 바짝 붙어서 떨어지려 들지를 않습디다. 내게 몸을 조금씩 조금씩 더 밀착시키더니 자기 무릎을 내 말라비틀어진 무릎에다 비비더라고요. 하지만 나는 의연하게 망부석처럼 꼼짝도 안 했죠. 물론 속은 달아올랐지만요. 이렇게 하면 계집들은 더 미치거든요. 이런 경우를 당하게 될 때를 위해 이걸 잘 기억해두셔야 해요. 계집들이 당신이 달아올랐다는 걸 눈치채게 하되 절대로 손을 뻗치면 안 됩니다.

너무 주저리주저리 얘기하면 지루하니까 이만하고, 하여간 한밤중이 될 때까지 그렇게 마셨죠. 불들이 하나둘씩 꺼지고 카페가 문을 닫기 시작했죠. 나는 천 드라크마짜리 한 묶음을 꺼내서 계산하고, 웨이터한테도 팁을 두둑하게 줬어요.

고 어린 계집이 내게 매달리며 혀 꼬부라진 목소리로 묻더군요.

'이름이 뭐예요?'

'할아버지다.' 내가 무뚝뚝하게 대답했죠.

그러자 이 잡스러운 암컷이 나를 세게 꼬집더라고요.

'아이, 참!' 이렇게 애교를 떨며 내게 눈으로 추파를 던졌죠.

내가 그년 손을 의미심장하게 꽉 쥐면서 대답했죠.

'가자, 요 귀여운 것아!' 내 목소리는 잔뜩 잠겨 있었죠.

뭐, 그다음은 다 아시겠죠. 우리는 사랑을 나누고는 잠이 들었죠. 내가 다시 눈을 떴을 때는 이미 한낮이었어요. 주변을 둘러봤죠. 내가 무얼 봤겠어요? 깔끔하고 깨끗한 조그만 방에 소파, 세면대와 비누, 큰 병과 작은 병들, 거울과 손거울들, 그리고 벽에는 색색깔의 치마들과 수많은 사진들 — 선원, 장교, 선장, 경찰, 무희들, 실내화만 신고 있는 여자들 등, 온갖 사람들의 사진이 붙어 있었어요. 그리고 제 옆에는 따듯하고 향내를 모락모락 풍기는 암컷이 머리가 헝클어진 채 누워 있었고요.

'이봐, 조르바!' 내가 눈을 감고 중얼거렸죠. '넌 지금 살아서 천국에 들어온 거야! 여기는 참 좋은 곳이야, 그러니 가만히 여기 있어!'

대장, 내가 대장한테 한번 이렇게 이야기한 적이 있죠? 각자가 자기만의 천국을 가지고 있다고요. 대장의 천국에는 수많은 책과 아주 커다란 꿀단지가 있을 거고, 다른 사람의 천국에는 포도주와 우조, 코냑 통들이 있을 테고, 또 다른 사람의 천국에는 영국 금화가 산더미같이 쌓여 있겠죠. 내 천국은, 색색깔의 치마와 향수 비누, 스프링 박힌 더블 침대, 그리고 내 옆에 암컷 하나가 있는 이 향수 냄새가 물씬 나는 조그만 방, 바로 여기죠.

고백한 죄에 대해서는 추궁받지 않습니다. 저는 하루 종일 밖으로는 코빼기도 안 내밀었습니다. 어딜 가겠습니까? 나가서 뭘 하라고요? 신경 쓰지 마세요. 여기서 나는 잘 지내고 있어요. 최고급 식당에 음식을 배달시키죠. 검은 철갑상어 알에, 등심에, 생선에, 과일 듬뿍, 카다이프* 사탕절임까지 정력에 좋다는 음식들은 모두요. 또 사랑을 나누고 곯아떨어지고, 저녁이 돼서야 일어나 옷을 주워 입고 팔짱을 낀 채 그녀가 일하는 카페로 가죠.

대장, 긴 이야기는 집어치웁시다. 지겨우실 테니까요. 나는

---

* 호두가 들어간 터키식 과자.

아직도 이 일정을 따르고 있답니다. 조금도 걱정할 필요 없어요. 내가 일을 잘 챙기고 있으니까요. 가끔씩 나가서는 가게들을 둘러보곤 하죠. 케이블 줄도 살 거고요, 우리에게 필요한 건 모두 다 살 거예요. 그러니 걱정하지 마세요. 하루, 또는 일주일 정도 늦는다고 무슨 큰일 나겠어요? 사람들은 고양이가 서두르다가 기형의 새끼를 낳는다고들 하잖아요? 그러니 서두르실 거 없습니다. 대장을 위해 내 눈꺼풀의 깍지가 떨어져서 내가 맑은 정신으로 돌아오기를 기다리고 있는 겁니다. 그래야 남들이 우리를 비웃지 못할 테니까요. 케이블 줄은 반드시 튼튼한 최상급이어야 하죠. 그렇지 않으면 우리는 망하니까요. 조금만 참을성 있게 기다려요. 그리고 나를 믿으세요.

그리고 내 낯짝 같은 것에 대해서는 신경 쓰실 게 하나도 없어요. 지금 하고 있는 모험이 내게 영양분을 듬뿍 줘서 나는 며칠 안에 다시 스무 살로 되돌아갈 거예요. 나는 지금 정력이 넘쳐나 새로운 이가 돋아날 것 같다고요. 내가 허리가 아프다고 한 걸 기억하죠? 지금은 날렵한 새처럼 몸이 가볍다고요. 아침이면 거울을 보면서 어째서 아직도 머리가 새까매지지 않았는지 이상하게 생각한다니까요.

혹시 내가 왜 이런 시시콜콜한 이야기를 다 쓰는지 궁금한가요? 대장, 이걸 알아야 해요. 나는 대장을 '영적 아버지'*로 생각하고 있어요. 그래서 대장한테 내가 저지른 모든 죄를 고백하

* 고해성사를 드리는 신부를 가리키는 표현.

는 거예요. 왜 그러는 줄 짐작해요? 대장은 내가 옳은 일을 하든 나쁜 짓을 하든 별로 상관하지 않는 것 같아서죠. 당신은 하느님처럼 물에 흠뻑 젖은 스펀지를 한 개 들고 잘한 짓이든 잘못한 짓이든 쓱쓱 모두 다 지워버리죠. 그래서 내가 용기를 내서 이 모두를 말씀드리는 거예요. 알아들으시겠어요?

나는 지금 속이 뒤집히고, 머리가 깨질 것 같아요. 대장, 제발 부탁이니 이 편지를 받는 대로 펜을 들어 답장을 써주세요. 답장을 받을 때까지 나는 가시방석에 앉아 있는 기분일 거예요. 내 생각에 아직도 상당 기간 동안 하느님이나 악마의 장부에 내 이름이 올라 있지 않을 것 같아요. 대장 장부에만 내 이름이 올라 있죠. 그래서 내가 보고할 사람은 대장밖에 없어요. 그러니 내 말을 좀 들어줘요. 자, 이곳에서 무슨 일이 벌어지고 있는지 좀 봐요!

어제 우리는 카스트로에서 벌어진 축제에 갔었죠. 그런데 악마 놈이 이게 어느 성인을 기리는 축제인지 안 가르쳐줬단 말입니다. 롤라가 — 아 참, 나와 함께 있는 계집을 소개하지 않았군요. 이름은 롤라예요 — 내게 말했죠.

'할아버지(이 계집이 아직도 나를 할아버지라고 불러요. 하지만 애칭으로 부르는 거예요), 할아버지, 나 축제에 놀러 가고 싶어.'

'그럼 가봐, 할멈, 가보라고!' 내가 대답했죠.

'하지만 나는 할아버지랑 같이 가고 싶어.'

'난 안 가, 지겹거든. 그러니 너 혼자 가봐.'

'치, 그러면 나도 안 가.'

내가 눈을 똥그랗게 뜨면서 말했죠.

'안 간다고? 왜? 왜 안 가?'

'할아버지도 간다면 나도 갈 거야. 하지만 할아버지가 안 가면 나도 가기 싫어.'

'왜? 너는 자유인이잖아?'

'아냐, 난 자유인 아냐.'

'자유인이고 싶지 않아?'

'아니, 싫어.'

대장, 내가 무슨 말을 하겠수? 나는 놀라 까무러칠 것 같았죠.

'자유를 바라지 않는다고!' 내가 소리 질렀죠.

'나는 자유 싫어, 절대 싫어, 난 자유가 싫다고!'

대장, 나는 이 편지를 지금 롤라의 방에서 롤라의 편지지로 쓰고 있어요. 부탁이니 대장도 잘 생각해보슈. 나는 인간이란 자유를 바라는 존재라고 생각해요. 여자는 자유를 바라지 않아요. 그렇다면 여자도 인간 맞나요?

부탁하건대 즉시 답장해줘요. 대장께 사랑의 입맞춤을 듬뿍 보냅니다.

알렉시스 조르바백."

조르바의 편지를 다 읽고 나는 한동안 아무런 결정을 못 내리고 가만히 앉아 있었다. 화를 내야 할지, 웃어야 할지, 아니면 인생의 표피층을 다 초월해서 삶의 본질에 다다른 이 원시인을 자랑스러워해야 할지 알 수가 없었다. 그에게는 논리니, 예의니, 명예니 하는 인생을 편리하게 해주는 소소한 미덕들은 다 사라지고, 오직 심연의 절벽 끝으로 대책 없이 자신을 밀어 넣어 아주 위험하기 짝이 없는, 불편하고 아무도 바라지 않는 미덕만 남아 있었다.

글을 쓸 때 참을 수 없는 충동 때문에 펜을 망가뜨리는, 이 무식한 노동자는 유인원에서 갓 벗어난 태초의 원시 인간처럼, 또는 위대한 철학자처럼, 인생의 근본적인 문제들에 압도당해 그 문제들을 몸으로 직접 겪으면서 살아가고 있었다. 마치 어린아이처럼 그 또한 모든 것을 처음 보는 듯이 신기해하며 묻는다. 그에게는 모든 것이 다 기적 같아서 매일 아침 눈을 뜨면 나무와 바다, 돌, 새를 보면서 놀라움에 입을 다물지 못한다. 이 기적들은 도대체 무엇인가? 하고 소리 지른다. 그리고 끊임없이 이 나무는, 이 바다는, 이 돌은, 이 새는 무슨 의미를 갖는 거냐고 묻는다.

나는 어느 날 마을을 향해 길을 가고 있을 때 노새를 타고 가는 한 노인을 만난 일을 기억한다. 조르바는 둥근 눈을 크게 뜨고서 노새를 뚫어지게 바라보았다. 그때 그의 눈빛은 불꽃같이 강렬했음에 틀림없다. 그래서 시골 영감이 겁이 나서 소리쳤다.

"하느님 맙소사! 여보쇼, 그런 눈으로 쏘아보지 마슈!" 그러고는 성호를 그었다.

나는 조르바를 돌아보았다.

"그 노인네한테 무슨 짓을 했기에 저렇게 소리를 지르는 거요?"

"내가요? 내가 뭘 했다고요? 나는 노새를 봤을 뿐이에요. 대장, 대장도 똑같은 걸 느끼지 않으셨소?"

"뭘 말이오?"

"보세요, 어떻게 이 세상에 노새 같은 게 존재할 수 있는 거죠?"

또 한 번은 내가 바닷가에 누워 책을 읽고 있었는데 조르바가 와서 내 건너편에 책상다리를 하고 앉아서는 산투리를 꺼내 무릎에 올려놓고 연주하기 시작했다. 나는 눈을 들어 그를 바라보았다. 그의 얼굴이 조금씩 조금씩 변하더니 원초적인 기쁨으로 빠져들었다. 알 수 없는 열정에 취한 조르바가 주름투성이 목을 쭉 뽑고 노래를 부르기 시작했다.

마케도니아 민요, 산적들의 노래, 야성적인 목소리…… 어느덧 인간의 후두부는 인간으로 진화하기 이전의 상태로 되돌아가 있었다. 그 당시의 절규는, 지금은 우리가 음악이나 시, 또는 정념이라고 부르는 것들이 모두 고도로 복잡하게 엉켜 있는 복합물이었다. 조르바는 온몸과 정신으로 "아! 으챠! 얼씨구!" 하고 소리를 질렀다. 오늘날 문명화된 우리가 단말마적인 비명 소리라고 부르는 거친 목소리로 그는 계속 노래했다. 그리고 그의 내면에서는 불사의 맹수가, 털투성이의 하느님이, 무시무시한 고릴라가 날뛰고 있었다. 갈탄이고, 흑자고, 적자고, 부불리나고 모두 사라졌다. 절규가 모든 것을 앗아갔다. 이제 우리는 아무것도 필요 없는 존재가 되었다. 우리 둘은 가슴속에 모든 쓰라림과 삶의 달콤함을 지닌 채 크레타의 황량한 바닷가에 꼼짝 않고 있었다. 쓰라림도 달콤함도 존재하지 않았다. 태양만이 계속 움직였고, 밤이 도착했다. 하늘에서는 큰곰자리 별들이 부동의 축인 하늘 주위를 맴돌며 춤을 췄다. 달이 떠올라 모래사장에서 아무것도 두려워하지 않고 노래 부르는 두 마리의 조그만 생명체를 놀란 눈으로 내려다보고 있었다.

"보세요, 인간은 짐승이에요." 노래를 많이 불러 흥분된 조르바가 갑자기 침묵을 깨고 말했다. "수첩 따위는 집어치우세요. 창피하지도 않수? 인간은 짐승이에요. 그리고 짐승은 책을 안 읽어요!"

그가 잠시 말이 없더니 웃음을 터뜨렸다.

"대장, 그거 아슈? 하느님이 어떻게 인간을 만들었는지? 그리고 그 짐승, 그러니까 인간이 하느님한테 처음에 무슨 말을 한 줄 아슈?"

"모르죠. 내가 어떻게 알겠어요? 난 거기 없었어요."

"내가 거기에 있었죠." 조르바가 눈을 반짝이며 소리쳤다.

"그럼 말해보구려!"

그러자 조르바가 반쯤은 황홀경에 빠져서, 그리고 반쯤은 장난기가 돌아, 인간 창조의 신화를 꾸며대기 시작했다.

"대장, 그럼 들어보세요. 어느 날 아침 하느님이 약간 기분이 나쁜 채로 깨어나서 혼잣말을 했어요. '향을 피워 올리거나 신성모독을 해서 내 심심한 시간을 때워줄 인간이 없는데 내가 신이면 뭐해? 이렇게 멍청이처럼 완전히 혼자 외롭게 사는 것도 이젠 지겹다.' 하느님이 손바닥에 퉤! 하고 침을 뱉고는 소매를 걷어붙인 다음 안경을 찾아 썼죠. 흙을 한 줌 취해서 그 흙에 침을 뱉어 진흙으로 만들었죠. 그리고 그걸 잘 주물러서 부드럽게 한 다음 조그만 인간 하나를 빚어 햇빛에 말렸죠. 이레가 지난 다음 끄집어내서는 구웠어요. 그리고 하느님은 그걸 보면서 웃었어요.

'어이구! 빌어먹을! 이건 두발로 선 돼지 새끼로구나! 내가 생각했던 것과는 전혀 다른 엉뚱한 게 나왔구나. 아이구, 망했다. 실패야!'

그러고는 그놈 목덜미를 잡아채서는 발로 찼어요.

'야, 어서 가버려!' 가서 다른 돼지 새끼들을 만들어라. 이제 저 땅은 네 것이다! 출발! 앞으로 갓! 하나, 둘!'

하지만 맙소사! 이 인간 녀석은 돼지가 아니었죠. 챙이 짧은 중절모에, 파타투카*를 등에 걸치고, 줄 세운 바지에 빨간 술이 달린 차루히**를 신고 있었죠. 허리춤에는 시퍼렇게 날이 선 긴 칼을 차고 있었는데, ─악마 놈이 준 걸 거예요─칼집에는 '내가 너를 잡아먹겠다'라고 쓰여 있었죠.

그건 사람이었어요. 하느님이 입맞춤을 하라고 손을 내밀었죠. 하지만 인간이란 놈은 콧수염을 꼬면서 이렇게 말했죠.

'어이, 노인장, 비키시죠! 나 좀 지나갑시다!'"

조르바는 내가 배꼽을 잡고 웃어젖히는 것을 보고 이야기를 멈추고는 언짢은 듯 눈살을 찌푸렸다. 그리고 내게 말했다.

"웃지 마슈! 정말 그런 거라니까요!"

---

* 거친 양털로 짠 짧은 남성용 그리스 전통 옷.
** 구두코에 솔이 달린 그리스 전통 신발.

"그걸 당신이 어떻게 알아요?"

"맞다니까요. 내 말대로 정말 그랬다니까요. 내가 아담이라도 그렇게 말했을 거예요. 내 머리를 걸고 맹세할게요. 아담이 그렇게 했을 거라고요. 그리고 그 책에 쓰여 있는 것들일랑 믿지 마슈! 내 말을 들으시라고요!"

그가 손을 뻗어 대답도 기다리지 않고 다시 산투리를 치기 시작했다.

나는 화살 맞은 하트가 그려져 있는, 향수 냄새 나는 조르바의 편지를 여전히 손에 쥐고 있었다. 그리고 그와 보낸 인간성 넘치는 날들을 기억해냈다. 조르바 옆에서 시간은 전혀 다른 맛을 냈다. 그와 함께하면 시간은 더 이상 단순한 사건들의 연속도 아니었고, 내 내면에서 풀리지 않는 철학적 문제도 아니었다. 그 시간은 내 손가락을 간지럽히며 부드럽게 흘러내리는 아주 가는 뜨거운 모래였다.

"오, 조르바!" 나는 혼자 중얼거렸다. "조르바는 나를 추위에 떨게 만드는 내면의 추상적 개념들에 따뜻하고 사랑스러운 육체를 주었지. 그가 없으니 나는 다시 추위를 느끼는구나."

나는 종이를 꺼내서 전보문 하나를 썼다. 그리고 광부 한 명을 불러서는 그 전보를 급히 보내라고 명령했다.

"당장 돌아오시오!"

14

 3월 1일, 토요일 오후. 나는 바닷가 바위에 기대앉아 글을 쓰고 있었다. 나는 오늘 첫 제비를 봐서 기분이 좋았다. 부처에 대한 주문呪文이 아무런 방해도 받지 않고 거침없이 써졌다. 부처와의 전투는 많이 쉬워졌다. 이제 나는 구원에 대해 확신이 있었기에 더 이상 서두르지 않았다.
 갑자기 자갈 밟는 발걸음 소리가 들렸다. 나는 고개를 들었다. 우리의 늙은 세이렌이 완전무장을 한 군함처럼 차려입고, 발그레 상기된 채 숨을 헐떡이며 굴러 떨어지듯 해안을 따라 달려오는 것이 보였다. 몹시 불안해하는 것 같았다.
 "편지 왔어요?" 그녀가 절규하듯 소리쳤다.
 "왔어요!" 하고 내가 웃으면서 대답했다. 그리고 그녀를 맞기 위해 일어섰다. "조르바가 밤낮으로 항상 당신을 생각하고 있고, 당신이 옆에 없어 잘 먹지도, 자지도 못하고 있다고 그러네요."
 "다른 말은 없어요?"

나는 그녀가 가여웠다. 그래서 주머니에서 편지를 꺼내 짐짓 읽는 척했다. 늙은 세이렌은 이빨 빠진 입을 벌리고, 그 조그만 눈을 반쯤 감은 채 지친 모습으로 귀를 기울였다.

나는 편지를 읽는 척하는 동안 생각이 막혔다. 그래서 글자를 알아보기가 힘든 것처럼 굴었다. "대장, 어제는 밥을 먹으러 어떤 음식점에 갔었습니다. 배가 고팠거든요. 그런데 엄청 예쁜 미녀가 들어오더라고요. 정말 요정이었습니다. 하느님 맙소사! 얼마나 나의 부불리나를 닮았던지…… 내 눈은 당장 샘으로 변해 눈물이 넘쳐흐르고, 목이 메어 아무것도 넘길 수가 없었어요. 그래서 곧장 일어나 계산하고 밖으로 나왔죠. 대장, 그리고 여간해서는 성인을 찾지 않는 제가 욕정을 억누를 수가 없어 성 미나스 성당으로 달려가 촛불 하나를 켜고 기도를 드렸죠. '성 미나스님, 제가 사랑하는 천사에게 기쁜 소식을 들을 수 있도록 해주십시오. 그래서 우리 둘의 날개가 만날 수 있도록 해주십시오.'"

"히히히!" 마담 오르탕스가 웃었다. 그녀의 얼굴이 환하게 빛났다.

"부인께서는 왜 웃으시는 거죠?" 내가 잠깐 숨을 돌리며 또 다른 거짓말을 생각해내기 위해 몸을 바로 펴고 물었다. "왜 웃으시는 거죠? 나는 눈물이 날 것 같은데요."

"그게, 음, 그러니까……" 그녀가 계속 히히거리면서 중얼댔다.

"뭐라고요?"

"날개는 말예요, 그러니까 그 염치없는 양반이 우리 다리를 날개라고 한다우. 우리끼리 있을 때 다리를 그렇게 부른다우. 우리 날개를 포갭시다…… 이렇게 말예요…… 히히히."

"부인, 좀더 들어보세요, 더 놀라실 얘기가 있어요."

나는 편지를 한 장 넘기며 또다시 읽는 척했다.

"오늘은 이발소 앞을 지나가는데 바로 그 순간에 이발사가 대야에 담긴 비눗물을 밖으로 쏟아부었어요. 골목길이 금방 진창으로 변했죠. 그때 저는 또 부불리나 생각이 나서 울음이 터져 나오는 거예요. 대장, 더 이상 그녀에게서 멀리 떨어져 살 수가 없어요. 나는 미칠 것 같아요. 저는 그 즉시 엉터리 즉흥시인이 됐어요. 그저께 밤에도 잠을 잘 수 없어 일어나 앉아 시 한 편을 썼죠. 대장, 이 시를 그녀에게 읽어주세요. 그녀는 제가 얼마나 괴로워하는지 알아야 해요.

아! 우리 둘이 좁은 골목에서 만난다면,
그 좁은 길은 우리의 애타는 마음을 충분히 담을 정도로 넓을 것을!
나를 산산조각 낸들, 나를 잘게 간 고기처럼 반죽한다 한들,
내 뼈들은 또다시 그대 위에 안식할 것임을!"

마담 오르탕스는 나른해져서 졸음에 취해 반쯤 감긴 눈초리로 시를 듣고 있었다. 자신의 목을 조이고 있던 장식 띠를 풀어 목의 주름살들을 느슨하게 풀어주고는, 그녀는 아무 말도 없이 미소를 지었다. 그녀의 영혼은 기쁨과 행복에 빠진 채 멀리 잊힌 바다

를 항해하고 있었다.

3월, 싱싱한 풀들, 빨강, 노랑, 엷은 자줏빛 꽃들, 맑은 개울, 그 위에서는 흰색과 검은색 무리의 백조들이 진홍색 부리를 벌린 채 노래하면서 사랑을 나누고 있었다. 흰 무리는 암컷들이고, 검은 무리는 수컷들이었다. 초록빛 곰치들이 바다에서 몸을 번쩍이며 튀어 올라 하늘빛 뱀들과 어울렸다. 마담 오르탕스는 다시 열네 살이 되어서 알렉산드리아와 베이루트, 이즈미르, 콘스탄티노폴리스의 동방 양탄자 위에서, 그리고 드디어는 크레타에 정박한 배의 모자이크 갑판 마루에서 춤을 추었다. 그녀는 잘 기억이 나지 않아 혼란스러웠다. 모든 것이 하나가 되었고, 그녀의 젖가슴은 꼿꼿하게 서서 해변을 산산조각 내고 있었다.

갑자기, 뱃머리를 황금으로 장식하고, 선미에는 각양각색의 천막과 비단 깃발이 드리워진 배들이 그녀가 춤을 추고 있는 그곳 해변을 가득 메웠다. 그리고 꼿꼿하게 주름을 잡은 황금빛 치마를 입고 새빨간 페즈 모자를 쓴 파샤들과, 손에 값비싼 봉헌물을 든 늙은 참례객 귀족들이 아직 수염도 안 난 슬픈 표정의 후계자들과 함께 배에서 내렸다. 또 빛나는 검정색 삼각모자를 쓴 제독들과 깃을 빳빳하게 세우고 바람에 펄럭거리는 폭넓은 바지 차림의 수병들도 배에서 내렸고, 아랫부분이 부푼 하늘빛 치마에 노란 크레타 전통 장화를 신은 크레타 젊은이들이 크레타의 전통적인 까만 손수건을 머리에 두른 채 내렸다. 그리고 마지막으로 사랑 때문에 몰라보게 야윈 훤칠한 키의 조르바가 손가락에 굵은 약혼반지를 끼고, 회색빛 머리에는 레몬꽃으로 만든 화환을 두른 채 내렸다.

그녀가 배에서 번잡한 삶을 살며 만난 남자들이 한 명도 빠지지 않고 모두 내렸다. 그리고 어두워져서 아무도 그들을 볼 수 없었던 어느 날 저녁에 그녀를 태우고 콘스탄티노폴리스의 바다로 나갔던 이 빠지고 늙은 꼽추 사공도 내렸다. 모두 다 내렸다. 그리고 그들 뒤에서는 곰치와 뱀과 백조 들이 교미를 하고 있었다.

남자들이 나와서는, 마치 봄철에 발정한 뱀들이 바위 틈에서 식식 소리를 내며 단체로 교미하는 것처럼 한 무리가 되어 그녀와 사랑을 나누었다. 그리고 그 무리 한가운데에는 땀범벅인 채로, 입술을 반쯤 벌려 날카로운 이빨을 드러낸 열넷, 서른, 마흔, 예순 살의, 새하얀 피부의 발가벗은 마담 오르탕스가 만족을 모르는 욕정에 사로잡혀 성이 난 젖가슴을 꼿꼿이 세운 채 꼼짝도 않고 식식 소리를 내고 있었다.

아무것도 사라진 것은 없었다. 그녀가 사랑했던 사람들 가운데 아무도 죽지 않고 그녀의 말라비틀어진 가슴 위에 완전무장을 한 채 부활했다. 그녀가 사랑했던 모든 남자들이—그녀는 45년 동안 그 직종에 종사했다—마담 오르탕스의 몸으로 기어올라 그녀가 마치 마스트가 셋인 프리깃 전함인 양, 화물칸에, 갑판에, 돛대 줄에 올라탔다. 그리고 수천 번 풍랑에 시달리고 수천 군데를 수리한 그녀는, 오랫동안 바라던 항구—결혼—를 향해 서둘러 항해하고 있다. 그리고 조르바는 터키인, 프랑스인, 아르메니아인, 아랍인, 그리스인 등 천 개의 얼굴을 하고 있었다. 그런 조르바를 껴안은 마담 오르탕스는 끝없이 이어지는 성스러운 성화의 종교 행렬 전체를 껴안는다.

늙은 세이렌은 문득 내가 멈춘 것을 알아차렸다. 그녀의 환상이 갑자기 끝났다. 그녀는 무거운 눈꺼풀을 들어 올렸다.

"다른 얘기는 없어요?" 그녀가 욕심 사납게 입술을 핥으면서 불만족스러운 듯 중얼거렸다.

"마담, 또 무얼 바라시는 거예요? 편지 전부가 온통 당신 이야기로 가득 찬 걸 모르시겠어요? 자, 보세요! 넉 장이나 돼요. 그리고 여기 귀퉁이에 조르바가 손으로 직접 그린 하트 하나가 보여요? 잘 보세요, 사랑의 화살 하나가 꿰뚫고 지나갔잖아요. 그리고 그 밑에 두 마리 비둘기가 입맞춤을 하고 있잖아요. 그 날개 위에 빨간 잉크로 잘 보이지도 않게 작은 글씨로 오르탕스-조르바라고 쓴 이름 두 개를 보세요."

물론 비둘기도 글씨도 없었지만 눈이 어두워진 늙은 세이렌에게는 오직 자신이 바라는 것만 보였다.

"다른 얘기는 없어요? 아무것도?" 그녀는 불만스러워서 또다시 물었다.

날개, 이발사의 비눗물, 비둘기, 비위를 맞추는 말들과 공기까지, 이 모든 것들은 아름답고 또 거룩했다. 그러나 이 여인의 실용적인 두뇌는 다른 것을, 보다 더 확실한 것을, 손에 잡힐 듯 구체적인 것을 바라고 있었다. 그녀가 살아오면서 이런 달콤한 말들을 얼마나 많이 들어봤을까? 그녀는 그걸 알고 있었다. 이 직종에 그렇게 오랫동안 종사했건만 그녀는 오거리에 외롭게 홀로 버려지지 않았던가!

"다른 얘기는 없어요?" 그녀는 다시 불만스럽다는 듯 중얼거렸다. "다른 얘기는 없나요?"

그녀가 마치 쫓기는 암사슴 같은 눈초리로 나를 바라보았다. 나는 그녀가 불쌍했다.

"다른 이야기도 있죠. 훨씬 더 중요한 건데, 오르탕스 마담, 그래서 이걸 맨 마지막으로 남겨놓은 거예요." 내가 말했다.

"뭔데요? 들어보자고요." 그녀가 몹시 지친 듯 말했다.

"편지에 쓰길, 돌아오는 대로 당장 당신 발 앞에 무릎을 꿇고, 눈에 눈물을 가득 담은 채, 당신께 결혼해달라고 청혼할 거래요. 더 이상 견딜 수가 없대요. 그래서 당신을 조르바 부인으로 만들어 다시는 헤어지지 않겠대요."

그제야 초조함에 시들었던 그녀의 눈동자가 비로소 다시 움직이기 시작했다. 크나큰 기쁨, 정박할 항구, 평생 동안 바랐던 염원이 드디어 온 것이다. 이제 안정을 되찾고 명예스러운 침대에 드러눕게 된 것이다. 더 이상 아무것도 필요 없다. 이거면 됐다. 그녀가 눈물을 닦았다.

"좋아요, 받아들이기로 하죠." 그녀가 귀부인의 겸양을 드러내며 말했다. "그렇지만 그 사람한테 이 시골구석에는 결혼식 화환이 없으니 카스트로에서 그걸 사오라고 좀 말해줘요. 그리고 분홍빛 리본이 달린 하얀 초 두 자루와 아몬드 설탕절임 과자도 사오라고 하세요. 또 새하얀 신부 드레스와 실크 양말과 실크 슬리퍼도요. 침대 시트는 있으니 사지 말라고 하세요. 그리고 침대도 있고요."

주문을 끝낸 그녀는 벌써 남편에게 그것들을 사 오라는 명령을 하고 있었다. 그리고 그녀는 일어났다. 그녀는 갑자기 정실부인의 위엄을 드러냈다.

"당신께 드릴 부탁이 하나 있는데요." 그녀가 진지하게 말하면서 감동한 듯 멈춰 섰다.

"말씀해보세요, 조르바 부인. 저는 벌써 당신의 명령을 기다리고 있습니다."

"조르바와 저는 당신을 늘 좋아하고 있어요. 당신은 관대한 분이어서 저희 부탁을 들어주실 거예요. 우리 결혼 증인을 서주실래요?"

나는 깜짝 놀랐다. 예전에 우리 집에 디아만도라 불리는 예순도 넘은 노처녀 하녀 한 명이 있었다. 그녀는 시집을 못 가 신경질적이었고, 말라비틀어진 데다 가슴도 절벽이었으며, 코밑에 수염까지 숭숭 난, 반쯤 돈 상태였다. 그녀는 아직 수염도 안 나고, 영양 상태가 좋아 기름기가 줄줄 흐르는 시골 총각인 이웃 식품점 아들 미초스를 짝사랑하고 있었다.

"언제 나와 결혼할 거냐?" 그녀는 일요일마다 그에게 물었다. "빨리 결혼해줘. 넌 어떻게 그 고통을 견디고 있는 거냐? 나는 더 이상 못 견디겠는데……"

"나도 겨우 견디고 있어요." 그녀를 고객으로만 생각하는 이 영악한 식품점 놈은 이렇게 대답했다. "내 사랑하는 디아만도, 나도 견디기 힘들지만 조금만 참으세요. 내 콧수염이 날 때까지 조금 더 기다리라고요."

그리스인 조르바

이런 식으로 몇 년이 흘러갔고 늙은 디아만도는 참을성 있게 기다렸다. 그녀의 신경질은 진정되었고, 두통도 줄어들었으며, 한 번도 입맞춤을 못 했던 입술에도 미소가 흘렀다. 그리고 빨래도 더 잘했고, 접시도 덜 깨고, 음식도 더 이상 태우지 않았다.

"도련님, 제 결혼 증인이 돼주시겠어요?" 어느 날 저녁 그녀가 내게 조용히 물었다.

"그럼, 내가 증인이 돼줄게." 대답하는 내 목이 슬픔 때문에 아파왔다. 결혼 증인이 되겠다는 이 약속은 꽤 오랫동안 내게 독약을 들이부어댔다. 그런 까닭에 지금 다시 마담 오르탕스에게 그 말을 듣는 순간 나는 소스라치게 놀랐던 것이다.

"네, 증인이 되어드리겠습니다. 영광입니다, 마담 오르탕스⋯⋯" 내가 대답했다.

"그럼 이제는 저에게 쿰바라*라고 하세요. 우리만 있을 때에는요⋯⋯" 그녀는 이렇게 말하고는 자랑스럽다는 듯 회심의 미소를 지었다.

그녀가 일어섰다. 그러고는 모자 아래로 삐져나온 고수머리를 정리하면서 입술을 핥았다.

"안녕히 계세요, 쿰바로스." 그녀가 말했다. "안녕히 계시고 그 사람을 잘 맞이하자고요."

나는 소녀처럼 애교를 떨며 늙은 허리를 살짝살짝 흔들면서 멀어져 가는 그녀를 바라보았다. 그녀는 기쁨에 날아갈 듯 가벼운

---

* 그리스 정교회에서는 세례 대부/대모나 결혼 증인 등 성사_{聖事}에 영적 후견인을 세운다. 이러한 영적 관계에 있는 여성을 '쿰바라', 남성을 '쿰바로스'라고 부른다.

걸음걸이로 걸었다. 그녀의 낡고 비뚤어진 신발은 모래에 작고 깊은 구멍을 파놓았다. 그런데 그녀가 미처 곶을 돌기도 전에 바닷가에서부터 날카로운 비명과 울음소리가 들려왔다.

나는 일어나서 급히 달려갔다. 저 멀리 다른 쪽 곶에서 여자들이 곡을 하듯 울부짖고 있었다. 나는 근처 바위 위로 올라가 살펴보았다. 마을에서부터 남자들과 여자들이 달려 나오고 있었는데, 그 뒤로 개들이 짖어대면서 뒤쫓아왔다. 말을 탄 두 세 명이 앞장서 달려 나왔고, 그들 뒤로 먼지가 구름처럼 피어올랐다.

'뭔가 좋지 않은 일이 벌어졌구나!' 나는 속으로 생각하고는 급히 곶 쪽으로 내려갔다.

울부짖는 소리는 점점 더 커져만 갔다. 해는 벌써 지고, 하늘에는 봄에 핀 장미 같은 두세 점의 작은 구름 조각들이 그림처럼 박혀 있었다. '아가씨 무화과나무'는 벌써 파란 새싹을 내고 있었다. 갑자기 내 앞에서 마담 오르탕스가 쓰러졌다. 그녀는 머리를 헝클어뜨린 채 가쁜 숨을 몰아쉬며 되돌아오던 중이었다. 다시 일어난 그녀는 손에 벗겨진 신발 한 짝을 움켜쥔 채 울면서 뛰어왔다.

"쿰바로스, 쿰바로스!" 그녀는 이렇게 소리치면서, 쓰러질 듯 비틀거리며 내게 달려왔다. 나는 그녀를 일으켜 세웠다.

"왜 우시는 거죠? 쿰바라?" 나는 이렇게 말하며 그녀가 벗겨진 신발을 다시 신는 것을 도와주었다.

"무서워요…… 무서워……"

"뭐가요?"

"죽음이요."

그녀는 대기 속에서 죽음의 악취를 예감하고 두려움에 사로잡혔다. 나는 그녀의 탄력 잃은 팔을 잡아주었지만 그녀의 노쇠한 몸뚱어리는 계속 저항하며 떨었다.

"싫어요, 싫어……" 그녀는 소리쳤다.

이 불쌍한 여인은 죽음이 발을 디딘 현장과 마주친 것이었다. 카론*이 그녀를 보고 기억해두는 일은 일어나지 말았어야 했는데……

모든 노인이 그렇듯이 가엾은 우리의 세이렌은 푸른빛으로 변해 땅 위의 풀숲에 몸을 숨기고 짙은 커피색이 되어 흙 속에 몸을 감춰, 카론이 그녀를 발견하지 못하게 하려고 애쓰고 있었다. 그녀는 자라처럼 잔뜩 움츠린 살찐 어깨에 머리를 파묻고 계속 떨고 있었다. 그녀는 올리브나무 아래로 기어들어가서는 덕지덕지 기운 외투를 벗었다.

"쿰바로스, 저를 덮어주시고 어서 가세요. 덮어주시고요……"

"추우세요?"

"네, 추워요, 덮어주세요."

나는 솜씨를 다해 그녀를 흙과 전혀 구분이 되지 않도록 잘 덮어준 뒤 그곳을 떠났다.

나는 곶에 가까이 이르렀다. 이제는 울부짖는 행렬이 더 분명하게 잘 보였다. 미미토스가 내 앞으로 뛰어왔다.

---

* 그리스 신화에서 죽음의 강을 건네주는 뱃사공의 이름.

"미미토스, 무슨 일이냐?" 내가 소리쳤다.

"물에 빠져 죽었어요." 그가 걸음을 멈추지도 않고 대답했다. "빠져 죽었다고요!"

"누가?"

"마브란도니스 씨의 아들 파울리스가요!"

"왜?"

"과부 때문에……"

그의 목소리가 곡하는 소리에 잠겨 사라져갔다. '과부'란 말이 공중에 걸리자 위험하기 짝이 없는 과부의 싱싱한 육체가 어두운 대기를 가득 채웠다.

나는 온 마을 사람들이 모여 있는 바위 틈에 도착했다. 남정네들은 모자를 벗은 채 아무 말 없이 서 있었고, 여인네들은 머릿수건을 어깨까지 내린 채 머리카락을 쥐어뜯으면서 소리를 질러대고 있었다. 그리고 자갈밭 위에는 푸르뎅뎅하게 부풀어 오른 주검이 눕혀져 있었다. 마브란도니스 영감은 오른손에 쥔 지팡이에 몸을 기댄 채 아무 말도 없이 바로 그 위에서 부동자세로 주검을 내려다보고 있었다. 그의 왼손에는 그가 뽑은 회색 수염이 엉킨 채 쥐어져 있었다.

"망할 과부 년에게, 저주가 있을지어다!" 어디선가 갑자기 날카로운 소리가 들렸다. "하느님께서 너를 찾아가실 거다!"

한 여인이 갑자기 나타나서 남자들을 둘러보며 소리쳤다.

"이 마을에는 양을 잡듯 그년을 무릎 꿇리고 멱을 딸 진정한 사나이가 한 명도 없는 거요? 풋! 모두 머저리들만 있구먼!"

그녀는 아무 말 없이 자신을 바라보고 있는 남자들을 향해 침을 탁 뱉었다. 카페 주인 콘도마놀리오스가 급히 끼어들었다.

"델리카테리나, 우리 남자들을 모욕하지 마라! 우리 남정네들을 모욕하지 말라고! 우리 마을에는 진정한 사나이들이 있다고. 곧 알게 될 거라고!" 그가 소리 질렀다.

내가 참지 못하고 소리쳤다.

"여러분, 창피하지도 않소? 그 여자가 무슨 잘못이 있소? 저 애의 운명이에요. 하느님이 두렵지도 않소?"

하지만 아무도 대꾸하지 않았다.

덩치가 엄청난, 죽은 자의 사촌 마놀라카스가 몸을 숙여 시신을 가슴에 안고 마을을 향해 앞장섰다. 여자들은 시신이 그들 앞을 지날 때면 무조건 달려들어 몸뚱어리를 붙잡고 손가락으로 머리를 쥐어뜯으며 소리를 질렀다. 마브란도니스 영감은 지팡이를 휘두르며 그녀들을 헤치고 나아가 맨 앞으로 가서 앞장을 섰다. 그의 뒤로 곡소리를 하는 여자들이 쫓아갔고, 맨 뒤로는 남정네들이 침묵하며 뒤따랐다.

행렬이 어슴푸레한 어둠 속으로 사라지자 바다의 조용한 숨소리가 들려왔다. 나는 주위를 둘러보았다. 나 혼자였다.

"이제 집으로 가자." 나는 혼잣말을 했다. "오늘 독약은 충분하다. 하느님 맙소사! 무슨 이런 날이 있나!"

내가 그런 생각에 잠기며 오솔길로 들어섰을 때, 어스름한 빛만 남은 어둠 속에서 아직도 바위 위에 서 있는 아나그노스티스 영감의 모습이 눈에 띄었다. 그는 기다란 지팡이 손잡이에 턱을

곤 채 바다를 응시하고 있었다.

내가 그를 불렀지만 그는 듣지 못했다. 가까이 다가가자 그가 나를 보고는 고개를 저었다.

"완전히 버림받은 세상이야!" 그가 중얼거렸다. "젊음이 아깝다! 그 불쌍한 것이 이루어질 수 없는 그리움을 이기지 못하고 바다에 몸을 던져 죽었구나. 이제는 구원받았지."

"구원을 받았다고요?"

"젊은 양반, 그럼, 그놈은 구원받았지, 구원받았고말고. 그놈이 이 생애에서 뭘 할 수 있었겠소? 과부와 결혼했다면 곧 불평을 늘어놓았을 게요. 그리고 망신당했을 수도 있고. 불같이 달아오른 그 계집은 씨받이 암말 같아서 남정네만 보면 추파를 던지며 힝힝거리거든. 또 거꾸로 그녀와 결혼하지 않았다면 그놈은 평생 동안 고통 속에서 망가졌을 거고. 사는 동안 내내 큰 복덩어리를 놓쳤다고 생각했을 테니까. 앞은 천 길 낭떠러지요, 뒤는 건널 수 없는 격류의 큰 강인 셈이지."

"아나그노스티스 영감님, 그런 말씀 마십시오. 사람들이 겁에 질리겠습니다."

"젊은 양반, 걱정할 거 없어요. 누가 듣는단 말이오? 또 듣는다 한들 그걸 믿을 사람이 어디 있겠소? 나보다 더 행복한 사람이 어디 있겠소? 나는 포도밭에 올리브밭도 있겠다, 2층짜리 집도 있겠다, 동네 유지겠다, 아들을 낳아준 아주 착한 마누라도 있겠다, 우리 마누라는 한 번도 눈을 치켜뜨고 날 빤히 본 적이 없지, 그리고 애들도 다 착하겠다, 나는 불만이 하나도 없다오. 게다가 또 손주들까지 봤겠다, 내가 뭘 더 바라겠소? 나는 이 땅에 굳건히 뿌리를 내렸지. 그래도 말이오, 내가 만약 다시 태어난다면, 나도 파블리스처럼 목에 바위를 하나 묶은 다음 바다로 뛰어들 거유. 산다는 건 지겹지. 아무리 복에 겨운 인생도 지겹긴 마찬가지라고. 에이, 빌어먹을 인생!"

"아나그노스티스 영감님, 뭐가 부족해서 그러시는 겁니까? 왜 한숨을 쉬시냐고요?"

"내가 이미 말했듯이 내겐 부족한 게 아무것도 없어요. 젊은 양반, 이제 가만히 앉아서 인간의 마음이 어떤 건지 잘 생각해보시구려."

그는 잠깐 침묵하더니 다시 바다를 바라보았다. 그의 얼굴이 어두워졌다.

"잘했다, 이 바보 같은 파블리스 놈아!" 이렇게 소리치더니 그는 지팡이를 짚고 일어났다. "여자들이 곡소리를 지르려면 지르라지! 생각이라곤 조금도 없는 게 여자들이니까! 너는 이제 다 벗어났다고! 네 아버지도 그걸 아셔! 너도 봤지? 잔소리 한마디도 않는 걸!"

그리고 눈을 들어 잠깐 하늘을 올려다보고는 어둠 속으로 사라져가는 주위 산들을 둘러보며 말했다.

"어두워졌군. 난 가요."

그는 마치 자신의 입에서 나온 말들을 후회하는 듯 잠깐 멈춰섰다. 그러고는 마치 엄청난 비밀을 생각 없이 털어놓은 뒤 그 말들을 다시 주워 담기 위해 애쓰는 것처럼 보였다. 그가 말라비틀어진 손을 내 어깨에 얹었다.

"당신은 아직 젊어요. 늙은이 말을 듣지 마시오. 만일 세상 사람들이 늙은이 말을 듣는다면 얼마 못 가 망할 거요. 만약 어떤 과부 하나가 당신 앞에 나타나면 그냥 올라타시게! 결혼도 하고, 애도 낳고, 주절랑 하질 마시게. 고통이란 진정한 사나이들을 위한 거니까."

나는 바닷가의 내 거처에 도착해서 불을 지펴 저녁 차를 끓였다. 나는 지쳐 있었고 배도 고팠다. 잘 쉬고 배도 채우고 나니 사람으로서는 느끼기 어려운, 동물들의 깊고 영원한 원초적 행복이 느껴졌다.

갑자기 미미토스가 조금 모자란 자신의 머리를 창문 안으로 들이밀고는, 불 앞에 책상다리를 하고 앉아 음식을 먹고 있는 나를 바라보며 영악한 미소를 지었다.

"미미토스, 뭘 바라는 거냐?"

"대장께 과부의 인사를 전하려고요. 그리고 오렌지 한 바구니도요. 그녀 과수원의 끝물 오렌지래요."

"과부가?" 나는 당황하며 물었다. "그녀가 왜 이걸 내게 보내지?"

"오늘 대장이 마을 사람들한테 한 친절한 말씀 때문이래요."

"내가 무슨 친절한 말을 했다고 그러지?"

"난들 알겠어요? 난 그렇게 말하기에 그대로 전하는 것뿐이에요."

나는 오렌지를 침대 위에 쏟았다. 오렌지 향기가 온 집 안으로 퍼졌다.

"가서 선물 고맙다는 말과 함께 건강하시라고 말씀드려. 그리고 특히 마을에는 절대 가지 말라고 말씀드리고…… 듣고 있냐? 어느 정도 시간이 지나서 그 불행한 일이 조금 잊힐 때까지 절대로 집에 가만히 앉아 계시라고 전해라. 알아들었지, 미미토스?"

"그럼요, 대장!"

"그럼 가봐!"

미미토스가 떠나갔다. 나는 오렌지 하나를 깎아 먹었다. 즙도 많고 꿀처럼 달았다. 침대에 누웠다. 잠이 쏟아졌다. 그리고 밤새도록 오렌지나무 아래를 거닐었다. 바람은 따듯했다. 나는 털이 수북하게 난 가슴을 열어젖히고, 귀에는 박하 잎 하나를 꽂고 있었다. 나는 스무 살 시골 청년이었고 오렌지밭을 이리저리 오르내리면서 휘파람을 불며 기다렸다. 누구를 기다렸는지는 모르겠다. 하지만 내 마음은 기쁨에 넘쳐 터질 것 같았다. 나는 오렌지나무 뒤에 숨어서 콧수염을 만지작거리며 밤새도록 어느 여인처럼 한숨을 내쉬는 바닷소리를 듣고 있었다.

15

 오늘은 맞은편 아랍의 모래사막에서부터 뜨겁고 강한 남풍이 불어왔다. 대기는 소용돌이치는 가는 모래 구름으로 가득해서, 목구멍을 거쳐 창자까지 모래가 들어갔다. 모래가 서걱서걱 씹혔고, 모래 때문에 눈이 아팠다. 모래를 뒤집어쓰지 않은 빵 한 조각이라도 먹기 위해서는 창문과 문을 굳게 닫아걸어야 했다.
 타는 듯한 불볕더위. 썩 내키지 않다는 듯 주저하며 새싹을 내는 봄이 그 특유의 망설임으로 나까지 슬픔에 빠지게 하는 그런 나날들이 흘러갔다. 또 다른 단순하고도 위대한 행복을 바라는 피곤함, 가슴속의 혼란, 개미가 기어가는 듯한 온몸의 근질거림, 열정—열정 아니면 추억? 새싹이 돋는 이 계절에는 등에서 마치 상처 벌어지듯 날개가 돋아나는 것을 느끼는 고치 속의 애벌레들도 틀림없이 나와 똑같은 쾌감과 아픔을 느낄 것이다.
 나는 산으로 이어지는 오솔길로 들어섰다. 이 길을 세 시간 정도 따라가면 3, 4천 년 만에 땅속에서 기어 나와 크레타의 사랑하는 태양 아래 몸을 드러내고 햇빛을 쬐는 소규모의 미노아 시대 도시 유적을 만나게 된다. 나는 속으로 생각했다. '혹시 이렇게 걸으면 봄철의 우울증이 가벼워지고, 몸의 피로가 풀릴지도 모르지!'

철을 머금은 회색 바위가 햇빛에 사정없이 노출된 산, 편안하고 낭만적인 초록빛이 하나도 보이지 않는 산, 나는 이런 산이 좋다. 너무 많은 빛 때문에 앞을 잘 볼 수 없게 된 올빼미 한 마리가 바위에 앉아 노랗고 동그란 눈을 끔뻑이며 꾸르륵거렸다. 그런 올빼미의 모습은 진지하고, 매력적이고, 신비스러웠다. 나는 올빼미가 내 발소리를 들을까 봐 소리를 죽여 살금살금 걸었다. 하지만 올빼미 귀는 예민했다. 놀란 올빼미는 소리도 내지 않고 훌쩍 날아올라 바위 절벽 사이로 사라졌다. 대기에서는 백리향 냄새가 났다. 앙가라티아* 관목은 벌써 날카로운 가시 사이에 연약한 노란 꽃을 피우고 있었다.

내가 폐허에 도착했을 때 놀라운 광경이 눈앞에 펼쳐졌다. 한낮의 태양에서 수직으로 떨어지는 햇빛이 폐허의 숨통을 조이고 있었다. 이런 시간, 폐허가 된 도시는 위험하기 짝이 없다. 폐허의 대기는 아우성과 망령들로 가득 차 있었다. 나뭇가지 하나가 찌직 소리를 내거나, 도마뱀 한 마리가 기어가거나, 구름 한 조각이 그림자를 드리우며 지나가면, 나는 공포에 사로잡힌다. 내가 내딛는 한 뼘 한 뼘 땅이 모두 무덤이고, 망령들은 비명 소

---

* 가시를 가진 관목의 한 종류.

리를 지른다.

내 눈이 강렬한 햇빛에 차츰 익숙해지면서 이제 비로소 폐허의 돌들을 스쳐간 사람의 손길을 알아볼 수 있었다. 십자 모양으로 교차하는 석고를 깐 두 개의 큰 도로, 그 길 양편으로 소용돌이치듯 펼쳐진 좁은 골목들, 둥근 광장 하나, 아고라, 그리고 그 바로 옆에 민중정치의 겸손한 분위기를 풍기는 왕의 궁전, 궁전 안의 이중 회랑 기둥들과 폭넓은 돌계단, 그리고 길고 좁은 창고들……

그리고 저기 도시 중심부에 바닥 돌들이 사람들의 발길로 가장 많이 마모된 곳은 풍만한 젖가슴을 훤히 드러낸 채 팔과 손에 뱀을 감고 있는 위대한 여신의 신전이다.

어디에나 소규모 가게들과 올리브기름을 짜는 공장, 청동 공예 공방, 목공소, 도자기 공방 들이 들어서 있었다. 이미 수천 년 전에 개미들이 떠나간, 훌륭한 솜씨로 안전하고도 깔끔하게 구축한 개미집과도 같은…… 한 공방에서 어느 석공이 물결무늬 대리석으로 눈부신 예술품인 물 항아리를 만들었으나 미처 완성하지 못했다. 그리고 석공의 손에서 떨어진 세공용 끌은 수천 년이 지난 뒤 미완성의 작품 옆에서 발견됐다.

부질없고 바보 같은 영원한 질문들, 왜? 무엇 때문에? 이런 의문들이 고개를 들고 기어 나와 나의 영혼을 좀먹는다. 한때 도공의 열정이 기쁨과 확신으로 날개를 달고 비상하던, 윗부분이 깨져 있는 미완성의 물 항아리, 그것이 내게 독즙을 내리붓는다.

햇빛에 까맣게 그을리고 무릎이 새까만 양치기 한 명이 까만 머리에 장식 술이 늘어진 크레타 전통 머릿수건을 두른 채 무너진 궁전 옆에 있는 돌 위로 몸을 드러냈다.

"여보쇼, 아저씨." 그가 나를 불렀다.

나는 방해 받고 싶지 않아 못 들은 척했다.

하지만 양치기는 아니꼽다는 듯이 비웃었다.

"어이구, 못 들은 척하시는구먼. 어이, 아저씨, 담배 한 대 없수? 있으면 한 대 주시구려! 이 황량한 곳에서는 모든 게 다 지겹다우!"

그는 있는 힘을 다 해 마지막 말을 길게 끌었다. 나는 그가 안돼 보여 가슴이 아팠다.

하지만 내게는 담배가 없었다. 그래서 지갑을 꺼내 돈을 꺼내려 했다. 그러자 양치기가 화를 냈다.

"돈은 악마에게나 주슈!" 그가 소리 질렀다. "그걸 갖고 뭘하겠수? 난 지금 지겨우니까 담배를 달란 말요!"

"없어요, 한 개비도 없다고요." 내가 절망적으로 말했다.

"없다고요?" 양치기가 지팡이로 돌을 힘껏 내리치며 소리쳤다. "없다고요? 그럼 그 주머니에 불룩한 건 뭐요?"

"책 한 권하고, 손수건, 종이, 연필, 주머니칼이에요." 내가 주머니에서 하나하나 꺼내면서 대답했다.

"주머니칼을 드리리까?"

"나도 있어요. 그런 건 나도 다 가지고 있다고요. 게다가 빵, 치즈, 올리브, 칼, 송곳, 장화를 기울 가죽, 물 한 병, 필요한 건 다 있다고요, 모두요! 다만 담배, 그것만 없다고요! 그런데 당신은 이 폐허에서 뭘 찾고 있는 거요?"

"난 고대 유적지를 찾고 있어요."

"그래서 뭘 알게 됐소?"

"아무것도 모르겠어요."

"나도 아무것도 몰라요. 그들은 죽었고, 우린 살아 있죠. 어이, 이제 잘 가슈!"

그는 내가 마치 그곳의 망령이라도 되는 듯이 나를 내쫓았다.

"갑니다." 나는 고분고분하게 그의 말을 따랐다. 오솔길로 되돌아오다가 잠깐 뒤돌아보았다. 지겨움에 지친 그 양치기는 아직도 돌 위에 꼿꼿이 서 있었다. 까만 머릿수건 아래로 삐져나온 그의 검은 머리카락이 세찬 남풍에 휘날리고 있었다. 햇빛이 청동 소년상 위에 쏟아져 내리듯 그의 이마에서부터 발끝까지 흘러내렸다. 이제 그는 양치기용 지팡이를 어깨에 걸쳐 메고 휘파람을 불고 있었다.

나는 다른 길로 들어서서 해변으로 내려가기 시작했다. 내 위로 뜨거운 아랍의 숨결과 가까운 정원의 풀 향기가 스쳐 지나갔다. 흙냄새가 났고, 바다가 웃고 있었으며, 새파란 하늘은 강철처럼 반짝반짝 빛났다.

겨울은 우리의 몸과 마음을 움츠러들게 만들지만, 그래도 지금은 따뜻한 바람이 불어와서 가슴이 부풀어 오른다. 길을 걷고 있는데 하늘에서 목쉰 소리로 깍깍거리는 울음소리가 들려왔다. 나는 고개를 들어 어릴 때부터 내 가슴을 울렁거리게 만들었던 장엄한 광경을 올려다보았다. 검은목두루미 떼가 전투기 편대처럼 줄지어 날면서, 우리가 상상하는 것처럼 날개와 뼈만 앙상한 가슴 속 깊은 곳에 제비들을 감춘 채, 더운 남쪽 나라에서부터 다시 돌아오고 있었다.

계절의 리드미컬한 순환, 지구의 자전축, 태양이 하나하나 번갈아 순서대로 비춰주는 대지의 네 얼굴, 떠나가는 생명체들과 그들과 함께 떠나가는 우리들, 이런 것들이 또다시 내 가슴을 혼돈의 소용돌이로 가득 차게 했다. 두루미들의 울음소리를 듣는 순간, 나의 내면 깊은 곳에서는 누구에게나 인생은 영원함 속에서 한번 훌쩍 지나가면 다시는 주어지지 않는 단 한 번뿐인 기회이니, 바로 이 순간 삶에서 즐길 수 있는 모든 것을 마음껏 누리라는 끔찍한 경고가 메아리쳤다.

그토록 무자비한—동시에 자비로 가득 찬—이 메시지를 듣는 영혼은 자신의 초라함과 무기력함을 이기리라고, 자신의 게으름과 터무니없는 미망을 이겨내리라고, 그리고 영원히 사라져가는 순간들을 최대한 누리리라고 결심한다.

우리의 기억 속에 위대한 원형이 떠올라 우리가 얼마나 초라하고, 삶을 덧없는 쾌락과 사소한 걱정과 경박한 대화로 낭비하고 있는지 보여준다. "이건 수치다, 수치!" 우리는 이렇게 소리치면서 피가 나도록 입술을 깨문다.

하늘 위 검은목두루미 떼가 북쪽으로 사라졌다. 그러나 새들이 목쉰 소리로 깍깍 울어대는 소리는 여전히 내 한쪽 관자놀이에서 다른 쪽 관자놀이 사이를 날고 있었다.

나는 바다에 이르러 해변을 종종걸음으로 급히 걸었다. 호젓한 바닷가를 혼자 걷는 것은 쉽지 않은 일이다. 파도마다, 하늘을 나는 새마다 우리를 부르며 우리의 의무를 떠올리게 한다. 남들과 함께 걸으면서 이야기하고 웃고 토론하면, 그 소리에 묻혀 파도가, 새들이 뭐라 하는지 들리지 않는다. 어쩌면 그것들은 아무 말도 하지 않을지도 모른다. 우리가 천박한 수다 소리에 묻혀 있는 것을 보고 그것들은 그저 침묵한다.

나는 자갈에 드러누워 눈을 감고 생각에 잠겼다. '영혼이란 무엇인가? 영혼과 바다와 구름과 향기 사이에는 어떤 숨겨진 대응이 있는 걸까? 영혼이 바다요, 구름이요, 향기인 건가?'

나는 벌떡 일어나 움직이기 시작했다. 나는 결심했다. 하지만 무슨 결심인가? 잘 모르겠다.

갑자기 뒤에서 나를 부르는 소리가 들려왔다.

"여보세요, 신사분, 어딜 가시는 거요? 혹시 수녀원으로 가시는 거요?"

뒤를 돌아보자 노익장을 과시하는 작고 통통한 노인네가 지팡이도 없이 머리에 까만 머릿수건을 두른 채 내게 손을 흔들며 미소 짓고 있었다. 그의 뒤로 노파가 따라오고, 또 그 뒤로는 까무잡잡한 피부에 사나운 눈매를 가진 딸이 하얀 머릿수건을 하고 따라왔다.

"수녀원에 가시는 건가요?" 노인이 다시 물었다.

그 순간 나는 수녀원으로 가기로 결심했다. 벌써 몇 달 전부터 나는 바닷가에 있는 그 조그만 수녀원에 가보기를 바랐건만 결단을 내리지 못하고 있었다. 하지만 지금 이 순간 갑자기 내 몸뚱어리가 결단을 내렸다.

"네, 「성모 마리아 찬가」를 들으러 수녀원으로 가요." 내가 대답했다.

"성모께서 당신께 축복을 내리시기를!" 노인이 발걸음을 재촉하며 내게 가까이 다가왔다.

"선생께서 갈탄 회사 사장님이라고들 하던데요, 맞나요?"

"맞습니다."

"아, 그러시군요. 성모께서 회사가 번성하도록 도와주시기를! 당신은 이 지역에 좋은 일을 하고 계신 겁니다. 가난한 집에 빵을 주고 계시니 복 많이 받으셔야 합니다."

하지만 잠시 후 우리 사업이 전혀 잘되고 있지 않음을 눈치챈 세련된 노인이 위로하듯 말을 덧붙였다.

"혹시 아무 이익을 보지 못하게 되더라도 걱정하지 마세요. 결국은 이득을 보시게 될 거니까요. 사장님의 영혼은 천국으로 들어가게 될 거예요."

"저도 그걸 바랍니다, 영감님."

"저는 많이 배우지는 못했어요. 하지만 하루는 성당에서 예수님 말씀을 듣게 됐는데, 그 말씀이 뇌리에 박혀 빠지질 않는 거예요. 가진 것, 안 가진 것 모두 팔아라. 그리고 커다란 진주를 사라! 커다란 진주가 뭐겠어요? 영혼의 구원이지요. 그러니 사장님도 커다란 진주를 구하기 위해 노력하세요."

커다란 진주, 그것은 몇 번이나 내 머릿속의 어둠에서 마치 커다란 눈물방울처럼 수없이 번쩍이지 않았던가?

우리는 계속 길을 갔다. 남자 둘이 앞장서고 여자들은 손을 엇갈려 포갠 채 뒤따라왔다. 우리는 걸어가면서 때때로 올리브나무가 꽃을 잘 피울지, 보리가 잘 여물도록 비가 올는지 등과 같은 사소한 잡담을 나눴다. 그러다가 우리는 음식에 대한 잡담을 나누기 시작했는데 둘 다 배가 고팠던지 그 이후로는 주제를 바꾸지 않았다.

"영감님, 제일 좋아하시는 음식은 뭔가요?"

"다 좋습니다. 모든 음식이 다요. 이 음식은 좋고 저 음식은 싫다, 이런 이야기를 하는 건 큰 죄악이죠."

"왜요? 음식을 가리면 안 됩니까?"

"절대로 안 되죠!"

"왜요?"

"왜냐하면 굶는 사람들이 있으니까요."

나는 부끄러움에 아무 말도 하지 못했다. 내 생각은 한 번도 그런 품격과 배려에 이르러본 적이 없었다.

수도원의 종소리가 애교가 넘치는 여자 웃음소리같이 즐겁게 울려 퍼졌다.

노인은 성호를 그었다.

"성 처녀 순교자시여, 우리에게 은총을 내리소서!" 노인이 중얼거렸다. "해적들이 날뛰던 시대에 성녀께서는 목에 칼을 맞아 피가 콸콸 솟아 나왔죠."

그러면서 노인은 성 처녀 순교자의 수난에 대해 이야기하기 시작했다.

"이 성녀는 실존했던 분으로 동방에서 박해를 받아 피란 오시다가 이교도 해적 하기리니*들한테 잡혀 칼에 찔린 뒤, 눈물을 흘리면서 자식들을 이곳으로 데리고 오셨죠. 일 년에 한 번 성녀의 상처에서 뜨거운 진짜 피가 흘러내립니다. 제가 아직 수염도 안 난 젊은 시절에 이 성녀의 축제에 왔던 때를 기억하고 있죠. 그때 성녀께 경배를 드리고 은총을 받으려고 근처 마을 사람들이 다 모여들었죠. 8월 15일**이었어요. 남자들은 마당에서, 여자들은 수도원 안에서 잠을 잤죠. 제가 막 잠이 들었을 때, ― 하느님 아버지시여, 당신은 위대하십니다! ― 성녀께서 저를 부르는 소리를 들었습니다. 나는 즉시 일어나서 성 처녀의 성화로 달려가 그녀의 목에 손을 뻗어 만져봤죠. 그때 제가 뭘 봤는지 아세요? 제 손가락들이 온통 피범벅이 되어 있었어요."

노인은 성호를 그으면서 뒤를 돌아보고는 여자들이 안쓰러웠는지 소리쳤다.

"어이, 아낙네들, 힘들 내, 거의 다 왔어!"

그러고는 목소리를 낮추고 말했다.

"그때 나는 아직 미혼이었어요. 성녀 앞에 엎드려 그녀의 은총을 간구하면서 이 거짓 세상을 버리고 수도사가 되기로 결심했죠."

영감이 웃음을 터뜨렸다.

---

* 10세기의 이슬람교도 해적을 가리키는 말로, '하기리니'는 아브라함의 아들이자 아랍인의 선조로 알려진 '하가르'에서 온 말이다.
** 8월 15일은 성모 마리아가 돌아가신 날을 기념하는 성모 영면 축일이다.

"영감님, 왜 웃으시는 거죠?"

"신사 양반, 제가 어찌 웃지 않을 수 있겠소? 축제 당일에 악마가 여자 옷을 입고 내 앞에 나타났어요. 바로 저 여자가요!"

그렇게 말하면서 그는 고개도 돌리지 않은 채 집게손가락으로 아무 말도 없이 뒤에서 쫓아오고 있는 노파를 가리켰다.

"뒤돌아보지 마세요. 지금은 그녀를 만지는 것조차 끔찍하지만, 그때 그녀는 물고기처럼 싱싱한 바람둥이 여자였죠. 별명이 '긴 속눈썹'이었으니까…… 에이, 몹쓸 세상, 그 긴 속눈썹들은 어디로 갔나? 악마들이 다 채갔지, 다 뽑아갔어!"

뒤에서 오던 노파가 사슬에 매인 채 으르렁거리는 개처럼 잠깐 동안 웅얼거렸다. 하지만 아무 소리도 내지 않았다.

"자, 수녀원에 도착했습니다." 영감이 손가락으로 가리키며 말했다.

바닷가 끝 높은 절벽 사이에 낀 듯한 조그만 수녀원이 새하얗게 빛나고 있었다. 방금 석회칠을 해서 갓 짠 우유처럼 하얗게 빛나는 수녀원 성당 한가운데의 동그랗고 조그만 돔은 여인의 젖가슴처럼 보였다. 성당 주변으로 문을 파랗게 칠한 대여섯 개의 방이 있었고, 정원에는 키가 큰 삼나무 세 그루가 촛대처럼 꼿꼿이 솟아 있었으며, 꽃이 핀 두툼한 선인장들이 정원 울타리를 이루고 있었다.

우리는 발걸음을 재촉했다. 성전의 창문 사이로 성가 소리가 흘러 나왔다. 찝찔한 대기에서 몰약 태우는 향내가 났다. 약간 기울어진 성당 현관문은 활짝 열려 있었고, 성당을 둘러싸고 있는 정원 바닥에는 희고 검은 바다 자갈이 정갈하게 깔려 있었다. 좌우로 벽에는 박하와 바질, 마조람 향초가 심어진 화분들이 가지런히 놓여 있었다.

고요하고 아늑했다. 해가 넘어가면서 회반죽 칠을 한 벽을 장밋빛으로 물들이고 있었다.

은은한 불빛이 흐르는 작은 성당 안은 따듯하고 초 타는 냄새가 가득했다. 남신도와 여신도들은 몰약의 연기 속에서 약한 물결이 이는 것처럼 이따금 조금씩 움직였고, 온몸을 검은 옷으로 칭칭 감은 듯한 대여섯 명의 수녀들은 부드러우면서도 높은 음조로 「전능하신 하느님」 찬가를 부르고 있었다. 예배 도중에 무릎을 꿇었다 일어났다 할 때마다 새의 날갯짓 소리 같은 수녀들의 옷자락 스치는 소리가 들렸다.

나는 「성모 마리아 찬가」를 들어본 지 꽤 오래됐다. 사춘기의 첫 반항 시기 이후 나는 성당 앞을 지날 때마다 경멸과 분노를 느꼈다. 시간이 흐르면서 조금 나아져서 가끔 크리스마스나 부활절 철야 예배 같은 큰 종교 축일에는 예배를 드리러 성당에 가기도 했다. 그때마다 아직도 내 안에 남아 있는 어린아이가 되살아나는 것이 기쁘기도 했다. 야만인들은 악기가 종교적 임무에서 벗어나 원래의 신성한 의미를 잃게 되면 그제야 비로소 아름다운 화음을 내게 된다고 생각했다.

나는 성당 한구석에서 수많은 교인들의 손때가 묻어 상아처럼 반들거리는 예배용 의자에 기대 저 깊은 과거에서부터 들려오는 비잔티움 성가의 음악 소리를 듣고 있었다. "인간의 이성으로는 도달하기 힘든, 천사의 눈으로도 보이지 않는 저 높은 곳의 '결혼하지 않은 신부'*를 찬양하라!"

수녀들이 바닥에 엎드렸다. 또다시 수녀들의 옷자락이 서로 스치면서 날갯짓 소리 같은 소리가 들렸다.

시간은 손에 백합꽃 봉오리를 들고, 유향 냄새가 나는 날개를 가진 천사들처럼 성모 마리아의 아름다움을 찬양하며 흘러갔다. 해가 저물어, 저녁의 부드럽고 푸르스름한 어둠이 드리워졌다. 내가 어떻게 성당 밖으로 나왔는지 기억나지 않는다. 어쨌든 정원의 삼나무 아래에 수녀원장과 두 명의 젊은 수녀들과 함께 서 있었다. 우리는 차가운 물과 숟가락에 담긴 설탕절임을 먹으면서 조용히 대화를 나누었다.

우리는 성모 마리아의 기적과 갈탄과 지금 막 새끼를 낳기 시작한 새들과, 에우독시아 수녀의 간질병에 대해 이야기를 나누었다. 그녀는 성당 바닥을 기면서 물고기처럼 퍼덕거린다고 했다. 게거품을 물고 상소리를 해가며 옷을 찢는다는 것이었다.

"이제 겨우 서른다섯이에요." 수녀원장이 한숨을 내쉬며 말했다. "힘들고 저주받을 나이죠. 하느님의 은총으로 낫기를 바라요. 앞으로 10년이나 15년 뒤에는 괜찮아지겠죠."

"10년, 15년이라고요……" 내가 한숨을 쉬며 중얼거렸다.

"10년, 15년이 무슨 대수입니까?" 수녀원장이 엄한 어조로 말했다. "영원을 생각해보세요."

---

* 성모 마리아를 가리킨다.

나는 아무런 대꾸도 하지 않았다. 나는 지나가는 매 순간이 영원임을 알고 있었기 때문이다. 나는 아직도 유향 냄새가 나는 수녀원장의 희고 통통한 손에 입맞춤을 하고 나왔다.

날은 완전히 어두워져 있었다. 까마귀 두세 마리가 보금자리를 향해 서둘러 돌아가고 있었고, 올빼미들은 나무의 빈 구멍에서부터 모습을 드러냈다. 땅에서는 달팽이와 애벌레, 벌레와 들쥐들이 올빼미의 먹잇감이 되려고 기어 나오고 있었다.

신비스러운 뱀이 자신의 꼬리를 문 채 나를 휘감았다. 대지는 자기 자식들을 낳고 잡아먹고, 또 낳고 또 잡아먹는다. 그렇게 원은 완성된다.

나는 눈을 굴려 주변을 살펴보았다. 완전히 어둠이 내려 주위는 황량함 그 자체였다. 마지막 농부들마저 떠난 뒤라 나를 보는 사람은 아무도 없었다. 나는 신을 벗고 바다에 발을 담갔다. 그러고 나서 모랫바닥에 뒹굴었다. 알몸으로 돌과 물과 공기를 만지고 싶은 욕망이 나를 휘감았다. 수녀원장의 '영원'이란 말이 나를 사납게 만들고, 마치 야생마를 잡는 올가미처럼 나를 덮쳤다. 나는 올가미에서 벗어나기 위해 몸부림쳤다. 옷도 입지 않고, 죽을 때까지 땅과 바다를 만지며, 이 사랑스러운 덧없는 존재들을 확실하게 느끼고 싶었다.

"너는 존재한다, 너만이 존재한다." 나는 속으로 외쳤다. "오, 대지여, 물이여, 공기여! 대지여, 내가 바로 그대의 마지막 자손이오. 나는 그대의 젖꼭지를 움켜쥐고 절대로 놓지 않을 것이니. 내가 단 한 순간만이라도 살게 해주오. 그 순간은 젖꼭지가 되고 나는 그 젖꼭지를 빨 것이니."

나는 마치 사람을 잡아먹는 '영원'이라는 말 안으로 빨려 들어갈 것만 같았다. 예전에도 한 번 이런 열정에 빠진 적이 있었다. 언제였지? 작년이었던가? '영원'이란 말 위로 몸을 굽히고 눈을 감은 채 팔을 벌려 뛰어들려고 했었다.

내가 초등학교 1학년 때 일이었다. 알파벳 교습용 책 두번째 장에 다음과 같은 민담이 실려 있었다. 한 아이가 우물에 빠졌는데 그곳에서 나무가 우거진 정원에 꿀과 맛있는 과자, 장난감 등이 넘쳐나는 아주 아름다운 도시를 발견했다는 이야기였던 것으로 기억한다. 나는 한 자 한 자 읽어가면서 점점 더 깊숙이 이야기에 빠져들었다. 어느 날 오후에 나는 학교에서 집으로 달려와서는, 집 정원의 포도나무 아래에 있는 우물 속으로 고개를 숙이고 검게 반짝이는 물 표면을 넋을 잃고 내려다보았다. 내 생각에 나는 아름다운 도시와 여러 집과 거리, 아이들, 그리고 포도가 주렁주렁 매달린 포도나무를 본 듯했다. 나는 더 이상 참을 수 없었다. 머리를 우물 속으로 들이밀고 팔을 벌린 채 아래로 뛰어들기 위해 땅을 박찼다. 바로 그 순간에 어머니가 그러고 있는 나를 발견하고는 비명을 지르며 달려와 아슬아슬하게 내 허리를 잡았다······

그렇게 아직 어린아이였을 적에 나는 우물 속으로 뛰어들 뻔했다. 어른이 되어서도 나는 여전히 '영원'이란 말 속으로 뛰어들려는 위험에 빠지곤 한다. '에로스' '희망' '조국' '하느님'과 같은 말들도 마찬가지로 나를 위험에 빠뜨린다. 해마다 나는 그런 위험에서 겨우 벗어나서 앞으로 나아가는 것처럼 느꼈다. 하지만 나는 조금도 앞으로 나아가지 못했다. 단지 말만 바꾸었을 뿐이다. 그리고 나는 그걸 구원이라고 불렀다. 최근 들어서는 지난 2년 동안 내내 '부처'라는 말에 매달리고 있다.

조르바 덕분에, ─ 그가 평안하기를! ─ 이것이 마지막 우물이요, 마지막 낱말이다. 이걸로 나는 영원히 구원받을 것이다. 영원히? 우리는 끊임없이 이렇게 말한다.

나는 벌떡 일어났다. 나의 온몸은 발꿈치부터 정수리 끝까지 온통 행복감에 빠져 있었다. 나는 옷을 벗어던지고 바다로 뛰어들었다. 물결들이 웃고 있었다. 나도 같이 웃으면서 파도와 함께 장난을 쳤다. 어느새 몸이 피곤해졌다. 나는 물 밖으로 나와 밤공기에 몸을 말렸다. 그러고는 가볍고 큰 발걸음으로 길을 걸었다. 나는 큰 위험에서 벗어난 기분이었고, 어머니 대지의 젖꼭지를 꽉 움켜쥐고 빠는 느낌이었다.

16

 갈탄광 앞쪽의 해안이 보이는 지점에 이르렀을 때 내 발걸음이 갑자기 멈췄다. 오두막에서 불빛이 새어 나오고 있었다. 순간 나는 생각했다. '조르바가 왔구나.' 기뻤다.

 나는 달려가고 싶었지만 꾹 참았다. '내 속마음을 드러내면 안 되지. 화가 난 듯한 표정을 짓고 조르바를 야단쳐야 해. 급한 업무 때문에 보냈는데 술집 여가수와 뒹굴면서 내 돈을 낭비하고 열이틀씩이나 늑장을 부렸잖아. 그러니까 화가 난 척해야만 해……'

 나는 아주 천천히 발걸음을 옮겼다. 화가 날 시간을 벌기 위해서였다. 나는 스스로를 화나게 만들기 위해 노력했다. 미간을 찌푸리고 주먹을 불끈 쥐는 등 화를 내기 위한 모든 몸짓을 다 해봤다. 하지만 도무지 화가 나질 않았다. 집에 가까워질수록 오히려 기쁨이 점점 더 커졌다.

 까치발로 살금살금 다가가 불 켜진 창문으로 안을 엿보았다. 조르바는 무릎을 꿇고 바닥에 앉아 화로에 커피를 끓이고 있었다.

순간 내 가슴은 녹아내리고 말았다. 나는 소리쳤다.

"조르바!"

순간적으로 문이 열리면서 조르바가 웃통도 벗은 채 맨발로 밖으로 튀어나왔다. 목을 어둠 속으로 쭉 뽑고 내 눈을 똑바로 바라보면서 팔을 활짝 벌렸다. 하지만 그는 이내 흥분을 가라앉히면서 팔을 아래로 내렸다.

"다시 만나 반갑습니다, 대장!" 그가 머뭇머뭇하면서 고개를 떨구고 말했다.

나는 될 수 있는 대로 목소리를 낮게 깔고 말했다.

"수고 많으셨소." 나는 비아냥조로 말했다. "가까이 오지 마세요. 향수 비누 냄새가 진동하니까요."

"대장, 내가 얼마나 열심히 씻었는지 알기나 하슈?" 조르바가 중얼거리듯 말했다. "내가 대장 만나러 오기 전에 빌어먹을 피부를 얼마나 깨끗이 문지르고 면도를 깨끗하게 했는지 아시냐고요! 한 시간도 넘게 씻어냈지만 이 빌어먹을 향수 냄새가 도무지…… 하지만 어쩝니까? 이런 일이 처음도 아니죠. 싫든 좋든 차차 빠지겠죠."

"들어갑시다." 내가 말했다.

나는 더 이상 웃음이 새어 나오는 것을 참기 어려웠다. 우리는 방으로 들어갔다. 오두막 전체에서 향수 냄새, 분 냄새, 비누 냄새 등 여자 냄새가 났다.

"조르바, 이 우스꽝스러운 것들은 도대체 뭐요?" 내가 가방과 향수 비누, 여자 양말, 빨간 우산, 향수병 두 개가 상자 위에 가지런히 놓여 있는 것을 보면서 소리쳤다.

"선물이죠……" 조르바가 머리를 푹 숙인 채 기어들어가는 소리로 말했다.

"선물이라고요!" 내가 화가 난 것처럼 보이려고 노력하면서 소리쳤다. "무슨 선물이란 말이오?"

"대장, 화내지 마십시오. 선물입죠. 가엾은 부불리나를 위한…… 곧 부활절이에요. 그녀도 사람이잖아요."

나는 웃음이 나오려는 것을 겨우 참았다.

"하지만 정말 중요한 것은 안 사왔잖소?"

"뭐요?"

"결혼식 화환이오!"

나는 조르바에게 사랑의 상처를 입은 인어에게 어떤 거짓말을 꾸며댔는지 이야기해주었다.

조르바는 머리를 흔들며 생각에 잠겼다.

"대장, 실수하신 거요. 괜한 짓을 한 겁니다. 이런 말을 하게 돼서 죄송합니다만 대장, 그런 장난은…… 여자들이란 연약하고 예민한 존재들이에요. 내가 몇 번을 말해야 알아듣겠소? 여자는 깨지기 쉬운 도자기 같아요. 조심해야 해요. 대장, 알겠어요?"

나는 창피했다. 나 역시 후회가 됐다. 하지만 이미 늦었다. 나는 화제를 바꿨다.

"케이블 줄은요?" 내가 물었다. "그리고 다른 연장들은요?"

"모두 다 챙겨 가지고 왔죠, 걱정하지 마슈. 꿩 먹고 알 먹고, 다 했죠. 공중 케이블카, 롤라, 부불리나, 내가 모두 다 해냈수다,

대장."

그는 불에서 브리키를 끄집어내서 내 잔에 커피를 가득 붓고는 도시에서 사온 참깨가 박힌 동그란 빵과 꿀로 만든 할바*를 내놓았다. 조르바는 내가 할바를 아주 좋아한다는 걸 알고 있었다.

"내가 대장을 위해 커다란 할바 한 통을 선물로 가져왔수다. 대장을 잠시도 잊지 않았다고요." 조르바가 살갑게 말했다. "그리고 앵무새를 위해서 아랍 피스타치오도 가져왔수다. 난 아무것도 잊지 않았다고요. 내가 그랬잖아요, 내 머리에 있을 건 다 있다고요."

나는 조르바 옆에 책상다리를 하고 앉아 깨가 박힌 빵과 할바를 먹으면서 커피를 마셨다. 조르바도 커피를 마시면서 담배를 피웠다. 그는 먹이를 유혹하는 뱀과 같은 눈초리로 나를 보고 있었다.

"노인 악당 조르바, 당신을 계속 괴롭히는 문제는 풀었나요?" 내가 목소리를 부드럽게 하고 그에게 물었다.

"무슨 문제요, 대장?"

"여자가 인간인지 아닌지 하는 문제요."

"아아! 그 문제도 풀렸수다." 조르바가 큼직한 손을 흔들면서 대답했다. "여자들도 사람이에요. 우리와 똑같이 인간이라고요. 다만 우리보다 더 형편없는 인간이죠. 당신 보따리를 보는 순간 이성을 잃고 거머리처럼 찰싹 달라붙죠. 그리고 즐거이 자유를

---

* 그리스와 터키 등에서 손님 대접할 때 내놓는 단 과자.

포기하고 오히려 기뻐하죠. 왜냐하면 당신 뒤에는 보따리가 빛을 내고 있으니까요. 하지만 얼마 못 가…… 어휴! 대장, 그 빌어먹을 것들은 그냥 내버려둡시다."

그가 일어나서 창문 틈으로 담배꽁초를 던졌다.

"이제 남자들 일에 대해 이야기합시다." 그가 말했다. "'성 대주간'*이 다가옵니다. 케이블 줄도 가져왔고요. 이제 산 위 수도원으로 산돼지 같은 수도사들을 찾아가서 숲에 대한 계약서에 서명할 때가 됐습니다. 그놈들이 우리 공중 케이블을 보고 나서 뜬구름 잡는 엉뚱한 생각을 하기 전에 말이죠. 아시겠소? 대장, 시간이 화살처럼 빨리 지나가니 더 이상 게으름을 피워서는 안 됩니다. 이제 결론을 내고, 화물선을 불러 선적을 해서, 우리도 수지타산을 맞춰야죠…… 이번 카스트로 출장은 돈이 많이 들었어요. 악마 놈이 장난치는 게 보이시죠?"

그가 입을 다물었다. 나는 그가 안됐다고 느꼈다. 그는 마치 장난치다가 들켜서 이제 곧 야단맞을 것을 아는, 그래서 안절부절못하는 아이 같았다.

나는 속으로 스스로를 나무랐다. '이런 영혼을 불안에 떨게 그냥 내버려두는 것은 치욕이다. 내가 어서 뭔가를 해야 한다. 언제 어디서 조르바와 같은 사람을 다시 만날 수 있겠는가? 자, 어서 일어나서 지우개로 모든 걸 다 쓱쓱 지워버리자!'

"조르바!" 내가 갑자기 소리쳤다. "악마 놈은 우리하고 전혀

* 부활절 직전의 일주일.

상관없으니 내버려둡시다. 지난 일들은 잊어버리자고요. 산투리나 치세요!"

조르바는 마치 나를 포옹하려는 듯 팔을 벌리더니 곧바로 팔을 거두어들이고 한걸음에 벽 쪽으로 가서는 산투리를 내리기 위해 위로 펄쩍 뛰었다. 그가 다시 등잔 가까이 왔을 때 그의 머리가 새까맣게 염색된 것이 보였다.

"어이고, 장난꾸러기 같으니, 머리가 그게 뭐요? 그런 건 어디서 다 배웠소?" 내가 소리쳤다.

조르바가 웃음을 터뜨렸다.

"대장, 염색을 좀 했습죠. 좀 재수가 없어서······"

"왜 염색을······?"

"허영 때문이죠. 하루는 롤라하고 손을 잡고 지나가는데, 음! 그러니까······ 이렇게 멀찌감치 떨어져서 가는데, 어떤 잡놈이, 요 정도 키의 어린놈이 우리 뒤를 쫓아오면서 '어이, 영감님, 손녀딸하고 어디 가는 거유?' 하고 소리치는 거예요. 불쌍한 롤라 년이 창피해하고 나도 창피했죠. 그래서 롤라가 창피해하지 말라고 그날 저녁에 바로 이발소로 가서 염색을 해버렸죠."

나는 웃음이 나왔다. 조르바는 웃는 나를 진지하게 바라보았다.

"대장, 그게 그렇게 우습게 보여요? 하지만 잘 들어보슈. 인간이란 알 수 없는 존재라우. 나는 염색한 바로 그날부터 딴 사람이 됐다우. 스스로 내 머리카락이 까맣다고 믿기 시작한 거죠. 인간이란 존재가 자기한테 불리한 건 얼마나 쉽게 잊어버리는지 보라고요. 그리고 하느님 맙소사! 갑자기 정력이 쑥쑥 솟더라고요. 롤라도 그걸 눈치챘어요. 내가 허리 통증이 있는 걸 아시죠? 그것도 사라지더라고요! 못 믿겠어요? 보세요, 이런 건 대장 책들 안에 안 쓰여 있는 거죠?"

그는 조롱조로 웃다가 이내 태도를 바꿨다.

"용서하시구려!" 그가 말을 이었다. "내가 생전 읽은 책이라곤 『베르토둘로스』* 뿐인데, 내게 별로 도움이 안 됐죠."

그가 산투리를 내려서 싸고 있던 천을 아주 다정하고 조심스럽게 벗겼다.

"밖으로 나갑시다. 산투리는 여기 사방이 벽으로 둘러싸인 곳에는 어울리지 않으니까요. 산투리는 맹수여서 열린 공간이 필요해요."

우리는 밖으로 나왔다. 하늘에는 별들이 반짝반짝 빛나고 있었다. 하늘의 요단강이 한쪽 끝에서 다른 한쪽 끝으로 흘러가고 있었다. 바다는 자갈돌 굴리는 소리를 내고 있었다.

우리는 자갈 위에 책상다리를 하고 앉았다. 파도가 우리들 발바닥을 핥았다.

"가난하면 즐겁게라도 살아야죠." 조르바가 말했다. "그럼요, 뭘 바라겠어요? 가난이 우리를 무릎 꿇게 만들 거라고 생각하세

---

* 이탈리아의 풍자극으로 주인공 베르토둘로스(이탈리아어로는 "베르톨도")는 영악한 농부인데, 주로 지배계층을 골탕 먹이고 사기를 치는 사람이다. 그리스에서 이러한 사기꾼을 주인공으로 한 풍자극이 하나의 장르로 자리 잡았으며, 1818년 그리스 독립 전까지 서민에게 가장 인기 있었던 책으로, 많은 그리스 사람들이 책을 읽지는 않았어도 이 이야기를 전해 들어 알 정도였다.

요? 오, 산투리야, 이제 내게 와다오!"

"당신 고향인 마케도니아의 노래를 불러봐요, 조르바!" 내가 말했다.

"당신 고향인 크레타 민요를 부를게요." 조르바가 말했다. "내가 이번에 카스트로에서 배운 사랑 노래를 하나 불러드릴게요. 이 노래를 배운 날부터 내 인생이 바뀌었죠."

그는 잠깐 생각에 잠겼다.

"아뇨, 안 바뀌었어요." 그가 말했다. "하지만 지금 보니 내가 옳았어요."

그는 산투리 위로 큼직한 손을 뻗고, 목을 길게 뽑았다. 그의 한 맺힌 목소리는 거칠고 쉬어 있었으며, 대기 안에서 폭풍우처럼 사납게 몰아쳤다.

> 한번 마음을 먹었으면, 얼쑤! 두려워하지 마라.
> 네 젊음을 맘껏 풀어주고 아쉬워하지 마라!

근심들이 뿔뿔이 사라지고, 경박한 걱정들은 멀리 도망쳤으며, 영혼은 정상에 우뚝 섰다. 롤라나 갈탄, 공중 케이블, '영원', 사소하거나 심각한 걱정들, 이 모두가 파르스름한 연기가 되어 날아가고, 오직 하나, 강철로 된 새 한 마리, 인간의 영혼만이 남아 노래하고 있었다.

"얼씨구 잘한다! 조르바!" 그 멋진 노래가 끝났을 때 내가 소리쳤다. "당신이 한 모든 짓이 다 멋져요. 술집 여가수, 염색한 머리, 당신이 잡아먹은 내 돈, 모든 게 다 좋아요, 잘했어요! 다시 노래하세요!"

조르바가 앙상하게 마른 목을 다시 길게 뽑았다.

얼쑤! 네가 믿는 것을 잡아라, 열정이 어디로 널 데려간다 해도,
성공할 곳으로 가든, 망할 곳으로 가든!

탄광 근처에서 자고 있던 여남은 명의 광부들이 노랫소리를 듣고 일어나 슬그머니 우리 쪽으로 내려와서는 우리 주변에 웅크리고 앉았다. 그들은 자신들이 좋아하는 노랫소리에 발이 근질근질했던 모양이다. 그러다가 어느 순간 더 이상 참을 수 없게 되자 머리는 헝클어지고 웃통은 벗어젖힌 채로 부풀대로 부푼 치마를 펄럭이며 조르바와 산투리를 가운데 놓고 어둠 속 자갈밭 위에서 거친 춤사위를 펼치기 시작했다.

나는 감동을 느끼고 아무 말 없이 그들의 춤을 바라보았다. 그리고 속으로 생각했다.

'이것이야말로 내가 그토록 바랐던 진정한 노다지 광맥이 아닌가? 더 이상 무얼 바라겠는가?'

그다음 날 새벽부터 광산에서 조르바의 고함 소리와 곡괭이 소리가 울려 퍼졌다. 광부들은 미친듯이 일을 했다. 오직 조르바만이 그들을 조정할 수 있었다. 조르바와 함께 일을 하노라면, 노

동은 술이 되고, 노래가 되고, 사랑이 됐다. 그리고 광부들은 조르바에 취했다. 조르바의 손에서 세상은 생명력을 되찾았고, 돌들과 석탄, 목재, 일꾼들 모두 고유의 호흡을 되찾았다. 탄광 안 아세틸렌 등 불빛 아래에서는 전쟁이 벌어지고 있었다. 그리고 조르바는 그 맨 앞에 서서 최후까지 사투를 벌였다. 그는 갱도마다, 그리고 광맥마다 이름을 붙여, 비인격적 힘들에 인격을 부여했다. 그렇게 함으로써 그는 아무것도 그의 손아귀에서 벗어날 수 없게 만들었다.

"내가 '카나바로'*(그는 첫 갱도 이름을 이렇게 붙였다) 갱도를 잘 알면, 그놈이 어떻게 내게서 벗어날 수 있겠습니까?" 조르바는 여러 번 그렇게 말했다. "내가 그 갱도를 이름을 통해 알게 되면, 그놈이 감히 어떻게 더러운 음모를 벌이겠어요? '수녀원장' 갱도나 '절름발이' 갱도, '오줌싸개 여자' 갱도도 마찬가지죠. 나는 그 갱도들 하나하나의 이름을 다 알아요."

오늘 나는 조르바의 눈을 피해 갱도로 기어들어가는 데 성공했다.

"자, 자!" 조르바가 광부들에게 소리치고 있었다. "힘내자고, 이 산을 아주 완전히 먹어버리자고! 우리 인간은 맹수 중에 제일 지독한 맹수라고. 하느님도 우리 인간을 보고 자길 잡아먹을까 봐 겁낸다고! 너희들은 크레타인이고 나는 마케도니아인이야! 이 산이 우리를 잡아먹기 전에 우리가 이 산을 먹어버리자고. 봤잖아,

---

* 마담 오르탕스가 가장 사랑했던 이탈리아 제독의 이름.

우리가 터키를 먹은 거! 그런 우리가 이 쪼끄만 산을 무서워하겠느냐고! 자, 힘내자고!"

누군가가 뛰어서 조르바에게 다가갔다. 아세틸렌 등 불빛 아래로 미미토스의 핼쑥한 얼굴이 보였다.

"조르바 님, 조르바 님……" 미미토스가 말을 더듬으며 조르바를 불렀다.

조르바가 고개를 돌려 미미토스가 있는 것을 보고 큰 손을 치켜들었다.

"저리 가라! 꺼지라고!"

"저는 지금 마담 오르탕스 집에서 오는 길인데요……" 덜떨어진 미미토스가 말을 시작했다.

"내가 가라고 그랬다! 꺼지라고! 지금 바쁘다고."

미미토스는 겁에 질려 도망쳤다. 조르바는 재수 없다는 듯 침을 뱉었다.

"오늘은 일하기 좋은 날이야." 그가 말했다. "낮은 남자지. 밤엔 즐겨야 하고. 밤은 여자야. 그걸 혼동하면 안 되지."

그때 내가 불쑥 끼어들었다.

"여러분, 점심시간이에요. 밥 먹으러 가야 할 시간입니다."

조르바가 몸을 돌려 나를 보고는 얼굴을 찌푸렸다.

"대장, 제발 부탁이니 우리를 좀 내버려두슈. 어디로 좀 가서 식사라도 하슈. 우린 열이틀이나 쉬었으니 그걸 메꿔야만 해요. 어서 가서 많이 잡수세요!"

나는 갱도에서 나와 바닷가로 내려갔다. 손에 들고 있던 책을 펼쳤다. 배가 고팠지만 나는 배고픈 것을 잊었다. '생각도 하나의 채석장 같은 거니까 자, 힘내자!' 나는 속으로 이렇게 생각했다. 그리고 머릿속의 깊은 갱도로 빠져들었다.

책의 내용은 심상치 않았다. 눈 덮인 티베트의 산들, 신비스러운 밀교 의식, 자신들의 욕망을 한데 모아 공기가 자신들이 바라는 모습으로 바뀌도록 강요하는, 침묵 서약을 한 노란 법복의 수도승들.

촘촘하게 모인 망령들로 가득한 대기와 윙윙거리는 속세의 소음이 감히 도달하지 못하는 아주 높은 산봉우리들. 위대한 고승이 한밤중에 열여덟 살짜리 제자 열여섯 명을 산꼭대기에 있는 얼어붙은 호수로 데리고 가서 옷을 벗게 하고는, 수정 같은 얼음을 깨고 그 옷들을 적신 뒤 그 옷을 다시 입고 체온으로 말리게 한다. 옷이 다 마르면 다시 옷들을 얼음물에 적시고 또다시 체온으로 말린다. 이 일을 일곱 차례나 반복한다. 그러고는 새벽 예불을 드리러 수도원으로 내려온다.

그들은 해발 5, 6천 미터인 산꼭대기로 올라간다. 조용히 앉아서 깊고도 고른 호흡을 한다. 상체는 벗었지만 전혀 추위를 느끼지 않는다. 그들은 손바닥에 금속 물 항아리를 올려 놓고 그것을 바라보면서 집중한 다음, 수정처럼 차가운 물위로 자신들의 기를 쏟아 넣는다. 그러면 물이 끓기 시작한다. 수도승들은 그 물로 차를 끓여 마신다.

고승이 제자들을 주위로 불러 모으고 소리친다.

"자신의 내면에 행복을 가지고 있지 못한 자는 불쌍하도다!"

"남들의 호감을 사기를 바라는 자는 불쌍하도다!"

"이승의 삶과 저 세상의 삶이 하나임을 모르는 자는 불쌍하도다!"

날이 어두워져서 더 이상 책을 읽을 수가 없었다. 나는 책을 덮고 바다를 바라보았다. 속으로 생각했다. '나는 부처니, 하느님이니, 조국이니, 사상이니 하는 악몽에서 벗어나야 해.' 그리고 소리쳤다. "만약 벗어나지 못하면 부처와 하느님, 조국, 사상에 치여 불쌍한 존재로 전락하게 될 거야."

바닷물은 순식간에 검게 변했다. 아직 다 차오르지 않은 어린 달이 서쪽을 향해 굴러 내려가고 있었다. 저 멀리 마당에서 개들이 구슬프게 짖는 소리가 온 계곡으로 울려 퍼졌다.

때마침 진흙투성이가 되어 시커멓게 더러워진 조르바가 누더기처럼 된 윗옷을 걸치고 들어왔다. 그는 내 옆에 쭈그리고 앉았다.

"오늘은 일 좀 했수다. 진도가 많이 나갔어요." 조르바가 만족한 듯이 말했다.

나는 잘 알아듣지도 못하면서 조르바의 이야기를 듣고 있었다. 내 마음은 아직도 바위투성이의 신비스러운 다른 곳을 떠돌고 있었다.

"대장, 무슨 생각을 하고 계슈? 대장 마음은 아주 먼 곳을 항해하고 있군요."

나는 정신을 다잡아 현실 세계로 돌아왔다. 그리고 내 도반을 바라보며 고개를 끄떡였다.

"조르바, 당신은 자신이 세계를 일주하고 와서 자랑스러워하는 무시무시하고 대단한 신드바드라고 생각하고 있는 것 같은데, 하지만 당신은 실은 가엾게도 아무것도 보지 못한 거예요. 나 역시 그렇죠. 세상은 우리가 생각하는 것보다 훨씬 더 크죠. 아무리 돌아다니고 여행을 해도 우리들 집 문지방도 넘지 못한 셈이죠."

조르바는 입술을 오므리며 아무 말도 하지 않았다. 단지 매맞은 강아지 새끼처럼 끙끙거리는 소리만 냈을 뿐이다.

나는 계속 말했다. "신들의 고향이자 수도원들이 가득 들어선 엄청나게 큰 산들이 있죠. 그리고 수도원 안에는 노란 법복을 입은 수도승들이 사는데, 그들은 한 달이고 두 달이고, 아니 여섯 달 동안 내내 책상다리를 하고 앉아서 오직 한 가지 일에 대해서만 명상해요. 딱 하나에 대해서 말이죠. 알겠어요? 두 개가 아니라 딱 하나에 대해서만요. 조르바, 그들은 우리처럼 여자나 갈탄, 책과 갈탄에 대해서 생각하는 게 아니라, 정신을 오직 한 가지에만 집중하죠. 조르바, 그들은 그렇게 함으로써 기적을 이뤄내요. 기적은 그렇게 만들어지는 거예요, 조르바! 볼록렌즈로 햇빛을 오직 한 곳에 집중해 비추면 광선이 한 곳에 모이게 되죠? 그리고 바로 그 지점에서 곧 불이 나죠? 왜 그렇죠? 어떻게 해서 그렇게 되죠? 그건 태양의 에너지가 흩어지지 않고 한 곳에 모이면서 일어나는 현상이에요. 인간의 정신도 마찬가지예요. 우리 정신을 오직 한 곳에 집중하면 기적을 만들 수 있어요. 아시겠어요, 조르바?"

조르바는 숨을 멈추더니 이 상황에서 벗어나고 싶은 듯 갑자기 떨치고 일어났다. 하지만 그는 곧 냉정을 되찾았다.

"계속 말해보세요!" 그가 숨이 넘어가는 듯한 목소리로 웅얼거렸다.

그러나 곧바로 다시 벌떡 일어나서 소리쳤다.

"아니, 닥쳐요, 그만 닥치라고요. 대장, 지금 나한테 무슨 이야기를 하고 있는 거요? 왜 내 심장에 비수를 꽂는 거냐고요? 왜 가만히 있는 나를 못살게 구는 거요? 나는 배가 고팠는데 하느님과 악마 놈이(내가 그 둘을 어떻게 구분할 수 있겠어요?) 내게 뼈다귀 하나를 던져줘서 난 그걸 핥았죠. 나는 꼬리를 흔들면서 그에게 '감사합니다, 고맙습니다!' 하고 소리쳤죠. 그리고 이제……"

그는 돌을 힘껏 걷어차더니 내게 등을 돌리고는 오두막 쪽으로 가려고 했다. 하지만 속이 아직도 부글부글 끓는지 도중에 멈춰 섰다.

"풋! 그 하느님 – 악마가 내게 던져준 뼈다귀에게 축복이 있을진저! 에잇, 나쁜 가수 년 같으니라고! 싸구려 나룻배 같으니라고!" 그가 중얼거렸다.

그는 자갈을 한 움큼 집어 들더니 바다를 향해 던졌다.

"하지만 그게 누구지? 우리한테 뼈다귀를 던져준 놈이 도대체 누구냐고?" 그가 소리쳤다.

그는 잠시 기다렸다. 하지만 내가 아무런 반응을 보이지 않자 더 화를 냈다.

"대장, 아무 말도 않는 거요? 대장이 알고 있으면 나도 그놈 이름 좀 압시다. 그럼 내가 그놈을 불러내서 사정없이 패줄 거요.

그 얼굴을 엉망으로 만들 거라고요."

"배고파요." 내가 말했다. "뭐든 요리 좀 해줘요. 우선 먹고 봅시다!"

"대장, 저녁 한 끼도 거를 수 없단 말요? 내가 아는 수도사 한 명은 일주일 동안 물과 소금만으로 지냈수다. 일요일이나 큰 축제 때에만 밀기울을 조금 먹고요. 그러고도 백스무 살까지 살았다고요."

"조르바, 그분은 믿음이 있었으니까 백스무 살까지 산 거예요. 그분은 하느님을 만났고 자기 당나귀를 하느님께 맡겨 아무 근심도 없이 살았죠. 하지만 조르바, 우리에게는 먹여 살려줄 하느님이 없어요. 그러니 어서 불을 피우세요. 생선 몇 마리가 있으니 우리가 즐기는 양파와 고추를 듬뿍 넣어서 진하고 따듯한 생선 수프를 만들어줘요. 다른 것들은 그러고 나서 생각해봅시다."

"뭘 생각해봅니까?" 조르바가 뿌루퉁해서 대꾸했다. "먹고 나면 배가 불러서 다 잊어먹을 텐데……"

"그게 내가 바라는 거예요. 그래서 우리한테 음식이 필요한 거예요…… 자 어서 생선 수프를 만들어줘요, 조르바, 우리 마음이 심란해지지 않도록 말예요."

그러나 조르바는 꿈쩍도 않고 나를 바라보기만 하다가 입을 열었다.

"대장, 난 당신 꿍꿍이속을 알아요. 대장이 지금 내게 한 말 때문에 내 머리가 번쩍하고 눈치챈 게 있다고요."

"조르바, 내 꿍꿍이속이 뭔데요?" 내가 웃으면서 물었다.

"대장은 수도원 하나를 세워서 수도사들 대신 당신과 같은 책벌레들로 그곳을 채우고 밤낮으로 읽고 쓰고, 그리고 몇몇 성인들 성화처럼 그들의 입에서 설교가 적힌 리본이 쏟아져 나오는 걸 바라는 거 아뇨? 내가 제대로 맞혔죠?"

나는 고통스러워서 머리를 숙였다. 아주 예전에, 아직 어렸을 때 꿨던 꿈, 이제는 깃털이 다 빠진 커다란 날개처럼 되어버린 순수하고 고상하며 드높은 이상을 향한 열정들…… 여남은 명의 동지들과 함께 음악가와 화가와 시인 들로 이루어진 정신적 공동체를 만들어 바깥세상과 담을 쌓고 은둔한 채, 낮에는 열심히 일하고, 오직 저녁에만 함께 모여 대화를 나누는…… 나는 그 공동체의 규칙까지 만들었고, 이미토스산*의 고개 마루에 있는 키니고의 성 요한 수도원 터를 공동체가 들어갈 건물로 점찍어놓기까지 했었다.

"내가 알아맞혔죠?" 내가 얼굴이 빨개져 아무 말도 못 하는 것을 보고 조르바가 기쁜 듯 소리쳤다.

"네, 제대로 맞혔어요, 조르바." 내가 마음속 감정을 감추고 대답했다.

"그렇다면 말이오, 수도원장님, 한 가지 부탁이 있어요. 내가 밀수를 할 수 있게 나를 그 수도원의 문지기를 시켜주세요. 내가 가끔씩 수도원에 여자들, 부주키,** 우조가 가득 든 큰 항아리, 구운

---

* 아테네 동쪽에 있는 높이 1,026미터 높이의 산. 고대 이름은 히메토스산이다.
** 그리스의 전통 현악기.

돼지고기 같은 요상한 것들을 들여올게요. 인생을 허접스러운 일로 낭비해서는 안 되죠!"

그가 웃으면서 오두막을 향해 빠르게 달려갔다. 나도 그를 따라 뛰어갔다. 조르바는 아무 말도 없이 생선을 다듬었다. 나도 땔감을 가져와 불을 지폈다. 수프가 만들어지자 우리는 숟가락을 들고 냄비째 퍼 먹었다.

둘 다 말이 없었다. 하루 종일 굶었기에 두 사람 모두 걸신들린 듯 먹어댔다. 포도주도 마셨다. 기분이 좋아졌다. 조르바의 입이 슬슬 열리기 시작했다.

"대장, 부불리나께서 이때쯤 나타나면 딱 좋겠는데요. 나타나기 좋은 시간이죠. 아니, 그년 생각 따위는 집어치웁시다. 하지만 그녀만 있으면 딱 좋겠는데…… 대장, 우리끼리만의 얘긴데, 난 그녀가 보고 싶었다우. 악마 놈아, 그녀나 잡아가라!"

"이제는 더 이상 누가 그 뼈다귀를 던져줬는지 묻지 않는군요."

"대장, 무슨 상관이오? 모래밭에서 바늘 찾기죠. 보세요, 뼈다귀를 봐야지 그걸 던진 손은 신경 쓸 거 없어요. 맛이 있느냐, 고기가 몇 점 붙어 있느냐, 그게 중요한 겁니다. 다른 것들은 모두……"

"음식이 기적을 일으켰네요." 내가 조르바의 어깨를 두드리며 말했다. "배고팠던 몸뚱어리가 진정됐나요? 그리고 계속 묻기만 하던 마음도 진정됐나요? 그럼 이제 산투리를 가져오세요."

조르바가 일어서는 바로 그 순간에 자갈밭 위를 급하게 달려오는 발걸음 소리가 들려왔다. 털이 숭숭 난 조르바의 콧구멍이 벌름거렸다.

"호랑이도 제 말 하면 온다더니!" 조르바가 조용히 손으로 허벅지를 치면서 말했다. "그녀가 오고 있군요. 암캐가 조르바 냄새를 맡았어요. 발자국을 찾아내서 오고 있어요."

"나는 갑니다." 내가 일어서며 말했다. "난 지겨워졌어요. 가서 산책이나 할게요. 두 분께서는 마음껏 즐기시고요."

"잘 다녀오슈, 대장!"

"그리고 조르바, 내가 그녀한테 당신이 구혼할 거라고 말한 거 알죠? 나를 거짓말쟁이로 만들지 마세요."

조르바는 한숨을 길게 쉬었다.

"대장, 내가 결혼을 또 해요? 이젠 정말 지겨워요."

향수 비누 냄새가 점점 가까이 다가왔다.

"조르바, 힘내세요!"

나는 급히 자리를 떴다. 내가 나오자마자 벌써 안에서부터 늙은 세이렌의 거친 숨소리가 들려왔다.

17

그다음 날 새벽, 조르바가 큰 목소리로 나를 깨웠다.

"새벽부터 무슨 일이에요? 왜 소리를 질러 깨우는 거냐고요?"

"대장, 이건 일이 아니에요." 그가 자루에 음식을 집어넣으면서 말했다. "내가 당나귀 두 마리를 몰고 왔으니 어서 일어나서 서류에 서명하러 수도원으로 갑시다. 그래야 공중 케이블을 세울 수 있으니까요. 사자도 이[蝨]는 무서워한답니다. 대장, 이가 우릴 뜯어먹어버릴 거예요!"

"왜 불쌍한 부불리나를 이라고 부르는 거예요?" 내가 웃으며 물었다.

하지만 조르바는 못 들은 척하고 다른 말을 했다.

"해가 더 뜨거워지기 전에 출발합시다."

나는 그렇지 않아도 솔향기를 맡고 싶어 산에 가고 싶었다. 우리는 당나귀에 올라타 산길을 오르기 시작했다. 조르바는 갈탄

광에 잠깐 들러 광부들에게 '수녀원장' 갱도를 캐고, '오줌싸개 여자' 갱도에는 배수용 도랑을 파라는 등의 지시를 내렸다.

해는 아직 세공이 안 된 다이아몬드처럼 빛났다. 우리가 산으로 높이 올라갈수록 우리 영혼도 덩달아 높이 올라오면서 순수해졌다. 나는 맑은 공기와 가벼운 호흡, 넓은 시야가 우리 영혼에 얼마나 값진 것들을 가져다주는지 새삼 느꼈다. 우리 영혼은 폐도 있고 콧구멍도 있는 한 마리 야생동물 같아서 풍부한 산소가 필요하고, 먼지나 다른 많은 사람들의 날숨 속에서는 숨 막혀 한다.

우리가 우거진 소나무 숲에 들어섰을 때 해는 하늘 높이까지 솟아 있었다. 우리를 스치는 바람 속에서 꿀 냄새가 났고, 숲은 바다처럼 옷깃 스치는 소리를 냈다.

조르바는 올라가는 내내 산의 기울기를 면밀하게 관찰해서 몇 미터마다 기둥을 세워야 할지 머릿속에 그리고 있었다. 그는 눈을 들어 하늘에서 빛나는 바닷가까지 이어지는 케이블 선과 잘게 토막 난 나무 기둥들이 맨 꼭대기에서부터 화살처럼 회전하는 소리를 내며 내려오는 모습을 상상하고 있었다.

그는 손바닥을 비비며 말했다. "보배 같은 일이죠. 돈을 삽으로 쓸어 담아서 우리가 하자고 했던 일들을 합시다."

나는 어리둥절해져서 그를 쳐다보았다.

"아니, 우리가 한 말을 벌써 잊었소? 우선 수도원을 짓기 위해 높은 산으로 올라가서, 음, 그 산 이름이 뭐더라? '티바'던가?"

"티베트, 티베트예요, 조르바…… 그런데 우리 둘만이에요. 거기는 여자는 절대 금지예요."

"누가 여자 얘길 한답니까? 그 불쌍한 것들은 착해요. 그 착한 여자들을 비난하지 마세요. 남자들이 어쩌다가 석탄을 캔다든지, 성을 정복한다든지, 하느님과 대화를 한다든지 등등 남자들에게 어울리는 일을 찾지 못했을 때, 지겨움을 풀기 위해 할 수 있는 일이 뭐겠어요? 술을 마시고, 주사위 놀이를 하고, 여자를 껴안는 거죠. 그리고 기다리죠. 다시 기회가 오기를 기다리는 거예요. 기회가 온다면 말이죠."

조르바는 한동안 아무 말도 없었다.

"기회가 온다면 말이죠!" 그가 화를 내며 내뱉었다. "왜냐하면 기회가 영영 안 올 수도 있으니까요."

그리고 잠시 가만히 있다가 다시 말했다.

"대장, 나는 더 이상 못 견딜 것 같아요. 더 이상은 안 될 것 같아요. 지구가 더 넓어지거나, 아니면 내가 더 작아지거나 해야 해요. 그러지 않으면 나는 망한 겁니다!"

그때 노란 얼굴에 붉은 수염이 난 수도사 한 명이 돔을 닮은 검은 둥근 모자를 쓰고 소매를 걷어붙인 채 소나무 숲 속에서 나타났다. 그는 길고 가느다란 철제 지팡이를 땅에 찍어가면서 종종걸음으로 길을 재촉하고 있었다.

"형제님들, 어디들 가십니까?" 그가 물었다.

"예배드리러 수도원에 가는 중입니다." 조르바가 대답했다.

"형제님들, 당장 돌아가세요." 그 수도사가 커다란 푸른색 눈동자에 핏대를 올리며 소리쳤다. "돌아들 가세요! 저는 당신들이 불행한 일을 당하는 걸 바라지 않아요. 그 수도원은 성모 마리아님의 정원이 아니라 악마의 놀이터예요! 가난과 복종, 순결이 수도사들의 왕관이라고요? 다 거짓말이에요, 새빨간 거짓이라고요! 제발 부탁이니 돌아들 가세요. 돈, 수염도 안 난 애송이, 누가 수도원장이 될 것인가, 이 세 가지가 저들의 성 삼위일체라고요!"

"이건 정말 신나는데요, 대장." 조르바가 나를 돌아보며 기쁨의 휘파람을 불었다.

그러고는 수도사를 향해 몸을 숙였다.

"수도사님은 성함이 어떻게 되시나요?" 그가 물었다. "그리고 지금 어디로 도망을 가시나요?"

"난 자하리아스라고 해요. 나는 지금 보따리를 싸서 떠나는 중이에요. 떠날 거예요, 떠난다고요. 더 이상 못 참겠어요. 그런데 당신 성함도 말씀해주실래요?"

"카나바로요."

"카나바로 형제, 더 이상 못 견디겠어요. 예수 그리스도께서 밤새도록 제게 불평을 늘어놓으셔서 한잠도 잘 수 없어요. 나 역시 예수 그리스도와 함께 불평을 늘어놓죠. 그런데 오늘 아침 수도원장이 ─ 지옥에나 가라! ─ 나를 부르더니 이렇게 말하는 거예요. '자하리아스, 너 때문에 다른 형제들이 잠을 잘 수가 없다고들 하니 내가 널 쫓아내야겠다.' 그래서 제가 말했죠. '제가 아니고 예수 그리스도께서 그러시는 거예요. 그분이 밤새 불평을 늘어놓으시는 거예요.' 그러자 적그리스도인 수도원장이 일어나서는 홀을 치켜들더니, 자, 자, 여길 좀 보시라고요!"

자하리아스가 모자를 벗자 그의 머리통에 피로 멍든 혹이 하나 보였다.

"나는 발밑에서 먼지가 일도록 걸음아 날 살려라 하고 도망쳤죠."

"내 뒤에 바짝 붙어 우리와 함께 수도원으로 돌아갑시다." 조르바가 말했다. "내가 수도원장하고 화해시켜줄 테니. 길안내하면서 길동무도 하고 말이죠. 하느님께서 수도사님을 우리에게 보내셨군."

수도사는 잠깐 생각을 하더니 눈을 반짝이며 물었다.

"그럼 나한테 뭘 주실 거죠?"

"뭘 원하슈?"

"절인 대구 1킬로그램하고 코냑 한 병이오."

조르바가 몸을 숙이고 그를 빤히 바라봤다.

"자하리아스, 혹시 네 안에 악마 한 놈이 들어 있는 건 아니냐?"

수도사는 깜짝 놀라 펄쩍 뛰며 큰 소리로 물었다.

"당신이 그걸 어떻게 알고 그런 소리를 하는 거요?"

"난 아기온오로스에서 왔으니까 그 정도쯤이야 잘 알지." 조르바가 대답했다.

수도사가 고개를 떨구고 기어들어가는 목소리로 대답했다.

"네, 한 놈이 있어요."

"그놈이 대구절임과 코냑을 달라고 하는 거지?"

"네, 그 천 번 만 번 저주받을 악마 놈이 달라고 졸라요."

"그래, 맞아. 그리고 그놈이 담배도 피우지?"

조르바는 담배 한 개비를 그에게 던졌다. 수도사는 게걸스레 담배를 잡아챘다.

"그놈이 담배를 피운다, 담배를 피워! 저주받을 놈 같으니!" 그는 이렇게 중얼거리며 가슴팍에서 부싯돌과 불쏘시개 심지를 꺼내 담뱃불을 붙이고는 담배 연기를 허파 깊숙이까지 빨아들였다.

"맛 조오타! 예수 그리스도께 영광!" 그는 이렇게 말하고 철제 지팡이를 집어 들고 일어나서는 오던 길 쪽으로 몸을 틀더니 앞장을 섰다.

"그런데 네 안에 든 악마 놈 이름은 뭐냐?" 조르바가 내게 눈을 찡긋하면서 그에게 물었다.

"요시프!" 자하리아스가 돌아보지도 않고 대답했다.

나는 반쯤 맛이 간 수도사와 동행하게 된 것이 마음에 안 들었다. 병든 몸과 마찬가지로 병든 정신은 내게 거부감과 동정심, 역겨움을 동시에 불러일으켜, 내 감정을 뒤죽박죽으로 만든다. 하지만 나는 아무 말도 하지 않고 조르바가 하고 싶은 대로 하도록 내버려두었다.

신선한 공기가 식욕을 자극해 우리는 배가 고팠다. 우리는 아주 커다란 소나무 아래에 자리를 잡고 자루를 열었다. 수도사는 몸을 숙이고는 그 안에 뭐가 있나 탐욕스럽게 들여다보았다.

"에~에! 자하리아스 신부님, 오늘은 성 대월요일인데 그렇게 입맛을 다시면 안 되죠." 조르바가 소리쳤다. "우리야 막일꾼들이니까 닭고기를 먹어도 하느님께서 용서하실 거예요. 성스러운 사람들을 위한 할바와 올리브도 있으니 그거나 드슈!"

수도사는 개기름이 흐르는 수염을 쓰다듬으면서 떨리는 목소리로 말했다.

"나 자하리아스는 금식을 하니까 올리브하고 빵만 먹고 물을 마시지…… 하지만 요시프는 악마니까 금식을 안 해요. 형제들, 그놈은 고기도 먹고, 형제들의 포도주도 마셔요. 저주받을 놈 같으니라고!"

그는 성호를 긋더니 나무에 등을 기대고 약탈하듯 빵과 올리브와 할바를 먹고 물을 마셨다. 그리고 식사를 다 끝낸 듯 다시 성호를 그었다.

"자, 이젠 악마 요시프 차례다." 수도사는 이렇게 말하고는 닭고기를 향해 달려들었다.

"이 악마 놈아 먹어라!" 그는 화가 난 듯 중얼거리면서 큰 닭고기 살점을 움켜쥐었다. "먹어라, 먹어!"

"수도사님, 브라보!" 조르바가 신이 나서 소리쳤다. "보아하니 수도사님은 비상 탈출구를 가지고 계시구먼!"

그러고는 나를 돌아보며 물었다.

"대장, 저놈 어떠슈?"

"당신을 꼭 닮았네요." 내가 웃으면서 대꾸했다.

조르바가 수도사에게 포도주 병을 건넸다.

"요시프, 마셔라!"

"마셔라, 이 악마 놈아!" 수도사가 이렇게 맞장구치면서 병째 나발을 불었다.

해는 벌써부터 뜨겁게 지글거리고 있었다. 우리는 그늘 깊숙이 몸을 숨겼다. 수도사에게서 땀에 찌든 쉰 냄새와 향내가 섞여 났다. 그의 몸이 뜨거운 태양의 불볕더위 아래에서 김을 내고 있었다. 조르바는 수도사가 냄새를 더 많이 뿜지 않게 하려고 그를 그늘로 끌어들였다.

"어떻게 하다가 수도사가 됐지?" 포만감에 만족한 조르바가 이야기가 하고 싶은지 수도사에게 물었다.

수도사는 히히 하고 웃었다.

"혹시 내가 거룩한 신앙심이 있어 수도사가 됐다고 생각하는 모양인데 전혀 그렇지 않아요. 형제님들, 나는 가난 때문에 수도사가 된 거예요, 가난해서요. 먹을 거 하나 없이 굶주리면서 생각했죠. '수도원으로 가면 굶어 죽지는 않을 거다!'라고요."

"그래서 지금은 만족하시나?"

"하느님께 영광이 있으라! 자주 한숨을 쉬죠. 못 들은 걸로 하세요. 이 지상의 일 때문에 한숨을 쉬는 게 아니라, 음, 에, 저⋯⋯ 미안해요⋯⋯ 매일같이 음⋯⋯ 그래요, 나는 하늘나라 일 때문에 한숨을 쉬어요. 우스갯소리를 하고 공중제비 재주넘기를 하고 그러면 다른 수도사들이 그런 나를 보면서 재밌어 하죠. 그리고 나를 완전 미친놈이라고 비웃고 놀리죠. 하지만 나는 속으로 이렇게 말해요. 상관없어, 하느님께서는 웃음을 좋아하시니까. '이리 오너라, 내 콩알 같은 놈아, 언젠가 내게 와서 우스갯소리를 좀 해다오.' 이러실 거예요. 그러면 나는 광대로 천국에 들어가게 될 거고요."

"그렇군! 정말 꾀가 말짱하구먼!" 조르바가 이렇게 말하면서 일어났다. "어둠이 오기 전에 도착해야 하니 이제 떠납시다!"

이번에도 수도사가 앞장을 서서 길을 안내했다. 나는 산을 오를수록 내 영적인 영역도 더 높은 곳으로, 수준 낮은 개념에서 더 높은 수준의 개념으로, 평범하고 밋밋한 주장에서 날카로운 학설로, 상승하는 것 같았다.

수도사가 갑자기 걸음을 멈췄다.

"자, 저게 복수의 성모 마리아 성당입니다." 이렇게 말하면서 그는 손가락으로 매력적인 둥근 돔을 가진 조그만 성당을 가리켰다. 그러고는 몸을 숙여 땅을 짚으며 큰 성호*를 그었다.

나는 당나귀에서 내려서 돔 아래의 시원한 성당 안으로 들어갔다. 한구석에 촛불 연기에 검게 그을린 성화가 놓여 있었다. 성화에는 은으로 만든 봉헌물들이 주렁주렁 매달려 있었고, 그 앞에는 영원히 꺼지지 않는 은제 등잔불이 은은한 빛을 뿜고 있었다.

나는 주의 깊게 성화를 살펴봤다. 치열한 전투를 겪은 엄숙하고도 불안한 처녀 눈매의 성모 마리아는 손에 아기 예수가 아니라 길고 곧은 창을 잡은 채, 고개를 꼿꼿이 세우고 있었다.

"누구든 수도원에 해코지하는 자에게는 저주가 내릴진저!" 수도사가 감동에 차서 소리쳤다. "성모 마리아께서 그놈에게 달려들어 손에 든 창으로 구멍을 내버리죠. 언젠가 알제리 놈들이 와서 수도원에 불을 질렀죠. 하지만 그 불쌍한 놈들이 어떤 일을 당했는지 보세요. 그놈들이 수도원에서 빠져나와, 도망치려고 이

---

* 땅을 먼저 짚은 다음 긋는 동방정교회의 성호.

성당 앞을 지나는 순간, 성모께서 성화에서 날아올라 밖으로 나갔죠. 그러고는 저 창으로 이놈 저놈을 공격해서 모두 죽여버렸어요. 우리 할아버지는 이 숲에서 그놈들의 뼈를 줍곤 했대요. 그 후로 이 성당을 복수의 성모 마리아 성당이라고 부르게 됐죠. 그 전에는 '자비로우신 성모 마리아 성당'이라고 불렸었죠."

"그런데 성모께서는 왜 그들이 수도원을 태우기 전에 기적을 행하시지 않으셨을까?" 조르바가 물었다.

"높은 곳에 계시는 분의 뜻이죠!" 수도사가 이렇게 대답하면서 성호를 세 번 그었다.*

"높은 곳에 계신 분의 뜻이라고? 멍청이 같은 놈!" 조르바가 중얼거리면서 다시 당나귀에 올라타며 말했다. "갑시다!"

조금 더 올라가니 높은 절벽들로 둘러싸인 산속 빈터가 모습을 드러냈다. 그 빈터의 소나무 숲 안에 커다란 성모 마리아 수도원이 자리 잡고 있었다. 하늘로 높게 치솟은 푸른 절벽 사이 계곡에 산봉우리들의 공손함과 평원의 부드러움을 교묘하게 조화시킨 수도원은 속세에서부터 고립되어 고요하고 상쾌한 분위기를 자아내고 있었다. 이 수도원이야말로 인간이 명상하기에 놀라울 정도로 훌륭하게 선택된 은둔처였다.

나는 이곳에서라면 인간의 육체가 종교적 부활을 위해 맑은 영혼을 기꺼이 바칠 수 있으리라는 생각이 들었다. 인간이 범접하기 어려운 위압적인 산봉우리도, 인간을 쾌락에 젖게 하는 나른한

---

* 정교회에서는 보통 세 번 연속으로 성호를 긋는다.

평원도 아닌, 오직 인간의 부드러운 인간성을 잃지 않은 채 영혼을 드높이기 위해 필요한 것들이 꼭 필요한 만큼만 있는 곳. 이곳은 영웅들이나 돼지들을 만들지 않고, 오직 고매한 인간들을 만드는 곳이었다.

이런 곳에는 아름다운 고대 그리스 신전이나 깔끔한 이슬람 수도원이 정말로 잘 어울릴 것이다. 당장이라도 인간의 옷차림을 한 하느님이 이곳으로 내려와 이제 막 푸른빛을 내기 시작한 봄의 풀밭 위를 맨발로 거닐면서 인간들과 조용히 대화를 나누실 것 같았다.

"얼마나 놀랍고, 외지고, 축복받은 곳인가!" 나는 속으로 중얼거렸다.

우리는 당나귀에서 내려 아치가 있는 문을 열고 들어가 응접실로 올라갔다. 곧바로 라키 술과 설탕절임 과일과 커피가 제공되었다. 접대 책임 신부가 왔다. 수도사들이 우리를 둘러싸고 떠들기 시작했다. 사악한 눈매와 게걸스러운 입, 수염, 콧수염, 겨드랑이 냄새……

"신문은 안 가져오셨나요?" 접대 책임 신부가 물었다.

"신문이라뇨?" 내가 이상해서 물었다. "여기서 신문이 왜 필요합니까?"

"형제님, 바깥세상이 어찌 돌아가는지 알려면 신문이 있어야죠!" 수도사 두세 명이 화가 나서 동시에 소리쳤다.

수도사들은 나무 난간을 붙잡고 까마귀들처럼 재잘거렸다. 그들은 영국과 러시아, 베니젤로스와 왕에 대해 거품을 물고 떠들어댔다. 속세는 그들을 내쫓았지만 수도사들은 속세를 버리지 않았다. 그들 눈에는 사치와 상점, 여자, 신문 들이 가득 차 있었다.

뚱뚱하고 털이 많은 수도사 한 명이 중얼거리면서 일어나더니 내게 말을 걸었다.

"내가 당신께 뭘 하나 보여드릴 테니 보고 나서 의견을 얘기해주쇼. 내 곧 가서 가져오리다."

그는 짧고 털이 많이 난 팔을 배에 붙이고 모직 슬리퍼를 질질 끌며 문밖으로 사라졌다.

수도사들이 악의적으로 히히 하고 웃었다.

"도메티오스 신부가 또 토기 수녀를 가지고 올 겁니다." 접대 책임 신부가 말했다. "악마가 땅에 버린 그걸 도메티오스 신부가 땅을 파다가 발견했죠. 저 불쌍한 작자가 그걸 자기 방에 꼭꼭 숨겼는데, 그때부터 밤에 잠을 못 자기 시작하더니 이제는 거의 미칠 지경에 이르렀어요."

조르바가 일어났다. 그는 짜증이 나 있었다.

"이제 수도원장을 보러 갈 땝니다." 그가 말했다. "서류에 서명을 해야죠……"

"성스러우신 수도원장께서는 오늘 아침에 수도원의 농장으로 출타 중이셔서 지금 안 계십니다. 기다리셔야 할 겁니다." 접대 책임 신부가 말했다.

도메티오스 신부가 마치 성배를 들고 오는 것처럼 두 손을 쭉 뻗어 맞잡은 자세로 나타났다.

"이겁니다!" 그가 조심스럽게 손바닥을 펼치며 말했다.

내가 가까이 다가갔다. 반쯤 벗은 자그마한 테라코타 타나그라 처녀상*이 수도사의 통통한 손바닥 안에서 아직도 남아 있는 한쪽 손을 머리에 대고 매혹적인 미소를 짓고 있었다.

"이렇게 머리를 가리키는 건 뭔가 아주 귀한 보석이 있다는 표시가 아닐까요? 다이아몬드일 수도 있고, 진주일 수도 있고…… 형제님 의견은 어떠신지요?" 도메티오스 신부가 물었다.

"내 생각엔 머리가 아픈 것 같은데……" 독설가 수도사가 끼어들었다.

하지만 뚱뚱한 도메티오스 신부는 염소 모양의 입술을 떨면서 숨을 헐떡이며 내 대답을 애타게 기다리고 있었다.

"이걸 깨뜨릴 거예요." 그가 말했다. "깨서 안에 뭐가 있는지 볼래요. 잠을 잘 수가 없어요. 만약 안에 다이아몬드가 있다면……"

나는 작고 탄탄한 젖가슴을 가진 매혹적인 작은 소녀를 유심히 바라보았다. 그녀는 악마를 쫓아내는 유향을 가지고, 쾌락과 입맞춤과 육체를 죄악시하는, 십자가에 못 박힌 신들이 있는 이곳으로 추방당했다.

아! 내가 그녀를 구원할 수 있다면!

조르바는 조그만 테라코타 조각상을 빼앗아서는 그 미끈하고 가냘픈 몸을 손으로 더듬었다. 그의 손가락 끝은 그녀의 솟은

---

* 기원전 4세기 후반에 그리스 중부 지방인 보이오티아의 타나그라에서 제작된 것으로 추정되는 테라코타 처녀상 조각으로 지금은 루브르 박물관에 소장되어 있다.

젖가슴 주위에서 망설이듯 맴돌고 있었다.

"신부님, 이게 악마인 걸 모른단 말요?" 그가 말했다. "보세요, 악마 바로 그놈이잖소? 나는 신의 저주를 받은 악마 놈을 잘 알고 있소. 도메티오스 신부님, 이 조각의 가슴을 좀 보슈! 동그랗고 탱탱하고 상큼하지 않소? 신부님, 이런 게 바로 악마의 젖가슴이란 거요."

그 순간 잘생긴 미소년 예비 수도사 한 명이 문을 열고 들어왔다. 그의 금발과 솜털이 난 동그란 얼굴이 햇빛을 받아 환하게 빛났다.

얼굴이 창백한 수도사가 접대 책임 신부에게 눈짓을 하자 둘은 교활한 웃음을 지으며 말했다.

"도메티오스 신부님, 당신의 수련 수사 가브리엘이 왔네요."

도메티오스 신부는 곧바로 테라코타 소녀상을 움켜쥐고는 구르는 술통처럼 문 쪽으로 재빨리 달려갔다. 예비 수도사가 아무 말도 없이 몸을 흔들며 앞장을 서고 도메티오스 신부가 그 뒤를 따르면서 두 사람은 파멸로 가는 긴 회랑을 따라 사라졌다.

나는 눈짓으로 조르바에게 정원으로 나가자는 신호를 보냈다. 밖은 기분 좋을 정도로 더웠다. 정원 한가운데에서는 오렌지 나무가 꽃을 피운 채 향기를 마음껏 내뿜고 있었다. 바로 그 옆에는 대리석으로 만든 고대의 숫양 머리 모양 조각 입에서 물이 졸졸 소리를 내며 흘러나오고 있었다. 나는 숫양의 입 아래로 머리를 들이밀어 물을 맞았다.

"내참, 여기 있는 놈들은 도대체 어떤 작자들이야?" 역겨움을 느낀 조르바가 한마디 했다. "남자도 아닌 것이 여자도 아닌 것이 노새들이구먼! 퉤퉤, 나가들 뒈져라!"

조르바도 머리를 차가운 물에 처박았다. 그러고는 웃음을 터뜨렸다.

"나가들 뒈져라!" 그가 다시 소리쳤다. "그놈들 모두 마음속에 악마 한 놈씩 모시고 있구먼. 한 놈은 여자 악마를, 한 놈은 절인 대구를, 또 다른 놈은 돈을, 또 다른 놈은 신문을…… 에이, 바보 같은 놈들! 속세로 내려와서 그 모든 걸 마음껏 즐기고 마음을 깨끗이 할 것이지, 에잇, 빌어먹을 놈들!"

그는 담배에 불을 붙이고 꽃이 만발한 오렌지나무 아래 돌 벤치에 앉았다.

"내가 말입니다, 뭔가를 간절히 바라면 어떤 짓을 하는지 아슈?" 그가 말했다. "그 욕망에서 벗어나기 위해 다시는 그 생각을 안 할 때까지 질리도록 먹고 또 먹고, 포식하고, 과식합니다. 생각만 해도 역겨울 때까지요. 한번은 어렸을 때, 체리가 먹고 싶어 거의 미칠 지경이 된 적이 있어요. 돈이 없으니 조금씩 감질나게 사 먹는데 점점 더 먹고 싶어지는 거예요. 밤이나 낮이나 온통 체리 생각만 나지 뭐예요. 그때마다 침이 질질 흐르고, 정말 고문이었어요. 그러는 내가 창피한 건지, 아니면 내게 화가 난 건지, 그건 나도 모르겠지만, 어느 날 갑자기 체리가 자기가 하고 싶은 대로 나를 가지고 놀면서 바보를 만들고 있다는 생각이 들었죠. 자, 어떻게 해야 하지? 밤에 일어나 살금살금 다가가서 아버지 주머니를 뒤졌죠. 은화가 만져지더라고요. 그걸 훔쳤죠. 아침 일찍 일어나 과수원으로 가서 체리 한 광주리를 샀어요. 그리고 구석에 숨어서 먹기 시작했죠. 먹고 또 먹고, 배가 터지도록 처먹었죠. 그랬더니 배가 거북해지면서 구역질이 나더라고요. 그래서 모조리 다 토했죠. 대장, 다 토했다고요. 그러고 나서는 체리에서 완전히 해방됐죠. 다시는 눈길조차 주지도 않아요. 난 자유로운 인간이 됐단 말입니다. 그 후로는 체리를 보면 '너하고는 더 이상 별 볼일이 없다'라고 말해주죠. 술도 담배도 마찬가지죠. 아직도 술을 마시고 담배를 피우지만 내가 바라기만 하면 당장 끊을 수 있어요. 고향이나 조국도 마찬가지고요. 간절히 바라고, 지겨울 때까지 맘껏 즐기고, 토해버렸죠. 그렇게 해서 그것들에게서 벗어난 겁니다."

"여자는요?" 내가 웃으며 물었다.

"그것도 때가 되면 관두겠죠. 빌어먹을 계집들! 그럴 때가 오겠죠. 일흔쯤 되면 그렇게 될 거요!"

그는 잠깐 생각하더니 너무 이르다는 생각이 든 듯 말을 바꾸었다.

"여든으로 합시다! 대장, 비웃으시는구려! 하지만 그리 오래 비웃진 못할 거요. 인간이 욕망에서 벗어나는 길은 이것뿐입니다, 수도사들처럼 금욕을 통해서가 아니라 신물 나도록 실컷 즐겨봐야 비로소 자유로워질 수 있는 거라고요. 우리가 스스로 악마가 돼보지 않고 어떻게 그놈에게서 벗어날 수 있겠느냐고요!"

도메티오스 신부가 정원에 모습을 드러냈다. 그는 거친 숨을 몰아쉬고 있었고, 그의 뒤로 금발의 예비 수도사가 따라오고 있었다.

"화가 난 천사 같군……" 조르바가 예비 수도사의 젊음에서 풍겨 나오는 오만함과 매력에 감탄하면서 중얼거렸다.

그들은 위쪽 수도원으로 가는 돌계단으로 다가갔다. 도메티오스 신부가 몸을 돌려 예비 수도사를 보며 뭐라고 말했다. 예비 수도사는 싫다는 듯 몸을 뒤로 젖혔다.* 하지만 곧바로 명령에 복종하여 도메티우스 신부의 허리를 안고 계단을 올랐다.

"대장, 보셨죠?" 조르바가 내게 말했다. "보셨죠? 소돔과 고모라가 따로 없네!"

두 수도사가 나타났다. 그들은 서로 눈짓을 하며 귓속말을 주고받더니 웃기 시작했다.

"역겹군!" 조르바가 중얼거렸다. "까마귀도 다른 까마귀 눈은 안 파먹어요. 하지만 수도사 놈들은 파먹는군요. 저놈들 좀 보세요. 한 년이 다른 년의 눈알을 서로 파먹잖아요!"

"한 놈이 다른 놈의 눈을 파먹는 거죠." 내가 웃으며 표현을 바로잡았다.

"그게 그거니 그런 데 신경 쓰지 마슈! 대장, 내 말했죠, 이놈들은 다 노새 새끼들이라고요. 기분 내키는 대로 '가브리엘 씨!' 하다가 '가브리엘라 양' 하고 '도메티오스 씨' 하다가 '도메티아 양' 하고 바꿔 부르죠. 대장, 계약서에 서명하고 재빨리 떠납시다. 여기서는 말이죠, 아이고 하느님 맙소사! 남자고 여자고 다 구역

---

* 그리스인들에게 고개를 뒤로 젖히는 행동은 '싫다, 아니다'와 같은 부정을 나타내는 몸짓이다.

질 나니까요!"

그러고는 목소리를 낮추며 말했다.

"대장, 내게 좋은 수가 하나 있어요······"

"또 엉뚱한 생각이오? 조르바, 말해봐요."

조르바는 어깨를 으쓱했다.

"대장, 어떻게 그걸 대장한테 말할 수 있겠소? 대장은 정직한 분이니 날 용서하슈! 남들이 혹시라도 젖을까 떨어질까 걱정하시는 분이니······ 대장은 겨울에 이불 밖에 있는 벼룩을 보면 춥지 말라고 다시 이불 안으로 넣어줄 거요. 그러니 대장이 나 같은 난봉꾼을 어찌 이해하겠소? 벼룩 놈은 내 손으로 꽉 으깨버리죠. 양을 발견하면 야! 하고 멱을 따서 꼬챙이에 꿰어 친구들하고 잔치를 벌이죠. '그건 당신 것이 아냐!'라고 말씀하시겠죠. 맞아요. 하지만 형제님, 우린 우선 먹어치운 다음에 냉정을 되찾고 조용히 그 양이 네 것이니 내 것이니 하고 따집니다. 대장이 이런 말 저런 말 하고 있는 동안 나는요, 이나 쑤시고 있을 거란 말입니다."

온 정원에 웃음소리가 울려 퍼졌다. 자하리아스가 놀란 표정으로 나타났다. 그는 입술에 손가락을 댄 채 까치발로 다가왔다.

"쉿! 떠들지 마세요! 이 바로 위 창문 열린 곳이 대주교님 서재예요. 도서관이기도 하고요. 저기서 글을 쓰세요. 하루 종일 쓰시죠."

"요시프 신부님, 그렇지 않아도 신부님을 찾고 있었수다. 신부님 방으로 가서 이야기 좀 합시다." 조르바가 이렇게 말하면서 수도사의 팔을 잡았다. 그러고는 나를 돌아봤다.

"대장, 성당에 들어가서 오래된 성화들을 보시면서 산책이나 하세요. 난 수도원장을 기다릴 거예요. 조만간 오겠죠. 대장은 이 일에 끼어들어 망치지 마시고 저한테 모든 걸 맡기세요. 내게 좋은 계획이 있으니까요."

그리고 내게 귓속말로 속삭였다.

"내가 이 숲을 반값으로 후려칠 거예요. 이건 절대 비밀이에요."

그러고는 반미치광이 수도사의 겨드랑이를 잡고 종종걸음으로 사라졌다.

18

 나는 큰 걸음걸이로 성당 문턱을 지나 시원하고 향냄새가 풍기는 어둑한 공간으로 빠져들었다.
 그곳은 버려진 곳인 듯 아무도 없었다. 은으로 된 기름등잔은 김에 서린 듯 희미하게 빛나고 있었고, 저 멀리 안쪽에는, 포도송이가 잔뜩 매달린 황금 포도나무가 조각된 성화 칸막이 벽*이 성당 안 전체에 성스러운 분위기를 자아내고 있었다. 반쯤 지워져서 희미해진 성화 나무 벽 아래쪽에는 고난 수행자 성인들과 하느님과 하나가 된 교부들, 예수 그리스도의 수난 장면들, 머리에 색 바랜 넓은 리본을 두른 밤색 머리의 천사들 성화가 그려져 있었다.
 성당 정문 안 현관 천장 높은 곳에서는 성모 마리아가 두 팔을 벌리고 신께 구원을 빌고 있었다. 성모 마리아 앞에 놓인 묵직한 은으로 된 기름등잔의 흔들리는 불꽃이 세상의 온갖 고통

---

 * 성화가 조각되어 있거나 그려져 있는 정교회 성당의 지성소와 본당 사이의 벽. 주로 나무로 만들어져 있으나 때로 대리석으로도 된 경우도 있다.

을 다 겪은 성모 마리아의 갸름한 얼굴을 애무하듯 부드럽게 비춰주고 있었다. 나는 그녀의 고통스러운 눈매와 가느다랗게 긴장된 입술, 강인하고도 단호한 뺨을 잊을 수 없다. 나는 생각했다. 덧없는 존재인 자신의 배 속에서부터 불멸의 존재가 태어났음을 직감적으로 느꼈기 때문에 가장 혹독한 고통 속에서도 행복을 누릴 수 있었던 성모 마리아야말로 이 세상에서 가장 완벽한 어머니라고……

내가 성당 밖으로 나왔을 때 해는 이미 저물고 있었다. 나는 행복에 겨워 오렌지나무 아래 돌 벤치에 앉았다. 성당의 돔은 새벽 일출의 빛을 받은 양 장밋빛으로 물들고 있었다. 수도사들은 자신들의 방에서 휴식을 취하고 있었다. 오늘 밤엔 철야 예배가 있어 힘을 비축할 필요가 있었다. 오늘 밤 그리스도께서 골고다 언덕을 오르실 때 이들도 동참해야 하므로 지구력이 필요하기 때문이다. 검정 돼지 두 마리는 벌써 장미꽃 모양의 젖꼭지를 드러낸 채 캐럽나무 아래에 잠들어 있었고, 수도사들의 방 지붕 위에서는 비둘기들이 사랑을 나누고 있었다.

나는 생각했다. 내가 언제까지나 이 대지, 이 공기, 이 고요함, 오렌지꽃 향기의 이 달콤함을 누리고 살 수 있을까? 내가 성당 안에서 봤던 성 바쿠스 성인의 성화가 내 가슴에 행복감이 넘치게 만들었다. 나를 깊이 감동하게 만드는 일체감과 끊임없는 시도, 일관성 있는 욕망 들이 다시 한 번 내 앞에 모습을 드러냈다. 곱슬머리가 검은 포도송이처럼 이마로 흘러내린 소년 모습의 매력적인 조그만 그리스도교 성화는 제쳐두자. 고대 그리스의 디오니소스 신과 성 바쿠스 성인이 하나로 합쳐져 한 명의 동일한 인물이 된다. 포도 잎 아래와 성직자의 검은 사제복 아래에는 햇볕에 검게 그을린 단 하나의 욕망의 몸뚱어리, 그리스가, 감춰져 있다.

조르바가 정원에 모습을 드러냈다.

"수도원장이 왔어요. 서로 흥정을 했는데, 좀 까다롭게 구네요. 성가를 읊조리는 듯한 말투로 '그렇게는 안 된다, 돈을 더 내라' 하네요. 하지만 내가 결국 해낼 거요." 그가 아주 짧게 내게 보고했다.

"뭘 반대하는 거죠? 이미 합의를 보지 않았던가요?"

"대장은 껴들지 마슈. 제발 이 조르바를 불쌍히 여기시고. 대장이 껴들면 일만 망쳐요. 보세요, 지금 예전에 합의했던 일을 언급하시잖수. 그건 벌써 깨졌어요. 얼굴 찌푸리지 마슈. 그건 끝났다고요! 우린 이 숲을 반값으로 먹을 거요."

"조르바, 도대체 무슨 꿍꿍이수작을 벌이고 있는 거요?"

"내 일에는 상관하지 마슈. 내가 바퀴에 기름을 좀 쳐서 잘 굴러가게 할 거요. 알아들었소?"

"그런데 왜 꼭 그렇게 해야 하는 거죠? 난 이해가 안 돼요."

"왜냐하면 내가 카스트로에서 필요 이상으로 돈을 낭비했기 때문이오. 이제 됐소? 롤라 년이 내 돈을, 음, 그러니까 대장 돈 수천 드라크마를 잡아먹었단 말요. 내가 그걸 잊어먹은 줄 아슈? 나도 낯짝이 있는 놈이오, 날 뭘로 보슈? 난 파리 한 마리가 내 칼 위에 앉는 것도 못 참는 놈이오. 돈을 펑펑 썼죠. 낭비했다고요. 나도 계산을 해봤수다. 내가 롤라 년한테 7천 드라크마나 썼더라고요.

내가 그걸 이 숲을 요리해서 모조리 다 복구할 거요. 롤라 년이 잡아먹은 돈을 수도원장이, 수도원이, 성모 마리아가 갚도록 할 거요. 이게 내 꿍꿍이요. 마음에 드슈?"

"말도 안 돼요. 성모 마리아가 당신의 방탕함을 책임져야 한다는 거요?"

"성모 마리아 잘못이죠. 무조건 성모님 잘못이라고요. 그분이 아들, 즉 하느님을 낳았고, 그 하느님이 나를 만들고 그 연장도 달아줬으니까요. 대장도 알고 있는 연장 말요. 그리고 그 빌어먹을 연장이 내가 암컷만 보면 정신을 혼미하게 만들어 주머니를 몽땅 털게 만든단 말입니다. 이해가 가슈? 이게 모두 성모님 잘못이죠. 전적으로 성모님 잘못이란 말요. 그러니 성모님이 값을 치러야죠!"

"그건 말도 안 돼요, 조르바."

"대장 생각이 어떤가는 다른 문제죠. 말이 되는지 안 되는지는 일단 7천 드라크마를 벌고 보자고요. '얘야, 우선 지금 하는 일을 끝내라, 그러면 내가 다시 네 아줌마가 돼 줄게.'* 이런 노래도 있잖소?"

그때 엉덩이가 큰 접대 책임 신부가 모습을 나타냈다.

"저녁 식사가 준비되었으니 어서들 오십시오." 그가 성직자 특유의 말투로 노래하듯 말했다.

우리는 길쭉하고 커다란 의자와 좁고 긴 식탁이 있는 식당으

---

* 남녀 사이의 사랑을 노골적으로 노래한 음탕한 민요의 가사.

로 내려갔다. 식당에서는 찌든 기름 냄새와 시큼한 쉰내가 났다. 식당 구석 안쪽 벽에는 반쯤 바랜 최후의 만찬 성화가 그려져 있었다. 믿음이 강한 열한 명의 제자들이 마치 양 떼처럼 예수 그리스도 주변에 모여 있었고, 그 건너편에 짱구 이마에 매부리코를 한 붉은 수염의 유다가 우리에게 등을 돌린 채 홀로 서 있었다. 그리고 예수 그리스도는 그만 바라보고 있었다.

접대 책임 신부가 자리에 앉았다. 그 오른편에 내가, 그리고 왼편에 조르바가 앉았다.

"사순절입니다." 그가 말했다. "그러니 이해해주십시오. 먼 길을 힘들게 오셨겠지만 기름도 포도주도 없습니다. 환영합니다!"

우리는 성호를 긋고 아무 말도 없이 손을 뻗어 올리브와 푸르스름한 양파, 절인 생선 알, 물에 불린 콩죽을 먹었다. 우리 셋은 별다른 맛도 느끼지 못하고 음식을 천천히 씹어 먹었다.

"사순절의 금식, 이게 지상의 생활이죠." 접대 책임 신부가 말했다. "하지만 인내심을 가지고 견디면 양고기를 먹는 부활절이 옵니다. 천상의 왕국이 오지요!"

내가 기침을 했다. 그러자 조르바가 마치 '조용히 하세요!'라고 말하려는 듯 내 발을 밟았다.

"아까 자하리아스 신부를 만났는데요……" 조르바가 대화의 주제를 바꾸려고 끼어들었다.

접대 책임 신부가 깜짝 놀라 불안한 듯 물었다.

"그 얼빠진 놈이 무슨 허튼소리를 했나요? 그놈 안에는 악마

일곱 놈이 들어 있어요. 그놈 말은 듣지 마세요. 그놈 영혼은 타락해서 타락한 것들만 보지요."

철야 기도를 알리는 종소리가 슬프게 울렸다. 접대 책임 신부가 성호를 긋고 일어났다.

"저는 먼저 갑니다." 그가 말했다. "예수님의 수난이 시작되었습니다. 우리들은 그분과 함께 십자가에 못 박히기 위해서 갑니다. 하지만 두 분께서는 오늘 저녁 푹 쉬십시오. 먼 길을 오셨으니까요. 그러나 내일 아침 기도에는……"

"위선자 놈들!" 수도사가 나가자마자 조르바가 이를 갈며 중얼거렸다. "위선자 놈들에 거짓말쟁이들, 개 같은 놈들, 돼지 같은 놈들!"

"조르바, 왜 그래요? 자하리아스 혼이 씌워 그러는 거예요?"

"대장, 그만둡시다. 악마 놈들한테 맡겨두자고요. 그리고 음, 만약 계약서에 도장을 찍지 않으면 내가 이놈들한테 본때를 보여줄 거요!"

우리는 수도사들이 숙소로 배정해준 방으로 갔다. 방 한구석 성화대 위에는 성모 마리아가 커다란 눈에 눈물을 글썽이며 자기 뺨을 아기 예수의 뺨에 대고 있는 성화가 놓여 있었다.

조르바가 머리를 절레절레 흔들었다.

"대장, 성모님이 왜 우는 줄 아슈?"

"모르겠는데요."

"왜냐하면 이런 꼴을 보고 계시기 때문이죠. 내가 성화 작가라면 성모 마리아를 눈도 없고 귀도 없고 코도 없게 그릴 거예요.

성모님이 너무 불쌍해서 말예요."

우리는 바짝 마른 침대 매트리스에 누웠다. 천장 들보에서 삼나무 냄새가 났다. 열린 창 틈으로 향내를 잔뜩 머금은 봄 공기가 스며들어왔다. 수도원 안뜰 여기저기에서 슬픔에 잠긴 노랫소리가 숨결처럼 계속 이어지며 들려왔다. 꾀꼬리가 창 밖에서 울었다. 조금 있다가 더 멀리서 다른 꾀꼬리가 울었다. 그러자 또 다른 꾀꼬리가 울었다. 밤이 온통 사랑으로 넘쳤다.

나는 잠을 잘 수 없었다. 꾀꼬리의 울음소리가 예수 그리스도의 슬픔과 뒤섞였다. 나는 꽃이 만발한 오렌지나무 사이에서 커다란 핏방울 자국을 따라 골고다 언덕으로 오르기 위해 투쟁했다. 봄의 푸르른 밤하늘 아래 예수 그리스도의 몸을 얼어붙게 만들고 있는 차가운 땀방울들과 마치 구걸하는 듯, 애원하는 듯한 예수 그리스도의 손이 보였다. 종려나무 가지를 손에 쥔 갈릴레이 사람들이 그의 뒤를 따라가면서 "호산나! 호산나!" 하고 소리치며 예수 그리스도가 밟고 가라고 그들의 옷을 땅바닥에 깔았다. 예수 그리스도는 그가 사랑하는 사람들을 바라보았다. 아무도 앞으로 일어날 일을 알지 못했다. 오직 예수 그리스도만이 자신이 죽으러 간다는 것을 알고 있었다. 별빛 아래에서 예수 그리스도는 아무 말도 없이 울면서 떨고 있는 인간의 마음을 위로해주고 있었다. "나의 심장이여, 너는 한 알의 밀알처럼 땅에 떨어져 죽어야 한다. 겁먹지 마라. 그러지 않으면, 나의 심장이여, 네가 어찌 낟알이 되어 굶주림으로 죽어가는 사람들을 먹여 살리겠는가?"

하지만 예수 그리스도 안의 인간의 심장은 죽고 싶지 않아 계속 떨고 또 떨었다.

수도원 주변의 숲은 점점 더 많은 꾀꼬리들로 넘쳐났다. 축축한 나무 잎새 사이로 사랑과 애절한 바람으로 가득한 노랫소리들이 들려왔다. 그리고 인간의 가슴 역시 그 노랫소리와 함께 울고, 부풀어 오르고, 넘쳐났다.

예수 그리스도의 수난과 꾀꼬리들의 노랫소리와 함께 나는 나도 모르게 마치 영혼이 천국으로 빠져들듯 잠 속으로 빠져들었다.

한 시간도 채 못 자고 나는 소스라치게 놀라며 잠에서 깨어났다.

"조르바!" 내가 소리쳤다. "저 총소리 들었어요?"

하지만 조르바는 벌써 일어나서 침대에 앉아 담배를 피우고 있었다.

"대장, 그냥 가만히 계슈." 조르바가 분노를 억누르며 말했다. "저놈들끼리 치고받고 하게 내버려둡시다."

수도원 복도에서 외치는 소리와 슬리퍼 끄는 소리, 문을 여닫는 소리가 들려왔고, 그보다 좀더 먼 곳에서 누군가 부상을 입은 듯 끙끙거리는 신음 소리가 들려왔다.

나는 침대에서 뛰어 일어나 방문을 열었다. 키가 크고 깡마른 수도사 한 명이 내 앞에 모습을 드러냈다. 그는 뾰족한 하얀 모자와 무릎까지 내려오는 하얀 윗옷을 입고 있었다.

"누구시죠?"

"난 대주교요……" 그가 떨리는 목소리로 대답했다.

나는 실소가 터져 나올 뻔했다. 금실이 박힌 주교의 예배용 긴 옷과 주교의 왕관, 가짜 보석들로 화려하게 장식된 주교의 홀도 없이 잠옷 바람으로 서 있는 주교를 보는 것은 처음이었다.

"저 총소리는 뭡니까?"

"몰라요…… 난 몰라요……" 그가 중얼거리며 나를 밀고 들어왔다.

조르바는 침대에 앉아 웃고 있었다.

"주교님께서 잔뜩 겁에 질리셨구먼!" 그가 말했다. "딱한 양반, 어서 안으로 들어오슈! 우리는 수도사들이 아니니 두려워할 거 없으니까."

"조르바, 그런 식으로 말하지 말아요." 내가 나지막이 속삭였다. "이분은 대주교님이에요!"

"대장, 잠옷 바람으로는 아무도 대주교가 아니죠. 이봐요, 내가 들어오라고 했잖소?"

그는 문 쪽으로 내려와 대주교의 팔을 잡아 방 안으로 끌어들이고는 방문을 닫았다. 그리고 자기 보따리에서 라키를 끄집어내서는 한 잔 가득 채웠다.

"신부님, 한 잔 쭉 들이켜세요." 조르바가 대주교에게 말했다. "원기 회복에는 최고니까요."

대주교가 라키를 들이켜고 기운을 차렸다. 그러고는 침대에 앉아 벽에 몸을 기댔다.

"대주교님, 저 총소리는 뭐죠?" 내가 물었다.

"나도 모르겠소. 나는 한밤중까지 일을 하다가 잠자리에 들었는데 내 옆방인 도메티오스 신부 방에서 총소리가 나는 걸 들었어요……"

"아하!" 조르바가 소리쳤다. "자하리아스, 네놈 말이 맞았구나!"

대주교는 머리를 숙이며 중얼거렸다.

"아마 도둑이 들었겠죠……"

복도에서 나던 수군거리는 소리가 잦아들고 수도원은 다시 침묵 속으로 빠져들었다. 대주교는 순수하고 겁에 질린 눈초리로 애원하듯 나를 바라보았다.

"졸리십니까?" 그가 내게 물었다.

나는 그가 우리 방에서 나가 다시 자기 방에 홀로 남겨지길 바라지 않는다는 걸 느낄 수 있었다. 그는 겁에 질려 있었다.

"안 졸립니다. 그냥 우리 방에 계십시오." 내가 대답했다.

우리는 대화를 시작했다. 조르바는 베개에 몸을 기댄 채 화가 난 듯 코를 벌름거리며 담배를 피웠다.

"당신은 교육을 받은 젊은이 같군요." 신부가 내게 말했다. "하느님께 영광이 있을지어다! 드디어 이곳에서 대화를 나눌 사람을 만났군요. 나는 우리의 삶을 부드럽게 만들어줄 세 가지 학설을 가지고 있어요. 내가 그걸 당신께 말해주리다."

그는 내 대답을 기다리지도 않고 말하기 시작했다.

"첫번째 학설은 이런 거예요. 꽃들의 생김새는 꽃의 빛깔에 영향을 줍니다. 그리고 꽃의 빛깔은 꽃의 특성에 영향을 주고요.

그래서 각 꽃은 우리들 육체에 전혀 다른 영향을 끼치고, 이어서 우리들 영혼에도 영향을 끼치지요. 그런 까닭에 우리는 꽃이 핀 꽃밭을 걸을 때 조심해야 해요."

그가 마치 내 대답을 기다리는 듯 침묵했다. 나는 이 성직자가 꽃이 핀 정원을 산책할 때, 아래를 조심스럽게 살피며 꽃의 생김새, 빛깔 하나하나에 신경 쓰면서 바짝 긴장한 채 걷는 모습을 상상했다. 그리고 두려움에 몸을 떨었다. 봄의 정원 전체에 영혼이 가득 차 있었던 것이다……

"나의 두번째 학설은 이런 거예요. 실질적인 영향을 끼치는 모든 생각에는 그에 대응하는 물질적 바탕이 있다는 겁니다. 물질이 존재하지요. 생각이 육신도 없는 환상으로 공기 중에 떠돌아다니지는 않으니까요. 그것은 진정한 육신을 가지고 있지요. 눈도, 입도, 다리와 배도 있는…… 이 생각들은 남자이거나 여자여서 다른 남자들, 또는 여자들을 쫓아다니죠…… 그런 까닭에 성서에 이렇게 쓰여 있는 거예요. '말씀이 육신이 되셨다'"*

그가 안절부절못하며 나를 바라보았다.

"나의 세번째 학설은 이런 거예요." 그가 내 침묵을 견디지 못하고 급히 서둘러 말을 이었다. "영원이란 우리의 덧없는 삶 속에도 존재한다는 거예요. 하지만 그것을 우리 스스로 찾아내기란 쉽지 않죠. 덧없는 일상의 소소한 걱정들이 우리를 헤매게 만들기 때문이지요. 오로지 극소수의 선택된 사람들만이 이 덧없는

* 『신약성서』 「요한복음」 1장 24절.

일상생활 속에서 영원을 살 수 있죠. 다른 사람들은 구원 받지 못합니다. 그래서 하느님께서 그들을 불쌍히 여기셔서 종교라는 것을 보내주신 거죠. 그럼으로써 일반 대중들도 영원을 살 수 있게 말이죠."

말을 마친 대주교는 마음이 가벼워졌다. 그는 속눈썹이 없는 눈을 치켜뜨고 미소를 지으며 나를 바라보았다. 그는 마치 "이게 내가 가진 것들이고, 나는 이것을 네게 주노라"라고 이야기하는 것 같았다. 나는 그가 나를 알게 되자마자 곧바로 자신의 온 삶을 통해 얻은 열매들을 내게 기쁜 마음으로 주는 것에 감동했다.

그는 눈을 이리저리 굴렸다.

"나의 학설들을 어떻게 생각하시나요?" 그가 두 손으로 나의 손을 감싸 쥐고는 물었다.

그는 내 대답에 따라 자신의 전 인생이 헛됐는지 아니면 성공한 것인지 결정되기라도 하는 것처럼 나를 바라보았다.

그는 떨고 있었다. 하지만 나는 진실보다 더 높은 곳에 인간의 또 다른 의무가, 훨씬 더 중요한 의무가 있다는 것을 알고 있었다.

"대주교님, 당신의 학설은 많은 영혼을 구원할 수 있을 것 같군요." 내가 대답했다.

대주교의 얼굴이 기쁨으로 환하게 빛났다. 그의 온 생애가 가치를 인정받은 것이다.

"고맙소, 나의 영적 아들이여!" 그가 속삭이며 나의 손을 꽉 쥐었다.

조르바가 구석에서 벌떡 일어났다.

"실례하겠습니다. 제게 네번째 학설이 있습니다."

나는 불안한 눈초리로 그를 바라봤다. 대주교가 그를 돌아보았다.

"선하고 축복받은 나의 아들이여, 그게 어떤 건지 말해보세요."

"둘 더하기 둘은 넷이란 것이외다." 조르바가 진지하게 말했다.

대주교가 당황스러운 눈초리로 그를 쳐다보았다.

"그리고 다섯번째 학설은, 신부님, 둘 더하기 둘은 넷이 아니라는 겁니다." 조르바가 말을 이었다. "이 둘 가운데 하나를 골라 결정하세요!"

"무슨 말인지 도무지 모르겠어요······" 대주교가 중얼거리며 마치 도움을 청하는 듯 나를 바라보았다.

"나도 몰라요!" 조르바가 웃음을 터뜨리며 말했다.

나는 당황해하는 대주교를 바라보며 화제를 바꿨다.

"그런데 여기 수도원에서 무슨 연구를 하시는 건가요?"

"수도원의 사본들을 베껴 쓰고 있지요. 그리고 요즘은 성모 마리아를 수식하는 우리 교회의 모든 수식어 목록을 작성하고 있어요."

그는 한숨을 내쉬었다.

"나는 이제 늙었어요. 그런 거 이외에는 할 수 있는 게 아무것도 없어요. 나는 성모님에 대한 이 모든 수식어 목록을 작성하면서 이 세상의 모든 비참한 일들을 잊고 마음에 위안을 얻고 있어요."

대주교는 베개에 몸을 기대더니 헛소리를 하듯 중얼거리기 시작했다.

"시들지 않는 장미, 풍요로운 대지, 포도밭, 샘, 강, 기적이 흐르는 강, 하늘로 오르는 사다리, 징검다리, 전함, 항구, 천국의 열쇠, 횃불, 번개, 불타는 기둥, 수호해주시는 장군, 흔들리지 않는 탑, 난공불락의 성벽, 지붕, 피난처, 위안, 기쁨, 눈먼 자의 지팡이, 고아들의 어머니, 식탁, 양식, 평화, 고요함, 향기, 환희, 꿀과 우유……"

"가엾은 대주교가 헛소리를 하는군……" 조르바가 말했다. "감기에 걸리지 않게 뭔가 덮어줘야겠구먼……"

그는 침대에서 내려와 대주교의 베개를 바로잡아주고 담요를 덮어주었다.

"미친 지랄에도 일흔일곱 가지가 있다고 들었는데 이건 일흔여덟번째 미친 지랄이군." 조르바가 말했다.

해가 꽤 높이 솟았다. 마당에서 나무로 만든 시만트로* 소리가 들려왔다. 나는 창문 밖으로 고개를 내밀어 밖을 보았다. 깡마른 수도사 한 명이 머리에 길고 까만 모자를 쓰고 천천히 마당을 걸으면서 조그만 망치로 아름다운 소리를 내는 기다란 나무판때기를 치는 것이 보였다. 달콤하게 화음을 이룬 시만트로의 애원하

---

* 수도원에서 기도나 식사 시간을 알릴 때 쓰는 나무 또는 쇠로 만든 타악기.

는 듯한 소리가 아침 대기 속으로 울려 퍼졌다. 꾀꼬리들은 노래를 멈췄고, 이른 아침 새들이 나무 사이에서 조심스러운 듯 재잘거리기 시작했다.

나는 창문에 기대 애간장을 녹이는 시만트로의 매혹적인 소리를 들으며, 삶의 드높은 경지를 담았던 예법이 원래의 고매한 의미를 다 잃고 어떻게 이토록 타락할 대로 타락하여 속이 텅 비어버린 채 아름다운 외형만을 유지할 수 있을까 생각했다. 정작 영혼은 빠져나가고 그 드높은 경지의 고매한 영혼을 담기 위해 만들어진 외형만 원래의 조개껍질 모양 그대로 수세기 동안 내려오고 있었다.

나는 믿음을 잃고 소음으로 가득한 도시들에서 만나는 경탄할 만하게 훌륭한 대성당들이 이렇게 속이 텅 빈 조개껍질 같은 존재라고 생각했다. 그 같은 성당 건물들은 비와 태양에 의해 속살을 다 파 먹혀 껍질만 남은 선사 시대의 괴물들이다.

누군가가 우리 방의 문을 두드렸다. 접대 책임 신부의 기름진 목소리가 들렸다.

"형제들, 일어들 나세요! 아침 기도 시간이에요."

조르바가 화가 나서 일어섰다.

"간밤의 총소리는 뭡니까?"

그는 잠시 기다렸다. 아무 말도 없었다. 수도사는 틀림없이 문 앞에 서 있었을 것이다. 왜냐하면 그가 떠나가는 발걸음 소리가 들리지 않았기 때문이다. 조르바는 더 성질이 났다.

"여보쇼, 수도사님, 총소리는 뭐냐니까요?" 그가 다시 소리쳤다.

황망하게 멀어져 가는 발소리가 들렸다. 조르바가 펄쩍 뛰어 문가로 다가가서 문을 열었다.

"퉤! 위선자 놈들!" 조르바가 이렇게 말하면서 수도사가 사라진 쪽을 향해 침을 뱉었다. "신부 놈들, 수도사 놈들, 위원회 위원 놈들, 교직자 놈들, 모두 퉤퉤!"

"여기서 나갑시다. 여기는 피 냄새가 진동해요." 내가 말했다.

"피 냄새만 납니까?" 조르바가 웅얼거렸다. "대장, 대장은 가실 기분이면 아침 기도에 가슈! 나는 샅샅이 파헤쳐 진실을 알아내겠소."

"그냥 갑시다!" 내가 다시 말했다. "그리고 조르바, 제발 당신이 씨를 뿌리지도 않은 일에 참견하지 마세요."

"하지만 나는 그 일을 꼭 하고 싶은데요?"

그는 잠시 망설이다가 영악한 웃음을 지었다.

"이건 악마 놈이 내리는 은총이오. 악마 놈이 이 일을 쉽게 만들었단 말예요. 대장, 수도원의 그 총소리가 얼마짜리인 줄 알아요? 7천 드라크마짜리요!"

우리는 수도원 안뜰로 내려갔다. 꽃이 핀 나무들에서 달콤하고 행복한 향기가 퍼져 나왔다. 자하리아스 수도사가 숨어서 우리를 기다리다가 뛰어 나와서는 조르바의 팔을 붙잡았다.

"카나바로 형제, 어서 도망칩시다!" 그가 벌벌 떨면서 기어들어가는 소리로 말했다.

"그 총소리는 뭐였지? 그들이 누굴 죽인 건가? 이봐, 수도사 양반, 말하지 않으면 숨통을 막아버릴 거야!"

수도사의 아래턱이 공포에 덜덜 떨렸다. 그는 주위를 살폈다. 안뜰은 조용했고 수도사들의 방문은 굳게 닫혀 있었다. 열린 성당 문에서부터 성가 소리가 파도치듯 이따금씩 들려왔다.

"두 분은 제 뒤를 따라오세요……" 그가 나지막이 중얼거렸다. "완전 소돔과 고모라예요!"

우리는 벽에 바짝 붙은 채로 정원을 지나 수도원 안뜰을 완전히 벗어났다.

수도원에서 돌팔매질할 수 있는 정도의 거리에 공동묘지가 있었다. 우리는 그 안으로 들어갔다.

자하리아스는 몇 개의 무덤들을 지나서 조그만 묘지 부속 성당의 문을 열고 들어갔다. 우리도 따라 들어갔다. 그 한가운데에 놓인 밀짚 매트리스 위에 신부복을 입은 시신 한 구가 놓여 있었다.

시신의 머리 위쪽과 발아래 쪽에 촛불이 하나씩 켜져 있었다.

나는 시신 위로 몸을 굽히고 얼굴을 확인했다.

"예비 수도사로군!" 나는 소름이 끼치는 것을 느끼며 중얼거렸다. "도메티오스 신부의 금발 예비 수도사야!"

성당 문에는 빨간 샌들을 신고 날개를 펼친 채 시퍼렇게 날이 선 칼을 빼 들고 있는 천사장이 빛을 뿜고 있었다. 미카엘 천사장이었다.

"미카엘 천사장이시여!" 수도사가 소리쳤다. "불을 집어던져 그들을 태우소서! 성화 칸막이 벽에서 날아오르셔서 그놈들을 혼내주소서! 총소리를 들으셨잖습니까?"

"누가 죽인 거지? 누구야? 도메티오스 신부야? 말해, 이 염소 수염쟁이야!"

수도사가 조르바의 손을 피해 천사장 앞에 무릎을 꿇고 쓰러졌다. 그러고는 한동안 머리를 곧추세우고 아무 말도 없이 마치 귀를 기울이고 있는 듯 가만히 있었다.

그러다가 수도사가 갑자기 기쁨에 들떠서 뛰어 일어났다.

"내가 그놈들을 다 태워버릴 거야!" 그가 단호한 어조로 말했다. "천사장이 움직이셨어. 내게 신호를 주셨다고!"

그러고는 성호를 그었다.

"하느님께 영광이 있을지어다!" 그가 말했다. "나는 구원을 받았다고!"

조르바가 다시 수도사의 팔을 움켜쥐었다.

"요시프, 이리 와! 함께 가서 내가 시키는 대로 해!"

그리고 나를 돌아봤다.

"대장, 내게 돈을 줘요! 내가 서류에 서명할 거요. 이곳에 있는 놈들은 다 늑대들이에요. 대장은 양이고요. 이놈들이 대장을 먹어치울 거요. 내게 맡겨두세요. 내가 이 뚱뚱한 수도사들을 내 손아귀에 다 잡아넣을 테니까요. 그리고 점심때쯤이면 우리 주머니에 이 숲을 집어넣고 떠나게 될 겁니다. 어이, 자하리아스 이제 그만 가자!"

둘은 아주 살그머니 수도원 쪽으로 사라졌다. 한편 나는 소나무 숲 쪽으로 들어섰다.

해는 높이 솟아 있었고 하늘과 대지는 빛났으며 나무 잎새에는 이슬들이 가늘게 떨고 있었다. 찌르레기 한 마리가 내 앞으로 날아와서 돌배나무 가지에 앉아 긴 꼬리를 흔들며 부리를 열고는 나를 보고 두세 차례 장난치듯 지저귀었다.

저 멀리 수도사들이 검은 망토를 어깨에 걸치고 꾸부정한 자세로 줄을 지어 수도원 정원으로 나오는 것이 소나무 숲에서도 잘 보였다. 아침 기도가 끝나 지금은 식당으로 가는 중이었다.

저런 엄격한 규율과 예법 속에 더 이상 진실한 영혼이 깃들어 있지 않다는 사실이 나는 너무 가슴 아팠다.

나는 밤을 새워 피곤했기에 풀밭에 드러누웠다. 회향풀과 아스팔라투스, 피스타치오, 세이지 풀 냄새가 났다. 배가 고픈 벌레들이 붕붕거리며 야생화 안으로 파고들어 꿀을 모으고 있었다. 저 멀리 짙푸른색 산들이 한낮의 뜨거운 태양 아래 회오리치는 연기처럼 투명하게 보였다.

나는 평화로운 가운데 눈을 감았다. 천상의 행복감이 나를 감쌌다. 내 주변이 풀밭 가득한 천국인 듯했고, 이 시원함과 가벼운 마음, 맨정신의 도취 상태가 모두 하느님인 것 같았다. 하느님은 수없이 모습을 바꾼다. 그리고 그런 가면 뒤에 숨어 있는 하느님을 찾아낼 수 있다는 것은 큰 기쁨이다. 어떤 때는 한 잔의 시원한 물이, 어떤 때는 우리들 무릎 위에서 춤추는 아들이, 또 어떤 때는 애교덩어리 여자가, 또 때로는 새벽 산책이 바로 하느님이다.

내 주위는 조금씩 정화되고 가벼워지더니, 모습을 바꾸지 않은 채 그대로 꿈이 되어갔다. 잠과 깨어남이 같은 얼굴을 하게 되어, 나는 행복하게 잠이 들어 현실을 꿈꾸고 있었다. 지상과 천국이 하나가 되었다. 내 생명은 꽃 한가운데에 커다란 꿀 한 방울을 매단 야생화고, 내 영혼은 그 꿀을 따는 꿀벌인 것 같았다.

나는 갑자기 그 달콤한 꿈에서 깨어났다. 내 뒤에서 발걸음 소리와 조용히 대화하는 소리가 들렸다. 그리고 기쁨에 넘친 목소리가 들려왔다.

"대장, 갑시다!"

조르바가 내 앞에 서 있었다. 그의 눈은 영악하게 빛나고 있었다.

"가자고요?" 내가 안도감을 느끼며 물었다. "다 끝난 거예요?"

"다 끝났수다." 조르바가 웃옷의 주머니를 두드리며 말했다. "내가 여기에 숲 전체를 갖고 있수다. 부정 타면 안 되죠. 그리고 자, 여기에 롤라 년이 먹은 7천 드라크마도 있습니다."

그가 자기 가슴팍에서 두툼한 돈뭉치를 꺼냈다.

"받으세요. 이제 다 갚은 거요." 그가 말했다. "더 이상 대장한테 신세 진 거 없수다. 이 돈 꾸러미 안에 양말이고 가방이고 향수고 부불리나 여사의 양산이고 다 있수다. 그리고 앵무새 먹이 피스타치오와 대장한테 선물한 할바도 다 있수다."

"조르바, 그건 내 선물이에요." 내가 말했다. "가서 당신이 부당하게 대접한 성모 마리아께 당신 덩치만큼 큰 촛불 한 개를 켜드리세요."

조르바는 뒤를 돌아보았다. 기름에 절어 푸르스름하게 바랜 수도사복에 밑창이 다 해진 부츠를 신은 자하리아스 수도사가 모습을 드러냈다. 그는 손에 두 마리 노새의 고삐를 쥐고 있었다. 조르바는 그에게 백 드라크마짜리 돈뭉치를 보여주며 말했다.

"자, 요시프 신부, 이걸 둘이 나누자. 이 돈으로 100오카*의 절인 대구를 사 먹어라. 이 불쌍한 화상아, 실컷 먹고 질려버리고, 토하고, 그래서 그놈한테서 벗어나라고! 이리 와서 손을 벌려봐라!"

수도사는 더러운 돈다발을 움켜쥐고 가슴팍 안에 감췄다.

"난 석유를 살 거야……" 그가 말했다.

조르바가 목소리를 낮춰 수도사에게 귓속말을 했다.

"자, 밤이 되어 모두 잠들면, 그리고 바람이 세차게 불기 시작하면……" 그가 말했다. "벽 네 모퉁이에 잔뜩 부으라고. 그리고 거기에 넝마고 걸레고 솜뭉치 같은 걸 푹 담근 다음에 불을 붙여서는…… 알아듣겠냐?"

수도사는 떨고 있었다.

"겁낼 거 없어, 이 얼간이 수도승아! 대천사께서 네게 명령하지 않았더냐? 석유, 그리고 하느님은 거룩하시도다. 자, 잘 가게나!"

우리는 노새 위에 올라탔다. 나는 마지막으로 수도원을 한번 돌아보았다.

"그런데 조르바, 알아냈어요?" 내가 물었다.

"총소리에 대해서요? 대장, 놀라지 마슈. 자하리아스가 맞았어요. 소돔과 고모라예요! 도메티오스 신부가 그 예쁜 예비 수도

---

* okka: 오스만튀르크의 무게 단위. 약 1.2829킬로그램 정도이다.

사를 죽였어요."

"도메티오스 신부가요? 왜요?"

"대장, 내가 부탁하건대 제발 자세하게 파묻지 마슈. 더럽고 역겨우니까요."

그는 수도원을 향해 몸을 돌렸다. 수도사들이 이제는 식당에서 나와 자신들의 방으로 가서 문을 닫아걸고 있었다.

"성스러우신 신부 놈들아, 너희들이 저주받기를 바란다."

19

밤에 우리들의 해변에 도착해 노새에서 내리면서 처음으로 만나게 된 사람은 우리의 부불리나 여사였다. 그녀는 오두막 앞에 보따리처럼 쪼그리고 앉아 있었다. 우리가 등잔불을 밝히고 그녀의 얼굴을 보았을 때 나는 소스라치게 놀랐다.

"무슨 일이에요 마담 오르탕스? 어디 아파요?"

늙은 세이렌은 결혼이라는 엄청난 희망이 그녀의 머릿속에서 빛나기 시작한 다음부터 수상쩍고 형언하기 힘든 그녀의 모든 매력을 잃었다. 그녀는 파샤와 베이, 제독 들을 애간장 태우게 만들었던 환상적인 날개를 던져버리고 지난날 그녀를 장식했던 모든 것들을 지우려고 노력했다. 그녀는 정숙하고 수다스러운 가정주부가 되기를 진정으로 바랐던 것이다. 더 이상 화장도 하지 않고, 장신구도 하지 않고, 씻지도 않았다. 그래서 냄새가 났다.

조르바는 아무 말도 하지 않고 새로 염색한 콧수염만 배배 꼬고 있었다. 몸을 숙여 화롯불을 지피고 커피를 끓이기 위해 브리키를 올려놓았다.

"매정한 사람!" 갑자기 늙은 여가수의 목쉰 소리가 들렸다.

조르바는 고개를 들어 그녀를 바라보았다. 그의 눈매가 순하게 변했다. 그는 여자가 애원하는 듯 부르는 소리를 무감각하게 들을 재주가 없었다. 늙은 여인의 눈물 한 방울이면 그를 익사시키기에 충분했다.

그는 잠자코 커피와 설탕을 넣고 저었다.

"왜 아직까지 내게 면사포를 안 씌워주는 거죠?" 늙은 세이렌이 웅얼거렸다. "이제는 창피해서 마을에도 못 가요. 저는 명예를 잃었어요. 모든 명예를 다 잃었다고요! 전 죽어버릴 거예요!"

나는 피곤해서 침대에 누웠다. 그리고 베개에 기댄 채 이 마음을 울리는 희극을 마음껏 즐겼다.

마담 오르탕스가 조르바에게 다가가 무릎을 잡았다.

"왜 결혼식 화환은 안 가져오는 거예요?" 그녀가 애절하게 물었다.

조르바는 부불리나의 두툼한 손이 그의 무릎 위에서 떨고 있는 것을 느꼈다. 그의 무릎은 수천 번 난파당한 이 여인이 움켜잡은 최후의 땅이었다.

조르바는 그것을 확실히 이해했다. 그의 마음은 훨씬 부드러워졌다. 하지만 여전히 아무 말도 하지 않았다. 커피를 세 개의 잔에 부었다.

"왜 결혼식 화환은 안 가져오는 거예요, 조르바?" 그녀의 애절한 목소리가 다시 들렸다.

"카스트로에는 적당한 게 없었어." 조르바가 대답했다.

그는 커피잔을 돌리고는 구석으로 가서 쭈그리고 앉았다.

"아테네에 편지를 보내놨어." 그가 말을 계속했다. "최고급 결혼식 화환을 보내달라고. 그리고 하얀 촛대와 초콜릿과 훈제 아몬드를 뿌린 과일 설탕절임 과자를 보내달라고 편지했다고……"

말을 하면서 그의 상상력은 날개를 달기 시작했다. 그의 눈이 마치 창작 중에 영감이 떠오른 시인의 눈처럼 빛나기 시작했다. 조르바는 거짓과 진실이 하나로 만나고 형제를 죽이는 자들*끼리 서로를 알아보는 저 높은 하늘을 거닐고 있었다. 그는 지금 구석에 웅크리고 앉아 천둥 같은 소리를 내며 커피를 마시면서 쉬고 있었다. 그가 담배 한 개비를 꺼내 불을 붙였다. 그날 일은 잘 풀렸고, 주머니에는 숲 전체가 들어 있어 행복했으며, 기운은 뻗쳤다.

"나의 부불리나여, 우리 결혼식은 세상이 떠나갈 정도로 화려하게 치러야지. 내가 당신을 위해 어떤 웨딩드레스를 준비했는지 보게 될 거야! 그런 걸 다 준비하느라고 카스트로에 그렇게 오랫동안 머물렀던 거라고! 아테네서부터 두 명의 디자이너를 불러서 이렇게 얘기했지. '내가 결혼할 여자는 동서고금에 필적할 만한 사람이 없다! 4대 강국의 여왕이었는데 지금 남편과 사별하고 4대 강국도 쇠퇴해서 내 청혼을 받아들였지. 나는 그녀가 입을 웨딩드레스도 다른 것과 비교할 수 없을 정도로 훌륭하기를 바란다. 비단과 진주로 만들고, 치마 밑단에는 금으로 만든 장식을 달고,

---

* 카인과 아벨을 뜻한다. 『구약성서』 「창세기」(4장 1~17절).

오른쪽 가슴에는 해를, 왼쪽 가슴에는 달을 붙여달라!' '그렇게 만들면 그걸 보는 사람들이 눈이 너무 부실 텐데요?' 디자이너들이 소리쳤지. '눈이 부셔서 뜨지도 못할 거예요!' 그래서 내가 이렇게 대답했지. '내가 사랑하는 사람을 위해서라면 다른 사람들 눈이 멀어도 상관없어.'"

마담 오르탕스는 벽에 기대 이야기를 듣고 있었다. 그녀의 축 처진 주름투성이 얼굴의 살들이 실룩거릴 정도로 미소가 넘쳐흘렀고, 목을 감싸고 있는 분홍빛 리본은 곧 툭 터질 것 같았다.

"귓속말을 좀 하고 싶은데요……" 그녀가 게슴츠레한 눈초리로 조르바를 바라보면서 중얼거렸다.

조르바가 내게 눈을 찡끗하며 몸을 숙였다.

"내가 오늘 당신한테 특별한 걸 가져왔어요." 미래의 신부가 그녀의 조그만 혓바닥을 털이 숭숭 난 조르바의 큰 귀에 밀어 넣으면서 속삭였다.

그녀는 가슴팍에서 한쪽 끝에 매듭이 지어져 있는 손수건을 꺼내 조르바에게 건넸다.

조르바는 손가락 두 개로 손수건을 집어 오른쪽 무릎 위에 내려놓고는 바깥쪽을 향해 고개를 돌려 바다를 바라보았다.

"조르바, 매듭을 안 풀어볼 거예요?" 그녀가 말했다. "가엾은 분, 조금도 궁금하지 않으세요?"

"우선 커피부터 마시고." 조르바가 대답했다. "또 담배도 피우고. 그리고 이미 알아. 안에 뭐가 있는지 안다고."

"그래도 매듭을 풀어보세요. 풀어봐요……" 세이렌이 애원했다.

"우선 담배부터 피우고 푼다고 했잖아!"

그리고 비난하는 듯한 눈초리로 나를 바라보았다. 마치 "이게 다 대장 때문이에요!"라고 말하는 것 같았다.

그는 천천히 담배를 피웠다. 그리고 콧구멍으로 담배 연기를 내뿜으면서 바다를 바라보았다.

"내일 소로카다*가 불겠군." 그가 말했다. "계절이 바뀌었어. 나무들은 풍성해지고, 소녀들의 젖가슴도 풍만해져서 블라우스가 터져버릴 거야…… 악마가 만들어낸 방랑벽 있는 계집인 봄이 오는 거지."

그가 입을 다물었다. 그리고 조금 있다가 다시 말했다.

"이 세상에 좋은 것들은 모두 악마의 발명품들이지. 아름다운 여자들, 봄, 포도주, 이런 것들은 악마가 만들었거든. 하느님은 수도사들, 금식, 세이지 차, 못생긴 여자들을 만들었고…… 퉤! 다 꺼지라고 해!"

그렇게 말하고 사나운 눈초리로 불쌍한 마담을 쏘아보았다. 그녀는 한구석에 쪼그리고 앉아 그의 말을 듣고 있었다.

"조르바…… 조르바……" 그녀는 틈나는 대로 애원했다.

그러나 조르바는 새로 담배 하나를 피워 물고 바다를 바라보았다.

"봄은 악마 놈이 지배하지." 그가 말했다. "허리띠를 느슨하

---

* 북아프리카 사하라 사막에서부터 불어오는 뜨겁고 메마른 강한 남동풍으로 시로코라고도 한다.

게 풀고, 여인들이 저고리 단추를 풀어 젖히고, 할망구들이 한숨을 내쉬고…… 어이, 부불리나 여사, 손 좀 치워!"

"조르바…… 조르바……" 마담이 또다시 애원하며 몸을 숙여 손수건을 집어서 조르바의 주먹에 쥐여주었다.

그러자 조르바가 담배를 집어던지고 매듭을 풀었다. 그리고 손바닥을 펴고는 그 안에 놓인 걸 들여다보았다.

"부불리나 여사, 이게 뭐지?" 그가 기겁하며 말했다.

"반지예요…… 반지라고요, 내 사랑…… 약혼반지……" 늙은 세이렌이 벌벌 떨면서 중얼거렸다. "여기 약혼식 증인도 있고요, 아주 아름다운 밤이고, 소로카다도 불고, 하느님께서 우리를 보고 계시고, 모두 완벽해요. 우리 약혼해요, 조르바!"

조르바는 나와 마담과 반지를 번갈아 바라보았다. 그의 내면에서 수많은 악마들이 싸우고 있었지만 아무도 승리하지 못하고 있었다. 불행한 여인이 공포에 떨며 그를 바라보았다.

"내 사랑 조르바, 내 사랑……" 그녀가 중얼거렸다.

이제는 나 역시 침대에서 일어나 사태의 추이를 지켜보았다. 조르바는 저 수많은 길 가운데 어느 길을 선택할 것인가?

조르바가 갑자기 머리를 흔들었다. 결정한 것이다. 그의 얼굴이 빛났다. 그는 손바닥을 치며 공중으로 펄쩍 뛰어올랐다.

"밖으로 나갑시다!" 그가 소리쳤다. "별빛 아래로 나가 하느님이 우릴 보도록 합시다. 약혼 증인은 반지를 챙기시고. 성가 부를 줄 알죠?"

"몰라요." 내가 대답하며 바닥으로 내려서서 마담이 일어서는 것을 도와주었다.

"내가 좀 알죠. 내가 미처 성서 봉독 도우미로 일한 적이 있다는 말을 안 했군요. 한때 신부님들을 쫓아 결혼식, 세례식, 장례식에서 성가를 불렀었다고요. 그래서 그럭저럭 성가를 좀 외우죠. 자, 나의 부불리나여, 내 오리 새끼여, 나의 프랑크 족의 전함이여, 이리로 와서 내 오른편에 서요!"

오늘 저녁에는 조르바 안의 악마들 가운데 장난기가 많고 마음씨 좋은 악마가 승리했다. 조르바는 늙은 여가수가 불쌍해졌다. 그녀가 그렇게 불안에 떨며 한창때가 벌써 지난 흐릿한 눈으로 그만을 열렬히 바라보는 것을 보고 조르바의 마음은 부드러워졌다.

"빌어먹을!" 그가 결심을 하면서 중얼거렸다. "난 아직도 암컷들을 기쁘게 해줄 수 있단 말야! 그렇게 하지 뭐!"

그는 바닷가로 뛰어나가 마담을 가슴에 안고는 내게 반지를 건넨 다음, 바다 쪽으로 돌아서서 성가를 부르기 시작했다. "우리들의 하느님은 거룩하시나니 이제와 항상 또 영원히 영광을 바치나이다!"

그러고는 나를 돌아보며 말했다.

"대장, 정신 바짝 차리세요······"

"오늘 밤에는 대장이 아니에요, 약혼식 증인이지." 내가 말했다.

"정신 바짝 차리시라고요, 증인 양반! 내가 이제 '비라! 비라!'*

* 주로 배에서 쓰는 명령으로 상황에 따라 '잡아당겨! 시작해! 일어나! 계속해!'의 뜻을 나타낸다.

하고 소리치면 우리한테 반지를 건네세요."

그렇게 말하고 조르바는 또다시 당나귀 같은 목소리로 음정도 틀리게 성가를 불러댔다. "지금 이곳에서 약혼식을 올리는 하느님의 종 알렉시스와 포르텐치아와 그들의 구원을 위해 하느님께 기도드립시다!"

"키리에 엘레이손! 키리에 엘레이손! 키리에 엘레이손!"* 나는 터져 나오려는 웃음과 울음을 억지로 참으며 기도의 후렴구를 외었다.

"또 다른 성가도 있지만 악마 놈이 기억이 나지 않게 방해하는군요. 좋아요, 곧장 본론으로 들어갑시다." 조르바가 말했다.

그가 한 번 펄쩍 뛰면서 소리쳤다.

"비라! 비라!" 그러고는 내게 자신의 큰 손을 내밀었다.

"나의 귀부인이시여, 당신도 손을 내미세요!" 그가 자신의 약혼녀에게 말했다.

빨래하느라 거칠어진 그녀의 통통한 손은 떨고 있었다. 나는 반지를 그들의 손가락에 끼워주었다. 조르바는 이슬람 탁발승처럼 도취되어 소리쳤다.

"하느님의 종 알렉시스와 포르텐치아가 약혼을 하오니 성부와 성자와 성령의 이름으로 아멘! 하느님의 종 알렉시스와 포르텐치아가 약혼을 하오니……"

"자, 이제 약혼식은 끝났어요. 내년에도 계속 행운이 있기를!

---

* '주여, 불쌍히 여기소서!'라는 뜻의 기도로, 흔히 번역하지 않고 그리스어로 말한다.

조르바 부인, 이리 오세요. 내가 당신 생애의 첫번째 명예로운 키스를 당신께 하리다!"

하지만 마담 오르탕스는 바닥에 쓰러져 조르바의 발을 껴안고 울음을 터뜨렸다. 조르바는 동정심으로 얼굴이 빨개지면서 머리를 흔들었다.

"여자들이란 다 불쌍한 존재들이야!" 그가 중얼거렸다.

마담 오르탕스는 일어나 치마를 털고는 팔을 활짝 벌렸다.

"에! 에!" 조르바가 소리쳤다. "오늘은 성 대화요일이야, 손을 치워요! 사순절 기간이니까!"

"조르바······" 그녀가 창백한 얼굴로 중얼거렸다.

"나의 신부여, 부활절까지 조금만 참으세요. 그날은 양고기를 먹을 수 있을 거예요. 그리고 부활절 빨간 달걀 깨기를 하고······ 지금은 집으로 돌아가야 할 시간이에요. 만약 이런 늦은 시간에 이렇게 밖으로 쏘다니는 걸 보면 사람들이 뭐라고 하겠소?"

부불리나는 애처로운 눈초리로 그를 바라보았다.

"안 돼요, 안 돼! 부활절까지 참아야 해요! 자, 약혼 증인께서도 우리와 함께 가시지요!"

그리고 내 귀에 대고 말했다.

"우리 둘만 남게 하지 마슈! 제발 부탁이에요! 오늘은 전혀 안 내킨단 말이에요."

우리는 마을로 가는 길로 들어섰다. 밤하늘은 빛났고 바다 냄새가 났으며 밤새들은 한숨을 쉬었다. 늙은 세이렌은 조르바의 팔에 매달려 행복감과 우울함 속에서 발을 끌며 걸었다.

그녀는 오늘 한평생 동안 그렇게 바랐던 항구에 도달했다. 이 불행한 여인은 한평생 노래를 부르며 정숙한 여인들을 비웃으면서 축제를 즐겼지만 그녀의 가슴은 타 들어가고 있었다. 짙은 화장에 향수를 잔뜩 뿌리고, 자극적인 옷차림으로 알렉산드리아나 베이루트, 콘스탄티노폴리스의 길거리를 지나가다가 가난한 여인들이 갓난아기에게 젖을 물리고 있는 모습을 보면 불쌍한 마담 오르탕스의 가슴속에서는 무언가 근질거리는 것이 느껴지면서, 그녀의 젖꼭지 또한 갓난아기가 물고 있었으면 얼마나 좋을까 하는 생각으로 탄탄하게 부풀어 올랐었다. "나도 결혼할 거야, 꼭 할 거야! 그래서 애를 낳을 거야!" 평생 동안 그녀의 머리는 그런 생각으로 가득 차 있었고, 그녀는 늘 한숨지을 수밖에 없었다. 하지만 그녀는 그런 고통을 조금도 내색하지 않았다. 그리고 거친 항해에 지쳐 황폐해질 대로 황폐해진 지금 조금 늦기는 했지만 마침내 그토록 바랐던 항구에 도착했다…… 그것만 해도 다행이다. 하느님께 영광이 있을지어다!

그녀는 때때로 눈을 들어 자기 옆에 있는 키다리를 몰래 훔쳐보았다. "이 사람은 황금으로 된 장식 술을 쓴 파샤도 아니고, 유산을 상속 받은 꽃미남도 아니지만 내 남편이지. 내게 면사포를 씌워준 합법적 남편! 그러니 됐어! 하느님께 영광이 있을지어다!"

조르바는 그녀의 존재가 점점 버거워지기 시작했다. 그래서 그녀를 재촉해 어서 마을에 도착해서 그녀로부터 벗어나고 싶었다. 불쌍한 여인이 발을 헛디뎌 돌에 걸렸다. 그녀의 발톱은 거의 빠질 지경이었다. 그리고 발의 티눈이 아팠다. 그러나 그녀는 아무 말도 하지 않았다. 무슨 말을 하겠는가? 무슨 불평을 하겠는가? 모든 게 잘됐는데…… 하느님께 영광이 있을지어다!

우리가 '아가씨 무화과나무'라고 부르는 나무를 지나치자 마을의 첫번째 집인 과부의 집 정원이 나타났다. 우리는 멈춰 섰다.

"내 사랑 조르바, 안녕히 가세요." 행복에 겨운 카페의 여가수가 말했다. 그리고 자신의 약혼자의 입술에 닿기 위해 발을 곧추세웠다.

그러나 조르바는 몸을 굽혀주지 않았다.

"사랑하는 조르바, 내가 땅에 엎드려 당신 발에 입을 맞출까요?" 그녀가 땅바닥으로 엎드릴 준비를 하며 말했다.

"아냐, 아니지!" 조르바가 감동하여 소리치며 그녀를 품에 안았다. "나의 귀부인이여, 내가 오히려 당신 발에 입을 맞춰야지. 하지만 지금은 그러고 싶지 않아요…… 잘 자요!"

우리는 헤어졌다. 우리 둘은 돌아서서 아무 말도 없이 집을 향해 걸었다. 그리고 향기로운 대기를 흠뻑 들이켰다. 조르바가 나를 돌아보며 말했다.

"대장, 이제 어쩌죠? 웃어요, 아니면 울어요? 뭐라고 좋은 충고 좀 해줘요."

나는 아무 대답도 하지 않았다. 나 역시 목에 알 수 없는 덩어리 하나가 걸려 있는 기분이었다. 흐느낌인가 아니면 웃음인가?

"대장!" 조르바가 다시 갑작스럽게 말문을 열었다. "어떤 여자도 이 세상에 대해서 불평하지 않도록 모든 여자들을 그냥 내버려두지 않았던 고대의 난봉꾼 신을 뭐라고 부르지요? 내가 들은 말이 있수다. 사람들이 말하기를 그 신은 수염을 염색하고 팔뚝에는 하트와 인어를 문신하고, 깊은 동정심을 갖고, 때로는 황소로, 때로는 백조로, 숫양으로, 당나귀로 둔갑해서 모든 깨끗한 여자들의 정욕을 만족시켰다고 합니다. 그 신 이름이 뭔지 기분 내키면 한번 말해봐요."

"틀림없이 제우스를 말하고 있는 것 같은데…… 어떻게 제우스 생각이 난 거죠?"

"하느님께서 그 신의 영혼을 축복해주시기를!" 조르바가 하늘을 향해 팔을 벌리면서 말했다. "그 신은 상당히 고통스러워했고 힘들어했죠. 그는 정말 위대한 순교자죠. 대장, 내 말을 좀 들어보슈. 내가 뭘 좀 압니다. 대장은 책이 하는 말을 듣지만 그런 책을 쓰는 놈들이 누군지 좀 생각해보슈! 선생들이죠! 퉤! 선생들이 여자에 대해 뭘 안단 말요? 쥐뿔도 모르죠!"

"이봐요, 조르바! 당신이 직접 쓰지 그래요? 당신이 알고 있는 이 세상의 모든 신비에 대해서 왜 이야기해주지 않는 거죠?"

"왜냐고요? 왜냐고 묻는 거요? 나는 이 세상의 모든 신비스러운 일을 몸소 다 겪어봤지만 시간이 없수다. 한번은 이 세상을, 다른 때는 여자를, 또 언젠가는 산투리를 직접 겪어봤지만 그런 허튼소리를 쓰기 위해 펜대를 잡을 시간은 없수다. 그런 시간을 낼 수 있는 작자들은 그런 신비를 겪지 못하고요. 알아듣겠수?"

"그래서 제우스가 어쨌다는 거요? 옆으로 새지 말고 말해봐요."

"아이고, 참 불쌍한 제우스여!" 조르바가 한숨을 쉬며 말했다. "나는 오직 그가 어떤 일을 당했는지만 알아요. 그는 정말로 여자들을 사랑했죠. 하지만 엉터리 글쟁이들이 생각하는 식으로 사랑한 건 절대 아녜요. 절대로 아니죠! 제우스는 여자들의 고통을 진정으로 느꼈죠. 그는 모든 여자들의 욕망을 다 알고 그녀들을 위해 자신을 희생했어요. 어떤 시골구석에 노처녀가 근심에 빠져 말라 죽어가는 꼴을 보거나, 육감적인 탐스러운 유부녀가 — 아니, 육감적이고 탐스러운 게 아니라 괴물 같더라도! — 남편이 자리를 비워서 잠들지 못하고 있는 걸 보면, 이 동정심 많은 작자가 성호를 긋고 옷을 갈아입은 다음, 그 여자가 생각하고 있는 남자의 모습으로 자신을 바꿔서는 그녀 방으로 기어들어가죠.

대장, 내가 단언컨대 절대로 그가 성욕에 사로잡혀서 그러는 게 아니었다고요. 대부분의 경우 완전히 진이 다 빠져도 정의감 하나로 버텼죠. 하지만 불쌍한 제우스가 어떻게 혼자서 온 세상을 다 구할 수 있겠습니까? 어떤 때는 지겨워서 조금도 신나지 않았죠. 대장, 숫염소가 한 번에 얼마나 많은 암컷들하고 그 짓을 하는지 본 적 있수? 그러다 보면 그 숫염소는 침을 질질 흘리고 눈은 게슴츠레해지고, 눈에는 눈곱이 잔뜩 끼고 캑캑 기침을 하고, 다리가 풀려 더 이상 서 있을 수도 없게 되죠. 불쌍한 제우스 신은 여러 번 그런 녹초 상태가 되곤 했지요. 새벽녘이 다 돼서야 집으로 돌아오면서 중얼거리곤 했죠. '아이구, 언제나 나는 침대에 누워 잘 수 있단 말이오? 난 더 이상 서 있을 수도 없단 말이오!' 그렇게 말하고는 침을 닦지요.

그런데 갑자기 저 아래 지구 한구석에서 웬 여자 하나가 침대 시트를 박차고 지붕 위로 나와 한숨을 내쉬는 소리가 들려오는 거예요. 그러자 그의 심장은 녹아버리는 것 같았죠. '아이고, 아이고, 다시 지구로 내려가자! 다시 내려가야지. 한 여자가 한숨을 쉬니 내려가서 위로해줘야지!' 이렇게 중얼거리면서 내려가죠.

하지만 여자들이 그를 너무 혹사해서 급기야 그의 허리가 끊어지고 말았죠. 구토를 하고 온몸이 마비가 되고, 그리고 끝내 숨이 끊어졌어요. 그때 그의 후계자인 예수 그리스도가 나타나서 옛 신의 형편없는 몰골을 보고 말하죠. '여자들을 조심하라!'"

나는 조르바의 이야기를 들으며 그의 기발한 상상력에 감탄하면서 웃음을 참지 못해 깔깔대고 웃었다.

"대장, 웃고 싶은 대로 웃으슈! 하지만 하느님-악마가 허락하고 우리 사업이 잘되면—내가 보기에 그렇게 되기는 불가능해 보이지만, 하여간—내가 어떤 사업을 벌이려는지 아슈? 결혼 중매소요! '제우스 결혼 중매소'를 열 거요. 노처녀들, 절름발이, 사팔뜨기, 소아마비 앓은 여자, 곱사등이처럼 남편감을 찾지 못한 불쌍한 여자들을 미남 사진으로 벽을 도배하다시피 한 살롱에 맞아들여서는 '나의 아름다운 숙녀분들, 어느 남자든 고르시기만 하면 제가 그 사람을 당신들의 남편으로 만들기 위해 발 벗고 뛸 겁니다'라고 말할 거예요. 그리고 그와 비슷한 멋쟁이 남자를 찾아내면 사진 속의 옷과 똑같은 옷을 입힌 다음 돈을 주면서 이렇게 말할 거예요. '지금 당장 아무개 시, 아무개 길, 아무개 번지로 달려가서 아무개라는 여자를 찾아 그녀의 기분을 맞춰줘라. 내가 돈을 줄 테니 그녀를 마다하지 말고 그녀와 동침해라. 그리고 그녀에게 그 여자가 한 번도 들어볼 수 없었던, 남자들이 마음에 드는 여자들에게 하는 온갖 칭찬을 늘어놓고, 그녀를 신부로 맞겠다는 맹세를 하고, 그 불쌍한 여자에게 암염소나 암거북, 암컷 지네들도 맛보는 재미를 조금 나눠줘라……'

그리고 만약 어떤 늙은 물개 암컷이 있어, ─부불리나 여사에게 행복한 시간을!─ 내가 돈을 준대도 아무도 그녀를 위로해 주겠다고 나서는 놈이 없을 때는, 음, 그러면 결혼 중개소의 소장인 내가, 음, 성호를 긋고 직접 나서죠. 그러면 모든 바보들은 이렇게들 말하겠죠. '저 늙은 병신 같으니라고, 눈이 삐고 코가 삐뚤어졌나? 보지도 못하고 냄새도 못 맡나?' '야! 이 무감각한 멍청이 놈들아! 나도 눈이 있고 코도 있다. 하지만 내겐 심장도 있어서 아파할 줄 안다, 이놈들아! 그리고 심장이 있으면, 코나 눈은 없어도 된다! 그런 것들은 산책이나 나가라고 해!'

그러다가 내가 너무 많은 봉사를 해 결국 온몸이 마비돼서 숨이 끊어질 때가 되면, 천국 열쇠지기 성 베드로가 내게 천국 문을 열어주면서 이렇게 얘기할 거예요. '사랑에 고통스러워하는 조르바여, 위대한 순교자 조르바여, 어서 들어와서 네 동반자인 제우스 옆에 누워 쉬어라! 축복 받은 자여, 너도 이젠 좀 쉬려무나! 너는 온 생애 동안 너무 많은 일을 당했으니까!'"

조르바는 계속 이야기하면서 자신의 상상 속에 함정을 파고, 그 속에 스스로 빠져들어 조금씩 조금씩 자기 이야기를 믿기 시작했다. 그날 밤, 우리가 아가씨 무화과나무를 지나칠 때쯤, 그는 이야기를 끝마치며 맹세하듯 두 손을 치켜들고는 한숨을 쉬었다.

"지칠 대로 지치고, 고생할 대로 고생한 나의 부불리나여, 걱정할 거 없다. 내가 너를 위로받지 못하는 상태에 내버려두지 않을 거다. 4대 강대국이 너를 버렸지만, 젊음이 너를 떠났지만, 그리고 하느님도 너를 버렸지만, 나 조르바는 절대로 너를 떠나지 않을 거다!"

우리가 오두막에 도착했을 때는 자정이 훨씬 지나서였다. 바람이 불기 시작했다. 멀리 아프리카 저편에서부터 뜨거운 남풍이 불어와서 나무들과 포도 덩굴과 크레타의 가슴을 부풀려놓기 시작했다. 섬 전체가 바다에 누워 가슴을 두근거리며 잎새를 부풀리는 따뜻한 바람의 숨결을 받아들였다. 그날 밤 제우스와 조르바, 그리고 남쪽에서 불어오는 선정적인 열풍이 나의 내면에서 서로 섞이면서 검은 수염이 나고 기름진 검은 머리카락을 가진 심각한 표정의 남자 얼굴을 만들어갔다 — 그리고 그 얼굴은 새빨갛고 뜨거운 입술로 마담 오르탕스에게 — 대지에 — 키스하고 있었다.

20

 우리들은 침대에 누웠다. 조르바는 행복해하며 손을 비볐다.
 "대장, 오늘은 괜찮은 하루였어요." 그가 입을 열었다. "괜찮다는 말이 무슨 뜻인지 아슈? '꽉 찼다'는 뜻이죠. 생각 좀 해보슈. 아침에는 악마 놈의 어머니인 수도원에 있었잖아요. 거기서 수도원장을 우리 자루에 처넣었고요. 그놈의 저주를 받아도 상관없어요. 그리고 우리 보금자리로 와서는 부불리나 여사를 만나서 약혼을 했죠. 자! 이 반지를 보세요. 최고급 금이에요. 그녀가 말하길 지난 세기 말에 영국 제독이 그녀에게 준 건데, 자기 장례식을 위해 간직하고 있었다네요. 그걸 금은방에 가져가서 반지를 만든 거예요. 그녀에게 축복이 있기를! 인간이란 알 수 없는 존재예요!"
 "조르바, 어서 자요." 내가 말했다. "이제 그만 진정하고요, 됐어요. 내일은 공식 행사가 있잖아요. 내일은 우리의 첫번째 케이블을 세우는 날이에요. 나는 벌써 스테파노스 신부에게 와주십사

하고 부탁드렸어요."

"대장, 잘하셨수다. 아주 현명한 조치였어요. 염소수염의 신부가 오고, 또 마을의 다른 유지 영감들도 오게 해서 기분을 돋우고 신명들 나게 만들어야죠. 그렇게 하면 좋은 인상을 주게 될 거예요. 그러면 우리 사업도 탄탄대로가 되겠죠. 나를 그렇게 쳐다보지 마슈. 내 나름대로 생각이 있수다. 나만을 위한 알마 눈과 하느님이 있다고요. 하지만 이 세상 사람들은……"

그가 웃음을 터뜨렸다. 그는 잠이 오지 않았다. 그의 머릿속에서는 폭풍이 불고 불꽃이 솟아오르고 있었다.

"아이고, 할아버지!" 그가 잠시 있다가 말을 이었다. "하느님께서 할아버지 뼈를 축복하시기를! 내 할아버지는 나처럼 속물에 혼자 제일 잘난 대장이었어요. 이 불경스러운 양반이 '거룩한 무덤'*으로 성지 순례를 다녀와서 하지스**가 되었단 말입니다. 하느님께서는 할아버지의 속내를 알고 계셨죠. 할아버지가 고향 마을로 돌아오자 염소 도둑에 아무짝에도 쓸데없는 친구 한 명이 말했죠. '아이구, 이 친구야, 거룩한 무덤까지 가서 나를 위해 성스러운 십자가의 아주 조그만 조각도 안 가져오다니!' '무슨 말이야?' 영악하기 이를 데 없는 우리 할아버지가 응수했죠. '어떻게 내가 자네를 잊겠는가? 오늘 저녁에 우리 집으로 오게나. 그리고 올 때 축성식을 하게 신부님도 모시고 오게나. 그때 내가 그걸 자네에게

---

* '거룩한 무덤'은 예수 그리스도의 무덤이 있는 예루살렘을 뜻한다.
** 예루살렘 성지 순례를 다녀온 그리스도교인이나 메카 성지 순례를 다녀온 이슬람교인을 가리킨다.

주겠네. 그리고 새끼돼지구이와 포도주도 가져오게나. 행운을 위한 거니까!'

할아버지는 저녁에 집으로 돌아와서는 벌레가 갉아먹은 문짝에서 성냥 머리만 한 크기의 나무 한 조각을 떼어내서는 솜에 싸서 그 위에 기름을 떨어뜨리고 기다렸죠. 조금 있다가 그 친구분이 새끼돼지구이를 짊어지고 신부님과 함께 도착했고요. 신부님이 영대靈帶*를 두르고 축성식을 한 뒤에 신성한 성 십자가 조각의 전달이 이루어졌고, 그러고는 모두들 새끼돼지고기에 달려들었죠. 그런데 대장, 믿을 수 있겠어요? 그 할아버지 친구는 성 십자가 조각에 경배를 드리고 목에 걸고 다니면서부터는 전혀 딴 사람이 되었대요. 완전히 변했죠. 산으로 들어가서 무장한 클레프테스의 일원이 되어 터키 마을을 기습해 태워버리고, 겁도 없이 총탄이 빗발처럼 쏟아지는 곳으로 뛰어들었다네요. 그가 두려울 게 뭐가 있었겠어요? 자기 몸에 성스러운 십자가 조각을 지니고 있으니 납덩어리 총알도 뚫지 못할 테니 말예요."

조르바는 크게 웃음을 터뜨렸다.

"모든 건 생각하기 나름이죠." 그가 말했다. "믿음이 있다면 다 망가진 문짝의 나뭇조각이 성스러운 십자가 조각이 되죠. 믿음이 없으면 성스러운 십자가 전체라도 망가진 문짝이 되고요."

조르바의 영혼 어디를 만져도 그곳에서는 불꽃이 튀어 올랐다.

"조르바, 전쟁에 나간 적 있어요?"

---

* 정교회 신부들이 신성한 의식을 행할 때 목에서부터 다리까지 두르는 긴 천.

"낸들 알겠수?" 그가 그렇게 대답하며 불쾌한 표정을 지었다. "잘 기억이 나지 않아요. 어떤 전쟁을 말하는 거요?"

"음, 내가 말하려는 건, 음, 조국을 위해 싸운 적이 있느냐는 거죠."

"부탁하건대 그런 얘기는 안 하면 안 되겠소? 다 지나간 어리석은 짓기리죠. 다 잊어먹은 바보짓이라고요."

"조르바, 어리석은 짓이라니요? 조국에 대해 그렇게 말하는 게 부끄럽지도 않아요?"

조르바가 목을 길게 뽑고는 나를 바라보았다. 나 역시 침대에 누워 있었고, 내 위에서는 등잔불이 타고 있었다. 그는 준엄한 표정으로 꽤 오랫동안 나를 보더니 수염을 움켜쥐었다.

"설익은 짓거리죠……" 그가 드디어 말문을 열었다. "고지식한 몸뚱어리에, 고지식한 생각…… 내가 무슨 얘길 하든 못 알아들을 거요. 대장, 용서하슈!"

"무슨 말이에요?" 내가 항의했다. "조르바, 나도 알아들어요. 맹세코 다 알아듣는단 말이에요!"

"그럼요, 머리로는 다 알아듣겠죠. 그리고 '옳다, 그르다, 그렇지! 안 그렇지! 그건 당신이 옳고, 저건 당신이 틀리고!' 이렇게 말하겠죠. 하지만 그런다고 뭐가 나옵니까? 난 말이오, 대장이 말할 때 대장의 팔과 다리, 가슴을 본다우. 그런데 그것들은 아무 말도 안 하고 있다우. 마치 피가 없는 놈들처럼 말요. 도대체 대장이 그걸 어떻게 이해한단 말요? 머리로 이해한다고요? 풋!"

"이봐요, 조르바! 비꼬지만 말고 말해봐요." 내가 그를 약 올리기 위해 소리쳤다. "내 생각에는 말이에요, 당신은 불명예스럽게도 조국에 대해 별로 대수롭지 않게 생각하는 거 같아요!"

그는 화가 나서 주먹으로 벽을 꽝 하고 쳤다. 함석지붕이 천둥소리를 냈다.

"지금 대장이 보고 있는 나란 인간에게 말입니다." 그가 소리쳤다. "그런 얘길랑 하지 마슈! 나는 한때 내 머리카락으로 아야 소피아 성당을 만들어 부적 삼아 목에서부터 가슴팍까지 늘어뜨려 차고 다녔죠. 그럼요, 내가 이 손으로 까마귀처럼 새까맸던 내 머리카락을 엮어 아야 소피아 성당을 짰습니다. 나는 그때 마케도니아의 절벽 사이를 '파블로스 멜라스'*와 함께 다녔죠. 머리끝에서 발끝까지 야수 같은 용사였죠. 가슴에는 십자 사슬 장식을 걸치고, 멋진 모직 바지에, 부적을 곳곳에 차고, 쇠사슬을 칭칭 감고, 어깨에는 탄띠를 두르고, 단추가 많이 달린 멋진 제복을 입고…… 난 그때 온몸을 쇠붙이와 귀금속, 사슴 가죽으로 치장하고, 걸을 때는 마치 말을 타고 달리는 것처럼 아! 아! 하고 소리치며 다녔죠. 자, 여기 좀 보슈! 또 여기, 여기, 여기 좀 보슈!"

그는 저고리를 열어젖히고 바지를 벗어던졌다.

"등잔불을 가져와봐요!" 그가 명령했다.

나는 등잔불을 들고 그에게 다가갔다. 마르고 단단한 그의 몸이 불빛에 환해졌다. 깊게 파인 부상 자국과 총탄 자국들, 그의 몸

---

* Παύλος Μελάς(1870~1904): 1904년에 일어난 마케도니아 독립 전쟁, 즉 터키 및 불가리아와의 전쟁 때 그리스 게릴라 지도자로 참전해 첫 봉기에서 전사한 인물.

은 상처투성이였다.

"자, 이제는 이쪽을 보슈!"

그가 엎드려 등 쪽을 보여주었다.

"보셨죠? 등 쪽에는 상처가 없죠? 알겠소? 이제 등잔불은 치우세요."

그는 바지와 저고리를 입고는 의자에 다시 앉았다.

"어리석은 짓거리죠." 그가 거칠게 소리쳤다. "부끄러운 일이에요. 언제나 사람이 인간이 될까? 바지를 입고, 깃을 세우고, 모자도 쓰고 하지만 우리는 아직도 노새고, 이리고, 여우고, 돼지 새끼들이죠. 우리 인간이 하느님의 형상을 하고 있다고요? 누가요? 우리들이요? 닮기는 제기랄! 퉤!"

조르바는 머리끝까지 주체할 수 없는 분노가 치밀어 점점 더 거칠어졌다. 구멍이 나고 흔들거리는 그의 이빨들 사이에서 알아들을 수 없는 말들이 튀어나왔다. 그는 일어나서 물동이를 찾더니 벌컥벌컥 물을 마셨다. 속이 시원해졌다. 그리고 다시 제정신을 차렸다.

"내 몸 어디를 만지든지 나는 신음 소리를 냅니다. 내 몸은 상처투성입니다. 그렇게 거기 앉아서 여자들에 대해 철부지 같은 소리를 합니까? 나는요, 내가 진정한 사나이라고 생각했을 때는 여자들을 돌아보지도 않았어요. 어쩌다 여자를 만지게 되면 수탉처럼 소스라치게 놀라 물러나면서 이렇게 중얼거렸죠. '냄새나는 족제비, 악취를 풍기는 지네 년들 같으니, 이년들은 내 정력을 빨아먹으려고 드는 거야! 퉤! 꺼져라!'

하여간 나는 총을 집어 들고 나섰죠. 나는 반란군 게릴라로 입대했어요. 어느 날 땅거미 지는 시각에 불가리아 놈들 마을로 들어가 한 외양간에 숨었죠. 그 집에는 불가리아 신부 놈 하나가 살고 있었는데 흡혈귀처럼 피를 좋아하는 악질이었어요. 밤이면 신부 복장을 벗어던지고 양치기 옷으로 갈아입은 다음, 무기를 집어 들고서는 그리스인 마을을 습격하곤 했죠. 그리고 새벽이면 집으로 돌아와 진흙과 피를 씻어내고 예배를 드리기 위해 성당으로 들어갔고요. 그 며칠 전에는 침대에서 자고 있는 그리스인 교사를 살해하기도 했죠. 나는 그 신부 놈의 외양간으로 들어가 기다렸어요. 두 마리의 황소 뒤쪽에서 등에 소똥을 얹어 위장하고 엎드린 채 기다렸죠. 저녁이 되자 신부 놈이 가축들 먹이를 주려고 들어옵디다. 나는 그놈을 덮친 뒤에 양의 멱을 따듯 목을 그었죠. 그리고 그놈 귀를 잘랐어요. 당시에 나는 불가리아 놈들 귀를 모으고 있었거든요. 그래서 그 신부 놈 양쪽 귀를 다 잘라낸 다음 도망쳤죠.

그리고 얼마 안 있다가 대낮에 봇짐장수 차림을 하고 다시 그 마을로 잠입했죠. 무기는 산에다 놓아두고 마을로 빵과 소금, 그리고 병사들을 위한 차루히*를 사러 간 거죠. 그런데 어느 집 앞을 지나다 보니까 검정 옷을 입고 맨발인 아이들 다섯 명이 손에 손을 잡고 조르르 서서 구걸을 하고 있는 거예요. 계집애 셋하고 사내놈 둘이었는데, 제일 큰 놈이 한 열 살쯤 됐을까. 그리고 가장

---

* 구두코에 술이 달린 그리스 남자들의 전통 신발.

어린 놈은 아직도 젖먹이였는데 제일 큰 계집애가 울지 말라고 뽀뽀도 하고 쓰다듬기도 하고 있는 겁니다. 왜 그랬는지 잘 모르겠지만 갑자기 그러고 싶어져서 그들에게 다가갔어요. 하느님께서 빛을 비춰주셨던 모양이에요.

'얘들아, 너희는 누구 자식들이냐?' 내가 불가리아 말로 물었죠.

가장 큰 사내 녀석이 그 조그만 머리를 쳐들고는 '며칠 전에 외양간에서 살해당한 신부님 자식들이에요' 하고 대답하더라고요.

그 순간 눈물로 눈이 뿌예지더군요. 맷돌이 돌듯 땅이 빙빙 돌고요. 난 벽에 기댔어요. 그제야 땅이 돌기를 멈추더라고요.

'얘들아, 이리 오너라!' 내가 말했죠. '이리 가까이 와!'

난 탄띠에 넣어두었던 보따리를 꺼냈죠. 그 안에는 영국 리라 금화와 터키 황금 금화가 가득했죠. 나는 무릎을 꿇고 그것들을 땅바닥에 쏟아부었어요.

'자, 이걸 가져가라! 모두 다 가져가라! 가져가라고!'

아이들은 달려들어 그 조그만 손으로 영국 금화와 터키 금화를 집어 들더군요.

'이게 다 니들 거야!' 내가 소리쳤죠. '모두 다 가져!'

나는 구입한 물건들로 가득한 광주리도 벗어놨죠.

'모두 다 니들 거야, 다 가져!'

그리고 그 길로 도망쳤어요. 마을을 벗어나 저고리를 벗고는 내가 직접 짠 아야 소피아 성당 부적을 갈기갈기 찢어발겨 길거리에 던져버리고 도망쳤죠. 도망치고, 또 도망치고…… 아직도 도망치는 중이에요."

조르바가 벽에 몸을 기대고는 내 쪽으로 몸을 돌려 나를 바라보았다.

"그렇게 벗어났죠." 그가 말했다.

"조국에서 벗어났다고요?"

"네, 조국으로부터 벗어났죠." 조르바가 침착하고 조용한 목소리로 대답했다.

그리고 조금 있다가 말했다.

"조국으로부터 벗어나고, 신부들로부터도 벗어나고, 돈으로부터도 벗어나고, 탈탈 먼지를 털었죠. 세월이 흐를수록 난 먼지를 털어냅니다. 그리고 가벼워집니다. 뭐라고 말씀드려야 할까요? 난 자유로워지고, 사람이 돼갑니다."

조르바의 눈빛이 빛나더니, 그의 큰 입이 행복에 젖어 웃었다.

그는 한동안 잠자코 있다가 다시 원기를 되찾았다. 그의 마음은 터질 듯해서 전혀 진정시킬 수 없었다.

"한때는 이놈은 터키 놈, 저놈은 불가리아 놈, 또 이놈은 그리스 놈 하고 구분했었죠. 대장, 난 조국을 위해서라면 대장이 소름이 끼칠 정도로 못된 짓을 저질렀다우. 멱을 따고, 약탈하고, 마을을 불태우고, 여자들을 강간하고, 온 가족을 몰살하고…… 왜냐고요? 그건 그들이 불가리아 놈들이고 터키 놈들이었으니까죠. 난 자주 '이 악당 놈아, 나가 뒈져버려라! 이 바보 얼간아, 나가 뒈져버리라고!' 하고 나 자신에게 말하면서 저주를 퍼부었죠. 하지만 대장, 이제는 나도 생각을 좀 하고 사람을 보죠. 그리고 이렇게 말합니다. 이 사람은 좋은 사람이고 저 사람은 나쁜 놈이다. 불가리아인인가 그리스인인가 하는 게 문젭니까? 이제 내게는 다 똑같아요. 이제는 이 사람은 좋은 사람인가 아닌가만 묻죠. 그리고 정말이지 나이를 먹을수록, 밥을 더 많이 먹을수록, 난 점점 더 아무것도 묻지 않게 됩니다. 보세요, 좋은 놈, 나쁜 놈이란 구분도 잘 맞질 않아요. 난 모든 사람이 불쌍할 뿐이에요. 사람을 보면, 비록 내가 잘 자고 마음에 아무런 시름이 없어도, 가슴이 찢어지는 것 같아요. 누구든 먹고, 마시고, 사랑하고, 두려워하고, 그리고 자신만의 하느님과 악마를 모시다가 뒈지면 땅에 쭉 뻗고 누울 거고, 그러면 구더기들이 그 살들을 파먹을 거고…… 아, 불쌍한 인생! 우리는 모두 형제들이에요…… 구더기 밥인 고깃덩어리들이라고요!

여자들은, 음, 그것들을 생각하면, 어이구 하느님! 난 울음이 나올 것 같아요. 대장은 가끔 내가 여자들을 너무 좋아한다고 놀리곤 하는데, 하지만 여보쇼, 내가 어떻게 여자들을 좋아하지 않을 수 있겠수? 여자들이란 약한 존재들이라 자기들한테 어떤 일이 일어나는지도 모르는 데다, 일단 한번 그년들 젖꼭지를 움켜쥐면, 바로 그 순간에 모든 문이 열리고 그냥 모든 걸 내준다고요.

내가 한번은 또 다른 불가리아 마을에 잠입했더랬죠. 그런데 어떤 빌어먹을 그리스인 마을 유지 놈이 배신을 해서 적들이 내가 머물던 집을 포위했어요. 달빛이 환한 밤이었는데, 난 지붕 위로 뛰어올라가 도둑고양이 새끼처럼 지붕에서 지붕으로, 베란다에서 베란다로 이리 뛰고 저리 뛰면서 살금살금 기어 도망 다녔죠. 하지만 내 그림자를 본 놈들이 지붕으로 올라와서 마구 총질을 해대는 거예요. 내가 어디로 가겠어요? 어떤 집 정원으로 굴러 떨어졌죠. 잠을 자던 불가리아 여자 하나가 깜짝 놀라 속옷 바람으로 뛰쳐나와서는 날 발견하고는 소리를 지르려고 했어요. 하지만 내가 손을 뻗으며 이렇게 말했죠. '제발! 제발 가만히 있어요!' 그리고 그녀의 젖가슴을 움켜쥐었죠. 그 계집이 표정이 창백해지면서 내게 기댔죠. '안으로 들어가세요! 우릴 못 보게 안으로 들어가요!' 난 안으로 들어갔죠. 그녀는 내 손을 꼭 잡고 있었어요. '당신은 그리스인이죠?' 그녀가 물었죠. '네, 그리스 사람이에요. 날 배반하지 마세요.' 내가 그녀의 허리를 안았죠. 그녀는 아무 말도 하지 않았어요. 그날 밤 난 그녀와 잤어요. 그리고 내 심장은 그 달콤함에 떨었죠. 난 속으로 혼잣말을 했어요. '자, 보라, 조르바! 이게 여자란다, 이게 사람이란다! 이 여자가 불가리아 여자냐? 그리스 여자냐? 알아들을 수 없는 말을 하는 여자냐? 이 바보 같은 놈아! 다 똑같다. 그들은 다 사람이다. 사람이라고! 너란 놈은 사람을 죽이는 게 부끄럽지도 않으냐? 퉤! 저주받을 놈!'

그녀의 따뜻한 품 안에 안겨 있는 동안 내내 이렇게 되새겼죠. 하지만 복수심에 미친 개 같은 조국이란 놈이 나를 가만히 내버려두지 않더라고요. 아침에 나는 그 불가리아 과부가 내준 불가리아 복장을 하고 떠났어요. 그녀가 장롱에서 죽은 남편의 옷 한 벌을 꺼내 내 무릎에 키스하며 내게 꼭 다시 돌아오라고 신신당부를 하더군요.

네, 네, 그럼요, 그다음 날 밤 난 돌아갔어요. 애국심에 불타오르는 길들여지지 않은 야수가 되어 석유 한 통을 짊어지고 돌아가서 온 마을을 태워버렸죠. 아마 그 불쌍한 여자도 타 죽었을 거예요. 그녀 이름은 루드밀라였고요……"

조르바가 한숨을 내쉬었다. 그는 담배에 불을 붙이더니 콧구멍으로 두 차례 연기를 내뿜고는 던져버렸다.

"내게 조국이라고 말했죠?…… 대장은 그 잘난 종잇조각에 쓰인 잡소리나 들으시고…… 내 얘기도 들어보세요. 조국이란 게 있는 한, 사람들은 야수로 남아 있게 마련이죠. 길들여지지 않는 야수로요. 하지만 난, 하느님께 영광이 있을지어다! 난 벗어났어요. 벗어났다고요, 끝났다고요! 하지만 대장은요?"

나는 대답하지 않았다. 내가 의자에 박혀 앉아 홀로 외로움 속에서 한 매듭, 한 매듭 풀려고 투쟁했던 문제들을 이 사람은 산속에서 맑은 공기를 마시며 칼로 다 풀어낸 셈이다.

나는 위로받을 수 없는 절망감에 눈을 감았다.

"대장, 자슈?" 조르바가 지루한지 물었다. "나, 이 바보는 여기 앉아서 이야기를 하는데……"

그는 중얼거리면서 침대를 손봤다. 그리고 조금 있다가 코고는 소리가 들려왔다.

나는 온 밤을 뜬눈으로 보냈다. 우리가 있는 황량한 곳에서 그날 밤 처음으로 들려오는 꾀꼬리 소리가 온 세상을 참을 수 없는 고통으로 가득 채웠다. 나는 갑자기 눈에서 눈물이 떨어지는 것을 느꼈다.

나는 새벽녘에 잠을 깨었다. 나는 문가에 서서 바다와 땅을 보았다. 세상이 하룻밤 새에 완전히 바뀐 것처럼 보였다. 건너편 모래사장 위에 어제까지만 해도 초라한 가시덤불만 있던 곳이 아주 조그만 하얀 꽃들로 덮여 있었고, 꽃핀 레몬나무와 오렌지나무의 달콤하고 그윽한 향기가 멀리서부터 퍼져 나와 대기를 가득 채웠다. 나는 한껏 새롭게 치장한 땅 위로 걸음을 조금 떼어놓으며 앞으로 나아갔다. 다시 새롭게 일어난 이 오래된 기적을 아낌없이 즐길 방법이 내겐 없었다.

갑자기 내 뒤에서 기쁨에 찬 비명 소리가 들려왔다. 나는 뒤를 돌아보았다. 상반신을 벗은 조르바가 일어나 문가에 서서 봄을 바라보고 있었다. 그 역시 봄에 완전히 매료되어 있었다.

"대장, 이게 뭡니까?" 그가 정신이 혼미해져서 소리쳤다. "난 정말로 이런 건 처음 봅니다. 대장, 저 멀리 푸른색으로 넘실거리는 건 또 무슨 기적입니까? 저걸 뭐라고들 하죠? 바다? 바다라고 하나요? 그리고 꽃 장식을 한 초록빛 제복을 입고 있는 이건 뭐라고 하죠? 땅이라고 하나요? 어떤 장난꾸러기가 이런 장난을 친 겁니까? 대장, 맹세컨대 난 이런 건 처음 봐요."

그의 눈에는 눈물이 글썽거렸다.

"조르바! 갑자기 바보가 됐어요?" 내가 그에게 소리쳤다.

"날 비웃지 마슈! 대장 눈에는 안 보이쇼? 대장, 지금 우리는 마술에 걸린 거요!"

그는 밖으로 뛰쳐나가 춤을 추기 시작하더니 이내 나귀 새끼처럼 풀밭 위를 뒹굴었다.

해가 떠올랐다. 나는 햇빛을 받으려고 손바닥을 폈다. 새싹이 돋아 부푸는 나뭇가지들, 부풀어 오르는 젖가슴들, 영혼도 나무들처럼 열리고, 육체나 영혼이나 모두 똑같은 재료로 만들어졌다는 걸 느낄 수 있었다.

조르바는 벌써 머리에 이슬과 흙을 잔뜩 묻힌 채 풀밭에서 일어나 있었다.

"대장, 서두르세요!" 그가 내게 소리쳤다. "어서 옷을 입고, 멋지게 차립시다. 오늘 성수식이 있잖아요. 얼마 안 있어 신부님과 동네 유지들이 나타날 거요. 그러니 이렇게 풀밭에서 뒹굴다간 우리 회사 이름에 먹칠을 하게 될 거예요! 어서 가서 넥타이에 깃을 세운 옷을 차려입읍시다! 그리고 진지한 표정을 짓고요! 모자는 써야 해요. 사람들은 머리가 있는지 없는지는 신경 안 써도 모자에는 예민하거든요. 그리고 다 됐나…… 에이, 이 빌어먹을 속물들아!"

우리는 옷을 차려입고 준비를 마쳤다. 인부들이 도착했고, 곧 유지들도 모습을 드러냈다.

"대장, 참을성이 있어야 해요. 웃음을 자제하세요. 우리가 웃음거리가 돼서는 안 되니까요."

기름에 찌든 신부복을 입은 스테파노스 신부가 맨 앞에서 왔다. 그의 신부복에는 한없이 깊은 주머니가 달려 있었는데, 그는 성수식이나 장례식, 결혼식, 세례식에서 교인들이 고맙다고 주는 건포도나 쿨루리,* 크림치즈 파이, 오이, 케프테데스,** 콜리바,*** 과일 설탕절임 등등을 그 수렁같이 깊은 주머니에 아무렇게나 쑤셔 넣는다. 그러면 저녁에 신부 사모님께서 그것들을 유리그릇에 담고는 우적우적 씹어가면서 깨끗이 손질한다.

스테파노스 신부 뒤로 동네 유지들이 따라왔다. 하니아****까지 가서 예오르기오스 왕자를 보고 왔기에 세상일을 누구보다도 더 잘 안다는 카페 주인 콘도마놀리오스, 소매가 넓은 새하얀 셔츠 차림에 조용히 미소를 짓고 있는 아나그노스티스 영감, 심각하고 근엄한 표정에 지팡이를 짚고 오는 교장 선생님, 그리고 맨 뒤에는 까만 셔츠에 까만 부츠를 신고 새까만 손수건을 머리에 두른 마브란도니스 영감이 무거운 걸음으로 천천히 행렬을 따르고 있었다. 마브란도니스는 슬픔과 분노에 빠져 입을 반쯤만 벌리고 인사를 하고는 바다를 등지고 무리들 바깥쪽에 가서 섰다.

"하느님의 이름으로!" 조르바가 엄숙한 어조로 말했다

그가 앞장서자 모두들 종교적 경외심을 가지고 그를 뒤따랐다.

아주 오래된 기억들이 마술적인 종교 의례를 통해 시골 사람들의 가슴속에 되살아났다. 신부가 보이지 않는 악한 힘들과 싸워 끝내 그것을 내쫓는 것을 놓치지 않고 보려는 듯 모든 사람들의 눈은 신부만 바라보고 있었다. 지금까지 수천 년 동안 마법사

---

* 깨를 박은 가늘고 동그란 빵.
** 간 고기로 경단처럼 동그랗게 만든 고깃덩어리.
*** 우리나라의 약과와 비슷한 음식으로 주로 추도식 때 먹는다.
**** 크레타의 서쪽 지방 수도로 1898년 12월 9일에 이곳에 예오르기오스 왕자가 도착하면서 크레타는 오스만튀르크로부터 독립한다.

는 하늘을 향해 손을 쳐들고, 성수 병을 들어 성수를 공중에 뿌리며, 절대 전능한 주문을 외웠다. 그러면 악령들은 물러나고, 신성한 성령이 인간들을 돕기 위해 물과 땅과 공기에 흘러나왔다.

우리 일행은 케이블을 위한 첫번째 기둥을 박기 위해 바닷가에 파놓은 구멍에 도착했다. 인부들은 그 구멍 안에 커다란 소나무 기둥을 똑바로 세워놓았다. 스테파노스 신부가 영대를 두르고 성수 병을 꺼낸 뒤 기둥을 비난하는 듯한 엄격한 눈초리로 바라보면서 질질 끄는 소리로 주문을 외듯 기도문을 외기 시작했다. "……이 기둥을 바람으로도 불로도 절대로 쓰러지지 않도록 굳건한 바위 위에 세울지어다…… 아멘!"

"아멘!" 조르바가 천둥 치는 것 같은 목소리로 말하며 성호를 그었다.

"아멘." 귀빈들도 함께 소리쳤다.

"아멘!" 마지막으로 광부들도 따라 소리쳤다.

"하느님께서 당신들 사업에 축복을 내리시고 아브라함과 이삭이 온갖 좋은 일을 주시길 빕니다!" 스테파노스 신부가 이렇게 기도를 드리자 조르바는 두툼한 돈다발 한 움큼을 그의 손에 쥐여주었다.

"축복을 받으시기를!" 신부가 기쁨에 넘쳐 중얼거렸다.

우리는 오두막으로 돌아왔다. 조르바는 포도주와 문어, 오징어,* 물에 불린 콩 요리, 올리브와 같은 사순절 금식 기간용 안주

---

* 그리스정교회에서는 사순절 금식 기간에도 문어, 오징어와 같은 연체류와 새우 같은 갑각류만은 먹을 수 있도록 허용한다.

를 대접했다. 그리고 귀빈들은 바닷가 길을 따라 사라졌다. 마법의 의식은 끝났다.

"잘 치러냈네요!" 조르바가 큰 손을 비비며 말했다.

그는 예식용 옷을 벗고 작업복으로 갈아입은 뒤 곡괭이를 집어 들었다.

"여봐들!" 그가 광부들을 향해 소리쳤다. "하느님의 이름으로 일하러 가자고!"

그날 조르바는 온종일 고개 한 번 쳐들지 않고 일에만 열중했다. 광부들은 50미터마다 구멍을 파서 기둥을 세우고 산의 정상을 향해 외줄 밧줄을 걸고는 팽팽하게 잡아당겼다. 조르바는 측량을 하고 계산을 한 뒤에 명령을 내렸다. 그는 먹지도, 담배를 피우지도 않고, 숨도 안 쉬고 하루 종일 일했다. 그는 자신을 일에 완전히 바치고 있었다.

"일 반, 잡담 반, 죄악 반, 선행 반, 이런 식으로 적당히 해치우는 게 오늘날 이 세상을 이 지경으로 망쳐놨죠." 언젠가 조르바가 내게 말했었다. "인간들아, 그만하면 충분히 됐으니 이젠 끝까지 밀어붙여라! 겁내지 말고! 하느님께서는 진짜 악마보다 반쯤만 악마인 놈을 더 혐오하신다!"

그는 저녁에 일을 끝내고 돌아오자 완전 기진맥진하여 모랫바닥에 큰대자로 누웠다.

"여기서 자면서 다시 일을 시작할 수 있는 새벽이 오기를 기다릴 거예요. 그리고 야간 작업반도 투입할 거예요." 그가 말했다.

"조르바, 왜 그리 서두르는 거죠?"

그가 약간 망설이다가 대답했다.

"왜냐고요? 내가 기울기를 제대로 잡았는지 알고 싶어서죠. 만약 잘못 잡았다면, 대장, 악마 놈이 우리 사업을 접수할 거예요. 그리고 악마 놈이 우리 사업을 접수했다는 건 빨리 알수록 좋은 거죠."

그는 급히 서둘러 식사를 마쳤다. 그리고 조금 있다가 바닷가에 그의 코고는 소리가 메아리쳤다. 나는 한동안 푸르스름한 하늘에서 빛나고 있는 별들을 바라보았다. 나는 별자리들이 천천히 움직이는 하늘 전체를 바라보았다. 그러는 동안 내 둥근 두개골도 천문대의 돔처럼 하늘의 별들을 보며 천천히 따라 돌았다. "너 역시 그들과 함께 도는 것처럼 생각하고 별들의 길들을 살펴보아라." 마르쿠스 아우렐리우스의 이 구절이 나의 마음에 조화롭게 울려 퍼졌다.

21

 부활절이었다. 조르바는 자기 여자 친구가 직접 짜주었다는 두꺼운 자줏빛 양털 양말을 신고, 온갖 치장을 한 채 옷을 쭉 빼입고 있었다. 그리고 안절부절못하며 우리 집 앞 바닷가 가까이 있는 언덕 위를 왔다 갔다 했다. 그는 손을 자신의 짙은 눈썹 위에 기왓장처럼 얹고 저 멀리 마을 쪽을 살폈다.

 "이 발정 난 년이 오늘 늦네…… 이 음탕한 년이 늦어…… 다 찢어진 깃발이 늦네……"

 갓 부화한 나비 한 마리가 날아와 조르바의 콧수염에 앉으려 했다. 그러나 간지럼을 탄 조르바가 크게 재채기를 하면서 콧구멍에서 세찬 폭풍우가 뿜어져 나왔다. 그러자 나비는 다시 날갯짓을 하면서 빛 속으로 사라졌다.

 우리는 부활절을 같이 축하하기 위해 마담 오르탕스를 기다리는 중이었다. 코코레치*도 준비했고 양 한 마리를 숯불에다 올려놓고 굽고 있었다. 바닷가 모래사장에는 하얀 천도 깔아놓고 색

칠한 부활절 달걀도 준비해놓았다. 조르바와 나는 반은 장난으로, 또 반은 진정으로 오늘은 그녀를 위한 성대한 환영식을 준비해두었다. 이 호젓한 바닷가 모래사장에서 통통하고 향수 냄새를 물씬 풍기는 한물간 세이렌은 우리의 의지와 관계없이 묘한 매력을 느끼게 했다. 그녀가 없으면 무언가 빠진 듯 섭섭했다. 오드콜로뉴 향수 냄새, 빨간색, 이리저리 흔들리는 오리 모양의 궁둥이 짓, 속삭이는 듯한 목쉰 소리, 게슴츠레한 흐릿한 두 개의 눈동자······ 이런 것들이다.

우리는 도금양桃金孃과 월계수 가지를 꺾어 그녀가 지나갈 개선문도 세웠다. 그리고 개선문 아치 위에는 영국 국기와 프랑스 국기, 이탈리아 국기, 러시아 국기를 꽂고, 그 한가운데 훨씬 높은 곳에 하늘빛 줄이 간 하얀 천을 달아 길게 늘어뜨려놓았다. 대포는 없었지만 우리는 소총 두 자루를 빌려왔다. 우리는 언덕 위에 서서 기다리다가 궁둥이를 흔드는 우리의 암컷 물개가 바닷가로 굴러 떨어지면 축포를 쏘기로 약속했다. 부활절이란 좋은 날에 이 호젓한 모래사장에서 그녀의 옛 영광을 다시 일으켜 세우려는 것이 우리 계획이었다. 그 순간만큼은 가엾은 그녀 역시 자신이 장밋빛 피부에 오뚝 솟은 젖가슴을 가진, 실크 스타킹에 에나멜 구두 차림의 젊은 시절로 돌아간 듯한 착각에 빠질 것이다. 만약 우리 마음속에서 우리의 젊음과 기쁨과 기적에 대한 믿음이 되살아나지 않는다면, 그리고 늙은 매춘부가 다시 스무 살의 젊은 여자

---

* 양념이 되어 있는 양이나 산양(염소)의 내장을 창자로 칭칭 감아 구운 요리.

가 될 수 없다면, 예수 그리스도의 부활이 무슨 가치가 있겠는가?

"이 발정 난 년이 오늘 늦네…… 이 음탕한 년이 늦어…… 다 찢어진 깃발이 늦네……" 조르바가 가끔씩 이렇게 중얼거리며 자꾸 흘러내리는 자줏빛 양털 양말을 끌어 올렸다.

"조르바, 이리 오세요." 내가 그에게 말했다. "여기 캐럽나무 아래 그늘로 와서 담배나 한 대 피우세요. 그녀는 금방 모습을 드러낼 거예요."

그는 조바심을 내며 마지막으로 한 번 더 마을에서 오는 길에 눈길을 던지고는 캐럽나무 아래로 와서 자리를 잡았다. 정오가 다 되었고 날씨는 더웠다. 멀리서 빠른 속도로 타종하는, 부활절을 알리는 기쁨에 찬 종소리가 들려왔다. 때때로 바람결에 리라 뜯는 소리가 우리가 있는 곳까지 들려왔다. 마을 전체가 봄철을 맞은 벌집처럼 붕붕거리는 소리를 내고 있었다.

조르바가 머리를 절레절레 흔들었다.

"부활절 때마다 예수 그리스도와 함께 내 영혼도 부활하던 세월이 흘러가는군요. 떠나갔어요!" 그가 말했다. "이제는 오직 내 육체만 부활하네요. 예전에는 한 사람이 사면 다른 사람이 또 사고, 이 안주 좀 먹어보세요, 이것도 먹고요, 이러면서 더 많은 음식과 더 맛있는 음식을 먹었죠. 그 음식들이 모두 똥이 되지는 않고 어떤 건 남아서, 그러니까 구원을 받아서 신명이, 춤이, 노래가, 말싸움이 됐었죠. 그렇게 뭔가가 남는 게 바로 부활이죠."

그는 다시 언덕으로 뛰어 올라가 마을 쪽 길을 살펴보았다. 그러고는 화난 표정으로 내려왔다.

"웬 아이 하나가 뛰어오네요." 그는 이렇게 말하고는 소식을 전하러 오는 아이를 만나려고 뛰어갔다.

아이가 발끝으로 곧추서서 조르바의 귀에 대고 뭐라고 이야기했다. 그러자 조르바가 불같이 화를 내며 펄쩍 뛰었다.

"아프다고?" 그가 소리쳤다. "아프다고 그랬어? 내가 한 대 갈기기 전에 어서 꺼져!"

조르바가 내게 몸을 돌려 말했다.

"대장, 내가 그 암퇘지가 어떤가 살펴보러 마을에 다녀올 테니 잠깐만 기다리세요. 내게 빨간 달걀 두 개도 주시고요. 가져가서 둘이서 달걀 깨기*를 하게요. 금방 다녀오리다!"

그는 달걀을 주머니에 넣고 늘어진 양털 양말을 추켜올린 뒤 길을 나섰다.

나는 언덕에서 내려와 집 앞 바닷가의 시원한 자갈 위에 누웠다. 시원한 바닷바람이 불어왔다. 바다는 물결치고 있었고, 갈매기 두 마리가 파도 위에 배를 대고 앉아 파도의 리듬에 맞춰 뽐내듯이 꼬리를 흔들어대기 시작했다.

나는 그 갈매기들의 배가 느끼고 있을 기쁨과 시원함을 상상해보려고 열정적으로 노력했다. 나는 갈매기들을 보며 '바로 저것이 위대한 호흡을 찾아 확신을 가지고 그 호흡의 리듬을 따라가는 길이다'라고 생각했다.

한 시간쯤 지나 조르바가 모습을 드러냈다. 그는 기쁜 듯 콧

* 동방정교회에서는 부활절 때 부활절 달걀을 서로 부딪쳐서 끝까지 깨지지 않는 달걀을 가진 사람이 그해 재수가 좋다고 믿는다.

수염을 쓰다듬었다.

"불쌍한 것이 기침 감기에 걸렸어요. 아무것도 아니에요. 이 여자가 말하길 자신은 가톨릭 신자 프랑스 여자지만 나를 위해 성 대주간 동안 밤마다 철야 예배에 갔었대요. 그러고는 불쌍한 것이 감기에 걸린 거죠. 몇 군데 부항을 떠주고, 등잔에서 올리브기름을 받아 아픈 곳을 문질러주고, 럼주도 한 잔 마시게 했죠. 내일이면 자고새 새끼처럼 팔팔해질 거예요. 이 망할 것이 매력이 있단 말이에요. 내가 문질러주는 동안 비둘기 새끼처럼 꾸르륵꾸르륵 하며 만족한 소리를 내더라고요."

우리는 음식상을 차렸다. 조르바가 잔을 채우고는 아주 부드러운 어조로 말했다.

"그녀의 건강을 위해! 그리고 악마 놈이 그녀를 아주 늦게 데려가기를 바라며!"

우리는 한동안 아무 말 없이 먹고 마셨다. 멀리서 꿀벌들이 붕붕거리는 소리와 애절한 리라 뜯는 소리가 바람결에 실려왔다. 마을의 지붕들 위에서는 아직도 예수 그리스도가 부활하고 있었고, 부활절에 굽는 양고기와 빵은 아직도 에로틱한 사랑의 노래로 변하고 있는 중이었다.

충분히 먹고 마신 뒤에 조르바가 털이 숭숭 솟은 귀를 바짝 세우고 중얼거렸다.

"리라 소리군…… 마을에서는 춤을 추고 있어!"

그가 벌떡 일어났다. 이미 허기는 사라졌고 포도주는 그의 기분을 한껏 고조시켜놓았다.

"대장, 뻐꾸기들처럼 여기 이렇게 앉아 있을 거요?" 그가 소리쳤다. "우리도 가서 춤을 춥시다. 우리가 잡아먹은 양 새끼가 불쌍하지도 않수? 이러면 그놈이 희생한 게 뭐가 되겠수? 가서 춤도 추고 노래도 합시다! 조르바께서 부활하셨다!"

"잠깐만, 조르바, 정신 나갔어요?"

"대장님! 뭐든 말씀만 하십쇼. 하지만 나는 양 새끼하고 달걀들하고 부활절 빵하고 거품치즈가 불쌍하단 말요. 맹세하건대 빵과 올리브만 먹었더라면 이렇게 말했을 거요. '제길, 가서 잠이나 자야겠다. 빵과 올리브만 먹고 무슨 축제냐? 뭘 기대하느냐고?' 하지만 말요, 대장께 말씀드립니다만, 훌륭한 음식들이 이런 식으로 의미 없이 낭비되는 건 정말 유감이죠. 대장, 가서 부활절을 부활절답게 즐깁시다!"

"난 오늘 그럴 기분이 아녜요. 조르바, 가서 내 몫까지 춰줘요."

조르바가 내 팔을 잡아 나를 일으켜 세웠다.

"여봐요 대장, 예수께서 부활하셨습니다. 내가 당신처럼 젊었더라면 얼마나 좋았겠수? 바다에, 여자에, 포도주에, 일도 신물나게 하고 말요! 대장도 곧 머리를 밑으로 박고 떨어지게 될 거요. 기왕이면 일과 포도주, 사랑에 머리를 박고 떨어지슈! 신도 악마도 두려워하지 말고요. 그런 게 진정한 사나이란 거요!"

"조르바, 당신 안에서 양 새끼가 말을 하고 있군요. 사나워져서 늑대로 변해가지고 말요!" 내가 웃으며 대꾸했다.

"그래요, 대장. 양 새끼가 조르바로 변했고, 그 조르바가 대장한테 말하고 있는 거요! 하지만 내 말을 들어보고 나서 모욕하려면 모욕하시구려! 난 말이죠, 뱃놈 신드바드란 말입니다. 세상을 많이 돌아다녀서가 아니고요, 그건 절대 아녜요. 난 도둑질하고, 살인도 하고, 거짓말도 하고, 한 트럭이나 되는 여자들하고 뒹굴었단 말입니다. 난 모든 계명을 다 어겼어요. 어긴 계명이 몇 개나 되냐고요? 열 개? 스무 개, 쉰 개, 백 개라 해도 상관없어요. 그리고 정말로 하느님이 존재해서 당장 내일 그 앞에 서게 된다 해도 난 하나도 두렵지 않아요. 내가 어떻게 하느님이 알아듣도록 잘 설명할 수 있을지는 잘 몰라도, 그런 건 모두 아무 의미가 없어요. 하느님이 지상의 벌레 같은 것들을 살펴보면서 일일이 다 기록해 놓을 거라고요? 그리고 우리가 계명을 어기고, 우리들 이웃인 벌레들을 밟고 지나갔다고, 그리고 수요일이나 금요일에 고기 한 점을 먹었다고, 마구 화를 내고, 욕을 하고, 자기가 만든 피조물들을 망가뜨릴 것 같아요? 뚱보 신부들은 다 나가 뒈지라고 해요!"

"좋아요, 조르바, 하느님께서 우리가 뭘 먹었는지는 안 물어보셔도 무슨 짓을 했는지는 물어볼걸요?" 내가 그를 약 올리기 위해 한마디 했다.

"하느님은 절대 그것도 안 물어봅니다. 무식한 조르바가 그걸 어떻게 아느냐고요? 말씀드리죠. 예, 제가 잘 알고말고요. 내게 아주 예의 바르고 가정적이고 경제적이고 하느님을 잘 섬기는 아들 한 놈과, 사기꾼에다 악당이고 폭식을 하고 계집질이나 하고 불법을 일삼는 아들 한 놈이 있어 한 식탁에 앉혀놨다고 합시다. 그럼 물론 내 마음은 두번째 놈한테 가 있겠죠. 왜냐하면 그놈이 바로 나를 닮았으니까요. 하지만 내가, 밤낮으로 회개하며 악당처럼 돈을 긁어모으면서도 아무한테도 물 한 방울 주지 않는 스테파노스 신부보다 하느님을 덜 닮았다고 말할 사람이 과연 있을까요?

하느님은 나하고 똑같이 신나게 즐기고, 죽이고, 부정을 저지르고, 사랑하고, 열심히 일하고, 잡히지 않는 새들을 사냥하시죠. 먹고 싶은 걸 실컷 먹고, 원하는 여자를 안는단 말입니다. 우리는 시원한 샘물처럼 아름다운 여자가 땅 위를 걷는 걸 보면 기분이 좋아지죠. 그러다가 갑자기 땅이 갈라지면서 그 여자가 사라집니다. 어디로 갔을까요? 누가 그 여자를 데려갔을까요? 그 여자가 정숙한 여자라면 우리는 그녀를 하느님이 데려갔다고 말하죠. 그녀가 만약 음탕한 년이라면 그녀를 악마가 데려갔다고 말하고요. 하지만 대장, 내가 벌써 수십 번 말했지만 하느님과 악마는 하나라고요!"

나는 아무 말도 하지 않았다. 조르바는 지팡이를 집어 들고 허세를 부리며 모자를 구겨 쓰고 나를 불쌍하다는 듯이 — 내가 보기에는 그랬다 — 바라보았다. 그리고 무언가 말하고 싶은 듯 입술을 움직였지만, 이내 꽉 다물고 아무 말도 없이 콧수염을 쓰다듬으면서 마을로 떠났다.

나는 지팡이를 흔들면서 자갈 위에 거인 같은 그림자를 드리우며 황혼 속으로 멀어져 가는 그를 바라보았다. 그가 지나가면서 온 해변에 생동감이 되살아났다. 한동안 나는 귀를 쫑긋 세우고 사라져가는 조르바의 발걸음 소리를 엿들었다. 그리고 갑자기 내가 혼자가 되었음을 느끼며 벌떡 일어섰다. 왜? 어디로 가려는 거지? 나는 잘 몰랐다. 내 마음속에서는 아무것도 결정된 것이 없었다. 나의 몸은 내 의사를 묻지도 않고 자기 혼자서 결정하고 일어섰던 것이다.

"앞으로 갓!" 나는 마치 명령하듯 큰 소리로 외쳤다.

나는 마을로 가는 길을 따라갔다. 나는 단호하고도 빠르게 걸었다. 가끔 걸음을 멈추고 봄을 깊이 들이쉬었다. 땅에서는 캐모마일 향기가 났고, 과수원에 가까워질수록 레몬나무와 오렌지나무, 그리고 꽃이 만발한 월계수나무에서 꽃향기들이 내 머리 위로 숨결처럼 밀려왔다. 저녁샛별이 기쁨에 겨워 춤을 추며 서쪽으로 기울어져 가고 있었다.

"바다와 여자, 포도주, 신물 날 정도의 일!" 나는 나도 모르게 조르바의 말을 되씹으며 걷고 있었다. "바다와 여자, 포도주, 신물 날 정도의 일! 일과 포도주, 사랑에 머리 박고 열중하고, 신도 악마도 두려워하지 않는 것…… 그런 게 진정한 사나이다!" 나는 나 자신을 격려하려는 듯, 속으로 이 말을 하고 또 하면서 걸었다.

그러다가 마치 내가 가고자 했던 곳에 도착한 것처럼 갑자기 딱 멈춰 섰다. 여기가 어디지? 과부의 정원이었다. 갈대와 선인장으로 만들어진 담장 너머로 조용히 노래하는 달콤한 여자 목소리가 들려왔다. 나는 주변을 살펴보았다. 아무것도 없었다. 나는 다가가서 갈대를 옆으로 밀었다. 한 그루의 오렌지나무 아래 검은 옷을 입은 여자가 목을 훤히 드러내놓고 꽃이 핀 가지를 꺾으면서 노래를 부르고 있었다. 어스름한 빛 속에서 반쯤 드러난 젖가슴이 빛나는 것이 보였다.

숨이 멎는 것 같았다. '이건 야수다, 맹수야! 그리고 그녀는 그걸 알고 있다.' 나는 생각했다. '남자들이란 얼마나 저항력이 없는 덧없고 어리석고 약한 바보 같은 존재들인가! 이 여자는 수컷을 잡아먹는 사마귀나 메뚜기, 거미와 같은 벌레들처럼 만족을 모르고 새벽녘에 게걸스럽게 남자들을 잡아먹을 것이다……'

과부는 내 눈초리에서 어떤 낌새를 느낀 듯 조용히 부르던 노래를 갑자기 중단하고 뒤를 돌아보았다. 마치 두 개의 번개가 마주치듯 우리 둘의 눈동자가 서로 만났다. 마치 갈대 숲 뒤의 호랑이를 본 것처럼 내 무릎에서 힘이 빠져나갔다.

"누구세요?" 과부가 숨넘어가는 목소리로 물었다.

그녀는 블라우스의 단추를 잠가 젖가슴을 가렸다. 그녀의 얼굴이 어두워졌다.

나는 그곳을 떠나려고 했다. 하지만 "바다와 여자, 포도주……" 하는 조르바의 말들이 갑자기 내 가슴을 가득 채웠다. 나는 용기를 냈다.

"접니다." 내가 대답했다. "저예요, 문 좀 열어주세요!"

나는 이 말을 겨우 발음할 수 있었다. 나는 떨고 있었다. 나는 다시 떠나려고 했다.

하지만 다시 주저했다. 나는 조르바에게 창피했다.

"저라니, 누구시죠?"

그녀가 조심스럽게 소리도 내지 않고 가만히 한 걸음 다가왔다. 그러고는 목을 뽑고 보다 잘 보기 위해 눈을 반쯤만 떴다. 그런 다음 고개를 숙인 채 주변을 살펴보며 다시 한 발짝 다가왔다.

그녀의 얼굴이 갑자기 환하게 빛났다. 혀끝을 살짝 내밀어 입술을 핥았다.

"사장님이세요?" 그녀가 부드러운 목소리로 물었다.

그녀가 당장이라도 달려들듯이 몸을 잔뜩 웅크리고 바짝 긴장한 채 한 발짝 더 가까이 다가왔다.

"사장님이세요?" 그녀가 기어들어가는 소리로 또다시 물었다.

"네!"

"들어오세요!"

해가 떴다. 날이 밝았다. 조르바는 이미 돌아와 오두막 밖에 앉아 있었다. 담배를 피워 물고 바다를 바라보며 나를 기다리고 있었다.

내가 나타나자 그는 고개를 들어 나를 쳐다보았다. 그는 콧구멍을 토끼처럼 벌렁거렸다. 목을 쭉 뽑고 숨을 깊이 들이쉬면서 냄새를 맡았다. 그리고 그의 얼굴이 갑자기 밝아졌다. 그는 내 몸에서 나는 과부의 체취를 맡았다.

그가 천천히 일어났다. 그리고 활짝 미소를 지으면서 손을 내밀었다.

"내 축복을 받으슈!" 그가 내게 말했다.

나는 누워서 눈을 감고 마치 자장가 같은 바다의 조용한 숨소리를 들었다. 그리고 갈매기들처럼 바다 위에서 오르락내리락했다. 나는 부드러운 자장가 소리를 들으면서 잠 속으로 빠져들었다. 꿈을 꾸었다. 엄청나게 덩치가 큰 아랍 여인이 땅바닥에 책상다리를 하고 앉아 있었는데, 내게 그 모습은 마치 검은 화강암으로 만든 키클라데스 제도*의 신전같이 보였다. 나는 그 신전의 입구를 찾기 위해 주변을 빙빙 돌았던 것 같다. 내 키는 기껏 그녀의 발가락 정도 크기였다. 그러다가 갑자기 동굴 같은 검은 입구를 발견했다. 그리고 무거운 저음의 목소리가 들려왔다.

"들어오너라!"

나는 들어갔다.

나는 정오가 다 되어서 깨어났다. 해가 창문을 통해 미끄러져 들어와서 침대 시트를 비추고 있었고, 벽에 걸린 거울에 반사된 햇빛은 너무 강해 마치 거울을 천 개의 조각으로 깨뜨려놓은 것 같았다.

내 머릿속에 거대한 아랍 여인의 꿈이 다시 떠올랐고, 바다는 마법에 걸린 듯 혼자 중얼거리고 있었다. 나는 다시 눈을 감았다. 나는 행복을 느꼈다. 사냥을 나가 먹이를 잡아먹고 지금은 햇빛 아래 누워 입술을 핥으며 입맛을 다시고 있는 맹수처럼 내 몸은 가뿐하고 행복했다. 정신 역시 몸이 있어, 포만감에 빠져 쉬고 있었다. 마음속 깊은 곳에서 나를 고문하던 질문들이 지극히 간단한 대답을 찾은 듯 아주 편했다.

엊저녁에 맛보았던 기쁨이 몸 속 깊은 곳에서부터 거꾸로 흘러 올라와, 여러 갈래로 갈라져 흙으로 빚은 내 몸을 촉촉이 적셔

---

* 그리스 에게 해 남쪽에 있는 섬들.

주고 있었다. 이렇게 눈을 감고 누워 있으니 나의 내면이 균열되는 소리를 내면서 팽창하는 것만 같았다. 어제 나는 생전 처음으로, 영혼이 더 빠르게 움직이고 더 투명하고 자유스럽기는 해도 그것 역시 살이라는 걸 깨달았다. 마찬가지로 살은 조금 흐리멍덩하고 긴 여로에 조금 더 지치고 무거운 유전자에 눌려 조금 둔하기는 해도, 그것 역시 위대한 순간에는 깨어나서 몸서리치고, 오감의 촉수를 날개처럼 펼치는 영혼임을 또한 분명하게 느꼈다.

어떤 그림자가 내 몸 위에 그늘을 만들었다. 나는 눈을 떴다. 조르바가 문 앞에 서서 만족한 표정으로 나를 보고 있었다.

"대장, 일어날 거 없수다. 그냥 있어요……" 그가 내게 어머니 같은 다정한 목소리로 말했다. "오늘도 축제 기간이니 더 자요!"

"충분히 잤어요." 내가 이렇게 말하고 몸을 일으켰다.

"내가 달걀 스크램블을 만들어줄게요." 조르바가 미소를 지으며 말했다. "그게 정력제예요."

나는 대꾸하지 않고 밖으로 나가 바닷물 속으로 뛰어들었다가 다시 나와 태양에 몸을 말렸다. 내 콧구멍에서도, 손에서도, 손가락 마디마디에서도 크레타 여인들이 머리에 바르는 월계수 기름 향기가 여전히 은은하게 스며 나왔다.

어제 과부는 레몬꽃 한 다발을 꺾어두었다. 아침에 성당으로 가서 예수 그리스도에게 바칠 꽃이었다. 마을 사람들이 마을 광장 포플러나무 아래에서 춤판을 벌일 때 성당 안에는 아무도 없을 것이었다. 그녀의 침대 위에 있는 성화대에는 레몬 꽃다발이 놓여 있었고, 그 꽃들 사이로 슬픔에 잠긴 눈이 큰 성모 마리아가 보였다.

어느새 나타난 조르바가 내 옆에 달걀 스크램블과 오렌지 두 개와 부활절 빵 한 개가 담긴 접시를 내려놓았다. 그는 전쟁터에서 돌아온 아들을 맞은 어머니처럼 기쁜 표정으로 조용히 나를 보살폈다. 그리고 다정하게 나를 쳐다보더니 떠나가며 말했다.

"난 기둥이나 몇 개 더 세우러 갑니다."

나는 햇빛 속에서 조용히 음식을 씹으며 시원한 초록빛 바다를 항해하는 듯한 육체적 쾌감에 빠져들었다. 나는 정신이 내 온몸에서 이 육체적 쾌감을 거둬들여, 자기 틀에 밀어 넣고 쾌감으로 하여금 생각하도록 강요하게 내버려두지 않았다. 나는 내 온몸이 발끝부터 머리끝까지 짐승처럼 마음껏 즐거워하도록 내버려두었다. 나는 때때로 경이로움에 빠져 내 주변 세계와 나의 내면 속에 있는 놀라운 것들만 바라보았다. "이건 뭐지? 이 세계는 어떻게 이토록 우리들 손발과 몸뚱어리에 꼭 맞게 만들어진 걸까?" 나는 이렇게 말하곤 했다. 그리고 나서는 다시 눈을 감고 침묵했다.

나는 벌떡 일어났다. 집으로 들어가서 '부처' 원고를 찾아 읽기 시작했다. 나는 이미 작업의 끄트머리에 도달해 있었다. 부처는 꽃이 만발한 나무 아래 누워서 손을 들어 흙과 불, 물, 공기, 그리고 정신, 이 다섯 가지 원소들에게 다 분해되어 사라지라고 명령했다.

나의 투쟁 속에 부처는 더 이상 필요 없게 되었다. 나는 이미 그를 극복했고 그에 대한 복무 기간도 끝냈다. 이제 내가 손을 들어 내 안에 있는 부처에게 분해되어 사라지라고 명령했다.

나는 절대적인 힘을 가진 주문과 낱말들을 사용해서 재빨리, 아주 재빨리 그의 몸을, 그리고 그의 영혼을, 그리고 끝으로 그의 정신을 없애버렸다. 인정사정없이 없애버렸다. 나는 마음이 급했다.

나는 마지막 문장들을 휘갈겨 쓰고, 마지막 절규를 이끌어냈다. 그러고는 굵은 빨강 색연필로 내 이름을 새겨 넣듯 썼다. 끝났다!

나는 굵은 노끈을 찾아 원고를 단단히 묶었다. 마치 강적의 손발을 꼼짝 못 하게 묶어놓은 뒤에 느낄 법한, 마치 자신들이 사랑했던 망자가 다시 무덤에서 나와 망령이 되어 돌아다니지 못하게 시신을 묶어놓은 야만인들이 느꼈을 법한, 이상한 쾌감이 온몸을 스쳐갔다.

맨발의 계집아이 하나가 달려왔다. 그 아이는 노랑 치마를 입고 손에는 빨간 달걀 하나를 쥐고 있었다. 아이가 멈춰 서서는 나를 무서운 듯이 바라봤다.

"왜?" 나는 계집아이를 안심시키려고 미소를 지으며 물었다. "무슨 일이 있니?"

계집아이가 코를 훌쩍거리며 기어들어가는 소리로 말했다.

"마담이 보내서 왔어요. 빨리 오시래요. 그녀는 지금 불쌍하게도 침대에 누워 있어요. 선생님이 조르바 씨예요?"

"그래, 곧 가마!" 내가 대답했다.

나는 아이의 또 다른 손에 빨간 달걀 하나를 쥐여주었다. 아이는 그 달걀을 꼭 움켜쥐고 달려갔다.

나는 일어나서 걸음을 재촉했다. 마을에서 나는 소리가 점점 더 크게 들려왔다. 달콤하게 뜯는 리라 소리, 축제를 즐기는 흥에 겨운 함성들, 총소리, 사랑의 노래들…… 내가 광장에 도착했을 때 이제 막 잎이 돋아난 포플러나무 아래 젊은이들이 한데 모여 춤을 추려고 줄을 맞춰 서 있었다. 광장 벽 쪽에 있는 돌 벤치에서는 마을 노인들이 지팡이에 뺨을 괸 채 그 모습을 구경하고 있었다. 그리고 그 뒤로는 나이 든 여자들이 서 있었다. 광장 한가운데에는 귀에 4월의 복사꽃 한 송이를 꽂은 파누리오스라는 이름의 이름난 리라 연주자가 서 있었다. 그는 무릎 위에 곧추세운 리라를 왼손으로 잡고, 오른손을 재빨리 놀려 천둥 같은 큰 소리가 나도록 연주하고 있었다.

"예수께서 부활하셨습니다!" 내가 지나가며 인사했다.

"참으로 부활하셨습니다!" 남녀 소리가 섞인 기쁜 화답의 인사 소리가 들려왔다.

나는 재빨리 광장을 둘러봤다. 펑퍼짐한 바지 차림에 마른 나뭇가지처럼 단단하고 날씬한 몸매의 십대 젊은이들이 이마와 관자놀이까지 장식 술이 늘어진 머릿수건을 쓰고 있었다. 목에 금속 장식을 하고 머리에는 수놓은 머릿수건을 두른 소녀들은 고개를 숙인 채 곁눈질하며 무언가를 열망하고 있었다.

"사장님, 우리와 함께 자리를 해주시지 않겠습니까?" 몇몇 사람이 나를 청했다.

하지만 나는 이미 그들 앞을 지나쳤다.

마담 오르탕스는 그녀에게 끝까지 충성을 바치는 유일한 가

구인 널찍한 침대에 누워 있었다. 그녀는 열로 뺨이 빨갰고 연신 기침을 하고 있었다.

그녀는 나를 보자마자 불평이 가득한 한숨을 내쉬었다.

"결혼 증인 어른, 조르바는요? 조르바는요……?"

"그 사람도 아파요. 당신이 아파 누운 날부터 그 사람도 드러누웠어요. 당신 사진을 꼭 쥔 채 바라보면서 한숨만 내쉬고 있어요."

"좀더 말해줘요…… 조금 더요……" 가엾은 세이렌이 중얼거리며 행복한 듯 눈을 감았다.

"그리고 지금 나보고 혹시 바라는 게 없느냐고 알아 오래요. 오늘 저녁에는 무릎으로 기어서라도 꼭 오겠다고 하면서…… 더 이상 이처럼 멀리 떨어져 있을 수 없다면서요……"

"좀더 말해줘요…… 조금 더요……"

"아테네에서 전보가 왔는데 웨딩드레스와 결혼식 화관, 결혼식 구두, 과일 설탕절임은 이미 부쳤대요. 곧 도착할 거예요. 참, 그리고 장밋빛 리본이 달린 하얀 촛대들도 부쳤대요……"

"좀더 말해줘요…… 조금 더요……"

그녀가 잠들었을 때 숨소리가 달라졌다. 그녀는 곧 잠꼬대를 시작했다. 그녀의 방에는 오드콜로뉴 향수 냄새와 암모니아 냄새, 땀 냄새가 섞여 있었다. 그리고 열린 창문으로 새똥과 정원 토끼장의 시큼한 냄새가 흘러 들어왔다.

나는 일어나 나오다가 대문에서 미미토스와 마주쳤다. 그는 부츠와 하늘색 바지를 입고 있었다. 그리고 귀에는 박하나무 가지

하나를 꽂았다.

"미미토스, 칼로 호리오*로 뛰어가서 의사 선생님을 불러와라."

미미토스는 벌써 길에 닿지 않게 부츠를 벗어 겨드랑이 사이에 끼워 넣었다.

"의사 선생님을 만나거든 내 인사말을 전하고, 그분의 암말을 타고 지체 없이 이리로 와주십사 말씀드려라. 마담 오르탕스가 불쌍하게도 기침 감기에 걸려 아주 많이 아프다고 전해라. 꼭 이 말을 전해야 한다. 자, 이제 빨리 가라!"

"난 벌써 출발했어요!"

그는 손바닥에 침을 퉤 뱉고는 기쁜 듯이 딱 하고 손뼉을 쳤다. 하지만 아직 움직이지는 않았다. 그리고 웃으면서 나를 바라보았다.

"빨리 가라니까!"

그래도 그는 꿈쩍도 안 하고는 내게 윙크를 하며 영악한 미소를 지었다.

"사장님, 오늘 제가 사장님께 꽃 향수 한 병을 배달해달라는 부탁을 받았거든요…… 선물 말이에요."

그는 그 자리에 서서 내가 누가 보낸 거냐고 묻기를 기다렸다.

"누가 보낸 거냐 묻지 않으시네요, 사장님." 그가 히히거리며 말했다. "그분이 사장님 머리에 바르라고 말씀드리라는데요……"

---

* 크레타의 수도 이라클리온에서 동북쪽으로 26킬로미터 떨어진 마을.

"입 다물고 빨리 가기나 해라!"

그는 웃음을 터뜨렸다. 그리고 다시 손바닥에 침을 뱉었다.

"하나 둘!" 그가 소리쳤다. "예수께서 부활하셨습니다!"

그러고는 사라져갔다.

22

 포플러나무 아래의 부활절 춤 한마당이 한창 무르익었다. 춤의 행렬은 아직도 면도날이 한 번도 지나가지 않은, 솜털이 복슬복슬한 뺨을 가진, 이제 막 스무 살이 된 듯한 혈기 왕성한 젊은이가 이끌고 있었다. 열어젖힌 그의 가슴팍에는 곱슬곱슬한 털이 수북하게 나 검은 숲을 이루고 있었다. 그는 머리를 뒤로 젖히고 마치 날개인 듯 두 다리로 땅을 가볍게 찼다. 그리고 때때로 소녀들에게 눈길을 던졌다. 그럴 때면 까맣게 탄 얼굴에서 흰 눈동자가 야수처럼 번뜩였다.

 나는 즐거우면서도 한편으로는 놀라웠다. 마담 오르탕스 집에서 오는 길이었다. 여자 한 명을 불러 그녀를 돌봐달라고 하고 마음이 한결 가벼워진 상태로 크레타 춤을 보러 온 것이다. 나는 벤치에 앉아 있는 아나그노스티스 영감에게 다가가 옆자리에 앉았다.

 "춤을 이끌고 있는 저 젊은이는 누굽니까?" 내가 영감의 귀에 대고 물었다.

아나그노스티스 영감이 웃었다.

"저 망할 놈은 꼭 영혼들을 데리러 온 천사장 같구려." 그가 자랑스러운 듯 말했다. "저놈은 시파카스란 양치기요. 일 년 내내 산에서 양을 치다가 오직 부활절에만 사람들도 보고 춤도 추려고 내려오지요."

그리고 한숨을 내쉬었다.

"아이구, 나도 저렇게 젊었더라면!" 그가 중얼거렸다. "내가 저만큼 젊다면 맹세코 콘스탄티노폴리스를 되찾아올 텐데!"

젊은이가 머리를 휙 젖혔다. 그리고 발정 난 숫양처럼 음매음매 하며 알아들을 수 없는 소리를 길게 질러대더니 소리쳤다.

"파누리오스! 리라를 치세요! 카론이 죽을 때까지 치라고요!"

카론은 마치 생명체처럼 매 순간 죽고, 매 순간 되살아났다. 수천 년 동안 새싹이 돋아난 포플러, 전나무, 떡갈나무, 플라타너스, 철사같이 빳빳하고 가느다란 잎을 가진 대추야자나무 아래에서 젊은 남녀들이 춤을 췄다. 그리고 또 그들은 앞으로 수천 년 동안 욕망에 일그러진 얼굴로 춤을 출 것이다. 그들의 얼굴은 땅에 묻히고, 20년마다 새 얼굴이 나타난다. 하지만 그들은 궁극적으로 하나요, 그 하나는 항상 사랑에 빠진 스무 살짜리 동일한 존재로 끊임없이 춤을 춘다. 그는 불멸의 존재다.

그 젊은이는 콧수염을 꼬기 위해 손을 들었지만 아직 수염은 나지도 않았다.

"치세요!" 그가 다시 소리쳤다. "파누리오스, 내가 질식해 죽지 않게 리라를 계속 치세요!"

리라 연주자가 손을 미친 듯이 움직였다. 리라가 사나워질 대로 사나워져 천둥소리를 냈다. 그러자 젊은이가 공중으로 훌쩍 뛰어올라 한 번에 발을 세 번이나 부딪고는 부츠 끝으로 옆에 서 있는 마을 경찰관 마놀라카스의 머리에서 흰 머릿수건을 벗겨냈다.

"얼씨구, 잘한다! 시파카스!" 여기저기서 칭찬의 소리가 들려왔고 짜릿함에 소름이 돋은 마을 처녀들은 땅으로 눈을 내리뜨며 목소리를 낮췄다.

하지만 젊은이는 왼손을 철삿줄처럼 가늘고 앙상한 넓적다리 위에 비스듬히 걸친 채, 아무 말도 없이 예의 바르면서도 화가 난 눈초리로 그 누구도 보지 않고 땅만 내려다보며, 사나우면서도 순종적인 자세로 춤만 췄다.

성당지기 안드룰리오스 영감이 갑자기 나타나 손을 흔들며 소리치는 바람에 춤은 중단되었다.

"과부예요, 과부! 과부라고요!" 그가 말을 더듬으며 소리쳤다.

마을 경찰관인 마놀라카스가 맨 먼저 춤을 중단하고 달려 나갔다. 광장 저 아래로 아직도 도금양나무와 월계수로 장식이 되어 있는 성당이 보였다. 춤을 멈춘 마을 사람들이 붉게 상기됐고 마을 노인들은 벤치에서 일어났다. 파누리오스는 리라를 무릎 위에 올려놓고 귀에 꽂았던 장미를 뽑아 냄새를 맡았다.

"안드룰리오스, 어디에 있지? 어디야?" 모든 사람들이 흥분하여 소리쳤다.

"성당 안에 있어요. 그 신의 저주를 받을 년이 방금 성당으로 들어갔어요. 레몬 꽃송이 한 다발을 들고요."

"그녀를 잡으러 갑시다, 여러분!" 마을 경찰관이 소리치면서 제일 먼저 뛰어갔다.

바로 그 순간에 성당 입구에 과부가 모습을 드러냈다. 검은 머릿수건을 쓴 그녀는 성호를 그었다.

"저런 망할 년! 걸레 같은 년! 살인마!" 춤추던 사람들 사이 여기저기서 욕설이 들려왔다. "저년이 무슨 염치가 있어 얼굴을 드러내는 거냐? 저년 때문에 우리 마을 전체가 망신살이 뻗쳤지!"

일부 사람들은 마을 경찰관과 함께 성당 쪽으로 달려갔고, 다른 사람들은 언덕 위에서 그녀를 향해 돌을 던졌다. 돌멩이 하나가 과부의 어깨에 맞았다. 과부가 비명을 질렀다. 그녀가 손으로 얼굴을 가리고 몸을 숙인 채 다시 도망치기 시작했다. 그러나 젊은이들이 이미 성당 앞에 도착해 있었고, 마놀라카스는 단도를 뽑아들고 있었다.

과부가 비명을 지르며 몸을 잔뜩 웅크린 채 뒷걸음질 쳤다. 그리고 비틀거리면서 성당으로 피하려고 달려갔다. 그러나 성당 입구에는 마브란도니스 영감이 아무 말도 없이 팔을 활짝 벌린 채 문을 막고 서 있었다.

과부가 왼쪽으로 도망쳐서 성당 정원의 커다란 삼나무로 달려가 그 밑동을 잡았다. 돌멩이 하나가 휘파람 소리를 내며 날아들어 과부의 머리를 맞혔다. 그녀의 검은 머릿수건이 벗겨지고 그녀의 머리카락이 출렁거리며 어깨로 흘러내렸다.

"예수 그리스도의 이름으로 자비를! 예수 그리스도의 이름으로 자비를!" 과부가 이렇게 소리치며 삼나무 밑동을 힘껏 움켜쥐었다.

처녀들은 광장에 모여 웅크린 채 자신들의 하얀 머릿수건을 깨물었고, 할머니들은 난간에 몸을 기댄 채 소리를 질러댔다.

"그년을 죽여라! 죽여!"

두 젊은이가 과부를 덮쳐 그녀의 윗옷을 찢었다. 대리석처럼 하얀 그녀의 젖가슴이 하얗게 빛났다. 그녀의 정수리에서부터 피가 이마를 타고 뺨과 목으로 흘러내렸다.

"예수 그리스도의 이름으로 자비를! 예수 그리스도의 이름으로 자비를!" 과부는 여전히 중얼거리고 있었다.

피가 흘러내리고 그녀의 젖가슴이 빛나는 것을 보고 젊은이들은 더욱 피가 끓었다. 그들은 허리춤에서 단도를 꺼내들었다.

"멈춰라!" 마브란도니스 영감이 소리쳤다. "그년은 내 거다!"

마브란도니스 영감은 아직도 성당 입구에 버티고 서서 팔을 들었다. 모든 사람들이 행동을 멈췄다.

"마놀라카스!" 그가 무거운 목소리로 말했다. "네 사촌의 피가 소리를 지른다. 그 소릴 멈추게 해라!"

나는 올라앉아 있던 난간에서 뛰어내려 성당 쪽으로 달려가다가 돌부리에 걸려 넘어졌다. 그 순간에 시파카스가 지나가다가 몸을 숙여 마치 고양이를 잡듯이 내 목덜미를 잡아 나를 들어 일으켰다.

"사장님, 여기서 도대체 뭐하시는 거예요? 겉멋만 가득한 양반, 꺼지라고요!" 그가 내게 소리쳤다.

"시파카스, 넌 저 여자가 불쌍하지도 않냐? 제발 그녀에게 동정심을 좀 가지려무나!"

그 산 사나이는 웃음을 터뜨렸다.

"내가 계집애인 줄 아슈? 저년을 동정하게. 난 사나이란 말요!" 그가 소리쳤다.

그러고는 그 역시 한걸음에 성당 정원으로 달려갔다.

나도 그를 따라 뛰어서 정원에 도착했다. 이제는 마을 사람 모두가 과부를 둘러싸고 있었다. 무거운 침묵이 흘렀다. 오직 과부의 애절한 숨소리만 들렸다.

마놀라카스는 성호를 긋고 한 걸음 다가가 칼을 높이 치켜들었다. 난간에 기대서 있던 할머니들이 기쁨의 함성을 질러댔고, 젊은 여자들은 머릿수건으로 눈을 가렸다.

과부는 눈을 치켜들어 머리 위의 칼을 보고는 어린 암소처럼 울음소리를 냈다. 그녀는 삼나무 밑동을 부여안고 머리를 어깨에 묻은 채 넘어져 있었다. 그녀의 머리카락은 흘러내려 땅을 뒤덮었고, 새하얀 목덜미는 햇빛을 받아 눈부시게 빛나고 있었다.

"하느님의 이름으로!" 마브란도니스 영감이 소리치며 성호를 그었다.

바로 그 순간에 내 뒤에서 아주 우렁찬 소리가 들려왔다.

"이 살인자야, 칼을 내려놔라!"

모든 사람들이 깜짝 놀라 뒤를 돌아보았다. 마놀라카스도 고개를 들었다. 조르바가 그의 앞에 서서 팔을 거칠게 휘두르며 소리쳤다.

"이봐! 창피하지도 않냐? 당신네들이 사나이라고? 마을 전체가 불쌍한 여자 하나를 죽이는 게? 당신네들은 지금 크레타 전체를 욕되게 하고 있다고!"

"조르바, 당신이 끼어들 일이 아니니 물러서시오!" 마브란도니스가 낮은 소리로 중얼거렸다.

그러고는 조카를 향해 말했다.

"예수 그리스도와 성모 마리아의 이름으로 그년을 베어라!"

마놀라카스가 펄쩍 뛰어 과부를 낚아채 바닥에 쓰러뜨린 뒤, 무릎으로 그녀의 배를 깔고 칼을 치켜들었다.

하지만 그가 미처 칼을 쓰기도 전에 조르바가 마놀라카스의 팔을 움켜쥐었다. 조르바는 그의 커다란 머릿수건으로 주먹을 휘감고 마을 경관의 손아귀에서 칼을 빼앗으려고 싸웠다.

과부는 무릎으로 일어나 재빨리 눈을 돌려 도망갈 구멍을 찾았다. 그러나 온 마을 남정네들이 문을 막고 서 있었고, 정원을 빙 둘러싸고 있었다. 그리고 그녀가 도망치려 하자 모두가 한몸이 되어 포위망을 좁혔다.

그동안 조르바는 아무 말도 않고 재빠른 몸놀림으로 빙빙 돌며 조용히 싸우고 있었다. 나는 문 앞에 똑바로 서서 가슴 졸이며 싸움을 지켜보았다. 마놀라카스의 얼굴이 분노로 파랗게 질려 있었다. 시파카스와 덩치가 큰 젊은이 한 명이 그를 돕기 위해 다가갔다. 하지만 마놀라카스가 화난 눈초리로 그들을 돌아보며 소리쳤다.

"물러나라, 물러나! 어떤 놈도 끼어들지 마라!"

그러고는 화를 참지 못하고 조르바에게 덤벼들어 황소처럼 머리로 박으려 했다.

조르바는 입술을 깨물고 아무 말도 없이 마을 경찰관의 오른팔을 붙잡고 이리저리 몸을 돌리며 박치기를 피했다. 마놀라카스는 화가 치밀어 조르바에게 덤벼들어서는 귀를 물어뜯었다. 피가 줄줄 흘러내렸다.

"조르바!" 나는 깜짝 놀라 그를 구하기 위해 달려가며 소리쳤다.

"대장, 비켜요! 껴들지 마세요!" 그가 내게 말했다.

그는 주먹을 꽉 쥐고 마놀라카스의 사타구니 부근 급소에 강하게 한 방을 먹였다. 그 순간 사납던 야수는 온몸이 마비됐다. 반쯤 뜯겨 있는 조르바의 귀를 물고 있던 이빨에 힘이 빠지면서 입이 벌어졌다. 그리고 얼굴이 새파랗게 질렸다. 조르바가 마놀라카스를 밀어제쳐 땅바닥으로 쓰러뜨린 다음 칼을 빼앗아 대리석 보도 바닥에 집어던졌다. 칼은 두 동강이 났다.

조르바는 손수건으로 귀에서 흘러내리는 피를 닦고 땀으로 범벅이 된 얼굴을 닦았다. 그의 얼굴은 피투성이였다. 그는 몸을 일으켜 세우고 주변을 한번 쭉 훑어보았다. 그의 눈동자는 새빨갛게 충혈돼 있었다. 그가 과부에게 소리쳤다.

"일어나세요. 나와 함께 갑시다!"

그러고는 떠나기 위해 정원 문 쪽을 향해 걸어갔다.

과부는 절실한 심정으로 온몸의 힘을 다 짜내 빠져나가려 했다. 그러나 성공하지 못했다. 마브란도니스 영감이 번개처럼 그녀를 덮쳐 넘어뜨리고는 그녀의 머리채를 세 번이나 감아 목을 부여잡고는 날카로운 칼로 목을 잘랐다.

"모든 죄는 나의 것이다." 그가 이렇게 소리치고는 과부의 머리를 성당 입구로 던졌다.

그리고 성호를 그었다.

조르바는 몸을 돌려 그 장면을 보았다. 그는 수염 한 움큼을 쥐어뜯고는 깊은 한숨을 쉬었다. 내가 그에게 다가가 그의 팔을 잡았다. 그가 나를 쳐다보았다. 그의 속눈썹에는 굵은 눈물 두 방울이 걸려 있었다.

"대장, 갑시다!" 그가 목멘 소리로 말했다.

그날 저녁, 조르바는 한 숟가락도 음식을 넘기려 들지 않았다. "목이 꽉 메어 삼킬 수가 없어요." 그가 말했다. 그는 귀를 차가운 물로 씻어내고, 솜뭉치에 라키 술을 잔뜩 적셔 상처에 붕대로 감았다. 그리고 침대에 똑바로 앉아서 머리를 양 손바닥으로 감싸고 생각에 잠겼다.

나 역시 바닥에 내려가 벽에 기대고 앉았다. 내 뺨에서는 뜨거운 눈물이 천천히 흘러내렸다. 머리가 텅 비어 아무 생각도 나지 않았다. 나는 마치 슬픔에 빠진 어린아이처럼 울고 있었다.

갑자기 조르바가 머리를 쳐들더니 감정이 폭발하여 내면에 잠겨 있던 독백을 큰 소리로 내뱉기 시작했다.

"대장, 이 세상에서 일어나는 모든 일은 하나도 정의롭지 않아요. 다 불의요 부정이요 죄악이에요! 벌레인 나 조르바는, 민달팽이인 나 조르바는, 절대로 동의하지 않을 거예요! 왜 갓난아이들이 죽어야 하나요? 내게 디미트라키스라는 어린 자식이 하나 있었는데, 세 살 때 죽었죠. 절대로, 절대로, 듣고 있어요? 난 하느님을 용서하지 않을 거예요. 어느 날, 하느님이 내 앞에 낯짝을 내밀 염치가 있어 나타난다면, 잘 들으세요, 정말로 하느님이 나타난다면, 아마 부끄러워할 거예요! 그럼요, 이 민달팽이 나 조르바한테 무지무지 부끄러울 거라고요!"

그가 얼굴을 찡그렸다. 아픈 모양이었다. 상처에서 피가 다시 흘러내리기 시작했다. 그는 소리를 내지 않기 위해 입술을 꽉 다물었다.

"잠깐만 있어봐요, 조르바, 내가 붕대를 갈아줄게요." 내가 말했다.

나는 라키 술로 그의 귀를 닦아주고는, 침대 위에 놓여 있던 과부가 선물한 꽃 향수를 가져와 솜뭉치에 흠뻑 적셨다.

"꽃 향수?" 조르바가 탐욕스럽게 숨을 내쉬며 말했다. "꽃 향수라! 그걸 내 머리에 뿌려주슈. 그렇죠, 좋아요! 그리고 손바닥에도요. 다 부으슈. 아주 좋아요!"

그는 다시 살아났다. 나는 놀라서 그를 바라보았다.

"마치 과부의 정원으로 들어가는 기분이네요." 그가 소리쳤다.

하지만 다시 어떤 불만이 그를 덮쳤다.

"흙이 그런 몸뚱어리를 만들어내기 위해 얼마나 많은 세월이 지나야 했을까요? 사람들이 그녀를 보면서 이렇게들 말했었죠. '아! 내가 스무 살이었더라면, 그리고 지구상에서 인류를 모두 멸종시키고 그녀와 나만 남게 된다면, 나는 그녀와 함께 애들을 만들 거야! 아니 애들이 아니라 신들을 만들 거야! 그래서 지구를 다시 가득 채울 거야!' 하지만 지금은……"

그가 벌떡 일어섰다. 그는 눈물을 글썽이고 있었다.

"대장, 도저히 안 되겠수다!" 그가 소리쳤다. "좀 걸어야겠수다. 오늘 저녁 산을 세 번쯤 오르내려 몸을 피곤하게 만들어야겠어요. 내 신경이 좀 가라앉게요…… 바보 같은 과부 년, 내가 널 위해 애도의 노래를 불러주고 싶구나, 아니면 내가 미칠 것 같으니……"

그는 밖으로 뛰어나가 산으로 올라가기 시작했다. 어둠 속으로 사라지는 그의 모습이 보였다.

나는 등잔불을 끄고 침대에 누웠다. 그리고 언제나처럼 나의 나쁜 습관에 따라, 또다시 현실로부터 피와 살과 뼈를 다 제거하여 현실을 추상 개념으로 바꾼 뒤, '이미 일어난 일들은 일어날 수밖에 없는 필연성에 의해 일어난 것'이라는 끔찍한 결론에 도달할 때까지 그 개념들을 아주 보편적인 법칙과 연결시킴으로써 현실에서 도망쳤다. 이미 일어난 일들은 그렇게 되기로 결정되어 있던 이 세상의 리듬 속에서 일어난 것이고, 그런 일이 일어남으로써 세상은 더 큰 조화를 이룬다. 이런 식으로 나는 이미 일어난 일은 그렇게 돼야만 했던 필연성에 의해 일어난 일일 뿐 아니라, 마땅히 그렇게 돼야 했기에 일어난 거라는 혐오스러운 위안에 도달했다.

과부 살해 사건은 최근 몇 년 동안 모든 것이 차분히 정리되어 복종하고 안정을 찾았던 내 머릿속에, 내 마음 전체를 혼란에 빠뜨리는 끔찍하고도 야만스러운 메시지를 던졌다. 그러자 내가 가지고 있던 모든 이론들이 그 메시지를 위험하지 않은 것으로 만들기 위해, 마치 꿀벌들이 자기들 집에 꿀을 약탈하러 들어온 사나운 말벌을 밀랍으로 칭칭 감아버리듯, 이미지와 책략을 동원하여 갑자기 총공격을 개시했다.

이렇게 하여 짧은 시간 안에 과부는 내 기억 안에서 신성한 상징이 되어, 살며시 미소를 지으며 부동의 세계에 조용히 들어앉았다. 내 가슴속에서 과부는 이미 밀랍 속에 싸여 더 이상 나의 내면에서 정신을 마비시키는 공포를 일으킬 수 없게 되었고, 과부 살해라는 그 끔찍하고 덧없는 사건은 넓게 퍼지면서 시간과 공간 안으로 흩어지고, 끝내 이미 죽은 위대한 문명들과 동일시되었다. 그리고 문명들은 지구의 운명과 함께, 지구는 우주의 운명과 함께 동일시되었다. 이제 나는 과부에게로 되돌아와서, 그녀가 위대한 법칙에 복종하여 그녀의 살해자들과 화해하고, 이제는 고요하고 성스러운 부동의 세계에 안주했음을 발견한다.

시간은 나의 내면에서 자신의 진실한 모습을 드러냈다. 과부는 이미 수천 년 전에 죽었고, 에게 해 문명 시대 크로노스 궁전의 갈색머리 소녀들은 오늘 아침에 죽었다.

마치 죽음이 나를 데려가듯 ─ 이것보다 더 확실한 것은 없다 ─ 잠이 나를 데려갔다. 그리고 나는 조용히 어둠 속으로 미끄러져 들어갔다. 나는 조르바가 언제 돌아왔는지, 아니 돌아왔는지 안 돌아왔는지조차 몰랐다. 아침에 나는 그가 산에서 일꾼들에게 고함치고 야단치는 것을 보았다. 광부들이 하는 일이 하나도 그의 성에 차지 않았다. 그에게 대든 광부 세 명을 해고하고, 조르바 자신이 직접 도끼를 집어 들고 가시덤불 사이로 들어가 케이블 기둥을 세우기 위해 표시해두었던 길을 내기 시작했다. 그는 또 산으로 오르다 소나무를 자르던 채석장 인부들을 만나자 고함을 질러댔다. 그리고 그들 가운데 한 명이 웃으며 뭐라고 중얼거리자 그를 덮쳤다.

저녁에 그는 기진맥진하여, 거의 완전히 소진되어 돌아와 바닷가에 있던 내 옆으로 와서 앉았다. 그는 입을 열기조차 힘들어 했다. 그리고 그가 입을 열었을 때는 마치 이 지역을 뿌리까지 망가뜨려서라도 될 수 있는 대로 많은 이익을 내고 빨리 떠나려고 서두르는 장사꾼처럼 목재나 케이블 철삿줄, 갈탄 같은 것들에 대해서만 이야기했다.

한번은 나름대로 합리화를 끝낸 내가 과부에 대해 무언가 말하려 하자, 조르바는 그의 큰 손을 뻗어 내 입을 막았다.

"닥치슈!" 그가 들릴 듯 말 듯한 목소리로 말했다.

나는 창피해서 입을 다물었다. 그리고 조르바가 느끼고 있는 고통을 부러워하며 '슬플 때는 진심에서 흘러나오는 굵은 눈물방울을 흘리고, 기쁠 때는 그 기쁨을 아주 가는 추상적인 체로 거르노라 망치지 않는, 뜨거운 피와 단단한 뼈를 가진 인간, 이 사람이야말로 진정한 인간이다!'라고 속으로 생각했다.

이런 식으로 사나흘이 흘렀다. 조르바는 잘 먹지도, 마시지도 않고 일에만 몰두했다. 그는 약해져가고 있었다. 그러던 어느 날 저녁 나는 그에게 부불리나 여사가 아직도 침대에 누워 있고, 의사는 끝내 오지 않았으며, 조르바의 이름을 부르며 헛소리를 해댄다고 말했다.

"좋아요." 그는 주먹을 불끈 쥐며 말했다.

그는 다음 날 새벽 일찍 마을로 갔다가 단숨에 되돌아왔다.

"그녀를 봤나요?" 내가 물었다. "상태가 좀 어때요?"

조르바는 눈썹을 찌푸리며 말했다.

"별일 아녜요. 죽어가는 거예요."

그러고는 곧바로 산을 향해 달려갔다.

그날 저녁 그는 밥도 먹지 않고 지팡이를 꺼내 들고 어디론가 나가려 했다.

"조르바, 어딜 가는 거예요? 마을로 가나요?" 내가 물었다.

"아뇨. 그냥 산책 가요. 곧 돌아오리다."

그는 결심한 듯 큰 걸음걸이로 마을을 향해 떠나갔다.

나는 피곤을 느끼고 누웠다. 나의 생각들은 또다시 전 지구를 써레질하기 시작했다. 옛 기억들이 되살아났고, 고통스러운 일들이 나를 찾아왔다. 내 정신은 더욱더 먼 곳의 생각들 위를 나비처럼 날아다니다가 이내 되돌아와서는 조르바 위에 사뿐히 앉았다.

나는 혼자 생각했다. '만일 조르바가 길에서 마놀라카스를 만나게 되면, 그 미친 크레타 잡놈은 조르바에게 덤벼들어 그를 죽일 거야. 소문에는 그가 최근 며칠 동안 마을에 모습을 드러내기가 창피해서 자기 집에만 처박혀서는 끙끙 앓는 소리를 하며, 만약 조르바를 붙잡으면 그를 '정어리 찢어 죽이듯 죽여버리겠다'고 벼른다잖아. 그리고 어젯밤에 광부 한 명이 그놈이 무장을 하고 우리 오두막 주변을 돌아다니는 걸 봤다잖아. 만약에 오늘 저녁 두 사람이 만나게 되면 살인이 일어날 거야……'

나는 일어나서 옷을 주워 입고 빠른 걸음으로 마을로 향했다. 축축하면서도 아름다운 밤이었다. 어디선가 야생제비꽃 향기가 났다. 얼마쯤 가다가 나는 저 멀리 어둠 속에서 지친 듯 천천히 걸어오는 조르바를 발견했다. 그는 가끔 멈춰 서서는 별을 올려다보며 귀를 기울였다. 그가 다시 움직이기 시작하면서 돌을 치는 지팡이 소리가 들렸다.

그는 이제 과부의 정원 근처를 지나고 있었다. 레몬꽃과 인동초 향기가 났다. 갑자기 오렌지나무 가지 안에서 졸졸 흘러가는 시냇물 소리 같은 꾀꼬리 울음소리가 들려왔다. 그 울음소리는 어둠 속에서 사람의 숨 쉬는 소리같이 이어지고 또 이어졌다. 조르바가 그런 아름다움에 숨이 막힌다는 듯 갑자기 멈춰 섰다.

그때 담장의 갈대들이 움직이며 뾰족한 잎새들이 강철 칼날 같은 소리를 냈다.

"야, 이놈, 노망난 늙은이야, 너 참 잘 만났다!" 분노에 찬 큰 소리가 들려왔다.

나는 그 목소리가 누구의 것인지 알고는 몸이 얼어붙는 것 같았다.

조르바는 한 걸음 다가서며 지팡이를 치켜들고는 멈춰 섰다.

나는 희미한 별빛 아래에서 그의 모든 움직임을 살펴봤다.

갈대 뒤에서 키가 큰 사내가 펄쩍 뛰어나왔다.

"누구냐?" 조르바가 목을 길게 뽑으며 소리쳤다.

"나다, 이놈아, 마놀라카스!"

"꺼져라! 내 눈앞에서 사라지라고!"

"왜 나를 모욕한 거냐, 조르바?"

"마놀라카스, 난 널 모욕한 적이 없으니 좋은 말로 할 때 꺼져라! 넌 진짜 사나이야. 다만 그날 네 운이 없었을 뿐이지. 운이라는 게 원래 삐딱한 거라는 걸 모르냐?"

"운이고 불운이고, 삐딱하거나 말거나, 나는 내 모욕에 대해 앙갚음을 해야겠다. 바로 오늘 밤에 여기서! 칼 가지고 있지?" 마놀라카스가 이렇게 말할 때 이를 가는 소리가 들렸다.

"아니, 이 지팡이뿐이네." 조르바가 대답했다.

"그럼 가서 칼을 가져와라. 난 여기서 기다릴 테니. 어서 가서 가져와!"

조르바는 꿈쩍도 하지 않았다.

"겁나냐? 가서 가져오라니까!" 마놀라카스가 비웃듯 목소리를 깔며 말했다.

"이봐, 마놀라카스, 칼을 가져와서 뭐하라고?" 슬슬 화가 나기 시작한 조르바가 말했다. "나보고 뭘 하라는 거냐고? 내 기억으로는 성당 앞마당에서 넌 칼을 가지고 있었고 난 맨손이었다고. 그리고 내가 이겼고! 기억하지?"

마놀라카스가 으르렁거리는 소리를 냈다.

"게다가 날 비웃어? 오늘 밤에도 난 칼이 있고 넌 맨손이지. 난 무장을 했고 넌 아무것도 없다고! 그런데도 날 비웃는구나! 이 마케도니아 악당 놈아, 어서 가서 칼을 가져와라. 오늘 끝장을 내자!"

"칼을 내려놔라! 나도 지팡이를 내려놓으마. 그리고 크레타 사나이답게 한판 붙자!" 조르바가 지지 않고 분노에 떨리는 목소리로 소리쳤다.

조르바가 팔을 들어 지팡이를 던져버렸다. 지팡이가 갈대 사이로 떨어지는 소리가 들렸다.

"너도 칼을 던져!" 조르바의 목소리가 다시 들려왔다.

나는 살금살금 그들 쪽으로 다가갔다. 희미한 별빛 속에서 내 눈은 갈대 숲 속으로 떨어지는 칼이 반사하는 빛을 볼 수 있었다.

조르바가 손바닥에 침을 뱉었다.

"덤벼라!" 조르바가 공격하기 위한 자세를 잡으려고 펄쩍 뛰었다.

하지만 두 사나이가 싸움을 시작하기 전에 내가 그들 사이로 뛰어들었다.

"두 사람 다 멈추세요!" 내가 소리쳤다. "마놀라카스 이리 오세요. 그리고 조르바, 당신도 오시고요! 창피하지도 않으세요?"

두 적수가 아무 말도 없이 내게 다가왔다. 나는 두 사람의 오른손을 잡았다.

"악수들 하세요! 두 분 다 진정한 사나이들이니 서로 화해하세요!"

"하지만 저 사람이 나를 모욕했어요……" 마놀라카스가 손을 뽑으려 하며 말했다.

"마놀라카스 대장, 당신은 모욕당한 게 아니에요!" 내가 말했다. "온 마을이 당신의 용기를 칭찬하고 있어요. 엊그제 성당에서 있었던 일만 생각하지 마세요. 그때는 운이 없었던 거예요. 지나간 일은 과거의 일이니 다 잊으세요. 끝났어요! 그리고 조르바는 마케도니아에서 온 우리들의 손님이에요. 그리고 우리 고장에 온 타지 사람에게 손을 댄다는 것은 우리 크레타 사람들에게는 큰 수치예요. 그러니 이리 와서 악수하세요. 그렇게 하는 게 사나이다운 겁니다. 그리고 우리 오두막으로 가 튼실한 소시지를 구워서 그걸 안주 삼아 포도주를 마시며 화해합시다!"

나는 마놀라카스의 허리를 잡아 그를 조금 멀리 떨어뜨려놓고 그의 귀에다 속삭였다.

"게다가 저 사람은 노인이에요. 당신같이 커다란 덩치의 맞상대로는 안 어울려요!"

마놀라카스가 조금 누그러졌다.

"그럽시다! 내 사장님을 봐서 그러는 거예요!"

그가 조르바를 향해 큰 손을 내밀고 한 발짝 다가서며 말했다.

"조르바 영감, 지난 일은 다 잊읍시다! 악수합시다!"

"자네는 내 귀를 물어뜯었지만," 조르바가 말했다. "뭐, 괜찮네! 자, 악수나 하지."

두 사람은 꽤 오랜 시간 동안 손에 힘을 잔뜩 주고 굳게 마주 잡고 있었다. 그들은 손에 점점 많은 힘을 주며 서로를 노려보았다. 나는 그들이 다시 싸울까 겁이 났다.

"손아귀 힘이 좋군!" 조르바가 말했다. "마놀라카스, 당신은 역시 장사야!"

"당신 손아귀 힘도 장난이 아니군! 원하면 더 힘을 줘보슈!"

"됐어요들!" 내가 소리쳤다. "이제 가서 술로 우정을 다집시다!"

나는 오른쪽에는 조르바가, 왼쪽에는 마놀라카스가 위치하도록 가운데로 끼어들었다. 우리는 바닷가를 따라 집으로 돌아왔다.

"올해는 풍년이 들겠는데요……" 내가 화제를 바꾸기 위해 한마디 했다. "올해는 비가 충분히 왔어요."

하지만 둘 중 누구도 그 말을 이어받지 않았다. 그들의 가슴은 아직도 흥분된 상태였다. 이제 나는 모든 기대를 포도주에 걸었다. 이윽고 우리는 오두막에 도착했다.

"자, 마놀라카스 대장, 우리들의 누추한 집에 오신 걸 환영합니다!" 내가 말했다. 조르바는 구운 소시지와 체리를 내왔다.

마놀라카스는 집 밖에 있는 바위에 자리 잡고 앉았다. 조르바는 관목 잔가지로 불을 피워 그 위에 안주거리를 올려놓고 구우면서, 잔 세 개에 포도주를 가득 채웠다.

"당신들의 건강을 위하여!" 내가 가득 찬 잔을 쳐들며 말했다. "마놀라카스 대장의 건강을 위하여! 그리고 조르바의 건강을 위하여! 자, 잔을 부딪칩시다!"

건배를 한 뒤에 마놀라카스가 땅바닥에 술을 조금 부었다.

"조르바 영감, 내가 만약 당신에게 손을 댄다면 내 피가 이렇게 흐르게 될 거요." 그가 아주 정중한 목소리로 말했다.

조르바도 술을 조금 땅에 부으면서 소리쳤다. "마놀라카스, 내가 당신이 내 귀를 물어뜯은 걸 잊지 않는다면, 내 피 역시 이렇게 흐르게 될 거요!"

23

새벽녘에 조르바가 침대 위에 똑바로 앉은 채 나를 깨웠다.
"대장, 자는 거유?"
"조르바, 무슨 일이에요?"
"꿈을 꿨어요. 아주 이상한 꿈을 꿨어요. 내 생각에 우리는 곧 여행을 하게 될 거예요. 한번 들어보세요. 그리고 비웃든가 말든가 하세요. 여기 항구에 도시 하나가 다 들어갈 만큼 큰 배가 곧 떠나려고 뱃고동을 불어대는 거예요. 나는 그 배를 타려고 마을에서부터 뛰어가고 있었어요. 그리고 손에는 앵무새 한 마리를 들고 있었고요. 겨우 도착해서 계단을 오르는데 선장이 오더니 '표를 끊으시오!' 하고 소리치는 거예요. '얼마요?' 이렇게 물으면서 주머니에서 돈을 한 움큼 꺼냈죠. '천 드라크마요.' '어이구! 800드라크마로 합시다!' '안 돼요, 천 드라크마라고요!' '800드라크마밖에 없으니 받으슈!' '천 드라크마, 단돈 50드라크마도 깎아줄 수 없어요. 안 낼 거면 내리시오, 빨리요!' 나도 화가 나더라고요. '선장, 내 말 좀 들어보슈. 이게 다 당신을 위해 하는 말이오. 만약에 지금 내가 주는 800드라크마를 받지 않는다면, 난 말요, 당장 꿈에서 깰 겁니다. 그러면 당신은 이것마저 못 받을 거요!'"

조르바는 웃음을 터뜨렸다.

"인간이라는 게 참 이상한 기계죠. 이 기계에 빵이며 포도주, 생선, 무를 넣어주면 한숨과 웃음, 꿈이 나와요. 일종의 공장이죠. 우리들 머리통 속에는 틀림없이 우리가 말하는 것들로 만들어진 영화가 한 편 들어 있다고요."

그가 갑자기 침대에서 일어났다.

"하지만 그놈의 앵무새가 마음에 걸려요. 앵무새가 왜 나와 함께 가는 걸까요? 아마도 내 생각에는······"

그가 말을 끝내기도 전에 악마같이 생긴 작달막한 빨강 머리 전령이 숨이 목까지 차서 집 안으로 뛰어들었다.

"아이구, 하느님 맙소사!" 그가 소리쳤다. "불쌍한 마담 오르탕스가 죽어가고 있으니 의사를 빨리 불러야 해요. 가엾은 그녀가 말하길 자기는 죽어간대요. 그리고 그 찻값은 당신들이 치러야 한대요."

나는 창피했다. 우리는 과부의 죽음에 넋이 빠져 나이 든 우리들의 불쌍한 여자 친구를 완전히 잊고 있었다.

"이미 검은 그림자가 드리워진 그 여자는 몹시 아파요." 빨강 머리가 신이 나서 계속 떠들었다. "기침을 하는데 여관 전체가 흔들릴 정도예요. 아이구, 당나귀가 기침하는 것 같아요. 마을 전체가 들썩한다고요."

"웃지 마! 그리고 입 닥쳐!" 내가 소리쳤다.

나는 종이 한 장을 꺼내 쓰기 시작했다.

"어서 달려가서 의사 선생님께 이 편지를 전해. 그리고 의사 선생님이 말을 타는 걸 볼 때까지 돌아오지 마. 알았어? 이제 빨리 가!"

그는 편지를 움켜쥐고 허리띠를 꽉 조이더니 오르막길로 달려가기 시작했다.

조르바는 벌써 일어나서 아무 말도 없이 옷을 갈아입고 있었다.

"기다리세요. 나도 함께 갑시다." 내가 그에게 말했다.

"빨리 가봐야 해요. 급해요……" 그가 이렇게 말하면서 마을로 가는 길을 재촉했다.

조금 있다가 나도 조르바가 간 길을 따라갔다. 과부의 정원은 황폐해져 있었다. 미미토스가 매 맞은 개처럼 잔뜩 웅크리고 앉아 있었다. 몸은 야위었고, 눈은 푹 꺼져 있었다. 그는 울고 있었다. 나와 눈이 마주치자 그는 돌을 하나 집어 들었다.

"미미토스, 여기서 뭐하고 있니?" 내가 이렇게 말하며 회한에 찬 안타까움으로 정원을 둘러봤다.

내 목을 정열적으로 휘감는 두 팔과 레몬꽃 향기와 월계수 기름 냄새…… 그때 우리 둘은 아무 말도 하지 않았다. 나는 새벽 여명의 어슴푸레한 어둠 속에서 그녀의 이글거리는 듯 반짝이는 새까만 눈동자를 보았다. 그리고 호두 잎으로 닦아 반짝반짝 빛나는 새하얀 그녀의 이도 보였다.

"그건 왜 물으세요?" 미미토스가 말했다. "당신 일이나 신경 쓰세요!"

"담배 한 대 줄까?"

"끊었어요. 모두들 나쁜 사람들이에요. 모두, 모두 모두가요!"

그는 마치 원하는 낱말이 생각 안 난다는 듯, 거친 숨을 내쉬며 말을 멈췄다.

"나쁜 사람들…… 위선자들…… 거짓말쟁이들…… 살인자들!"

그러고는 마치 자신이 찾고 있던 낱말이 생각난 듯 벌떡 일어나서는 손바닥을 마주쳤다.

"살인자들! 살인자들! 살인자들!" 그는 이렇게 소리치더니 이내 웃기 시작했다.

내 가슴은 찢어질 것 같았다.

"미미토스, 네가 옳다, 네가 맞아!" 나는 이렇게 중얼거리며 발걸음을 재촉했다.

마을 입구에서 아나그노스티스 영감을 만났다. 그는 지팡이에 기대앉아 봄철 꽃 위를 날아다니는 노란 나비들을 주의 깊게 바라보고 있었다. 이제 늘그막에 밭도, 여자도, 자식들도 더 이상 신경 쓸 필요가 없게 되어 이 세계를 살펴볼 시간이 생긴 것이다. 땅 위에 드리워진 내 그림자를 본 그가 머리를 들었다.

"이렇게 꼭두새벽에 어딜 가시는 거요?" 그가 내게 물었다.

그러고는 내 얼굴에 불안이 가득한 걸 보고 내 대답을 기다리지도 않고 말했다.

"어서 가시게, 젊은 양반! 그녀가 죽기 전에 도착할 거요……아, 불쌍한 여자!"

그녀에게 가장 충성스러운 동업자, 정성을 다해 만들어진 넓은 침대는 작은 방 한가운데로 옮겨져 방 전체를 차지하고 있었다. 그녀의 머리 위에서는 가장 믿을 수 있는 비밀 참모인 앵무새가 푸른 연미복에 노란 모자를 쓰고 심술궂은 둥근 눈동자를 굴리면서 깊은 생각에 잠긴 채 불안해하고 있었다. 앵무새는 자기 발밑에 누워 신음 소리를 내고 있는 여주인을 내려다보면서 귀를 기울이는 듯 사람 얼굴을 닮은 머리를 삐딱하게 꺾고 있었다.

아냐! 이건 아냐! 귀에 익숙한, 사랑 행위에 흥분돼서 내쉬는 숨넘어갈 듯한 자지러지는 소리도, 비둘기같이 꾸륵꾸륵 하며 내는 달콤한 신음도, 감질나는 자극에 내는 낄낄 소리도 아냐……그리고 여주인의 얼굴 위로 소용돌이 모양으로 흘러내리는 차갑게 얼어붙은 땀방울도, 또 관자놀이에 달라붙은 감지도 빗지도 않은 저 뻣뻣한 삼베 같은 머리카락도, 침대 위에서의 저 무거운 뒤척임도, 앵무새로서는 모두 처음 보는 낯선 것들이었다. 앵무새는 불안했다…… 앵무새가 소리를 질러댔다. "카나바로, 카나바로!" 하지만 목구멍이 메어 소리가 잘 나오지 않았다.

앵무새의 여주인은 외롭게 죽어가며 신음 소리를 내고 있었고, 그녀의 탄력 잃은 팔들은 침대 시트를 올렸다 내렸다 했다. 그녀는 숨이 막혔다. 화장은 다 지워졌고 삐쩍 말라비틀어졌으며,

부스럼에서는 시큼한 식초 냄새와 썩어 들어가는 역겨운 살코기 냄새가 났다. 다 해진 그녀의 실내화가 반쯤 벗겨진 채 이부자리 밖으로 모습을 드러내고 있어, 가슴이 더 짠했다. 침대 끝으로 삐져나온 실내화가 그 주인보다도 더 가슴을 울컥하게 만들었다.

조르바는 환자의 베개 옆에 앉아서 실내화를 바라보았다. 그는 그 신발에서 눈을 뗄 수가 없었다. 그리고 터져 나오려 하는 울음을 참기 위해 입술을 깨물었다. 내가 방으로 들어가 조르바 뒤에 섰을 때도 그는 전혀 눈치채지 못했다.

가엾은 여자는 숨을 쉬기 위해 기를 썼다. 그녀는 숨이 막혔다. 조르바가 그녀에게 부채질을 해주기 위해 벽에 걸려 있던 종이 장미 장식이 달린 조그만 모자를 벗어 내렸다. 그는 큼직한 손을 재빠르게 움직였는데, 그 모습이 마치 젖은 숯불을 되살리기 위해 애쓰는 것처럼 몹시 서툴러 보였다.

마담 오르탕스가 마치 뭔가에 놀란 듯 눈을 뜨더니 주위를 둘러보았다. 이미 세상은 흐릿해져서 누가 누구인지 구별되지 않았다. 장미 장식 모자를 들고 있는 조르바도 알아보지 못했다.

그녀의 주위는 어둠으로 덮여 있었고, 푸른빛 안개가 자욱해지면서 주변 모습들을 계속 바꾸어놓고 있었다. 어떤 때는 하하 웃는 입들이 되었다가, 다른 때는 가까이 다가오는 휘어진 발톱이 되었다가, 때로는 검은 날개가 되었다.

불쌍한 그녀가 눈물과 침과 땀으로 더러워질 대로 더러워진 베개를 손톱으로 움켜쥐고는 크게 소리를 질렀다.

"죽고 싶지 않아! 싫어, 싫어, 죽고 싶지 않아!"

마을의 여자 곡꾼 둘이 이미 죽음의 냄새를 맡고 방 안으로 몰래 들어와 벽에 등을 기댄 채 자리 잡고 앉아 있었다.

앵무새는 둥그런 눈으로 그걸 보고는 화가 나서 목을 길게 뽑고 소리쳤다. "카나바……" 하지만 신경이 거슬린 조르바가 자신의 큰 손을 조롱 위로 뻗자 앵무새는 입을 다물며 움츠러들었다.

그때 숨넘어가는 절규 소리가 다시 들려왔다.

"죽고 싶지 않앙! 싫엉!"

태양에 그을려 새까만, 아직 수염도 나지 않은 청년 둘이 문 안으로 얼굴을 들이밀고 환자 상태를 꼼꼼히 살펴보고는 자기네들끼리 기쁨을 표시하는 신호를 주고받고는 사라졌다.

그러자 갑자기 마당 쪽에서 누군가가 닭을 잡으려고 했는지 놀란 닭들의 깍깍대는 소리와 날갯짓 소리가 들려왔다.

첫번째 곡꾼인 말라마테니아 마님이 자신의 동료를 돌아보며 말했다.

"레니오, 저놈들 봤지? 굶주린 저것들이 벌써부터 닭을 잡아 뼈를 발라먹으려고 드는 거 봤지? 마을의 모든 악당들이 다 이곳 마당으로 몰려왔어. 그러니 조금 있다가 우리도 공격을 시작하자고!"

그러고는 죽어가는 여자의 침대 쪽으로 몸을 돌리더니, 진심을 담아 중얼거렸다.

"죽어라! 망할 년아, 빨리 죽어! 우리도 뭘 좀 먹게 빨리 좀 뒈지라고!"

"하느님께 맹세코 사실을 말씀드리는 건데……" 레니오 아줌마가 이가 다 빠진 입을 오물거리면서 말했다. "하느님께 맹세코 사실을 말씀드리는 건데, 말라마테니아 마님, 저들이 하는 짓거리는 잘못된 게 한 개도 없죠…… 돌아가신 어머니가 내게 먹고 싶으면 보이는 대로 집어먹고, 갖고 싶으면 훔치라고 했어요. 우리도 곡을 빨리 해치우고 군것질거리라도 몇 개 챙기고 실패도 있으면 가져가야죠. 그래서 저 여자 영혼의 죄를 씻어줍시다. 자식도, 개도 없는데 누가 닭과 토끼를 잡아먹을 거냐고요? 포도주는 누가 마실 거고요? 또 실이나 머리빗, 캐러멜을 유산으로 상속 받을 사람이 누가 있기나 해요? 말라마테니아 마님, 내가 무슨 말을 하겠어요? 하느님께서도 용서하실 거예요. 그러니까 나는 내가 가질 수 있는 건 닥치는 대로 다 가져갈 거예요!"

"잠깐만! 지옥으로 떨어질 것아, 그렇게 조급하게 서두르지 말고 좀 기다려!" 말라마테니아 마님이 동료의 팔을 붙잡으며 말했다. "하느님께 맹세코 나도 마찬가지야. 똑같은 생각이라고! 하지만 저 여자가 꼴깍할 때까지 기다리라고!"

그러나 마담 오르탕스는 베개 밑에 손을 넣어 무엇인가를 미친 듯이 찾고 있었다. 그녀는 무언가를 간절히 바라고 있었다. 그녀는 자신이 죽어가고 있음을 느꼈을 때 장롱에서 뼈를 깎아 만들어 하얗게 빛나는 십자가에 매달린 예수 그리스도 상을 찾아내어 자기 베개 밑에 넣어두었었다. 그녀는 벌써 몇 년 동안 이 예수 그리스도 십자가상을, 마치 우리가 잘 먹고, 마시고, 사랑하고, 잘 사는 동안에는 전혀 필요 없고, 오직 심한 병에 걸렸을 때나 찾게 되는 약인 것처럼, 저 장롱 바닥 해진 블라우스와 넝마가 된 주단 천

아래 넣어놓고 잊어버렸던 것이다.

그녀는 마침내 뼈로 만든 예수 그리스도 십자가상을 더듬어 찾아서는 땀범벅이 된 자신의 축 처진 젖가슴 위에 올려놓았다.

"오, 나의 예수 그리스도시여, 사랑하는 예수님이시여……"
그녀는 사랑에 빠진 듯 애절하게 중얼거리며 십자가를 손에 꼭 쥐고 자신의 마지막 사랑에게 키스를 퍼부었다.

프랑스 말과 그리스 말이 반쯤 섞인 그녀의 말소리에는 애절함과 갈망이 섞여 있었다. 그녀 목소리의 분위기가 확연히 달라졌음을 느낀 앵무새가 예전에 밤새 앓던 일들을 기억해내고는 갑자기 기쁨에 젖어 마치 해를 부르는 까마귀 같은 소리를 내기 시작했다.

"카나바로, 카나바로!"
조르바도 이번에는 앵무새 소리를 막지 않고 내버려두었다.

그는 십자가에 매달린 하느님에게 키스하며 울고 있는 여자를 불쌍히 여기며 내려다보았다. 그리고 지쳐 죽어가는 그녀의 얼굴에 예기치 못했던 행복감이 넘치는 것도 보았다.

문이 열리면서 아나그노스티스 영감이 모자를 손에 든 채 발끝을 세우고 조용히 들어왔다. 그는 환자에게 다가가 머리를 숙이며 고백했다.

"마담, 나를 용서하슈! 그리고 하느님께서도 저를 용서하소서! 내가 혹시 실언을 했다 하더라도 나를 용서하십시오. 우리는 인간이니까요!"

하지만 마담 오르탕스는 이제 아나그노스티스 영감의 말을 듣지 못하고 말로 형언할 수 없는 행복감에 빠져 조용히 누워 있었다. 외로운 노년, 가난, 치욕, 정숙한 가정주부처럼 문지방에 앉아 쓸쓸히 촌스러운 시골풍 목양말을 짜던 쓰라린 저녁들과 같은, 그녀를 괴롭히던 모든 근심 걱정은 사라졌다. 사랑의 기술이 뛰어난 눈에 장난기가 넘치는 여인, 세계 4대 강대국을 자신의 무릎 아래 굴복시키고 네 나라 함대의 정중한 경례를 받던, 이 파리의 멋쟁이 여인!

파도가 거품을 일으키는 짙푸른 바다에서 물에 떠 있는 강철 성채들이 춤을 추고, 가지각색의 깃발들이 깃대 끝에서 나부꼈다. 자고새 고기 굽는 냄새가 진동했고, 석쇠 위에는 붉은 숭어가 놓여 있었다. 그리고 차가운 과일이 수정 접시에 담겨 나올 것이고, 샴페인의 코르크 마개는 강철로 두른 전함의 천장까지 튀어 오를 것이다.

검은 수염, 밤색 수염, 회색 수염, 금발 수염과, 오드콜로뉴, 제비꽃 향수, 사향, 패출리 향수 등 각기 다른 네 가지 향수 냄새, 선실의 철제문들이 닫히고, 무거운 커튼이 내려오고, 전깃불이 켜진다. 마담 오르탕스는 눈을 감는다. 그토록 사랑받았고, 그토록 고통 받았던 그녀의 일생, 아, 하느님! 그게 겨우 일 초나 됐을까……

이 무릎 저 무릎으로 옮겨다니며 금실로 수놓은 제복을 껴안고, 향수를 듬뿍 뿌린 수염 속에 그녀의 손가락을 집어넣고…… 그들 이름이 무엇이었는지는 그녀도, 앵무새도 기억하지 못한다. 오직 카나바로만 기억한다. 그 이름만 앵무새가 발음할 수 있었기 때문이다. 다른 이름들은 복잡하고 어려워서 혼동이 된다. 그래서 잊혔다.

마담 오르탕스가 깊은 한숨을 쉬었다. 그리고 십자가에 매달린 예수 그리스도를 정열적으로 꼭 껴안았다.

"오, 나의 카나바로…… 나의 카나바로……" 그녀가 헛소리를 하면서 예수 그리스도를 땀으로 범벅이 된 자신의 축 처진 젖가슴에 꼭 껴안았다.

"이제 천천히 죽어가고 있어요." 레니오 아줌마가 중얼거렸다. "아마 자신의 천사를 보고 겁먹은 거 같아요…… 어서 머릿수건을 풀고 가까이 다가갑시다."

"이런! 하느님이 무섭지도 않으냐?" 말라마테니아 마님이 말했다. "아직 살아 있어, 이 바보야, 그런데 벌써 곡을 시작하자고?"

"아니, 내 참 답답해서! 말라마테니아 마님은 여기 이 장롱들과 저년의 옷들, 그리고 바깥 가게에 있는 재산들, 마당에 있는 닭들과 토끼들이 보이지도 않수? 그래, 그냥 앉아서 저년이 꼴깍하기만 기다리라고요? 아니죠, 먼저 갖는 사람이 임자죠!"

이렇게 말하고 그녀는 일어섰다. 그녀의 동료도 화를 내며 곧바로 따라 일어섰다. 그 여자들이 검은 머릿수건을 풀자* 몇 가닥 안 남은 하얀 머리카락이 흘러내렸다. 그들은 침대에 붙을 듯 가까이 다가와 섰다. 레니오 아줌마가 먼저 소름 끼치는 고음으로

---

* 장례식에서 곡을 시작하기 전에 죽은 사람에 대한 슬픔을 나타내기 위해 머릿수건을 풀고 머리카락을 풀어헤친 뒤 곡을 한다.

소리를 끌면서 곡이 시작된다는 신호를 주었다.

"이이이이!"

조르바가 그들을 덮쳐 두 여자의 머리카락을 잡고 뒤로 끌어내며 소리 질렀다.

"닥쳐! 더러운 까마귀 새끼 같은 할망구들아! 아직 살아 있어. 악마야, 이년들이나 잡아가라!"

"저런 망할 멍청이 영감 같으니라고!" 말라마테니아 할멈이 다시 머릿수건을 쓰면서 중얼거렸다. "어떤 악마 놈이 저 악당 같은 외지 놈을 여기에 데려왔누?"

수많은 시련을 겪은 여선장, 마담 오르탕스는 날카로운 비명을 들었다. 이제 즐거운 환상들은 사라졌다. 제독의 지휘함은 침몰했고, 구운 고기와 샴페인, 짙은 향수를 뿌린 수염도 사라졌다. 그리고 지금은 구석진 세상의 끝에 있는 이 더러운 죽음의 신의 침대 위에 다시 추락했다. 그녀는 떠나가려는 듯, 도망가려는 듯, 다시 일어나려고 했다. 하지만 다시 쓰러지고 말았다. 그녀는 불만이 가득하여 조용히 절규했다.

"죽고 싶지 않아! 싫어!……"

조르바가 그녀에게 몸을 숙이고 굳은살이 박힌 큰 손으로 열이 펄펄 끓는 그녀의 이마를 만지고, 얼굴에 들러붙은 머리카락을 떼어줬다. 새를 닮은 그의 눈에는 눈물이 고여 있었다.

"진정하고 조용히 가만있어요, 내 사랑……" 그가 속삭였다. "여기 조르바, 내가 있으니 겁내지 말아요!"

그때였다. 갑자기 환상이 되살아났다. 바다 빛깔의 커다란 나비가 침대 전체에 그림자를 드리웠다. 죽어가는 여인이 조르바의 손을 붙잡았다가 천천히 팔을 펴서 자기 쪽으로 숙이고 있는 조르바의 목을 감싸 안았다. 그녀의 입술이 파르르 떨렸다.

"오, 나의 카나바로…… 나의 카나바로……"

뼈로 만들어진 예수 그리스도 십자가상이 베개에서 굴러 떨어져 부러졌다. 마당에서 한 남자의 목소리가 들려왔다.

"이봐! 이제 닭을 넣으라고! 물이 끓잖아!"

조르바는 천천히 자기 목을 감고 있던 마담 오르탕스의 팔을 풀었다. 그리고 일어났다. 그의 얼굴은 창백했다. 그는 손등으로 흘러내리는 눈물을 닦았다. 병든 여자를 내려다보고 있었지만 모든 게 흐릿했다. 아무것도 보이지 않았다. 다시 눈물을 닦았을 때, 그녀는 탄력을 잃은 퉁퉁 부은 발을 떨고 있었다. 그리고 그녀의 입은 실룩거리고 있었다. 그녀는 한두 번 발작을 일으켰다. 이불이 흘러내려 침대 아래로 떨어졌다. 그러자 땀범벅에 푸르뎅뎅하게 퉁퉁 부어오른, 반쯤 벗겨진 그녀의 몸뚱어리가 드러났다. 그녀가 도살당하는 닭처럼 높고 날카로운 소리를 질렀다. 그러고 나서는 공포에 질린 유리알 같은 눈을 부릅뜬 채 꼼짝도 하지 않았다.

앵무새가 새장 바닥으로 뛰어내려 창살 가까이로 왔다. 그리고 조르바가 자기 여주인 위로 큰 손을 뻗어 이루 말할 수 없는 다정함으로 아주 부드럽게 그녀의 눈을 감겨주는 것을 보았다.

"그녀가 죽었어요! 빨리들 염을 해야 해요!" 곡꾼 여인들이 이렇게 소리치면서 침대 쪽으로 달려왔다.

그들은 주먹을 꽉 쥐고 가슴을 치며 몸을 앞뒤로 흔들면서 한 음조의 장송곡을 불렀다. 한 음조로 된 이 단조로운 장송곡을 들으며 사람들은 조금씩 가벼운 어지러움을 느꼈고, 태곳적의 슬픔에 중독됐으며, 가슴이 한 꺼풀 한 꺼풀 벗겨지면서 곡소리는 점점 더 고조됐다.

이건 네게 어울리지 않아, 땅 속 침대는 네게 걸맞지 않아……

조르바는 뜰로 나왔다. 눈물이 나오려고 했지만 창피하게 여자들 앞에서 울 수는 없었다. 한번은 그가 내게 이렇게 말했었다. "난 우는 건 창피하지 않수다. 창피할 게 하나도 없죠. 하지만 남자들 앞에서 그렇다는 거요. 남자들은 한 족속이니까 창피할 게 없죠. 하지만 여자들 앞에서는 항상 용감해야 해요. 왜냐하면, 만약 우리 남자들까지 울면, 그 불쌍한 것들이 어떻게 되겠어요? 세상이 무너지는 것 같을 텐데……"

사람들은 마담 오르탕스를 포도주로 씻었다. 그리고 염꾼 할머니가 깨끗한 옷을 한 벌 꺼낸 다음 시트 한 장을 펼쳐놓고, 그 위에서 옷을 갈아입힌 다음 방금 찾아낸 오드콜로뉴 향수를 병째로 뿌렸다. 죽음의 냄새를 맡은 파리들이 날아와서 그녀의 콧구멍과 눈가의 푹 꺼진 곳, 그리고 양쪽 입술 끝에 알을 슬었다.

벌써 날이 저물기 시작했다. 서쪽 하늘은 이미 아름답게 물들어 있었다. 짙은 자줏빛으로 변한 하늘 위로 석양빛을 받아 가장자리가 황금빛으로 물든 붉은 구름 조각들이 천천히 지나가면서,

배가 되었다가, 백조가 되었다가, 솜으로 만든 상상 속의 짐승이 되었다가, 가장자리 실이 풀려 나가는 비단천이 되기도 하면서 끊임없이 모습을 바꾸었다. 그리고 저 멀리 담장의 갈대 사이로 파도치는 바다가 반짝이고 있었다.

통통하게 살진 까마귀 두 마리가 무화과나무 위로 날아와 마당 바닥에 깔아놓은 보도블록 위에서 뛰어다녔다. 조르바는 화가 나서 돌로 그놈들을 쫓았다.

마을 망나니들이 부엌의 큰 식탁을 마당으로 옮겨서는 풍성한 잔칫상을 차렸다. 여기저기를 뒤져 빵과, 접시, 칼과 포크를 찾아내고, 창고에서 큰 포도주 술통을 가져오고, 닭 세 마리를 삶아, 모두 기쁘게 잔을 부딪치며 먹고 마시면서 굶주렸던 배를 채웠다.

"하느님께서 저 여자를 용서하시기를! 저 여자가 무슨 짓을 했든 간에 이제는 모두 끝난 거지!"

"그리고 여러분, 이제 그녀가 사랑했던 모든 남자들이 그녀의 영혼을 인도하는 천사가 되기를!"

"이봐! 저기 조르바 영감 좀 봐!" 마놀라카스가 말했다. "까마귀들을 사냥하고 있군. 저 불쌍한 영감이 이젠 홀아비가 됐어. 자, 저 사람을 불러 음복을 한 잔 하게 하자고. 이봐, 조르바 대장, 이봐, 친구 양반!"

조르바가 돌아섰다. 음식을 차려놓은 식탁 위에서는 닭고기가 모락모락 김을 내고 있었고, 각각의 잔에는 포도주가 가득 차 있었으며, 그 주위에는 햇빛에 새까맣게 그을린 원기 왕성한 청년들이 흐트러진 머릿수건을 쓴 채 모여 있었다. 그들은 젊었고 아무 걱정도 없었다.

"조르바, 조르바 대장, 이리 오세요! 모두들 기다려요."

조르바가 다가갔다. 그리고 포도주를 한 잔, 두 잔, 석 잔을 쉬지 않고 쭉 들이켜고는 닭고기 한 점을 집어 먹었다. 그들이 그에게 말을 걸었지만 그는 아무 대꾸도 하지 않고, 엄청난 식욕으로 술도 음식도 모두 단숨에 서둘러 집어삼켰다. 그는 자신의 늙은 여자 친구가 꼼짝하지 않고 누워 있는 방 쪽으로 얼굴을 돌리고, 열린 작은 창문을 통해 흘러나오는 장송곡 소리를 듣고 있었다. 가끔씩 그 슬픈 곡조가 끊기면서, 싸우는 듯한 목소리와 장롱을 여닫는 소리, 빠르고 무거운 발걸음 소리가 들려왔다. 그러다가 다시 꿀벌들의 윙윙거리는 소리 같은 단조로운 음조의 절망적이면서도 달콤한 장송곡 소리가 이어졌다.

곡꾼 여자들은 곡을 하면서 틈틈이 죽은 여자의 방을 이리저리 뛰어다니며 미친 듯이 구석구석을 뒤졌다. 찬장을 열자 그 안에서 대여섯 개의 숟가락과 설탕 조금, 커피 한 통, 루쿠미* 한 상자가 나왔다. 레니오 아줌마가 커피와 루쿠미를 가로챘고 말라마테니아 마님은 설탕과 숟가락을 차지했다. 그리고 루쿠미 두 개를 집어서는 입안으로 욱여넣었다. 이제 곡소리는 루쿠미에 파묻혀 질식한 듯한 목멘 소리로 변했다.

> 네 위로는 꽃들이, 네 발아래에는 사과들이 떨어져라……

---

* 오스만튀르크 시대에 술탄이 먹었다는 젤리 같은 단 과자.

다른 두 노파가 침실로 기어들어가서 장롱을 뒤졌다. 그들은 손을 집어넣어 손수건 몇 장과 수건 두세 장, 양말 세 켤레, 가터* 한 짝을 움켜쥐었다. 그리고 그것들을 가슴에 쑤셔 넣고 시신이 있는 곳으로 되돌아와서 성호를 그었다.

말라마테니아 마님은 노파들이 장롱을 약탈하는 것을 보자 화가 치밀었다.

"곡을 계속하고 있어! 내가 곧 돌아올게." 레니오 아줌마에게 이렇게 소리치고 침실로 달려가서는 장롱에 머리를 쑤셔 박았다.

걸레같이 된 새틴 조각 뭉치, 빛바랜 자줏빛 나이트가운, 아주 낡은 빨간 슬리퍼, 찢어진 부채, 언젠가 누군가가 마담 오르탕스에게 선물로 주었던 낡은 제독용 삼각모자…… 그녀는 혼자 있을 때 이 모자를 쓰고 거울 앞에 서서 진지한 자세로 감상에 젖어 경례를 하고는 했다.

누군가가 문 쪽으로 다가왔다. 노파들이 도망쳤다. 레니오 아줌마는 다시 죽은 여인의 침대를 붙잡고 가슴을 치며 곡소리를 내기 시작했다.

　　네가 목에 걸고 있는 카네이션 꽃들……

조르바가 방 안으로 들어왔다. 그는 아직도 목에는 비단 리본을 매고 두 손을 가슴에 십자가 모양으로 얹어놓은 채, 조용히 꼼

---

* 스타킹을 고정하는 고무로 만든 띠.

짝도 하지 않고 평화롭게 누워 있는 죽은 여인을 내려다보았다. 그녀의 시신 위에는 파리 떼가 잔뜩 앉아 있었고 피부는 샛노랗게 변해 있었다.

'한줌의 흙이야!' 그는 속으로 생각했다. '고통을 당하고, 웃고, 껴안았던 한줌의 흙이야. 슬픔에 울던 한 움큼의 진흙 덩어리지. 그러나 지금은? 어떤 악마 놈이 우리를 이 지상에 데려오고, 또 어떤 악마 놈이 우리를 데려가는가?'

그는 바닥에 침을 뱉고는 자리에 앉았다. 충분히 먹고 마신 뒤라 다시 힘이 났다.

밖의 마당에서는 젊은이들이 벌써부터 춤판을 벌이고 있었다. 식탁과 석유통, 욕조통, 빨래통 들을 구석으로 옮겨 춤판을 벌일 공간을 마련한 데다 리라의 명인 파누리오스까지 도착해서 본격적인 춤판이 시작됐다.

마을 유지들이 도착했다. 새하얀 넓은 셔츠 차림에 끝이 갈고리 모양으로 꼬부라진 긴 지팡이를 든 아나그노스티스 영감과 통통하게 살이 오르고 기름기가 줄줄 흐르는 콘도마놀리오스 영감, 그리고 허리춤에 구리로 된 커다란 잉크병을 꿰차고 귀에는 파란 만년필을 꽂은 교장 선생이 왔다. 마브란도니스 영감은 법망을 피해 산으로 피신 중이었기 때문에 오지 못했다.

"여러분! 만나서 반갑습니다!" 아나그노스티스 영감이 팔을 높게 올리며 소리쳤다. "안녕들 하시죠? 하느님의 은총으로 먹고 마시세요. 하지만 소리는 좀 죽여주십시오! 이건 수칩니다. 죽은 망령이 다 듣고 있어요. 여러분, 망자가 다 듣고 있습니다."

콘도마놀리오스 영감이 설명하기 시작했다.

"여러분, 우리는 운명을 달리한 여자의 재산 목록을 작성하러 왔습니다. 그것을 마을의 가난한 사람들에게 나눠줄 것입니다. 그러니 무질서하게 약탈하지 마십시오! 이러면 벌 받습니다. 자, 주목들 하세요! 주목!" 그는 이렇게 소리치면서 지팡이를 위협적으로 휘둘렀다.

세 명의 동네 유지 뒤에서 헝클어진 머리에 누더기를 입은 여남은 명의 여자들이 맨발로 나타났다. 그들 각자는 겨드랑이에 빈 바구니를 끼고 있거나 등짝에 빈 광주리를 하나씩 짊어지고 있었다. 그들은 발끝을 곤추세우고 살금살금 몰래 다가왔다.

아나그노스티스 영감이 뒤를 돌아 그들을 보고 화가 머리끝까지 뻗쳐 소리쳤다.

"이 집시 년들아! 썩 물러가라! 왜? 기습 약탈을 하려고? 우리가 장부에 하나하나 기록한 다음에 가난한 사람들에게 질서 있고 공평하게 나눠줄 거다. 좋은 말로 할 때 물러서라! 지팡이를 휘두르게 하지 말란 말이다!"

교장 선생이 허리춤에서 커다란 잉크병을 꺼낸 다음, 두꺼운 종잇장을 펼쳐놓고 가게 쪽으로 몸을 돌렸다. 그는 거기서부터 목록을 작성할 작정이었다.

하지만 바로 그 순간에 엄청나게 큰 소리가 났다. 양철 깡통들이 서로 세게 부딪치고, 실패들이 풀려나가고, 유리잔들이 부딪쳐서 산산조각이 났다. 부엌에서도 냄비와 접시, 포크 들이 부딪치는 소리가 크게 났다.

콘도마놀리오스 영감이 지팡이를 휘두르며 달려갔다. 하지만 그가 미처 도착하기도 전에 노파와 남자, 아이 들이 문에서부터 달려 들어와 창문과 담장을 뛰어넘어 방 안으로 물밀듯이 쳐들어 와서는 프라이팬, 냄비, 침대 매트리스, 토끼 등 손에 잡히는 대로 아무거나 가로채서는 도망쳤다. 그중 몇 사람은 되돌아가는 길에 창틀과 문짝까지 떼어서 어깨에 짊어지고 갔다. 미미토스도 망자의 실내화를 챙겨서, 줄로 묶어 목에 걸었는데, 그 모습이 마치 실내화만 보이는 마담 오르탕스를 목마에 태우고 가는 것 같았다.

교장 선생은 미간을 찌푸리더니 잉크병을 다시 허리춤에 차고 백지 상태인 종잇장을 다시 접어 넣은 다음, 아무 말도 않고 자존심에 크게 상처를 입은 채 큰 걸음걸이로 문지방을 넘어 떠나갔다.

가엾은 아나그노스티스 영감이 고함을 치고 애원하면서 지팡이를 휘둘러댔다.

"이건 수치입니다, 여러분! 이건 수치예요! 죽은 망령이 다 듣고 있어요!"

"신부님을 모셔올까요?" 미미토스가 말했다.

"신부님은 무슨 신부님?" 콘도마놀리오스가 화를 내며 말했다. "이 바보야! 이 여자는 프랑스인이잖아! 그녀가 네 손가락을 모아서 성호 긋는 걸 못 봤어? 이단을 믿는 여자라고! 자, 여러분, 이 여자가 악취를 풍겨 마을을 오염시키기 전에 얼른 이 여자를 모래에 묻으러 갑시다!"

"벌써 벌레들이 파먹고 있어요! 하느님 맙소사!" 미미토스가 성호를 그으면서 소리쳤다.

아나그노스티스 영감이 귀족처럼 갸름한 얼굴을 끄떡였다.

"이 바보 같은 놈아, 그게 그렇게 이상하냐? 인간의 몸엔 태어나는 순간부터 벌레들이 가득 살고 있어. 다만 우리가 보지 못할 뿐이지. 시체에서 악취를 풍기기 시작할 때쯤 벌레들이 몸의 구멍에서 기어 나오기 시작하는 거야. 치즈 구더기같이 아주 새하얀 놈들이 말야!"

첫 별들이 나타나 은으로 만든 종처럼 흔들거리며 하늘에 걸려 있었다. 밤 전체가 딩딩 하는 조종 소리로 가득했다.

조르바는 죽은 여자의 침대 위에 걸려 있던 앵무새 새장을 내렸다. 이제 고아가 된 새는 겁에 질린 채 새장 구석에 낮게 엎드려 있었다. 주변을 살펴보고 또 살펴보지만 아무것도 이해할 수 없었다. 앵무새는 머리를 깃털 사이에 파묻고 잔뜩 웅크리고 있었다.

조르바가 새장을 내리자 앵무새가 갑자기 퍼덕거렸다. 뭔가를 말하려 했지만 조르바가 손바닥을 벌려 막았다. "조용히 해라! 조용히 해! 이제 나와 함께 가자꾸나." 조르바가 다정스럽게 말했다.

조르바는 몸을 굽혀 죽은 여자를 보았다. 오랫동안 바라보았다. 그의 목이 메어왔다. 몸을 숙여 그녀에게 입을 맞추려 했다. 하지만 곧 멈췄다.

"잘 가게!" 그가 중얼거렸다.

그는 새장을 들고 바깥마당으로 나와서 나를 발견하고는 다가왔다.

"갑시다……" 그가 조용히 말하며 내 팔을 잡았다.

담담한 표정이었지만 그의 입술은 떨리고 있었다.

"우리 모두는 똑같은 길을 가게 돼 있죠……" 내가 그를 위로하려고 한마디 했다.

"퍽이나 위로가 되는군요!" 그가 냉소적으로 중얼거렸다. "가기나 합시다."

"조르바, 잠깐만. 지금 그녀를 묻으러 나오는 모양인데, 잠깐 보고 갑시다…… 그걸 감당할 수 있다면 말이에요."

"감당할 수 있어요……" 그가 대답했다.

그는 새장을 내려놓고 팔을 가슴에 십자가 모양으로 포갰다.

시신이 있는 방에서 모자를 벗은 아나그노스티스 영감과 콘도마놀리오스 영감이 나오며 성호를 그었다. 그 뒤로 아직도 귀에 4월 장미를 꽂고 있는 춤꾼 네 명이, 반쯤 취해 기분이 좋은 상태로 죽은 여자를 올려놓은 현관 문짝의 네 귀퉁이를 들고 나왔다. 그 뒤로 리라 연주자가 리라를 들고 쫓아오고, 그다음으로는 여남은 명의 남자들이 들뜬 기분으로 떠들어대면서 쫓아왔다. 또 그 뒤로 대여섯 명의 여자들이 냄비나 의자 같은 것들을 손에 들고 뒤쫓았다. 미미토스는 목에 다 해진 실내화를 걸고 맨 끝에서 쫓아왔.

"살인자들! 살인자들! 살인자들!" 그는 이렇게 큰 소리를 지르면서 낄낄거리고 웃었다.

축축하고 뜨거운 바람이 불어오고, 바다는 사납게 포효했다. 리라 연주자는 활을 들어 올렸다. 무더운 밤에 즐겁고 물 흐르는 듯한 그의 노랫소리가 울려 퍼졌다.

나의 태양이여, 너는 어쩌자고 노을이 되어 사라진단 말인가……

"갑시다!" 조르바가 말했다. "이제 모든 게 끝났어요……"

24

우리는 마을의 좁을 골목길을 아무 말 없이 걸었다. 집들은 완전한 어둠 속에서 검은색으로 변했고, 어디선가 개 한 마리가 짖었으며, 황소 한 마리가 한숨을 내쉬었다. 때때로 장난치듯 흐르는 물소리 같은, 터져 나오는 듯한 유쾌한 리라 소리가 바람결에 들려왔다.

우리는 마을을 벗어나 바닷가로 가는 길로 들어섰다.

"조르바!" 내가 무거운 침묵을 깨기 위해 말했다. "이게 무슨 바람이죠? 남풍인가요?"

하지만 조르바는 앵무새가 들어 있는 새장을 등불처럼 들고 앞서 걸어가면서 아무 대답도 하지 않았다.

바닷가에 도착했을 때 조르바가 뒤를 돌아보았다.

"대장, 배고프슈?" 그가 물었다.

"아뇨, 조르바, 배 안 고파요."

"졸려요?"

"아뇨."

"나도 안 졸려요. 여기 자갈밭에 잠깐 앉읍시다. 내가 대장한테 물어볼 게 있어서요."

우리 둘은 모두 지쳤지만 자고 싶지는 않았다. 우리는 둘 다 이날의 독약을 그냥 잃고 싶지 않았다. 이런 우리에게 잠이란 위기의 순간에 현실을 도피하는 행위처럼 느껴졌다. 그래서 잔다는 것은 부끄러운 일이었다.

우리는 바다 가까이에 앉았다. 조르바는 새장을 무릎 사이에 놓고 한동안 아무 말도 하지 않았다.

산 뒤로 소용돌이처럼 휘감기는 꼬리와 수많은 눈을 가진 괴물 형상의 무시무시한 별자리 하나가 떠올랐다. 가끔씩 별 한 개가 별자리에서 떨어져 나와 사라져갔다.

조르바는 마치 처음 보는 것처럼 입을 벌린 채 별들을 쳐다보았다.

"저 위에서는 무슨 일들이 벌어지고 있는 걸까?" 그가 중얼거렸다.

그리고 조금 있다가 결심을 하고 입을 열었다.

"대장, 말해봐요." 그가 말했다. 무더운 밤공기 속에서 그의 목소리는 엄숙하게 들렸다. "이 모든 것들이 무얼 이야기하려는 건지 말해봐요. 누가 이런 짓을 하는 거죠? 또 왜 이런 짓을 하는 거죠? 그리고 무엇보다도 이건 뭐죠? (이 말을 할 때 조르바의 목소리는 분노와 공포에 차 있었다.) 왜 우리는 죽는 거죠?"

"모르겠어요, 조르바." 나는 이렇게 대답하면서 가장 단순하고, 가장 절실한 문제에 대해 내가 아무런 설명도 할 수 없다는 것에 부끄러움을 느꼈다.

"모른다고요!" 조르바가 눈알을 이리저리 굴리며 말했다.

어느 날 밤엔가 춤을 출 줄 아느냐는 그의 물음에 내가 모른다고 대답했을 때도 그는 저렇게 눈알을 굴렸었다.

그가 잠시 침묵했다가 갑작스레 다시 물었다.

"그렇다면 대장이 읽는 그 빌어먹을 종이짝들은 다 뭐요? 왜 그런 걸 읽는 거요? 이런 문제에 대해 얘기하지 않는다면 도대체 뭐에 대해 얘기하는 거요?"

"조르바, 당신이 지금 묻고 있는 것들에 대답하지 못하는 인간의 고뇌에 대해 이야기하고 있죠." 내가 대답했다.

"그런 고뇌는 내가 다 삶아 먹어버릴 거요." 조르바가 화를 내며 발로 돌을 차면서 말했다.

앵무새가 갑작스러운 고함 소리에 놀라 펄쩍 뛰었다.

"카나바로! 카나바로!" 앵무새가 마치 도움을 요청하듯이 비명을 질렀다.

"너도 입 닥쳐!" 조르바가 소리치며 주먹으로 새장을 한 대 쳤다.

그리고 다시 내게 시선을 돌렸다.

"나는 대장한테서 우리가 어디에서 와서 어디로 가는지 듣고 싶소. 대장은 그렇게 오랫동안 마법에 대해 연구하느라 야위었잖소. 그러느라 그동안 적어도 3, 4톤의 종이를 쥐어짰을 텐데 결국 어떤 즙을 짜낸 거요?"

조르바의 목소리가 너무 고뇌에 차 있어서 내 숨이 다 막힐 지경이었다. 아! 내가 어떤 대답이라도 해줄 수 있다면 얼마나 좋을까!

나는 인간이 최고의 경지에 오르는 방법이 결코 지식이나 빼어남, 또는 선한 의지나 승리에 있는 것이 아니라, 보다 더 드높은, 더 영웅적인, 그리고 더 절망적인 무언가에, 신성한 두려움인 경외감에 있음을 뼈저리게 느꼈다. 신성한 두려움 너머에는 무엇이 있을까? 인간의 정신은 그 너머로 갈 수 없다.

"왜 대답이 없는 거요?" 조르바가 애절하게 물었다.

나는 나의 도반에게 신성한 두려움이 무엇인지 이해시켜보려고 시도했다.

"조르바, 우리는 아주 거인처럼 커다란 나무의 조그만 잎사귀 위에 있는 아주 미세한 벌레에 지나지 않아요." 내가 대답했다. "지구는 바로 그 나뭇잎이고요. 다른 나뭇잎들은 우리가 밤에 하늘에서 보는 움직이는 별들이고요. 우리는 우리들이 살고 있는 잎사귀 위를 기어 다니며 절실하게 뭔가를 찾아다니죠. 우리는 그것의 냄새를 맡아보죠. 냄새가 나요, 악취가 납니다. 맛을 봅니다. 먹을 만해요. 그걸 두들겨봅니다. 그러면 마치 살아 있는 생물처럼 소리를 질러요.

겁이 없는 몇몇 사람들은 잎사귀의 가장자리까지 가죠. 그 가장자리 끝에서 눈을 똑바로 크게 뜨고, 귀를 크게 열고, 밑을 내려다보죠. 그 밑은 카오스예요. 무서워서 소름이 끼치죠. 저 아래에는 무시무시한 절벽이 있다고 우리는 지레짐작합니다. 우리들은 가끔씩, 아주 가끔씩, 거인처럼 큰 나무의 다른 잎사귀들이 내는 속삭임 소리를 듣죠. 그리고 나무의 뿌리에서부터 수액이 올라오는 것을 느낍니다. 그러면 우리들 가슴이 부풀어 오릅니다. 그렇게 심연을 향해 몸을 숙이고 온몸으로, 완전히 공포에 빠졌음을 실감하죠. 바로 그 순간에……"

나는 말을 멈췄다. 나는 "바로 그 순간에 시가 시작되죠"라고 말하고 싶었다. 하지만 조르바가 이해하지 못할 것 같아서 말을 멈췄다.

"뭐가 시작됩니까?" 조르바가 조바심하며 물었다. "왜 이야기하다 마는 거요?"

"……아주 커다란 위험이 시작되죠, 조르바." 내가 말을 이었다. "어떤 사람들은 정신이 혼란스러워져서 헛소리를 하고, 또 다른 사람들은 겁에 질려 그들의 마음이 의지할 수 있는 어떤 해답을 찾으려고 노력하죠. 그리고 그 해답을 '하느님'이라고 부릅니다. 또 다른 이들은 잎사귀의 가장자리에서 심연을 조용히 내려다보면서 용감하게 이렇게 말합니다. '내 맘에 드는군!'"

조르바는 한동안 생각에 잠겼다. 내 말을 이해하려고 애쓰고 있었다.

"난 말이죠." 드디어 그가 말했다. "매 순간 죽음을 응시합니다. 죽음을 보고도 두려워하지 않죠. 하지만 한 번도, 절대로 한 번도 '죽어도 좋아'라고 말하지는 않죠. 아뇨, 죽는 게 조금도 좋지 않아요! 나는 자유로운 존재 아닙니까? 그렇다면 난 절대로 내가 죽는 것에 동의하지 않을 겁니다!"

그는 다시 침묵에 잠겼다. 하지만 곧바로 다시 소리쳤다.

"아니죠, 절대로 내 목을 양처럼 순하게 죽음의 신 카론에게 내놓고 '주여, 내가 축복을 받고 성자가 되도록 나를 죽여주시옵소서!'라고 말하지 않을 겁니다."

나는 아무 말도 하지 않았다. 조르바가 화가 나서 나를 돌아보았다. "내가 자유의 몸이 아닌가요?" 그가 다시 소리쳤다.

나는 아무 말도 하지 않았다. 그 무엇이 꼭 필요한 것이라면 "네!"라고 대답하라. 무언가를 피할 수 없다면, 너의 자유의지에 따른 행동으로 그것의 본질을 변화시켜라! 아마도 이것만이 우리 인간에게 주어진 유일한 구원의 길일지 모른다. 나는 그것을 잘 알고 있었다. 그래서 아무 말도 하지 않았다.

조르바는 내게 더 이상 할 말이 남아 있지 않은 것을 보고는 앵무새가 깨어나지 않도록 새 조롱을 조심스럽게 천천히 집어서 자기 머리 옆으로 옮겨놓고는 드러누웠다.

"잘 자요, 대장!" 그가 말했다. "오늘은 그만합시다."

뜨거운 남풍이 이집트 너머에서 불어와 야채와 과일, 그리고 크레타의 가슴을 가득 채워주고 있었다. 나는 이마에서부터 입술을 거쳐 목으로 흘러내리는 그 바람을 받아들였다. 나의 뇌가 마치 열매처럼 껍질이 깨지는 소리를 내며 부풀어 오르는 것 같았다.

나는 잠을 잘 수가 없었다. 아니 자고 싶지 않았다. 아무 생각도 없었다. 그저 이 뜨거운 밤에, 내 내면에서 무언가가, 누군가가 성숙해가고 있음을 느꼈을 뿐이다. 나는 내가 변하고 있다는 이

놀라운 기적을 두 눈으로 똑바로 지켜보며 생생하게 경험했다. 항상 우리들 가슴속 저 밑바닥 가장 어두운 곳에서 일어나는 일들이, 지금 이 순간 내 눈 앞에 적나라하고도 분명하게 모습을 드러내고 있는 것이었다. 나는 바닷가에 웅크리고 앉아 이 기적을 지켜보았다.

별들이 흐려지고 하늘이 밝아왔다. 여명 위로 뾰족한 석필로 그린 듯한 산과 나무와 갈매기 들이 모습을 드러냈다. 날이 밝고 있었다.

며칠이 지나갔다. 곡식들은 여물면서 낟알들이 무거워져 머리를 숙였다. 매미들은 올리브나무에서 공중에 톱질을 하고, 빛나는 곤충들은 불붙은 듯한 빛 속에서 윙윙거렸다. 바다에서는 수증기가 피어올랐다.

조르바는 말도 없이 새벽녘에 산으로 올라갔다. 이제 케이블 설치는 거의 다 완성되어가고 있었다. 기둥들은 다 세워졌고, 케이블 줄도 바짝 당겨졌으며, 도르래도 설치됐다. 조르바는 밤늦게야 피로에 곤죽이 되어 돌아와서는 불을 피우고, 요리하고, 먹었다. 우리는 서로 내면에 도사리고 있는 사랑이니 죽음이니 공포니 하는 끔찍한 악마들을 깨우지 않으려 애썼다. 우리는 또 과부나 마담 오르탕스, 하느님에 대한 대화도 하지 않았다. 우리 둘은 서로 상대를 말없이 바라보거나 둘이 함께 멀리 바다를 바라보았다.

어느 날 아침, 나는 일어나서 세수를 했다. 온 세상이 방금 잠에서 깨어나 세수를 한 듯 새것처럼 빛나고 있었다. 나는 마을로 가는 길로 나섰다. 왼쪽에는 쪽빛 바다가 꼼짝도 하지 않고 있었고, 오른쪽에는 밀들이 황금 창을 든 병정들처럼 꼿꼿이 서 있었다. 나는 잎이 무성한 데다 작은 열매를 가득 달고 있는 아가씨 무화과나무 아래 그늘을 지나갔다. 그리고 과부의 정원으로 가는 길로 꺾지 않고 그냥 급히 지나쳐서 곧바로 마을로 들어섰다. 마담 오르탕스의 조그만 여관은 이제 고아처럼 버려져 완전히 황폐해져 있었다. 문짝과 창문들은 떨어져 나가고 없었고, 개들이 마당을 드나들었으며, 방들은 텅 비어 언제라도 곧 무너질 것 같았다. 시신이 놓여 있던 방에는 더 이상 침대도, 장롱도, 의자도 남아 있지 않았다. 모두 약탈당했고 오직 방 한구석에 닳아빠지고 조그만 술이 달린 빨강 슬리퍼 한 켤레만 놓여 있었다. 슬리퍼는 아직도 충성스럽게 자기 여주인의 발 모양을 간직하고 있었다. 이 형편없는 슬리퍼만이 인간들의 어떤 영혼보다도 더 가슴 아파하며, 온갖 수모를 다 당했던 사랑하던 발을 잊지 않고 있었다.

나는 늦게 집에 돌아왔다. 조르바는 벌써 불을 피우고 음식을 할 준비를 하고 있었다. 그가 고개를 들어 나를 바라보았다. 그리고 내가 어디에서 오는지 눈치채고는 눈살을 찌푸렸다. 그는 여러 날 동안의 침묵 뒤에 오늘 비로소 마음의 자물쇠를 풀었다. 그가 입을 열었다.

"대장, 어떤 고통이든 말요……" 그가 마치 변명이라도 하려는 듯 말했다. "내 가슴을 갈기갈기 찢어놓습니다. 하지만 이미 상처투성이인 내 몸뚱어리의 상처는 곧바로 아물어요. 그래서 상처가 보이지 않게 되죠. 내 몸은 온통 상처투성이예요. 그래서 견딜 수 있는 거고요."

"조르바, 불쌍한 부불리나를 정말 빨리도 잊는군요." 의도하지 않았지만 내 목소리가 몹시 거칠게 나왔다.

조르바는 상처를 입었는지 소리를 높여 말했다.

"새로운 길, 새로운 계획. 난 지나간 일 따위는 생각하지 않아요. 미래의 일도 신경 쓰지 않지요. 지금, 바로 이 순간, 바로 그것만 신경 씁니다. 난 스스로 이렇게 묻죠. '조르바, 넌 지금 뭘 하고 있는 게냐? 잔다. 그럼 잘 자라! 조르바, 지금 뭘 하고 있는 거냐? 일한다. 그럼 열심히 일해라! 조르바, 지금 뭘 하고 있는 거냐? 여자를 껴안고 있다. 그럼 그 여자를 꼭 껴안아라! 그리고 모든 걸 다 잊어버려라, 이 세상에는 그녀와 너 이외엔 아무것도 존재하지 않는다. 신나게 즐겨라!'"

그는 잠깐 멈추었다가 다시 말을 이었다.

"부불리나 생전에 그 어떤 카나바로도, 지금 대장이 보고 있는, 이 누더기 조각을 걸친 조르바 영감이 그녀에게 해준 것만큼의 기쁨을 주지 못했죠. 왜냐고요? 그건 다른 카나바로들은 키스를 하면서도 함대며, 크레타며, 그들의 왕들, 훈장, 집에 놓고 온 마누라 따위를 생각하지만, 나 조르바는 모든 걸 잊고 키스만 하기 때문이죠. 그 계집도 그걸 잘 알고 있었죠. 그리고 나의 지극히 현명하신 분이시여, 여자들에게 이것보다 더 큰 기쁨은 없습니다. 진정한 여자들은 남자들한테서 받는 기쁨보다는 자신들이 주는 기쁨을 더 행복하게 느낀다는 걸 아셔야 합니다."

그가 몸을 숙여 모닥불 가장자리에 장작을 올려놓았다. 그리고 조금 있다가 말했다.

"내일모레 케이블 준공식을 할 겁니다. 난 이제 더 이상 땅 위를 걷지 않고 공중에 떠 있을 겁니다. 난 내 어깨 위에 도르래가 느껴집니다."

"조르바, 피레우스 항구 카페에서 날 낚으려고 어떤 미끼를 던졌는지 기억하나요? 엄마가 자기 아이한테도 안 주고 혼자 먹는다는 맛있는 수프를 끓일 줄 안다고 말했죠. 그런데 내가 제일 좋아하는 음식이 바로 수프였다는 걸 어떻게 알아냈죠?"

조르바가 고개를 저었다.

"대장, 내가 그런 걸 어떻게 알았겠수? 그냥 그런 생각이 듭디다. 대장이 카페 구석에 조용히 웅크리고 앉아서, 추위에 벌벌 떨면서도 조그만 황금 표지의 책에 고개를 처박고 읽고 있는 걸 보자마자, 나도 모르게 대장이 수프를 좋아할 거라는 생각이 들었수다. 그래서 속으로 '어서 저 사람한테 가서 그렇게 말해보자!' 하고 대장한테 쫓아가서 그렇게 말한 거요."

그가 말을 멈추고 귀를 쫑긋 세웠다.

"조용히 해보세요! 누군가 이리 오고 있어요." 그가 말했다.

급한 발걸음 소리와 달리기하는 사람들이 내는 숨가쁜 소리가 들렸다. 그리고 갑자기 모닥불 안 우리들 앞으로 모자도 안 쓴 맨머리에, 옷은 찢어지고, 수염은 불에 그슬리고, 콧수염은 반쪽만 남은 수도사 한 명이 뛰어 들어왔다. 그에게서는 석유 냄새가 났다.

"어이구, 자하리아스 신부님, 오랜만이오!" 조르바가 소리쳤다. "요시프 신부 반갑수다! 그런데 이 몰골은 또 뭐요?"

수도사는 모닥불 옆 땅바닥으로 쓰러졌다. 심할 정도로 턱을 덜덜 떨고 있었다.

조르바가 몸을 숙여 그에게 눈짓을 했다.

"네!" 하고 수도사가 대답했다.

조르바는 기쁨에 펄쩍 뛰어올랐다.

"잘했어요, 수도사님! 이제 천당에 갈 거외다. 절대로 틀림없지! 손에 석유통을 들고 있구려."

"아멘!" 수도사가 중얼거리며 성호를 그었다.

"어떻게 됐소? 언제 그랬소? 말해보슈!"

"카나바로 형제, 난 미카엘 대천사를 봤어요. 명령을 받았죠. 들어보세요. 나는 취사장에 홀로 남아 강낭콩 깍지를 까고 있었어요. 나 혼자였고 문은 꽉 잠겨 있었어요. 신부들은 저녁 기도식에 가 있었죠. 정말 조용했어요. 나는 새들의 노랫소리를 듣고 있었는데 마치 천사들의 소리 같았어요. 모든 걸 다 준비해놓고 조용히 기다렸죠. 이미 석유 한 통을 사서 미카엘 대천사의 축복을 받기 위해 묘지 부속 성당 지성소 안의 성스러운 식탁* 밑에 숨겨놓았죠……

그러니까 어제저녁, 나는 저녁에 쓸 강낭콩 깍지를 까고 있었

---

* 성당의 지성소 한가운데에 있는 대로서, 그 안에 성해를 모시고, 그 위에 성물들을 올려놓는다. 그리스정교회와 가톨릭교회의 모든 예배는 이 식탁을 중심으로 이루어진다.

는데, 내 머릿속은 온통 천국 생각뿐이었죠. 그래서 속으로 '예수 그리스도시여, 저도 하늘의 왕국에 걸맞은 사람이 되게 하소서! 그리고 천국의 부엌에서 영원히 채소를 다듬게 해주소서' 하고 기도했죠. 이런 생각을 하는 동안 내 눈에서는 눈물이 줄줄 흘러내렸어요. 그런데 갑자기 머리 위에서 날개 소리가 들리더라고요. 그때 나는 깨달았죠. 그리고 고개를 숙였어요. 그러자 '자하리아스, 두려워하지 말고 눈을 들어라!' 하는 소리가 들렸어요. 하지만 나는 벌벌 떨면서 땅에 납작 엎드렸죠. 그때 다시 소리가 들렸어요. '자하리아스야, 눈을 들어라!' 그래서 눈을 들고 보았더니 문이 활짝 열려 있고, 문지방 위에는 성당 문에 그려져 있는 것과 똑같이 검은 날개에 검은 모직 바지를 입고 황금 투구를 쓴 미카엘 대천사가 서 있었어요. 다만 칼 대신 불붙은 횃불을 들고 있었죠. '자하리아스야, 잘 있었느냐!' 내게 말했어요. '보소서! 저는 하느님의 종입니다. 명령을 내리소서!' 제가 대답했죠. '이 불붙은 횃불을 잡아라! 하느님께서 너와 함께하신다!' 난 손을 뻗었죠. 손바닥이 타는 것 같았어요. 하지만 대천사는 사라졌어요. 오직 열린 문과 마치 별똥별이 떨어지는 듯한 하늘의 불꽃 한 줄기만 보였어요."

수도사는 얼굴에 흘러내리는 땀을 닦았다. 그의 얼굴은 창백해져 있었다. 그리고 열병에 걸린 환자처럼 심하게 떨며 이를 부딪고 있었다.

"그래서?" 조르바가 말했다. "자, 수도사님, 힘을 내시게!"

"그 시간에 신부들은 저녁 기도를 마치고 식당으로 들어가고 있었죠. 수도원장이 지나가면서 개새끼한테 하듯 나를 발길로 한 대 걷어찼어요. 신부 놈들은 웃고 난 아파서 신음 소리를 냈죠. 공기 중에는 대천사가 지나간 유황 냄새가 났어요. 하지만 아무도 그걸 눈치채지 못했죠. 그들이 식탁에 앉았어요. '자하리아스, 넌 안 먹을 거냐?' 식당장 수도사가 내게 말했죠. 난 끽소리 안 했죠. '저놈은 천사들의 빵으로 이미 배가 불렀어.' 남자 놈이랑 눕는 도메티오스 신부가 말했어요. 신부들이 다시 웃었죠. 나는 일어나서 묘지로 물러났죠. 그리고 대천사의 발아래 얼굴을 박고 엎드렸어요. 그때 내 목덜미를 밟는 그의 무거운 발이 느껴졌어요. 시간은 쏜살같이 지나갔죠. 아마도 천국에서는 시간과 세월이 이렇게 흐르겠죠. 세상은 고요하고 수도사들은 이미 잠이 든 한밤중에 나는 조용히 일어났죠. 나는 십자가를 긋고 대천사의 발에 입을 맞췄어요. '당신의 뜻이 이루어지게 하소서!' 이렇게 말하고 석유통을 집어 들어 뚜껑을 연 다음, 가슴팍에 헝겊 쪼가리들을 쑤셔 넣고 밖으로 나왔죠.

칠흑같이 어두웠어요. 달도 아직 안 떴고, 수도원은 마치 지옥같이 깜깜했죠. 나는 정원을 지나 계단으로 올라가 수도원장실까지 갔어요. 문과 창문과 벽에 석유를 부어놓은 다음, 도메티오스 신부 방으로 가서 거기부터 시작해서 기다란 회랑을 따라가며 모든 수도사들의 방에 석유를 부었죠. 당신이 가르쳐준 대로 말이에요. 그러고 나서 성당에 들어가 촛불 하나를 집어서 예수님의 기름 등잔불에서 불을 붙인 다음 불을 놨어요……"

수도사가 숨가빠하며 말을 멈췄다. 그의 눈에서는 불꽃이 이

글거리고 있었다.
"하느님께 영광!" 그가 성호를 그으며 으르렁거리듯 말했다.
"하느님께 영광이 있을지어다! 수도원은 곧바로 불길에 휩싸였어요. '바깥 회랑에 불났어요!' 나는 이렇게 크게 소리치고는 줄행랑을 쳤죠. 뛰고, 달리고, 또 뛰었어요. 종소리와 수도사들의 고함 소리가 들렸죠. 난 계속 뛰고 달리고 도망쳤어요……

날이 밝았어요. 난 숲에 숨었죠. 추워서 몸이 덜덜 떨렸어요. 해가 뜨자 수도사들이 나를 찾기 위해 숲을 뛰어다니는 소리가 들렸어요. 하지만 하느님께서 내 주위에 안개를 덮어주셔서 그들은 날 볼 수 없었죠. 땅거미가 질 때쯤 다시 어떤 목소리가 들려왔어요. '바닷가로 내려가라! 떠나라!' 제가 소리쳤죠. '대천사님, 저를 인도하소서!' 그러고는 산을 내려왔어요. 난 어디로 가는지도 몰랐어요. 대천사가 때로는 섬광으로, 나무들 사이의 어둠 속에서는 새가 되고, 어떤 때는 내리막길이 되어 나를 인도했어요. 나는 믿음을 갖고 대천사의 뒤를 따라 뛰고 또 뛰었죠. 그리고, 자, 보세요, 대천사의 큰 은총으로 여기까지 와서 카나바로 형제를 만나게 됐잖아요. 카나바로 형제여, 난 구원받았어요."

조르바는 아무 말도 하지 않았다. 하지만 그의 얼굴에는 악마 같은 웃음이 소리도 없이 가득 넘쳐흘렀다. 그의 입술 양끝은 거의 당나귀처럼 털이 숭숭 난 그의 귀밑까지 찢어져 있었다.

음식이 다 됐다. 조르바가 불에서 음식을 내렸다.
"자하리아스, '천사들의 빵'은 뭐지?" 그가 물었다.
"성령이죠." 수도사가 대답하며 성호를 그었다.

"성령, 그러니까 다른 말로 하자면 공기지? 형제여, 그걸로는 배가 부르지 않지. 이리 와서 빵하고 생선 수프하고 농어 좀 먹고 기운을 차리라고. 일을 잘 처리했으니까 이제는 먹으라고!"

"난 배고프지 않아요." 수도사가 대답했다.

"자하리하스는 배가 안 고프다? 그럼 요시프는? 요시프도 배가 안 고플까?"

"요시프는, 그 저주 받을 요시프는 타 죽었어요. 하느님께 영광이 있으리다!" 수도사가 마치 큰 비밀을 털어놓는 것처럼 조용히 속삭였다.

"타 죽었다고?" 조르바가 웃으며 소리쳤다. "어떻게? 언제? 그놈을 봤어?"

"카나바로 형제, 내가 예수님의 기름 등잔불로 촛불에 불을 붙이는 순간에 타 죽었어요. 불꽃으로 된 글자가 쓰여 있는 새까만 리본같이 생긴 그놈이 내 입에서 나오는 걸 내 눈으로 똑똑히 봤어요. 촛불의 불꽃이 그놈 위로 떨어지자, 그놈은 뱀처럼 똬리를 틀더니 잿더미가 됐어요. 하느님께 영광! 난 몸이 가뿐해졌죠. 난 이미 천국으로 들어간 게 틀림없어요."

그는 웅크리고 앉아 있던 모닥불 근처에서 일어나면서 말했다.

"난 갈게요. 바닷가로 가서 누울래요. 그렇게 하라는 명령을 받았거든요."

그는 해변을 따라 어둠 속으로 사라졌다.

"조르바, 당신이 저 사람을 위험에 빠뜨렸어요. 이제 수도사들이 저 사람을 잡게 되면 그는 끝장이에요."

"대장, 걱정 마슈! 아마 저놈을 잡지 못할 거요. 내가 이런 경우를 대비한 속임수를 좀 압니다. 내일 아침 일찍 내가 저놈 수염을 깨끗하게 면도해주고, 일반인 옷을 입히고, 배를 태워 멀리 보낼 거요. 대장, 걱정하지 마슈! 그런 일은 식은 죽 먹기요. 수프는 맛있었소? 인간들의 빵이나 맛있게 잡수시고 걱정은 접어놓으슈!"

조르바는 왕성한 식욕으로 먹고 마신 다음 콧수염을 닦았다. 그리고 기분이 좋아 이야기를 시작했다.

"보셨수? 그놈 안의 악마가 죽은 걸? 그리고 이제 그 가엾은 놈은 자기 속을 완전히 비웠어요. 속을 비워서 모든 게 끝났죠. 이제 저 작자는 남들하고 똑같은 인간이 됐어요."

그는 잠깐 생각하다가 불현듯 말했다.

"대장, 악마란 놈이 아마……"

"분명해요." 내가 대답했다. "수도원을 방화하겠다는 집념이 그를 지배했고, 그 집념은 수도원을 태우고 잠잠해진 거죠. 바로 그 집념이 고기를 바랐고, 포도주를 바랐고, 성숙해지길 바랐고, 행동하고 싶어 했죠. 전혀 다른 사람인 자하리아스는 고기도 포도주도 필요하지 않았고, 금식을 통해 성숙해졌었죠."

조르바는 내 말을 곰곰이 생각해보고 또 깊이 따져보았다.

"아흐! 대장, 나도 말요, 대장 생각이 옳다고 생각해요." 그가 말했다. "나도 내 안에 대여섯 놈의 악마를 가지고 있다고 생각해요!"

"조르바, 우리 모두가 가지고 있어요. 너무 놀랄 거 없어요. 그리고 많은 악마를 가지고 있을수록 더 좋고요. 단지 모두가 서로 다른 방법으로 똑같은 목표를 향해 가기만 하면 돼요."

나의 이 말이 조르바를 당황하게 만들었다. 그는 무릎 사이에 머리를 처박고 생각에 잠겼다.

"어떤 목표요?" 이윽고 그가 눈을 치켜뜨면서 물었다.

"조르바, 난들 알겠어요? 알기 어려운 걸 묻네요. 내가 뭐라고 대답할 수 있겠어요?"

"내가 이해할 수 있도록 좀 쉽게 말해보슈. 난 지금까지 내 안의 악마 놈들이 하고 싶은 건 뭐든지 하고, 가고 싶은 덴 어디든지 가게 내버려뒀수다. 그래서 어떤 자들은 나보고 나쁜 놈이라고 하고, 어떤 자들은 좋은 놈이라고 하고, 어떤 자들은 바보라고 하고, 어떤 자들은 현명한 솔로몬이라고들 하죠. 그리고 난 그들이 말하는 그런 놈인 동시에 그보다 더한 놈이기도 한, 러시아 샐러드 같은 놈이죠. 그러니 가능하다면 말이죠, 무슨 목표인지 내가 알 수 있게 말 좀 해보슈. 어떤 목표죠?"

"조르바, 내 생각에는 말이죠, 물론 잘못된 생각일 수도 있지만, 세 부류의 인간이 있는 거 같아요. 우선은 소위 말하는 자신들만의 삶을 살기 위한 목표를 세우는 부류죠. 그들은 자신들만을 위해 먹고, 마시고, 사랑하고, 부를 쌓고, 영광을 추구하죠…… 그리고 그다음에는 자신들의 삶을 위해서가 아니라 모든 인류의 삶을 위해 목표를 세우는 부류가 있죠. 그들은 모든 사람이 하나라고 느끼면서 사람들에게 진리를 깨우치려고 노력하고, 모든 인류를 사랑하고 남을 위해 자신이 할 수 있는 데까지 베푸는 사람들이죠. 그리고 끝으로 우주의 삶을 위해 목표를 세우는 부류가 있죠. 이 부류는 인간은 물론, 동물과 식물, 별 들도 모두 끔찍한 투쟁, 즉 물질을 승화시켜 정신으로 만들려는 투쟁을 하는, 동일한 본질을 지닌 동일한 존재라고 생각하죠."

조르바는 머리를 긁적거리며 말했다.

"난 멍청이라 무슨 말인지 도무지 알 수가 없네요…… 이봐요, 대장, 내가 알아들을 수 있도록 방금 한 말을 좀더 쉽게 소화해서 말해주슈!"

나는 절망적으로 입술을 깨물었다. 내가 이 절망적인 생각들을 춤으로 표현할 수 있다면 얼마나 좋을까!

"아니면, 대장, 내게 말한 것들을 후세인 아가스가 한 것처럼 이야기로 해줄 수 있으면 그렇게 해주슈! 후세인 아가스는 말요, 우리 집 이웃에 사는 터키 노인이었는데, 나이가 무척 많았고 아주 가난한 데다, 마누라도, 아이도 없는 외톨이였수다. 옷은 여기저기 해졌지만 반짝반짝 빛이 났다우. 그는 손수 빨래도 하고, 요리도 하고, 청소도 하고, 저녁이면 우리 집으로 와서 내 할아버지와 동네 노파들하고 마당에 앉아 양말을 짰다우.

이 후세인 아가스란 사람은 말요, 정말 성스러운 분이었수다. 어느 날 이 사람이 나를 무릎에 앉히고, 마치 축복을 내리듯 손을 내 머리에 얹고 말했어요.

'알렉시스, 내가 네게 비밀 하나를 말해줄게. 넌 아직 어려서 이 말이 무슨 말인지 모르겠지만 크면 알게 될 거다. 애야, 들어봐라! 일곱 층의 하늘도, 일곱 층의 땅도 하느님을 받아들이기에는 좁단다. 하지만 인간의 가슴은 그분을 받아들일 수 있지. 그래서 말이다, 내 축복을 받아라, 알렉시스! 절대 사람들의 마음에 상처를 주지 말아라!'"

나는 아무 말 없이 조르바의 이야기를 들었다. 나도 나의 추상적 생각들이 최고의 정점에 이르기 전까지, 하나의 이야기로 완성되기 전까지는 내 입에서 새어 나오지 않게 할 수만 있다면 얼마나 좋을까! 하지만 오직 위대한 시인만이 그런 경지에 도달할 수 있고, 아니면 몇 세기 동안의 침묵을 통해서만 그런 경지에 이를 수 있는 것이다.

조르바가 일어났다.

"가서 우리의 화공선* 선장이 뭘 하고 있는지 살펴볼게요. 그리고 감기 걸리지 않게 담요라도 덮어줘야죠. 가위도 하나 가져가야겠네요. 필요할 테니까요."

그가 웃음을 터뜨렸다.

"인간들이 모두 자기가 한 말을 미래에 그대로 실천하게 될 때면 말이죠, 대장, 자하리아스는 카나리스** 옆에 있게 될 거요!" 그가 말했다.

조르바는 담요 한 장과 가위를 들고 바닷가로 향했다. 아직

---

* 적의 배를 불로 공격하기 위해 만든 배. 여기서 '화공선 선장'은 자하리아스 수도사를 말한다.
** Κωνσταντίνος Κανάρης(1793년 또는 1795~1877): 오스만튀르크를 상대로 한 그리스 독립 전쟁의 영웅이자 화공선 선장으로 오스만튀르크 해군 배들에 화공을 퍼부어 혁혁한 공을 세웠다.

차지 않은 달이 떠올라 병색이 도는 애잔한 빛을 땅 위에 쏟고 있었다.

나는 불 꺼진 모닥불 옆에 누워 조르바가 한 말들의 무게를 가늠해보았다. 본질로 가득하고 포근한 흙냄새가 나고 인간의 몸무게가 느껴지는 말들이었다. 조르바의 말들은 내면의 깊숙한 저 밑바닥에서 올라와서는 아직도 인간의 따뜻한 체온 속에 머물고 있었다. 머리에서 내려온 나의 말들은 종이에 쓰여 있는 것들로, 그 위에 오직 피 한 방울만 떨어뜨려놓은 것이다. 내 말들이 조그만 의미라도 가지고 있다면 그것은 바로 그 피 한 방울 덕분이다.

조르바가 갑자기 팔이 축 늘어진 채 낭패한 표정으로 나타났을 때 나는 엎드려서 남은 재를 뒤적거리고 있었다.

"대장, 놀라지 마슈!" 그가 말했다.

나는 벌떡 일어났다.

"수도사 녀석이 죽었수다."

"죽었다고요?"

"내가 갔더니 그 녀석이 달빛이 비치는 바위 위에 누워 있더라고요. 난 무릎을 꿇고 앉아 그의 수염과 그나마 남아 있는 콧수염을 깎기 시작했죠. 수염을 계속 깎는데 그놈이 꿈쩍도 안 하더라고요. 나는 신이 나서 수염을 깎고, 머리도 빡빡 밀어버렸죠. 아마 6, 7백 그램 정도의 털을 깎았을 거예요. 그렇게 그놈을 양배추처럼 만들어놨죠. 갑자기 웃음이 나오더라고요. '이봐, 자하리아스 선생!' 내가 그를 부르며 흔들어 깨웠죠. '일어나서 성모 마리아님의 기적을 좀 보라고!' 하지만 그 인간은 꼼짝도 안 했어요.

내가 그를 흔들어봤지만 역시 마찬가지였어요. 혹시 이 화상이 죽었나? 그런 생각이 들었죠. 난 그놈 수도사 옷의 가슴팍을 열어젖히고 손으로 그의 심장을 세게 내려쳤어요. 탁! 탁! 탁! 아무 소용 없었어요! 꼼짝도 안 하더라고요. 그 기계는 더 이상 작동하지 않았죠."

조르바는 이야기를 할수록 점점 더 신이 났다. 죽음이 잠시 동안 그를 당황하게 만들었지만 그는 재빨리 생기를 되찾았다.

"대장, 이제 어떻게 하죠? 내 생각에는 그놈을 화장하는 게 좋을 것 같아요. 석유를 뿌려댔으니 이제는 받을 차례죠. 『성경』에 그렇게 쓰여 있지 않수? 자, 보세요. 수도사 놈의 옷은 기름에 절어 있고, 게다가 석유로 범벅이 되어 있으니 아마 성 대목요일*의 유다처럼 불이 활활 붙을 거요."

"조르바, 하고 싶은 대로 하세요." 나는 별로 내키지 않아 이렇게 말했다.

조르바는 다시 생각에 잠겼다.

"난감하네, 참 골치야!" 그가 이윽고 말했다. "그놈한테 불을 붙이면, 옷은 횃불처럼 활활 타겠지. 하지만 그 가엾은 수도사 녀석은 빼빼 말라서 뼈다귀뿐이란 말야. 그러니 재가 되려면 한참 걸릴 거야. 이 불쌍한 놈은 불길이 퍼지게 해줄 비곗덩어리가 없단 말야……"

그는 머리를 저었다.

* 부활절 전의 목요일로 예수 그리스도를 팔아먹은 유다가 자살한 날로 여겨진다.

"하느님이 정말 있다면 이런 걸 다 예측하고 그놈한테 비곗덩어리를 잔뜩 넣어 뚱뚱하게 만들어서 우리가 이런 고민을 하지 않게 했어야 하는 거 아냐? 대장 생각은 어떻수?" 그가 말했다.

"날 끌고 들어가지 말라니까요. 그냥 하고 싶은 대로 하세요. 그것도 빨리요."

"이 모든 일로부터 기적이 일어난다면 최곤데 말이죠. 수도사들이 하느님께서 손수 이발사가 되어 이 작자 수염을 깎고 난 다음에 수도원에 방화한 죄를 물어 죽이셨다고 믿게만 된다면……"

조르바가 다시 머리를 긁었다.

"무슨 기적을 바라냐? 무슨 기적을…… 바로 이 시점에서 조르바, 네가 필요한 거야!"

조각난 달이 이제는 지려는지 불에 달궈진 구리 조각처럼 황금색과 붉은색의 중간쯤 되는 색으로 변해 하늘과 바다의 경계선을 만지고 있었다.

나는 매우 피곤해서 자리에 누웠다. 내가 깼을 때는 이미 새벽녘이었다. 조르바가 내 옆에 앉아 커피를 끓이는 게 보였다.

그의 얼굴은 아주 창백했고, 눈은 밤을 꼬박 새웠는지 아주 붉게 충혈돼 있었다. 하지만 염소를 닮은 그의 입술은 아주 영악한 미소를 짓고 있었다.

"대장, 밤새 한잠도 못 잤수다. 할 일이 있었거든요."

"불경한 사기꾼께서 무슨 일로 바빴소?"

"기적을 만들었수다."

그가 웃으며 손가락을 입술 한가운데에 가져다 댔다.

"대장한테 무슨 일인지는 말하지 않을 거요. 내일 케이블 준공식이 있으니 황소 같은 덩치의 수도사들이 성수식을 하러 내려올 거요. 그때 복수의 성모 마리아께서 크나크신 은총으로 어떤 새 기적을 행하셨는지 듣게 될 거요!"

그는 이렇게 말하고는 내게 커피를 따라주었다.

"보세요, 대장, 난 수도원장감이오." 그가 말했다. "내가 만약 수도원을 세웠더라면 모든 고객들을 다 끌어 모아 다른 수도원들은 모두 문을 닫게 만들었을 거라는 데 큰돈을 걸겠수다. 눈물이 필요해요? 그럼 스펀지 하나를 적셔서 내가 가지고 있는 모든 성화가 눈물을 흘리도록 만들 거요. 천둥소리가 필요해요? 그럼 성스러운 식탁 아래 기계 하나를 넣어두고 으르렁 소리를 내게 만들고요. 환상이 필요해요? 그럼 최고 심복들인 수도사들을 시켜 침대 시트를 뒤집어쓰고 밤새도록 수도원 지붕을 걸어 다니라 할 거고요. 그리고 매년 성모 마리아 축제 때에는 꼽추, 장님, 절름발이들을 모아서 빛을 보게 만들고, 뛰쳐나와 춤을 추게 만들고……

대장, 그렇게 비웃지 마슈! 내 아저씨 한 사람이 한번은 죽기 일보 직전인 늙은 노새를 발견했죠. 누군가 죽으라고 황량한 벌판에 버린 거죠. 우리 아저씨는 그놈을 끌고 와서는 매일 아침 풀을 먹이러 나갔다가 저녁이면 집으로 돌아왔어요. 마을 사람들이 물었죠. '여보슈, 하랄람보스 영감, 그 형편없는 노새로 뭘 하겠다는 거요?' 우리 아저씨가 '이놈은 내 똥 공장이야!'라고 대답했어요. 대장, 내가 만약 수도원을 갖게 된다면, 그건 기적 공장이 될 거요."

25

메이데이* 하루 전날은 내가 살아 있는 동안 절대 잊지 못할 것이다. 케이블은 다 완성되어 있었고, 기둥이며, 케이블 철삿줄, 도르래는 아침 햇살을 받아 빛나고 있었다. 산꼭대기에는 커다란 소나무들이 잘린 채 쌓여 있었고, 인부들은 위에서 그 나무들을 줄에 매달아 바닷가로 내리기를 기다리고 있었다.

산꼭대기 케이블의 가장 높은 지점에는 그리스 국기가 펄럭였고, 케이블의 종착점인 바닷가 공터에도 똑같은 국기가 펄럭였다. 조르바는 우리 오두막 마당에 포도주 한 통을 갖다놓았다. 인부 한 명이 살이 통통히 오른 양 한 마리를 꼬챙이에 꿰어 굽고 있었다. 준공식과 성수식이 끝나면 초대받은 귀빈들이 한 잔의 포도주와 안주를 먹고 마시며 우리 사업이 번창하도록 축원할 것이다.

* Mayday: 5월 1일로 많은 나라의 노동절이다. 그리스에서는 이날 처녀들이 들판에 나가 꽃을 꺾어 화환을 만드는 풍습이 있다.

조르바는 오두막 벽에 걸린 앵무새 새장을 가지고 나와 첫번째 케이블 기둥 가까이에 있는 높은 바위 위에 아주 조심스럽게 올려놓았다.

"이놈 여주인을 보는 것 같군." 조르바가 앵무새를 다정스럽게 바라보면서 중얼거렸다. 그러고는 주머니에서 아랍 피스타치오를 한 움큼 꺼내 모이로 주었다.

그는 명절 때 입는 옷을 입고 있었다. 단추 몇 개를 잠그지 않은 하얀 와이셔츠에 회색 양복을 걸치고, 초록색 바지를 입고, 고무창이 있는 구두를 신었다. 염색이 바래기 시작한 콧수염은 왁스로 다듬었다.

그는 뛰어가서 더 신분이 높은 귀족이 다른 귀족들을 맞이하는 태도로 마을 유지들을 맞이하며 케이블이 무엇인지, 마을에 어떤 이익을 가져다줄지, 그리고 성모 마리아가 크나큰 은총으로 어떻게 그로 하여금 완전한 케이블을 만들 수 있도록 영감을 주었는지 설명했다.

"이 케이블 건설은 아주 중요한 겁니다." 그가 설명했다. "무엇보다도 정확한 기울기를 찾아내야 합니다. 완전 과학이죠! 저는 몇 달 동안 고민했지요. 하지만 다 소용없었어요. 인간의 머리란 위대한 걸 만드는 일에는 턱없이 부족하지요. 하느님의 계시가 필요합니다. 성모 마리아께서는 제가 고민에 빠져 고통스러워하는 것을 보시고 불쌍히 여기시며 이렇게 말씀하셨습니다. '가엾은 조르바, 그는 착한 사람이고 마을을 위해 좋은 일을 하려고 하니 내가 그를 도와주어야겠다.' 자, 이 기적을 보십시오!"

조르바가 말을 멈추고 성호를 세 번 그었다.*

"기적이죠! 어느 날 밤에 검은 옷을 입은 여인이 제 꿈에 현현했습니다. 성모 마리아님이셨습니다. 그분의 은총은 크고도 큽니다! 그분은 손에 아주 조그만, 요 정도 크기인, 철삿줄 케이블을 들고 계셨습니다. 그리고 제게 이렇게 말씀하셨죠. '조르바, 내가 하늘에서부터 설계도를 가져왔다. 이 기울기로 지어라! 그리고 나의 축복을 받아라!' 이렇게 말씀하시고는 사라지셨습니다. 저는 잠에서 깨어나 제가 실험을 하는 곳으로 달려갔죠. 그리고 제가 본 것이 무언지 아십니까? 제 실험용 노끈이 정확한 기울기를 유지하고 있었습니다. 그리고 노끈에서는 리바니 유향** 냄새가 났습니다. 성모 마리아께서 만지셨음이 분명합니다!"

콘도마놀리오스 영감이 무언가 질문하기 위해 막 입을 열려는데 오솔길 입구에 수도사 다섯 명이 암노새를 타고 오는 것이 보였다. 그 가운데 한 수도사가 어깨에 커다란 십자가를 짊어지고 앞서서 달려오면서 뭐라고 소리쳤는데, 무슨 말인지 분명히 알아들을 수 없었다.

서서히 성가 소리가 들리기 시작했다. 수도사들은 손을 흔들고 성호를 그었다. 자갈 밟히는 소리가 들려왔다.

앞장서 뛰어온 수도사가 도착했다. 그는 온몸에 땀을 흘리고 있었다. 그가 십자가를 높이 쳐들고 소리쳤다.

* 동방정교회에서는 경건함을 표시하기 위해서 보통 성호를 세 번 긋는다.
** 나무진으로 만든 향. 동방정교회 예배 때 정화하기 위해 쓴다.

"신도 여러분, 기적입니다! 형제 여러분, 기적입니다. 신부님들이 크나큰 은총의 성모 마리아님을 모시고 옵니다. 엎드려 경배들 하십시오!"

마을 유지들과 인부들을 비롯한 모든 마을 사람들이 감동하여 달려가 수도사를 둘러싸고 성호를 그었다. 나는 멀찌감치 떨어져 서 있었다. 조르바가 눈을 번뜩이며 내게 신호를 보냈다.

"대장, 대장도 빨리 가슈!" 그가 내게 말했다. "어서 가서 크나큰 은총의 성모 마리아의 기적을 들어보슈!"

수도사는 가쁜 숨을 몰아쉬며 조급하게 이야기를 시작했다.

"형제들이여, 들어보십시오! 하느님의 영광과 거룩한 기적을! 악마가 저 저주 받을 자하리아스의 영혼을 차지하고 엊그제 밤에 거룩한 수도원에 석유를 퍼붓고 방화를 저질렀습니다. 그러나 하느님께서 우리를 흔들어 깨우셨습니다. 그래서 우리는 모두 일어나서 불을 보고는 달려가 불을 껐습니다. 수도원장실과 회랑, 수도사들의 방이 화염에 휩싸였습니다. 우리들은 종을 치고 소리를 질렀습니다. '복수의 성모 마리아님이시여, 도와주소서!' 그리고 우리들은 물동이와 양동이를 들고 뛰어갔습니다. 새벽녘이 되어 불이 꺼졌습니다. 성모 마리아의 은총 덕분이었습니다!

우리들은 기적을 행하시는 성모 마리아님의 성화가 왕좌에 앉아 계시는 묘지 부속 성당으로 가서 무릎을 꿇었습니다. 그리고 큰 소리로 기도드렸습니다. '복수하시는 성모 마리아님이시여, 당신의 거룩한 창을 높이 드시어 범인을 치소서!' 우리는 모두 정원에 모였는데 유다 놈 자하리아스가 안 보였습니다. '이놈이 불을 지른 놈이다. 바로 이놈이야!' 우리는 모두 소리치면서 흩어져 그 놈을 찾았습니다. 하루 종일 찾았지만 허탕이었습니다. 밤새도록 또 찾았지만 헛일이었습니다. 그런데 오늘 아침 우리가 다시 묘지 부속 성당에 가봤는데, 자, 형제 여러분, 우리가 거기서 뭘 봤겠습니까? 우리는 거기서 하느님의 영광과 거룩한 기적을 봤습니다. 자하리아스 놈이 성모 마리아 발밑에 시체가 되어 너부러져 있었습니다. 그리고 성모 마리아께서 들고 계신 창끝에는 굵은 핏방울이 떨어지고 있었습니다."

"키리에 엘레이손(주여 불쌍히 여기소서!)! 키리에 엘레이손! 키리에 엘레이손!" 마을 사람들이 중얼거리며 엎드려 회개했다.

"그러나 훨씬 더 끔찍한 게 있어요!" 수도사가 침을 삼키며 이야기를 계속했다. "우리가 악마에 사로잡혔던 놈을 들어내려고 몸을 숙였을 때, 우리 모두는 놀라서 입을 다물 수가 없었습니다. 성모 마리아님께서 그놈의 머리와 수염과 콧수염을 가톨릭 신부처럼 모두 싹 밀어버리신 겁니다!"

나는 웃음이 나오려는 것을 겨우 참으며 조르바를 돌아봤다.

"이 불경한 사기꾼 같으니라고!" 내가 그에게 조용히 속삭였다.

하지만 조르바는 큰 눈동자를 굴리며 수도사를 바라보면서 감동한 듯 성호를 그었다.

"주여, 당신은 위대하십니다. 주여, 위대하고도 위대하십니다. 그리고 기적은 모두 당신께서 하시는 일입니다." 조르바가 중얼거렸다.

그러는 사이에 나머지 수도사들이 도착해서 노새에서 내렸다. 접대 책임 신부가 기적을 행하는 성화를 품에 안고 어느 바위 옆에 섰다. 마을 사람 모두가 달려가 서로 밀쳐가며 그 성화에 경배를 드렸다. 그 뒤에서는 뚱뚱한 도메티우스 신부가 물뿌리개로 시골 사람들의 단단한 이마 위에 장미수를 뿌려주면서 쟁반을 들고 헌금을 모으고 있었다.

다른 수도사 세 명은 그 주변에 서서 털북숭이 손을 배 위에 얹은 채로 땀범벅이 되어 성가를 불렀다.

"우리들은 신도들이 경배할 수 있도록, 그리고 그들이 성모 마리아로부터 받은 은총만큼 헌금할 수 있도록 하기 위해 크레타의 각 마을을 돌 겁니다. 헌금을 모아서 성스러운 수도원을 보수할 겁니다……" 뚱뚱한 도메티오스 신부가 말했다.

"결국 빌어먹을 돼지 수도사 놈들이 이득을 보는구면!" 조르바가 중얼거렸다.

그가 수도원장에게 다가갔다.

"거룩하신 수도원장님!" 그가 말했다. "성수식 준비가 다 됐습니다. 성모 마리아님의 은총으로 우리 사업을 축복해주십시오!"

해는 이미 높이 솟아 있었고, 바람 한 점 없었다. 매우 더웠다. 신부들이 그리스 국기가 꽂혀 있는 첫번째 기둥 주위로 둘러섰다. 그들은 넓은 소매로 이마의 땀을 훔쳐내고는 '집의 기초'를 위한 성가를 부르기 시작했다. "주여! 주님이시여! 이 기계를 단단한 바위 위에 서게 하시어, 바람에도, 물에도 무너지지 않도록 강하게 해주소서……" 그러고는 큰 놋쇠 그릇에다 성수용 물뿌리개를 넣었다가 꺼내서 기둥과 철삿줄, 도르래, 조르바와 나, 마을 사람들과 인부들, 그리고 끝으로 바다에까지 성수를 뿌렸다.

그런 다음 일어나서는 마치 병든 여인을 드는 것처럼 아주 조심스럽게 성화를 들어서 앵무새가 있는 높은 바위 위에 올려놓았다. 그리고는 준공식을 기념하기 위해 성화 주위로 빙 둘러섰다. 기둥을 중심으로 건너편에는 마을 유지들이 서 있었고, 조르바는 가운데 서 있었다. 나는 바닷가로 물러나 기다렸다.

케이블 시범은 삼위일체를 상징하는 의미로 나무 기둥 세 개만 가지고 할 예정이었다. 하지만 우리는 복수의 성모 마리아를 위해 네번째 나무 기둥도 준비했다.

수도사들과 마을 사람들, 인부들, 모두가 성호를 그으며 중얼거렸다.

"하느님과 성모 마리아님의 이름으로!"

조르바가 큰 걸음으로 첫번째 기둥으로 가서 줄을 잡아당겨 깃발을 내렸다. 이것이 산 위에 있는 인부들이 기다리던 신호였다. 우리 모두는 시선을 산꼭대기에 고정시켰다.

"성부의 이름으로 아멘!" 수도원장이 소리쳤다.

그때 어떤 일이 일어났는지는 말이나 글로는 표현할 수 없다. 그 대재앙은 번개처럼 갑작스러워서 우리 목숨을 건진 것만도 기적이었다. 케이블 전체가 심하게 휘청거렸다. 인부들이 케이블에 올려놓은 소나무 기둥이 미친 듯이 무서운 속도로 아래로 곤두박질쳤다. 불꽃이 튀고 나무가 갈라지면서 커다란 파편들이 공중으로 날았다. 그리고 불과 몇 초 만에 밑에 도착한 나무 기둥은 반쯤 타 있었다.

조르바는 매 맞은 강아지처럼 나를 바라보았다. 수도사들과 마을 사람들은 멀찌감치 도망가 있었고, 근처에 매여 있던 노새들은 발길질을 시작했다. 그리고 뚱뚱한 도메티오스 신부는 땅에 바짝 웅크리고 있었다.

"주여, 저를 기억하소서!" 잔뜩 겁을 집어먹은 그가 중얼거렸다.

조르바가 손을 치켜들었다.

"아무것도 아닙니다. 원래 첫번째 하강은 이런 겁니다. 이제는 케이블이 제대로 길이 들었을 겁니다. 자들, 보세요!"

그가 깃발을 들어 신호를 보낸 뒤 재빨리 뛰어 몸을 피했다.

"그리고 성자의 이름으로 아멘!" 수도원장이 다시 소리쳤다. 그의 목소리는 조금 떨리고 있었다.

두번째 나무 기둥의 끈이 풀렸다. 케이블 기둥들이 휘청거리기 시작하더니 나무 기둥에 가속도가 붙었다. 나무 기둥은 마치 돌고래처럼 튀어 오르면서 우리 쪽으로 날아왔다. 그러나 미처 도착하지 못하고 산 중간쯤에서 산산조각이 나 흩어졌다.

"이런 빌어먹을!" 조르바가 콧수염을 물어뜯으며 중얼거렸다. 적절한 기울기를 잡아내지 못한 것이다.

조르바는 화가 나서 케이블 기둥으로 달려가 깃발을 내려 다시 신호를 보냈다. 수도사들은 노새 뒤에서 성호를 그었다. 마을 유지들은 발에 힘을 잔뜩 주고 언제든 도망갈 준비를 하고 있었다.

"그리고 성령의 이름으로 아멘!" 수도원장이 긴 신부복을 치켜 잡으면서 가쁜 숨을 쉬며 소리쳤다.

세번째 나무 기둥은 아주 커다란 소나무였다. 나무를 묶은 줄이 풀리자마자 엄청나게 큰 소리가 났다.

"여러분, 모두 엎드리세요!" 조르바가 도망치면서 소리쳤다.

수도사들은 모두 땅에 코를 박고 엎드렸고, 마을 사람들은 줄행랑을 쳤다.

소나무는 크게 뛰어오르더니 다시 케이블 철삿줄에 매달렸다. 불꽃들이 튀면서 나무 기둥은 우리가 미처 볼 새도 없이 산에서 해변으로 날아가 긴 거품을 뒤로 남기며 바다에 빠져버렸다. 케이블을 떠받치고 있던 기둥들이 대부분 기울어진 채 흔들거렸다. 노새들은 줄을 끊고 도망쳤다.

"아무것도 아닙니다. 괜찮습니다. 아무것도 아녜요!" 조르바가 미친 듯이 고함을 질렀다.

그가 다시 깃발을 들었다. 그는 절망적이 되어 이 모든 것을 끝장내려고 서두르는 것 같아 보였다.

"그리고 복수의 성처녀 마리아의 이름으로 아멘!" 수도원장이 바위 뒤에 숨어서 말을 더듬으며 소리쳤다.

네번째 나무 기둥이 덮쳤다. 쾅! 하는 끔찍하게 큰 소리가 났다. 두번째 콰쾅! 하는 소리가 났다. 모든 기둥이 도미노처럼 차례차례 쓰러졌다.

"키리에 엘레이손! 키리에 엘레이손! 키리에 엘레이손!" 인부들과 마을 사람들, 수도사들이 소리쳐 기도하면서 뿔뿔이 흩어져 도망쳤다.

나무 파편 하나가 도메티오스 신부의 허벅다리에 박혔다. 또 다른 파편 하나가 수도원장의 눈을 아슬아슬하게 스쳐 지나갔다. 마을 사람들은 완전히 자취를 감췄다. 오직 창을 손에 들고 준엄한 눈초리로 인간들을 바라보는 성모 마리아 성화만이 바위 위에 꼿꼿이 서 있었다. 그리고 그 옆에는 불쌍한 앵무새가 파란 날개의 깃털을 바짝 세우고 떨고 있었다.

수도사들은 성모 마리아 성화를 품에 안고 고통 때문에 끙끙 앓는 소리를 내는 도메티오스 신부를 부축해 일으켜 세우고는 노새들을 모아 올라타고 떠났다. 꼬챙이에 꽂힌 양을 돌리며 굽고 있던 인부도 공포에 질려 양을 버려두고 도망쳐서 양이 불에 타고 있었다.

"양고기가 숯이 되겠네!" 조르바가 소리를 지르며 달려가 꼬챙이를 돌리기 시작했다.

나는 그의 옆에 앉았다. 이제 바닷가에는 아무도 남아 있지 않았다. 우리 둘만 외롭게 남겨졌다. 조르바가 몸을 돌려 불확실하고 어쩔 줄 몰라 하는 눈초리로 나를 바라보았다…… 그는 내가 이 파국을 어떻게 생각할지, 이 모험이 어떤 결과로 치달을지 몰랐다. 그는 고개를 숙이고 칼로 양고기 한 점을 떼어내 맛을 보았다. 그러고는 양이 꽂혀 있는 꼬챙이를 바로 불에서 내려 똑바로 세워놓았다.

"꿀맛이네!" 그가 말했다. "대장, 진짜 맛있어요! 한 점 드셔보실래요?"

"포도주도 한 잔 가져와요! 그리고 빵도요, 배고프네요."

조르바가 재빨리 몸을 움직였다. 포도주 술통을 굴려 양고기 옆에 갖다 놓았고, 큰 덩어리 빵 한 개와 포도주 잔 두 개도 가져왔다. 우리는 각자 칼을 쥐고 양고기 두 조각을 줄처럼 길게 잘라 커다란 빵과 함께 탐욕스럽게 먹고 또 먹었다. 전혀 질리지 않았다.

"대장, 내 말대로 맛이 기가 막히죠?" 조르바가 입을 열었다. "정말 진미네요. 이 지역에는 잎이 두꺼운 풀이 없어요. 가축들을 마른 풀만 먹이죠. 그래서 고기가 이렇게 맛있는 겁니다. 내 기억으로는 이렇게 맛있는 양고기를 먹어본 것은 단 한 번밖에 없어요. 그 시절, 아시겠지만, 난 내 머리카락으로 짠 아야 소피아 성당을 부적으로 차고 다녔었죠. 아주 옛날 얘기예요!"

"말해봐요! 어서 이야기해줘요!"

"태곳적 얘기라고요, 대장! 그리스식 미친 짓거리를 하고 다니던 시절 얘기죠!"

"이봐요, 조르바, 말해줘요. 듣고 싶다니까요!"

"음, 얘기하죠. 한번은 불가리아 놈들이 우리를 포위했어요. 밤이 됐죠. 그놈들이 우리를 완전히 에워싼 채 산등성이에서 불을 피우고, 우리를 겁먹게 하려고 북을 치며 늑대 새끼들처럼 으르렁거리는 소리를 내고 있었죠. 아마 한 300명쯤 됐을 거예요. 우린 스물여덟 명이었고요. 우리들 대장은 루바스*였죠. 그분이 죽었

---

* 본명은 요르기오스 카테하키스(Γεώργιος Κατεχάκης, 1881~1939)로 1904년부터 1905년까지 루바스라는 가명으로 마케도니아 투쟁 때 크레타 지원병들을 이끌었다. 1912년부터 1913년까지 이어진 발칸 전쟁 때는 마케도니아 지원병 사령관을 지내고 전쟁 후에는 전역하여 국회의원과 국방부장관을 역임했다.

으면 하느님께서 그의 영혼을 안식하게 하시기를! 그분은 정말로 멋쟁이였죠!

'어이, 조르바!' 그가 내게 말했죠. '양을 불 위에 올려놔라!'

'대장님, 구덩이에 구우면 훨씬 맛있어요.' 내가 말했죠.

'네가 하고 싶은 대로 해! 하지만 빨리 해라! 우린 배가 고프니까!'

우리는 구덩이를 파고 양을 통째로 파묻었죠. 그 위에 숯을 한가득 올려놓고, 양 가죽 배낭에서 빵을 꺼낸 뒤 쭉 둘러앉았죠.

'이게 우리들의 마지막 식사일지도 모른다.' 루바스 대장이 말했어요. '겁나는 놈 있나?'

우리는 모두 웃었죠. 아무도 대답을 하려 들지 않았어요. 우리는 술잔을 쳐들었죠.

'대장님, 당신의 건강을 위하여! 납 총알에 축복이 있기를!'

한 잔, 두 잔, 우리는 계속 마시면서 양고기에 몰입했수다. 대장, 이런 걸 뭐라 해야 할까요? 그 양고기를 생각하면 아직도 침이 질질 흘러내립니다. 육즙이 흐르는 게 입에서 살살 녹았죠! 우리는 모두 용감하고도 게걸스럽게 양고기에 덤벼들었어요.

'이렇게 맛있는 고기는 내 생전 처음 먹어보네!' 대장이 이렇게 말했죠. '하느님께서 우리와 함께하시는도다!'

생전 술이라곤 입에 대지도 않는 대장이 술을 단숨에 들이켰죠.

'이봐들! 클레프테스 노래를 불러봐라!' 그가 명령했어요. '저 건너편에 있는 놈들은 늑대처럼 으르렁대지만 우리는 인간답

게 노래를 해보자고! 우선 예로-디모스*를 불러보자고!'

우리들은 술잔을 재빨리 비우고 다시 한 잔을 마신 다음 노래를 부르기 시작했죠. 온 계곡이 쩌렁쩌렁 울렸어요.

난 늙었다, 얘들아! 40년 동안 클레프테스로 살았네……

우리들은 사기가 충천했죠.

'와! 잘들 하고 있어!' 대장이 말했죠. '사기가 엄청나게 올랐어! 이봐, 조르바! 양 등껍질을 한번 살펴봐라!…… 뭐라고 적혀 있나?'

내가 단도로 양 등껍질을 벗겨서 불에 비춰봤죠.

'대장님, 무덤들은 안 보이네요. 시체도 안 보여요. 내 생각에 우리들은 이번에도 살아남을 거예요.'

'네 그 말이 하느님의 귀에 들리길!' 갓 결혼한 제1용사가 말했죠. '내가 아들 하나만 낳게 되면 여한이 없을 텐데…… 그다음엔 어떻게 돼도 상관없어!'"

조르바가 양의 등심 한 조각을 잘라냈다.

"그때 그 양고기는 정말 맛있었죠. 하지만 이놈도 결코 뒤지지 않네요. 정말 최고예요."

"조르바, 한 잔 더 부어요. 마십시다. 자 가득 채워서 단숨에 비웁시다."

---

* 예로-디모스(γερο-Δήμος): '늙은 사람'이란 뜻으로, 가장 유명한 클레프테스 민요의 제목이다.

우리는 잔을 마주치고 마셨다. 토끼 피처럼 검붉은색의 그 유명한 이에라페트라*산 포도주였다. 이 술을 마시는 것은 대지의 피를 성체성혈로 모시는 것과 같아서 온몸이 당장 불처럼 타오르며 모든 핏줄이 힘으로 넘치고 가슴은 친절한 마음으로 가득해진다. 겁쟁이는 용감해지고, 용감한 자는 사나운 야수가 된다! 천박하고 사소한 일들은 다 잊히고, 좁아터진 국경도 사라지고, 온 인류와 모든 짐승들과 하느님이 하나가 된다.

"자, 우리도 양의 등껍질을 봅시다. 뭐라고 신탁을 내리는지 봅시다." 내가 말했다. "자, 예언자 조르바시여, 빨리 좀 알아보자고요!"

조르바가 양 등껍질을 조심스럽게 손질한 뒤에 칼을 잘 씻었다. 그러고는 양의 등껍질을 조심스레 빛에 비추어봤다.

"아주 좋아요." 그가 말했다. "대장, 우리는 천 년은 살겠군요. 산같이 굳건한 마음으로요."

그는 다시 고개를 숙여 자세히 살폈다.

"여행이 보이네요." 그가 말했다. "아주 긴 여행이요. 여행의 끄트머리에 문이 아주 많은 커다란 대저택이 보여요. 대장, 어떤 도시인 것 같네요. 수도원일 수도 있고요. 그곳의 문지기는 난데 거기서 난 우리가 얘기했던 온갖 사기는 다 칠 거고요."

"조르바, 점은 그만 보고 술이나 더 따르세요. 내가 문이 많은 집이 뭔지 말해주리다. 그건 무덤으로 가득한 땅이에요. 그게 여

---

* Ierapetra(Ιεραπέτρα): 크레타 동남쪽 지역의 중심 도시.

행의 끝이지요. 자, 불경한 장난꾸러기시여, 당신의 건강을 위하여!"

"대장의 건강을 위하여! 사람들이 말하길 행운의 여신은 완전히 눈이 멀어 아무것도 못 본답니다. 어디로 가는지도 모르고, 지나가는 사람과 부딪힌답디다. 행운의 여신과 부딪히는 사람을 행운아라고들 하죠. 그런 행운은 악마나 가져가라고 내버려둡시다. 대장, 우린 절대 그런 걸 바라지 않죠?"

"조르바, 우린 절대로 그런 행운을 바라지 않죠! 자, 마십시다!"

우리는 많은 양의 술을 마셨고, 양고기를 뼈까지 다 발라먹었다. 세상이 가벼워지기 시작했고, 바다가 웃고 있었으며, 땅이 배의 갑판처럼 흔들렸다. 갈매기 두 마리가 자갈밭 위를 날며 꼭 사람들처럼 대화를 나누었다.

내가 일어섰다.

"자, 조르바, 이리 와서 내게 춤을 가르쳐줘요." 내가 소리쳤다.

조르바가 펄쩍 뛰어 일어났다. 그의 얼굴이 번개 치듯 빛났다.

"대장, 춤이라고요?" 그가 말했다. "춤이라고요? 좋아요!"

"자, 조르바, 내 삶을 바꿔줘요! 자, 시작합시다!"

"내가 우선 제임베키코* 춤부터 가르쳐드리리라. 아주 용감

---

* zeïmbekiko(ζεϊμπέκικο): 오스만튀르크 시절 '제이베크(Zeybek)'라고 불리던 소아시아 지방의 그리스 게릴라 전사들이 추던 춤에서 유래했다고 전해지는 그리스 민속 춤. 이 춤은 영화 「그리스인 조르바」에서 주연 배우 앤서니 퀸이 추었던 춤으로 유명하다.

한 전사들의 거친 춤이외다. 게릴라들이 전투를 앞두고 추던 춤이죠."

조르바가 구두와 자줏빛 양말을 벗어던지고, 와이셔츠 바람이 됐다. 하지만 숨이 막힌다는 듯 와이셔츠도 벗어버렸다.

"대장, 내 발을 잘 보세요." 그가 지시했다. "신경을 집중하시고요!"

그가 한 발을 내밀어 가볍게 땅을 찼다. 그리고 다른 발을 내밀더니 거칠게 뛰어올랐다. 유쾌한 발놀림 소리가 대지를 울렸.

그가 내 어깨를 잡았다.

"자, 멋쟁이 양반, 이제 둘이서 함께 춥시다."

우리 둘은 춤에 빠져들었다. 조르바는 아주 엄하게, 그러나 참을성 있게, 그리고 다정하게 내 실수를 바로잡아주었다. 나는 용기를 내어 춤을 췄다. 내 무거운 발이 날개를 단 것같이 느껴졌다.

"브라보! 눈썰미가 아주 좋네요!" 조르바가 소리치면서 내가 박자를 잃지 않도록 손뼉을 쳤다. "브라보, 멋쟁이 양반! 종이와 잉크 따위는 악마 놈이나 가져가라! 상품이며 이윤도 다 가져가라! 대장, 그렇게 춤을 추는 걸 보니 이제야 내 언어를 배우시는군그래! 우린 서로 할 말이 엄청 많다우!"

그가 자갈 위에서 맨발을 질질 끌면서 손뼉을 계속 쳤다.

"대장!" 그가 소리쳤다. "난 대장한테 할 말이 정말 많소. 내 생전에 대장보다 더 사랑한 사람은 없소. 할 말이 정말 많은데 내 혓바닥으로는 감당이 안 돼요…… 내가 춤을 출 테니, 대장은 한편으로 물러나슈! 영차, 기분 좋다!"

그리스인 조르바 503

그가 한 번 뛰어오르자 그의 손과 발은 날개로 변했다. 그는 꼿꼿한 자세로 땅 위를 뛰어올랐다. 하늘과 바다의 깊은 곳에서 춤추는 그를 보고 있노라니 그가 마치 늙은 대천사 반란군같이 보였다. 왜냐하면 조르바가 추는 춤은 도전과 신념과 반항으로 가득 차 있었기 때문이었다. 그리고 그는 마치 이렇게 소리치는 것 같았다. "전지전능하신 이여, 당신께서 제게 무엇을 할 수 있겠습니까? 당신께서 제게 할 수 있는 일은 아무것도 없습니다. 겨우 저를 죽이는 것이 고작이겠죠. 저를 죽이십시오. 그래봤자 저는 개의치 않습니다. 저는 악의를 다 버리고 제가 하고 싶은 말은 다 했습니다. 저는 해냈고 춤도 췄습니다. 더 이상 제게 필요한 것은 없습니다!"

조르바가 춤을 추는 것을 보면서 나는 내 생애 처음으로 중력과 물질, 그리고 원시인들의 저주를 이겨내는, 인간의 경탄할 만한 반항을 느꼈다. 나는 조르바의 끈기와 재빠름과 긍지가 자랑스러웠다. 조르바의 정열적이면서도 솜씨 좋은 발놀림이 모래사장 위에 루시퍼*의 역사인 것 같은 인간의 역사를 새겨 넣고 있었다.

조르바가 춤을 멈췄다. 그리고 무너져버린 케이블을 하나하나 천천히 둘러보았다. 해는 기울고 있었고, 그림자들은 조금씩 길어지고 있었다. 조르바는 눈알을 굴리면서 갑자기 무언가가 기억난 듯했다. 그는 몸을 돌려 나를 바라보았다. 그러고는 늘 하는 버릇대로 손바닥으로 입을 가렸다.

* 악마들의 대장.

"브라보! 대장, 아까 저 창피한 줄 모르는 놈이 내뿜는 불꽃들을 봤수?" 그가 물었다.

우리는 웃음을 터뜨렸다. 조르바가 내게 달려들어 나를 껴안고는 키스를 퍼붓기 시작했다.

"대장도 웃는구려!" 그가 아주 다정한 목소리로 말했다. "대장도 웃는구먼! 아주 맘에 들어요, 멋쟁이 양반!"

우리는 둘 다 큰 소리로 웃으면서 한참 동안 자갈밭 위에서 레슬링을 했다. 그러다가 갑자기 쓰러져서 바닷가의 자갈 위에 누워 서로 꼭 껴안고 잠이 들었다.

여명의 부드러운 빛이 드리워질 무렵 나는 깨어나 바닷가를 따라 잰걸음으로 마을로 향했다. 내 마음은 나는 듯 가뿐했다. 내 생애 이런 기쁨은 거의 맛본 적이 없었다. 기쁨이라기보다 숭고하면서도 설명할 수 없고 정당화할 수도 없는 열정이었다. 단순히 정당화할 수 없는 것이 아니라 정당화할 수 있는 모든 것들에 대한 반항이었다. 나는 모든 돈을 잃었다. 인부들도, 케이블도, 짐수레도 다 잃었다. 화물 수송을 위해 조그만 항만까지 만들었는데 이젠 수송할 것이 아무것도 남아 있지 않았다. 모든 것을 다 잃었다.

하지만 지금 나는 전혀 예기치 않았던 자유를 느끼고 있다. 마치 무뚝뚝한 필요의 여신의 딱딱한 두개골 안 좁은 구석에서 자유의 여신이 놀고 있는 것을 발견한 것 같았다. 그리고 나도 그 여신과 함께 놀고 있다.

모든 것이 우리가 바랐던 것과는 정반대가 되었을 때, 우리의 영혼이 끈기와 그럴 만한 가치를 지니고 있다면, 우리가 느끼는 기쁨은 오히려 엄청나다. 어떤 이들은 하느님이라고 하고, 다른 이들은 악마라고 부르는, 보이지 않는 전지전능한 적이 우리를 쓰러뜨리려고 덤벼들지만 우리는 물러나지 않고 꼿꼿이 서서 저항하는 것과 같다. 그리하여 겉으로는 힘에 굴복한 패배자처럼 보이지만 내면적으로는 승리자가 될 때마다, 진정한 사나이는 말로는 다 표현할 수 없는 긍지와 기쁨을 느낀다. 그리고 외면적인 불행은, 보다 더 드높고 여간해서는 맛볼 수 없는 행복으로 승화된다.

어느 날 저녁 조르바가 내게 말했다.

"눈 덮인 마케도니아의 어느 산속에서 어느 날 밤 끔찍한 강풍이 내가 몸을 피하고 있는 조그만 움막을 덮쳤어요. 마치 반드시 무너뜨리겠다는 마음을 먹은 것 같았죠. 하지만 난 움막을 튼튼하게 지어놓은지라 불타고 있는 모닥불 앞에 홀로 앉아 비웃으면서 바람한테 조롱조로 소리쳤죠. '넌 절대 내 움막에 못 들어와, 이놈아! 내가 절대 문을 열어주지 않을 테니까! 내 모닥불도 못 끄지! 절대 내 움막을 무너뜨리지 못할 테니까!'"

조르바의 이 말을 들으며 내 영혼은 용기를 얻었다. 그때 나는 인간이 어떻게 행동해야 하는지, 그리고 결핍의 여신한테 어떻게 대꾸해야 하는지 깨달았다.

나는 바닷가를 빠른 걸음으로 걸으며 보이지 않는 적에게 소리쳤다. "너는 내 영혼 안으로 절대 들어올 수 없어. 내가 문을 열어주지 않을 테니까! 내 불꽃을 끌 수도 없어! 넌 나를 무너뜨릴 수 없을 테니까!"

해는 아직 산등성이에 코빼기도 내밀지 않았다. 바다와 하늘이 만나는 곳에서는 푸른빛과 초록빛, 장밋빛과 진줏빛이 장난치고 있었다. 그리고 저편에서는 올리브나무들이 잠에서 깨어나고 있었고, 꾀꼬리 새끼들이 꾸륵꾸륵 소리를 내고 있었다.

나는 이 쓸쓸한 곳과 이별을 고하기 위해, 그리고 떠나가도 이곳의 모든 것을 가슴에 새겨 기억 속에 잡아두기 위해, 바닷가를 따라 걸었다.

나는 이곳 바닷가에서 정말 행복했다. 조르바와의 생활은 내 가슴을 넓혀주었고, 그의 말 몇 마디는 복잡하기 이를 데 없는 내 고민에 절대적인 해법을 제시해줌으로써 내 정신을 평화롭게 만들어주었다. 이 사람은 절대로 실수를 저지르지 않는 직감과 매의 눈 같은 원초적인 눈으로 힘들이지 않고 지름길을 달려 노력의 정상에 우뚝 서는 '무위의 경지'를 보여주었다.

한 무리의 남자와 여자들이 음식과 포도주 병을 가득 채운 광주리를 들고 지나갔다. 그들은 메이데이 축제를 즐기러 들판으로 소풍을 가는 중이었다. 어린 처녀가 노래를 불렀는데 마치 분수에서 물이 솟는 소리처럼 들렸다. 잔뜩 부풀어 오른 젖가슴을 한 아직 어린 계집애 하나가 숨을 헐떡이며 내 앞을 뛰어 지나가더니 적에게서 도망치려는 듯 높은 바위 위로 올라갔다. 검은 수염이 난 젊은이가 창백한 표정으로 화가 나서 그녀를 뒤쫓았다.

"내려와! 내려오라고……" 그렇게 소리치는 그의 목소리는 쉬어 있었다.

그러나 어린 계집은 뺨이 빨갛게 상기된 채 팔을 올려 머리 위에서 깍지를 끼고는 몸을 아지랑이처럼 천천히 흔들면서 노래를 불렀다.

내게 재치 있게 말해줘, 내게 애교 있게 말해줘,
내게 사랑하지 않는다고 말해봐, 그래도 난 괜찮아……

"내려와! 내려오라고……" 검은 수염의 젊은이가 목쉰 소리로 그녀를 어르고 달래면서 소리쳤다.

그러다가 갑자기 펄쩍 뛰어올라가 그녀의 발을 붙잡아 낚아채자 어린 계집은 마치 이 상황을 끝내기 위해 그러길 기다렸다는 듯이 울음을 터뜨렸다.

나는 걸음을 빨리했다. 이 모든 강렬한 열정들은 내 가슴을 갉아먹는 독이 되었다. 뚱뚱하고 향수를 잔뜩 뿌린 늙은 세이렌이 생각났다. 배불리 먹고 수많은 키스를 받은 그녀가 어느 날 저녁 감기에 걸렸고, 땅이 벌어지며 그녀를 삼켜버렸다. 지금쯤 그녀는 퉁퉁 부어 푸르뎅뎅해졌을 것이다. 살이 흐물흐물해지고, 진물이 질질 흘러나오고, 벌레들이 다 파먹었을 것이다……

나는 역겨움에 소름이 끼쳐 머리를 흔들었다. 언젠가 대지가 투명해져서 위대한 공장장인 벌레들이 땅 밑 공장에서 밤낮으로 쉬지 않고 열심히 일하는 모습을 보게 된다 해도, 우리는 이내 고개를 돌리고 말 것이다. 우리 인간은 다른 모든 것은 견뎌내도 하얀 구더기들을 보는 것은 참을 수 없기 때문이다.

마을 초입에서 우체부를 만났다. 그는 막 트럼펫을 입술에 갖다 대려 하고 있었다.

"사장님, 편지입니다!" 그가 파란색 봉투를 내게 건네며 소리쳤다.

나는 섬세하고 우아한 필체를 알아보고 기뻐서 얼른 편지를 받아 들고는 올리브나무 숲으로 들어가 큰 기대감을 가지고 뜯어보았다. 그리고 급한 마음에 단숨에 편지를 읽었다.

"우리는 조지아공화국 국경 안으로 들어왔어. 쿠르드 족의 위협으로부터 벗어난 거지. 모든 일은 순조롭게 풀리고 있어. 나는 이제야 행복이라는 게 어떤 의미인지 알 것 같아. 예수 그리스도의 가르침에 대한 책에 나오는 '행복이란 네게 주어진 임무를 행하는 것이다. 그 임무가 어려울수록 행복은 그만큼 더 크다'라는 아주 오래된 말씀을 지금에서야 직접 경험했기 때문이지.

며칠 안에 죽음에 쫓기던 그리스인들의 영혼이 바투미*에 도착할 거야. 나는 오늘 '첫번째 배들이 나타남!'이라고 적힌 전보를 받았어.

이 수천 명의 기민하고 부지런한 그리스인들과 두툼한 허리를 가진 그들의 부인과 아이들은 신속하게 마케도니아와 트라케 지방으로 이주하여 뿌리내리게 될 거야. 우리는 용감한 새로운 피를 그리스의 핏줄에 흘려 넣을 거야.

---

* 조지아공화국의 흑해 연안에 있는 항구 도시.

조금 피곤하지만 괜찮아. 나의 스승이여, 우리가 이겼어. 곧 다시 보자꾸나!"

나는 편지를 집어넣고 걸음을 재촉했다. 나 역시 행복했다. 계속 걸어서 산으로 오르는 오르막길에 접어들었다. 나는 꽃이 핀 백리향의 가시 돋친 가지 하나를 손가락으로 비볐다. 정오가 거의 다 됐다. 새까만 그림자가 발 부근으로 움츠러들었다. 매 한 마리가 하늘 높은 곳에서 배회했다. 그놈은 정지한 것처럼 보일 정도로 빠르게 날갯짓을 했다. 자고새 한 마리가 내 발소리를 듣고 놀라 관목 사이에서 날아올랐다. 자고새의 날갯짓에서 나는 금속성 소리가 공기 중으로 퍼져나갔다.

나는 행복했다. 내가 노래를 부를 줄 알았다면 해방감을 느끼기 위해 노래를 불렀을 텐데…… 하지만 나는 고작 분절되지 않은 소리만 질러댈 뿐이었다. "넌 어찌 된 놈이냐?" 나는 스스로를 놀리면서 혼잣말을 했다. "네가 그렇게 애국자인데, 네 자신은 정작 그걸 모른다고? 네가 그토록 친구를 사랑한다고? 정신 좀 차려라! 부끄럽지도 않냐?" 하지만 아무도 대답하지 않았다. 나는 고함을 치면서 다시 오르막길을 올랐다. 종소리가 들려왔다. 까만색, 계피색, 회색빛 산양들이 바위 위에서 햇빛을 받아 빛나고 있었다. 덩치 큰 수산양 놈이 목을 꼿꼿이 든 채 앞장서 갔다. 공기에서 산양의 노린내가 났다.

"어이, 여보쇼! 어딜 가는 거요? 누굴 뒤쫓는 거요?"

양치기 한 명이 바위 위로 모습을 드러내며 손가락을 입술에 넣고 휘파람 소리를 내고는 나를 불렀다.

"난 지금 바빠요!" 나는 대답하고는 계속 올라갔다.

"잠깐 멈추고 시원한 산양 젖 좀 마시고 가슈!" 양치기가 바위에서 바위로 뛰어오면서 다시 소리쳤다.

"난 바빠요!" 나는 마치 대화를 나누느라 자신의 기쁨이 끊기기를 바라지 않는 사람처럼 다시 소리쳤다.

"내 호의를 받아들이지 않는군!" 양치기가 자존심이 상해 한마디 했다. "그럼 잘 가슈!"

그는 손가락을 입에 넣고 산양들에게 휘파람을 불었다. 그러고는 모두 바위 뒤로 사라졌다.

잠시 후에 나는 산꼭대기에 도착했다. 내 여정의 목표가 산정상 정복이었던 것처럼 나는 마음이 편해졌다. 나는 그늘에 있는 바위 위에 드러누워 멀리 평원과 바다를 내려다보았다. 그리고 깊은 숨을 들이켰다. 공기에서는 세이지와 백리향 향내가 났다.

나는 일어나서 세이지를 한아름 따 그걸 베개 삼아 다시 누웠다. 나는 피곤해서 눈을 감았다.

내 정신은 잠깐 동안 저 멀리 새하얀 눈이 덮인 높은 산속의 평원에서 북쪽을 향해 달려가고 있는 한 무리의 사람들과 소 떼를 상상 속에서 재구성해보기 위해 애썼다. 그 무리 맨 앞에서 나아가고 있는 사람은 내 친구였다. 하지만 내 정신은 곧 혼미해지면서 참을 수 없는 잠이 쏟아져 내렸다.

나는 잠들지 않으려고 눈을 부릅뜨고 싸웠다. 내 건너편 산정상과 거의 같은 높이의 바위 위에 까마귀 한 마리가 보금자리를 틀고 있었다. 푸른색과 검은색이 섞인 까마귀의 날개는 햇빛을 받아 반짝였고 커다랗고 노란 부리도 잘 보였다. 나는 그놈이 무슨 나쁜 징조인 것 같아 화가 났다. 돌을 하나 집어 그놈에게 던졌다. 까마귀는 조용하게 천천히 날개를 펼쳤다.

나는 다시 눈을 감았다. 그리고 더 이상 참을 수 없어 번갯불처럼 순식간에 잠에 빠져들었다.

잠이 든 지 불과 몇 초도 지나지 않았는데 나는 비명을 지르며 벌떡 일어났다. 까마귀는 날아가기 위해 아직도 내 머리 위를 돌고 있었다. 나는 바위 위에 앉아 몸을 떨었다. 어떤 날카로운 철사 같은 악몽이 번뜩 떠오르는 영감인 양 내 머릿속을 찢어놓았다.

꿈속에서 나는 생생하게 보았다. 나는 혼자서 외로이 에르무 거리*를 걸어 올라가고 있었다. 햇빛이 쨍하게 내리쬐고 있었고 거리는 한산했다. 가게들도 모두 문을 닫아 거의 죽음의 도시 같았다. 내가 카프니카레아 성당**을 지날 때 갑자기 내 친구가 신다그마 광장 쪽에서 창백한 얼굴로 뛰어 내려오는 것이 보였다. 그의 얼굴은 창백했고 몹시 숨차 하고 있었다. 그의 뒤로 엄청나게 키가 큰 남자가 거인과 같은 큰 걸음걸이를 성큼성큼 앞으로 내딛고 있었다. 내 친구는 멋진 외교관 복장을 하고 있었다. 그가 멀리

* Ermou Street(Οδός Έρμου): '헤르메스 길'이란 뜻으로 아테네의 중심인 신다그마 광장에서부터 티시오 정거장까지 동서로 뻗어 있는 길을 말한다. 아테네에서 가장 번화한 거리로 많은 상점과 식당, 카페가 있다.
** Kapnikarea(Καπνικαρέα) 성당: 11세기에 지어진 아테네에서 가장 오래된 성당. 에르무 거리 한가운데에 위치하고 있다.

서부터 나를 발견하고 숨 막히는 목소리로 나를 불렀다.

"어이, 나의 스승 양반, 안녕하신가? 몇 년 동안 못 봤구먼. 오늘 저녁에 이야기 좀 하게 그리로 오게나."

"어디?" 그가 너무 멀리 있어 큰 소리를 질러야 내 목소리가 들릴 것 같아 나도 젖 먹던 힘까지 쥐어짜내 큰 소리로 말했다.

"저녁 6시에 오모니아*에 있는 '천국의 분수대' 카페로 와!"

"좋아, 갈게." 내가 대답했다.

"넌 항상 그렇게 말하면서 안 오잖아." 이렇게 말하는 그의 목소리는 불만으로 가득 차 있었다.

"정말로 갈 거야! 손이나 잡아보자!" 내가 말했다.

"난 바빠!"

"뭐가 그리도 바쁘냐? 악수나 한번 하자고!"

그가 손을 내밀었다. 갑자기 그의 팔 전체가 어깨 부분부터 분리되더니 공중으로 날아와 내 손을 잡았다.

나는 차가운 촉감에 깜짝 놀랐다. 나는 소스라치게 놀라 비명을 지르며 잠에서 깨어났다.

나는 아직도 내 머리 위를 돌고 있는 까마귀를 올려다보았다. 내 입술에서는 독약이 방울방울 떨어져 내리고 있었다.

나는 동쪽으로 고개를 돌려 마치 먼 거리를 꿰뚫어보기를 바라는 듯 시선을 고정하고 뚫어지게 그쪽을 바라보았다. 내 친구가 위험에 빠져 있음이 확실했다. 나는 그의 이름을 세 번 불렀다.

---

* Omonia(Ὁμόνοια): 아테네의 광장 이름.

"스타브리다키스! 스타브리다키스! 스타브리다키스!"

나는 그에게 용기를 북돋아주고 싶었다. 하지만 내 목소리는 불과 몇 미터도 못 가 공중으로 흩어졌다.

나는 산을 내려오기 시작했다. 구르듯이 산을 뛰어내려오면서 나는 몸을 지칠 대로 지치게 하여 고통을 잊으려고 노력했다. 내 머리는 때로 아주 드물게 인간의 두뇌에까지 도달하는 신비의 메시지를 비웃어보려고 노력했지만 다 허사였다. 나의 내면에서는 어떤 논리보다도 더 깊고, 아주 생생한 원시적인 확신이 나를 공포로 몰아넣고 있었다. 양이나 쥐 같은 몇몇 동물들은 분명히 이와 동일한 본능이 있어 지진이 나기 전에 낌새를 눈치챈다. 내가 미처 땅에서부터 내 몸을 떼어내기 전에 이미, 나의 내면에서는 인간 이전의 본능적 영혼이 깨어나서, 사실을 왜곡하는 어떤 이성적 논리도 끼어들기 전에, 진실을 직감적으로 느끼고 있었다.

"그가 위험에 빠졌어…… 그가 위험해……" 나는 중얼거렸다. "그가 죽어가고 있어…… 그는 아직 그걸 모를지도 몰라. 하지만 나는 확실하게 느껴."

나는 산을 뛰어내려오다가 돌부리에 걸려 자갈들과 함께 심하게 굴렀다. 손과 발이 온통 피로 범벅이 되고, 온몸은 상처투성이였으며, 셔츠는 찢어졌다.

"그는 곧 죽을 거야…… 죽어가고 있어……" 나는 계속 중얼거렸다. 목이 메어왔다.

불쌍한 존재인 인간은 자기 주위에 넘을 수 없는 높은 장벽을 세우고, 그 안에 조그만 요새를 만들었다. 그리고 그 요새 안에서 자신의 하찮은 육체적, 정신적인 일상생활에 질서와 안정을 부여하고 유지하기 위해 싸운다. 이 요새 안에 있는 모든 것은 아주 쉽고 단순하게 만들어진 법률에 복종하여 이미 정해진 길과 매일 되풀이되는 신성한 일정을 따라야 한다. 이렇게 함으로써 우리는 어떤 일이 일어날지, 또 어떻게 행동하는 것이 유리한지를 조금이나마 예측할 수 있게 되는 것이다. 미지의 세계의 잔혹한 공격으로부터 보호된 이 성채 안에서도, 지네를 닮은 하찮은 확실성들이 삶을 지배한다. 하지만 모든 사람과 사물이 수천 년 동안 힘을 합쳐 쫓아내려 했던 혐오스럽고 치명적인 적은 단 하나뿐이다. 바로 단 하나의 위대한 확실성이다. 바로 이 유일하고 위대한 확실성이 장벽을 뛰어넘어 들어와 나를 덮쳤던 것이다.

집 근처 바닷가에 도착했을 때 나는 조금 숨이 찼다. 그리고 마치 요새의 두번째 방어선에 도착하기라도 한 것처럼 나는 전열을 다시 가다듬었다.

'이 모든 게 다 우리들 불안의 자식들이야. 이 자식들이 상징의 빛나는 제복을 입고 꿈속에 나타나는 거지.' 나는 생각했다. '우리 자신이 이들을 창조한 거야. 이들은 먼 곳에서 오는 게 아니야. 전지전능한 어둠의 심연에서 우리에게 오는 메시지들이 아니지. 이들은 우리들 밖에서는 조금의 가치도 지니지 못하는 우리 자신이 만들어낸 메시지일 뿐이야. 우리의 영혼은 수신기가 아니고 송신기야. 그러니까 놀라거나 두려워할 거 없어.'

나는 진정이 되었다. 어두운 메시지 때문에 당황했던 마음에 논리적 생각이 질서를 부여했다. 이성은 이국적인 기묘한 박쥐를,

가위로 날개를 자르고 다시 꿰매고 하는 등 말끔히 손질해서 우리가 익숙한 모습의 쥐 모양으로 만들었다. 그러자 나는 진정이 되었다.

드디어 내가 우리의 오두막에 도착했을 때, 나는 나의 순진함에 미소를 지었다. 그리고 내 정신이 그토록 쉽게 흔들렸다는 것이 부끄러웠다. 이미 나는 신성한 일상의 길로 돌아와 있었다. 배고팠고, 목말랐고, 완전히 지쳤으며, 돌에 쓸려 생긴 상처는 욱신거리고 아팠다. 그러나 무엇보다도 중요한 것은 심리적 안도감이었다. 성벽을 뛰어넘어 들어왔던 끔찍한 적은 내 영혼의 두번째 방어선에 의해 저지당했다.

26

 모든 것은 끝났다. 조르바는 케이블, 연장, 짐수레, 쇠붙이, 목재 들 따위를 바닷가에 쌓아놓고 그것들을 싣고 갈 화물선을 기다리고 있었다.
 "조르바, 이걸 모두 당신에게 드릴게요." 내가 말했다. "이제 이건 다 당신 거예요. 그래도 돈이 좀 될 겁니다."
 조르바는 흐느낌을 억누르려는 것처럼 목을 감싸고 있었다.
 "헤어지는 거네요." 그가 중얼거렸다. "대장, 대장은 어디로 갈 거요?"
 "외국으로 갈 거예요. 내겐 아직도 내 안의 산양이 먹어치워야 할 종잇조각들이 많이 남아 있어요."
 "대장, 아직도 정신을 못 차리셨수?"
 "조르바, 정신 차렸죠. 당신 덕분이에요. 나도 당신의 길을 따를 거예요. 당신이 체리를 상대로 한 짓을 나는 책을 상대로 할 거예요. 토할 때까지 종잇조각을 잔뜩 먹어볼 작정이에요. 그리고 토하고 나서 종잇조각에서 자유로워질 거예요."

"하지만 대장, 대장이 없으면 난 어쩝니까?"

"조르바, 섭섭해하지 마세요. 우리는 언젠가 다시 만나서 우리의 위대한 계획을 실현할 거니까요. 누가 알겠어요? 인간의 힘은 매우 위대해요. 우리가 언젠가 말했듯이 자유로운 사람들과 함께 하느님도 악마도 모시지 않는 수도원을 세웁시다. 그리고 조르바 당신은 베드로처럼 열쇠 꾸러미를 들고 문가에 앉아 문을 열고 닫고 하며……"

조르바는 오두막 벽에 등을 기대고 바닥에 주저앉아 잔을 비우고, 다시 채우고, 또 비우고 하며 계속 마셨다. 그러면서 아무 말도 하지 않았다.

밤이 됐다. 이미 저녁 식사는 끝났고, 우리는 술을 조금씩 마시면서 마지막 대화를 시작했다. 내일이면 우리는 헤어진다. 나는 카스트로로 갈 예정이었다.

"네…… 네……" 조르바는 이렇게 대꾸하며 안주도 없이 술을 마시며 콧수염을 잡아당겼다.

여름날의 밤하늘은 별로 가득했다. 밤은 우리 머리 위에서 반짝거렸다. 우리들의 심장은 신음 소리를 내고 싶었으나 참고 있었다.

'작별 인사를 해라, 영원한 작별 인사를 해라!' 나는 속으로 생각했다. '저 사람을 잘 봐두어라, 이제 다시는 네 눈으로 조르바를 보지 못할 거다!'

나는 하마터면 나이 든 그의 가슴팍에 안겨 울음을 터뜨릴 뻔했다. 하지만 부끄러워 그럴 수는 없었다. 나는 이런 내 감정을 숨기기 위해 웃음을 지어보려 했지만 끝내 실패했다. 목구멍에 무언가가 꽉 걸려 있었다.

나는 조르바가 아무 말도 없이 뼈만 남은 앙상한 목을 길게 뽑고 술을 마시는 것을 바라보았다. 나는 그를 보면서, 바람이 몰고 다니는 겨울철 나뭇잎들처럼 만나고 헤어지기를 반복하면서, 사랑하는 사람의 얼굴, 몸, 손짓, 몸짓까지도 다 기억하려 하지만 얼마 못 가 그 사람의 눈빛이 파랬는지 까맸는지도 기억하지 못하는 우리 인생은 얼마나 알 수 없는 수수께끼인가 하고 생각했다.

"인간의 영혼은 공기가 아니라 단단한 청동이요 강철임에 틀림없어!" 나는 속으로 소리쳤다.

조르바는 큰 머리를 꼿꼿이 세운 채 계속 술을 마셨다. 그는 마치 한밤중에 다가오는 발걸음 소리를, 아니면 멀어져 가는 발걸음 소리를, 그러나 내면으로만 들을 수 있는 발걸음 소리를 듣고 있는 것 같았다.

"조르바, 무슨 생각을 해요?"

"대장, 내가 무슨 생각을 하겠소? 아무 생각 없어요. 아무 생각도! 아무 생각도 안 했소."

조금 있다가 그가 다시 잔을 채우면서 말했다.

"대장, 건강하시구려!"

우리는 잔을 마주쳤다. 우리는 둘 다 그처럼 울적한 긴장 상태가 오랫동안 이어지는 걸 견딜 수 없음을 잘 알고 있었다. 우리는 술에 만취하여 울음을 터뜨리거나 춤을 추거나 해야 했다.

"조르바, 산투리나 쳐봐요." 내가 졸랐다.

"대장, 산투리는 마음이 차분할 때만 소리를 낸다는 말을 했잖소. 한 달이나 두 달, 아니면 2년 뒤에나? 나도 모르겠수다. 그때는 두 사람이 어떻게 영원한 이별을 했는지 노래할 거요."

"영원히라뇨!" 내가 놀라 소리쳤다.

나는 치유될 수 없는 끔찍한 이 한마디를 여러 번 속으로 되뇌었지만, 차마 내 귀로 그 말을 들을 용기가 나지 않아 감히 입 밖으로 내지는 못했었다. 두려웠던 것이다.

"영원히죠!" 조르바가 침을 억지로 삼키면서 그 말을 되뇌었다. "영원히죠. 우리가 다시 만날 거고, 수도원을 세울 거라는 대장의 말은 영혼이 빠져나가기 직전의 환자한테나 하는 위로의 말이죠…… 난 그런 건 받아들이지 않수다. 그런 말은 싫어요! 왜냐고요? 우리가 위로나 바라는 여자들입니까? 우리는 위로가 필요없수다. 그래요, 영원힙니다!"

"내가 안 떠날 수도……" 조르바의 분노에 찬 솔직함에 놀라 내가 말했다. "내가 당신과 함께 갈 수도 있어요. 나는 자유로우니까요!"

조르바가 머리를 저었다.

"아뇨, 대장! 대장은 자유롭지 않수다. 대장이 매여 있는 줄은 다른 사람들 것보다 조금 더 길기는 하지만 그뿐이오. 대장, 대장은 조금 긴 끈을 갖고 있어 왔다 갔다 하면서 자유롭다고 생각하지만 그 끈을 잘라내지는 못했수다. 만약 그 끈을 잘라내지 못하면……"

"어느 날엔가는 그 끈을 잘라낼 거예요." 내가 고집스럽게 말했다. 왜냐하면 조르바의 말들이 아직 아물지 않은 내 상처를 건드려 아팠기 때문이다.

"대장, 그건 어렵수다. 아주 어려워요. 그러려면 미쳐야 하는데, 듣고 있수? 미쳐야 한단 말요. 모든 걸 걸어야 해요! 하지만 대장, 당신은 머리가 있어 그게 대장을 갉아먹고 있죠. 정신이란 식품점 주인 같은 거요. 장부를 팔에 끼고서는 얼마 들어왔고 얼마 나갔고, 이건 이득이고 저건 손해고, 일일이 기입하죠. 정신은 알뜰한 주부 같아서 모든 걸 포기하지 못해요. 뭔가 하나는 꼭 숨겨놓죠. 정신이라는 놈은 결코 끈을 놓지 않아요. 절대로! 그 악당은 손아귀에 그 끈을 꽉 쥐고 있답니다. 그 끈을 놓치면 그놈은 망하는 거니까요. 불쌍하게도 사라지는 거죠! 하지만 그 끈을 자르지 않으면, 대장, 인생에 뭐가 있겠수? 캐모마일 차, 맛있는 캐모마일 차 정도? 세상을 뒤집어엎을 럼주는 절대 아니죠."

그가 말을 멈추고는 다시 술을 따랐다. 하지만 곧 마음을 바꿨다.

"대장, 날 용서하슈. 난 시골 촌뜨기요. 진흙이 발에 들어붙어 있듯 말들이 이빨에 붙어 있수다. 난 말을 멋있게 하지도 예의 바르게 하지도 못하우. 그렇게 할 수 없수다. 그러니 대장이 이해하슈."

그는 잔을 비우고 나를 바라보았다.

"아시겠소?" 마치 갑자기 분노가 터져 나온 것처럼 그가 소리쳤다. "아시겠냐고요? 이게 바로 대장을 잡아먹고 있수다. 그걸 모르면 대장은 행복할 거요. 뭐 부족한 게 있수? 젊겠다, 돈도 있겠다, 머리도 좋겠다, 몸도 튼튼하고, 사람 좋고, 대장에겐 부족한 게 하나도 없수다. 아무것도 아쉬운 게 없지. 빌어먹을 악마 놈! 딱 한 개만 빼고 말이우. 미친 짓을 벌이는 광기 말요. 광기가 없으면, 대장……"

그는 다시 머리를 젓고는 더 이상 말하지 않았다.

나는 거의 울음을 터뜨릴 뻔했다. 조르바의 말은 모두 옳았다…… 아직 어렸을 때, 내게는 인간이 되기 이전 시절 야수의 욕망과 열정이 넘쳤었다. 나는 홀로 앉아 세상이 나를 다 받아들일 수 없음을 한탄하며 한숨을 쉬곤 했었다.

하지만 그 이후로 시간이 흐르면서 나는 점점 더 이성적이 되어갔다. 경계선을 긋고, 가능한 것과 불가능한 것을, 인간적인 것과 신적인 것을 구분하고 종이 연이 날아가지 않도록 꼭 쥐었다.

커다란 별똥별이 하늘에 긴 고랑을 내며 사라졌다. 조르바가 뛰어 일어나 사라져가는 별똥별을 마치 처음 보는 사람처럼 큰 눈망울을 굴리며 바라보았다.

"별똥별 봤어요?" 그가 내게 물었다.

"네!"

조르바가 갑자기 뼈만 남은 앙상한 목을 길게 뽑고 가슴을 내밀더니 거칠고 절망적인 비명 소리를 질렀다. 그 끔찍한 비명은 돌연 터키어로 변했다. 조르바의 가슴속에서 아주 오래된 단음으로 된, 열정과 아픔과 외로움으로 가득한 노랫가락이 올라왔다. 땅의 심장이 찢어지고 아주 달콤한 동방의 독약이 흘러나왔다. 나를 덕과 희망에 묶어놓고 있던 몸 안의 모든 힘줄들은 다 삭아 풀어졌다.

    이키 크클릭 비르 테페데 오티기요르,
    오트메 데, 크클릭, 베님 데르팀 예티기요르,
    아만! 아만~

고요함. 끝없이 펼쳐진 가늘고 고운 모래사장, 가늘게 떨고 있는 장밋빛, 파란빛, 노란빛 바람, 관자놀이는 풀리고, 영혼은 광기의 소리를 지르면서 아무런 대답이 들리지 않는 것을 기뻐했다. 고요함…… 쓸쓸함…… 그러다가 갑자기 내 눈에 눈물이 가득 고였다.

    자고새 두 마리가 언덕 위에서 노래했다네.
    울지 말아라, 자고새들아, 그리움은 내 것만으로도 충분하다.
    아만! 아만~

조르바가 노래를 멈췄다. 손으로 이마의 땀을 쭉 훔쳐서는 땅바닥에 뿌렸다. 그러고는 몸을 숙여 땅을 내려다보았다.
"조르바, 그게 무슨 노래예요?" 내가 조금 시간이 흐른 뒤 물었다.
"낙타몰이꾼들 노래요. 낙타몰이꾼들이 사막에서 이 노래를 부르죠. 이 노래를 부른 것도 기억해낸 것도 몇 년 만이오. 그리고 지금……"

그의 목소리는 메말라 있었다. 목이 메었던 것이다.

"대장, 가서 자야 할 시간이오." 그가 말했다. "내일 아침 새벽녘에 일어나야 카스트로로 가는 배를 탈 수 있소. 안녕히 주무슈!"

"난 졸리지 않아요." 내가 대답했다. "여기 있을래요. 오늘이 우리가 함께하는 마지막 밤이에요."

"하지만 마지막이기 때문에 빨리 끝내야 해요." 조르바가 소리치면서 빈 포도주 잔을 엎어놓았다. 더 이상 마시지 않겠다는 표시였다. "보세요, 진정한 사나이들은 이렇게 담배고, 술이고, 도박이고 끊습니다. 그게 진정한 사나이죠!

이걸 아셔야 해요, 우리 아버지는 진짜 사나이였죠. 나를 쳐다보지 마슈. 우리 아버지 앞에서 난 숨도 제대로 못 쉬었수다. 아예 상대가 안 됐수다. 아버지는 사람들이 말하는 전통적인 그리스 사나이였죠. 상대방 손을 꽉 쥐면 손뼈가 부러질 정도였어요. 난 가끔씩 겨우 사람답게 예의를 갖춰 말하기나 하죠. 하지만 우리 아버지는 중얼거리고 웅얼거리고 노래하곤 했죠. 그분 입에서 제대로 된 사람의 말이 나오는 일은 거의 없었어요.

아버지는 여러 가지에 중독된 분이었죠. 하지만 끊을 땐 뭐든지 단칼에 끊었어요. 아버지는 굴뚝같이 담배를 피워댔죠. 하루는 아침 일찍 일어나 쟁기질하러 밭으로 가서는 밭둑에 몸을 기대고 허리춤에 손을 넣어 열심히 담배쌈지를 꺼냈죠. 일을 시작하기 전에 담배 한 개비를 말아 피울 생각이었던 거예요. 지독한 골초

였으니까요. 그런데 담배쌈지 속을 보니 비어 있는 게 아니겠어요. 완전 텅텅 비어 있었죠. 집에서 담배를 채워 넣는 걸 깜빡하신 거죠.

입에 거품이 날 정도로 화가 나 당장 돌아서서 마을 쪽으로 달리기 시작했어요. 중독돼서 참을 수 없었던 거죠. 하지만 그렇게 뛰다가 아버지는 갑자기 우뚝 멈춰 섰죠. 대장, 인간이란 정말 알 수 없는 수수께끼예요. 자신이 창피했던 거예요. 화가 난 아버지는 담배쌈지를 꺼내 이빨로 물어뜯어 갈기갈기 찢어발긴 다음 발로 짓이겼어요.

'이 빌어먹을 창녀 같은 것!' 이렇게 중얼거리면서요.

그 뒤로 평생 동안 다시는 담배를 입에 대지 않았죠.

대장, 진짜 사나이란 이런 거죠. 안녕히 주무세요!"

그는 일어나서 뒤도 돌아보지 않고 큰 걸음걸이로 자갈밭을 지나고 바닷물이 거품이 되어 부딪히는 곳을 지나 어둠 속으로 사라졌다. 나는 더 이상 그를 볼 수 없었다.

그 뒤로 나는 다시 그를 보지 못했다. 닭이 첫 울음을 울기 전에 노새몰이꾼이 와서 나는 노새를 타고 떠났다. 내가 잘못 생각하는지도 모르겠지만, 조르바는 그날 아침 어디엔가 숨어 나를 보고 있지 않았을까 하는 생각이 든다. 어쨌든 그는 판에 박은 작별 인사를 나누고, 눈물을 펑펑 흘리고, 손과 손수건을 흔들면서 맹세를 다짐하러 달려오지는 않았다.

이별은 단칼에 자르듯 이루어졌다.

카스트로에서 나는 전보 한 장을 받았다. 나는 그 전보를 오랜 시간 동안 바라보았다. 내 손은 떨리고 있었다. 나는 이미 전보의 내용을 확신하고 있었다. 나는 끔찍한 확신을 가지고 몇 글자와 몇 마디가 쓰여 있는지 보고 있었다.

나는 전보를 찢어버리고 싶은 충동에 휩싸였다. 내용을 이미 알고 있는데 내가 왜 이걸 읽어야 하나? 하지만 불행히도 우리는 우리의 영혼에 대한 믿음이 없다. 우리의 이성은 쪼잔한 장사꾼이라서 악령을 쫓고 마술을 부리는 노파들과 무당들을 비웃듯 영혼을 비웃는다. 나는 전보를 뜯었다. 티빌리시*에서 온 전보였다. 순간적으로 글자들이 내 눈앞에서 춤을 춰서 나는 아무것도 읽을 수 없었다. 하지만 조금씩 조금씩 글자들이 자리를 잡아갔다. 나는 읽었다.

"어제 오후, 스타브리다키스 씨 급성 폐렴으로 사망."

그 뒤 끔찍한 5년이 흘렀다. 시절은 불안해서 지리적 국경들은 춤을 추듯 변했고, 각국 정부들은 아코디언처럼 늘어났다 줄어들었다 했다. 순식간에 조르바와 나는 폭풍우 속에 자취를 감출 수밖에 없었으며, 우리들 사이에는 굶주림과 공포가 도사리고 있었다. 첫 3년 동안은 가끔씩 조르바에게서 짧은 엽서를 받기도 했다.

언젠가는 조르바가 아기온오로스에서 엽서를 보냈다. 무언가

* Tbilisi: 조지아공화국의 수도.

를 간절히 바라는 뺨과 슬프지만 단호한 눈매를 가진 성모 마리아 사진의 엽서에 그는 종이를 찢을 정도로 굵고 힘찬 글씨로 썼다.

"대장, 이곳에서의 일은 잘 안 됩니다. 이곳 수도사 놈들은 벼룩 발에도 편자를 박을 놈들입니다. 난 떠날 겁니다!"

그리고 며칠 뒤에 다른 엽서가 날아왔다.

"복권 장수처럼 앵무새를 들고 수도원을 돌아다닐 수가 없어서 그놈을 괴상한 일을 즐기는 수도사에게 선물했수다. 그 수도사 놈은 찌르레기에게 성가를 가르쳤답니다. 고운 목소리를 가진 성가대원이 '키레에 에게크락사!(주여, 내가 까마귀 소리를 냈습니다!)'* 하고 노래를 부르는 것처럼 정신을 혼란스럽게 만들었는지, 그 수도사는 우리의 가엾은 앵무새에게도 성가를 가르치겠답니다. 내가 살면서 별 괴상한 걸 다 봤지만 이제는…… 앵무새가 신부님이 된다고요? 그 앵무새도 저주받은 운명이라서 그런 거겠죠. 무한한 포옹과 키스를 보내며, 지독히 외로워하는 알렉시오스 신부가……"

그 뒤로 예닐곱 달이 지났다. 이번에는 루마니아에서 보낸, 풍만한 가슴을 가진 뚱뚱한 여인의 사진이 있는, 엽서 한 장을 받았다.

"아직도 살아 있수다. 마말리가**를 먹고, 맥주를 마시면서 유

---

* Κύριε εκέκραξα!: 원래의 기도문 "키리에 엘레이손!Κύριε ελέησον!(주여 불쌍히 여기소서!)" 대신 "주여, 내가 까마귀 소리를 냈습니다!"라고 가사를 바꾼 것.
** 감자를 으깬 루마니아 음식.

전에서 기름에 빠진 생쥐가 돼 일하고 있수다. 여기는 바라는 건 모두 풍족하게 있수다. 나 같은 버르장머리 없는 늙은이들한테는 천국이죠. 대장, 알아듣겠소? 인생과 닭과 거룩하신 하느님을…… 무한한 포옹과 키스를 보내며, 기름에 빠진 생쥐 알렉시오스 조르베스코가."

다시 2년이 지난 뒤에 나는 새 엽서를 하나 받았다. 이번에는 세르비아에서 보낸 것이었다.

"아직도 살아 있수다. 여긴 무지무지 추워요. 그래서 어쩔 수 없이 결혼했수다. 엽서를 뒤집어 보면 그녀의 낯짝을 볼 수 있죠. 매력덩어리죠. 그녀 허리가 조금 부풀었는데, 그건 벌써 조르바 2세를 준비하고 있기 때문입죠. 내가 입고 있는 양복은 대장이 선물한 거고요, 내 손에 낀 결혼반지는 가엾은 부불리나 것이지요. 그녀의 뼈다귀에 은총이 내리길! (하긴 모든 게 다 가능하지 않습니까?) 내 마누라 이름은 리우바예요. 여우털 깃이 달린 외투는 내 마누라가 지참금으로 가져온 거요. 거기다가 암퇘지 한 마리를 일곱 마리 새끼와 함께 가져왔지 뭐요. 아주 괴상한 가족이죠. 그리고 전남편하고 낳은 아이 두 명도 데려왔죠. 짐작했겠지만 과부가 된 거외다. 여기 가까운 산에서 마그네슘 광을 발견해서 또다시 자본가들하고 얽혔죠. 난 여기서 베이*로 통하고요. 무한한 포옹과 키스를 보내며, 전에 홀아비였던 알렉시스 조르비에츠가."

---

* 오스만튀르크 시절 높은 사람을 가리키는 말.

엽서 앞면에는 조르바의 사진이 있었다. 잘 먹어서 영양 상태가 좋고, 새신랑 옷을 입고, 모피 모자를 쓰고, 허풍을 떠는 듯한 멋쟁이 지팡이에 최근 유행하는 긴 외투 차림이었다. 그의 팔에는 스물다섯쯤 돼 보이는 육감적인 슬라브 여자가 매달려 있었다. 기다란 부츠를 신고 있는 그녀는 탄탄한 궁둥이에 애교가 넘치고, 가슴이 풍만했다. 그 사진 아래에는 마치 까뀌로 깎아낸 듯한 조르바 특유의 굵직한 필체로 "나, 조르바에게 여자는 끝나지 않는 사업입니다. 지금 사업의 이름은 리우바이고요······"라고 적혀 있었다.

나는 그 시절 계속 외국으로 돌아다녔다. 내게도 끝나지 않는 사업이 있었다. 그러나 그 사업에는 풍만한 젖가슴도, 내게 주어질 외투도, 돼지도 없었다. 베를린에 있을 때 나는 내가 맨 처음 프롤로그에서 언급한 전보를 받았다. "무지무지 아름다운 초록빛 돌을 발견했음. 빨리 올 것. 조르바."

이미 밝혔듯 나는 모든 것을 중단하고 내 인생에 단 한 번 과감한 미친 짓거리를 해볼 용기를 내지 못했다. 그리고 그 후에, 역시 프롤로그에서 밝혔듯이, 조르바가 나를 가망 없는 먹물로 여긴다고 쓴 짧은 편지를 받았다. 그리고 그 점에서 조르바가 옳았다.

그 뒤로 우리는 다시는 편지를 쓰지 않았다. 우리 사이에는 끔찍한 세계적인 사건들이 끼어들었다. 세상은 부상당한 듯이, 취한 듯이, 계속 비틀거려, 개개인의 사랑이나 걱정은 무시됐다.

하지만 나는 자주 친구들과 대화하면서 나의 내면에서 조르바의 그 위대한 영혼을 부활시켰다. 나와 친구들은 배우지 못했지만 긍지와 논리를 초월한 자신감으로 가득 찬 조르바의 행보를 자랑스러워했다. 그는 불과 몇 마디의 융통성 있는 말로 우리가 그렇게 간절하게 바랐고, 몇 년 걸려서야 얻을 수 있는 최고의 정신적인 경지에 도달하곤 했다. 우리들은 "조르바는 위대한 영혼의 소유자"라고 말하곤 했다. 어쩌면 그는 정신적으로 최고 경지를 넘어섰는지도 모른다고 말하면서 "그는 미친놈이야!"라고 단정지었다.

이렇게 세월은 추억이라는 달콤한 독약에 취해 흘러갔다. 그리고 조르바와 지내던 시절에 크레타의 바닷가를 덮었던 또 다른 그림자, 죽은 나의 친구의 그림자 역시 내 영혼을 짓눌렀다. 왜냐하면 내가 그 그림자를 놓아주지 않았기 때문이다.

하지만 그 그림자에 대해서는 남들에게 절대로 이야기하지 않았다. 그것은 내가 둑의 저편과 나눈, 그리고 나로 하여금 죽음과 익숙해져 결국은 화해하게 해준, 최고의 대화였다. 그것은 지하 세계와 연결된 비밀의 다리였다. 그리고 죽은 망령이 그 다리를 지나갈 때, 나는 지칠대로 지쳐 분명하게 발음할 수도 없고, 내 손을 잡고 악수할 수도 없을 정도로 약해진, 창백한 그 영혼을 느꼈었다.

나는 때때로 조바심하며, 혹시 내 친구가 지구 위의 삶에서 죽음에 대한 공포 때문에 결정적인 순간에 주도권을 잃고, 그의 육체를 미처 완전히 변화시키지 못해 자신의 영혼을 굳건히 만들지 못한 채 공중으로 분해되어 버린 것이 아닐까 하는 생각을 했다. 아니면 그에게 죽어야 할 운명의 몸뚱어리에 영원한 생명을 부여할 시간이 충분히 주어지지 않아 죽을 위험에 처한 것이 아닐까 하고 생각하곤 했다.

하지만 갑자기 힘이 느껴졌다. 그인가? 아니면 내가 갑자기 그를 강렬한 사랑으로 기억해냈기 때문인가? 그리고 그가 강해지고 다시 젊어져서 내게 다가오는 것인가. 계단을 올라오는 그의 발걸음 소리가 들릴 정도로 가까이 다가오고 있다.

얼마 전에 나는 언젠가 내 친구와 나, 그리고 우리가 사랑했던 한 여인과 함께 꿈같은 행복한 낮과 밤을 보낸 적이 있는 엥가딘*의 눈 덮인 산으로 홀로 여행을 했다.

나는 우리가 함께 갔던 호텔 침대에 누워 있었다. 나는 잠을 자고 있었다. 열린 창문을 통해 달빛이 떨어지고 있었고, 산들과 수정처럼 빛나는 전나무들과 아주 깊은 푸른 밤이 나의 잠든 정신 속으로 들어왔다.

나는 잠 속에서 말할 수 없는 행복감을 느꼈다. 잠은 마치 깊은 바다처럼 평화롭고 투명했으며, 나는 행복감에 젖어 그 바닷속 깊숙한 바닥에 꼼짝도 않고 누워 있었다. 그리고 나의 감각은 천 길 위의 바다 표면을 지나는 배가 내 몸에 갈라진 물결을 새기는 것이 느껴질 정도로 예민했다.

갑자기 그림자 하나가 나를 덮쳤다. 나는 그게 누구인지 알았다. 그리고 불만에 가득 찬 목소리가 들려왔다.

* Engadin: 스위스 동부에 있는 산.

"자냐?"

나는 그와 똑같은 불만에 가득 찬 목소리로 대답했다.

"늦었군그래. 벌써 몇 달째 네 목소리 듣기를 기다렸지⋯⋯ 어딜 쏘다니다 오는 거냐?"

"나는 항상 네 곁에 있었어. 하지만 네가 날 잊었지. 나는 항상 소리 지를 힘이 없어. 그런데 넌 나를 떠나려고 해. 달도 좋고, 눈 덮인 나무들도 좋고, 지상의 삶도 좋지만 나를 절대로 잊지 마."

"나는 절대로 널 잊지 않아. 넌 그걸 알고 있잖아. 외국으로 떠난 뒤 초기에 나는 거친 산들을 돌아다니면서 내 육체를 지치게 만들었어. 나는 너를 사랑했고 너 때문에 울었지. 나는 고통에 빠져 죽지 않으려고 노래까지 작곡했어. 하지만 노래들은 형편없었지. 내 고통을 조금도 덜어주지 못했지. 한 노래는 이렇게 시작돼.

너는 카로스 옆에까지 가는구나, 나는 네 덩치와 너의 가벼움을 자랑했지,
그리고 그 둘은 가파른 오르막길을
마치 새벽에 깨어난 길동무들처럼 가는구나⋯⋯

그리고 또 다른 노래에서도, 이것도 미완성이야, 나는 너를 노래했지.

정신을 바짝 차려라, 내 친구여, 그것이 흩어지지 않도록."

그가 쓴웃음을 지었다. 그가 내 위로 얼굴을 숙였다. 나는 그의 창백한 얼굴을 보고 소름이 끼쳤다.

그는 오랫동안 아무 말도 없이 텅 빈 눈으로 나를 쳐다보았다. 그의 눈 안에는 눈동자가 없었고 단지 작은 두 덩어리 진흙만 있었다.

"무슨 생각을 하고 있는 거야? 왜 말이 없지?"

그리고 다시 깊고 긴 한숨 소리가 들려왔다. 그의 목소리가 들려왔다.

"아! 세상이 좁았던 한 영혼 가운데 남은 것이 무엇인가! 여기저기 흩어져 있는, 가치 없는, 온전한 4행시도 못 끝낸, 다른 사람의 시 구절 몇 개뿐! 나는 지상으로 왔다 갔다 하면서 사랑하는 사람들 주변을 돌아다니지만, 그들의 마음은 닫혀 있지. 어디로 들어가야 하지? 어떻게 나는 다시 살아나지? 마치 문이 꼭 닫힌 주인의 집 주위를 맴도는 개처럼…… 아! 내가 물에 빠진 사람처럼 너희들의 따뜻하고 살아 있는 몸을 잡지 않고, 자유로이 살 수만 있다면!"

그의 텅 빈 눈에서 눈물이 떨어졌다. 그의 눈 안에 있던 흙이 진흙으로 변했다.

잠시 뒤 그의 목소리가 침착해졌다.

"네가 내게 준 가장 큰 기쁨은 언젠가 한번 취리히의 축제 때 내게 어떤 이야기를 해준 거였지. 기억나? 어떤 다른 영혼이 우리와 함께 있다고 말한 거……"

"기억하지." 내가 대답했다. "우리가 우리들의 숙녀라고 말했던 영혼······"

우리는 둘 다 입을 다물었다. 그때부터 몇 세기나 지났던가! 밖에는 눈이 내리고 서로 사랑하는 우리 세 사람은 방 안에 갇혀 있었다. 그의 축일 식탁에서 나는 내 친구를 칭송하는 연설을 했었다.

"나의 스승이여, 무슨 생각을 하시나?" 그림자가 가벼운 냉소를 섞어 물었다.

"아주 많은 걸, 모두를······"

"나는 네 마지막 말들을 생각하고 있지. 너는 잔을 들고 말했지. '나의 숙녀시여, 스타브리다키스가 아기였을 때, 그의 늙으신 할아버지는 그를 한쪽 무릎에 앉히고 다른 무릎에는 크레타 리라를 올려놓고 용사들의 노래를 불렀죠. 오늘 저녁 그의 건강을 위해 건배합시다. 운명이 그로 하여금 이와 비슷하게 항상 하느님의 무릎 위에 앉아 있도록 해주길!'"

"나의 스승이시여, 하느님께서 네 기도를 아주 빨리 들어주셨지!"

"상관없어." 내가 말했다. "사랑은 죽음을 이기니까."

그가 씁쓸하게 미소를 지었다. 그리고 아무 말도 하지 않았다. 나는 그의 육체가 조금씩 해체되는 것을, 그리고 흐느낌과 한숨과 비웃음으로 변해 어둠 속을 헤매는 것을 느낄 수 있었다.

며칠 동안이나 죽음의 촉감은 내 입술에 남았다. 내 마음은 가벼워졌다. 죽음이 내가 잘 알고 있고 사랑하는 사람의 얼굴을 하고, 마치 우리를 데리러 와서 조금도 서두르지 않고 우리가 일을 마칠 때까지 한구석에 앉아 기다리는 친한 친구인 양, 내 삶으로 들어왔다. 내 정신은 죽음의 이 같은 친근한 의미를 이해하고는 평온함을 느꼈다.

죽음은 시도 때도 없이 어지러움을 느끼게 하는 향기처럼 우리 삶을 덮친다. 특히 영혼을 괴롭히는 걱정도 없는 데다 방금 씻어 몸이 가볍고 상쾌한, 달빛이 비치는 아주 고요하고 외로운 밤에, 그리고 잠이 막 들려는 순간에 죽음이 다가온다. 그 순간 잠깐 동안 삶과 죽음 사이의 장벽이 투명해진다. 그러면 우리는 그 장벽 뒤에서, 땅 아래 깊은 곳에서, 어떤 일이 일어나는지 보게 된다.

모든 것이 가벼워지고 내가 가벼운 외로움을 느끼는 순간에 조르바가 내 꿈속에 나타났다. 나는 그가 어떠했는지, 무슨 말을 했는지, 왜 왔는지 아무것도 기억나지 않는다. 잠에서 깼을 때 내 가슴은 터질 것 같았다. 그리고 갑자기 영문도 모른 채 내 눈에는 눈물이 잔뜩 고였다.

바로 그 순간에 강렬한 욕망이, 아니, 욕망이 아니라 절실함이 나를 감쌌다. 내 모든 기억을 짜내서, 여기저기 흩어져 있는 대화들과 그의 목소리와 손짓, 몸짓들, 웃음과 울음, 그리고 조르바의 춤을 모두 되살려내어 크레타의 바닷가에서 우리 둘이 살았던 삶을 재구성하고 싶었다.

그 욕망은 너무도 강렬하고 갑작스러워서 그것이 혹시 이 순간 이 지구상 어딘가에서 조르바의 영혼이 죽음과 사투를 벌이고 있는 징후가 아닌가 하는 두려움이 나를 덮쳤다. 왜냐하면 내 영혼은 그의 영혼과 긴밀하게 연결되어 있어 필연적으로 한 영혼이 다른 한 영혼을 두려움에 빠지게 하고 비명을 지르게 할 것이라고 생각했기 때문이다.

나는 잠시 내 기억 속에 있는 조르바의 모든 기억들을 한데 모아 그것들을 글로 남기기를 주저했다. 어린아이 같은 불안이 나를 사로잡았다. '만약 내가 이 일을 한다면, 그건 조르바가 정말로 위험에 처했음을 의미하는 거다. 나를 떠미는 손에 저항해야 한다.' 나는 속으로 이렇게 생각했다.

나는 이틀, 사흘, 일주일을 저항했다. 일부러 다른 글쓰기에 몰두하고, 여행도 다니고, 책을 읽었다. 보이지 않는 존재를 그런 식으로 속여보려 노력했다. 하지만 내 정신은 조르바에 대한 생각으로 잔뜩 움츠렸고, 불안해했으며, 마음은 한없이 무거웠다.

어느 날 나는 에기나 섬 바닷가에 있는 집 테라스에 앉아 있었다. 때는 한낮이었고, 태양은 작열했다. 나는 건너편 헐벗은 살라미스 섬의 매력적인 측면 풍경을 바라보고 있었다. 그 순간 갑자기, 전혀 의식하지도 않은 채 나는 뜨거운 테라스 바닥에 종이를 펼쳐놓고 조르바에 대한 이 전설적인 이야기를 쓰기 시작했다.

나는 조바심하며 지나간 일들을 되살려서, 열정적으로 서둘러 써 내려갔다. 나는 조르바에 대한 모든 것을 기억해내서 되살려놓으려고 애썼다. 만약 무엇인가 빠진다면 그 모든 책임은 내게 있다는 생각이 들었다. 나는 조르바의 사람됨을, 나의 '스승'의 인격 전체를 온전히 되살리기 위해 밤낮으로 써 내려갔다.

나는 마치 동굴 안에 자신들이 꿈에서 본 최초의 선조를, 그가 다시 돌아왔을 때 자신의 영혼과 육체를 알아볼 수 있도록, 능력이 닿는 대로 최대한 충실하게 그리려는 아프리카 원시 부족의 마법사처럼 열정적으로 일했다.

몇 주 지나지 않아서 조르바의 전설은 완성되었다.

글쓰기를 끝마친 날 황혼녘에 나는 또 테라스에 앉아 바다를 바라보고 있었다. 나는 무릎 위에 완성된 원고를 올려놓고 있었다. 그 순간 나는 마치 아기를 순산한 뒤에 갓난아기를 품에 안고 있는 여인처럼, 무거운 짐을 내려놓아 가뿐해진 기쁨을 느꼈다.

해가 넘어가고 있는 바로 그때, 마을에서 내게 편지를 전달하는 임무를 맡은 소녀인 소울라가 테라스로 올라왔다. 맨발에 생기발랄한 통통한 소녀였다. 그녀가 내게 편지를 건네고는 도망치듯 뛰어서 사라졌다. 나는 알고 있었다. 아니 적어도 알고 있었던 것처럼 생각됐다. 왜냐하면 내가 그 편지를 뜯어 읽는 동안 나는 뛰어 일어나 비명을 지르지도, 놀라지도 않았기 때문이다. 나는 분명히 알고 있었다. 무릎 위에 완성된 원고를 올려놓고 지는 해를 바라보고 있는 바로 그 순간, 나는 이미 그 편지를 받을 것을 알고 있었다.

나는 눈물을 흘리지도 않고 조용히 편지를 읽었다. 편지는 세르비아의 스코페에서 멀지 않은 한 마을에서 온 것이었다. 괴발개발 쓴 편지는 겨우 뜻이 통하는 독일어로 쓰여 있었다.

"저는 시골 교사입니다. 지금 저는 이곳에서 마그네슘 광산을 운영하고 있던 알렉시스 조르바 씨의 슬픈 소식을 전하기 위해 이 편지를 쓰고 있습니다. 알렉시스 조르바 씨는 지난 일요일 저녁 6시에 운명하셨습니다. 그가 죽음과 마지막 싸움을 하고 있을 때 저를 불러 이렇게 부탁했습니다. '선생님, 그리스에 내 친구가 한 명 있는데 내가 죽거들랑 내가 죽는 그 순간까지 정신이 말짱했고, 또 그를 기억했다고 편지를 보내주슈. 그리고 난 내가 평생 한 짓에 대해 조금도 후회하지 않는다고도 말해주슈. 그리고 잘 지내시고 이제는 정신 좀 차릴 때가 됐다고 쓰슈…… 그리고 만약 신부가 내 고해성사를 듣고 종부성사를 해주러 온다고 하면, 제발 내쫓고 내가 저주한다고 전하슈! 난 평생 하고, 또 하고, 또 했지만 결국 한 일은 별거 없수다. 나 같은 인간은 천 년을 살아야 마땅한데…… 잘 있으슈!'

이것이 그의 마지막 말이었습니다. 그러고는 곧바로 베개에 기대 일어나서는 침대 시트를 벗어던지고 위로 펄쩍 뛰었습니다. 그의 부인 리우바와 나, 그리고 힘센 이웃들 몇 명이 그를 진정시키려고 노력했습니다만 그는 이를 뿌리치고 침대에서 내려와 창문까지 갔습니다. 그곳에서 창틀을 쥐고 서서는 먼 곳 산을 바라보며 눈알을 굴리더니 웃기 시작했습니다. 그러고는 말 같은 신음 소리를 내다가 창틀에 손톱을 꼿꼿이 박아 넣고는 똑바로 서서 죽었습니다.

그의 미망인 리우바는 당신께 인사를 전하라고 하면서, 고인이 계속 당신에 대해 많은 이야기를 했고, 자기가 죽으면 당신께서 고인을 기억하게 자신의 산투리를 당신께 드리라고 유언했다고 전하랍니다.

고인의 부인은 당신께서 이 마을을 지나시게 되면 그녀의 집에서 머무시는 수고를 하시길 바라며, 또 아침에 길을 떠나실 때 산투리를 가져가시기를 부탁드린답니다."

작가 소개

니코스 카잔자키스
(Níκος Καζαντζάκης, 1883~1957)

아무것도 바라지 않는다.

아무것도 두렵지 않다.

나는 자유다.

20세기 최고의 문호이자
가장 자유롭고 가장 영성적인 작가, 카잔자키스

사용 인구가 1천만 명도 채 되지 않는 언어의 작가가 세계적 문호가 된 경우는 카잔자키스밖에 없다. 그는 비록 영어나 프랑스어 같은 강대국의 언어로 작품을 쓰지는 않았지만, 그의 작품은 깊은 영성적 고찰에서 나온 심오한 사상과 예민한 감각에서 나온 섬세한 감수성, 그리고 반복되는 탈고를 통해 다듬어진 아름다운 문장으로 유명하다. 그런 장점이 있기에 그의 작품이 전 세계 언어로 번역되어 국적에 관계없이 수많은 독자들을 감동시키는 것이다. 그런 까닭에 그는 여러 차례 노벨 문학상 후보에 올랐다. 특히 1950년부터 그가 사망한 해인 1957년까지 매해 노벨상 후보에 추천됐지만 끝내 상을 받지는 못했다. 그렇다고 작가로서의 그의 위상이 낮아진 것은 결코 아니다.

니코스 카잔자키스, 그는 평생을 자유를 위해 투쟁했고 인간 구원의 문제를 깊이 사색했다. 타협을 모르던 자유로운 존재, 수많은 상처에도 좀처럼 굽힐 줄 모르던 영혼의 소유자, 죽은 뒤에 불사의 존재가 된 작가, 하느님에게도 '아니요'라고 말하는 것을 두려워하지 않던, 크레타의 피가 흐르는 진정한 남자, 영웅이자 성자였던 카잔자키스. 그 이름은 세계 지성계에 알려졌고 그의 작품은 거의 전 세계 언어로 번역되었다.

카잔자키스를 특징짓는 것은 영성 탐구와 여행이다. 그가 스스로 고백하듯 하늘과 땅을 이어주었던 영성에 대한 목마름, 먼 곳으로의 여행과 신화적 탐험에 대한 갈망은 그가 어린 시절부터 가졌던 간절한 바람이었다. 그러나 수많은 해외여행에도 불구하고 카잔자키스가 가장 사랑했던 곳은 그리스였다. 특히 그는 에게 해의 섬들에 대해 천국과 같은 매력을 가진 곳이라며 특별한 애정을 느꼈다. 그리고 자신의 고향인 크레타에 대한 그의 사랑은 유난했다. 그는 늘 피눈물과 땀을 머금은 크레타의 흙 한 덩어리를 지니고 다니면서 그것을 꽉 움켜쥐고 새로운 힘을 얻곤 했다고 고백한 바 있다.

카잔자키스의 어린 시절과 대학 시절

니코스 카잔자키스는 1883년 2월 18일 아직 터키의 지배를 받고 있던 크레타의 이라클리온에서 태어났다. 온화하고 자애로우며 경건한 여인이었던 어머니 마르기와 거칠고 엄하고 웃음이 없는 사자 같은 사람이었던 아버지 미할리스 대장 사이에서 태어난 카잔자키스의 몸 안에는 불과 땅처럼 극단적으로 대립하는 두 인격이 조화를 이루면서 공존했다. 그의 집안은 크레타의 바르바리 마을(현재 카잔자키스 박물관이 있는 미르티아 마을)에 대대로 살았다.

카잔자키스는 이라클리온에서 초등학교를 다녔다. 이 시절의 기억 속에 남은 선생님들과 학우들은 후에 그의 소설에서 등장인물들로 되살아났다. 그리고 이 시절 오스만튀르크로부터 독립을 얻으려는 크레타인들의 투쟁과 자유를 향한 갈망과 그에 따른 애국 투사들의 성스러운 희생은 그의 삶에 깊은 흔적을 남겼다. 그가 태어나서 자란 큰 성곽 도시 이라클리온에서 혁명이 일어나고 이어서 대학살이 일어났던 1889년, 그는 일곱 살이었다. 학살이 일어난 다음 날 아버지는 어린 카잔자키스를 분수대와 플라타너스 나무가 있는 모로시니 광장으로 데리고 가서 목매달려 처형당한 세 사람을 보여주었다. 그리고 이들을 죽게 만든 것은 '자유'라며 카잔자키스에게 희생당한 시신에 경의를 표하라고 명령한다. 이 학살을 배경으로 카잔자키스는 대서사적 소설 『미할리스 대장』을 쓴다. 이 소설의 부제는 '자유 아니면 죽음'이다.

1897년, 카잔자키스의 온 가족은 대학살의 위험을 피해 크레타를 떠나 낙소스 섬으로 피란 간다. 그는 그곳에서 '성스러운 십자가' 수도회가 운영하는 프랑스 상업학교에 입학해 프랑스어와 이탈리아어를 배운다. 1898년, 독립국가로 되살아난 크레타로 돌아온 카잔자키스는 그해 12월 9일 자유의 황홀한 도취 상태에서 크레타 땅에 첫발을 내딛는 그리스 왕국의 예오르기오스 왕자를 보았고, 또 엄격한 아버지마저 기쁨의 눈물을 흘리는 것을 보게 된다. 이런 사건들을 통해 어린 카잔자키스는 자유로운 세상을 향한 인간의 영원한 열망과 투쟁을 보았으며, 그는 그 후 온 생애를 통해 이 열망을 크레타에 되돌려주려고 노력했다.

이라클리온에서 고등학교를 마친 카잔자키스는 1902년에 아테네 대학 법대에 입학한다. 그해에 그는 자신의 첫 소설 『뱀과 백합』을 발표하는 등 활발하게 글을 쓰면서 유망한 젊은 작가로서의 경력을 시작한다.

1906년에 카잔자키스는 「권리와 국가에 대한 프리드리히 니체의 철학」이라는 제목의 졸업 논문으로 아테네 법대를 우수한 성적으로 졸업한 뒤, 그다음 해인 1907년 공부를 계속하기 위해 파리로 간다. 그곳에서 그는 마법과 같은 앙리 베르그송의 가르침과 니체의 포효하는 사자와 같은 강렬한 신념들을 만난다. 이 두 철학자의 사상은 그에게 깊은 영향을 주었다. 1908년 소르본 대학교에서 철학 박사학위를 받고 그리스로 돌아오는 길에 이탈리아 전국을 여행한다. 그는 특히 아시시에서 성 프란체스코의 유적을 둘러보며 내면에서 요동치는 형이상학적 고뇌와 행복감을 동시에 느꼈다. 이 감동은 1953년에 완성한 성 프란체스코의 삶을 다룬 소설『하느님의 가난한 자』의 밑바탕이 되었다.

카잔자키스의 여행들

1911년, 이라클리온으로 돌아온 그는 갈라테아 알렉시우와 첫번째 결혼을 한다. 그리고 그 이듬해인 1912년에 발칸 전쟁이 발발하자 자원입대해 북부 그리스에서 1913년까지 복무했다.

1914년, 카잔자키스는 수도사들의 공화국이자 전 지역이 하나의 거대한 교회인 아기온오로스를 40일 동안 여행하면서 그곳의 모든 수도원을 방문한다. 그다음 해인 1915년에도 그는 그리스 전역을 여행하고, 다시 아기온오로스에 가서 그에게 큰 영향을 준

요르기오스 조르바스(조르바의 본명, 562쪽 참조)를 만난다. 조르바스는 카잔자키스에게 인생을 사랑하고 죽음을 두려워하지 말 것을 가르쳐주었다. 그리고 1917년에 카잔자키스와 조르바스는 마니(펠로폰네소스 남쪽 지방) 지방의 프로스토바에서 갈탄광 개발을 시도했지만 경제성이 없어 실패한다. 이때의 경험이 나중에 소설 『그리스인 조르바』의 바탕이 되었다.

1919년에 카잔자키스는 엘레프테리오스 베니젤로스 수상으로부터 복지부 수석국장으로 임명되어 러시아의 볼셰비키 혁명 이후 조지아공화국 지역에서 볼셰비키 공산당과 쿠르드 족의 위협을 받던 약 15만 명의 그리스 난민들을 구하라는 임무를 부여받는다. 그는 이 임무에 조르바를 데려간다. 임무는 성공적으로 끝냈지만 그 과정에서 친구인 야니스 스타브리다키스가 폐렴에 걸려 사망한다. 카잔자키스는 이 임무가 매우 끔찍하고 힘들었다고 회고한다.

1920년, 카잔자키스는 글쓰기에 전념하기 위해 베를린에 머물며 독일과 오스트리아를 여행한다. 그는 베를린에서 열정적인 폴란드계 유대인 여인들에게서 정치적으로 많은 영향을 받아 혁명 운동 쪽으로 발길을 돌린다. 카잔자키스의 좌파적 정치 노선은 바로 이 시기에 형성된 것으로 그는 평생 일관되게 이 노선을 지켰다. 동시에 그 무렵 부처의 무위無爲 사상의 영향을 받아 비극 「부처」를 쓰기 시작한다. 이 작품은 1941년에 탈고한다. 1922년 오스트리아 빈에서 고행 수도자들이 잘 걸리는 희소한 피부병에 걸린 카잔자키스는 뒷날 이 경험을 소설 『예수, 십자가에 다시 못 박히다(수난)』(이하 괄호 안은 한국어판 제목)의 주인공 마놀리오가 걸리는 병으로 묘사했다.

1927년 그는 소련 정부 초청으로 러시아 혁명 10주년을 취재하기 위해 다시 소련을 여행하고, 다음 해에는 훗날 자신의 두번째 부인이 되는 엘레니와 함께 세번째로 소련으로 가서 러시아와 우크라이나, 캅카스 지방을 여행한다. 이때 그는 막심 고리키를 만난다.

1935년, 카잔자키스는 일본과 중국을 여행한다. 후에 그는 이 여행을 바탕으로 그 지역과 민족들에 대한 인상적인 묘사를 담고 있는 『일본 - 중국 기행』이라는 책을 쓰고, 이듬해인 1936년 이 여행에서 받은 인상을 바탕으로 소설 『돌의 정원』을 탈고한다. 같은 해 그는 내전 중인 스페인을 여행한다. 1938년에는 그의 대작이자 많은 논의의 대상이 되는 『오디세이아』가 출간되고, 1939년에는 영국을 여행한다.

나치 점령의 고난기와
제2차 세계대전 직후의 카잔자키스

제2차 세계대전이 시작된 이후 계속 에기나 섬의 자택에 머물고 있던 카잔자키스는 1941년 『그리스인 조르바』를 쓰기 시작해 45일 만에 완성한 뒤 계속 손질하여 1943년 8월 10일 탈고한다. 그 후 얼마 되지 않아 조르바스의 믿을 수 없는 사망 소식을 듣고는 깊은 슬픔에 빠진다. 이 작품은 1946년이 되어서야 출판되었다.

제2차 세계대전이 끝난 1945년, 그는 정부에 의해 점령군 나치의 잔혹성을 규명하는 3인 중 한 명으로 임명되어 크레타로 파견된다. 그해 11월, 그는 엘레니 사미우와 두번째 결혼을 한다. 그때 소풀리스 정부에 의해 무임소 장관으로 임명되지만 한 달 반 만에 그만둔다. 이듬해 영국과 프랑스를 여행하며 전 세계의 지성인들에게 문화적 가치를 보호하고 평화를 유지할 것을 호소하기 시작한다. 이런 활동의 공로를 인정받아 10년 뒤 카잔자키스는 오스트리아 빈에서 평화상을 받게 된다.

1945년 2월에 카잔자키스는 그리스 문인협회 회장으로 선출되고, 5월에는 그리스 문인협회가 그의 친구인 천재적 시인 앙겔로스 시켈리아노스와 함께 노벨상 후보로 추천하지만 둘 다 상을 받지는 못한다.

자발적 망명 시기의 카잔자키스

카잔자키스는 1946년에 영국을 거쳐 프랑스를 방문한 뒤, 1948년 앙티브에 정착하고는 죽을 때까지 계속 그곳에 머문다. 제2차 세계대전 이후 미국의 영향 아래 철저한 반공 국가로 변신한 냉전 시대의 그리스에서는 더 이상 지내기 힘들었기 때문이다. 1947년 그는 유네스코에서 일을 하게 되지만 11개월 만에 그만두고 그 후에는 저술에만 전념한다.

이 무렵부터 그리스를 떠나 해외에서 거주하는 일이 카잔자키스에게는 일상이 되다시피 한다. 그의 기억들과 경험들, 그가 여행하며 머물렀던 곳들, 호메로스, 단테, 붓다, 그리스도, 레닌, 오디세우스 등이 형태를 이루어나가면서, 커다란 외침이 되고 그의 고뇌와 투쟁의 상징들로서 구체적인 모습을 드러내기 시작한 것도 바로 이 시기다. 그의 마지막 작품인 『엘 그레코에게 바치는 보고서(영혼의 자서전)』에서 그는 인간의 가치는 승리에 있지 않고 승리를 향한 투쟁에 있다고 주장하면서 자신의 평생에 걸친 여정은 오르막길이었으며, 하느님과 구원 역시 그에게는 하나의 오르막길이었다고 고백한다.

앙티브에 정착한 지 3년이 채 되기도 전에 그는 여러 작품을 완성하고 요하네스 요르겐센Johannes Jorgensen의 작품 『성자 프란체스코』를 번역할 뿐만 아니라, 소설 『예수, 십자가에 다시 못 박히다(수난)』를 쓴다. 이 작품에서 카잔자키스는 "주인공이 예수 그리스도가 그랬던 것처럼 입술이 부어오르면 나의 입술 역시 부어올랐다"라고 썼는데, 이 병을 통해 그는 자신의 글쓰기가 단순한 글쓰기가 아니라 끔찍한 고통이었음을 드러내고자 했다. 그가 주인공들의 이야기를 써 내려갈 때 손가락들이 피로 멍들고 검은색으로 변했다고 한다.

이어서 카잔자키스는 '자유롭기를 원한다고 말하는 자는 죽여라!'라는 부제가 달린 소설 『형제 살해자(전쟁과 신부)』를 쓰기 시작한다. 1945년부터 1949년까지 계속된 그리스 내전을 배경으로 한 이 작품은 관용과 형제애를 다루고 있는 문제작이다.

　1949년부터는 크레타와 아버지의 서사시적 이야기를 되살리기 위해 어린 시절로 되돌아가서 『미할리스 대장』을 쓰기 시작한다. 이 책은 1953년에 아테네에서 출간된다. 1951년에는 『최후의 유혹』을 쓰는데, 이 작품은 인간의 본성을 극복하고 신의 세계로 향해 가기 위해 모든 것을 바치는 신적 인간의 투쟁을 그리고 있다.

　1952년부터 니코스 카잔자키스의 작품들이 전 세계의 여러 언어로 번역되면서, 그의 창조적인 정신과 위대한 영혼이 전 세계 사람들에게 알려지게 되었다. 하지만 그의 건강은 이때부터 흔들리기 시작했다. 그에게 백혈병이라는 반갑지 않은 손님이 찾아온 것이다. 그러나 아직도 그의 심장은 영감과 사상의 대양에서 싸우고 있었고, 그의 내면에서는 새로운 작품들이 잉태되고 있었다. 인생의 마지막 시기에 그는 비록 상처투성이였지만 여전히 꼿꼿함을 유지했다.

　1953년 카잔자키스는 우리에게 '성자 프란체스코'의 극단적 겸손과 신적 황홀경을 선사하는 작품 『하느님의 가난한 자』를 완성해 자신의 친구이자 우리 시대의 성 프란체스코인 '알베르트 슈바이처'에게 바친다. 이제 원숙할 대로 원숙해진 카잔자키스는 꽃을 피우고 열매를 맺기 시작한다. 그러나 동시에 그는 해가 지고 있고 그림자가 길어지며 산들이 흐려지는 것을 느낀다. 그는 이 세상과 작별하기 위해 다시 여행을 떠난다.

카잔자키스의 마지막 날들과 장례식

이제 그는 삶을 정리하기 시작한다. 머지않아 흙으로 돌아갈 것을 예감했기 때문이다. 카잔자키스는 마지막 작품 『엘 그레코에 바치는 보고서(영혼의 자서전)』를 쓰며 다사다난했던 자신의 삶을 정리한다. 위대한 고향 선배인 '도미니코스 테오토코풀로스(엘 그레코의 본명)'에게 장군처럼 무자비하고 피투성이였던 그의 오르막길 여정을, 기쁨과 아픔을, 젊음의 비밀스러운 갈망을, 늘그막의 거친 자부심을 마치 한 명의 병사가 장군에게 하듯 보고했다. 그가 고백하듯 카잔자키스는 크레타의 땅 자체였고, 어둠 덩어리인 하느님의 얼굴을 보려고 거친 숨을 내쉬며 오르막길을 오르는 투사였다.

1957년 카잔자키스는 중국 정부의 초청으로 중국에 가서 저우언라이周恩來를 만난 뒤 일본을 방문했다. 그리고 돌아오는 길에 백혈병 증세가 악화되어 코펜하겐 병원을 거쳐 프라이부르크 대학 병원으로 이송되었다. 그리고 그해 10월 26일 니코스 카잔자키스는 끝내 운명을 달리했다. 사인은 당시 유행하던 아시아 독감이었다. 이미 백혈병으로 쇠약해진 그의 육체는 무서운 전염병을 이겨낼 수 없었다.

11월 4일, 그의 시신은 아테네로 옮겨졌으나 아테네 주교청은 카잔자키스의 시신을 정교회 성당에 안치하는 것을 금했다. 그래서 그의 시신은 아테네 묘지 영안실에 사제도 없이 남겨졌다. 그리고 11월 5일, 그는 아득히 먼 조상의 부서진 뼈들로 만들어진 고향 땅 크레타로 돌아왔다. 그리고 그다음 날인 11월 6일 11시, 그가 어릴 때부터 다니던 성 미나스 성당에서 성대한 장례식이 거행됐다. 그의 장례식은 이라클리온 시 사회장으로 치러졌고, 크레타 대주교청의 에브예니오스 대주교가 직접 집전했다. 세계 총대주교 아티나고라스가 그에게 직접 전화를 걸어 부탁했기 때문이다. 그 밖에 수많은 사제들이 공동 집전자로 참석했고, 많은 고위층 인사와 지식인이 그의 마지막 길을 배웅했다.

카잔자키스의 묘비명

카잔자키스는 크노소스 궁전 벽에 그려진 '황소의 등을 타고 재주를 넘는 젊은이'의 그림에서 크레타적 의미의 구원의 메시지를 끌어냈다. 황소의 등을 타고 넘는 크노소스 궁전의 용감한 젊은이처럼 그의 눈은 겁 없이 공포를 응시했고, 죽어야 할 운명의 인간이면서도 불사의 존재처럼 살기를 바랐다. 그리고 마지막에 그는 구원에서마저도 구원되고 싶어 했다. 그랬기에 그는 유언으로 "아무것도 바라지 않는다/ 아무것도 두렵지 않다/ 나는 자유다"라는 묘비명을 세워주기를 부탁했다. 생명을 가진 모든 존재가 개체 보존과 종족 보존을 위해 가지고 있는 본능인 욕망과 공포에서부터도 자유로운 인간이었음을 상기시키는 묘비명이다. 또 그는 자신의 무덤에 투박한 나무 십자가를 세워주기를 원했다.

지금 카잔자키스는, 고대의 신들이 돌이 되어 만들었다는 유

작가 소개

크타산Mount Jukta이 멀리 바라보이는 이라클리온의 마르티넹고에서 영원한 잠을 즐기고 있다. 그리고 오늘날 그의 무덤은 전 세계 사람들의 순례지가 되었다. 74년 동안의 삶 속에서 영원을 경험했던 카잔자키스는 앞으로도 불멸의 존재로 남을 것이다.

카잔자키스 이름의 한글 표기

카잔자키스의 우리말 표기는 보통 '카잔차키스'로 되어 있다. 그러나 이는 명백한 잘못이다. 그의 그리스어 이름 표기는 Καζαντζάκης인데 세번째 음절의 자음 [τζ]는 유성 파찰음이므로 이에 대한 한글 표기는 [ㅈ]이지 [ㅊ]이 아니다. 따라서 그의 이름은 '카잔자키스'여야지 '카잔차키스'여서는 안 된다. 처음 누군가가 잘못 표기한 것이 굳어졌다는 이유만으로 그냥 계속 쓰는 것은 옳지 않다. 바로잡아야 마땅하다.

카잔자키스는 파문당하지 않았다

많은 사람들이 그리스 정교회가 카잔자키스를 파문했다고 알고 있는데 이는 명백한 잘못이다. 심지어 그리스에서조차 많은 사람들이 이런 오해를 하고 있다. 이 같은 오해가 널리 퍼진 까닭은 가톨릭 로마 교황청과 그리스 정교회의 아테네 대주교청이 그의 작품들을 금서로 정한 일이 있어서이다. 그러나 이미 필자가 학술 발표회에서 두 번에 걸쳐 밝힌 바와 같이 카잔자키스는 가톨릭 교인도 아니었고 아테네 대교구청에 속한 신자도 아니었다. 한 신자를 파문할 수 있는 권한은 그 신자가 속한 대교구의 수장에게만 부여되는데, 카잔자키스는 터키의 콘스탄티노폴리스(이스탄불)에 있는 세계총대주교청 소속 신자였다. 따라서 그를 파문할 수 있는 사람은 세계총대주교뿐이다. 그러나 세계총대주교청은 카잔자키스를 파문한 적이 없다. 파문하기는커녕 당시 세계총대주교는 크레타 대주교에게 그의 장례식 집전을 맡아달라고 친히 전화까지 한 바 있다.

또 그가 파문당했기에 그의 무덤에 대리석으로 제대로 만든 십자가를 쓰지 못하고 나무 십자가를 세웠다는 이야기도 잘못 알려진 것이다. 그의 무덤에 나무 십자가가 세워진 까닭은 고인이 유언으로 그렇게 원했기 때문이다.

이에 대한 더 자세한 내용은 필자의 논문 「정교회는 니코스 카잔자키스를 파문했는가?」(『제8회 카잔자키스 이야기 잔치』, 2016년, 4~13쪽)를 참고하기 바란다.

작품의 배경

1. 『그리스인 조르바』에 대하여

우리나라에 널리 알려진 그리스의 대문호 니코스 카잔자키스의 소설 『그리스인 조르바』는 카잔자키스의 여러 작품 가운데 세계적으로 가장 성공한 작품이자 가장 중요한 작품이다. 이 작품의 그리스 원어 제목은 'Βίος και Πολιτεία του Αλέξη Ζορμπά'인데 여기에서 'Βίος και Πολιτεία'라는 표현은 흔히 성자들의 생애를 다루는 '성자전'에만 쓰인다. 그리스어 낱말 'βίος'는 '삶, 생애'를 뜻하고, 'πολιτεία'는 '정권, 정부/정치 체제'를 뜻하는데 한 명의 위대한 성자는 그 자체가 독립된 하나의 '세계'를 이루고 있다는 의미로 성자전에 이 낱말을 쓰는 것이 비잔티움 시대 때부터의 전통이다. 카잔자키스가 조르바에 대한 소설 제목을 이와 같이 정한 데에는 조르바가 성자 반열에 오른 인물임을 강조하고자 하는 뜻이 담겨 있다. 그러나 한국에서 널리 알려진 제목이 '그리스인 조르바'이기에 이 제목을 따르고, 원작자의 뜻을 살려 원제 '알렉시스 조르바의 삶과 행적'을 부제로 달았다.

이 작품의 큰 줄기를 이루는 것은 화자와 조르바의 만남과 크레타의 외딴 바닷가에서 그와 함께 갈탄광을 개발하면서 겪은 사건들과 그들이 나눈 대화들이다. 이 작품의 주인공들이 살았던 19세기 말부터 20세기 초 사이의 시대는 크레타의 독립 전쟁과 마케도니아 독립 투쟁, 그리고 발칸 전쟁과 제1차 세계대전 등으로 암울했던 시기였다. 이 작품은 이 같은 격동의 시대를 산 두 주인공의 정신적·육체적 모험과 고통을 다루고 있다.

'나'는 현실의 불합리함을 한 걸음 뒤로 물러선 관찰자로서 지성적으로 극복하려 하는 반면, '조르바'는 직접 세상 속으로 뛰어들어 내면의 본능적인 감성과 열정으로 위험을 이겨낸다. 원시 사냥꾼 같은 직감과 어린아이 같은 순수함과 창의성, 망설이고 고뇌하기보다는 내면의 소리에 따라 주저 없이 행동하고, 성공이나 실패에 일일이 흥분하거나 좌절하지 않고 대범하게 무시하고 비웃는가 하면, 죽음과 불행 앞에서도 하느님과 악마에 당당하게 맞서는 조르바의 모습에서 '나'는 인도의 '구루'나 아기온오로스의 '예론다스' 같은 영적 스승의 영혼을 느낀다.

카잔자키스는 이 작품을 제2차 세계대전이 한창인 1941년 8월부터 쓰기 시작했다. 당시 그리스는 나치 독일에 점령되어 어려운 시기를 겪고 있었다. 그때 카잔자키스와 그의 배우자 엘레니는 아테네에서 가까운 에기나 섬에 머물고 있었다. 그때는 굶주림의 시절이었다. 몇몇 친구들이 음식물을 보내줬고 엘레니는 들판과 바닷가 가까이에 있던 집 텃밭에서 뜯은 나물로 요리를 했다. 엘레니 여사는 남편에 대한 회고록에서 이렇게 썼다.

"날은 점점 짧아졌고, 우리들의 식량도 점점 줄어들고 있었다. 우리는 체력을 소모하지 않기 위해 침대에 머물렀다. 특히 기아가 기승을 부렸던 시절에 니코스는 그의 가장 쾌활한 작품인 '알렉시스 조르바'를 썼다!"*

카잔자키스에게 조르바라는 인물은 아직 죽지도 않았을 때부터 작품을 통해 영원한 생명을 부여하도록 그에게 강요한 존재였다. 이 작품을 쓰는 동안 카잔자키스는 상당한 심리적 압박을 느꼈다고 고백하고 있다. 그러한 그의 심경은 「프롤로그」에 잘 나타나 있다.

"추억들이 떠오르고 하나의 기억이 다른 기억을 밀어내면서 조바심을 냈다. 정리를 해야 할 때였다. 조르바의 삶과 행적을 처음부터 정리할 때가 되었다. 하찮은 일들도 그와 관련된 것들은 지금 이 순간 투명한 여름 바다 속에서 찬란한 빛깔을 내는 물고기처럼 내 머릿속에서 분명하게, 그리고 요동치듯 빛나고 있었다. 조르바가 손댄 것들은 불멸의 존재가 된 듯, 그와 관

---

* 엘레니 카잔자키스(Ἑλένη Ν. Καζαντζάκη), 『니코스 카잔자키스, 타협하지 않는 자: 미출간 편지와 작품에 바탕을 둔 전기』, 파트로클로스 스타브로스 감수, 3판, 카잔자키스 출판사, 아테네 1998(Νίκος Καζαντζάκης, Ὁ Ἀσυμβίβαστος. Βιογραφία βασισμένη σὲ ἀνέκδοτα γράμματα καὶ κίμενά του, Ἐπιμέλεια Πάτροκλος Σταύρου, Γ´ Ἔκδοση, Ἐκδόσεις Καζαντζάκη, Ἀθήνα 1998), 473쪽.

련된 것들은 그 어느 것도 내 안에서 죽지 않았다. 한데 바로 그 즈음부터 갑작스러운 불안이 나를 감쌌다. 그의 편지를 받은 지 벌써 2년이 되었고, 그도 이제는 일흔 살이 넘었을 테고, 건강에 문제가 있을지도 모른다. 분명히 건강이 좋지 않은 거야. 그렇지 않다면 내가 갑자기 그에 관한 모든 것을 재구성하고, 그가 한 모든 말과 행동을 기억해내어, 그것들이 도망가지 못하게 종이 위에 잡아놓아야 한다는 생각에 사로잡히는 까닭을 설명할 수 없다. 마치 내가 죽음을, 그의 죽음을 쫓아내기를 바라는 듯하다. 지금 내가 쓰는 것이 책이 아니라 '추도사'가 아닐까 두렵다.
이제 와서 보니 이 글에는 추도의 모든 요소들이 들어 있다."

카잔자키스는 이 전설적 이야기를 45일 만에 완성했다. 그 즈음 그는 조르바의 부고를 듣는다. 카잔자키스는 작품을 계속 다듬어 1943년 8월에 최종적으로 탈고했다. 초고를 끝내고 완전히 탈고할 때까지 3년이 걸린 것이다. 섬세하고 철저한 카잔자키스의 성격이 잘 드러나는 부분이다. 카잔자키스는 1949년 8월 26일과 1950년 5월 9일에 스웨덴의 현대 그리스학 전공자이자 친구인 뵈리에 크뇌스*에게 보낸 두 통의 편지에서 이 '조르바'라는 작품이 본인에게 어떤 의미를 갖는지 밝히고 있다.

"어떻게 수천 년 전에 죽은 망령들이 다시 부활해서 태양의

---

* Börje Knös(1883~1970): 스웨덴의 현대 그리스학 학자이자 작가.

빛을 또다시 보려는 욕망을 품고, 산 사람들을 포위하여 그들의 뜨거운 피를 조금 마시려고 전혀 예기치도 않게 저의 기억에서 갑자기 뛰어나왔는지 저도 잘 모르겠습니다. 저 역시 오디세이아와 아름다운 헬레네, 이율리아노스 파라바티스,* 니키포로스 포카스,** 그리고 마지막으로 알렉시스 조르바로부터 이런 일을 당했습니다……"***

"그 작품이야말로 제대로 된 소설입니다. 왜냐하면 '조르바'는 주로 먹물과 민중을 대표하는 사람 사이의 대화이기 때문입니다. 이성을 옹호하는 사람과 민중을 대변하는 위대한 영혼 사이의 대화 말입니다."****

1946년 5월 19일, 이 작품은 '풍운아 알렉시스 조르바의 삶과 행적'이라는 제목으로 그리스에서 출판되었다. 대부분의 비평가들이 이 작품에 대해 칭찬을 아끼지 않았다. 이듬해인 1947년에는 뵈리에 크뇌스에 의해 스웨덴어로 번역되었다. 스웨덴에서의 반응은 매우 뜨거워서 초판이 나오자마자 다 팔리고 곧바로 2쇄

---

* Ιουλιανός Παραβάτης(331~363, 재위 기간 360~363): 비잔티움의 황제로 그리스도교를 박해하고 그리스 전통 종교를 부활하려 했다. 카잔자키스는 이 인물을 주인공으로 한 희곡을 썼다.
** Νικηφόρος Β΄ Φωκάς(912년경~969, 재위 기간 963~969): 비잔티움 제국의 황제로 이슬람으로부터 크레타를 찾아오는 등 군사적으로는 크게 성공을 거두었으나 외교적으로 치명적인 실수를 했다. 마지막에는 왕비의 정부에게 암살당한 비극적 인물이다. 니키포로스 역시 카잔자키스 작품의 주인공이다.
*** 엘레니 카잔자키스, 『니코스 카잔자키스, 타협하지 않는 자』, 561쪽.
**** 같은 책, 567쪽.

인쇄에 들어갔다. 이어서 『그리스인 조르바』는 카잔차키스의 친구인 의사 쿠메나키스의 부인 이본 고티에Yvonne Gauthier에 의해 프랑스어로도 번역되었다.

같은 해 미노티스라는 그리스인이 이 작품을 미국에서 출판 계약을 맺기 위해 떠나면서, 완성된 영어 번역 원고 대신 그리스어 원고만 달랑 들고 가는 실수를 저질렀다. 자신의 친구 프레벨라키스에게 보낸 1947년 5월 29일 자 편지에서 카잔차키스는 이렇게 자신의 심정을 드러내고 있다. "조르바가 프랑스 양복을 입고 도버 해협을 건너게 됐습니다. 대형 출판사인 허친슨 출판사에서 내게 그렇게 해달라고 부탁했기 때문입니다. 프랑스어에서 영어로 번역된다니 절망적이고 생각만 해도 끔찍합니다. 하지만 다른 방법이 없습니다."*

1947년 7월 7일 자 카잔차키스의 편지에는 이렇게 쓰여 있다. "저는 혹시 있을지 모르는 영어 번역을 위해 조르바의 프랑스어 번역판을 펄 벅** 여사에게 보냈습니다. 왜냐하면 미노티스는 완전히 절망하고 있기 때문입니다."*** 그리고 정확하게 한 달 뒤인 8월 7일 자 편지에는 "이제 조르바는 뉴욕에 있는 펄 벅 여사의 손 안에 있습니다. 그녀는 그 작품을 다 읽고 나서 아주 맘에 들었다며

---

* 『프레벨라키스에게 보내는 카잔차키스의 400통의 편지Τετρακόσια Γράματα τού Καζαντζάκη στὸν Πρεβελάκη』, 출판인: Ἑλένη Ν. Καζαντζάκη, Ἀθήνα, 1984), 571쪽.
** Pearl Sydenstricker Buck(1892~1973): 대표작인 『대지』 삼부작으로 1938년 노벨 문학상을 받은 미국의 소설가. 1935년 그녀는 자신의 책을 출판했던 미국 출판 재벌 리처드 월쉬Richard Walsh와 재혼했다.
*** 『프레벨라키스에게 보내는 카잔차키스의 400통의 편지』, 575쪽.

자신이 경영하고 있는 출판사의 간부들과 출판 여부를 논의할 수 있게 일주일의 말미를 달라고 편지를 보내왔습니다. 또 조르바는 프라하까지 가서 문을 두드리고 다니고 있습니다. 하느님께서 그에게 힘과 인내와 행운을 주시기를 빕니다. 지금까지는 모든 일이 순조롭습니다."*

이렇게 1948년부터 소설 『그리스인 조르바』는 예전에 카잔자키스가 펠로폰네소스 마니 지방에서 벌였던 갈탄광 개발 사업에서 입은 손해를 메워주기 시작했다. 1948년 1월 9일 자 편지에서 카잔자키스는 "조르바가 개선장군처럼 파리를 활보하고 다닙니다. 어떻게 이런 일이 일어나게 되었는지 저도 잘 모르겠습니다. 지금까지 조르바는 영국과 미국, 스웨덴과 체코슬로바키아를 점령했습니다. 이 놀라운 인물은 죽어서도 여행을 계속하면서 시간을 보내고 있군요"**라고 쓰고 있다. 또 그해 말인 12월 6일 자 편지에는 "조르바가 내게 많은 돈을 벌어주고 있습니다. 최근에 저는 스웨덴과 브라질에서 상당한 액수의 수표를 받았습니다. 그리고 곧 다른 나라에서도 인세가 들어올 예정입니다. 기분이 조금 이상합니다. 조르바가 마치 케이블을 짓느라 공중에 날려버린 돈을 다 갚는 것 같은 기분입니다"***라고 적고 있다.

세계 문단은 『그리스인 조르바』에 대해 칭찬을 아끼지 않았다. 그리고 세계 각국에서 들어오는 이 작품의 인세는 카잔자키스

---

* 같은 책, 579쪽.
** 같은 책, 590쪽.
*** 같은 책, 601쪽.

의 경제적 어려움을 일거에 다 해결해주었다. 그는 1948년에 남부 프랑스의 앙티브라는 도시에 집을 빌려 정착했다. 스웨덴에서 『그리스인 조르바』는 오랫동안 베스트셀러가 되었고 1953년에는 노르웨이어로도 번역됐다. 1954년 『그리스인 조르바』는 그해 프랑스의 최고 외국 문학 작품으로 선정되었다. 그리고 그해에 카잔자키스는 앙티브에 새 집을 샀다.

『그리스인 조르바』의 이러한 성공은 영화로까지 이어졌다. 1964년 키프로스 출신 영화감독 미할리스 카코야니스Μιχάλης Κακογιάννης는 카잔자키스의 소설을 바탕으로 영화를 만들고는 「그리스인 조르바Zorba the Greek」라는 제목을 붙였다. 이 영화에서 조르바 역은 앤서니 퀸Anthony Quinn이, 마담 오르탕스는 릴라 케드로바Lila Kedrova가 맡았다. 이 영화는 1965년 아카데미상을 세 개나 받는 등 크게 성공했다. 그리고 이 영화의 성공으로 '알렉시스 조르바의 삶과 행적'이라는 소설의 원제목은 거의 잊히고 '그리스인 조르바'로 더 널리 알려지게 되었다. 이 영화를 통해 앤서니 퀸은 세계적인 배우로 발돋움했고, 음악을 맡은 미키스 테오도라키스Μίκης Θεοδωράκης 역시 세계적인 작곡가 반열에 오르게 되었다. 또 이 영화에서 주인공들이 춘 춤 '시르타키'는 그리스를 대표하는 춤으로 알려지게 되었다. 1968년에는 역시 이 소설을 바탕으로 로르카 마신이 안무를 맡은 뮤지컬도 제작되었다. 앤서니 퀸이 조르바 역을, 릴라 케드로바가 마담 오르탕스 역을 맡은 이 뮤지컬 역시 큰 성공을 거두었다.

인류 역사상 가장 많은 전쟁과 혁명이 일어났던 19세기 말부터 20세기 중반까지의 암울하고 잔인했던 시대를 살다 간 카잔자키스가 나치 독일에 점령된 조국에서 쓴 작품이 『그리스인 조르바』다. 격동의 시대를 살며 수없는 정신적·육체적 고통을 당했지만 이런 어려움을 『그리스인 조르바』라는 위대한 작품으로 승화한 카잔자키스의 빛나는 업적이 다시 한 번 존경스럽게 다가온다.

2. 조르바라는 인물에 대하여

이 소설의 주인공 조르바는 실제 존재했던 인물로 본명은 '알렉시스 조르바'가 아니라 '요르기오스 조르바스Γιώργιος Ζορμπᾶς 1865, 1867? 1869?~1941)'였다.* 그는 그리스 북부 마케도니아 서쪽에 위치한 '카타피기Κατφύγι'라는 조그만 광산 마을에서 태어났다. 그 마을은 1943년 나치가 태워버려 완전 폐허가 되었고 주민들은 카테리니 시 부근으로 옮겨가 카타피기오티카 Καταφυγιώτικα라는 마을을 새로 세웠다.

조르바가 살던 당시 이 지역은 아직도 오스만튀르크의 지배를 받고 있었다. 요르기오스 조르바스에게는 누이 한 명과 두 명의 남자 형제가 있었고, 그의 아버지는 조그만 농장을 경영하며 한편으로는 양 떼를 치는 전형적인 농부였다. 조르바스는 젊어서 할키디키 지방에서 광부로 일하던 중에 당시 15세 소녀에 불과했

* 구유고슬라비아 마케도니아공화국의 수도 스코페에 있는 조르바의 무덤에는 태어난 해가 1865년으로 표기되어 있다.

던 사장의 딸인 '엘레니'를 임신시켰다. 이에 화가 난 소녀의 아버지를 피해 두 연인은 사랑의 도주를 한다. 그러나 엘레니가 쌍둥이를 낳은 뒤 신부의 아버지는 화를 풀고 둘의 결혼을 허락했다. 조르바스와 그의 충실하고 유능했던 부인 엘레니는 여덟 명의 자식을 두고 행복하게 살던 중 엘레니가 서른둘의 젊은 나이에 죽자 행복한 가정생활은 끝나고 말았다. 이 결혼이 조르바스의 유일한 정식 결혼이었다.

엘레니가 죽은 뒤 조르바스는 아이들을 유기한 채 집을 떠났다가 1914년(또는 1915년)이 되어서야 돌아온다. 이 기간 동안 조르바스의 행적은 잘 알려져 있지 않다. 그가 아내의 죽음에서 비롯된 고통을 안은 채 형 '야니'가 의사로 개업하고 있는 '엘레프테로호리Ελευθεροχώρι'라는 마을로 가서 1915년에 돌아왔다는 설과 세르비아로 갔다가 1914년에 돌아왔다는 설이 있는데, 두 설 모두 돌아와서는 수도사가 되기로 마음먹고 수도사들의 공화국인 '아기온오로스Άγιον Όρος'로 들어갔다가 마침 그곳을 여행하던 카잔자키스를 만났다고 전하고 있다.

조르바스와 카잔자키스는 친구가 된 뒤, 펠로폰네소스 남부에 있는 '마니Mani(그리스 펠로폰네소스의 남부)' 지역의 '프라스토바Πράστοβα'라는 마을로 함께 가서 근처의 산에서 탄광을 개발했다. 그러나 그 탄광은 경제성이 없는 것으로 밝혀져 실패하고 말았다. 이때의 경험이 나중에 『그리스인 조르바』의 바탕이 되었다.

1919년 카잔자키스가 엘레프테리오스 베니젤로스 수상으로부터 복지부 수석국장으로 임명을 받고 그리스 난민들을 구하기 위해 캅카스 산맥으로 떠나게 되었을 때 그는 자신의 보조로 조르바스를 함께 데려갔다. 두 사람은 이 임무를 성공적으로 수행하여 약 15만 명의 그리스 난민을 마케도니아와 트라케에 정착시켰다. 이 임무를 끝낸 뒤에 조르바스는 카잔자키스와 헤어져 지금의 마케도니아공화국의 수도 스코페 근처로 이주해 다시 가정을 꾸리고 살다가 1941년에 죽었다. 여기에서 얻은 딸의 딸, 즉 조르바스의 외손녀인 안나 가이거Anna Gaiger가 2000년에 '카잔자키스의 친구들 국제협회Διεθνής Εταιρεία Φίλων Νίκου Καζαντζάκη'가 개최한 '카잔자키스와 조르바의 만남'이란 문학 축제 때 크레타를 방문했었다. 그녀는 평생 세르비아의 수도 베오그라드에서 살다가 2002년 2월 18일에 죽었다.

한 가지 특기할 것은 『그리스인 조르바』의 배경은 크레타지만 조르바스 본인은 생전에 한 번도 크레타에 간 적이 없다는 사실이다. 그럼에도 카잔자키스가 크레타를 작품의 배경으로 삼은 까닭은 작가 자신이 가장 잘 아는 고향 땅이었기 때문이다.

3. 마담 오르탕스에 대하여

마담 오르탕스 역시 실제 인물을 모델로 창조된 등장인물이다. 그녀의 본명은 아델리나 기타르Adelina Gytar로 1863년 프랑스 남동부 지방 지중해 연안의 항구 도시 툴롱 출신이다. 그녀는 오스만튀르크의 고관인 파샤의 연인으로 지내다가 크레타로 가서 모자 디자이너로 살면서 짧은 기간 크레타를 공동으로 다스렸던 영국, 프랑스, 이탈리아, 러시아의 제독들에게 모자를 팔았던 것으로 추정된다. 그녀는 말년에는 크레타의 남동부 해안의 아름다운 소도시 이에라페트라에서 '갈리아(그리스어로 '프랑스'라는 뜻)'란 이름의 호텔을 운영하다가 1938년에 75세로 죽었다.

그녀의 임종 성사를 치러준 마놀리 조발라키스 신부(1982년까지 봉직함)의 말에 따르면 그녀는 말년에 많은 선행을 베풀면서 거의 성녀처럼 살았다고 한다. 그녀는 죽어서 이에라페트라 근처에 있던 제1차 세계대전 프랑스 전몰자 공동묘지에 묻혔는데, 제2차 세계대전 이후 프랑스 정부가 이 공동묘지의 유골들을 본국으로 옮길 때 그녀의 유골도 함께 이장되었다고 한다.

작중 인물의 이름인 오르탕스는 그리스어로 하트 모양의 꽃 수국을 뜻하는 낱말 '오르탄시아ορτανσία'에서 따온 것이다. 작품 안에서 마담 오르탕스와 조르바는 연인으로 나오지만 이미 이야기한 대로 조르바는 생전에 크레타를 방문한 적이 없으므로 두 사람이 만난 적은 없다.

4. 야니스 스타브리다키스에 대하여

작품 속에서 캅카스 산맥이 있는 지역으로 그리스 난민들을 구하러 갔다가 폐렴으로 죽는 '나'의 친구 야니스 스타브리다키스 역시 실존 인물이다. 그는 아테네 대학 시절부터 카잔자키스의 친구였고, 대학 졸업 후 그리스 외무부의 외교관으로 근무했다. 1919년 카잔자키스와 함께 그리스 정부를 대표하는 외교관으로 조지아 지방으로 파견되었다가 혹독한 추위와 과로를 이기지 못하고 현장에서 폐렴으로 죽었다. 작품 속에서 캅카스 지방에서의 모험은 주로 화자의 친구가 보낸 편지를 통해 표현되는데 그 내용은 카잔자키스의 경험에 바탕을 둔 것이다.

5. 작품에 나오는 전쟁에 대하여

(1) 크레타의 독립 전쟁에 대하여(1821~1898)

그리스가 오스만튀르크로부터 독립을 선언한 1821년 크레타에서도 무장 봉기가 일어났다. 그러나 그리스의 독립을 인정한 1830년의 런던 회의에서 크레타는 새로운 그리스 왕국에 편입되지 않고 계속 오스만튀르크의 영토임을 선언하면서 크레타인들의 꿈은 좌절됐다.

그러나 크레타 사람들은 그 뒤로도 1841년과 1858년, 1866년부터 1869년까지, 그리고 마지막으로 1897년에서 1898년에 걸쳐, 모두 네 번의 독립 혁명을 일으켰다. 1866년부터 1869년 사이의 독립 혁명은 카잔자키스의 장편소설 『미할리스 대장』의 배경이다.

1897년 크레타가 네번째로 독립 투쟁을 시작했을 때, 영국과 프랑스, 이탈리아, 러시아 4대 강대국은 크레타의 소요 사태를 진정시키기 위해 함대를 파견해 군정을 펼쳤다. 그러나 이런 상황에 불만을 품은 터키인들이 1898년 8월 25일에 수백 명의 그리스인과 열일곱 명의 영국 군인을 학살하는 일이 벌어졌다. 이에 크레타를 점령하고 있던 열강 4개국은 오스만튀르크군을 섬에서 완전히 몰아내고 크레타를 독립국으로 선언했다. 그해 12월 9일에는 그리스의 예오르기오스 왕자가 새 왕국의 통치자로 크레타에 상륙했지만 크레타가 그리스와 통합되는 것을 바라지 않았던 열강들은 1906년에 예오르기오스 왕자 대신 알렉산드로스 자이미스를 크레타의 통치자로 내세워 크레타를 그리스 본토와 분리했다. 그러나 1908년 터키의 국내 정치 상황이 불안해지고 때마침 자이미스가 휴가차 크레타를 떠난 틈을 타 크레타와 그리스는 기습적으로 통합을 선언했다. 그리고 제2차 발칸 전쟁이 끝난 1913년 12월 1일 국제 사회는 이 통합을 정식으로 인정했다.

소설 『그리스인 조르바』의 2장에 등장하는 조르바가 터키인을 상대로 전투를 벌이는 이야기와 예오르기오스 왕자가 크레타에 상륙하는 이야기는 1896년부터 1898년 사이에 있었던 바로 이 네번째 크레타의 독립 투쟁을 배경으로 하고 있다. 그리고 3장에서 자신이 영국과 프랑스, 이탈리아, 러시아 제독들의 애인이었다는 마담 오르탕스의 주장은 1897년에 네 강대국이 크레타를 점령하고 군정을 실시했던 역사적 사실에 근거한 것이다.

(2) 마케도니아 투쟁에 대하여(1904~1908)

조르바가 살던 시기는 그리스를 포함한 발칸 반도 전체가 끊임없는 전쟁과 혁명의 소용돌이에 휩싸였던 시대였다. 20장에 나오는 조르바가 악질 불가리아인 신부를 죽이는 이야기와 25장에 나오는 루바스 대장과의 전투 이야기는 1904년부터 1908년까지 벌어진 그리스와 불가리아, 그리고 오스만튀르크 사이의 게릴라 전투를 배경으로 한 것이다.

19세기 말에 오스만튀르크는 안에서부터 무너지면서 발칸 반도에 대한 지배력이 심하게 흔들리기 시작했다. 그러자 마케도니아 지방에 모자이크처럼 섞여 살고 있던 그리스, 불가리아, 세르비아, 알바니아 등 각 민족은 마케도니아에 대한 주도권을 잡기 위해 날카롭게 대립했다. 그 가운데에서도 특히 오스만튀르크와 직접 마주하고 있던 그리스와 불가리아 사이의 암투가 가장 치열해 결국 1904년에는 내전 수준의 게릴라전으로 이어졌다. 이 내전 동안 그리스군 가운데 가장 영웅적으로 전투를 벌인 부대가 바로 루바스 대장이 이끄는 부대였다. 작품 속에서 조르바는 바로 그 부대에서 싸웠다고 말하고 있다.

인간은 무엇이든 자유롭게 선택할 수 있다. 그러나 선택하지 않을 자유는 없다. 사르트르의 말대로 "인간은 자유롭도록 저주받았기" 때문이다. 그러나 모든 선택에는 책임이 따르기에 자유는 부담스럽다. 만약에 전지전능하고 절대로 오류를 저지르지 않는 존재가 있다면 인간은 그 존재에 귀의해 모든 것을 그에게 맡기고 모든 책임에서 벗어나고 싶은 유혹을 느낄 것이다.

중세 때 유럽인들에게는 그리스도의 하느님이 그런 존재였다. 중세 유럽인들은 하느님의 뜻에 따라 무엇이 옳고 그른지, 어떻게 살아야 좋은지 결정하면 되었다. 그러나 근대에 들어 그리스도가 힘을 잃고 인간이 자신의 이성에 따라 살게 됨으로써 그런 행복은 끝났다. 그런 까닭에 니체는 "신은 죽었다!(Gott ist tot!)"라고 선언했다. 신이 죽은 세상에서 인간은 어떻게 살아야 할까?

대부분의 사람들이 선택하는 삶은 기존 관습에 따라 기존 사회가 제공한 가치를 무비판적으로 받아들이고 낙타처럼 수동적으로 사는 것이다. 니체는 그런 사람을 '밑바닥 인간(Letzter

Mensch)'이라고 불렀다. 이와 반대로 관습이나 전통적 가치관을 거부하고 사자처럼 적극적으로 모든 삶을 자신의 판단 아래 '치열하게' 꾸려 나가는 사람을 니체는 '빼어난 인간(Übermensch)'이라고 불렀다. 그리고 빼어난 인간으로 살기 위해서는 스스로 가치를 만들어내야 하고, 그 가치를 스스로 이루기 위해서는 홀로 모든 것을 해나갈 수 있는 '힘에 대한 의지(Wille zur Macht)'를 가져야 한다고 했다. 힘에 대한 의지는 우연을 의도적인 것으로 만들고, 사물을 고정된 죽은 것으로 보지 않고 부단히 변화하는 살아 있는 것으로 본다. 빼어난 인간은 힘에 대한 의지로 모든 사물을 음미할 수 있는 대상으로 만들어 새로운 가치를 창조한다. 그래서 빼어난 인간은 모든 것을 긍정적으로 보고 사랑한다.

그런데 우리의 삶은 '끊임없는 되풀이(ewigen Wiederkunft)'로 이루어져 있다. 삶 속에서 위대한 것이든 사소한 것이든 모두 끊임없이(ad inifitum) 역겨울 정도로(ad nauseam) 되풀이된다. 빼어난 인간은 끊임없이 되풀이되는 삶을 적극적으로 인정해 받아들이고 사랑한다. 아니, 오히려 어린아이와 같은 순진무구함으로 매 순간의 삶을 기쁘게 바라보고 평범한 일상에서 놀랍도록 새로운 면을 찾아내고는 감탄한다. 그에게 중요한 것은 살아 있음을 느끼는 바로 그 순간인 현재뿐이다.

니체가 말하는 삶을 산 사람이 바로 조르바다. 학교에 가본 적도 없는 조르바는 평생을 육체노동으로 먹고살아온 예순다섯 살의 평범한 늙은 노동자이고 삶의 현장에서 이성보다는 직관에 따라 항상 적극적으로 행동하는 사람이다. 그는 다분히 충동적으로 주저 없이 행동한다. 조르바에게 가장 중요한 것은 자유이다. 그가 이런 '빼어난 인간'의 경지에 오른 것은 우연이나 행운이 아니다. 그는 니체가 말한 '빼어난 인간'이 되기 위해 거쳐야 하는 세 단계를 모두 몸으로 겪은 사람이다.

젊었을 때 조르바는 나라와 민족을 위해 목숨을 아끼지 않고 싸웠다. 아군을 괴롭히는 적의 우두머리인 불가리아 신부를 암살하는가 하면 불가리아인들의 마을을 습격해 불을 놓기도 했다. 그 시기의 조르바는 낙타 단계의 인간이었다. 그러나 그런 자신의 애국적인 행동이 어떤 비극을 가져오는지 보면서 깊은 회의에 빠진다. 애국이라는 그럴듯한 이념을 내세워 저지르는 온갖 비인간적인 범죄와 추악함을 더 이상 계속할 수 없다고 생각한 조르바는 모든 것을 훌훌 털고 전선을 벗어난다. 그런 것들이 모두 헛되고 위선적이라는 큰 깨달음에 이른 것이다. 그런 조르바에게 더 이상 애국이라든가 인류애와 같은 사회적 미덕은 모든 의미를 잃는다. 아니 의미를 잃는 것이 아니라 물리쳐야 할 가증스러운 위선이요, 커다란 악이 된다. 그런 것들은 악마가 만들어낸 유혹일 뿐이다. 그는 이렇게 고백한다.

"조국으로부터 벗어나고, 신부들로부터도 벗어나고, 돈으로부터도 벗어나고, 탈탈 먼지를 털었죠. 세월이 흐를수록 난 먼지를 털어냅니다. 그리고 가벼워집니다. 뭐라고 말씀드려야 할까요? 난 자유로워지고, 사람이 돼갑니다." "[……] 조국이란 게 있는 한, 사람들은 야수로 남아 있게 마련이죠. 길들여지지 않는 야수로요. 하지만 난, 하느님께 영광이 있을지어다! 난 벗어났어요.

벗어났다고요, 끝났다고요! 하지만 대장은요?"(20장 393·396쪽)

그 순간부터 조르바는 사회가 정한 미덕들을 주저없이 박차고 나와 진정한 자유인으로 살기 시작한다. 사회가 요구하는 미덕과 질서에 기꺼이 복종하는 '낙타'의 인간에서 모든 것을 스스로 판단하고 결정하는 '사자'의 인간으로 발돋움한 것이다. 그리고 그때부터 그는 자기 내면의 자유 의지의 소리에 따라 삶을 살기 시작한다.

그러나 조르바는 그에 머물지 않는다. 그는 니체가 말하는 '빼어난 인간'의 마지막 단계인 세번째 단계, 즉 순진무구한 어린 아이의 경지에까지 이른다. 그는 내리막길을 굴러 떨어지는 돌을 보며 돌이 다시 생명을 얻었다고 두려워하는 눈으로 감탄하는가(12장 243쪽) 하면, 짐을 싣고 가는 노새를 보며 어떻게 저런 경이로운 존재가 있을 수 있느냐고 묻는다(13장 271~72쪽).

또 어느 날 아침에는 "[……] 대장, 저 멀리 푸른색으로 넘실거리는 건 또 무슨 기적입니까? 저걸 뭐라고들 하죠? 바다? 바다라고 하나요? 그리고 꽃 장식을 한 초록빛 제복을 입고 있는 이건 뭐라고 하죠? 땅이라고 하나요? 어떤 장난꾸러기가 이런 장난을 친 겁니까? 대장, 맹세컨대 난 이런 건 처음 봐요" 하고 소리 지른다(20장 397쪽).

그런 조르바를 보며 '나'는 커다란 기쁨을 느낀다. 그리고 고백한다.

"위대한 예언자들이나 시인들은 이와 비슷하게 모든 것을 처음인 듯 보고 느낀다. 매일 아침 자신들 앞에 새로운 세상이 시작되는 것을 본다. 새로운 세상이 안 보이면 스스로 새로운 세상을 창조한다"(12장 243쪽).

조르바와 헤어진 뒤 '나'는 친구들과 함께 "배우지 못했지만 긍지와 논리를 초월한 자신감으로 가득 찬 조르바의 행보를 자랑스러워했다. 그는 불과 몇 마디의 융통성 있는 말로 우리가 그렇게 간절하게 바랐고, 몇 년 걸려서야 얻을 수 있는 최고의 정신적인 경지에 도달하곤 했다. 우리들은 '조르바는 위대한 영혼의 소유자'라고 말하곤 했다. 어쩌면 그는 정신적으로 최고 경지를 넘어섰는지도 모른다고 말하면서 '그는 미친놈이야!'라고 단정 지었다"(26장 530쪽).

니체는 '힘에의 의지'를 적극적으로 실천한 사람은 아니다. 그는 단지 그것을 서술했을 뿐, 결코 '빼어난 인간'의 삶을 산 적이 없다. 그리고 베르그송 밑에서 니체 연구로 철학 박사학위를 받은 카잔자키스는 언젠가 자신은 니체가 말한 '빼어난 인간'의 삶을 살겠다고 다짐하지만 그도 역시 말뿐이었다. 작품에서 작가 자신의 화신인 '나'는 35세의 젊은 지식인으로서 이성적인 면을 중요시하는 먹물이자 세상에 뛰어들어 행동하기보다는 글을 통해 세상을 보는 책벌레다. 그는 세상에 대한 자신의 가설에 매달린다. 조르바는 그런 '나'를 비웃는다.

"아뇨, 대장! 대장은 자유롭지 않수다. 대장이 매여 있는 줄은 다른 사람들 것보다 조금 더 길기는 하지만 그뿐이오. 대장, 대장은 조금 긴 끈을 갖고 있어 왔다 갔다 하면서 자유롭다고 생각하지만 그 끈을 잘라내지는 못했수다. 만약 그 끈을 잘라내지 못하면······."

"어느 날엔가는 그 끈을 잘라낼 거예요." 내가 고집스럽게 말했다. 왜냐하면 조르바의 말들이 아직 아물지 않은 내 상처를 건드려 아팠기 때문이다.

"대장, 그건 어렵수다. 아주 어려워요. 그러려면 미쳐야 하는데, 듣고 있수? 미쳐야 한단 말요. 모든 걸 걸어야 해요! 하지만 대장, 당신은 머리가 있어 그게 대장을 갉아먹고 있죠. 정신이란 식품점 주인 같은 거요. 장부를 팔에 끼고서는 얼마 들어왔고 얼마 나갔고, 이건 이득이고 저건 손해고, 일일이 기입하죠. 정신은 알뜰한 주부 같아서 모든 걸 포기하지 못해요. 뭔가 하나는 꼭 숨겨놓죠. 정신이라는 놈은 결코 끈을 놓지 않아요. 절대로! 그 악당은 손아귀에 그 끈을 꽉 쥐고 있답니다. 그 끈을 놓치면 그놈은 망하는 거니까요. 불쌍하게도 사라지는 거죠! 하지만 그 끈을 자르지 않으면, 대장, 인생에 뭐가 있겠수? 캐모마일 차, 맛있는 캐모마일 차 정도? 세상을 뒤집어엎을 럼주는 절대 아니죠"(26장 520~21쪽).

조르바가 보기에 아직도 세속적인 가치에 매달리는 '나(카잔자키스)'는 앞뒤를 안 가리고 눈앞의 이익을 챙기는 '메뚜기'같이 이기적이고 영악하고 탐욕스러운 '시장 바닥(아고라)'의 인간들, 니체가 말한 '밑바닥 인간(Letzter Mensch)'을 벗어나지 못한 인간이다. 반면 조르바는 니체가 생각해내고 주장했던 삶을, 그리고 작가 카잔자키스가 늘 꿈꿨지만 결국은 실천하지 못했던 삶을 그냥 살았다. 조국이니 애국심이니 구원이니 하는 사회의 관습과 미덕을 모두 버리고 새처럼 자유로운 영혼이 되어 살았다. 조르바는 영원한 자유인이다.

옮긴이 후기

세상 모든 일에는 인연이 있게 마련이다. 나와 소설 『그리스인 조르바』의 인연은 각별하다. 1970년대 초반에 어떤 문학 잡지에 연재되던 『희랍인 조르바』를 읽은 것이 조르바와의 첫 만남인 것으로 기억한다. 그때 인간으로서 창조의 즐거움을 마음껏 느끼게 해주는 물레질을 방해하는 것이 화가 나서 집게손가락을 거의 절반까지 잘랐다는 구절을 읽으면서 조르바라는 인물의 삶에 대한 치열한 열정과 강렬한 의지가 퍽이나 인상적으로 다가왔다.

당시는 히피들의 시대였다. 자유를 추구하는 젊은 세대들은 기성세대의 물질주의적이고 실리주의적인 기존 체계에 저항하며 모든 것을 부정하고 새로운 세계를 만들겠다는 의지에 불탔다. 당시 젊은이들은 그들의 중산층 부모에 대항해 기성사회의 성적 억압과 관습적 도덕을 해체하고 청년 문화를 바탕으로 한 새로운 공동체의 건설을 꿈꿨다. 이렇게 자신의 가치와 의미를 모색하며 개성을 중요하게 여기던 당시 히피들에게 조르바라는 인물은 자유의 화신처럼 보였다. 그 시절 조르바는 나에게도 하나의 로망이었다.

그러나 1971년은 박정희 대통령이 삼선개헌까지 하면서 독재 체제를 굳혀가던 시기였다. 그리고 1972년 10월 유신을 감행하면서 이 땅의 젊은이들은 깊은 좌절과 암울한 미래와 마주해야 했다. 그런 상황에서 조르바의 자유를 바라는 것 자체가 사치였고 비현실적인 꿈이었다. 자연히 조르바는 나에게 선망의 대상이기는 하지만 실현 불가능한 존재가 되었다.

그리스로 유학 가서 3년 차이던 1978년 나는 테살로니키의 아리스토텔레스 대학교 부설 연구 기관인 임하(IMXA: Ἵδρυμα Μελετῶν Χερσονήσου τοῦ Αἵμου, 발칸 반도 연구소)에서 운영하는 여름 어학연수 프로그램에 참가했다. 그해 여름 그리스어 최고급반 교재가 바로『그리스인 조르바』와 카바피스 시집이었다. 그 결정에 모든 학생들이 환호했다. 나 역시 이렇게 우연히 한때 열광했다가 잊고 있던 작품과의 조우가 기뻤다. 실은 그때 비로소『그리스인 조르바』의 작가 니코스 카잔자키스가 그리스인라는 것을 처음 알게 되었다.

솔직히『그리스인 조르바』는 읽기가 결코 만만한 작품은 아니었다. 카잔자키스의 어휘력은 놀라워 영어나 프랑스어가 능통한 그리스인들도 그리스어가 아니라 영어, 또는 프랑스어 번역본으로 그의 작품을 읽는다는 소문이 있을 정도였다. 그가 구사하는 어휘 안에는 크레타 방언을 비롯한, 웬만한 그리스어 사전을 찾아도 나오지 않는 낱말들이 즐비했다. 그해 여름 나는 밤늦게까지 사전을 찾아가며『그리스인 조르바』를 읽었다. 원어로 그 소설을 읽는다는 것은 정말로 즐거움과 흥분이 가득한 도전이었다. 그리고 히피 시대에 자유분방한 세계 젊은이들과 조르바를 주제로 자유롭게 토론한 일은 내 생애에 가졌던 가장 큰 행복으로 기억에 남아 있다. 그때는 조르바의 명언들을 안주 삼아 술잔을 마주치는 것이 그렇게도 즐거웠다. 밤과 바다, 그리고 기타와 노래, 행복은 바로 이런 거로구나 하는 순간의 연속이었다. 여름이 끝나고 일상으로 돌아왔을 때 조르바는 이미 나의 우상이 되었고, 동시에 그 작품을 그리스어로 읽었다는 것은 나의 영원한 자랑이 되었다.

내가 유학을 끝내고 귀국했을 때 『그리스인 조르바』는 한국에서도 이미 유명한 작품이자 베스트셀러였다. 1981년에 고 이윤기 형이 『그리스인 조르바』라는 제목으로 번역한 이 소설은 한국의 많은 지성인과 젊은이들이 가장 좋아하는 소설이 되어 있었다. 하지만 이런 현상은 내게 조금은 당혹스러운 것이었다. 소련 공산당의 초청으로 두 번이나 소련 전역을 여행했고, 죽기 직전에 저우언라이 중국 총리의 초청을 받아 중국을 여행했던, 그리스에서는 세상이 다 알아주는 공산당원인 카잔자키스의 대표작이 반공을 국시로 하는 이 나라에서, 그것도 제5공화국 신군부의 서슬이 퍼렇던 시절에 최고의 베스트셀러가 되었다니 도무지 앞뒤가 맞지 않았다. 아마도 한국의 정보 당국이 그런 사실을 모르는 것 같았다. 그때 나는 처음으로 무지도 때로 도움이 될 수 있다는 것을 깨달았다. 고마운 무지였다.

그 시기에 고 이윤기 형을 알게 되었다. 이윤기 형은 항상 이 작품을 자신의 최고 번역으로 자랑스럽게 내세웠다. 그리고 이 작품의 번역을 끝냈던 날 밤에 너무도 감동하여 자기도 모르는 사이에 눈물이 흐르고 있더라는 이야기를 여러 번 했다. 그날 밤 혼자서 술을 엄청 마셨다는 이야기도 했다. 1999년 우리가 함께 크레타의 카잔자키스 무덤을 참배했을 때 이윤기 형의 눈에는 또다시 감동의 눈물이 반짝이는 것을 나는 보았다. 이윤기 형이 카잔자키스의 무덤 앞에 한국에서 가져온 소주병과 오징어 안주를 정성스럽게 올려놓고 절을 할 때에는 우리를 안내하던 그리스 사람들까지 눈시울을 붉힌 것을 나는 기억한다. 내가 이윤기 형을 『그리스인 조르바』의 번역자라고 소개했을 때 그리스인들이 형을 껴안고 함께 감동의 눈물을 흘리던 장면은 정말 짠하고 아름다웠다. 이역만리 떨어진 사람들도 하나의 명작으로 이어지게 하고 말이 통하지 않으면서도 서로가 서로를 껴안고 교통하도록 하는 문학의 힘이 정말로 위대하게 느껴지던 순간이었다.

이렇게 이윤기 형이 혼을 쏟아 번역했던 작품을 다시 내가 번역하게 된 데에는 여러 가지 동기와 이유가 있다. 무엇보다도 이전 번역이 그리스어 원어에서 이루어진 것이 아니라 영어 번역에서 중역된 것이었기에 원작을 충실히 전하는 데에 어쩔 수 없는 한계가 있었다는 점이다. 게다가 그 영어 번역본 역시 그리스 원어가 아니라 프랑스어 판에서 번역된 것을 알고 난 뒤로는 그리스어에서 직역한 번역본의 필요성을 더욱 절감할 수밖에 없었다. 미국에서 『그리스인 조르바』를 그리스어 원어에서 새로 번역한 것은 2014년에 와서다. 새 영어 번역자 피터 빈Peter Bien은 "왜 새로운 번역이 필요한가?"라고 스스로 물은 뒤에 이렇게 대답했다.

"이유는 분명하고도 간단하다. 앞선 번역은 그리스어를 전혀 모르는 사람이 한 것이었을 뿐만 아니라 프랑스어 번역판에서 옮긴 것이었다. 이런 문제점을 감안한다면 그 번역의 결과는 상당히 훌륭했고, 또 모든 영어권 독자들에게 커다란 감동과 즐거움을 주었다. 그러나 이 번역본을 그리스어 원본과 나란히 놓고 비교해보면 누구든 두 책의 내용 차이에 놀랄 것이다. 어떤 경우 몇 문장씩 누락이 되어 있는가 하면 분명한 오역도 눈에 많이 띄고, 그리스어 원작에는 있지도 않은 내용들이 버젓이 나타나곤 한다. [……] 또 그리스어 사전이나 그리스-영어 사전에도 실려 있지 않은 낱말들의 경우, 아예 번역을 하지 않거나, 때로는 잘못 넘겨짚어 완전히 틀리게 번역된 사례도 많이 있다. [……] 이 새로운 번역에서 나는 그리스어 원본에 있는 낱말 가운데 어느 하나도 번역하지 않은 것이 없고, 어떤 낱말도 오역하지 않았다고 자신한다."*

새로운 한국어 번역이 필요한 까닭도 인용문에서 새로운 영어 번역자가 밝힌 것과 거의 동일하다. 내가 새삼 이 작품을 새로이 번역하려고 마음먹은 까닭은 나와 이 작품의 깊은 인연 때문이기도 하지만, 그보다 더 큰 이유는 평생 그리스학을 전공한 언어

---

* *Zorba the Greek: The Saint's Life of Alexis Zorba*, Newly translated by Peter Bien(New York: Simon & Shuster Paperbacks, 2014), p. vii.

학자로서 이 명작을 한국의 독자들에게 보다 더 정확하게 전하고 싶었기 때문이다. 게다가 내가 이 작품을 번역하기에 남들보다 훨씬 유리한 조건들을 여러 개 갖추고 있다는 사실도 나로 하여금 더 이상 번역을 미룰 수 없게 만들었다.

첫번째 유리한 점은 내가 그리스 언어학을 전공했기에 남들보다 그리스어를 조금 더 잘 안다는 사실이다. 한 언어에서 다른 언어로 옮기는 번역 작업을 통하다 보면 원본의 의미는 상당한 손실을 입게 마련이다. 이전의 번역이 프랑스어와 영어를 거쳐 온 것이기에 거기에 따른 오역과 손실은 어쩔 수 없는 것이었다. 그리스어 원어에서 직접 한국어로 번역하는 것이 이런 중역의 손실들을 피할 수 있는 유일한 방법이기에 새로이 번역할 수밖에 없었다.

두번째로는 내가 그리스에 유학한 이래 40년이 넘게 언어학은 물론, 인류학과 민속학을 공부한 것이 작품 번역에 상당히 도움이 되리라는 믿음이 있었다. 모든 카잔자키스의 작품이 그렇듯이 『그리스인 조르바』에도 그리스에서 살아보지 않고는 이해하기 어려운, 그리스 토착 문화와 근현대사에 대한 지식 없이는 번역하기 까다로운 문화적·사회 정치적 내용들이 많이 들어 있다. 한 가지 예를 든다면 이전 번역에는 소설 시작 부분에 화자 '나'가 '셀비어 술'을 마시는 것으로 번역되어 있는데 실제로는 향이 강한 '세이지 차'를 마신 것이다. 그리스에서 그 차를 마셔본 사람의 입장에서 본다면 첫 페이지 첫 문단이 오역으로 시작하고 있는 셈이다.

세번째 유리한 점은 내가 그리스 정교회 신자라는 점이다. 그리스 유학 시절 나는 거의 5년 동안이나 나의 영적 아버지인 '고 팡크라티오스 부루살리스 신부님'으로부터 매주 토요일마다 정교회 교리와 정교회 신학, 그리고 그리스 비잔티움 성화에 대해 집중적으로 개인 지도를 받았다. 우리 시대에 가장 영성적인 작가로 알려져 있는 카잔자키스의 작품을 제대로 이해하려면 그리스 정교회 신학과 교리를 알아야 한다. 특히 그리스 성화聖畵에 대한 지식과 현장에서 직접 성화를 본 경험 없이는 작가가 성화에 대해 묘사하는 부분들을 제대로 이해하기란 거의 불가능하다.『그리스인 조르바』에도 성당과 수도원 장면에 정교회 예식이나 성화에 대한 내용들이 꽤 많이 나온다. 이런 부분은 그리스 정교회 신자로 살아 왔고, 적잖은 정교회 성당과 수도원을 다니면서 성화를 직접 보고 거기에 입맞춤을 해본 내가 남들보다는 더 잘 번역할 수 있을 것 같았다. 그런 점에서 나는 행운아다.

네 번째로 유리한 점은 내가 어느덧 카잔자키스가 여행했던 곳들을 대부분 가봤다는 것이다. 카잔자키스는 여행을 많이 한 작가다. 그 자신이『그리스인 조르바』「프롤로그」에서 "내 인생에 가장 큰 은혜를 베푼 것은 여행과 꿈들이었다"라고 밝히고 있다. 그런 까닭에 그의 작품 곳곳에 자신이 다닌 지역에 대한 기행문적인 내용들이 나타난다. 크레타의 호젓한 바닷가 풍경이라든지, 미노아 문명의 궁전 폐허 장면, 수도원으로 가는 숲속 길, 수도원 안에서의 수도사들의 움직임과 예배드리는 모습, 캅카스에서의 모험 등의 장면은 내가 직접 그런 경험을 한 바탕이 있어 생생하게 번역할 수 있었다. 또 그리스 여행을 할 때마다 카잔자키스의 고향 크레타 미르티아에 있는 카잔자키스 박물관과 이라클리온에 있는 민속박물관 안의 카잔자키스 전시실을 들러본 것도 작품 번역에 많은 도움이 되었다.

다섯번째로는 내가 그동안 카잔자키스의 거의 모든 작품을 읽었다는 점이다. 카잔자키스 정도의 대문호의 작품들은 작품들 사이에 역동적인 유기적 관계가 있어, 작가의 다른 작품들을 더 많이 읽으면 읽을수록 의미를 더 깊고 분명하게 이해할 수 있는 특성이 있다. 게다가 카잔자키스는 같은 내용의 이야기를 여러 작품에서 반복하는 경향이 있다. 특히 『그리스인 조르바』와 『영혼의 자서전』 사이에는 이런 공통적인 부분이 많이 있다. 수도사들과의 대화나 부처에 대한 작가의 서술은 거의 비슷한 분위기 안에서 묘사된다. 한 작가의 작품 번역에서 다른 작품과의 관계를 알고 있다면 아무래도 번역에 유리할 수밖에 없다.

여섯번째로 지난 10년 동안 '카잔자키스의 친구들 국제협회' 한국지회 모임을 통해 회원들과 함께 작품을 읽고 학술 발표회 활동을 한 것에서도 많은 덕을 보았다. 단순히 혼자 하는 독서가 아니라 여럿이 모여 한 작품에 대해 토론하는 것이 객관적인 안목을 기르는 데 많은 도움이 되었다. 특히 이런 자리에 암브로시오스 조그라포스 한국 정교회 대주교와 그리스인 원어민 교수들의 발표와 토론은 그리스인들이 아니면 알 수 없는 귀한 지식과 정보를 얻는 기회였다. 카잔자키스가 그리스 학교 교육에서 어떤 위치를 차지하고 있는지, 또 다른 그리스 문인들이 카잔자키스를 어떻게 평가하고 있는지, 그리스 정교회가 과연 카잔자키스를 파문했는지와 같은 문제가 그런 경우였다. 또 그리스에 갈 때마다 그곳 '카잔자키스의 친구들' 회원들과 만나 카잔자키스에 대한 이야기를 나눈 것도 귀한 경험이었다. 카잔자키스와 그의 첫 부인 갈라티아와의 숨겨진 이야기, 둘째 부인 엘레니 여사에 얽힌 소문과 조르바의 후일담 등은 이런 만남을 통해 알게 된 것들이다.

그리고 마지막이자 일곱번째로 내가 유리한 점은 좀 엉뚱하게도 내 나이다. 카잔자키스는 그리스인 조르바를 58세에 45일 만에 써서 3년에 걸쳐 다듬은 다음 61세에 탈고했다. 그리고 번역을 끝낸 지금 어느덧 내 나이는 이 작품을 쓰던 당시 작가의 나이보다 열 살이나 많은 68세다. 내가 조르바의 삶과 생각, 모험 등을 이해하기에 충분히 오래 살았다는 이야기다. 그리고 앞에서 밝혔듯이 이 작품을 원어로 읽은 지 40년이 지난 나이다. 40년 동안 나는 끊임없이 곳곳에서 조르바와 조우했다. 그러는 사이에 젊어서는 미처 깨닫지 못했던 것들을 이해하게 되었다. 현세의 주어진 가치관에 매달려 눈앞의 출세나 이득을 추구하는 '밑바닥 인간(Letzter Mensh)'을 경멸하는 조르바의 삶이 얼마나 니체가 말하는 '빼어난 인간(Übermensch)'과 흡사한지, 조르바의 말 곳곳에 "신이 죽은" 뒤 권위에 의해 주어진 진리나 윤리도 없는 세상에서 인간은 '힘에 대한 의지(Wille zur Macht)'를 가지고 어떻게 자신의 가치관과 행동을 자주적으로 결정하고 살아나가야 하는지, 과거의 영광이나 미래의 행복보다는 지금이라는 순간의 행복을 중하게 여기고 살아야 하는지에 대한 지혜가 드러난다. 우리의 삶이 시시포스의 바위 굴리기같이 '끊임없이 되풀이되는 것(ewige Wiederkunft des Gleichen)'이라 해도 그것이 우리에게 주어진 삶의 실상이자 운명임을 받아들이는 조르바의 삶에 대한 긍정적인 자세, 그리고 산다는 것 자체를 낙타처럼 미련하게 묵묵히 받아들이기보다는 사자처럼 능동적으로 살아가고, 심지어 어린아이처럼 매 순간 경탄하고 즐기고 사는 조르바야말로 진정한 니체적 '위버멘쉬Übermensch'임을 젊어서는 미처 알지 못했다. 이제 그 긴 세월을 돌아와 다시 조르바와 만나니 이런 것들까지 보인다. 참으로 조르바가 현대인들이 본받아야 하는 존재임을 이제야 깨닫는 것이다. 이런 깨달음 뒤에 비로소 카잔자키스 무덤의 비명에 쓰인 "아무것도 바라지 않는다. 아무것도 두렵지 않다. 나는 자유다"라는 구절이 진실된 삶을 살아가려는 사람들에게 얼마나 절실한 것인지 알게 된다.

『그리스인 조르바』의 번역은 결코 쉬운 일이 아니었다. 우선 그리스인들 사이에서도 악명이 높은 카잔자키스의 풍부한 어휘가 문제였다. 크레타 방언은 물론 터키의 동북부 흑해 지방의 폰토스 방언까지, 카잔자키스의 어휘력은 실로 놀랄 만한 것이었다. 카잔자키스의 끝도 없는 어휘력에 휘둘림을 당하던 처음에는 작업이 너무 느렸다. 어느 정도 지나면 그런 난관은 사라질 거라고 생각했다. 그러나 그것은 헛된 희망 사항이었다. 마지막 쪽을 번역하는 순간에도 새로운 낱말이 나타났을 때 욕이 나오려는 것을 겨우 참았다. 그러나 그가 그렇게 끊임없이 새로운 낱말을 구사하는 데에는 다 그럴 만한 이유가 있음을 알기에 오히려 그런 그의 완벽을 향한 집요함이 존경스럽기까지 했다. 작가는 그 나라 언어를 지키고 넓히는 최전선의 전사임을 이번 번역 작업을 통해 새삼 깨달았다. 그리고 나 역시 번역을 하면서 우리말을 풍부하게 하는 데 조금이라도 도움이 되고자 노력했다.

다행히 인터넷이란 문명의 이기가 있어 예전 번역가들에 비해 훨씬 많은 도움을 얻을 수 있었다. 그렇게 해서도 풀리지 않는 낱말이나 문장은 그리스 원어민들에게 도움을 청해 해결할 수 있었다. 그런 도움을 준 한국 정교회 대주교청의 암브로시오스 조그라포스 대주교님과 한국외국어대학교 그리스학과의 안티 포토풀루 선생님께 감사드린다.

번역의 어려움은 언어에만 있는 것이 아니었다. 카잔자키스의 깊은 영성적 성찰에서부터 심오한 사상, 누구보다도 예민한 감성으로 묘사하는 섬세한 심미적 표현, 수없는 수정 작업을 거쳐 만들어내는 아름다운 문장 역시 우리말로 옮기는 데 많은 어려움을 주었다. 번역을 하는 동안 나는 때로는 절망적이 되기도 하고, 때로는 너무 지쳐 후회도 여러 번 했다. 그런 어려움 때문에 2017년 9월에야 초벌 번역을 끝낼 수 있었다. 번역을 시작한 지 꼭 1년 만에 끝낸 것이다.

그런데 그것이 전부가 아니었다. 번역보다 더 힘들고 피를 말리는 교정과 수정, 표현 다듬기 과정이 기다리고 있었다. 그리고 아주 무서운 편집자를 만난 것도 내게는 불운(?)이었다. 한쪽, 한 줄, 한 낱말, 한 글자, 심지어 행간까지도 독수리처럼 매서운 눈매로 내 잘못을 짚어내는 편집자 앞에서 나는 주눅이 들었다. 그래서 어쩔 수 없이 내 깐에는 최선을 다해 힘들여 한 번역을 원본과 일일이 대조하면서 수정 작업을 해야만 했다. 당연히 해야만 하는 일이었다. 나의 실수 하나가 수많은 독자들을 잘못된 길로 가게 해서는 안 되기 때문이었다. 교정을 볼수록 번역의 질이 좋아졌다. 그래서 9개월간의 교정 과정이 힘들기는 했어도 작업하는 동안만큼은 행복했다. 내가 손대면 그만큼 무엇인가 좋아진다는 보람에 오히려 즐거웠던 시간이었다. 그 무서운 편집자 김은주 팀장에게 감사의 말을 전한다.

그리고 내 초벌 번역의 첫 독자였던 딸 수진에게도 감사한다. 아빠의 구시대적 표현이 마음에 안 들면 여지없이 경고장을 날려 준 덕분에 지금 세대에게 더 적합한 번역을 할 수 있었다.

모든 것에는 끝이 있게 마련이다. 그 끝이 바로 이 순간이라 생각하니 조금은 섭섭하다. 그러나 끝냈다는 뿌듯함이 더 크다. 행복하다.

2018년 5월 10일
아현동 그리스학 연구소에서 옮긴이 유재원